Rita Mae Brown
& Sneaky Pie Brown

Mord in Monticello
Virus im Netz

Zwei Fälle für Mrs. Murphy

Deutsch von Margarete Längsfeld
Illustrationen von Wendy Wray

Wunderlich Taschenbuch

Mord in Monticello
Die Originalausgabe erschien 1994 unter dem Titel
«Murder at Monticello or Old Sins» bei Bantam Books, New York

Virus im Netz
Die Originalausgabe erschien 1995 unter dem Titel
«Pay Dirt, or, Adventures at Ash Lawn» bei Bantam Books, New York

Neuausgabe März 2004

Veröffentlicht im Rowohlt Taschenbuch Verlag,
Reinbek bei Hamburg, Dezember 1999

Umschlaggestaltung any.way, Barbara Hanke
(Foto: Premium / Image Stage)
Gesamtherstellung Clausen & Bosse, Leck
Printed in Germany
ISBN 3 499 26481 1

Mord in Monticello

Zur Zeit der Kolonisierung gab es in dem großen Staat Virginia weniger Einwohner und dementsprechend weniger Familiennamen als heute. Viele der frühen Namen sind uns erhalten geblieben, und um jener Zeit gerecht zu werden, habe ich sie hier verwendet.

Thomas Jeffersons Enkelsohn James Madison Randolph hatte keine Kinder, «sein Zweig» der Familie Randolph, der in diesem Roman vorkommt, ist also frei erfunden; dasselbe gilt auch für alle heutigen Figuren und Ereignisse des Romans.

Für Gordon Reistrup,
weil er uns zum Lachen bringt.

Personen der Handlung

Mary Minor Haristeen (Harry), die junge Posthalterin von Crozet, die mit ihrer Neugierde beinahe ihre Katze und sich selbst umbringt

Mrs. Murphy, Harrys graue Tigerkatze, die eine auffallende Ähnlichkeit mit der Autorin Sneaky Pie aufweist und einmalig intelligent ist

Tee Tucker, Harrys Welsh Corgi, Mrs. Murphys Freundin und Vertraute, eine lebensfrohe Seele

Pharamond Haristeen (Fair), Tierarzt, ehemals mit Harry verheiratet

Mrs. George Hogendobber (Miranda), eine Witwe, die emphatisch auf ihrer persönlichen Auslegung der Bibel beharrt

Market Shiflett, Besitzer von Shiflett's Market neben dem Postamt

Oliver Zeve, der überschwengliche Direktor von Monticello, dem Reputation alles bedeutet

Kimball Haynes, der tatkräftige junge Chefarchäologe in Monticello. Er ist Workaholic und lebt nach dem Motto «Je tiefer geschürft, desto besser»

Wesley Randolph, Besitzer von Eagle's Rest, leidenschaftlicher Züchter von Vollblutpferden

Warren Randolph, Wesleys Sohn. Er versucht, in die Fußstapfen seines alten Herrn zu treten

Ansley Randolph, Warrens hübsche Ehefrau, die klüger ist, als man denkt

Samson Coles, Immobilienmakler aus gutem Hause, der sein Augenmerk nicht nur auf Grundstücke richtet

Lucinda Payne Coles, Samsons Ehefrau, die sich gründlich langweilt

Heike Holtz, Assistentin im Archäologenteam in Monticello

Rick Shaw, Bezirkssheriff von Albemarle County

Cynthia Cooper, Polizistin

Paddy, Mrs. Murphys Exmann, ein kesser Kater

Simon, ein Opossum, das auf Menschen nicht gut zu sprechen ist

Vorbemerkung der Autorin

Monticello ist ein Nationalheiligtum, dem Daniel P. Jordan, sein gegenwärtiger Direktor, vortrefflich dient. Einige von Ihnen werden sich erinnern, daß Mr. Jordan und seine Frau Lou den neu gewählten Präsidenten Clinton durch Thomas Jeffersons Haus geführt haben.

Architektur und Landschaft habe ich so genau geschildert, wie ich konnte. Die Personen sind natürlich erfunden, und Oliver Zeve, in diesem Roman der Direktor von Monticello, ist nicht nach dem Vorbild von Mr. Jordan gestaltet.

Während ich an diesem Roman schrieb, kam es zu einer unheimlichen Begebenheit. Im Buch werden in einer Sklavenhütte Scherben feinen Porzellans ausgegraben. Am 18. Oktober 1992, vier Tage nachdem ich meinem Verleger die erste Fassung dieses Buches geschickt hatte, erschien in *The Daily Progress*, der Lokalzeitung von Charlottesville, Virginia, ein Artikel, in dem berichtet wurde, daß William Keso, der Chefarchäologe von Monticello, in dem Sklavenquartier, wo vermutlich Sally Hemings wohnte, feines Porzellan gefunden hat. Dieses Sklavenquartier befand sich in der Nähe von Jeffersons Heim. Oft waren die Sklavenquartiere weit entfernt vom Herrenhaus, deswegen ist Miss Hemings' Hütte bemerkenswert. Der Porzellanfund war vom Leben imitierte Fiktion. Wer weiß, aber mir hat sich das Fell gesträubt.

Das einzige, was ich an Mr. Jordan und dem großartigen Personal von Monticello auszusetzen habe, ist, daß sie der Rolle der Katzen in Jeffersons Leben keine Beachtung schenken. Wer hat denn wohl Jeffersons Pergament gegen die

Mäuse verteidigt? Und meine Vorfahren waren es, die die Maulwürfe aus dem Garten und die Nagetiere aus den Ställen vertrieben haben. Zweifellos hat eine Katze den großen Mann inspiriert, als er die Unabhängigkeitserklärung verfaßte. Wer ist unabhängiger als eine Katze?

Die Menschen in Amerika machen ein großes Tamtam um Multikulturalismus. Und wie steht es um Multispezismus? Denken Sie etwa, die Welt dreht sich um Menschen?

Beim Geschichtsunterricht sollten die Amerikaner ihr Augenmerk auf die Beiträge von Katzen, Hunden, Pferden, Rindern, Schafen, Hühnern richten – ja von sämtlichen Haus- und auch einigen wilden Tieren. Was wäre aus unseren Gründervätern und -müttern geworden, wenn sie keine wilden Truthähne zu essen gehabt hätten? Also geben Sie Ihre auf Menschen fixierte Sicht der Dinge auf.

Was mich betrifft, so sind meine Katzenahnen im Jahre 1640 an den Gestaden Ostvirginias gelandet. Die erste Amerikatze war eine gescheckte Kätzin, eine gewisse Tabitha Buckingham. Ich bin daher eine EKV – Erste Katze Virginias. Natürlich bin ich stolz auf mein Erbe, aber ich glaube, jede junge Katze, die in dieses Land kommt, ist so sehr Amerikanerin wie ich. Es ist ein Glück für uns, hier zu sein.

Was die menschliche Einschätzung der Vergangenheit betrifft, möchte ich nur sagen, daß die Geschichte ein von der Zeit geheiligter Skandal ist. Da die Menschen nun mal sind, wie sie sind, bringt jedes Volk, jedes Land genügend Skandale hervor. Wenn Sie sich alle vernünftig verhalten würden, worüber könnte ich dann schreiben?

Immer

Ihre SNEAKY PIE

1

Lachend betrachtete Mary Minor Haristeen die Nickelmünze in ihrer Hand. Über dem Abbild von Monticello war das Motto unserer Nation eingeprägt: E Pluribus Unum. Sie reichte das Geldstück an ihre ältere Feundin, Mrs. Miranda Hogendobber, weiter. «Na, was sagen Sie?»

«Dieser Nickel ist keinen roten Heller wert.» Mrs. Hogendobber schürzte die melonenrot geschminkten Lippen. «Auf dem Nickel sieht Monticello so groß und unpersönlich aus, dabei ist das doch nur die Kehrseite der Medaille, wenn Sie mir diesen Scherz gestatten.»

Die zwei Frauen, die eine Mitte Dreißig, die andere in einem Alter, das sie auf keinen Fall preisgeben wollte, blickten von dem Geldstück hoch und zu dem westlichen Säulengang von Monticello. Die Fenster schimmerten vom Kerzenlicht des Salons, während die letzten Strahlen der Frühlingssonne hinter den Blue Ridge Mountains versanken.

Wären die Freundinnen zum Vordereingang in der Mitte des östlichen Säulengangs von Jeffersons Haus und von dort zum Rand des Rasens geschlendert, dann hätten sie ein grünes Meer vor Augen gehabt, die weite ebene Landschaft, die sich bis nach Richmond und schließlich bis hin zum Atlantischen Ozean erstreckt.

Wie die meisten, die in Albemarle County in Mittelvirginia geboren waren, konnten Harry Haristeen, wie sie genannt wurde, und Miranda Hogendobber mit einer fesselnden Führung durch Monticello aufwarten. Miranda gab zu, daß sie schon vor dem Zweiten Weltkrieg mit dem Anwesen vertraut gewesen war, aber mehr verriet sie nicht. Im Laufe der Jahrzehnte waren die Renovierungsarbeiten am Haus, an den Nebengebäuden und an den Gemüse- und Ziergärten so weit gediehen, daß Monticello nun der Stolz der gesamten Vereinigten Staaten war. Über eine Million auswärtige Besucher fuhren jedes Jahr die tückische Gebirgsstraße hinauf, um ihre acht Dollar zu entrichten, in einem kleinen Pendelbus auf einer Serpentinenstraße zur Bergspitze hinaufzukurven und von dort zu dem roten Ziegelgebäude – jeder Stein war handgefertigt, jedes Scharnier handgeschmiedet, jede Glasscheibe sorgfältig von einem schwitzenden, keuchenden Glasbläser geblasen. Das ganze Haus kündete von individuellen Fertigkeiten, Einfallsreichtum, Schlichtheit.

Die Tulpen trotzten dem frischen Westwind, und Harry und Mrs. Hogendobber gingen schaudernd um die Südseite des Geländes herum, vorbei an der erhöhten Terrasse. Ein ehrwürdiger Silberahorn stand tief verwurzelt an der Stelle, wo sie abbogen. An der Vorderseite des Hauses angekommen, blieben sie vor der großen Tür stehen.

«Ich weiß nicht, ob ich das durchstehe.» Harry holte tief Luft.

«Oh, auch dem Teufel muß man sein Recht lassen. Oder sollte ich sagen, der Teufelin?» feixte Mrs. Hogendobber. «Sie hat sich sechs Jahrzehnte lang auf diese Sache vorbereitet. Sie wird sagen, vier, aber ich kenne Mim Sanburne seit Anbeginn der Zeiten.»

«Ist das nicht angeblich der Vorteil, wenn man in einer Kleinstadt lebt? Daß jeder jeden kennt?» Harry rieb sich die hochgezogenen Schultern. Die Temperatur war drastisch gesunken.

«Na schön, auf in den Kampf: Mim, die Jefferson-Expertin.»

Sie öffneten die Tür und traten in dem Moment ein, als der

kleine Zeiger der großen Uhr über dem Eingang auf sieben rückte. Die Tagesanzeige, die von der Tür aus gesehen links durch ein Gewicht angezeigt wurde, lautete auf Mittwoch. Die große Uhr war eine der vielen sinnreichen Erfindungen, die Jefferson gemacht hatte, als er sein Haus entwarf. Doch auch große Geister können sich irren. Jefferson hatte die Zugkraft des Gewichtes falsch bemessen, und in der Eingangshalle war nicht genug Platz, um alle Wochentage anzuzeigen. Jeden Freitag rutschte das Tagesgewicht durch ein Loch im Fußboden in den Keller, wo es den Freitagnachmittag und den Samstag markierte. Am Sonntagmorgen, wenn die Uhr aufgezogen wurde, erschien das Gewicht dann wieder in der Halle.

Harry und Mrs. Hogendobber waren gekommen, um einer kleinen Versammlung der «Besten» von Albemarle beizuwohnen, womit diejenigen gemeint waren, deren Vorfahren schon vor der Revolution in Virginia heimisch gewesen waren, ferner jene Größen, die kürzlich aus Hollywood, von Harry Hollydumm getauft, eingetroffen waren, und natürlich die Reichen. Harry fiel in die erste Kategorie, Mrs. Hogendobber ebenso. Als Postvorsteherin – Harry zog die Bezeichnung Posthalterin vor – der Kleinstadt Crozet würde Harry wohl niemals irrtümlich für reich gehalten werden.

Marilyn Sanburne, bekannt als Mim oder Big Marilyn, rang nervös ihre perfekt manikürten Hände. Als Ehefrau des Bürgermeisters und eine der wohlhabenderen Einwohnerinnen von Albemarle hätte sie kühl und gefaßt sein sollen. Doch sie zitterte leicht, als sie den Blick über die erlauchten Anwesenden schweifen ließ, unter ihnen der Direktor von Monticello, der überschwengliche, lebenslustige Oliver Zeve. Kimball Haynes, der Chefarchäologe, mit dreißig Jahren recht jung für so einen Posten, stand im Hintergrund.

«Meine Damen und Herren» – Mim räusperte sich, während ihre Tochter Little Marilyn, zweiunddreißig, ihre Mutter mit gut gespielter Verzückung ansah –, «ich danke Ihnen allen, daß Sie sich trotz Ihrer vollen Terminkalender die Zeit genommen haben, heute abend an dieser für unser geliebtes Monticello so wichtigen Veranstaltung teilzunehmen.»

«So weit, so gut», flüsterte Mrs. Hogendobber Harry zu.

«Dank der Unterstützung jedes einzelnen von Ihnen haben wir fünfhunderttausend Dollar für die Ausgrabung und anschließende Wiederherstellung der Dienstbotenquartiere von Mulberry Row gesammelt.»

Während Mim die Bedeutung des neuen Projekts hervorhob, sann Harry über die fortgesetzte Heuchelei in ihrem Teil der Welt nach. Dienstboten. Ach ja, Dienstboten, nicht Sklaven. Kein Zweifel, einige waren gut behandelt, sogar geliebt worden, aber das Wort überzog eine häßliche Realität mit einem hübschen Glanz – Jeffersons Achillesferse. Er war in den meisten Dingen so ungeheuer fortschrittlich gewesen, da war es vielleicht kleinlich, zu wünschen, er wäre, auch was die Herkunft seiner Arbeitskräfte betraf, fortschrittlicher gewesen. Dann wiederum fragte sich Harry, was wäre geschehen, hätte sie sich in derselben Situation befunden? Hätte sie auf tüchtige Arbeitskräfte verzichten können? Sie hätte sie unterbringen, kleiden, ernähren und für ihre ärztliche Betreuung sorgen müssen. Das alles war nicht billig, und beim heutigen Wert des Dollars würde es sich vielleicht auf mehr als das Existenzminimum belaufen. Trotzdem, das moralische Dilemma, in dem man als Weißer steckte, und Harry war weiß, machte ihr zu schaffen.

Trotz alledem war Mim die treibende Kraft hinter diesem Projekt gewesen, und daß es damit nun vorwärtsging, war ein großer persönlicher Sieg für sie. Sie hatte auch das meiste Geld beigesteuert. Ihr angebeteter einziger Sohn hatte Crozet Hals über Kopf verlassen, um ein kultiviertes Model zu heiraten, eine umwerfende New Yorkerin, die zufällig die Farbe von Milchkaffee hatte. Vier Jahre hatte Mim ihrem Sohn den Zutritt zum Haus seiner Vorfahren verwehrt, aber vor zwei Jahren hatte Big Marilyn, dank einer Familienkrise und der besänftigenden Worte von Menschen wie Miranda Hogendobber, eingewilligt, Stafford und Brenda nach Hause einzuladen. Es ist niemals leicht, mit den eigenen Vorurteilen konfrontiert zu werden, zumal wenn man so hochmütig ist wie Mim, aber sie gab sich Mühe, und die Anstrengungen, die sie für die Ausgrabung dieses Abschnitts von Monticellos Geschichte übernahm, waren durchaus lobenswert.

Harrys Blick schweifte durch den Raum. Mehrere Nachkommen Jeffersons waren anwesend. Seine Töchter Martha und Maria hatten Thomas Jefferson fünfzehn Enkelkinder beschert. Die Überlebenden jener Generation wiederum schenkten ihm achtundvierzig Urenkel. Cary, Coles, Randolph, Eppes, Wayles, Bankhead, Coolidge, Trist, Meikleham, Carr und wie sie alle hießen, trugen Jefferson-Blut in unterschiedlicher Verdünnung ins 20. und bald auch ins 21. Jahrhundert.

Seine Abstammung auf den rothaarigen Ureinwohner von Monticello zurückführen zu wollen, das war so ähnlich, als wollte man die Geschichte aller Vollblutpferde zurückverfolgen bis zu den großen Zuchthengsten: Eclipse 1764, Herod 1758 und Matchem 1748.

Die Leute taten es trotzdem. Mim Sanburne glaubte felsenfest, daß sie mütterlicherseits über die Linie Wayles–Coolidge mit dem großen Mann verwandt war. Angesichts ihres Reichtums und ihres gebieterischen Wesens machte niemand Mim diesen dürftigen Anspruch in Virginias großem Spiel der Ahnenverehrung streitig.

Harrys Vorfahren waren 1640 an der Küste Virginias gelandet, aber eine Verbindung mit Jeffersons Stammbaum hatte nie jemand für sich in Anspruch genommen. Tatsächlich schien sowohl die Familie ihrer Mutter, die Hepworths, als auch die ihres Vaters sich damit begnügt zu haben, hier und heute harte Arbeit zu tun, statt sich einer glorreichen Vergangenheit zu rühmen.

Harrys Verwandte hatten in allen Auseinandersetzungen, von denen mit den Franzosen bis hin zum Golfkrieg, gekämpft und waren der Meinung, dieser Beitrag spräche für sich. Wenn sie sich überhaupt etwas zuschulden kommen ließen, dann war es ein umgekehrter Snobismus, weswegen Harry täglich den Drang bekämpfen mußte, über Mim und ihresgleichen die Nase zu rümpfen.

Sobald Mim ihre Nervosität überwunden hatte, fand sie es so berauschend, im Rampenlicht zu stehen, daß sie nur ungern wieder abtrat. Schließlich begann Oliver Zeve zu applaudieren, aber Mim sprach weiter, bis der Lärm sie schließlich doch übertönte. Sie lächelte verkniffen, nickte zum Dank – nicht ein einziges Haar war verrutscht – und setzte sich.

Die Hauptopfer von Mims Geldsammelaktion, Wesley Randolph mit seinem Sohn Warren, Samson Coles und Center Berryman, applaudierten heftig. Wesley, durch Thomas Jeffersons geliebte ältere Tochter Martha ein direkter Nachkomme von Jefferson, hatte über die Jahrzehnte regelmäßig großzügig gespendet. Samson Coles, über seine Mutter, Jane Randolph, mit Jefferson verwandt, spendete mit Unterbrechungen, je nachdem, ob seine Immobiliengeschäfte florierten oder nicht.

Wesley Randolph, der seit einem Jahr mit Leukämie zu kämpfen hatte, verspürte ein starkes Bedürfnis nach Kontinuität, nach Fortbestand der Familienbande. Als Züchter von Vollblutpferden war dies für ihn vermutlich ein natürlicher

Wunsch. Obwohl der Krebs im Augenblick vorübergehend zum Stillstand gekommen war, wußte der alte Herr, daß seine Uhr bald abgelaufen sein würde. Er wollte die Vergangenheit seines Volkes, Jeffersons Vergangenheit, bewahrt wissen. Vielleicht war dies Wesleys bescheidener Griff nach Unsterblichkeit.

Nach der Feier gingen Harry und Mrs. Hogendobber noch mit zu Oliver Zeve nach Hause, wo Harrys Tigerkatze Mrs. Murphy und ihr Welsh Corgi Tee Tucker auf sie warteten. Oliver besaß einen wuscheligen weißen Perserkater, Erzherzog Ferdinand, der ihn eine Zeitlang nach Monticello zur Arbeit begleitet hatte. Aber Kinder, die das Heiligtum besichtigten, hatten Erzherzog Ferdinand zuweilen dermaßen gepiesackt, daß er sie angefaucht und gekratzt hatte. Obwohl der Erzherzog als Katze im Recht war, hielt Oliver es für besser, ihn zu Hause zu lassen. Das war sehr bedauerlich, denn eine Katze sieht ein Nationalheiligtum mit schärferen Augen als ein Mensch.

Erzherzog Ferdinand glaubte zudem an erblichen Adel, was in krassem Gegensatz zu Jeffersons Ansichten stand.

In diesem Augenblick beobachtete der Erzherzog von einem Aussichtspunkt auf dem hohen Feigenbaum in Olivers Wohnzimmer Mrs. Murphy.

Kimball, der mitgekommen war, rief aus: «Weibchen verfolgt Männchen. Also, das gefällt mir.»

Mrs. Murphy wandte sich ab. *«Aber ich muß doch sehr bitten, Erzherzog Ferdinand ist nicht mein Typ.»*

Der Erzherzog murrte: *«Ach, aber Paddy ist dein Typ? Der ist so nutzlos wie Zitzen an 'nem Eber.»*

Mrs. Murphy, mit den Fehlern ihres Exgatten wohlvertraut, verteidigte ihn trotzdem: *«Wir waren damals sehr jung. Er ist ein anderer geworden.»*

«Ha!» stieß der Erzherzog hervor.

«Jetzt ist es genug, Mrs. Murphy. Du übertreibst es mit deiner Begrüßung.» Harry bückte sich und hob die widerstrebende Tigerkatze auf, die sich am Unbehagen des Erzherzogs weidete.

Oliver klopfte Harry auf den Rücken. «Hat mich gefreut, daß Sie an der Feier teilnehmen konnten.»

«Mich aber nicht. Wir haben überhaupt nichts gesehen», knurrte Harrys kleiner Hund.

Mrs. Hogendobber hängte sich ihre voluminöse Handtasche über den linken Unterarm und war schon aus der Tür.

«Mims Scheck wird wohl eine Menge Gutes bewirken.»

Kimball lächelte, als Harry in Mrs. Hogendobbers Ford Falcon stieg, der erstklassig in Schuß war.

Kimball würde noch Gelegenheit haben, diese Bemerkung zu bereuen.

2

Eines von den Dingen, die Harry am Wechsel der Jahreszeiten in Mittelvirginia so faszinierten, war das unterschiedliche Licht. Wenn es Frühling wurde, leuchtete die Welt, doch noch behielt sie etwas von dem außergewöhnlichen Winterlicht zurück. Mit der Tagundnachtgleiche des Frühjahrs verschwand das diffuse Licht und wich strahlender Helligkeit.

Harry ging oft zu Fuß von ihrer an der Yellow Mountain Road gelegenen Farm zum Postamt. Ihr in die Jahre gekommener supermannblauer Transporter mußte geschont werden. Der frühmorgendliche Spaziergang erfrischte sie nicht nur für den Tag, sondern weckte ihre Sinne für die Wunder des alltäglichen Lebens, von denen Autofahrer im Vorbeirasen nur einen Blick erhaschen, sofern sie sie überhaupt wahrnehmen. Eine schwellende Ahornknospe, ein verlassenes graues Wespennest von der Größe eines Fußballs, die frechen Schreie der Raben, der süße Geruch der Erde, wenn die Sonne sie wärmte, diese auf die Sinne einstürmenden Herrlichkeiten hielten Harry geistig gesund. Sie konnte nicht verstehen, wie Menschen auf Straßenpflaster spazierengehen konnten, während ihnen der Smog in die Augen stieg, Hupen tuteten, Ghettoblaster plärrten. Ihre täglichen Begegnungen mit anderen Menschen waren von Rücksichtslosigkeit geprägt, wenn nicht gar regelrecht gefährlich.

Harry, die bei ihren Mitschülerinnen auf dem Smith College als Versagerin gegolten hatte, lag es fern, sich oder andere aufgrund von Äußerlichkeiten zu beurteilen. Sie hatte mit siebenundzwanzig eine Krise durchgemacht, als sie Gleichaltrige unaufhörlich von beruflichem Aufstieg, Fremdfinanzierung und, sofern sie verheiratet waren, der Geburt des ersten Kindes reden hörte. Sie selbst war damals mit dem Tierarzt Pharamond Haristeen verheiratet gewesen, ihrer alten Liebe aus der Schulzeit, und eine Weile war es gutgegangen. Sie war nie dahintergekommen, ob die Versuchungen durch die reichen, schönen Frauen auf den riesigen Farmen in Albemarle County die Charakterstärke ihres großen, blonden Ehemannes gebrochen hatten oder ob sie sich sowieso mit der Zeit auseinandergelebt hätten. Sie hatten sich scheiden lassen. Das erste Jahr war schmerzlich gewesen, das zweite schon weniger, und jetzt, zu Beginn des dritten Jahres ohne Fair, hatte sie das Gefühl, daß sie langsam Freunde würden. Ihrer besten Freundin, Susan Tucker, vertraute sie an, daß sie ihn jetzt sogar lieber mochte als damals, als sie mit ihm verheiratet war.

Mrs. Hogendobber hatte Harry anfangs wegen der Scheidung die Hölle heiß gemacht. Als sie sich schließlich beruhigte, warf sie sich mit Feuereifer auf die Aufgabe der Heiratsvermittlerin. Sie versuchte, Harry mit Blair Bainbridge zu verkuppeln, einem göttlich aussehenden Mann, der auf Harrys Nachbarfarm eingezogen war. Blair befand sich jedoch zur Zeit zu Modeaufnahmen in Afrika. Als Model war er sehr gefragt. Blairs Abwesenheit trieb Fair wieder in Harrys Umfeld – aus dem er sich allerdings nie weit entfernt hatte. Crozet, Virginia, bot seinen Einwohnern das niemals endende Schauspiel von gefundener Liebe, eroberter Liebe, verlorener und wiedergefundener Liebe. Das Leben war nie langweilig.

Vielleicht fühlte sich Harry deswegen nicht als Versagerin, auch wenn man ihr auf den Ehemaligentreffen des Smith College Fragen stellte, die für andere möglicherweise peinlich gewesen wären. Für sie war das viel Lärm um nichts. Doch jeden Morgen, wenn sie aus dem Bett sprang, freute sie sich auf den neuen Tag, sie war glücklich mit ihren Freunden und zufrieden mit ihrer Arbeit im Postamt. So klein das Postamt war, alle kamen vorbei, um ihre Post abzuholen und ein Schwätzchen zu halten, und Harry genoß es, im Mittelpunkt des Treibens zu stehen.

Mrs. Murphy und Tee Tucker waren auch dort tätig. Harry konnte es sich nicht vorstellen, acht bis zehn Stunden am Tag ohne ihre Tiere zu verbringen. Dazu waren sie zu spaßig.

Als sie die Railroad Avenue entlangging, sah sie Reverend Herb Jones' Transporter vor der lutherischen Kirche stehen.

«Er hat einen Platten und keinen Ersatzreifen», sagte sie vor sich hin.

«Die zahlen ihm nicht genug», stellte Mrs. Murphy altklug fest.

«Woher weißt du das, Klugscheißerin?» wollte Tucker wissen.

«Ich habe meine Quellen.»

«Deine Quellen? Du hast mit Lucy Fur getratscht, und die tut

nichts als Hostien fressen», sagte Tucker hämisch, begeistert, weil nun bewiesen schien, daß Herbies neue Katze das heilige Sakrament schändete.

«Tut sie gar nicht. Das macht nur Cazenovia von St. Paul. Du glaubst wohl, alle Kirchenkatzen fressen Hostien. Dabei mögen Katzen gar kein Brot.»

«Ach ja? Und was ist mit Pewter? Ich hab sie schon einen Doughnut futtern sehen. Allerdings, Spargel hab ich sie auch schon essen sehen.» Tucker staunte über den gigantischen Appetit von Market Shifletts Katze. Da sie in dem Lebensmittelgeschäft neben dem Postamt tätig war, wurde das graue Tier ständig verwöhnt. Pewter sah aus wie eine pelzige Kanonenkugel mit Beinen.

Mrs. Murphy sprang auf das Trittbrett des alten Vehikels, während Harry den platten Reifen in Augenschein nahm.

«Das zählt nicht. Die Katze frißt einfach alles.»

«Ich wette mit dir, daß sie mampfend am Fenster sitzt, wenn wir am Laden vorbeikommen.»

«Hältst du mich für blöd?» Mrs. Murphy ging nicht auf die Wette ein. *«Aber ich wette mit dir, daß ich schneller auf den Baum da vorn geklettert bin, als du hinlaufen kannst.»* Damit war sie auf und davon. Tucker zögerte eine Sekunde, dann stürmte sie zu dem Baum, den Mrs. Murphy schon halb erklommen hatte. *«Ich hab dir ja gesagt, ich gewinne.»*

«Jetzt mußt du rückwärts wieder runter.» Tucker wartete unten, die Schnauze weit aufgerissen, um die Wirkung ihrer Worte zu verstärken. Ihre weißen Fangzähne blitzten.

«Oh.» Mrs. Murphy riß die Augen auf. Ihre Schnurrhaare zuckten vor und zurück. Sie machte ein ängstliches Gesicht, und der Hund triumphierte. Im Nu sprang Mrs. Murphy kopfüber vom Baum, sie machte einen Satz über den Rücken des Hundes hinweg und raste zu dem Transporter. Tucker, die das Nachsehen hatte, bellte sich die Seele aus dem Leib.

«Tucker, jetzt reicht's», schimpfte Harry und setzte ihren Weg zum Postamt fort, während sie sich im Kopf notierte, Herb zu Hause anzurufen.

«Du bist schuld, daß ich Scherereien kriege. Du hast angefangen», warf der Hund der Katze vor. *«Schrei mich nicht an»,* sagte Tucker winselnd zu Harry.

«Hunde sind doof. Doof, doof, doof», verkündete die Katze mit lauter Stimme, den Schwanz hochgereckt, dann rannte sie vor Tucker her, die natürlich die Verfolgung aufnahm.

Mrs. Murphy sprang in die Luft und setzte hinter Tucker auf. Harry mußte so lachen, daß sie nicht weitergehen konnte. «Ihr seid verrückt, ihr zwei.»

«Sie ist verrückt. Ich bin vollkommen normal.» Tucker setzte sich beleidigt hin.

«Ha.» Mrs. Murphy machte einen weiteren Luftsprung. Sie hatte Frühlingsgefühle und war erfüllt von der Hoffnung, die diese Jahreszeit stets begleitet.

Harry putzte sich am Haupteingang des Postamts die Füße ab, nahm den Messingschlüssel aus ihrer Tasche und schloß auf, während Mrs. Hogendobber gleichzeitig dasselbe Ritual am Hintereingang vollzog.

«Schönen guten Morgen», riefen sie sich gegenseitig zu, als sie auf der jeweils anderen Seite des kleinen Fachwerkhauses die Tür zugehen hörten.

«Punkt halb acht», rief Miranda, erfreut über ihre Pünktlichkeit. Mirandas Ehemann war jahrzehntelang Posthalter von Crozet gewesen. Nach seinem Tod hatte Harry die Stelle bekommen.

Obwohl keine Staatsangestellte, war Miranda George seit dem 7. August 1952, dem Tag, als er seine Stellung angetreten hatte, zur Hand gegangen. Als er starb, trauerte sie zunächst um ihn, was natürlich war. Dann erklärte sie, der Ruhestand gefalle ihr. Am Ende gab sie zu, sich zu Tode zu langweilen, weswegen Harry sie aus Höflichkeit einlud, ab und zu vorbeizukommen. Harry hatte nicht geahnt, daß Miranda hartnäckig jeden Morgen um halb acht vorbeikommen würde. Mit der Zeit und nach einigem Murren entdeckten die zwei, daß es ganz angenehm war, Gesellschaft zu haben.

Draußen hupte das Postauto. Rob Collier tippte an seine Orioles-Baseballkappe und warf die Säcke durch den Vordereingang. Er brachte die Post vom Hauptpostamt am Seminole Trail in Charlottesville. «Spät dran», sagte er nur.

«Rob verspätet sich selten», bemerkte Miranda. «Schön, packen wir's an.» Sie öffnete einen Leinensack und begann, die Post in die Fächer zu sortieren.

Auch Harry sichtete den Morast aus Gedrucktem, eine Flut von Versuchungen zum Geldausgeben, denn die Hälfte von dem, was sie aus ihrem Sack zog, waren Versandhauskataloge.

«Iiih!» kreischte Miranda und zog die Hand aus einem Postfach.

Mrs. Murphy eilte sofort herbei, um das anstößige Fach zu inspizieren. Sie angelte mit der Pfote darin herum.

«Was gefunden?» fragte Tucker.

«O ja!» Mrs. Murphy warf eine dicke Spinne auf den Boden. Tucker sprang zurück, die zwei Menschen ebenso, dann bellte sie, was die Menschen tunlichst unterließen.

«Gummi», sagte Mrs. Murphy und lachte.

«Wessen Fach war das?» wollte Harry wissen.

«Das von Ned Tucker.» Mrs. Hogendobber runzelte die Stirn. «Das war bestimmt Danny Tucker. Ich sage Ihnen, die jungen Leute heutzutage haben keinen Respekt. Meine Güte, ich hätte einen Schlaganfall bekommen oder zumindest mit meiner Atmung aus dem Takt geraten können. Wenn ich den Jungen zu fassen kriege!»

«Jungen sind eben Jungen.» Harry hob die Spinne auf und wedelte damit vor Tucker herum, die Gleichgültigkeit vortäuschte. «Huch, der erste Kunde, und wir sind noch nicht halb fertig.»

Mim Sanburne stürmte durch die Tür. Ein blaßgelber Kaschmirschal vervollständigte ihr Bergdorf-Goodman-Ensemble.

«Mim, wir sind noch nicht soweit», informierte Miranda sie.

«Oh, ich weiß», sagte Mim affektiert. «Ich habe Rob auf dem Weg in die Stadt überholt. Ich wollte nur hören, wie ihr die Feier in Monticello fandet. Ja, ja, ihr habt mir gesagt, daß sie euch gefallen hat, aber mal ganz unter uns, wie fandet ihr sie wirklich?»

Harry und Miranda mußten sich nicht durch Blicke verständigen. Sie wußten, daß Mim beides brauchte, Lob und Klatsch. Miranda beherrschte letzteres besser als ersteres, was sie auch jetzt bewies. «Du hast eine gute Rede gehalten. Ich glaube, Oliver Zeve und Kimball Haynes waren schlankweg begeistert, jawohl, begeistert. Ich hatte allerdings den Eindruck, daß Lucinda Coles eingeschnappt war, wenn ich mir auch absolut nicht denken kann, warum.»

Mim schnappte nach dem Köder wie ein Klippenbarsch und senkte die Stimme. «Sie hat sich so hochnäsig benommen. Es ist ja nicht so, daß ich sie nicht in mein Komitee eingeladen hätte, Miranda. Sie war die zweite, die ich gefragt habe. Zuerst habe ich Wesley Randolph gefragt. Aber er ist einfach zu alt, der Ärmste. Als ich dann Lucinda fragte, hat sie gesagt, sie hätte genug davon, sich für gute Zwecke zu engagieren, auch wenn es darum ginge, den Ruf der Vorfahren reinzuwaschen. Ich mußte mich schwer beherrschen, ihrem Mann nichts davon zu sagen. Ihr kennt ja Samson Coles. Je öfter sein Name in die Zeitung kommt, desto mehr Leute werden in seine Immobilienagentur gelockt, auch wenn sich im Moment nicht viel verkaufen läßt, stimmt's?»

«Wir haben gute Zeiten gesehen, und wir haben schlechte Zeiten gesehen. Das geht vorüber», erklärte Miranda weise.

«Da bin ich nicht so sicher», warf Harry ein. «Ich glaube, wir werden eine sehr, sehr lange Zeit für die achtziger Jahre bezahlen müssen.»

«Blödsinn», widersprach Mim knapp.

Harry ließ das Thema wohlweislich fallen und kam wieder auf Lucinda Payne Coles zu sprechen, die auf keine besondere Abstammung verweisen konnte, außer daß sie mit Samson Coles verheiratet war, einem Nachkommen von Jane Randolph, der Mutter von Thomas Jefferson. «Wie bedauerlich, daß Lucinda aus Ihrem großartigen Projekt ausgestiegen ist. Es gehört sicher zum Besten, was Sie je getan haben, Mrs. Sanburne, und Sie haben in unserer Gemeinde schon so viel getan.» Obwohl Harry eine leichte Abneigung gegen die snobistische ältere Frau hegte, meinte sie dieses Lob ernst.

«Finden Sie? Oh, das freut mich aber.» Big Marilyn verschränkte die Hände wie ein Geburtstagskind, das über die vielen ausgepackten Geschenke aus dem Häuschen gerät. «Ich arbeite gern, wirklich.»

Dabei fiel Mrs. Hogendobber eine Bibelstelle ein: «‹So wird eines jeglichen Werk offenbar werden: der Tag wird's klar machen. Denn es wird durchs Feuer offenbar werden; und welcherlei eines jeglichen Werk sei, wird das Feuer bewähren. Wird jemandes Werk bleiben, das er darauf gebaut hat, so wird er Lohn empfangen.›» Sie nickte weise und fügte hinzu: «1. Korinther, 3,13–14.»

Mim liebte die äußeren Erscheinungsformen des Christentums, die Inhalte dagegen besaßen für sie weit weniger Reiz. Besonderes Unbehagen bereitete ihr der Spruch, daß ein Kamel leichter durch ein Nadelöhr gehe, als daß ein Reicher ins

Himmelreich komme. Immerhin war Mim so reich wie Krösus.

«Miranda, deine Bibelkenntnisse erstaunen mich immer wieder!» Mim hätte lieber «langweilen» statt «erstaunen» gesagt, aber sie hielt sich zurück. «Und das Zitat paßt genau, wenn man daran denkt, daß Kimball die Fundamente der Dienstbotenquartiere ausgraben wird. Ich bin ja so aufgeregt. Es gibt so viel zu entdecken. Ach, ich wünschte, ich hätte im achtzehnten Jahrhundert gelebt und Jefferson gekannt.»

«Ich hätte lieber seine Katze gekannt», mischte Mrs. Murphy sich ein.

«Jefferson war Hundeliebhaber», fügte Tee Tucker rasch hinzu.

«Und woher willst du das wissen?» Die Tigerkatze schlug mit dem Schwanz und spazierte auf Zehenspitzen über das Sims unter den Schließfächern.

«Das sagt die Vernunft. Er war ein vernünftiger Mensch. Intuitive Menschen bevorzugen Katzen.»

«Tucker!» Mrs. Murphy war so sprachlos angesichts des Scharfblicks der Corgihündin, daß sie nur noch ihren Namen ausrufen konnte.

Die Menschen redeten unbekümmert weiter, ohne etwas vom Gespräch der Tiere mitzubekommen, das viel interessanter war als ihr eigenes.

«Vielleicht haben Sie ihn ja wirklich gekannt. Vielleicht stammt daher Ihre Leidenschaft für Monticello.» Harry hätte um ein Haar einen Haufen Versandhauskataloge zum Abfall geworfen, aber dann besann sie sich.

«Den Unsinn glauben Sie doch selber nicht.» Mrs. Hogendobber rümpfte die Nase.

«Ich schon, ausnahmsweise.» Mim verzog keine Miene.

«Du?» Miranda konnte es anscheinend nicht fassen.

«Ja. Hast du das noch nie erlebt, daß du etwas wußtest, ohne daß man es dir erzählt hatte, oder daß du in Europa in ein Zimmer gekommen bist und das sichere Gefühl hattest, da bist du schon mal gewesen?»

«Ich war noch nie in Europa», lautete die trockene Antwort.

«Dann wird es höchste Zeit, Miranda, wirklich allerhöchste Zeit», hielt Mim ihr vor.

«Ich bin in meinem ersten Collegejahr mit dem Rucksack durch Europa gewandert.» Harry lächelte in Erinnerung an die netten Leute, die sie in Deutschland kennengelernt hatte, und wie aufregend es war, in ein damals kommunistisches Land zu kommen, nach Ungarn. Sie hatte sich der Zeichensprache bedient, und irgendwie hatte die Verständigung immer geklappt. Wohin sie auch kam, überall waren die Menschen freundlich und hilfsbereit gewesen. Sie nahm sich vor, eines Tages dorthin zurückzukehren, um alte Freunde wiederzusehen, mit denen sie sich noch schrieb.

«Wie abenteuerlich», sagte Big Marilyn trocken. Sie konnte sich nicht vorstellen, zu wandern oder, schlimmer noch, in Jugendherbergen zu übernachten. Als sie ihre Tochter in die Alte Welt geschickt hatte, hatte Little Marilyn eine große Luxusrundreise gemacht, obwohl sie alles darum gegeben hätte, mit Harry und ihrer Freundin Susan Tucker auf Rucksackwanderschaft zu gehen.

«Wirst du bei den Ausgrabungen dabeisein?» fragte Miranda.

«Wenn Kimball mich läßt. Wißt ihr, wie sie das machen? Sie sind äußerst genau, geradezu pingelig. Sie stecken Raster ab, sie fotografieren alles, sie zeichnen es sogar auf Millimeterpapier – um sicherzugehen. Dann durchforsten sie gewissenhaft Raster für Raster, und alles, absolut alles, was sich bergen läßt, das wird auch geborgen. Tonscherben, Gürtelschnallen, verrostete Nägel. Oh, ich kann's noch gar nicht glauben, daß ich dabeisein werde. Wißt ihr, das Leben ist damals besser gewesen als heute, davon bin ich überzeugt.»

«Ich auch», tönten Harry und Miranda wie im Chor.

«Ha!» maunzte Mrs. Murphy. *«Ist dir das schon mal aufgefallen? Immer, wenn die Menschen sich in die Geschichte zurückversetzen, bilden sie sich ein, damals wären sie reich und gesund gewesen. Die sollten mal rausfinden, wie das war, wenn man im achtzehnten Jahrhundert Zahnschmerzen hatte.»* Sie sah zu Tucker hinunter. *«Na, ist das etwa kein vernünftiger Gedanke?»*

«Manchmal bist du 'ne richtige Kratzbürste. Bloß weil ich gesagt habe, daß Jefferson Hunde lieber mochte als Katzen.»

«Aber das weißt du doch gar nicht.»

«So? Hast du irgendwelche Hinweise auf Katzen gelesen? Alles, was der Mann je geschrieben oder gesagt hat, kennt hier jeder auswendig. Da kommt kein Pieps über Katzen vor.»

«Du hältst dich wohl für überschlau. Hast du vielleicht zufällig eine Liste von seinen Lieblingshunden?»

Tucker senkte verlegen den Kopf. *«Hm, das nicht gerade – aber Thomas Jefferson hat Pferde geliebt, vor allem große Füchse.»*

«Schön, das kannst du zu Hause Tomahawk und Gin Fizz erzählen. Sie werden sich vor Stolz nicht einkriegen können.» Mrs. Murphy sprach von Harrys Pferden, die sie sehr gern hatte. Sie behauptete steif und fest, daß Katzen und Pferde wesensverwandt seien.

«Glauben Sie, daß wir die Ausgrabungsstätte von Zeit zu Zeit besichtigen können?» Harry beugte sich über den Schalter.

«Warum nicht?» erwiderte Mim. «Ich rufe Oliver Zeve an und frage ihn, ob das in Ordnung geht. Ihr jungen Leute müßt euch unbedingt engagieren.»

«Was gäbe ich darum, noch mal in Ihrem Alter zu sein, Harry.» Miranda wurde wehmütig. «Dann würde mein George noch Haare haben.»

«George hatte mal Haare?» Harry mußte kichern.

«Werden Sie nicht frech», warnte Miranda, aber ihr Tonfall drückte Zuneigung aus.

«Willst du einen Mann mit einem Kopf voll Haare? Dann nimm meinen.» Mim trommelte mit den Fingern auf den Schalter. «Alle anderen hatten ihn schon.»

«Na hör mal, Mim.»

«Ach, Miranda, ich gräme mich nicht mal mehr deswegen. All die Jahre meiner Ehe habe ich gute Miene zum bösen Spiel gemacht – jetzt ist es mir einfach egal. Ist mir zu anstrengend. Ich habe beschlossen, für mich zu leben. Es lebe Monticello!» Damit winkte sie und ging.

«Ich muß schon sagen, ich muß schon sagen.» Miranda schüttelte den Kopf. «Was ist bloß in sie gefahren?»

«*Wer* ist bloß in sie gefahren?»

«Harry, das ist ungezogen.»

«Ich weiß.» Harry bemühte sich, in Mrs. Hogendobbers Gegenwart den Mund zu halten, aber manchmal entschlüpfte ihr doch eine Bemerkung. «Da muß was vorgefallen sein. Oder vielleicht ist sie schon als Kind so gewesen.»

«Sie war nie ein Kind.» Miranda senkte die Stimme.

«Ihre Mutter hat sie auf eine öffentliche Schule geschickt, aber Mim wäre lieber auf Miss Porters Privatschule gegangen. Sie trug jeden Tag Klamotten, die so teuer waren, daß sie einen Durchschnittsmann bankrott gemacht hätten, und das war wohlgemerkt am Ende der Depression und am Beginn des Zweiten Weltkriegs. Als wir die Crozet High School besuchten, gab es zwei Klassen von Schülern. Marilyn und den Rest.»

«Sagen Sie – haben Sie eine Ahnung, was es sein könnte?»

«Nicht die leiseste.»

«Ich weiß, was es ist», bellte Tucker. Die Menschen sahen sie an. *«Frühlingsgefühle.»*

3

Fair Haristeen, ein blonder Riese, betrachtete das Bild auf dem kleinen Monitor. Er machte im Zuchtstutenstall auf Wesley Randolphs Gestüt Eagle's Rest eine Ultraschallaufnahme von einem ungeborenen Fohlen. Die Verwendung von Ultraschall zur Ortung von Lage und Zustand des Fötus gewann für Tierärzte und Züchter gleichermaßen an Bedeutung. Dieses sogar in der Humanmedizin relativ junge Verfahren war für Pferde noch später eingeführt worden. Fair zentrierte das gewünschte Bild, drückte auf einen kleinen Knopf, und das Gerät spuckte das Bild des werdenden Fohlens aus.

«Da haben wir ihn, Wesley.» Fair reichte dem Züchter den Ausdruck.

Wesley Randolph, sein Sohn Warren und Ansley, Warrens kleine, aber hinreißende Frau, warteten gespannt auf die Worte des Tierarztes.

«Das Hengstfohlen im Mutterleib ist gesund. Halten wir die Daumen.»

Wesley gab das Bild an Warren weiter und verschränkte die Arme über dem schmächtigen Brustkasten. «Der Deckhengst für dieses Fohlen war Mr. Prospector. Ich muß es haben!»

«Sie können fast nichts Besseres tun, als für die Claiborne Farm zu züchten. Wenn man mit so guten Leuten zusammenarbeitet, kann man kaum Fehler machen.»

Warren, stets darauf bedacht, seinen dominierenden Vater zufriedenzustellen, sagte: «Dad wünscht sich höchstes Tempo, gepaart mit Ausdauer. Ich denke, dieses Fohlen könnte das beste werden, das wir bisher hatten.»

«Dark Windows – die war einmalig», schwärmte Wesley. «Die verflixte kleine Stute hat ihr Bein über eine Trennwand gesetzt, als wir sie nach Churchill Downs transportierten. Sie bekam ein dickes Knie, und danach ist sie nie wieder Rennen gelaufen. Sie war was Besonderes, die kleine Stute – wie Ruffian.»

«Ich werde den Tag nie vergessen, als Ruffian eine Sekunde im Lauf stockte – wegen eines Vogels oder was weiß ich – und sich den Fesselkopf brach. Gott, es war furchtbar.»

Warren erinnerte sich an den schicksalhaften Tag, an dem das Galopprennen eine seiner bis heute glänzendsten Stuten und vielleicht eines der größten Rennpferde überhaupt verlor, in Belmont Park, im Rennen gegen Foolish Pleasure, den Sieger des Kentucky Derbys.

Fair ergänzte die Erinnerungen an die Verletzung der schwarzen Stute durch die Sachkenntnis des Veterinärs: «Sie war zu wild, konnte einfach nicht liegenbleiben, als ihr Bein eingerenkt war. Sie brach es sich ein zweites Mal, als sie aus der Narkose aufwachte, und hätte es sich ein drittes Mal gebrochen, wenn man versucht hätte, den Bruch wieder einzurenken. Sie einzuschläfern war das einzige, was man tun konnte, um ihr weitere Schmerzen zu ersparen.»

Wesley schüttelte den Kopf. «Ein Jammer, verdammt, so ein Jammer. Sie hätte eine erstklassige Zuchtstute abgegeben. Ihre Besitzer hätten vielleicht sogar versucht, sie von dem Hengst decken zu lassen, gegen den sie lief, als es passierte. Foolish Pleasure. Als Zuchthengst ist er nicht so gut wie als Rennpferd, das wissen wir jetzt, wo wir seinen Nachwuchs gesehen haben.»

«Ich werde nie vergessen, wie die Öffentlichkeit auf Ruffians Tod reagiert hat. Die schöne schwarze Stute mit dem ungeheuren Mut – sie gab immer zweihundert Prozent. Als sie eingeschläfert werden mußte, hat das ganze Land getrauert, sogar Leute, die sich nie was aus Pferderennen gemacht haben. Es war ein sehr, sehr trauriger Tag.» Ansley war sichtlich ergriffen von dieser Erinnerung. Sie wechselte das Thema.

«Dark Windows hat einige großartige Sieger hervorgebracht. Das war auch eine fabelhafte Stute», lobte Ansley ihren Schwiegervater, der Beachtung so nötig hatte wie ein Fisch das Wasser.

Er lächelte. «Ja, doch, da waren einige.»

«Ich komme nächste Woche wieder vorbei. Rufen Sie mich an, wenn was ist.» Fair ging zu seinem Transporter, um zu seinem nächsten Patienten zu fahren.

Wesley folgte ihm hinaus; sein Sohn und seine Schwiegertochter blieben im Stall. Hinter einer kleinen Anhöhe jenseits des Fahrwegs war ein See. Wesley wollte später mit seinem Fernglas dorthin gehen, um Vögel zu beobachten. Vögel zu beobachten beruhigte sein Gemüt. «Darf ich Ihnen einen Rat geben?»

«Schätze, den kriege ich so oder so, ob ich will oder nicht.» Fair öffnete die Klappe des Laderaums, der in Sonderanfertigung auf seine Bedürfnisse zugeschnitten war und alles enthielt, was ein Tierarzt braucht.

«Erobern Sie Mary Minor Haristeen zurück.»

Fair stellte seine Sachen in den Wagen. «Seit wann spielen Sie Amor?»

«Amor?» brüllte Wesley. «Der dicke Knirps mit Köcher, Pfeil und Bogen und den Flügelchen an den Schultern? Der? Geben Sie mir noch ein bißchen Zeit, dann werde ich ein richtiger Engel – oder aber ich fahre nach dem Tod in die Hölle.»

«Wesley, nur gute Menschen sterben jung. Sie werden uns ewig erhalten bleiben.» Fair machte es Spaß, ihn aufzuziehen.

«Ha! Ich glaube, Sie haben recht.» Anspielungen auf seine wildbewegte Jugend hörte Wesley gern. «Ich bin alt, ich kann reden, was ich will und wann ich will.» Er atmete tief durch. «Hab ich übrigens immer getan. Das ist der Vorteil, wenn man stinkreich ist. Und drum sag ich Ihnen, holen Sie sich die Kleine zurück, die Sie dämlicherweise, und ich betone dämlicherweise, aufgegeben haben. Mit ihr ziehen Sie das große Los.»

«Seh ich so schlimm aus?» fragte Fair. Langsam war ihm nicht mehr zum Spaßen zumute.

«Sie sehen aus wie ein Schiff ohne Ruder, jawohl. Und treiben sich ausgerechnet mit Boom Boom Crayford rum. Große Titten, aber nicht leicht zu halten.» Wesley verglich Boom Boom mit einem Pferd, dessen Unterhalt teuer war, das kaum an Gewicht zunahm und in der Leistung oft enttäuschte. Er hätte keinen passenderen Vergleich wählen können, außer daß sich das Gewicht bei Boom Boom in Karat maß. Sie war noch süchtiger nach Edelsteinen als ein Pascha. «Frauen wie Boom Boom wollen Männern nur den Kopf verdrehen. Harry hat Temperament und Köpfchen.»

Fair rieb die blonden Stoppeln auf seiner Wange. Er kannte Wesley schon sein ganzes Leben, und er mochte ihn gern. Trotz seiner Arroganz und Grobheit. Wesley war loyal, nannte die Dinge beim Namen und war wahrhaft großzügig, ein Wesenszug, den Warren von ihm geerbt hatte. «Manchmal denke ich darüber nach – und ich meine, sie müßte verrückt sein, wenn sie mich zurücknähme.»

Wesley legte seinen Arm um Fairs breite Schultern. «Hören Sie, hier gibt es nicht einen Mann, der nicht mal außerhalb seines Reviers gewildert hätte. Und die meisten von uns fühlen sich saumäßig dabei. Diana hat weggeguckt, wenn ich es gemacht habe. Wir waren ein Gespann. Das Gespann hatte Vorrang, und sobald ich ein bißchen erwachsener geworden war, brauchte ich diese – äh, Abenteuer ohnehin nicht mehr. Ich habe reinen Tisch gemacht. Ich habe ihr gestanden, was ich getan hatte, und sie um Verzeihung gebeten. Die Rumbumserei kränkt eine Frau auf eine Weise, die wir nicht verstehen können. Mein Herz gehörte zweihundertprozentig Diana. Mumm wie Ruffian. Geben, immer geben. Manchmal frage ich mich, wie so eine kleine schwarze Pussy mich überhaupt vom Weg weglocken und mich dazu bringen konnte, dem Menschen weh zu tun, den ich am meisten auf der Welt geliebt habe.» Er hielt inne. «Die Frauen verzeihen leichter als wir. Sie sind auch gütiger. Vielleicht brauchen wir sie, damit sie uns Anstand beibringen, mein Sohn. Überlegen Sie sich, was ich Ihnen gesagt habe.»

Fair klappte den Kofferraum zu. «Sie sind nicht der erste, der mir sagt, ich soll Harry zurückerobern. Mrs. Hogendobber liegt mir deswegen auch ab und zu in den Ohren.»

Wesley lachte. «Miranda. Ich kann sie förmlich hören.»

«Harry war eine gute Ehefrau, und ich war ein Dummkopf, aber wie wird man dieses Schuldgefühl los? Ich will mir nicht wie ein Scheißkerl vorkommen, wenn ich mit einer Frau zusammen bin, selbst wenn ich einer wäre.»

«Genau hier wirkt die Liebe Wunder. Liebe hat nichts mit Sex zu tun, obwohl wir alle dort anfangen. Diana hat mich gelehrt, was Liebe ist. Zart wie ein Spinnennetz und genauso stark. Der Wind kann so ein Spinnennetz nicht wegpusten. Haben Sie sich schon mal eins genau angesehen?» Er wakkelte mit der Hand. «Meine Frau hat mich gekannt, mit all meinen Fehlern, und sie hat mich geliebt, wie ich bin. Und ich habe gelernt, sie zu lieben, wie sie war. Das einzig Erfreuliche an meinem Zustand ist, daß ich meine Kleine wiedersehen werde, wenn ich ins Jenseits gehe.»

«Wesley, Sie sehen viel besser aus als in den letzten acht Monaten.»

«Der Krebs ist vorerst zum Stillstand gekommen. Bin verdammt dankbar dafür. Ich fühl mich richtig gut. Das einzige, was mich fertigmacht, sind die Aktienkurse.» Er schauderte, um seine Worte zu unterstreichen. «Und Warren. Ich weiß nicht, ob er stark genug ist, um das alles hier zu übernehmen. Er und Ansley ziehen nicht am selben Strang. Das macht mir Sorgen.»

«Vielleicht sollten Sie mit ihnen reden, wie Sie mit mir geredet haben.»

Wesleys Augen unter den buschigen grauen Brauen blinzelten. «Das versuche ich ja. Aber Warren weicht mir aus. Und Ansley hört zwar höflich zu, aber es geht zum einen Ohr rein, zum anderen Ohr raus.» Er schüttelte den Kopf. «Ich habe mein Leben lang Vollblüter gezüchtet, aber mit meinem eigenen Blut komme ich nicht richtig klar.»

Fair lehnte sich an den großen Transporter. «Ich glaube, daß eine Menge Menschen so empfinden . . . aber eine Lösung weiß ich auch nicht.» Er sah auf seine Uhr. «Ich muß zur Brookhill Farm. Rufen Sie mich wegen der Stute an – und ich verspreche Ihnen, ich werde über das nachdenken, was Sie gesagt haben.»

Fair stieg in den Wagen, ließ den Motor an und fuhr langsam aus der kurvigen Zufahrt mit den Lindenbäumen. Er winkte, und Wesley winkte zurück.

4

Der alte Ford Transporter tuckerte den Monticello Mountain hinauf. Wegen des leichten Nieselregens fuhr Harry besonders vorsichtig; allerdings konnte diese Straße bei jedem Wetter tückisch sein. Sie fragte sich, wie die Siedler mit ihren von Pferden oder gar Ochsen gezogenen Fuhrwerken diesen Berg hinauf und hinunter gekommen waren, und das ohne Scheibenbremsen. Die Straße, die zu Thomas Jeffersons Zeiten nicht gepflastert gewesen war, mußte sich bei Regen in den reinsten Morast und im Winter in eine mörderische Eisbahn verwandelt haben.

Susan Tucker schnallte sich an.

«Fahre ich so schlecht?»

«Nein.» Susan fuhr mit dem Daumen unter dem Gurt entlang. «Ich hätte mich schon anschnallen müssen, als wir in Crozet losgefahren sind.»

«Ach übrigens, hab ganz vergessen, es dir zu erzählen. Mrs. H. hat einen Tobsuchtsanfall gekriegt, als sie in euer Postfach langte und die Gummispinne zu fassen kriegte, die Danny da reingelegt haben muß. Mrs. Murphy hat das Ding dann rausgezogen und auf die Erde geworfen.»

«Hat sie mit den Händen in der Luft rumgefuchtelt?» fragte Susan unschuldig.

«Aber wie!»

«Und einen tiefen, kehligen Schrei losgelassen.»

«Mäßig, würde ich sagen. Aber immerhin hat der Hund gebellt.»

Susan grinste übers ganze Gesicht. «Schade, daß ich nicht dabei war.»

Harry drehte den Kopf zur Seite und sah ihre beste Freundin an. «Susan –»

«Du sollst auf die Straße gucken.»

«Ja, du hast recht. Susan, hast du die Spinne in das Postfach gelegt?»

«Äh – ja.»

«Also wirklich, warum machst du so was?»

«Mich hat der Teufel geritten.»

Harry lachte. Ab und zu stellte Susan aus heiterem Himmel irgend etwas Verrücktes an. So war sie, seit sie sich im Kindergarten kennengelernt hatten. Harry hoffte, daß sie sich nie ändern würde.

Der Parkplatz war nicht so voll wie sonst am Wochenende. Harry und Susan fuhren mit dem Pendelbus auf den Berg, der in Nebel gehüllt war, je höher, desto dichter. Als sie beim Herrenhaus anlangten, das die Einheimischen Big House nannten, konnten sie kaum die Hand vor Augen sehen.

«Glaubst du, Kimball ist da?» fragte Susan.

«Gehen wir nachsehen.» Harry ging auf der geraden Straße, die Mulberry Row genannt wurde, zur Südseite des Hauses. Hier hatten einst die Schmiede und achtzehn andere Gebäude für die diversen Gewerbe der Plantage gestanden: tischlern, Nägel machen, weben, möglicherweise sogar Pferdegeschirr anfertigen und instand setzen. Diese Gebäude waren nach Jeffersons Tod verschwunden, als seine mit einer Viertelmillion Dollar – das wären heute grob gerechnet zweieinhalb Millionen – verschuldeten Erben gezwungen waren, sein geliebtes Anwesen zu verkaufen.

Auch die Sklavenquartiere waren an der Mulberry Row gewesen. Wie die anderen Gebäude waren sie aus grobem Holz gewesen, es hatte sogar Kamine aus Holz gegeben, die gelegentlich Feuer fingen, so daß das ganze Haus in wenigen Minuten in Flammen stand. Eimerketten waren damals das einzige Mittel zur Brandbekämpfung gewesen.

Harry und Susan patschten über die nasse Erde durch den Nebel.

Harry blieb einen Moment stehen. «Wenn du ein Gefälle spürst, weißt du, daß wir in den Gemüsegarten abgerutscht sind.»

«Besser, wir bleiben auf dem Weg und gehen langsam. Harry, Kimball ist bestimmt nicht hier draußen in diesem Schlamm.»

Aber er war da. In grünem Barbour-Ölzeug, das in dieser Gegend unentbehrlich war, mit großen Gummistiefeln an den Füßen und einer wasserdichten Baseballkappe auf dem Kopf sah Kimball aus wie jeder beliebige männliche oder weibliche Bewohner Virginias an einem trüben Tag.

«Kimball!» rief Harry.

«Einen schönen guten Tag», antwortete er fröhlich. «Kommen Sie näher, sonst kann ich nicht sehen, wer bei Ihnen ist.»

«Ich», antwortete Susan.

«Ah, ein doppelter Genuß.» Er ging zu ihnen, um sie zu begrüßen.

«Wie können Sie in diesem Matsch arbeiten?» fragte Susan.

«Kann ich gar nicht, aber ich kann herumspazieren und nachdenken. Dieser Ort mußte gewissermaßen unabhängig von der Welt funktionieren. Es war eine kleine Welt für sich, deswegen versuche ich mich in jene Zeit zurückzuversetzen und mir vorzustellen, was wann und warum benötigt wurde. Das hilft mir verstehen, weshalb einige Gebäude und Gärten genau da angelegt wurden, wo sie sind. Wer zum Beispiel unter den Promenaden – so nenne ich die Terrassen – gearbeitet hat, hatte es besser, glaube ich. Hätten die Damen Lust auf einen kleinen Rundgang?»

Harry strahlte. «Gerne.»

«Kimball, wie sind Sie zur Archäologie gekommen?» fragte Susan. Die meisten Männer in Kimballs Alter, die an einer Elite-Uni Examen gemacht hatten, waren Investmentbanker, Wertpapierhändler, Börsenmakler oder Pfennigfuchser geworden.

Er grinste. «Ich habe als Kind gern im Dreck gespielt. Archäologie schien da die natürliche Fortsetzung.»

«Dann war es keine plötzliche Laune des Schicksals?» Harry wischte sich einen Regentropfen von der Nase.

«Genaugenommen, ja. Ich habe an der Brown-Universität Geschichte studiert, und mein großartiger Professor Del Kove sagte immer: ‹Gehen Sie zurück zur physischen Realität, gehen Sie zurück zur physischen Realität.› Und dann sah ich zufällig einen gelben Anschlag am Schwarzen Brett – komisch, daß ich mich an die Farbe des Zettels erinnere, nicht? – über eine Ausgrabung in Colonial Williamsburg. So etwas war mir nie in den Sinn gekommen. Ich dachte immer, als Archäologe müßte man Säulen in Rom ausgraben oder so was. Ich bin für den Sommer hingegangen, und dann hat es mich nicht mehr losgelassen. Ich bin richtig süchtig geworden. Und auch die Epoche hat mich nicht mehr losgelassen. Kommen Sie, ich möchte Ihnen was zeigen.»

Er führte sie in sein Büro hinter dem hübsch aufgemachten Andenkenladen. Sie schüttelten das Wasser ab, bevor sie hineingingen und ihre Mäntel an die Holzhaken an der Wand hängten.

«Eng ist es hier», bemerkte Susan. «Ist das nur vorübergehend?»

Er schüttelte den Kopf. «Wir können nicht einfach drauflosbauen, und was hier im Laufe der Jahre angebaut wurde – na ja, da wurde viel Schaden angerichtet. Außerdem bin ich sowieso meistens draußen, da genügt mir das hier, und ein paar Bücher habe ich im ersten Stock vom Herrenhaus untergebracht – ich habe also etwas mehr Platz, als es scheint. Hier, sehen Sie sich das an.» Er griff in einen Haufen Hufeisen, die auf der Erde lagen, und reichte Harry ein enorm großes Eisen.

Sie nahm den verrosteten Gegenstand in die Hände und drehte ihn vorsichtig um. «Mit Stollen und Griff. Ich kann nicht erkennen, ob hinten auch Griffe waren, aber es ist möglich. Dieses Pferd hat schwer gearbeitet. Ein Zugpferd, das steht fest.»

«So, und jetzt sehen Sie sich mal das hier an.» Er gab ihr ein anderes Hufeisen.

Harry und Susan stießen einen überraschten Ausruf aus. Das Eisen war leichter, es war für ein kleineres Pferd gemacht und hatte über dem hinteren Teil einen Bügel, der die zwei Schenkel des Eisens miteinander verband.

Harry legte ihrer Freundin das Hufeisen in die Hand. «Was meinst du, Susan?»

«Dazu brauchen wir Steve O'Grady.» Susan meinte den Tierarzt in der Nachbarschaft, einen Experten für Hufprobleme. Er war ein Kollege von Fair Haristeen, der sich auf Pferdezucht spezialisiert hatte. «Aber ich würde sagen, dieses Eisen gehörte auf jeden Fall einem Pferd aus einer Liebhaberzucht, einem Reitpferd. Es ist ein Bügelhufeisen ...»

«Weil das Pferd ein Problem hatte. Vielleicht mit dem Kronbein.» Harry tippte auf eine Degenerationserscheinung des Kronbeins gleich hinter dem Hufbein, dem Hauptknochen des Hufes, der oft ein Spezialeisen erforderte, um die Beschwerden zu lindern.

«Kann sein, aber der Hufschmied wollte dem Tier offensichtlich hinten mehr Trittfläche geben. Er hat den Auftrittspunkt hinter den normalen Absatzbereich verlegt.» Kimball legte seine Hand auf den Schreibtisch; mit den Fingern stellte er den vorderen und mit dem Handteller den hinteren Teil des Hufes dar und demonstrierte so, wie das Spezialeisen den Auftrittspunkt verlagern konnte.

Harry bewunderte die Detektivarbeit, die er an dem Hufeisen geleistet hatte. «Ich wußte gar nicht, daß Sie reiten.»

Kimball lächelte. «Tu ich gar nicht. Pferde sind mir zu groß.»

«Aber woher wissen Sie das dann? Nicht mal die meisten Reiter kümmern sich groß um Hufeisen und Beschlagen. Sie lernen nichts darüber.» Susan, eine passionierte Reiterin, die es wichtig fand, daß man sich in allen Aspekten der Pferdepflege auskannte und nicht einfach nur auf den Rücken des Pferdes sprang, war ungeheuer neugierig.

Er streckte die Hände aus. «Ich habe einen Fachmann gefragt.»

«Wen?»

«Dr. O'Grady.» Kimball lachte. «Aber ich mußte trotzdem noch herumtelefonieren und in Bibliotheken nachforschen, ob sich bei Hufeisen im Laufe der Jahrhunderte sehr viel geändert hat. Sehen Sie, das liebe ich so an dieser Arbeit. Nein, Arbeit ist nicht das richtige Wort, es ist ein magischer Weg, gleichzeitig in der Vergangenheit und der Gegenwart zu leben. Ich meine, die Vergangenheit durchdringt stets die Gegenwart, sie ist immer bei uns, im Guten wie im Schlechten. An dem zu arbeiten, was man liebt – das ist die höchste Freude.»

«Es ist wundervoll», stimmte Harry ihm zu. «Ich möchte nicht behaupten, daß das, was ich mache, so erhaben ist wie Ihr Beruf, aber ich mag meine Arbeit auch, ich mag die Menschen, und vor allem mag ich Crozet.»

«Wir haben Glück gehabt.» Susan wußte nur zu gut, welchen Tribut Unzufriedenheit fordern kann. Sie hatte gesehen, wie ihr Vater sich zur Arbeit schleppte, die er haßte. Sie hatte ihn verkümmern sehen. Er hatte so große Mühe damit gehabt, seine Familie zu ernähren, daß er es versäumt hatte, bei seiner Familie zu sein. Susan hätte lieber weniger Sachen und dafür mehr von ihrem Dad gehabt. «Hausfrau und Mutter zu sein mag ja nicht nach viel aussehen, aber es war genau das, was ich wollte. Ich würde nicht eine Minute der ersten Jahre missen wollen, als die Kinder klein waren. Nicht eine Sekunde.»

«Dann sind sie es, die Glück gehabt haben», sagte Harry.

Kimball, der ihr stumm beipflichtete, zog eine Schublade auf und nahm eine Porzellanscherbe mit einem blaßblauen Muster auf grauem Hintergrund heraus. «Das habe ich vorige Woche in Hütte Nummer vier gefunden.» Er drehte die Scherbe um, auf der Rückseite war eine Ziffer zu erkennen. «Ich bewahre sie hier auf, um damit herumzuspielen und mir dabei meine Gedanken zu machen. Wie kam dieses Stück feines Porzellan in eine Sklavenhütte? War es schon vorher zerbrochen? Hat die Bewohnerin der kleinen Hütte es selbst zerbrochen – wir wissen, wer in Hütte Nummer vier gewohnt hat – und aus dem Herrenhaus mitgenommen, um das Mißgeschick zu vertuschen? Oder sind die Dienstboten, wenn Sie mir den Euphemismus verzeihen, direkt zum Herrn gegangen, haben den Schaden gebeichtet und sind mit den Bruchstücken belohnt worden? Oder aber hat die Sklavin es einfach nur genommen, um etwas Schönes zu haben, das sie sich ansehen konnte, um etwas zu besitzen, das einem reichen Weißen gehörte, um sich für einen Moment als Angehörige der herrschenden statt der beherrschten Klasse zu fühlen? Fragen über Fragen.»

Susan hob die Hand. «Ich habe eine, die Sie beantworten können.»

«Schießen Sie los.»

«Wo ist hier die Toilette?»

5

Larry Johnson hatte sich an seinem 65. Geburtstag zur Ruhe setzen wollen. Drei Jahre bevor er das Pensionsalter erreichte, hatte er einen Partner in seine Praxis aufgenommen, Dr. med. Hayden McIntire, damit die Bewohner von Crozet sich an einen neuen Arzt gewöhnen konnten. Mit 71 Jahren praktizierte Larry immer noch. Er sagte, er könne die Langeweile des Ruhestandes nicht ertragen. Wie die meisten in einer anderen Zeit ausgebildeten Ärzte war er Mitglied der Gemeinde, nicht irgend so ein hochgestochener Außenseiter, der gekommen war, um den Kleinstädtern mit seinem überlegenen Wissen zu imponieren. Larry kannte auch die Geheimnisse: wer abgetrieben hatte, bevor Schwangerschaftsabbruch legal wurde, welche braven Bürger Syphilis gehabt hatten, wer heimlich trank, in welchen Familien eine Veranlagung zu Alkoholismus, Diabetes, Wahnsinn, sogar Gewalttätigkeit bestand. Er hatte im Laufe der Jahre viel gesehen, und er verließ sich auf seinen Instinkt. Es war ihm ziemlich egal, ob das wissenschaftlich schlüssig war, und eine der Lektionen, die Larry gelernt hatte, war die, daß es tatsächlich so etwas gibt wie böses Blut.

«Lesen Sie die Zeitschriften, bevor Sie sie in unser Fach legen?» Der Doktor blätterte im *New England Journal of Medicine*, das er soeben aus seinem Postfach gezogen hatte.

Harry lachte. «Es würde mich schon reizen, aber mir fehlt die Zeit.»

«Der Tag müßte sechsunddreißig Stunden haben.» Er nahm seinen flachen Filzhut vom Kopf und schüttelte die Regentropfen ab. «Wir versuchen alle, in zu wenig Zeit zu viel zu tun. Es geht immer nur ums Geld. Diese Haltung wird uns noch umbringen. Sie wird Amerika umbringen.»

«Übrigens, gestern bin ich mit Susan oben in Monticello gewesen –»

«Bei Susan ist mal wieder ein Check-up fällig.»

«Ich werd's ihr ausrichten.»

«Verzeihung, ich wollte Sie nicht unterbrechen.» Er zuckte resigniert mit den Achseln. «Aber wenn ich nicht sofort sage, was mir in den Sinn kommt, vergesse ich es. Schwups, ist es weg.» Er hielt inne. «Ich werde alt.»

«Ha», erklärte Mrs. Murphy. *«Harry ist noch keine Fünfunddreißig, und dauernd vergißt sie was. Zum Beispiel den Autoschlüssel.»*

Tucker verteidigte ihr Frauchen. *«Den hat sie bloß einmal vergessen.»*

«Ihr zwei seid ja mopsfidel.» Larry kniete sich hin, um Tucker zu streicheln, während Mrs. Murphy auf dem Schalter herumstrich. «Was wollten Sie mir von Monticello erzählen?»

«Oh, wir sind raufgefahren, um zu sehen, wie die Ausgrabungen an der Mulberry Row vorankommen. Sie sprachen vorhin von Geld, und dabei fiel mir ein, daß Jefferson hochverschuldet gestorben ist und daß die intensive Beschäftigung mit Geld anscheinend den Charakter unserer Nation mitbestimmt. Denken Sie nur an Harry Lee von der leichten Kavallerie. Sein ganzes Hab und Gut hat er verloren, der Ärmste.»

«Ja, ja, und das, obwohl er ein Held war, das Idol des Unabhängigkeitskrieges. Er hat uns einen großartigen Sohn hinterlassen.»

«Die Yankees sind da anderer Meinung.» Harry verzog die Mundwinkel.

«Für mich sind Yankees wie Hämorrhoiden, plötzlich sind sie da und gehen nicht wieder weg. Wenn sie erst sehen, wie gut es sich bei uns leben läßt, bleiben sie einfach. Na ja, ist eben ein anderer Menschenschlag. Mir geht gar nicht aus dem Kopf, was Sie eben über Geld gesagt haben – ich gebe es in Null Komma nichts aus, weil Hayden und ich die Praxis erweitern. Ich weiß ja nicht, ob Jefferson, der nie aufgehört hat zu bauen, von großer Kraft und Zähigkeit oder aber von großer Dummheit beherrscht war. Ich jedenfalls finde die ewige Bauerei nervenaufreibend.»

Lucinda Payne Coles öffnete die Tür, trat ein, drehte sich dann um, um ihren Regenschirm auf der Veranda auszuschütteln. Sie schloß die Tür und lehnte den triefenden Schirm dagegen. «Tiefdruckgebiet. Die ganze Küste rauf und runter. Der Wetterbericht sagt, es soll noch zwei Tage regnen. Na ja, meine Tulpen werden sich freuen, aber meine Fußböden nicht.»

«Ich habe gelesen, Sie und andere» – Larry nickte mit dem Kopf zu Harry hinüber – «sind auf Big Marilyns Feier gewesen.»

«Auf welcher? Sie veranstaltet so viele.» Lucinda warf den Kopf zurück, daß ihre mattglänzende Pagenfrisur wippte. Kleine Tröpfchen sprühten von ihren stumpfen Haarspitzen.

«Monticello.»

«O ja. Samson war in Richmond, er konnte nicht mitkommen. Ansley und Warren Randolph waren da. Wesley auch. Carys, Eppes, ach, ich weiß nicht mehr, wer noch alles.» Lucinda zeigte wenig Begeisterung für das Thema.

Miranda kam keuchend durch die Hintertür. «Ich hab was zum Mittagessen mitgebracht.» Sie erblickte Larry und Lucinda. «Ich kaufe mir Schwimmflügel, wenn das weiter so regnet.»

Larry strahlte. «Engelsflügel haben Sie schon.»

Mrs. H. errötete. «Pst, nicht doch.»

«Was hat sie getan?» wollte Mrs. Murphy wissen.

«Was hat sie getan?» plapperte Lucinda der Katze nach.

«Sie hat die unheilbar kranken Kinder im Krankenhaus besucht und ihre Gemeindemitglieder veranlaßt mitzumachen.»

«Larry, solche Dinge tue ich, weil ich mich nützlich machen will. Hängen Sie es nicht an die große Glocke.» Mrs. Hogendobber meinte es ernst, aber da sie schließlich auch nur ein Mensch war, freute sie sich über die Würdigung.

Ein lautes Miauen auf der Rückseite erregte die Aufmerksamkeit der leicht übergewichtigen Dame, und sie öffnete die Hintertür. Die nasse, entschieden übergewichtige Pewter zottelte herein. Katze und Mensch sahen sich auf komische Weise ähnlich.

Mrs. Murphy neckte die graue Katze: *«Dickmaus, Dickmaus!»*

Lucinda starrte die Katze an. «Was macht der Mann da drüben mit ihr? Wird sie zwangsernährt?»

«Das ist ganz allein ihr Werk.» Murphys trockener Humor offenbarte sich in ihrem Miauen.

«Sei bloß still. Wenn ich so viel Land zum Rumrennen hätte wie du, wär ich auch schlank», fauchte Pewter.

«Du würdest wie hypnotisiert vor dem Kühlschrank sitzen und warten, daß die Tür aufgeht. Sesam öffne dich», sang die Tigerkatze mit melodischer Stimme.

«Ihr seid gemein, ihr zwei.» Tucker tappte zum Vordereingang und beschnupperte Lucindas Schirm. Sie witterte einen schwachen Geruch von Oregano am Griff. Lucinda mußte gekocht haben, bevor sie zum Postamt ging.

Lucinda schlenderte zu ihrem Postfach, öffnete es mit dem runden Messingschlüssel und zog mehrere Kuverts heraus. Sie sortierte sie auf der Ablage, die an einer Seite des Schalterraumes verlief. Das Rascheln der Post, die in den Papierkorb flog, ließ Larry aufhorchen.

Auch Mrs. Hogendobber beobachtete Lucindas Ablage-

system. «Sie sind schlau, Lucinda. Machen die Umschläge gar nicht erst auf.»

«Ich habe genug Rechnungen zu bezahlen. Ich antworte nicht auf Formbriefe mit der Bitte um Geldspenden. Wenn wohltätige Vereine Geld wollen, sollen sie mich persönlich fragen.» Sie sammelte den Rest ihrer Post ein, nahm ihren Schirm und stieß die Tür auf. Sie vergaß, auf Wiedersehen zu sagen.

«Ihr geht's nicht besonders, nicht?» entfuhr es Harry.

Larry schüttelte den Kopf. «Den Körper kann ich manchmal heilen. Für das Herz kann ich nicht viel tun.»

«Sie ist nicht die erste Frau, deren Mann eine Affäre hat. Ich kann sie verstehen.» Harry sah Lucinda Coles ihre Wagentür öffnen, dann den Schirm ausschütteln, ihn auf den Rücksitz des Grand Wagoneer werfen, die Tür zuschlagen und losfahren.

«Sie ist aus einer anderen Generation, Mary Minor Haristeen. ‹Die Ehe soll ehrlich gehalten werden bei allen und das Ehebett unbefleckt; die Hurer aber und die Ehebrecher wird Gott richten.› Hebräer 13,4.»

«Das könnt ihr Frauen unter euch ausfechten.» Larry setzte sich seinen Filzhut wieder auf und ging. Sein Wissen darüber, mit wem Samson Coles eine Affäre hatte, behielt er für sich.

«Miranda, wollen Sie damit sagen, daß meine Generation das Ehegelübde nicht ehrt? Das darf ja wohl nicht wahr sein!» Harry stieß einen Postkarren an. Er ratterte über den Fußboden, und die Sackleinwand blähte sich ein bißchen.

«Das habe ich nicht gesagt, Missy. Beruhigen Sie sich. Sie ist gut fünfzehn Jahre älter als Sie. Eine Frau im mittleren Alter hat Ängste, die Sie nicht verstehen können – noch nicht, aber das kommt noch. Lucinda Payne wurde zu einer Zierde erzogen. Sie lebt in einer Welt, die aus Wohltätigkeit,

Damenkränzchen und aus Spendensammlern im Smoking besteht. Harry, Sie arbeiten. Sie wollen arbeiten, und wenn Sie wieder heiraten, wird Ihr Leben sich nicht groß ändern. Natürlich haben Sie Ihr Ehegelübde geehrt. Nur schade, daß Fair Haristeen es nicht getan hat.»

«Mir will nicht aus dem Kopf gehen, was Susan immer über Ned gesagt hat. Er hat sie so zum Wahnsinn getrieben, daß sie sagte: ‹Scheidung? Nie. Mord, ja.› Ich hatte ein paar gräßliche Augenblicke, wo ich mich fragte, wie ich es schaffen würde, Fair nicht umzubringen. Aber das ging dann vorüber. Ich glaube, er konnte nichts dafür. Wir haben zu jung geheiratet.»

«Zu jung? Sie haben Fair im Sommer geheiratet, als er sein Examen am Auburn-Veterinär-College gemacht hat. Zu meiner Zeit hätten Sie in dem Alter als alte Jungfer gegolten. Sie waren vierundzwanzig, wenn ich mich nicht irre.»

«Sie haben ein Gedächtnis wie ein Zauberkünstler.» Harry lächelte, dann seufzte sie. «Ich glaube, ich weiß, wie Sie das mit Lucinda gemeint haben. Es ist wirklich traurig.»

«Für sie ist es eine Tragödie.»

«Die Menschen nehmen die Ehe zu ernst.» Pewter leckte sich die Pfote und strich sich das Fell glatt. *«Meine Mutter sagte immer ‹Gräm dich nicht wegen der Kater. Einer kommt immer um die Ecke, genau wie die Straßenbahn.›»*

«Deine Mutter ist uralt geworden», erinnerte sich Mrs. Murphy. *«Sie wußte bestimmt, wovon sie redet.»*

«Vielleicht sollte Lucinda zu einem Therapeuten gehen oder so was», dachte Harry laut.

«Sie sollte es zuerst bei ihrem Pfarrer versuchen.» Mrs. Hogendobber ging zum Fenster und sah den dicken Regentropfen zu, die auf die Ziegelsteine des Bürgersteigs platschten.

Harry trat zu ihr. «Wissen Sie, was ich nicht begreife?»

«Was?»

«Wer um alles in der Welt würde Samson Coles haben wollen?»

6

Der Regen hatte verheerende Folgen für Kimballs Arbeit. Seine Mitarbeiter spannten eine leuchtendblaue Plastikplane über vier Stangen, die den schlimmsten Regen abhielt, aber dennoch sickerte das Wasser in die gut anderthalb Meter tiefe Grube, die sie ausgehoben hatten.

Eine junge Deutsche, Heike Holtz, fegte vorsichtig die Erde beiseite. Ihre Knie waren voller Schlamm, ihre Hände ebenso, aber das war ihr egal. Sie war eigens nach Amerika gekommen, um mit Kimball Haynes zu arbeiten. Ihr langfristiges Ziel war es, nach Deutschland zurückzukehren und mit ähnlichen Ausgrabungs- und Rekonstruktionsarbeiten in Sanssouci zu beginnen. Da dieses schöne Schloß in Potsdam stand, in der ehemaligen DDR, glaubte sie kaum, Gelder für das Unternehmen aufbringen zu können. Aber sie war überzeugt, daß ihre Landsleute früher oder später versuchen würden, zu retten, was zu retten war. Als Archäologin verübelte sie den Russen, daß unter ihrer Verwaltung die vielen sagenhaften Bauwerke so mißachtet wurden. Wenigstens hatten sie den Kreml vor dem Verfall bewahrt. Darüber, wie sie das Volk behandelten, hielt sie wohlweislich den Mund. Die Amerikaner, die in vieler Hinsicht vom Glück begünstigt waren, würden diese Art von systematischer Unterdrückung nie verstehen.

«Heike, jetzt machen Sie mal eine Pause. Sie sind seit dem frühen Morgen in dieser Kälte.» Kimballs hellblaue Augen drückten Mitgefühl aus.

«Nein, nein, Professor Haynes. Ich lerne zu viel, um jetzt wegzugehen.»

Sie sprach mit einem charmanten Akzent, musikalisch, sehr verführerisch. Aber auf den Akzent war sie nicht angewiesen. Heike war umwerfend.

Kimball klopfte ihr auf den Rücken. «Sie werden ein ganzes Jahr hier sein, Heike, und ich denke, wenn die Götter es gut mit mir meinen, kann ich Ihnen eine Stelle an der Uni besorgen, damit Sie noch länger bleiben können. Sie sind gut.»

Sie senkte den Kopf tiefer über ihre Arbeit; sie war zu schüchtern, um ihm in die Augen zu sehen, während sie sich für das Lob bedankte.

«Gehen Sie schon, machen Sie Pause.»

«Es mag sich vielleicht absurd anhören, aber ich fühle etwas.»

«Davon bin ich überzeugt», lachte er. «Frostbeulen.»

Er trat von der Feuerstelle weg, an der Heike arbeitete. Hier war einer von den hölzernen Kaminen gewesen, die Feuer gefangen hatten. Eine Erdschicht war mit verkohlten Stückchen durchsetzt, und die Archäologen waren soeben dabei, unter diese Schicht zu dringen. Wer immer nach dem Brand aufgeräumt hatte, hatte soviel Asche wie möglich entfernt. Hier arbeiteten eine weitere Studentin und ein Student.

Heike scharrte mit den Händen, vorsichtig, aber mit beachtlicher Kraft. «Professor.»

Kimball ging wieder zu ihr und kniete sich flink hin. Beide arbeiteten sie mit äußerster Geschicklichkeit und Präzision.

«Mein Gott!» rief Heike auf deutsch.

«Das ist mehr, als wir erwartet hatten, Kindchen.» Kimball strich sich mit der Hand übers Kinn, ohne an den Schlamm zu denken. Er rief Sylvia und Joe, zwei seiner Studenten, die ebenfalls an diesem Abschnitt arbeiteten. «Joe, gehen Sie rauf, holen Sie Oliver Zeve.»

Joe und Sylvia besahen sich den Fund.

«Joe?»

«Ja, Professor?»

«Kein Wort, zu niemandem, verstanden? Das ist ein Befehl», sagte er zu den anderen, als Joe zum Großen Haus rannte.

«Wir wollen auf keinen Fall, daß die Presse hiervon Wind bekommt, bevor wir Zeit hatten, eine Erklärung vorzubereiten.»

7

«Wieso habe ich es nicht als erste erfahren?» Mim warf den Telefonhörer schief auf die Gabel, so daß der Apparat piepte. Wütend knallte sie den Hörer in die richtige Position.

Ihr Ehemann Jim Sanburne, Bürgermeister von Crozet, eins neunzig groß und gut zweieinhalb Zentner schwer, hatte ein ausgleichendes Naturell. Das war bei Mim auch nötig. «Weißt du, meine Liebe, wenn du bedenkst, wie heikel Kimball Haynes' Entdeckung ist, wirst du einsehen, daß man dich als zweite benachrichtigen mußte, nicht als erste.»

Sie senkte die Stimme. «Glaubst du, ich war die zweite?»

«Aber selbstverständlich. Du warst schließlich die treibende Kraft bei der Rekonstruktion der Mulberry Row.»

«Und ich muß mir Eifersüchteleien von Wesley Randolph, Samson Coles und sogar von Center Berryman gefallen lassen. Wenn die erst von der Entdeckung erfahren – am besten rufe ich sie alle an.» Sie marschierte in die Bibliothek. Ihre weichen Wildlederpantoffeln machten so gut wie kein Geräusch.

«Wesley Randolph? Mit dem bist du nur im Clinch, weil er den Laden am liebsten selbst schmeißen würde. Arrangiere doch einfach ein paar Fototermine mit seinem Sohn. Warren kandidiert diesen Herbst für den Senat.»

«Woher weißt du das?»

«Ich bin nicht umsonst Bürgermeister von Crozet.» Sein breites Lächeln ließ große kantige Zähne sehen. Trotz seiner Größe und seines Leibesumfangs hatte Jim eine draufgängerisch-männliche Ausstrahlung. «Komm, setz dich ans Feuer, und laß uns die Fakten rekapitulieren.»

Mim ließ sich in den einladenden Ohrensessel fallen, der mit teurem McLeod-Schottenkaro bezogen war. Ihr marineblauer, kamelhaarfarben paspelierter Kaschmirmorgenrock harmonierte perfekt mit dem Stoff des Sessels. Mim hatte ein äußerst differenziertes ästhetisches Empfinden. Darin unterschied sie sich um hundertachtzig Grad von Harry, die wenig Sinn für Design hatte, dafür aber in kürzester Zeit eine praktische Farmeinrichtung auf die Beine stellen konnte. Hierin zeigte sich, welche Prioritäten die beiden jeweils hatten.

Mim faltete die Hände. «Wie ich von Oliver gehört habe, haben Kimball Haynes und seine Leute in der Parzelle, die er Hütte Nummer vier nennt, ein Skelett gefunden. Sie haben fast den ganzen Tag bis in die Nacht hinein gearbeitet, um die Überreste freizulegen. Sheriff Shaw ist auch da, allerdings ist mir nicht ganz klar, was ihn das angeht.»

Jim legte die Füße auf dem Polsterhocker übereinander. «Haben Sie eine Ahnung, wann die Person gestorben ist oder welches Geschlecht die Leiche hat?»

«Nein. Doch, ja, sie sind sicher, daß es ein Mann ist, und

Oliver hat etwas Merkwürdiges gesagt – er sagte, es müsse ein reicher Mann gewesen sein. Ich war so erschüttert, daß ich nicht weiter nachgefragt habe. Wir sollten den Mund halten. Ich warte wohl besser noch ab, bevor ich die anderen anrufe, aber Jim, sie werden sich übergangen fühlen, und lügen kann ich nicht. Das könnte uns Spenden kosten. Du weißt ja, wie leicht sich diese Leute vor den Kopf gestoßen fühlen.»

«Loses Mundwerk versenkt Schiffe», zitierte Jim, der als magerer Achtzehnjähriger in Korea gekämpft hatte, eine Redensart der Veteranen aus dem Zweiten Weltkrieg. Er versuchte, einiges von dem, was er im Krieg erlebt hatte, zu vergessen, aber er hatte sich geschworen, nie im Leben wieder so zu frieren. Sobald Frost einsetzte, holte Jim seine mit Drähten versehenen und an Batterien angeschlossenen Socken hervor.

«Jim, er ist seit hundertfünfundsiebzig bis zweihundert Jahren tot. Du bist schon so schlimm wie Oliver. Was macht das schon, wenn die Presse es erfährt? Um so mehr Aufmerksamkeit wird auf das Projekt gelenkt, und vielleicht kommen sogar weitere Gelder von neuen Spendern herein. Und wenn ich den Randolphs, Coles und Berrymans diesen Fund als historisches Ereignis präsentieren kann, wird vielleicht doch noch alles gut.»

«Nun, mein Herz, das dürfte davon abhängen, wie der Mann gestorben ist.»

8

Hütte Nummer vier war mit leuchtendgelbem Band abgesperrt. Rick Shaw paffte eine Zigarette. Als Sheriff von Albemarle County hatte er mehr Leichen gesehen, als ihm lieb war: Lebensmüde, die sich erschossen hatten, Ertrunkene, Autounfälle noch und noch, Morde mit Messer, Pistole, Gift, Axt – sogar mit einem Klavierschemel. Die Menschen griffen nach allem, was ihnen in die Hände fiel. Dies war jedoch die älteste Leiche, die er je untersucht hatte.

Deputy Cynthia Cooper, seine Assistentin und seit kurzem auch seine Stellvertreterin, kritzelte in ihr kleines Notizbuch. Ihr Kugelschreiber sauste über die blauen Linien. Ein amtlich bestallter Fotograf machte Aufnahmen.

Rick war mit Rücksicht auf die heikle Situation abends um halb sieben gekommen, lange nachdem Monticello um fünf Uhr seine Pforten geschlossen hatte; er wollte sichergehen, daß auch die letzten versprengten Touristen fort waren. Oliver Zeve plauderte, die Arme verschränkt, mit Heike Holtz. Kimball blickte erleichtert auf, als Harry und Mrs. Hogendobber die Mulberry Row entlangkamen. Mrs. Murphy und Tucker zockelten hinterher.

Oliver bat Heike, ihn zu entschuldigen, und kam zu Kimball hinüber. «Verdammt, was wollen *die* denn hier?»

Der verblüffte Kimball schob die Hände in seine Gesäßtaschen. «Wir werden eine ganze Weile hier sein. Die Leute brauchen Verpflegung.»

«Wir sind durchaus imstande, einen Cateringservice zu beauftragen», fuhr Oliver ihn an.

«Ja», erwiderte Kimball ruhig, «und die wären durchaus imstande, in der ganzen Stadt herumzuposaunen, was hier los ist, und vielleicht noch die *Washington Post* anzurufen oder den *Enquirer*, großer Gott. Harry und Miranda können den Mund halten. Erinnern Sie sich an die Sache mit Donny Ensign?»

Kimball spielte auf einen Vorfall vor vier Jahren an, als Mrs. Hogendobber für die Freunde der Restaurierung als Sekretärin gearbeitet hatte. Eines Abends überprüfte sie Donny Ensigns Bücher. Sie hatte auch für George immer die Buchführung erledigt, und die Arbeit machte ihr Spaß. Donny als Schatzmeister war natürlich das Geld anvertraut. Mrs. H. hatte so eine Ahnung – sie sagte nie, was sie darauf brachte –, aber sie kam schnell dahinter, daß Mr. Ensign die Bücher fälschte. Unverzüglich verständigte sie Oliver, und die Affäre wurde diskret behandelt. Donny trat von seinem Amt zurück und bezahlte den Betrag von 4559,12 Dollar in Raten ab. Dafür zeigte ihn niemand bei Rick Shaw an, und sein Ruf in der Gemeinde hatte keinen Schaden genommen.

«Jaha.» Oliver schlenderte lächelnd zu den zwei Frauen hinüber. «Erlauben Sie, meine reizenden Damen, daß ich Sie von Ihrer Last befreie. Ich kann Ihnen gar nicht sagen, wie dankbar ich Ihnen bin, daß Sie uns verköstigen. Kimball denkt wirklich an alles, nicht?»

Rick spürte, wie sich etwas an seinem Bein rieb. Es war Mrs. Murphy. «Was machst du denn hier?»

«Ich biete meine Dienste an.» Sie setzte sich auf die Schuhspitze des Sheriffs.

«Harry und Mrs. Hogendobber, so eine Überraschung.» Eine Spur Sarkasmus war in Ricks Stimme zu vernehmen.

«Nicht so überschwenglich, Sheriff», schalt Miranda ihn. «Wir wollen uns nicht in Ihren Fall einmischen. Wir bringen lediglich Verpflegung.»

Cynthia sprang aus der Grube. «Gott sei Dank.» Sie kraulte Tuckers Kopf und winkte Harry, ihr zu folgen. Tukker folgte ihr ebenfalls. «Was halten Sie davon?»

Harry sah auf das Skelett hinunter, das mit dem Gesicht nach unten im Schmutz lag. Der hintere Teil des Schädels war zertrümmert. Wo einst Taschen gewesen sein mußten, lagen Münzen, und ein breiter, kostbarer Ring steckte noch am Knochen des linken Mittelfingers. Stoffetzen hafteten an den Knochen, die Reste einer reichbestickten Weste. Vom Rock war etwas mehr übriggeblieben; die verblichene Farbe mußte einst ein kräftiges Grünblau gewesen sein. Die Messingknöpfe waren intakt, ebenso die Schuhschnallen, auch sie reich verziert.

«Mrs. H., kommen Sie mal her», rief Harry.

«Ich will das nicht sehen.» Mrs. Hogendobber teilte emsig belegte Brote und kaltes Huhn aus.

Harry wollte ihr die Sache schmackhaft machen. «Ist gar nicht so schlimm. Im Metzgerladen haben Sie weit Schlimmeres gesehen.»

«Das ist überhaupt nicht komisch.»

Mrs. Murphy und Tucker hätten nicht an der Fundstelle sein dürfen, aber es war so viel los, daß keiner weiter auf sie achtete.

«Riechst du was?» fragte die Katze ihre Gefährtin.

Die Corgihündin zog die schwarze Nase kraus. *«Alter Rauch. Eine kalte Spur – der Kerl ist schon zu lange tot, da gibt's nichts mehr zu wittern.»*

Mrs. Murphy stupste mit der Pfote gegen ein Schädelstück. *«Höchst sonderbar.»*

«Was?»

«Dem Kerl wurde der Schädel eingeschlagen, aber jemand muß dieses große Schädelstück wieder eingesetzt haben.»

«Was du nicht sagst!» Der Hund war von den Knochen fasziniert, aber Tucker fand jede Art von Knochen faszinierend.

«He, he, ihr zwei, macht, daß ihr hier wegkommt!» befahl Harry.

Tucker gehorchte aufs Wort, aber Mrs. Murphy nicht. Sie klopfte auf den Schädel. *«Seht doch, ihr Dummköpfe.»*

«Sie hält alles für Spielzeug.» Harry hob die Katze hoch.

«Tu ich gar nicht!» Mrs. Murphy plusterte wütend den Schwanz auf, entwand sich Harrys Armen und sprang zurück auf die Erde, um wieder auf das Schädelstück zu klopfen.

«Entschuldigen Sie, Cynthia, ich bring sie ins Auto. Oder ob ich sie in Monticello lassen könnte? Der Wagen steht ewig weit weg.»

«Sie wird Jeffersons Tagesdecke zerreißen», warnte Tucker. *«Wenn die von historischem Wert ist, kann sie's nicht erwarten, ihre Krallen reinzuschlagen. Denkt nur, was sie zu Pewter sagen wird. ‹Ich hab Jeffersons seidene Tagesdecke zerfetzt.› Wenn da Troddeln dran sind, könnt ihr sie vergessen. Von denen bleibt nichts übrig.»*

«Und du würdest die Möbelbeine zerbeißen!» erwiderte die Katze wie aus der Pistole geschossen.

Die Corgihündin lachte. *«Wenn sie mir einen von den Knochen geben, dann nicht.»*

«Sei nicht so bescheuert, Tucker. Hilf mir lieber, diese zwei Trottel dazu zu bringen, hier mal richtig hinzugucken.»

Tucker sprang in die Grube und ging zu dem Skelett. Sie beschnupperte das große Schädelfragment, ein dreieckiges Stück, das an der Grundlinie vielleicht zehn Zentimeter lang war.

«Was soll das?» Verärgert versuchte Harry, Katze und Hund gleichzeitig zu packen. Aber im Nu waren die beiden ihr entschlüpft.

Cynthia, eine geschulte Beobachterin, sah die Katze zur Seite springen, als ob sie spielte, und wieder zurückkommen, um immer dasselbe Schädelstück zu betasten. Jedesmal entwand sie sich der wütenden Harry. «Momentchen,

warten Sie, Harry.» Cynthia ging auf der noch regennassen Erde in die Hocke. «Sheriff, können Sie mal einen Moment herkommen?» Cynthia starrte Mrs. Murphy an, die ihr gegenübersaß und zurückstarrte, froh, daß endlich jemand kapiert hatte.

«Diese Miranda macht klasse Hühnchen.» Rick schwenkte seinen Hühnerschenkel wie einen Schlagstock. «Weshalb soll ich mich von Brathühnchen mit grünem Salat und Kartoffelsalat losreißen? Und haben Sie den Apfelkuchen gesehen?»

«Daß die mir ja was übriggelassen haben, wenn ich hier rauskomme.» Cynthia rief zu Mrs. Hogendobber hinauf: «Mrs. H., heben Sie mir was auf.»

«Natürlich, Cynthia. Sie sind zwar unser neuer Deputy, dabei aber trotzdem noch ein Mädchen im Entwicklungsstadium.» Miranda, die sie seit dem Tag ihrer Geburt kannte, freute sich über Cynthias Beförderung.

«Okay, was gibt's?» Rick sah die Katze an, die seinen Blick erwiderte. Außerdem streckte Mrs. Murphy ihre gewaltige Pfote aus und klopfte auf das dreieckige Schädelstück.

Endlich wurde er aufmerksam. «Komisch.»

Mrs. Murphy seufzte. *«Du hast's erfaßt, Sherlock.»*

Cynthia flüsterte: «Oliver hat uns ein bißchen abgelenkt, Sie verstehen, was ich meine? Die eigenartige Form dieses Schädelstücks hätte uns auffallen müssen, aber er hat ja ununterbrochen gequasselt.»

Rick grunzte zustimmend. Über Oliver würden sie sich später unterhalten. Rick stieß vorsichtig mit dem Zeigefinger an das Knochenstück.

Harry kniete sich fasziniert an die andere Seite des Skeletts. «Wundert es Sie, daß die Hirnschale nicht schlimmer beschädigt ist?»

Rick mußte kurz blinzeln. Er war in Gedanken vertieft gewesen. «Äh, nein, eigentlich nicht. Harry, dieser Mann wurde mit einem einzigen kräftigen Schlag auf den Hinterkopf getötet, vielleicht mit einer Axt oder einem Keil oder einem schweren Eisengerät. Der Bruch ist zu sauber für einen stumpfen Gegenstand – aber das große Stück hier, das ist eigenartig. Hätte man das mit der Rückseite einer Axt machen können?»

«Was?» fragte Harry.

«Das große, beinahe dreieckige Stück könnte wieder in den Schädel eingesetzt worden sein», antwortete Cynthia an seiner Stelle, «oder es könnte zum Zeitpunkt des Todes noch teilweise drangewesen sein. Ungewöhnlich ist die Form des Bruchs. Normalerweise sieht es übler aus, wenn jemand eins über den Schädel kriegt – lauter kleine Splitter.»

«Danke, danke, danke!» jubelte Mrs. Murphy. *«Aber bei mir bedankt sich natürlich keiner.»*

«Ich würde lieber auf Mrs. Hogendobbers Hühnchen setzen statt auf Dankesworte», bekannte Tucker.

«Woraus können Sie bei einer so alten Leiche – oder was von ihr übrig ist – ableiten, daß eine einzige Person den Mann getötet hat? Könnten es nicht zwei oder drei gewesen sein?» Harrys Neugierde steigerte sich von Minute zu Minute.

«Ich kann es nicht genau wissen, Harry.» Rick hatte seine Zweifel. «Aber ich sehe, worauf Sie hinauswollen. Einer hätte ihn festhalten können, während der andere zuschlug.»

Tucker, die sich jetzt voll und ganz auf Mrs. H.s Hühnchen konzentrierte, jaulte frech: *«Und dann hat der Mörder das Hirn rausgekratzt und an die Hunde verfüttert.»*

«Das ist ekelhaft, Tucker.» Mrs. Murphy legte kurz die Ohren flach.

«Du hast schon schlimmere Sachen gebracht.»

«Tucker, geh zu Mrs. Hogendobber betteln. Du machst zuviel Krach. Ich muß nachdenken», maunzte die Katze.

«Mrs. Hogendobber hat ein Herz aus Stahl, wenn sie was Lekkeres abgeben soll.»

«Aber Kimball nicht.»

«Gute Idee.» Der Hund zog los, um Mrs. Murphys Rat zu befolgen.

Harry verzog das Gesicht. «Ein gerissener Mörder. Die alten Feuerstellen waren so hoch, daß man darin stehen konnte. Ein einziger Schlag, und aus.» Ihre Gedanken rasten. «Aber wer das getan hat, mußte an der Feuerstelle ein tiefes Loch graben, die Leiche reinlegen und zuschütten. Das muß die ganze Nacht gedauert haben.»

«Wieso Nacht?» fragte Cynthia.

«Dies waren Sklavenquartiere. Die Bewohner dürften tagsüber gearbeitet haben, oder?»

«Nicht schlecht, Harry.» Rick stand auf, seine Knie knackten. «Kimball, wer hat hier gewohnt?»

«Vor dem Brand war es Medley Orion», lautete die prompte Antwort. «Wir wissen nicht viel über sie, nur daß sie zur Zeit des Brandes etwa zwanzig Jahre alt war.»

«Und nach dem Brand?» fragte Rick weiter.

«Wir wissen nicht, ob Medley danach wieder in dieses Quartier gezogen ist. Aber wir wissen, daß sie noch hier... beschäftigt war, weil ihr Name in den Aufzeichnungen auftaucht», sagte Kimball.

«Wissen Sie, welche Art von Arbeit sie gemacht hat?» fragte Cynthia.

«Sie war offenbar eine ziemlich talentierte Näherin.» Kimball trat zu ihnen in die Grube, aber erst, nachdem Tucker ihn um einen Leckerbissen erleichtert hatte. «Besucherinnen ließen oft Stoffe da, um sich von Medley etwas schneidern zu lassen. Medleys Fähigkeiten sind in den Briefen erwähnt, die verschiedene Damen an Mr. Jefferson geschrieben haben.»

«Hat Jefferson Geld dafür bekommen?» fragte Rick unschuldig.

«Du lieber Himmel, nein!» rief Oliver von den Verpflegungskörben herüber. «Medley wurde direkt bezahlt, entweder mit Geld oder mit Naturalien.»

«Konnten Sklaven denn unabhängig von ihren Herren Geld verdienen?» fragte Cynthia. Diese Vorstellung warf ein neues Licht auf die Zustände auf einer Plantage.

«Ja, das konnten sie, und solche Nebenverdienste waren sehr begehrt. Einige sehr fleißige oder vom Glück begünstigte Sklaven haben sich so den Weg in die Freiheit erkauft. Medley leider nicht», sagte Oliver. «Aber sie scheint ein ganz gutes Leben gehabt zu haben», fügte er beschwichtigend hinzu.

«Haben Sie eine Ahnung, wann dieser Mann in die Grube gefahren ist – im wahrsten Sinne des Wortes?» Harry konnte sich die Frage nicht verkneifen.

Kimball bückte sich und hob ein paar Münzen auf. «Keine Sorge, wir haben alles fotografiert, aus diversen Winkeln und Höhen, und die ursprüngliche Lage in unser Raster eingezeichnet – es ist alles in Ordnung.» Kimball beteuerte allen, daß die Untersuchungen den Fortschritt seiner archäologischen Arbeit nicht gefährdeten. «Wir können nur mit Bestimmtheit sagen, daß es nicht vor 1803 gewesen sein kann. Das ist die Jahreszahl, die auf einer Münze in der Tasche des Toten eingraviert ist.»

«Der Erwerb von Louisiana», verkündete Mrs. Hogendobber laut.

«Vielleicht war dieser Mann gegen den Erwerb. Ein politischer Feind Thomas Jeffersons», scherzte Rick.

«Das dürfen Sie nicht mal denken. Nicht einen Augenblick. Und schon gar nicht auf so heiligem Boden.» Oliver holte tief Luft. «Egal, was hier passiert ist, ich bin überzeugt, daß Jefferson nicht die leiseste Ahnung davon hatte. Warum hätte sich der Mörder sonst solche Mühe gemacht, die Leiche loszuwerden?»

«Das tun die meisten Mörder», erklärte Cynthia.

Rick entschuldigte sich: «Verzeihung, Oliver. Es lag nicht in meiner Absicht anzudeuten, daß...»

«Schon gut, schon gut.» Oliver lächelte wieder. «Wir sind einfach überdreht, Sie wissen ja, am 13. April ist Jeffersons 250. Geburtstag, und wir wollen nicht, daß die Feiern durch irgendwas verdorben werden, daß irgendwas die Aufmerksamkeit von Jeffersons Leistungen und seinem Weitblick ablenkt. Etwas wie das hier könnte die Feierlichkeiten, nun ja, sagen wir, aus dem Gleichgewicht bringen, nicht?»

«Ich verstehe.» Rick meinte es ehrlich. «Aber ich wurde zum Sheriff gewählt, um den Frieden zu bewahren, wie Sie wissen, und der Frieden ist hier gestört worden, vielleicht um 1803 herum. Wir werden das Alter der Leiche natürlich mit der Radiokarbonmethode bestimmen. Oliver, es liegt in meiner Verantwortung, dieses Verbrechen aufzuklären. Wann es begangen wurde, ist für mich unerheblich.»

«Heute ist bestimmt keiner mehr in Gefahr. Sie sind alle» – er beschrieb mit der Hand einen Bogen – «tot.»

«Ich möchte nicht, daß der Erbauer dieses Anwesens sagen könnte, ich vernachlässigte meine Pflichten.» Rick biß fest die Zähne zusammen.

Harry lief es kalt den Rücken hinunter. Sie kannte den Sheriff als einen starken Mann, einen ergebenen Staatsdiener, aber als er das sagte, als er seine Schuld gegenüber dem Mann bekannte, der die Unabhängigkeitserklärung verfaßt hatte, dem Mann, der den Sinn der Amerikaner für Architektur und bildende Kunst geschärft hatte, dem Mann, der in der Präsidentschaft ausgeharrt und der Nation den Fortschritt gebracht hatte, da erkannte sie, daß sie selbst, ja, sie alle, sogar Heike, mit dem rothaarigen, 1743 geborenen Mann verbunden waren. Aber wenn sie gründlich darüber nachdachten, schuldeten sie allen Ehre, die ihnen vorausgegangen waren, allen, die sich um die Verbesserung der Zustände bemüht hatten.

Da Oliver Zeve keine schlagfertige Antwort einfiel, wandte er sich wieder den Verpflegungskörben zu. Aber er murmelte vor sich hin: «Mord in Monticello. Großer Gott.»

9

Auf der Rückfahrt nach Crozet in Mrs. Hogendobbers Falcon – Mrs. Murphy lag erschöpft auf Harrys Schoß und Tukker schlief vollkommen erschöpft auf dem Rücksitz – rotierten Harrys Gedanken wie ein Elektromixer.

«Ich warte.»

«Hm?»

«Harry, ich kenne Sie von klein auf.» Mrs. Hogendobber tippte sich an die Schläfe. «Was ist los?»

«Oliver. Er hat früher in einer Werbeagentur gearbeitet. Sie wissen schon, das sind diese Leute, die es so hinbiegen können, daß Shermans Marsch wie unbefugtes Betreten aussieht.»

«Ich kann seine Situation verstehen. Ich glaube nicht, daß sie so schlimm ist, wie er denkt. Aber ich bin ja auch nicht dafür verantwortlich, daß genug Geld da ist, um die Rechnung für das neue Dach von Monticello zu bezahlen. Er muß an den Ruf des Projektes denken.»

«Also, an der Mulberry Row ist ein Mann ermordet worden. Er hatte Geld in den Taschen; ich wüßte gern, wieviel es nach heutigen Maßstäben war.»

«Kimball wird es ausrechnen.»

«Er trug einen breiten goldenen Ring. Er war keineswegs ärmlich. Was hat er bloß in Medley Orions Hütte gemacht?»

«Ein Kleid für seine Frau abgeholt.»

«Oder was Schlimmeres.» Harry runzelte die Stirn.

«Deswegen ist Oliver so außer sich. Ein Sklave hätte keine Brokatweste oder einen goldenen Ring am Finger gehabt. Das Opfer war weiß und wohlhabend. Wenn ich mir darüber Gedanken mache, werden es andere auch tun, sobald über die Geschichte berichtet wird...»

«Und das wird bald sein, nehme ich an.»

«Mim wird kochen vor Wut.» Harry mußte lächeln.

«Sie weiß es schon», klärte Mrs. Hogendobber sie auf.

«Verdammt, Sie wissen wirklich über alles Bescheid.»

«Nein, über *jeden.*» Mrs. H. lächelte. «Kimball hat es erwähnt, als ich ihm, natürlich hinter vorgehaltener Hand, gesagt habe, daß man es Mim sagen muß.»

«Oh.» Harry unterbrach sich, dann kam sie in Fahrt: «Also, ich meine, wenn ich an weiße Männer in Sklavinnenhütten denke, dann denken auch andere daran. Das Opfer muß es nicht unbedingt mit Medley getrieben haben, aber wer weiß? Die Leute urteilen vorschnell. Und damit wird der ganze Schlamassel mit Sally Hemings wieder aufgewärmt. Armer Thomas Jefferson. Man wird das wohl nie auf sich beruhen lassen.»

«Seine sogenannte Affäre mit der schönen Sklavin Sally war eine Erfindung der Föderalisten. Sie haben ihn gehaßt und gefürchtet. Sie wollten unter allen Umständen verhindern, daß Jefferson Präsident wurde. An der Geschichte ist kein wahres Wort.»

Harry, die sich da nicht so sicher war, überlegte weiter:

«Komisch, nicht? Ein Mann wurde vor hundertneunzig Jahren ermordet, falls es 1803 geschah, und wir sind darüber beunruhigt. Es ist wie ein Echo aus der Vergangenheit.»

«Ja.» Miranda runzelte die Stirn. «Weil es etwas Entsetzliches ist, wenn ein Mensch einen anderen ermordet. Wer diesen Mann getötet hat, hat ihn gekannt. War es Haß? Liebe? Liebe, die in Haß umschlug? Angst vor einer Strafe? Was kann jemanden dazu getrieben haben, diesen Mann zu töten, der mächtig gewesen sein muß? Eins kann ich Ihnen sagen.»

«Was?»

«Der Teufel hat seine Krallen in beide geschlagen, in den Mörder und in das Opfer.»

10

«Ich hab's Marilyn Sanburne ja gesagt, bei ihrem Mulberry-Row-Projekt kommt nichts Gutes heraus.» Angewidert warf Wesley Randolph die Morgenzeitung auf den Eßtisch. Der Kaffee in der Royal-Doulton-Tasse schwappte bedenklich. Wesley hatte soeben den Fundbericht, dem offensichtlich Oliver Zeves Erklärung zugrunde lag, zu Ende gelesen. «Schlafende Hunde soll man nicht wecken», brummte er.

«Reg dich ab», sagte Ansley mit schleppender Stimme. Sie hatte sich amüsiert, wenn ihr Schwiegervater seine Ahnentafel herunterbetete, damals, als Warren ihr den Hof machte, aber nach achtzehn Ehejahren konnte sie sie genauso gut aufsagen wie Wesley. Ihre beiden Söhne Breton und Stuart, vierzehn und sechzehn Jahre alt, kannten sie ebenfalls auswendig. Sie hatte Wesleys ewige Vergangenheitsverklärung satt.

Warren nahm die Zeitung, die sein Vater hingeworfen hatte, und las den Artikel.

«Big Daddy, man hat in einer Sklavenhütte ein Skelett ausgegraben. Vermutlich mehr Staub als Knochen. Ich finde, Oliver Zeve hat eine vernünftige Presseerklärung abgegeben. Das Interesse wird einen Tag lang anschwellen und dann abflauen. Wenn dir die Sache so am Herzen liegt, geh dich doch selbst vom ‹Drang des Ird'schen› überzeugen.» Ansley lächelte müde, als sie aus «Hamlet» zitierte.

Warren war immer noch empfänglich für Ansleys Schönheit, aber er spürte ihre Abneigung gegen ihn. Sie zeigte sie natürlich nicht offen. Taktvoll, wie sie war, wahrte Ansley, was ihren Mann anging, die strengen Regeln des Anstands. «Du nimmst die Geschichte nicht ernst genug, Ansley.» Er wollte seinem alten Herrn mit dieser Äußerung einen Gefallen tun.

«Mein Lieber, Geschichte interessiert mich nicht im geringsten. Das Gestern ist tot. Ich lebe heute, und ich will morgen leben – und was unsere Familie für Monticello spendet, kommt dem Heute zugute. Auf daß wir zum Gedeihen der größten Attraktion von Albemarle beitragen!»

Wesley schüttelte den Kopf. «Durch diese archäologischen Arbeiten in den Dienstbotenquartieren« – er blies seine roten Backen auf – «werden die Leute aufgewiegelt. Als nächstes wird noch eine Versammlung von Negern –»

«Afroamerikanern», säuselte Ansley.

«Ist mir scheißegal, wie du sie nennst!» sagte Wesley aggressiv. «Ich finde, daß ‹farbig› immer noch die höflichste Bezeichnung ist! Wie auch immer du sie nennst, sie werden sich organisieren, sie werden unter einer Terrasse in Monticello kampieren, und ehe man sich's versieht, werden sie Jefferson seine sämtlichen Leistungen streitig machen. Sie werden behaupten, *sie* hätten sie vollbracht.»

«Aber sie haben die meiste Arbeit geleistet, das steht fest. Hatte er nicht an die zweihundert Sklaven auf seinen diversen Besitztümern?» Während Ansley ihren Schwiegervater mit diesen Worten provozierte, hielt Warren den Atem an.

«Kommt sehr drauf an, in welchem Jahr», fauchte Wesley. «Woher weißt du das überhaupt?»

«Aus Mims Vortrag.»

«Mim Sanburne ist die größte Nervensäge, die diese Gegend seit dem 17. Jahrhundert heimgesucht hat. In kürzester Zeit wird man Jefferson besudelt, in den Schmutz gezogen, zum Schurken gemacht haben. Mim und ihre Mulberry Row! Sie soll nicht an die Dienstbotenfrage rühren! Verdammt, ich wünschte, ich hätte ihr nie einen Scheck gegeben.»

«Aber das ist doch ein Teil der Geschichte.» Ansley genoß die Auseinandersetzung.

«Welcher Geschichte?»

«Der Geschichte von Amerika, Big Daddy.»

«Ach, Scheiße!» Er warf ihr einen wütenden Blick zu, dann lachte er. Sie war der einzige Mensch in seinem Leben, der es wagte, sich mit ihm anzulegen – und das gefiel ihm.

Warren, dessen schlechte Laune in Langeweile umgeschlagen war, trank seinen Orangensaft und nahm sich den Sportteil vor.

Wesley zog die buschigen Augenbrauen zusammen. «Und wie ist deine Meinung?»

«Hm?»

«Warren. Big Daddy möchte wissen, was du von der Sache mit der Leiche in Monticello hältst.»

«Ich – äh – was soll ich sagen? Hoffen wir, daß diese Entdekkung uns helfen wird, das Leben in Monticello, die Strapazen und die Nöte der damaligen Zeit besser zu verstehen.»

«Wir sind nicht deine Wählerschaft. Ich bin dein Vater!

Willst du etwa bestreiten, daß eine Leiche im Garten oder, verflixt, wo war das noch mal» – er griff nach der Titelseite, um nachzusehen –, «daß eine Leiche in Hütte Nummer vier eine schlechte Nachricht ist?»

Warren, der sich längst an das schwankende Urteil seines Vaters über seine Fähigkeiten und sein Verhalten gewöhnt hatte, sagte gedehnt: «Nun ja, Papa, für die Leiche war es ganz sicher eine schlechte Nachricht.»

Ansley hörte Warrens Porsche 911 aus der Garage donnern. Sie wußte, daß Big Daddy im Stall war. Sie griff zum Telefon und wählte.

«Lucinda», sagte sie empört, «hast du die Zeitung gelesen?»

«Ja. Diesmal geht der Queen von Crozet der Arsch auf Grundeis», sagte Lucinda bissig.

«Ganz so schlimm ist es nicht, Lulu.»

«Gut ist es aber auch nicht.»

«Ich werde nie begreifen, warum es so wichtig ist, mit T. J. blutsverwandt zu sein, und wenn's noch so weitläufig ist», sagte Ansley, obwohl sie es nur zu gut verstand.

Lucinda zog fest an ihrem Stumpen. «Was haben unsere Männer denn sonst vorzuweisen? Ich glaube, Warren ist nicht annähernd so auf Abstammung versessen wie mein Samson. Der verdient schließlich Geld damit. Sieh dir doch bloß seine Immobilienanzeigen in der *New York Times* an. Er bringt seine Verwandtschaft mit Jefferson ins Spiel, wo er nur kann. ‹Lassen Sie sich Jeffersons Ländereien von seinem Nachkommen in der -zigsten Linie zeigen.›» Sie nahm einen weiteren Zug. «Na ja, irgendwie muß er ja Geld verdienen. Samson ist nicht gerade der intelligenteste Mann, den Gott geschaffen hat.»

«Aber er sieht verdammt gut aus», sagte Ansley. «Du hattest bei Männern schon immer den besten Geschmack, Lulu.»

«Danke – aber im Moment hab ich nichts davon. Ich bin Golf-Witwe.»

«Sei doch froh, Schätzchen. Ich wollte, ich könnte Warren dazu bewegen, sich auch mal für was anderes zu interessieren als für seine sogenannte Praxis. Big Daddy hält ihn mit der Lektüre von Immobilienkaufverträgen, Prozeßakten, Konsortialdarlehen beschäftigt – ich würde zuviel kriegen.»

«Anwälte haben Hochkonjunktur», sagte Lulu. «Die Wirtschaft ist den Bach runter, alle schieben sich gegenseitig die Schuld in die Schuhe, und es hagelt Prozesse. Schade, daß wir diese Energie nicht für eine Zusammenarbeit verwenden.»

«Ach, weißt du, Schätzchen, im Augenblick tobt hier doch wirklich ein Sturm im Wasserglas. Alle alten Klatschweiber und vertrottelten Wissenschaftler in Mittelvirginia machen riesigen Wind um ihre Ansichten.»

«Mim wollte, daß ihr Projekt Beachtung findet.» Lucinda hielt mit ihrem Sarkasmus nicht hinter dem Berg. Jahrelang hatte sie sich von Mim sagen lassen, was sie zu tun hatte; jetzt hatte sie's endgültig satt.

«Jetzt hat sie sie.» Ansley ging zum Spülbecken und ließ Wasser einlaufen. «Welche Zeitungen hast du heute morgen gelesen?»

«Unser Lokalblatt und die Richmonder.»

«Lulu, schreibt die Richmonder Zeitung etwas über die Todesursache?»

«Nein.»

«Oder wer der Mann ist? Der *Courier* hält sich hinsichtlich irgendwelcher Fakten ziemlich bedeckt.»

«Die Richmonder auch. Vermutlich wissen sie gar nichts, aber ich denke, wir kriegen die Hintergründe genauso schnell raus wie sie. Weißt du, ich hätte große Lust, Mim anzurufen und dem Biest mal gehörig eins auszuwischen.» Lucinda drückte ihren Stumpen aus.

«Das kannst du nicht machen.» Ansleys Stimme klang nervös.

Es blieb lange still. «Ich weiß – aber eines Tages tu ich's vielleicht.»

«Da möchte ich dabeisein. Ich würde einiges darum geben, zu sehen, wie du mit der Queen abrechnest.»

«Da sie mit unseren beiden Männern geschäftlich viel zu tun hat, kann ich bloß davon träumen – genau wie du.» Lucinda sagte Ansley auf Wiedersehen, legte auf und dachte einen Moment über ihre vertrackte Situation nach.

Mim Sanburne hielt die Zügel des Gesellschaftslebens von Crozet fest in der Hand. Sie beglich alte Rechnungen, vergaß nie eine Kränkung, aber dafür vergaß sie auch nie einen Gefallen. Mim konnte ihren Reichtum als Druckmittel, als Lockmittel oder auch als krönende Belohnung für beigelegte Differenzen verwenden – sofern sie in ihrem Sinne beigelegt wurden. Mim hatte nichts dagegen, Geld auszugeben. Sie hatte aber etwas dagegen, ihren Willen nicht zu bekommen.

11

Das Grau des anbrechenden Tages löste sich in ein Rosa auf, das sodann der Sonne wich. Nachdem die Pferde gefüttert und hinausgelassen, der Stall ausgemistet und das Opossum mit Frischfutter und Sirup verköstigt waren, eilte Harry frohgemut ins Haus, um sich ihr Frühstück zu machen.

Harry trank morgens erst einmal eine Tasse Kaffee, schob

das gußeiserne Plätteisen ihrer Großmutter von der Hintertür weg – ihre Sicherheitsmaßnahme –, joggte zum Stall und erledigte die morgendlichen Pflichten. Danach gönnte sie sich gewöhnlich warme Hafergrütze oder Spiegeleier, manchmal sogar lockere Pfannkuchen, getränkt mit Lyon's Golden Syrup aus England.

Simon, das Opossum, ein schlaues, neugieriges Kerlchen, wagte sich zuweilen nahe ans Haus heran, aber hineinlocken konnte Harry ihn nicht. Sie war erstaunt, daß Mrs. Murphy und Tucker das graue Geschöpf duldeten. Mrs. Murphy legte eine außergewöhnliche Toleranz gegenüber anderen Tieren an den Tag. Bei Tucker dauerte es meistens ein bißchen länger.

«Na schön, ihr zwei. Ihr habt schon gefrühstückt, aber wenn ihr ganz brav seid, brate ich euch vielleicht ein Ei.»

«Ich bin brav, ich bin brav.» Tucker wackelte mit dem Hinterteil, weil sie keinen Schwanz hatte.

«Wenn du nicht immer so aufdringlich wärst, hättest du mehr Würde.» Mrs. Murphy sprang auf einen Küchenstuhl.

«Ich will keine Würde, ich will Eier.»

Harry holte die alte mittelgroße Eisenpfanne hervor. Sie rieb sie nach jedem Spülen mit Speiseöl ein, damit sie nicht rostete. Sie gab ein Stück Butter in die Mitte der Pfanne, die sie auf kleine Flamme setzte. Sie schlug vier Eier in eine Rührschüssel, würzte mit etwas Käse, ein paar Oliven, gab noch ein paar Kapern hinzu. Als die Pfanne die richtige Hitze hatte und die Butter zu brutzeln begann, goß sie die Eiermasse hinein. Sie ließ sie fest werden, klappte sie zusammen, stellte die Flamme ab und ließ die Eier fix auf einen großen Teller gleiten. Dann teilte sie das Futter.

Tucker fraß aus ihrem Keramiknapf, den Harry auf den Boden stellte.

Mrs. Murphys Schüssel, die mit der Aufschrift «Kampf

den Fettpolstern» verziert war, stand auf dem Tisch. Die Katze aß mit Harry.

Mrs. Murphy leckte sich die Lippen. *«Schmeckt köstlich.»*

«Ja.» Tucker konnte kaum sprechen, so schnell fraß sie.

Die Tigerkatze hatte eine Schwäche für Oliven. Harry mußte immer lachen, weil sie sie stets zuerst herauspickte.

«Du bist einmalig, Mrs. Murphy.»

«Ich will mein Essen eben genießen», erwiderte die Katze.

«Hast du noch mehr?» Tucker setzte sich neben ihren leeren Napf, den Hals gereckt für den Fall, daß ein Krümel vom Tisch fiel.

«Du bist genauso schlimm wie Pewter.»

«Vielen Dank.»

«Ihr zwei seid aber gesprächig heute morgen.» Harry trank gutgelaunt ihre zweite Tasse Kaffee, während sie den Tieren laut ihre Gedanken mitteilte. «Schätze, mein Besuch in Monticello hat mich nachdenklich gestimmt. Was würden wir tun, wenn jetzt das Jahr 1803 wäre? Um dieselbe Zeit aufstehen und die Pferde füttern, das wäre wohl nicht anders. Ställe ausmisten, das hat sich auch nicht geändert. Aber jemand hätte in einer offenen Feuerstelle Feuer schüren müssen. Eine alleinlebende Person hätte es viel schwerer gehabt als heute. Wie konnte sie ihre täglichen Pflichten erfüllen, sich etwas kochen, schlachten – ich nehme allerdings an, daß man sein Fleisch hätte kaufen können, aber nur für jeweils einen Tag, es sei denn, man hatte eine Räucherkammer oder das Fleisch wurde gepökelt. Stellt euch das bloß mal vor. Und keine Wurmmittel für euch und keine Tollwutimpfung, und für mich hätte es auch keine Impfungen gegeben. Die Kleidung muß im Winter kratzig und schwer gewesen sein. Im Sommer wäre es nicht so schlimm gewesen, weil die Frauen Leinenkleider trugen. Die Männer konnten ihre Hemden ausziehen. Was ich übrigens ungerecht finde. Wenn

ich mein Hemd nicht ausziehen kann, sehe ich nicht ein, wieso sie das dürfen.» So sprach sie zu ihren zwei Freundinnen, die an jedem Wort und an jedem Bissen Ei hingen, den Harry sich in den Mund schob. «Ihr zwei hört mir gar nicht richtig zu, oder?»

«Doch!»

«Hier.» Harry gab Mrs. Murphy noch eine Olive und Tucker einen Happen Ei. «Ich weiß nicht, warum ich euch so verwöhne. Was ihr heute morgen schon alles zu fressen gekriegt habt!»

«Wir lieben dich, Mom.» Mrs. Murphy gab ein lautes Schnurren von sich.

Harry kraulte mit einer Hand die Ohren der Tigerkatze und langte hinunter, um Tucker denselben Liebesdienst zu erweisen. «Ich weiß nicht, was ich ohne euch beide anfangen würde. Es ist so leicht, Tiere zu lieben, und so schwer, Menschen zu lieben. Männer sowieso. Das andere Geschlecht ist für eure Mom gestrichen.»

«Nein, ist es nicht.» Tucker wollte sie trösten, und es ärgerte sie maßlos, daß Harry sie nicht verstand. *«Du bist bloß noch nicht dem Richtigen begegnet.»*

«Ich finde, Blair ist der Richtige», gab Mrs. Murphy ihren Senf dazu.

«Blair ist weg zu Modeaufnahmen. Außerdem glaube ich nicht, daß Mom einen so schnieken Mann braucht.»

«Wie meinst du das?» fragte die Katze.

«Sie braucht einen Naturtypen, verstehst du, einen Streckenarbeiter oder Farmer oder Tierarzt.»

Mrs. Murphy dachte darüber nach, während Harry ihr die Ohren kraulte. *«Vermißt du Fair immer noch?»*

«Manchmal schon», erwiderte der kleine Hund aufrichtig. *«Er ist groß und stark, er könnte viel Farmarbeit machen, und er könnte Mom beschützen, wenn mal was passiert.»*

«Sie kann sich selbst beschützen.» Obwohl das stimmte, war auch die Katze gelegentlich besorgt um Harry, weil sie allein lebte. Man konnte sagen, was man wollte, die meisten Männer waren nun mal stärker als die meisten Frauen. Es wäre gut, einen Mann auf der Farm zu haben.

«Ja schon – aber trotzdem», antwortete Tucker mit dünner Stimme.

Harry stand auf und trug das Geschirr zu dem Steingutbecken. Sie spülte jedes Teil sorgfältig, trocknete es ab und räumte alles weg. Ein Ausguß mit schmutzigem Geschirr trieb Harry zum Wahnsinn, wenn sie nach Hause kam. Sie stellte den Wasserkocher ab. «Sieht nach einem Mary-Minor-Haristeen-Tag aus.» Das bedeutete, daß es sonnig war.

Sie hielt einen Moment inne und sah den Pferden zu, die sich aneinander rieben. Dann schweiften ihre Gedanken ab, und sie sagte zu ihren Freundinnen: «Wie konnte Medley Orion mit einer Leiche unter ihrer Feuerstelle leben – falls sie davon wußte? Vielleicht hatte sie ja keine Ahnung, aber wenn, wie konnte sie sich Kaffee machen, ihr Frühstück essen und ihrer Arbeit nachgehen – mit diesem Wissen? Ich glaube nicht, daß ich das könnte.»

«Wenn du richtig Angst hättest, würdest du es können», bemerkte Mrs. Murphy weise.

12

Mrs. Hogendobber polierte die Walnußholzoberfläche des alten Schalters, bis sie glänzte. Harry kehrte mit einem harten Besen den hinteren Raum des Postamtes aus. Es war halb drei, die Zeit für Hausarbeiten und eine Pause zwischen den

Kunden, die zur Mittagszeit hereinschauten, und denen, die später nach der Arbeit auf dem Nachhauseweg vorbeikommen würden. Mrs. Murphy, die im Postkarren schlief, zuckte mit dem Schwanz und lachte in sich hinein, denn sie träumte von Mäusen. Tucker lag auf dem Fußboden auf der Seite. Auch sie war völlig weggetreten.

«He, hab ich Ihnen schon erzählt, daß Fair mich für nächste Woche ins Kino eingeladen hat?»

«Er will Sie wiederhaben.»

«Mrs. H., das sagen Sie, seit wir geschieden sind. Er wollte mich ganz sicher nicht wiederhaben, als er mit Boom Boom Craycroft rumgemacht hat. Die mit ihrem Pontonbusen!»

Mrs. Hogendobber schwenkte ihr Staubtuch über ihrem Kopf wie eine kleine Fahne. «Eine vorübergehende Passion. Er mußte sich abreagieren.»

«Das kann man wohl sagen», erwiderte Harry spitz.

«Sie müssen vergeben und vergessen.»

«Sie haben leicht reden. War ja nicht Ihr Mann.»

«Da haben Sie allerdings recht.»

Erstaunt, weil Mrs. Hogendobber ihr so ohne weiteres zustimmte, verharrte Harry einen Moment mit dem Besen in der Luft, aber ein Klopfen an der Hintertür bewog sie dann, ihn wieder auf den Boden zu senken.

«Ich bin's», rief Market Shiflett.

«Hi.» Harry öffnete die Tür, und Market, dem das Lebensmittelgeschäft nebenan gehörte, kam herein, gefolgt von Pewter.

«Hab Sie heute noch gar nicht gesehen. Was haben Sie getrieben?» Miranda wienerte unermüdlich weiter.

«Dies und das, alles für die Katz.» Er lächelte, sah zu Pewter hinunter und entschuldigte sich. «Verzeihung, Pewter.»

Pewter, die viel zu raffiniert war, um den Hund einfach wach zu stupsen, schnippte mit ihrem dicken kurzen Schwanz vor Tuckers Nase herum, bis der Hund die Augen aufmachte.

Tucker blinzelte. *«Ich war der Welt entrückt.»*

«Wo ist Ihre Gnaden?» erkundigte sich Pewter.

«Zuletzt hab ich sie im Postkarren gesehen.»

Pewters funkelnde Augen verrieten, was sie vorhatte. Sie ging zum Postkarren, kauerte sich hin, wackelte mit dem Hinterteil, und mit einem mächtigen Satz wuchtete sie sich in den Karren. Wobei sie wie besessen maunzte. Wäre Mrs. Murphy nicht in den besten Jahren, sondern, sagen wir, eine Katze im fortgeschrittenen Alter gewesen, hätte sie bestimmt ihre Blase nicht unter Kontrolle halten können, als sie so unsanft geweckt wurde. Lautes Fauchen und Zischen erschallte aus dem Behälter, der ein kleines bißchen ins Rollen geriet.

«Jetzt reicht's», sagte Market und ging mit schnellen Schritten zu dem Postkarren. Seine geliebte Katze und Mrs. Murphy wälzten sich mit ausgefahrenen Krallen in dem dicken Leinensack. Fellbüschel flogen durch die Luft.

Harry kam herbeigeflitzt. «Ich weiß nicht, was mit den beiden los ist. Entweder sind sie die besten Freundinnen, oder sie kämpfen wie Moslems gegen Christen.» Harry griff in den Behälter, um die zwei zu trennen, und handelte sich mit ihrer Fürsorge einen Kratzer ein.

«Du fettes Schwein!» kreischte Mrs. Murphy.

«Angstmieze, Angstmieze», spottete Pewter.

Mrs. Hogendobber, eine gläubige Anhängerin der Kirche zum Heiligen Licht, ermahnte Harry: «Sie sollen sich nicht über Religionskonflikte lustig machen. Außerdem haben Katzen keine Religion.»

«Wer sagt das?» Zwei kleine Köpfe schossen aus dem Postkarren hervor.

Dieser Augenblick des Friedens dauerte eine Tausendstelsekunde, dann ließen die beiden sich wieder in den Karren fallen und wälzten sich übereinander.

Harry lachte. «Ich lang da nicht mehr rein. Früher oder später werden sie schon von selbst aufhören.»

«Da magst du recht haben.» Market fand das Gefauche gräßlich. «Was ich dir sagen wollte: Ich hab heute Katzenfutter im Sonderangebot. Soll ich dir eine Kiste zurückstellen?»

«Oh, danke. Und wie wär's noch mit einem schönen frischen Huhn.»

«Harry, sagen Sie bloß nicht, Sie wollen ein Huhn kochen!» Mrs. Hogendobber griff sich ans Herz, als könnte sie's nicht fassen. «Ist denn die ganze Welt verrückt geworden?»

«A propos, was sagt ihr denn dazu, daß sie in Monticello eine Leiche gefunden haben?»

Ehe die Frauen antworten konnten, polterte Samson Coles durch den Vordereingang, und Market wiederholte seine Frage.

Samson schüttelte sein Löwenhaupt. «Verdammte Schande. Ich garantiere euch, schon morgen belagern die Fernsehteams die Mulberry Row, und sie werden dieses unglückliche Ereignis so richtig aufbauschen.»

«Ach, ich weiß nicht. Ist doch merkwürdig, daß eine Leiche unter einer Hütte begraben war. Wenn es ein, hm, natürlicher Tod war, hätte man sie dann nicht auf einem Friedhof beigesetzt? Auch Sklaven hatten Friedhöfe», sagte Market.

Harry und Mrs. Hogendobber wußten, daß es nicht die Leiche eines Sklaven war. Das wußte auch Mrs. Murphy, die es Pewter laut mitteilte. Sie hatten sich ausgetobt und lagen nun erschöpft auf dem Boden des Karrens.

«Woher weißt du das?» wunderte sich die graue Katze.

«Weil ich die Leiche gesehen habe», prahlte Mrs. Murphy. *«Hinten im Schädel war ein großes dreieckiges Loch.»*

«Du sollst keine Einzelheiten verraten», schalt Tucker.

«Ach Quatsch, Tucker. Die Menschen verstehen kein Wort von dem, was ich sage. Sie denken, daß Pewter und ich hier drin einfach so miauen und du uns von da drüben anwinselst.»

«Dann kommt raus aus dem Karren, damit wir uns anständig unterhalten können», rief Tucker. *«Ich hab die Leiche auch gesehen, Pewter.»*

«Tatsächlich?» Pewter stützte sich mit ihren dicken Pfoten auf den Rand des Karrens und lugte über die Seite.

«Hör nicht auf sie. Sie hatte nur Mrs. Hogendobbers Hühnchen im Sinn.»

«Ich hab die Leiche genauso deutlich gesehen wie du, Großmaul. Sie lag bäuchlings unter der Feuerstelle, vielleicht einen halben Meter tiefer, als der Fußboden damals war. Jawohl.»

«Was du nicht sagst!» Pewters Augen weiteten sich zu großen schwarzen Kugeln. *«Ein Mord!»*

«Stimmt, Market.» Samson stützte das Kinn in die Hand. «Warum hätte man eine Leiche – wo war das noch – unter dem Kamin begraben sollen?»

«Feuerstelle», rief der Hund, aber sie achteten nicht auf ihn.

«Vielleicht ist der Mann im Winter gestorben, und man konnte die gefrorene Erde nicht aufgraben. Aber unter der Feuerstelle dürfte die Erde nicht gefroren gewesen sein, oder?» Market äußerte diese Vermutung. Was aber nicht bedeutete, daß er wirklich daran glaubte.

«Ich dachte, damals hätten die Leute Mausoleen oder so was Ähnliches in den Felsen gehauen, wo sie die Leichen aufbewahrten, bis es im Frühjahr wieder taute», sagte Miranda. «Und da haben sie dann das Grab ausgehoben», fügte sie hinzu.

«Ist das wahr?» Market erschauerte bei dem Gedanken, daß Leichen irgendwo gestapelt waren wie Klafterholz.

«Sie wurden sozusagen tiefgekühlt», sagte Miranda.

«Wie grauenhaft.» Samson schnitt eine Grimasse. «Ist Lucinda heute hiergewesen?»

«Nein», antwortete Harry.

«Ich weiß nie, wo meine Frau sich rumtreibt.» Sein lockerer Tonfall sollte über die Wahrheit hinwegtäuschen – er wollte nicht, daß Lucinda ihm auf die Schliche kam. Er wußte immer gern, wo sie war, damit er sichergehen konnte, daß sie ihm nicht nachspionierte.

«Was hat sie zu der Entdeckung in Monticello gesagt?» fragte Mrs. Hogendobber höflich.

«Lucinda? Ach, sie sagt zwar, daß die Geschichte nicht gerade ein gutes Licht auf Monticello wirft, aber sie kann nicht einsehen, was das mit uns zu tun hat.» Samson klopfte auf den Schalter und bewunderte Mrs. Hogendobbers Werk. «Wie ich höre, ist Wesley Randolph ganz schön sauer deswegen. Er reagiert natürlich übertrieben, aber das tut er ja immer. Lulu hat nicht so ein ausgeprägtes Interesse für Geschichte wie ich» – er seufzte –, «aber sie hat ja auch keine persönliche Beziehung zu Jefferson. Ich stamme in direkter Linie von seiner Mutter Jane ab, wie ihr wißt, und väterlicherseits bin ich natürlich mit Dolley Madison verwandt. Daher mein starkes historisches Interesse. Lulus Leute waren Neuankömmlinge. Ich glaube, sie sind erst um 1780 eingewandert.» Er verstummte für eine Sekunde, als ihm bewußt wurde, daß er seinen Stammbaum vor Leuten ausbreitete, die ihn so gut aufsagen konnten wie er selbst. «Ich schweife ab. Jedenfalls, Lulu liest sehr viel. Sie wird genauso froh sein wie ich, wenn wir diesen Zwischenfall hinter uns haben. Wir wünschen doch nicht die falsche Art von Aufmerksamkeit hier in Albemarle County.»

Market kicherte. «Samson, das alles ist doch fast zweihundert Jahre her.»

«Die Vergangenheit lebt weiter in Virginia, dem Mutterland der Präsidenten.» Samson lächelte feierlich. Er konnte nicht ahnen, wie wahr und wie tragisch diese Äußerung war.

Als Samson ging, kam Danny Tucker mit Stuart und Breton Randolph lärmend ins Postamt gestürmt. Danny sah seiner Mutter Susan ähnlich. Stuart und Breton hatten ihrerseits eine starke Ähnlichkeit mit ihrer Mutter Ansley. Die halbwüchsigen Jungen plapperten alle gleichzeitig, während sie in die Postfächer langten.

«Iii –» schrie Danny und riß seine Hand zurück.

«Eine Mausefalle?» Stuarts aschblonde Augenbrauen schnellten in die Höhe.

«Nicht ganz», antwortete Danny sarkastisch.

Breton warf einen Blick in das Postfach. «Igitt.» Er griff hinein und zog ein künstliches Auge heraus.

Harry flüsterte Mrs. Hogendobber zu: «Waren Sie das?»

«Dazu sage ich lieber nichts.»

«Harry, hast du das Auge ins Postfach gelegt?» Von seinen Freunden flankiert, beugte sich Danny über den Schalter.

«Nein.»

«Mutter macht sich nichts aus Gummiaugen», gab Mrs. Murphy ihm zu verstehen.

Reverend Herb Jones trat in das Durcheinander. «Ist das hier eine Gebetsversammlung?»

«Hi, Rev.» Stuart war ein Verehrer des Pastors.

«Stuart, begrüße Reverend Jones, wie es sich gehört», befahl Miranda.

«Verzeihung. Hallo, Reverend Jones.»

«Ich tu immer, was Mrs. H. mir sagt.» Reverend Jones legte Stuart den Arm um die Schultern. «Sonst hätte ich Angst vor ihr.»

«Aber Herbie...», protestierte Miranda.

Breton, ein lieber Junge, mischte sich ein. «Mrs. Hogendobber, wir tun alle, was Sie sagen, weil Sie meistens recht haben.»

«Oh...» Es folgte eine lange, spannungsgeladene Pause. «Es freut mich, daß ihr das einseht.» Sie brach in Lachen aus, und alle stimmten ein, auch die Tiere.

«Harry.» Herb legte lachend die Hand auf den Schalter. «Danke, daß Sie mich neulich wegen meines platten Reifens angerufen haben. Ich habe ihn repariert – und jetzt habe ich schon wieder einen Platten.»

«O nein!» erwiderte Harry.

«Sie brauchen einen neuen Wagen», vermutete Market Shiflett.

«Ja, aber dazu brauche ich Geld, und bis jetzt –»

«Ist noch kein Penny vom Himmel gefallen.» Harry konnte sich die Bemerkung nicht verkneifen. Worauf alle wieder zu lachen anfingen.

«Reverend Jones, ich helfe Ihnen beim Reifenwechseln», erbot sich Danny.

«Ich auch», sagte Breton. Und auch Stuart war schon zur Tür hinaus.

Während sie hinaussausten, warf Danny das Gummiauge Harry zu, die daraufhin mit den Fingern ein Kreuz formte.

«Nette Jungs. Cortney fehlt mir. Sie genießt ihr erstes Jahr auf dem College. Trotzdem, es ist schwer, sie ziehen zu lassen.» Market, der Witwer war, seufzte.

«Sie haben das ganz prima hingekriegt mit dem Mädchen», lobte ihn Miranda.

«Zu blöd, daß du das mit dem Fettkloß nicht besser hingekriegt hast», rief Mrs. Murphy.

«Danke», erwiderte Market.

«Ich protestiere», grollte Pewter.

«So, die Arbeit ruft.» Market hielt inne. «Pewter?»

«Komme schon. Ich werde nicht hierbleiben und mich von so einer Bohnenstange beleidigen lassen.»

«Ach, Pewter, wo hast du deinen Humor gelassen?» Tucker tappte zu ihr hinüber und gab ihr einen Stups.

«Wie hältst du das bloß mit ihr aus?» Pewter hatte die Corgihündin gern.

«Ich reiß ihre Katzenminzespielsachen kaputt, wenn sie nicht hinguckt.»

Pewter, die sich an Markets Fersen geheftet hatte, sprang munter zur Tür hinaus, während sie an ein zerfetztes Katzenminzesöckchen dachte.

Harry und Miranda machten sich wieder an ihre Arbeit.

«Sie sind die Übeltäterin, ich weiß es», kicherte Harry.

«Auge um Auge...», zitierte Mrs. H. aus dem Alten Testament.

«Ja schon, aber es war Susan, die die Gummispinne ins Fach gelegt hat, nicht Danny.»

«O verflixt.» Die ältere Frau klatschte in die Hände. Sie dachte: Na schön, dann helfen Sie mir doch abrechnen.

Harry warf den Kopf zurück und brüllte vor Lachen. Miranda lachte auch, ebenso Mrs. Murphy und Tucker, deren Gelächter sich anhörte wie leises Prusten.

13

Samson Coles' knallroter Grand Wagoneer war auf der Landstraße nicht zu übersehen. Der schwere Achtzylindermotor und der Allradantrieb waren unabdingbar fürs Geschäft. Samson hatte Kaufinteressenten durch Felder und Flußbetten gekarrt, er war mit ihnen über alte Farmwege gerumpelt. Die Geräumigkeit im Wageninneren war den Leuten angenehm, und er war enttäuscht, als man bei Jeep das bullige Gefährt aus dem Programm nahm und durch ein kleineres, schnittigeres Modell ersetzte, den Grand Cherokee. Samson fand, der Grand Cherokee habe einen Schönheitsfehler, eine römische Nase, und außerdem sei er den anderen Jeeps auf dem Markt zu ähnlich. Das Tolle an dem alten Wagoneer war, daß er einfach keinem anderen Wagen glich. Samson war sehr darauf bedacht, sich von der Masse abzuheben.

Heute allerdings war er nicht so sehr darauf erpicht. Er parkte hinter einem großen Vorratsschuppen, zog seine Überschuhe an und stapfte gut anderthalb Kilometer durch den Matsch zu Blair Bainbridges Farm, die an Harrys Grundstück angrenzte.

Er wußte, daß Harry sich während Blairs Abwesenheit um die Farm kümmerte. Der Vorteil einer Kleinstadt ist, daß fast jeder den Tageslauf von fast jedem kennt. Andererseits ist das auch der Nachteil einer Kleinstadt.

Gewöhnlich sortierte Harry während der Arbeit Blairs Post und steckte sie in einen Nachsendeumschlag, so daß er sie nach ein paar Tagen bekam, es sei denn, Blair befand sich zu Aufnahmen in einer sehr fernen Gegend oder in einem politisch brisanten Gebiet. Auf dem Nachhauseweg von der Arbeit sah sie auf Blairs Foxden Farm nach dem Rechten.

Der Matsch machte Samson schwer zu schaffen. Es ist schwierig, in Überschuhen zu rennen, und er hatte es eilig. Um zwei Uhr war er in Midale verabredet. Sollte er diesen Auftrag bekommen, würde eine hübsche Provision für Samson herausspringen. Er brauchte das Geld. Er veranschlagte das Grundstück auf 2,2 Millionen Dollar. Er rechnete damit, Midale für 1,5 bis 1,8 Millionen verkaufen zu können. Darüber wollte er sich später mit seinem Kunden einigen.

Hauptsache, er bekam erst einmal den Auftrag. Er hatte längst begriffen, daß man im Immobiliengeschäft meist den Auftrag bekam, wenn man dem Kunden einen hohen Preis nannte. Gelegentlich konnte er einen Besitz zum veranschlagten Preis verkaufen. Meistens aber ging der Besitz für zwanzig bis dreißig Prozent weniger weg, und Samson sicherte sich ab, indem er weitschweifig erklärte, daß der Marktpreis rückläufig war, die Zinssätze schwankten, irgend etwas, um die Gemüter zu beruhigen. Schließlich sollte ihm niemand nachsagen können, ein unrealistischer Makler zu sein.

Er sah auf die Uhr. Viertel nach elf. Verdammt, ihm blieb nicht viel Zeit. Ehe er sich's versah, würde es zwei Uhr sein.

Das hübsche symmetrische Holzhaus war jetzt zu sehen. Er hastete weiter. An der Hintertür hob er den Deckel der alten Milchkiste an. Der Schlüssel hing drinnen an einem kleinen Messinghaken.

Er schob den Schlüssel ins Türschloß, aber die Tür war schon aufgeschlossen. Er stieß sie auf und machte sie hinter sich zu.

Ansley kam aus dem Wohnzimmer gelaufen, wo sie gewartet hatte. «Liebling.» Sie schlang ihre Arme um seinen Hals.

«Wo hast du deinen Wagen geparkt?» fragte Samson.

«In der Scheune, wo man ihn nicht sehen kann. Na, ist das nicht romantisch?»

Er drückte sie eng an sich. «Ich werde dir meine romantische Ader noch auf ganz andere Weise zeigen, mein Herzchen.»

14

Albemarle County verschwendete wenig Geld für die Diensträume des Sheriffs. Vermutlich hielt man es für geboten, das Geld der Steuerzahler anders zu verplempern. Rick Shaw empfand es schon als Segen, daß er und seine Mitarbeiter kugelsichere Westen und in regelmäßigen Abständen neue Autos bekamen. Die einst im Volksschulgrün der fünfziger Jahre gestrichenen Wände hatten es inzwischen immerhin zu Landhausweiß gebracht. Soviel zum Fortschritt. Der Frühling war spät dran. Rick war froh darüber, denn im Frühjahr häuften sich Trunkenheit, häusliche Gewalt und allgemeine Verrücktheit. Für Cynthia Cooper eine Manifestation von Frühlingsgefühlen. Für Rick Shaw der Beweis, daß das Tier Mensch von Natur aus schlecht war.

Oliver Zeve kniff die Lippen zusammen. Ein Ton, der Macht und Klassenüberlegenheit ausdrückte, schlich sich in seine Stimme. «Sagen Sie, Sheriff, muß das wirklich sein?»

Rick, seit langem daran gewöhnt, daß gesellschaftlich Höherstehende ihn einzuschüchtern versuchten, sagte höflich, aber bestimmt: «Ja.»

Deputy Cooper marschierte während dieser Unterhaltung auf und ab. Gelegentlich fing sie einen Blick von Rick auf. Sie wußte, daß ihr Chef den Direktor von Monticello am liebsten an seinem maßgeschneiderten Hosenboden gepackt und zur Haustür hinausbefördert hätte. Ricks Gesichtsausdruck veränderte sich, als er mit Kimball Haynes sprach: «Mr. Haynes, haben Sie sonst noch etwas herausgefunden?»

«Ich bin mir ziemlich sicher, daß die Leiche vor dem Brand vergraben wurde. Es war keinerlei Asche oder ausgeglühte Holzkohle unterhalb der Stelle, wo wir ihn – äh, die Leiche – gefunden haben.»

«Könnte es nicht sein, daß das Feuer gelegt wurde, um die Tat zu vertuschen?» Rick kritzelte auf seinem Block herum.

«Sheriff, damit hätte sich der Mörder in Gefahr gebracht, falls er in Hütte Nummer vier gelebt oder auf dem Gut gearbeitet hat. Sehen Sie, solche Brände kamen leider sehr häufig vor. Sobald das Feuer erloschen war und die Leute die Ruinen betreten konnten, haben sie die kalte Asche weggeschaufelt und den Boden bis zu den harten Erdschichten abgetragen.»

«Warum?» Der Sheriff hörte auf zu kritzeln und schrieb jetzt mit.

«Aus Gefälligkeit. Bei jedem Regen hätten die Bewohner der Hütte den Rauch und die Asche gerochen. Und wollte man die Gelegenheit nutzen, um die Hütte nach dem Brand zu vergrößern und Verbesserungen vorzunehmen, brauchte man einen soliden, glatten Untergrund...»

«Stimmt.»

«Die Hütte anzuzünden hätte einzig dem Zweck gedient, es so aussehen zu lassen, als handelte es sich bei der Leiche um ein Brandopfer. Aber bei dem offensichtlich hohen Status des Opfers wäre das doch merkwürdig gewesen, oder? Was tat ein wohlhabender Weißer in einer brennenden Sklavenhütte? Es sei denn, er hat dort geschlafen und ist an Rauchvergiftung gestorben, und Sie wissen, was das bedeuten würde», erklärte Kimball.

Oliver brauste auf: «Kimball, ich protestiere schärfstens gegen diese spekulative Beweisführung. Das sind alles nur Mutmaßungen. Reine Phantasie. Es würde sicher eine gute Story abgeben, aber es hat wenig mit den vorliegenden Fakten zu tun. Daß nämlich unter der Feuerstelle ein vermutlich zweihundert Jahre altes Skelett gefunden wurde. Solche Theorien führen zu nichts. Wir brauchen Tatsachen.»

Rick nickte ernst, dann sagte er spitz: «Und deswegen müssen die Überreste nach Washington ins Labor.»

Oliver fühlte sich in die Enge getrieben und versuchte, sich zu wehren: «Als Direktor von Monticello verwahre ich mich gegen die Entfernung irgendwelcher Objekte, ob lebend oder tot, menschlichen oder anderen Ursprungs, die auf Jeffersons Grund und Boden gefunden wurden.»

Der aufgebrachte Kimball konnte seinen bissigen Humor nicht zügeln. «Oliver, was wollen wir mit einem Skelett anfangen?»

«Es anständig beerdigen», erwiderte Oliver mit zusammengebissenen Zähnen.

«Mr. Zeve, ich habe Ihren Widerspruch zur Kenntnis genommen, aber die Überreste gehen nach Washington, und dort wird man uns hoffentlich Genaueres über Zeit, Geschlecht und Rasse sagen können», erklärte der Sheriff gelassen.

Oliver verschränkte die Arme. «Wir wissen doch, daß es ein Mann ist.»

«Und wenn es eine Frau in Männerkleidern ist? Wenn eine Sklavin das kostbare Wams gestohlen –»

«Weste», verbesserte Oliver.

«Was, wenn es so war? Wenn sie sich daraus ein Kleid oder sonst etwas machen wollte? Aber ich spekuliere nicht gern, und ich kann nichts als gegeben voraussetzen, solange ich keinen Laborbericht habe. Okay, ich denke auch, daß es das Skelett eines Mannes ist. Das Becken eines männlichen Skeletts ist schmaler als das eines weiblichen. Ich habe genügend Skelette gesehen, um das zu wissen. Aber was den Rest angeht, da tappe ich im dunkeln.»

«Darf ich Sie dann auch bitten, nicht über die Möglichkeit zu spekulieren, daß das Opfer an Rauchvergiftung gestorben ist? Lassen Sie uns auch hier das Ergebnis abwarten.»

«Oliver, das war, äh, die Ausgeburt meiner Phantasie», lenkte Kimball ein, da Oliver offenbar unbedingt austeilen wollte. «Rassenmischung ist ein altes Wort, ein unschönes Wort, aber Wort und Gesetz entsprachen der damaligen Zeit. Ich kann Ihre Zimperlichkeit verstehen.»

«Zimperlichkeit?»

«Okay, das ist das falsche Wort. Es ist eine heikle Angelegenheit. Aber ich komme noch einmal auf meine erste Variante der Geschehnisse zurück, wozu ich als Archäologe eine gewisse Berechtigung habe. Wäre die abgebrannte Hütte für den Bau eines neuen Gebäudes präpariert worden, dann hätte für den Mörder das durchaus realistische Risiko bestanden, daß ein Spatenstich den Leichnam freigelegt hätte. Aber das ist nur eine Tatsache, die gegen die Vertuschungsthese spricht. Das andere, viel überzeugendere Faktum ist, daß die Schicht verkohlte Erde – wie gesagt, sie wurde abgetragen, so gut es ging – circa einen halben Meter über der Leiche lag, den geringen Unterschied zwischen dem eigentlichen Fußboden der Hütte und dem Boden der Feuerstelle mitgerechnet.»

«Gibt es Aufzeichnungen über den Brand in dieser Hütte?» Rick lauschte auf das leise Gleiten der weichen Bleimine auf dem weißen Papier. Er empfand das als tröstliches Geräusch.

«Wenn der Mord 1803 geschah, wie es den Anschein hat, dann befand sich Jefferson in seiner ersten Amtszeit als Präsident. Wir haben keinen Bericht von ihm über ein solches Vorkommnis, dabei hat er gewissenhaft Buch geführt. Er hat sogar Bohnen und Nägel abgezählt – ausgesprochen zwanghaft. Wenn er also zu der Zeit zu Hause gewesen oder aus Washington zu Besuch nach Hause gekommen wäre, hätte er es wohl ganz sicher vermerkt. Leider hatte der Aufseher nichts von Mr. Jeffersons Gewissenhaftigkeit», erwiderte Kimball.

Rick hörte auf zu schreiben. «Oder aber der Aufseher war

in die Sache verwickelt und wollte keine Aufmerksamkeit auf die Hütte lenken.»

«Nach so vielen Jahren in diesem Job müssen Sie wohl so denken, Sheriff», sagte Oliver gereizt.

«Mr. Zeve, mir ist klar, daß wir im Augenblick entgegengesetzte Standpunkte vertreten. Ich will es so simpel wie möglich ausdrücken: Ein Mann wurde ermordet, der Mord wurde vertuscht, die Leiche blieb fast zweihundert Jahre im Keller, wenn Sie den Scherz entschuldigen. Ich bin im Gegensatz zu Ihnen kein Experte für die vergangene Jahrhundertwende, aber ich möchte die Vermutung wagen, daß unsere Vorfahren zivilisierter und weniger gewalttätig waren als wir heute. Und für Leute, die in Monticello gearbeitet haben oder zu Besuch dort waren, wird dies ganz besonders zutreffen. Wer immer unser Opfer ermordet hat, muß daher ein starkes Motiv gehabt haben.»

15

Die feuchtkalte Abendluft auf dem Parkplatz ließ Kimball erschaudern. Und Oliver trug nicht wenig zu seinem Unbehagen bei.

«Sie waren mir da drin nicht gerade eine große Hilfe.» Oliver bemühte sich, eher enttäuscht als wütend zu klingen.

«Normalerweise arbeiten wir beide ganz gut zusammen. Sie müssen taktischer vorgehen als ich, Oliver, und ich respektiere das. Für Sie genügt es nicht, ein herausragender Kenner Thomas Jeffersons zu sein. Sie müssen sich bei den Leuten einschmeicheln, die die Schecks ausschreiben. Sie müssen sich mit dem National Historic Trust in Washington und mit den Nachkommen des Mannes gutstellen. Ich habe bestimmt noch einige vergessen, deren Interessen Sie berücksichtigen müssen.»

«Die Leute und Handwerker, die in Monticello arbeiten», ergänzte Oliver.

«Natürlich», pflichtete Kimball bei. «Mir geht es einzig und allein darum, über Mulberry Row so viel herauszufinden, wie wir können, und Monticello architektonisch und landschaftlich so zu erhalten, wie es auf dem Höhepunkt der Jefferson-Ära entstand. Wobei ich natürlich meine Interpretation dieser Blütezeit zugrunde legen muß.»

«Dann hören Sie auf, unserem guten Sheriff Ihre Theorien zu unterbreiten. Soll er doch selbst herausfinden, was es herauszufinden gibt. Ich will nicht, daß hier ein Affenzirkus entsteht, schon gar nicht vor den Feierlichkeiten zum 250. Geburtstag. Wir müssen dafür sorgen, daß kein Schatten auf die Feier fällt.» Er atmete ein und flüsterte: «Geld, Kimball, Geld. Die Medien werden sich am 13. April überschlagen, und die Beachtung wird ein Geschenk des Himmels sein für unsere Bemühungen, Monticello zu bewahren, zu unterhalten und auszubauen.»

«Ich weiß.»

«Dann äußern Sie bitte niemandem gegenüber auch nur ein Wort von weißen Männern, die in Sklavenhütten oder mit Sklavinnen geschlafen haben. *Rauchvergiftung.*» Oliver sprach die vier Silben aus, als verkünde er ein Todesurteil.

Kimball dachte nach. «In Ordnung, aber ich kann nicht umhin, Sheriff Shaw zu helfen.»

«Natürlich nicht», näselte Oliver, «ich kenne Sie zu gut, als daß mir das nicht klar wäre. Ich bin optimistisch und denke, sobald der Laborbericht da ist, kehrt hier wieder Ruhe ein. Und wir können die Überreste in einem christlichen Begräbnis zur letzten Ruhe betten.»

Nachdem sie sich gute Nacht gesagt hatten, sprang Kimball in seinen Wagen. Er sah Olivers Rücklichtern nach, als er hinter ihm zurücksetzte und dann davonbrauste. Plötzlich wurde er ganz melancholisch. Es mochte eine Vorahnung sein oder auch die Besorgnis über seine Meinungsverschiedenheit mit Oliver, der ihn ohne weiteres feuern könnte. Außerdem brachte einen der Gedanke an Mord und Tod, egal, wie weit sie zurücklagen, wohl immer zum Grübeln. Das Böse kennt keine Zeit. Kimball schauderte erneut. Er schrieb es der unangenehmen klammen Kälte zu.

16

Durch den schneidenden Wind war es auf dem Monticello Mountain, als herrschten nicht sieben, sondern gerade einmal null Grad. Mim kuschelte sich in ihre Daunenjacke. Eigentlich hatte sie ihren Zobelpelz anziehen wollen, aber Oliver Zeve hatte gewarnt, das würde ein schlechtes Licht auf die Freunde der Restaurierung werfen. Die Pelzgegner würden Krawall machen. Worauf sie verächtlich geschnaubt hatte. Seit Jahrhunderten wärmten sich die Menschen mit Pelzen. Sie gab allerdings zu, daß die Daunenjacke sie ebenfalls wärmte und obendrein leichter war.

Die grüne Kuppel von Montalto am nördlichen Ende von Carter's Ridge verschwand immer wieder aus dem Blick. Tiefhängende Wolken krochen durch das Flachland und stiegen jetzt, da die Sonne herauskam, langsam höher.

Mim bewunderte Thomas Jefferson. Sie las begierig alles, was er geschrieben hatte und was andere über ihn verfaßt hatten. Sie wußte, daß er Montalto am 14. Oktober 1777 gekauft hatte. Jefferson hatte mehrere Entwürfe für ein Observatorium gezeichnet, das er auf Montalto bauen wollte. Er war voller Ideen, er zeichnete ohne Ende. Oft erinnerte er sich noch Jahre später an alte Entwürfe, die er dann fertigstellte. Er brauchte wenig Schlaf, so daß er mehr vollbringen konnte als die meisten anderen Menschen.

Mim, die süchtig nach Schlaf war, fragte sich, wie er das durchhalten konnte. Vielleicht hatte er mit seinen Projekten die Einsamkeit bekämpfen wollen und sich deshalb um fünf Uhr morgens an den Schreibtisch gesetzt. Oder vielleicht waren seine Gedanken so schnell gerast, daß sie sich nicht abschalten ließen – und er hatte beschlossen, sie dann lieber kreativ einzusetzen. Andere Männer wären vielleicht herumgestreunt und hätten sich Ärger eingehandelt.

Nicht, daß Jefferson nicht auch seine Portion Ärger oder Kummer zuteil geworden wäre. Sein Vater starb, als Thomas vierzehn war. Seine geliebte freche ältere Schwester Jane starb, als er zweiundzwanzig war. Seine Frau starb am 6. September 1782, als er neunundzwanzig war, nachdem er sie in den vier letzten qualvollen Monaten ihres Lebens zu Hause gepflegt hatte. Nach ihrem Tod zog er sich drei Wochen in sein Zimmer zurück. Danach machte er stunden- und tagelange Ausritte, als könnte sein Pferd ihn forttragen vom Tod, von der Last seines erdrückenden Schmerzes.

Mim war, als würde sie diesen Mann kennen. Ihre Sorgen waren nicht mit Jeffersons Kummer zu vergleichen, dennoch hatte sie das Gefühl, seine Verluste verstehen zu können. Sie verstand seine Leidenschaft für Architektur und Landschaftsgestaltung. Das mit der Politik war für sie schon schwerer zu verstehen. Als Gattin des Bürgermeisters von Crozet schüttelte sie allen Bewohnern der Gemeinde die Hand, bewirtete sie, lächelte ihnen zu... und alle wollten etwas von ihr.

Wie konnte dieser hochintelligente Mann sich einem so undankbaren Beruf widmen?

Eine Tonprobe im Hintergrund weckte sie aus ihrem Tagtraum. Little Marilyn holte ihrer Mutter einen Spiegel. Mim musterte sich kritisch. Nicht schlecht. Sie räusperte sich. Als ein Produktionsassistent auf sie zukam, stand sie auf.

Mim, Kimball und Oliver sollten in der überregionalen Vormittagsshow *Wake-up Call* über die Leiche diskutieren.

Mim solle alle Anspielungen auf Rassenmischung übergehen, hatte Samson Coles ihr am Telefon gesagt. Als sie Wesley Randolph anrief, hatte er ihr geraten, nachdrücklich darauf hinzuweisen, daß Jefferson zur Todeszeit des Unglücklichen vermutlich in Washington war. Als Mim sagte, sie müßten vielleicht den Pathologiebericht aus Washington abwarten, hatte ihr Rivale und Freund mißbilligend gesagt: «Warten? Auf keinen Fall. Bloß nicht aufrichtig sein, Mim. Hier geht es um Politik, auch wenn sie Jahrhunderte zurückliegt. In der Politik werden deine Tugenden gegen dich verwendet. Es gibt eine private Moral und eine öffentliche Moral. Das versuche ich Warren immer wieder klarzumachen. Ansley versteht es, aber mein Sohn gewiß nicht. Du kannst denen sagen, was du willst, solange es sich gut anhört – und denk dran: Angriff ist die beste Verteidigung.»

Mim, die gelassen bei den hinter der Kamera aufgestellten Scheinwerfern stand, beobachtete Kimball Haynes, der auf die Fundstelle der Leiche deutete.

Little Marilyn beobachtete den Monitor. Ein Foto von dem Skelett erschien auf dem Bildschirm. «Das ist ungehörig», wütete Mim. «Man soll eine Leiche nicht vorzeigen, bevor die nächsten Angehörigen verständigt sind.»

Eine Hand ergriff ihren Arm und führte sie zu ihrer Markierung. Der Tontechniker befestigte ein winziges Mikrophon am Kragen ihres Kaschmirpullovers. Sie warf ihre

Jacke ab. Ihre dreireihige Kette aus edlen Perlen lag schimmernd auf dem jagdgrünen Pullover.

Der Talkmaster glitt zu ihr herüber, ließ sein berühmtes Lächeln aufblitzen und streckte die rechte Hand aus. «Mrs. Sanburne, Kyle Kottner mein Name, ich freue mich sehr, daß Sie heute morgen bei uns sein können.»

Er hielt inne, lauschte auf seine Kopfhörer und drehte sich zu der Kamera mit dem roten Licht. «Ich habe hier jetzt Mrs. James Sanburne, die Präsidentin der Freunde der Restauration und die treibende Kraft bei dem Mulberry-Row-Projekt. Mrs. Sanburne, erzählen Sie uns vom Leben der Sklaven zur Zeit Thomas Jeffersons.»

«Mr. Jefferson nannte seine Leute Dienstboten. Viele von ihnen wurden von Familienangehörigen geschätzt, und unter dem Personal gab es zahlreiche äußerst tüchtige Leute. Jeffersons Dienstboten hingen an ihm, weil er an ihnen hing.»

«Aber ist das nicht ein Widerspruch, Mrs. Sanburne, daß einer der Väter der Freiheit Sklaven hielt?»

Mim, die sich gut vorbereitet hatte, gab sich ernst und nachdenklich. «Mr. Kottner, als Thomas Jefferson vor dem Unabhängigkeitskrieg als junger Mann im Abgeordnetenhaus war, sagte er, er habe sich um die Freilassung der Sklaven bemüht, sei aber damit gescheitert. Ich glaube, der Krieg hat ihn von diesem Thema abgelenkt. Wie Sie wissen, wurde er nach Frankreich geschickt, wo seine Anwesenheit für unsere Kriegsanstrengungen unerläßlich war. Frankreich war der beste Freund, den wir damals hatten.» Kyle wollte sie unterbrechen, aber Mim lächelte strahlend. «Und nach dem Krieg standen die Amerikaner vor der gewaltigen Aufgabe, eine neue, andere Regierung zu bilden. Wäre Jefferson später geboren worden, ich glaube, er hätte dieses heikle Problem erfolgreich angepackt.»

Erstaunt, weil eine Frau aus einem Ort, den er mit dem

Styx gleichsetzte, sich ihm überlegen zeigte, sprang Kyle zu einem anderen Thema über. «Haben Sie eine Theorie, was die Leiche von Hütte Nummer vier betrifft?»

«Ja. Ich glaube, der Mann war ein leidenschaftlicher Gegner Jeffersons. Was man heute einen Verfolger nennen würde. Und ich glaube, ein Bediensteter hat ihn getötet, um das Leben des großen Mannes zu schützen.»

Ein Tumult brach aus. Alle fingen auf einmal an zu reden. Mim unterdrückte ein Lächeln.

Harry, Mrs. Hogendobber, Susan und Market sahen sich die Sendung in dem tragbaren Fernsehapparat an, den Susan mit ins Postamt gebracht hatte. Mrs. Murphy, Tucker und Pewter glotzten ebenfalls in die Röhre.

«Aalglatt.» Harry klatschte bewundernd in die Hände.

«Ein Verfolger! Woher hat sie das bloß?» Market kratzte sich an seinem kahl werdenden Kopf.

«Aus der Zeitung», antwortete Susan. «Das muß man ihr lassen, sie hat die ganze Sklavenfrage umgekrempelt. Sie hat den Interviewer gelenkt statt umgekehrt. Bis die Wahrheit ans Licht kommt, wenn überhaupt, führt Mim die Medien an der Nase herum.»

«Die Wahrheit wird ans Licht kommen», sagte Miranda im Brustton der Überzeugung. «Das tut sie immer.»

Pewters Schnurrhaare zuckten vor und zurück. *«Hat zufällig jemand einen glasierten Doughnut? Ich hab Hunger.»*

«Nein», antwortete Tucker. *«Pewter, du hast keinen Sinn für mysteriöse Geschichten.»*

«Das ist nicht wahr», verteidigte sie sich. *«Aber ich kriege Mim täglich live zu sehen. Sie auch noch im Fernsehen zu erleben ist doch nichts Besonderes.»* Pewter, die von Mrs. Murphy eine schlagfertige Erwiderung erwartete, war enttäuscht, als keine kam. *«Auf welchem Planeten bist du gerade?»*

Die herrlichen Augen wurden weit, die Tigerkatze beugte

sich vor und flüsterte: *«Ich hab, was die ganze Sache angeht, ein komisches Gefühl. Ich kann's nicht definieren.»*

«Ach, du hast bloß Hunger, weiter nichts», tat Pewter Mrs. Murphys Vorahnung ab.

17

Harry und Warren Randolph ächzten, als sie den Heuwender hochwuchteten und hinten auf ihren Transporter luden.

«Entweder wird das Ding immer schwerer, oder ich werde schwächer», scherzte Warren.

«Es wird schwerer.»

«He, komm mal kurz mit. Ich will dir was zeigen.»

Harry öffnete die Wagentür, damit Tucker und Mrs. Murphy in die Freiheit entspringen konnten. Sie folgten Harry in den schönen Rennstall der Randolphs, der 1892 gebaut worden war. Hinter dem weißen Holzgebäude mit dem grün gestrichenen, gefalzten Blechdach lag die anderthalb Kilometer lange Bahn. Warren züchtete Vollblutpferde. Auch das gehörte, wie dieser Besitz, seit dem 18. Jahrhundert zur Familientradition. Die Randolphs liebten reinrassige Pferde. Hiervon zeugte auch die imposante walnußgetäfelte Eingangshalle der Villa, in der Pferdebilder aus mehreren Jahrhunderten hingen.

Die großzügigen, zwölf Quadratmeter großen Boxen lagen Rückseite an Rückseite in der Mittelreihe des Stalls. Die Sattelkammer, die Waschboxen und die Futterkammer waren in der Mitte des Boxenblocks untergebracht. Rings um die Außenseite der Boxen verlief ein breiter, überdachter Gang, der bei schlechtem Wetter als Trainingsbahn diente.

Da die Außenmauer viele Fenster hatte, fiel genug Licht auf die Bahn, so daß man hier auch bei Schneesturm mit seinem Pferd arbeiten konnte.

In Kentucky gab es mehr dieser luxuriös angelegten Ställe als in Virginia, und Warren war natürlich stolz auf seinen Stall, den sein Großvater väterlicherseits errichtet hatte. Colonel Randolph hatte sein Geld außerdem in die Eisenbahn investiert, in die Chesapeake & Ohio ebenso wie in die Union Pacific.

«Na, was sagst du?» Warrens braune Augen glitzerten.

«Schön!» rief Harry.

«Was sagst du?» fragte Mrs. Murphy Tucker.

Tucker legte vorsichtig eine Pfote auf den Pavesafe-Bodenbelag. Die matte rötliche Fläche aus ineinandergreifend verlegten ziegelförmigen Gummiplatten konnte sich ausdehnen und zusammenziehen, so daß sie unabhängig von Wetter und Temperatur rutschfest blieb. Der Belag war außerdem gegen Bakterien spezialbehandelt.

Der schwanzlose Hund machte ein paar zaghafte Schritte, dann sauste er an das abgerundete Ende des weitläufigen Stalles. *«Juhuu! Ich laufe wie auf Kissen.»*

«He, he, warte auf mich!» Die Katze stürmte hinter ihrer Gefährtin her.

«Deinen Tieren gefällt's.» Warren schob die Hände in die Taschen wie ein stolzer Vater.

Harry kniete sich hin und berührte den Belag. «Das Zeug kommt direkt aus dem Paradies.»

«Nein, direkt aus Lexington, Kentucky.» Er führte sie an den Boxen entlang. «Herzchen, in Kentucky sind sie uns so weit voraus, daß es manchmal meinen Stolz verletzt.»

«Schätze, das ist nicht anders zu erwarten. Kentucky ist das Zentrum der Vollblutzucht.» Harrys Zehen prickelten, weil sich der Boden so samtig anfühlte.

«Du kennst mich ja, ich finde, Virginia sollte in jedem Bereich führend für die Nation sein. Wir haben mehr Präsidenten hervorgebracht als jeder andere Staat. Wir haben die führenden Kräfte hervorgebracht, die diese Nation gestaltet haben –»

Warren sang ein Loblied auf die Größe Virginias, vielleicht als Übung für viele spätere Reden. Harry, die in Old Dominion geboren war, wie die Virginier ihren Staat liebevoll nennen, widersprach nicht, aber sie dachte, daß auch die anderen zwölf Kolonien bei der Abspaltung vom Mutterland mitgewirkt hatten. Einzig New York war annähernd so groß wie das ursprüngliche Virginia gewesen, bevor es sich von West Virginia abgespaltet hatte, und es war nur natürlich, daß ein so großes Territorium etwas oder jemanden von Bedeutung hervorbrachte. Hinzu kam, daß die ideale Lage Virginias in der Mitte der Küstenlinie und seine von drei großen Flüssen geprägte Landschaft dem Ackerbau wie den bildenden Künsten förderlich waren. Günstige Häfen und die Chesapeake Bay vervollständigten die üppigen Ressourcen des Staates. So stolz Harry auch war, sie fand, damit zu prahlen zeuge von Mangel an guten Manieren oder Gespür. Menschen, die nicht das Glück hatten, in Virginia geboren zu sein, oder nicht so klug waren, nach Old Dominion zu ziehen, mußten ja nicht unbedingt auf diese schmerzliche Wahrheit hingewiesen werden. Es verdroß die Außenstehenden nur.

Als Warren sein Loblied beendet hatte, kam Harry wieder auf den Bodenbelag zu sprechen. «Darf ich fragen, was das Zeug kostet?»

«Achtzig Dollar der Quadratmeter und neun fünfzig die Antirutschbeschichtung.»

Harry überschlug grob die Quadratmeterzahl, die sie vor sich sah, und kam auf den schwindelerregenden Betrag von 45000 Dollar. Sie schluckte. «Oh», quiekte sie.

«Das hab ich auch gesagt, aber ich kann dir sagen, Harry, ich brauche mich nie mehr wegen dicker Knie oder irgendwelcher Verletzungen zu sorgen. Früher habe ich Zedernspäne genommen. Also, das war vielleicht eine Schinderei, dauernd die Späne mit dem Kipper anschleppen, dazu die Arbeitsstunden für den Transport, das Zeug im Gang immer wieder auffüllen, rechen und dreimal täglich saubermachen. Meine Jungs und ich haben bis zur Erschöpfung geschuftet. Und der Staub, wenn wir die Pferde drinnen trainieren mußten – das war weder gesund für die Pferde in den Boxen noch für die, die trainiert wurden, also mußten wir sprengen, was auch eine Menge Zeit gekostet hat. Aber für die Boxen nehme ich immer noch Zedernspäne. Ich zerkleinere sie etwas und mische sie mit normalen Spänen. Ich lege Wert auf einen guten Stallgeruch.»

«Der schönste Stall in ganz Virginia», sagte Harry bewundernd.

«Mäusealarm!» Mrs. Murphy kam kreischend zum Stehen, schlich mit schwenkendem Hinterteil in die Futterkammer und stürzte sich auf ein Loch in der Ecke, in das sich das vorwitzige Nagetier geflüchtet hatte.

Tucker steckte die Nase in die Futterkammer. *«Wo?»*

«Hier», rief Mrs. Murphy aus der Ecke.

Tucker duckte sich, steckte den Kopf zwischen die Pfoten. Sie flüsterte: *«Soll ich mucksmäuschenstill sein wie du?»*

«Nee, der kleine Scheißer weiß, daß wir hier sind. Er wird warten, bis wir weg sind. Weißt du, daß eine Maus in einer Woche ein Kilo Körner vertilgen kann? Da sollte man doch vermuten, daß Warren Stallkatzen hat.»

«Hat er vermutlich auch. Sie haben dich gewittert und sind getürmt.» Tucker lachte, während die Tigerkatze murrte. *«Komm, gehen wir Mom suchen.»*

«Noch nicht.» Mrs. Murphy steckte ihre Pfote in das Mau-

seloch und tastete umher. Sie angelte ein Bällchen aus fusseligem Stoff heraus, der zweifellos aus einem Hemd genagt worden war, das im Stall hing. *«Da, ich fühle noch etwas.»*

Mrs. Murphy zog mit einer Kralle ihrer linken Vorderpfote ein Stück Papier aus dem Loch. *«Verdammt, wenn ich die Maus doch bloß erwischen könnte.»*

Tucker sah sich den Schnipsel aus hochwertigem Pergament an. *«Sie wühlt auch im Abfall.»*

«Tust du auch.»

«Aber nicht oft.» Der Hund setzte sich. *«Guck mal, da steht was geschrieben.»*

Mrs. Murphy, die einen dritten Versuch mit dem Mauseloch unternommen hatte, zog die Pfote zurück. *«Tatsächlich. ‹Liebster Schatz›. Uff. Liebesbriefe machen mich krank.»* Die Katze sah noch einmal auf das Papier. *«Es ist zu zerbissen. Sieht nach einer Männerhandschrift aus, findest du nicht?»*

Tucker sah sich den Schnipsel genau an. *«Besonders schön ist sie jedenfalls nicht. Schätze, hier im Stall treffen sich Liebespaare. Komm jetzt.»*

«Okay.»

Sie gingen zu Harry, die gerade eine Stute begutachtete, die Warren und sein Vater auf der Januarauktion in Keeneland gekauft hatten. Da dies eine Versteigerung von Vollblütern aller Altersklassen war, im Gegensatz zu den Spezialauktionen für ein- oder zweijährige Tiere, konnte man zuweilen einen günstigen Kauf tätigen. Bei den Jährlingsauktionen konnte es passieren, daß die Taschen der Leute beim Hammerschlag plötzlich leichter waren als Luft.

«Ich versuche, ihnen Ausdauer anzuzüchten. Sie hat das im Blut.» Er überlegte einen Moment, dann fuhr er fort: «Hast du dich je gefragt, Harry, wie das sein muß, wenn man seine Herkunft nicht kennt? Einer, der durch Ellis Island geschlurft ist zum Beispiel – ein Vorfahre, meine ich. Würde er das Gefühl haben, hierherzugehören, oder gäbe es da eine diffuse romantische Bindung an die alte Heimat? Ich meine, es ist doch sicher verwirrend, ein neuer Amerikaner zu sein.»

«Bist du schon mal bei der Einbürgerungsfeier in Monticello gewesen? Sie findet an jedem 4. Juli statt.»

«Nein, bis jetzt nicht, aber sollte wohl mal hingehen, wenn ich für den Senat kandidieren will.»

«Ich bin dabeigewesen. Auf dem Rasen stehen Vietnamesen, Polen, Ecuadorianer, Nigerianer, Schotten, was du willst. Sie heben die Hände, nachdem sie ihre Kenntnisse der Verfassung bewiesen haben, stell dir vor, und schwören dieser Nation Treue und Gehorsam. Ich denke, danach sind sie genauso gute Amerikaner wie wir.»

«Du bist eine großmütige Seele, Harry.» Warren klopfte ihr auf den Rücken. «Hier, ich hab was für dich.» Er gab ihr einen Karton mit Gummibodenplatten. Er war schwer.

«Danke, Warren! Die kann ich wirklich gut gebrauchen.» Sie war begeistert von dem Geschenk.

«Oh, was bin ich nur für ein Gentleman! Laß mich den Karton zum Auto tragen.»

«Wir können ihn zusammen tragen», schlug Harry vor. «Ach, übrigens, ich finde, du solltest wirklich für den Senat kandidieren.»

Warren erspähte eine Schubkarre und stellte den Karton darauf. «Wirklich? Danke.» Er faßte die Griffe der Schubkarre. «Wir können das Ding genausogut zum Auto rollen. Stell dir vor, man müßte dem Kerl, der das Rad erfunden hat, Tantiemen zahlen!»

«Woher weißt du, daß nicht eine Frau das Rad erfunden hat?»

«Jetzt hast du's mir aber gegeben.» Warren konnte Harry gut leiden. Im Gegensatz zu Ansley, seiner Frau, war Harry natürlich. Er konnte sich nicht vorstellen, daß sie Nagellack

benutzte oder Tamtam um ihre Kleidung machte. Wenn er mit Harry zusammen war, wünschte er fast, nicht verheiratet zu sein.

«Warren, soll ich nicht mal rüberkommen und das eine oder andere roden? Diese Platten sind so teuer, ich hab ein schlechtes Gewissen, wenn ich sie einfach so annehme.»

«He, ich lebe nicht von Sozialhilfe. Außerdem sind die Platten übrig, ich habe sonst keine Verwendung dafür. Du liebst deine Pferde, ich wette, du kannst den Belag für deine Waschbox gebrauchen... leg ihn in die Mitte, und drum herum legst du Gummimatten, wie du sie in deinem Anhänger hast. Das ist kein schlechter Kompromiß.»

«Gute Idee.»

Ansley bog in die Zufahrt ein. Ihr brauner Jaguar war so elegant und erotisch wie sie selbst. Stuart und Breton waren bei ihr. Sie sah Harry und Warren die Schubkarre schieben und fuhr statt zum Haus zu ihnen hinüber.

«Harry», rief sie aus dem Auto, «schön, dich zu sehen.»

Harry deutete auf den Karton. «Dein Mann spielt den Weihnachtsmann.»

«Hi, Harry», riefen die Jungen ihr zu. Harry erwiderte den Gruß mit einem Winken.

Ansley parkte und stieg geschmeidig aus dem Jaguar. Stuart und Breton liefen ins Haus. «Du kennst Warren. Er muß immer was Neues in Angriff nehmen. Aber ich muß zugeben, der Stall sieht fabelhaft aus, und was Sichereres als dieses Material gibt's nicht. Und jetzt komm ins Haus und trink was mit uns. Big Daddy ist auch da, und er hat was für schöne Frauen übrig.»

«Danke, das ist sehr lieb, aber ich muß nach Hause.»

«Oh, ich habe Mim getroffen», sagte Ansley zu ihrem Mann. «Sie hätte dich gern in ihrem ‹Unser-Crozet-soll-schöner-werden›-Komitee dabei.»

Warren zuckte zusammen. «Poppa hat ihr gerade einen Batzen Geld für ihr Mulberry-Row-Projekt gegeben – sie nimmt uns einen nach dem anderen aus.»

«Das ist ihr klar, und sie hat mir ins Gesicht gesagt, wie ‹verantwortungsvoll› die Randolphs seien. Jetzt will sie deinen Wissensschatz. Das hat sie wortwörtlich gesagt. Um Geld wird sie dich ein anderes Mal bitten.»

«Wissensschatz.» Harry unterdrückte ein Kichern, und ihr linker Mundwinkel zuckte, als sie Warren ansah. Auch mit einundvierzig war er noch ein gutaussehender Mann.

Warren hob ächzend den schweren Karton auf das Heck von Harrys Transporter. «Kann eine Frau einen Napoleon-Komplex haben?»

18

Das Mundwerk des Menschen ist eine wunderbare Schöpfung, wenn man davon absieht, daß es selten stillstehen kann. Der rechts und links verankerte Kiefer klappt rhythmisch auf und zu und ermöglicht der Zunge, sich in einer überwältigenden Vielfalt von Sprachen zu bewegen. Klatsch ist der Antrieb für das alles. Wer was mit wem gemacht hat. Wer was zu wem gesagt hat. Wer nichts gesagt hat. Wer wieviel Geld hat, wer es ausgibt und wer nicht. Wer mit wem schläft. Diese Themen sind die Basis zwischenmenschlicher Kommunikation. Gelegentlich redet der Mensch über Arbeit, über Gewinn und Verlust und darüber, was es zum Abendessen gibt. Manchmal wird die eine oder andere Frage zur Kunst angesprochen, wenngleich Sport ein beliebteres Thema ist. In seltenen Momenten ergeben sich Meditationen über geistige Themen, über Philosophie und den Sinn des Lebens. Aber das Rückgrat, der Pulsschlag, die Antriebskraft jeglichen Austausches, das war und ist der Klatsch und wird es immer bleiben.

Heute schwoll der Klatsch mächtig an.

Mrs. Hogendobber holte sich ihre Zeitung, kaum daß der Zeitungsjunge sie in die dafür vorgesehene Plastikröhre gesteckt hatte. Das war morgens um sechs. Sie wußte, daß Harrys verblaßter roter Briefkasten 800 Meter von ihrem Haus entfernt an einen Zaunpfosten genagelt war. Meistens nahm Harry die Zeitung auf dem Weg zur Arbeit heraus, also würde sie sie jetzt noch nicht gelesen haben.

Mrs. H. griff nach dem schwarzen Telefon, das ihr seit 1954 gute Dienste leistete. Als besonders hellhöriger Mensch konnte man vom Klick, Klick, Klick der sich zurückdrehenden Wählscheibe die Nummern ableiten.

«Harry, Wesley Randolph ist heute nacht gestorben.»

«Was? Ich dachte, Wesley ginge es viel besser.»

«Es war ein Herzanfall.» Sie klang gelassen. Sie hatte mittlerweile so viele Menschen aus diesem Leben scheiden sehen, daß sie es mit Fassung tragen konnte. Wesley hatte seit Jahren gegen seine Leukämie angekämpft. Er hatte keinen langsamen, qualvollen Tod sterben wollen. Wenigstens der war ihm erspart geblieben. «Jemand auf dem Gestüt muß unmittelbar nachdem es passiert ist, die Presse informiert haben.»

«Ich hab Warren erst Sonntag nachmittag gesehen. Danke, daß Sie mir Bescheid gesagt haben. Ich muß nach der Arbeit meinen Beileidsbesuch abstatten. Bis später.»

Nun fällt es zwar nicht unter die Kategorie Klatsch, wenn man einer Freundin vom Tod eines Freundes erzählt, doch während der Arbeit an diesem Tag watete Harry förmlich im Klatsch.

Die erste, die Harry und Mrs. Hogendobber über die wahre Geschichte aufklärte, war Lucinda Coles. Es traf sich gut, daß Mim Sanburne gerade ihre Post abholte, so daß sie sich gegenseitig ergänzen konnten.

«– überall.» Lucinda holte mitten in ihrer Geschichte über Ansley Randolph tief Luft. «Warren blieb in seiner Verzweiflung schließlich nichts anderes übrig, als die Ladenbesitzer anzurufen und zu fragen, ob Ansley auf ihrer Runde zufällig vorbeigekommen war. Er konnte sie nirgends finden. Er hat mich angerufen, und ich sagte ihm, ich wüßte nicht, wo sie ist. Ich hatte natürlich keine Ahnung, daß der Vater von dem Ärmsten in der Bibliothek tot umgefallen war.»

Mim legte eine Trumpfkarte auf den Tisch. «Ja, mich hat er auch angerufen, und wie du, Lulu, hatte ich keine Ahnung, aber ich hatte Ansley gegen fünf Uhr nachmittags bei ‹Aus aller Herren Länder› getroffen. Sie kaufte gerade eine Flasche teuren Rotwein, einen 1970er Médoc Château le Trelion. Sie wirkte erschrocken, als sie mich sah, fast so, als hätte ich sie bei etwas ertappt... ihr wißt schon.»

«Ah-ha!» Lucinda nickte, so wie alle Frauen nicken, die grundsätzlich bekräftigen, was eine andere Frau sagt. Natürlich mußte die entsprechende Bemerkung der anderen mit Gefühlen zu tun haben, die sich bekanntlich nie genau messen oder charakterisieren lassen – das macht Gefühle ja so interessant. Beide Frauen beugten sich der Tyrannei der erwarteten Gefühle.

«Sie betrügt Warren.»

«Ah-ha!» Lucindas Stimme nahm an Volumen zu, da sie, ein Opfer der Untreue, von deren Nachwirkungen ein Lied singen konnte. «Da kommt nichts Gutes heraus. Da kommt nie etwas Gutes heraus.»

Als die zwei gegangen waren, kam Boom Boom Craycroft hereingestürmt, um ihre Post zu holen. Nach einer eingehenden Diskussion über ihren leichten Schienbeinbruch sagte sie, daß doch jeder mal vom Pfad der Tugend abkomme, da sei doch nichts dabei.

Die Männer packten das Thema anders an. Mark führte Mr. Randolphs Ableben auf seine finanzielle Lage und seine Leukämie zurück. Harry mochte kaum glauben, daß ein Mensch einen Herzanfall erlitt, weil sich sein Vermögen aufgrund eigener Machenschaften von 250 Millionen auf 100 Millionen Dollar verringert hatte. Aber alles war möglich. Vielleicht kam er sich ja arm vor.

Fair Haristeen beugte sich über den Schalter. Er war der Meinung, daß das lebenslange Bemühen, alles und jeden zu beherrschen, Wesleys Gesundheit ruiniert habe. Was natürlich traurig sei, denn Randolph sei ein sympathischer Mensch gewesen. In erster Linie aber war Fair daran gelegen, Harry den Film aussuchen zu lassen, den sie sich Freitag abend ansehen wollten.

Ned Tucker, Susans Mann, vertrat die Ansicht, daß wir sterben, wann wir wollen; Papa Randolph sei zum Abtreten bereit gewesen, und niemand sollte sich deswegen zu sehr grämen.

Am Ende des Arbeitstages war die Palette von Mutmaßungen komplett. Der letzte Kommentar zu Wesley Randolphs Dahinscheiden, von Rob Collier abgegeben, als er die Nachmittagspost abholte, lautete, der alte Herr habe es mit der Frau seines Sohnes getrieben. Das neue Medikament, das Larry Johnson ihm gegen seine Krankheit verschrieben hatte, habe seine Potenz zu neuem Leben erweckt. Warren habe die beiden beim Stelldichein erwischt, und sein Vater sei an dem durch den Schock ausgelösten Herzanfall gestorben.

Als Harry und Mrs. Hogendobber abschlossen, ließen sie den Klatsch des Tages Revue passieren. Mrs. Hogendobber warf den Schlüssel in ihre Tasche, atmete tief ein und sagte zu Harry: «Was mögen die wohl über uns sagen?»

Harry feixte. «Klatsch verleiht dem Tod einen neuen Schrecken.»

19

«Weißt du was, wenn ich's zu Hause nicht mehr aushalte, zieh ich zu dir in den Stall», verkündete Paddy.

«Nein, das wirst du nicht tun», rief Simon das Opossum vom Heuboden herunter. *«Du stiehlst mir meine Schätze. Du taugst nichts. Du bist als Taugenichts geboren und wirst als Taugenichts sterben.»*

«Red nicht solchen Quatsch, du zu groß geratene Ratte. Wenn ich deine Meinung hören will, frag ich dich danach.» Paddy putzte eine seiner weißen Gamaschen.

Paddy, ein großer schwarzer Kater, der stets Frack und Gamaschen trug, sah gut aus, und das wußte er auch. Sein weißer Latz glänzte, und so streitsüchtig er war, nach jedem Kampf putzte er sich picobello.

Mrs. Murphy saß in der Sattelkammer auf einem Regiestuhl. Paddy saß auf dem Stuhl gegenüber, und Tucker hatte sich auf dem Fußboden ausgestreckt. Simon mochte nicht herunterkommen. Er konnte fremde Tiere nicht ausstehen.

Das letzte Tageslicht warf einen pfirsichrosa Schimmer durch das Fenster. Die Pferde plauderten in ihren Boxen miteinander.

«Ich wünschte, Mom würde nach Hause kommen», sagte Tucker.

«Sie wird lange in Eagle's Rest bleiben.» Mrs. Murphy

wußte, daß dieser Beileidsbesuch sich hinziehen würde, zumal ganz Crozet dort versammelt sein würde.

«Komisch, wie der alte Mann zusammengebrochen ist.» Paddy begann, seine andere Vorderpfote zu putzen. *«Sie heben schon sein Grab aus. Ich bin auf meiner Runde über den Friedhof gegangen. Wesleys Platz ist zwischen den Berrymans und den Craigs.»*

Tucker ging bis ans Ende des Stalls, dann kam sie zurück. *«Der Himmel über den Bergen ist blutrot.»*

«Es wird wieder Frost geben heute nacht», stellte Paddy fest. *«Immer, wenn man denkt, es wird Frühling.»*

«Die Tage werden schon wärmer», bemerkte Mrs. Murphy. *«Dr. Craig. War das nicht Larry Johnsons Partner?»*

Paddy erwiderte: *«Lange bevor einer von uns geboren war.»*

«Laß mich überlegen.»

«Murph.» Tucker stellte sich nachdenklich auf die Hinterbeine und legte die Vorderpfoten auf den Stuhl. *«Frag Herbie Jones, der erinnert sich an alles.»*

«Wenn die Menschen uns bloß verstehen könnten.» Mrs. Murphy machte ein finsteres Gesicht, dann hellte ihre Miene sich auf. *«Dr. Jim Craig. 1948 ermordet. Er hat Larry in seine Praxis genommen, genau wie Larry Hayden McIntire hereingenommen hat.»*

Paddy starrte seine Exfrau an. Wenn sie sich in eine Idee verrannte, ließ man sie am besten gewähren. Sie zeigte mehr Interesse für Menschen als er.

«Worauf willst du hinaus?»

Die Tigerkatze sah auf ihre Hundegefährtin hinunter. *«Paddy sagte, er ist über den Friedhof gegangen. Das Familiengrab der Randolphs liegt zwischen den Berrymans und den Craigs.»*

Tucker wanderte unruhig umher. *«Noch so ein ungelöster Mordfall.»*

«Ach, das ist eine von diesen Spukgeschichten, die sie dir als junges Kätzchen erzählen, um dir Angst einzujagen», sagte

Paddy geringschätzig. *«Der alte Dr. Craig wurde in seinem Pontiac gefunden, bei laufendem Motor. Am Friedhofstor haben sie ihn entdeckt. Ja, ja, jetzt erinnere ich mich. Sein Enkel, Jim Craig II., hat vor Jahren versucht, den Fall wieder aufzurollen, aber es ist nichts dabei herausgekommen.»*

«Ein Schuß zwischen die Augen», sagte Mrs. Murphy. *«Seine Arzttasche wurde gestohlen, aber kein Geld.»*

«Diese Stadt ist voll von irren Typen. Da wollte einer allen Ernstes Doktor spielen», sagte Paddy kichernd.

«1948.» Mrs. Murphy besann sich stolz auf die Einzelheiten, die ihre Mutter ihr vor langer Zeit erzählt hatte. *«Die ganze Stadt war erschüttert, denn Dr. Craig war bei allen beliebt.»*

«Nicht bei allen», sagte Paddy.

«Hurra!» Tucker sprang hoch, als sie den Transporter in der Einfahrt hörte. *«Mom ist da.»*

«Paddy, komm mit rein. Harry mag dich.»

«Ja, mach, daß du hier rauskommst, du Nichtsnutz», rief Simon vom Heuboden herunter.

Die Eule steckte den Kopf unter ihrem Flügel hervor, dann zog sie ihn wieder zurück. Sie beteiligte sich selten an den Gesprächen der anderen Tiere, da sie die Nachtschicht schob.

Der Hund sprang voraus.

Der befrackte Kater und die getigerte Katze schlenderten gemächlich zur Haustür. Es schickte sich nicht, sich allzu aufgeregt zu zeigen.

«Wünschst du dir manchmal, wir wären noch zusammen?» fragte Paddy. *«Ich schon.»*

«Paddy, die Beziehung mit dir war wie Dünger für meine Charakterfehler.» Ihr Schwanz schnellte in die Senkrechte, als Harry ihren Namen rief.

«Heißt das, daß du mich nicht leiden kannst?»

«Nein, es heißt, daß ich mich in der damaligen Situation nicht leiden konnte. Komm jetzt, Abendessen.»

20

Die zwei oberen Stockwerke von Monticello, die der Öffentlichkeit nicht zugänglich waren, dienten dem langbeinigen Kimball Haynes als Refugium und Arbeitszimmer. Die wertvollen Jefferson-Dokumente befanden sich größtenteils in der Raritätenabteilung der Alderman-Bibliothek in der Universität von Virginia, in der Kongreßbibliothek sowie der Virginia-Staatsbibliothek in Richmond. Monticello selbst verfügte nur über eine bescheidene Bibliothek.

Zu Kimballs Vergnügungen gehörte es, in dem rechteckigen Raum über dem Gewächshaus zu sitzen, das die achteckige Bibliothek mit Jeffersons privatem Studierzimmer verband. Hier hatte Kimball sich einen bequemen Ohrensessel hingestellt und eine Privatbibliothek eingerichtet, die unter anderem Kopien von Berichten enthielt, die Jefferson oder seine weißen Angestellten eigenhändig verfaßt hatten. Er vertiefte sich in Kontobücher, Gästebücher und Wetterberichte des Jahres 1803. Da jenes Jahr mit Jeffersons erster Amtsperiode als Präsident zusammenfiel, hatte es der große Mann bei den Aufzeichnungen an Sorgfalt fehlen lassen. Erbsen, Tomaten und Mais waren angebaut worden wie immer. An einer Kutsche war eine Achse gebrochen. Die Reparatur war teuer. Das Vieh erforderte ständige Pflege. Ein Gast, der im November in einem Zimmer im zweiten Stock untergebracht gewesen war, hatte sich beklagt, daß er schrecklich fror. Die Beschwerde war berechtigt, denn dort oben gab es keine Kamine.

Zu fortgeschrittener Stunde hörte Kimball das erste Zirpen des Frühlings. Er liebte diese Laute mehr als Mozartklänge. Er blätterte in den Kopien, die von der Erde an seinen Händen schon ganz schwarz waren. Eingefressener Schmutz gehörte zum Berufsrisiko eines Archäologen. Er arbeitete seit Jahren mit diesen Papieren, und in die Sammlung seltener Bücher der Universität von Virginia begab er sich nur, wenn er seine Hände geschrubbt hatte, bis sie sich roh anfühlten.

Nachdem er sich eingehend mit den Zahlen befaßt hatte, ließ Kimball die Blätter auf den Boden fallen und lehnte sich in dem alten Sessel zurück. Er schwenkte ein Bein über eine Armlehne. Fakten, Fakten, Fakten und nicht ein einziger Hinweis. Wer immer in Hütte Nummer vier vergraben worden war, ein Händler war es nicht. Ein Kesselflicker, Stellmacher, Frischfischlieferant oder auch ein Juwelier hätte nicht so kostbare Kleider getragen.

Es war der Leichnam eines vornehmen Herrn. Der derselben Gesellschaftsklasse angehörte wie der Präsident. 1803.

Nun wußte Kimball zwar, daß das nicht das Todesjahr des Mannes sein mußte, aber ungefähr stimmte die Zeit. Was sich in jenem Jahr politisch ereignet hatte, mochte mit dem Mord in Zusammenhang stehen, aber Kimballs Menschenkenntnis sagte ihm, daß die Menschen in Amerika sich selten aus politischen Gründen umbrachten. Morde hatten persönlichere Motive.

Er wußte von einem Skandal im Jahr 1802, der Jefferson ins Mark getroffen hatte. John Walker, mit dem er von Kind an befreundet war, hatte Jefferson beschuldigt, seiner Frau Avancen gemacht zu haben. John Walker zufolge hatte die Affäre 1768 begonnen, als Jefferson noch nicht verheiratet war. Walker behauptete aber, sie habe bis 1779 angedauert, bis sieben Jahre nach Jeffersons Hochzeit mit Martha Wayles Skeleton am 1. Januar 1772. Das Kuriose an diesem Skandal war, daß Mrs. Walker erst nach 1784, als Jefferson in Frankreich war, beschloß, ihren Mann mit der Enthüllung ihrer Untreue zu belasten.

Kimball wußte auch, daß Jefferson und Walker nach Jeffersons Rückkehr aus Frankreich politisch getrennte Wege gegangen waren. Harry Lee von der leichten Kavallerie, der Vater von Robert E. Lee, hatte sich später erboten, zwischen den zwei einstigen Freunden zu vermitteln. Da Harry Lee Thomas Jefferson verabscheute, stand das Ergebnis dieser Bemühungen von vornherein fest. Die Lage verschlimmerte sich, als James Thomas Callender, eine boshafte Klatschbase, die Flammen schürte. Zu dieser Zeit wurden die infamen Behauptungen, Jefferson schlafe mit seiner Sklavin Sally, in Umlauf gesetzt.

Bis zum Januar 1805 war dieses Gerücht so weit verbreitet, daß das *New-England Palladium* sich veranlaßt sah, Jeffersons Moral in aller Deutlichkeit in Frage zu stellen. Offensichtlich sei Mr. Jefferson am Wert der Familie nicht gelegen.

Es flogen die Fetzen. Es gibt kaum einen stärkeren Cocktail als die Mixtur aus Politik und Sex. Die Getränke gingen im wahrsten Sinne des Wortes auf Kosten des Hauses. Der Kongreß suhlte sich im Klatsch. Daran hat sich bis heute nichts geändert, dachte Kimball.

Irgendwann gab Jefferson zu, Mrs. Walker umworben zu haben, was die Sache noch undurchsichtiger machte. Als echter Gentleman nahm Jefferson alle Schuld an der Affäre auf sich, die, wie er betonte, vor seiner Heirat stattgefunden habe. Damals mußte ein Mann sich zur Schande bekennen, egal, was tatsächlich passiert war. Gab er der Dame die Schuld, war er kein Mann.

Wegen seiner ehrenhaften Haltung ließen sogar Jeffersons politische Feinde ihm die Affäre durchgehen. Alle sahen sie ihm nach, ausgenommen John Walker. Erst als Walker auf seinem Gut Belvoir in Keswick im Sterben lag, räumte er ein, daß Jefferson ebenso Opfer der Sünde wie Sünder war. Aber da war es zu spät.

Die Sally-Hemings-Geschichte indes hatte dem Präsidenten geschadet. Ein Weißer, der mit einer Schwarzen schlief – das stellte ein besonders mysteriöses Rätsel dar. So etwas durfte ein Gentleman nicht zugeben. Es hätte seine Ehefrau zugrunde gerichtet und endlose Witze über ihn entstehen lassen. Ein einziges rothaariges afroamerikanisches Kind in Monticello, und schon waren die Puppen am Tanzen. Ein buchstäblicher Schuß ins Schwarze. Das kleine Wortspiel war in den frühen 1800er Jahren von Maine bis South Carolina verbreitet. Oh, wie müssen sie in den Wirtshäusern gelacht haben. «Ein Schuß ins Schwarze.»

Es war dem Fall Jefferson nicht eben förderlich, daß in Monticello tatsächlich einige hellhäutige Afroamerikaner zur Welt kamen, die eine frappierende Ähnlichkeit mit dem Master hatten. Allerdings war Thomas, wie Kimball wußte, nicht der einzige Mann weit und breit, in dessen Adern Jefferson-Blut floß.

Wenn nun ein Vetter eine Affäre mit Sally gehabt hätte? Dem aristokratischen Ehrenkodex verpflichtet, hätte Jefferson trotzdem schweigen müssen, sonst hätte er der Ehefrau des Lebemannes unendliches Leid zugefügt. Ein Gentleman hat eine Dame immer zu schützen, ungeachtet, in welcher Beziehung er zu ihr steht. Ein Gentleman konnte sich auch bemühen, eine farbige Dame zu schützen, indem er schwieg, ihr Geld gab und andere Gefälligkeiten erwies. Schweigen war das Schlüsselwort.

Eines war gewiß: Wenn der Master mit einer Sklavin schlafen wollte, hatte die Frau keine andere Wahl, als ja zu sagen. Aus dieser Wahrheit kam das lyrische Herzeleid, von dem schwarze Frauen von einer Generation zur anderen sangen. Auch weißen Frauen brach es das Herz.

Sterne glitzerten am Himmel, die Milchstraße wölbte sich über den Gebäuden, wie sie es vor Jahrhunderten auch schon getan hatte. Kimball war sich darüber im klaren, daß dieser

Mord etwas mit Thomas Jeffersons Privatleben zu tun haben konnte oder auch nicht, daß er aber bestimmt etwas zu tun hatte mit einer leidenschaftlichen Beziehung zwischen einem weißen Mann und einer schwarzen Frau.

Das Sklavenverzeichnis wollte er morgen durchgehen. Heute nacht war er zu müde.

21

In der lutherischen Kirche von Crozet drängten sich die Menschen, die gekommen waren, um Wesley Randolph die letzte Ehre zu erweisen. Die Angehörigen des Verstorbenen, Warren, Ansley, Stuart und Breton, saßen in der ersten Reihe. Kimball Haynes, seine Assistentin Heike Holtz, Oliver Zeve und seine Frau sowie das übrige Personal von Monticello hatten sich eingefunden, um einem Mann Lebewohl zu sagen, der ihre Sache in mehr als fünfzig von seinen dreiundsiebzig Lebensjahren unterstützt hatte.

Marilyn und Jim Sanburne saßen in der zweiten Reihe auf der rechten Seite, zusammen mit ihrer Tochter Marilyn Sanburne Hamilton, die in verführerisches Schwarz gekleidet und dank ihrer kürzlich vollzogenen Scheidung wieder zu haben war. Big Mim wollte sich in naher Zukunft um das Zustandekommen einer passenderen Verbindung bemühen.

Ganz Crozet mußte anwesend gewesen sein, dazu kamen auswärtige Geschäftspartner von Wesley sowie Freunde aus dem gesamten Süden.

Reverend Herbert Jones, dessen tiefe Stimme die Kirche erfüllte, las aus der Bibel.

Die melancholische, eindrucksvolle Begräbnisfeier wäre

allein schon deswegen in Erinnerung geblieben, weil sie würdigte, was Wesley alles für die Gemeinde getan hatte. Diese Totenfeier jedoch prägte sich den Leuten aus einem ganz anderen Grund ein.

Mitten in Reverend Jones' glühender Absage an den Tod – «Denn wer da glaubet, der wird auferstehen in Christus» – flüsterte Lucinda Coles so laut, daß man es ringsum hören konnte: «Du jämmerlicher Mistkerl.» Mit hochrotem Gesicht schob sie sich aus der Bank und entfernte sich durch den Mittelgang. Der Kirchendiener hielt ihr die Tür auf. Samson, der wie angewurzelt auf seinem Platz saß, wandte nicht einmal den Kopf, um den Abgang seiner aufgebrachten Ehehälfte zu verfolgen.

Als die Menschen nacheinander die Kirche verließen, hielt Mim Samson im Vorraum auf. «Um Himmels willen, was war denn da los?»

Samson zuckte die Achseln. «Sie hatte Wesley gern, ich denke, sie ist vor lauter Bewegung durchgedreht.»

«Wenn sie Wesley gern gehabt hätte, hätte sie seine Begräbnisfeier nicht gestört. So blöd bin ich nicht, Samson. Was hast du ihr angetan?» Mim vertrat den Standpunkt, daß Männer Frauen öfter unrecht taten als Frauen Männern. In diesem speziellen Fall hatte sie recht.

Samson zischte: «Mim, das geht dich nichts an.» Er stolzierte davon, und das, obwohl er genau wußte, daß sie ihn nie wieder einem Kunden empfehlen würde. In diesem Moment war es ihm egal. Er war zu durcheinander, um sich deswegen zu grämen.

Harry, Susan und Ned hatten ebenso wie alle anderen diesen Wortwechsel beobachtet.

«Du wirst heute abend einen Anruf erhalten.» Susan drückte den Arm ihres Mannes. «Das hast du davon, daß du so ein guter Scheidungsanwalt bist.»

Ned schüttelte den Kopf. «Das Komische daran ist, ich hasse Scheidungen.»

«Tun wir das nicht alle?» pflichtete Harry ihm bei, als Fair, die Ursache ihrer einstigen Unzufriedenheit, zu ihnen trat.

«Verdammt», sagte er.

«Fair, du warst noch nie ein Mann, der viele Worte macht.» Ned nickte zur Begrüßung.

«Meine Patienten reden nicht», erwiderte Fair. «Wißt ihr was, da muß was faul sein. So was sieht Lulu gar nicht ähnlich. Sie weiß, was sich für ihren Stand gehört.»

«Das wird von jetzt an ein sehr viel ärmerer Stand sein», bemerkte Susan sarkastisch.

«Mim wird sich an Samson rächen. Schlimm genug, daß er ihr gesagt hat, sie soll sich verpissen, aber er hat es auch noch vor Publikum gesagt. Er wird auf dem Bauch über heiße Kohlen kriechen müssen – in aller Öffentlichkeit –, um für seine Sünde zu büßen.» Ned wußte, wie Mim vorging. Sie setzte ihr Geld und ihren Grundbesitz als Machtmittel ein, wenn sie das Gefühl hatte, daß ein Griff ins Portemonnaie genügte. Wenn ihre Zielscheibe eine Frau war, zog sie es meistens vor, sie gesellschaftlich aufs Abstellgleis zu schieben. Aber der Mensch ist nun einmal trotz allem ein Tier, und strenge Lektionen werden schneller kapiert als milde. Wäre Mim ein Mann gewesen, so hätte man sie als ausgekochten Fuchs bezeichnet, aber auch als guten Geschäftsmann gelobt. Da sie eine Frau war, dürfte Zicke der treffende Ausdruck gewesen sein. Das war zwar unfair, aber so war das Leben. Andererseits, wenn Mim ein Mann gewesen wäre, hätte sie den Menschen vielleicht nicht ganz so viele Lektionen erteilen müssen. Sie hätten sie von vornherein gefürchtet.

Larry Johnson, der Hausarzt der Randolphs, stieg in seinen Wagen, um der Beerdigungsprozession zur Familiengruft zu folgen.

«Wie ich höre, wollte Warren den Totenschein partout von niemand anderem ausstellen lassen als von Larry», bemerkte Fair. «Hab ich drüben in Sharkey Loomis' Stall gehört.»

«Das muß eine traurige Aufgabe für Larry gewesen sein. Sie waren seit Jahren befreundet.» Harry fragte sich, wie einem zumute sein mochte, wenn man jemanden verlor, den man fünfzig, sechzig Jahre gekannt hatte.

«Kommt, sonst sind wir die letzten.» Susan scheuchte sie zu ihren Autos.

22

Strömender Regen unterstützte Kimball Haynes. Das Prasseln der Tropfen an die Fensterscheibe förderte seine Konzentration. Es war lange nach Mitternacht, und immer noch saß er über den Registern von Geburten und Sterbefällen zwischen 1800 und 1812.

Er hatte für seine Nachforschungen das Netz weit ausgeworfen und es dann langsam zu sich herangezogen. Medley Orion, geboren um 1785, wurde in den Berichten als eine schöne Frau bezeichnet. Ihr ungewöhnlicher Teint war zweimal erwähnt; ihre Gesichtszüge mußten entzückend gewesen sein. Weiße haben das Aussehen von Schwarzen selten wahrgenommen, es sei denn, um sich über sie lustig zu machen. Aber in einer frühen Aufzeichnung von der Hand einer Dame, höchstwahrscheinlich von Martha, Jeffersons ältester Tochter, waren diese Merkmale festgehalten.

Als Martha geheiratet hatte, war Medley fünf oder sechs Jahre alt gewesen. Sie mußte sie als Kind und als junges Mädchen gesehen haben. Eigentlich hatte Martha sehr ordentlich Buch geführt, aber diese Notiz befand sich auf der Rückseite von einem Zettel, auf dem in einer winzigen Handschrift verschiedene Traubensorten aufgelistet waren.

Ein Blitz brannte sich in den Nachthimmel. Im Hof ein Knistern, dann ein Knall. Stromausfall.

Kimball hatte keine Taschenlampe. Er hatte seine Daunenweste an, denn es war kalt im Zimmer. Er tastete nach einer Schachtel Streichhölzer, zündete eins an. Kerzen hatte er keine ins Zimmer gestellt, warum auch? Er arbeitete selten bis spät in die Nacht in Monticello.

Der Regen hämmerte gegen die Fenster und trommelte aufs Dach, ein gewaltiges Frühjahrsgewitter. Selbst im Zeitalter des Telefons und der Krankenwagen war dies eine gräßliche Nacht, um krank zu werden, ein Kind zu gebären oder im Freien zu Pferde überrascht zu werden.

Das Streichholz verlosch. Kimball wollte nicht noch eins anzünden. Er hätte sich die kaum mehr als einen halben Meter breite Stiege hinuntertasten können zum Erdgeschoß, das für das Publikum zugänglich war. Da unten gab es Bienenwachskerzen. Aber er beschloß, aus dem Fenster zu sehen. Ein Wasserschwall und hin und wieder Bäume, die sich im Wind bogen – mehr konnte er nicht erkennen.

Das Haus knarzte und ächzte. Den Tag sieht man, die Nacht hört man. Kimball hörte das Quietschen der Türangeln in dem leichten Luftstrom, den der kalte Wind von draußen heraufwehte. Die Fenster hier oben waren nicht ganz dicht, deswegen drang ein Windstoß herein. Die Fenster klapperten, als wollten sie gegen den strömenden Regen protestieren. Der Wind wirbelte laut durch die Rauchfänge. Gelegentlich fiel ein Regentropfen in den Kamin hinunter und lenkte die Gedanken auf Feuer vor über zweihundert Jahren. Bodendielen knarrten.

Vielleicht hätte damals ein wohlhabender Mensch bei einem so heftigen Gewitter eine Kerze angezündet, um es sich im Zimmer etwas heimeliger zu machen. Ein Feuer hätte im Kamin zu kämpfen gehabt, weil trotz des Rauchfangs starker Abwind von oben drückte. Aber ein wenig Licht und Heiterkeit hätten den Raum erfüllt, und verschreckten Kindern konnte man Geschichten von den nordischen und griechischen Göttern erzählen. Von Thor, der seinen gewaltigen Hammer warf, oder von Zeus, der einen Blitzstrahl auf die Erde schleuderte wie einen blauen Speer.

«Wie mag es bei so einem Gewitter in Hütte Nummer vier gewesen sein?» fragte sich Kimball. Die Tür wäre geschlossen gewesen. Vielleicht hatte Medley Kerzen gehabt. Man hatte zwar keine Spur davon in ihrer Hütte gefunden, aber bei anderen Ausgrabungen war man auf Talgkerzen gestoßen, und die Schmiede und die Tischlerei hatten für die Männer, die nach dem Dunkelwerden dort arbeiteten, bestimmt welche gehabt. Die Feuerstellen in den Dienstbotenquartieren waren nicht so ausgeklügelt konstruiert gewesen wie die Kamine im Herrenhaus. Regen und Wind waren durch die Rauchabzüge hinabgeströmt und hatten Staub und Unrat durch das Zimmer geweht. Medley hatte wenigstens einen Holzfußboden gehabt. Manche Hütten hatten nur gestampfte Lehmböden gehabt, so daß die Füße morgens, wenn es kalt war, auf gefrorene Erde getreten waren. Vielleicht wäre Medley Orion in einer solchen Nacht ins Bett gekrochen und hätte sich die Decke über den Kopf gezogen.

Kimball arbeitete fieberhaft, um Einzelheiten von Medleys Leben zusammenzufügen. Dies war eine andere Art von Archäologie. Je mehr er über die Frau erführe, desto näher würde er einer Lösung kommen, dachte er. Dann überlegte er hin und her und fragte sich, ob sie wohl unschuldig gewesen war. Jemand war in ihrer Hütte umgebracht worden, aber vielleicht hatte sie nichts davon gewußt. Nein. Unmöglich. Die Leiche mußte nachts vergraben worden sein. Sie hatte es gewußt, das stand fest.

Der Regen umhüllte Monticello wie ein wirbelnder Silbervorhang. Kimball, der dankbar war, daß er die Zeit hatte, dazusitzen und zu sinnieren – das Männerwort für träumen –, wußte, daß er weitersuchen mußte. Ihm war klargeworden, daß er den Rat einer oder mehrerer Freundinnen brauchte. Verglichen mit Männern, mordeten Frauen selten. Was mochte eine Sklavin dazu getrieben haben, einen Mann zu töten, noch dazu einen weißen?

23

Von dem Ernst ihres Unterfangens erfüllt, hatte Mim Lucinda Coles, Miranda Hogendobber, Port Haffner und Ellie Wood Baxter eingeladen, dazu Susan Tucker und Mary Minor Haristeen von der jüngeren Generation. Little Marilyn, sozusagen die Gesellschaftspriesterin, war ebenfalls da, um Mim zu helfen. Ansley Randolph wäre auch eingeladen worden, aber das schickte sich nicht, weil Wesley Randolph noch keine drei Tage unter der Erde lag.

Kimball Haynes hatte um Unterstützung gebeten, weil er finanziell in Verlegenheit war. War er auch politisch nicht so gerissen wie Oliver, so besaß er doch eine gewisse Schläue. Ohne sie bringt man es nicht weit in dieser Welt. Nach der Regennacht in Monticello hatte er es für die klügste Taktik gehalten, sich an Mim Sanburne zu wenden. Schließlich war auch sie berührt von dem, was sich in Monticello abspielte. Sie konnte Geld aus Steinen pressen. Sie lehnte keine noch so schwierige Aufgabe ab. Sie kannte alle Welt, und das war mehr wert, als alles zu wissen. Obendrein genoß Mim es, im Mittelpunkt zu stehen.

Mim war hellauf begeistert, als Kimball sich telefonisch mit ihr verabredete, weil er meinte, sie halte den Schlüssel zur Lösung des Problems in der Hand. Er betonte, sie habe einen tiefen Einblick in die weibliche Denkweise. Da war's um sie geschehen. Wenn Mim schon einen tiefen Einblick in die weibliche Denkweise hatte, sollten auch ihre Freundinnen davon erfahren. Je eher, desto besser.

Obwohl Mim wütend auf Samson war, hegte sie keine feindseligen Gefühle gegen Lulu, abgesehen davon, daß sie es ihr verübelte, mitten im Beerdigungsgottesdienst die Beherrschung verloren zu haben. Andererseits fühlte Mim eine Art Seelenverwandtschaft mit Lucinda, da sie überzeugt war, daß Samson nichts Gutes im Schilde führe. Mim wäre allerdings durchaus imstande, Lucinda zu benutzen, um Samson zur Vernunft zu bringen, wenn sich die Gelegenheit böte. Sie würde abwarten und Tee trinken.

Kaviar, gehackte Eier und Zwiebeln, frischer Lachs, elf verschiedene Sorten Käse und Cracker, Karottenscheiben, mit Frischkäse gefüllte Zuckerschoten, knackiger Blumenkohl und Endiviensalat mit Speckstückchen dienten als Magenöffner, wie Mim sich ausdrückte. Alle waren schwer beeindruckt von diesem Mittagsmahl. Mim hatte ein göttliches Rezept für Hummerravioli aufgetan, die so köstlich waren, daß keine der Anwesenden ein Wort über ihre Diät verlor. Rucola und ein Stückchen Melone boten dem Gaumen den richtigen Kontrast. Wer ein megakalorienreiches Dessert wollte, konnte einen Himbeerbecher mit Vanillesahnesoße schlemmen, und für Schokoladenfans gab es die bewährte Schokoladentorte.

Mim hatte das Obst von New York City einfliegen lassen,

wo sie bei einem superschicken Delikatessengeschäft ein Kundenkonto hatte. Am Ende schwebten alle im siebten Himmel. Für diejenigen, die nach dem Essen einen Wiederbelebungstrunk benötigten, stand eine ganze Reihe Schnäpse bereit.

Susan wählte einen trockenen Sherry. Sie erklärte, der rauhe Wind sei ihr in die Knochen gefahren. Irgendwer mußte ja den Sturm auf die Kristallkaraffen auf den Silbertabletts eröffnen. Lucinda wäre eher gestorben, als daß sie als erste dem Alkohol zugesprochen hätte, deshalb befand Susan, daß sie Lulu jetzt quasi das Leben retten mußte. Miranda lehnte Alkohol ab, ebenso Harry und Ellie Wood, die siebzig und kerngesund war.

«Ich fühle mich immer wohl mit vollem Bauch.» Mrs. Hogendobber ließ sich von dem Hausmädchen in schwarzem Kleid mit gestärkter weißer Schürze und Häubchen eine Tasse siedendheißen Kaffee servieren.

«Mim, du hast dich selbst übertroffen! Auf dein Wohl!» Lulu hob ihr Glas; die anderen Damen und Kimball taten es ihr nach oder klopften mit ihren Löffeln an die Cartier-Porzellantassen.

«Aber das war doch ein Kinderspiel.» Mim freute sich über die Anerkennung. Für sie mochte es ein Kinderspiel gewesen sein, aber die Köchin hatte es fast umgebracht. Es war natürlich auch für Mim kein Kinderspiel, aber indem sie ihre Leistung herunterspielte, mehrte sie ihren sagenhaften Ruf. Sie wußte, nicht eine Dame hier im Raum hätte ein solches Mittagessen zustande gebracht, schon gar nicht in letzter Minute.

«Ansley ist ganz apathisch vor Kummer.» Port, eine von Mims guten Freundinnen, hielt inne, als das Mädchen ihr einen Kognak von der Farbe dunklen Topases reichte.

«Ist das wahr?» Ellie Wood beugte sich vor. «Ich hatte

keine Ahnung, daß sie Wesley so gern hatte. Ich dachte, sie hätten sich die meiste Zeit in der Wolle gehabt.»

«Hatten sie auch», bestätigte Port forsch. «Sie ist apathisch vor Kummer, weil sie zu Hause bleiben mußte. Ich mußte ihr schwören, daß ich sie gleich anrufe, wenn wir hier fertig sind, und ihr alles berichte, auch was wir anhatten.»

«Ach du liebe Zeit», stieß Harry freimütig hervor.

Miranda kam ihr zu Hilfe. «Sie haben Ihre Jugend, Harry, und Jugend braucht keinen Schmuck.» Harry machte sich nichts aus Mode. Wenn sie eine wichtige Verabredung hatte, zwängten Susan und Miranda sie in ein angemessenes Outfit. Wenn Harry meinte, sich schick machen zu müssen, bügelte sie eine Falte in ihre Levi's 501.

«Ich weiß nicht», frotzelte Susan über ihre ehemalige Schulkameradin. «Wir sind über dreißig.»

«Babys.» Port zog einen Schuh aus.

Mim funkelte ihre Tochter an. «Wird Zeit, welche zu kriegen.» Little Marilyn ignorierte diese Bemerkung ihrer Mutter.

Kimball rieb sich die Hände. «Meine Damen, wieder einmal stehen wir in Mrs. Sanburnes Schuld. Ich glaube, sie ist der Klebstoff, der uns zusammenhält. Ich wußte, daß wir ohne ihre führende Rolle in der Gemeinde mit der Mulberry Road nicht weitermachen konnten.»

«Hört, hört.» Es wurde erneut angestoßen und mit Teelöffeln an Porzellantassen geklopft.

Kimball fuhr fort: «Ich weiß nicht genau, was Mim Ihnen erzählt hat. Ich habe sie angerufen, weil ich mal wieder ihren klugen Rat brauchte, und sie hat mich mit Ihnen zusammengeführt. Ich muß Sie um Nachsicht bitten, wenn ich die Fakten rekapituliere. In der Hütte Nummer vier wurde die Leiche eines Mannes gefunden, der mit dem Gesicht nach unten lag. Die Hinterseite seines Schädels zeugte von einem gewaltigen Schlag mit einem schweren, scharfen Gegenstand, ähnlich wie eine Axt, aber vermutlich war es keine Axt, denn sonst wäre der Knochen anders zerschmettert gewesen – das glaubt jedenfalls Sheriff Shaw. Das Opfer trug teure Kleidung, einen breiten goldenen Ring, und seine Taschen waren voll Geld. Ich habe die Münzen gezählt, der Mann hatte ungefähr fünfzig Dollar in den Taschen. Das wären nach dem heutigen Geldwert etwa fünfhundert gewesen. Die Überreste befinden sich jetzt in Washington. Wir werden die Zeit seines Todes erfahren, sein Alter, seine Rasse und möglicherweise auch etwas über seinen Gesundheitszustand. Es ist erstaunlich, was man heutzutage alles feststellen kann. Man hat ihn unterhalb der Feuerstelle gefunden – gut einen halben Meter tiefer. Und das ist alles, was wir wissen. Ach ja, die Hütte wurde von Medley Orion bewohnt, einer Frau von Anfang Zwanzig. Ihr genaues Geburtsjahr ist nicht bekannt. Erstmals ist sie als Kind erwähnt, wir können daher nur Mutmaßungen anstellen. Aber sie war jung. Eine Näherin. Jetzt möchte ich, daß Sie sich im Geiste zurückversetzen in das Jahr 1803, denn da wurde unser Opfer getötet. Oder kurz danach. Die jüngste Münze in seiner Tasche ist von 1803. Was ist vorgefallen?»

Diese nüchterne Frage erzeugte tiefstes Schweigen.

Lucinda sprach als erste. «Kimball, wir haben nicht gewußt, daß ein Mann ermordet wurde. In der Zeitung stand nur, daß man ein Skelett ausgegraben hat. Ich bin ganz erschüttert. Ich meine, die Leute haben herumgerätselt, aber...»

«Er wurde durch einen gewaltigen Schlag auf den Kopf getötet.» Kimball richtete seinen Blick auf Lucinda. «Natürlich wollte und will Oliver nicht bestätigen, daß die Person ermordet wurde, bevor der Bericht aus Washington vorliegt. So bleibt uns in Monticello noch ein wenig Zeit, uns seelisch vorzubereiten.»

«Verstehe.» Lucinda stützte ihr Kinn in die Hand. Sie war Ende Vierzig und eher ansehnlich als schön, eher stattlich als liebreizend.

Ellie Wood, ein logisch denkender Mensch, überlegte laut: «Wenn ihm ein so fester Schlag zugefügt wurde, muß die betreffende Person stark gewesen sein. Ist die Kopfverletzung vorne oder hinten?»

«Hinten», antwortete Kimball.

«Dann wollte der Täter keinen Kampf. Und keinen Lärm.» Ellie Wood hatte die Möglichkeiten rasch erfaßt.

«Könnte es sein, daß Medleys Liebhaber den Mann getötet hat?» fragte Port. «Wissen Sie, ob sie einen Liebhaber hatte?»

«Nein. Ich weiß aber, daß sie im August 1803 ein Kind zur Welt brachte. Das muß aber nicht heißen, daß sie einen Liebhaber hatte, jedenfalls nicht das, was wir heute darunter verstehen.» Kimball verschränkte die Arme.

«Sie glauben doch wohl nicht, daß Thomas Jefferson sich da in den Stammbaum geschlichen hat?» Lucinda war schokkiert.

«Nein, nein.» Kimball griff nach dem Kognak. «Er war sehr darauf bedacht, Familien nicht auseinanderzureißen, aber ich habe keinerlei Aufzeichnungen gefunden, die darauf schließen lassen, daß Medley einen festen Partner hatte.»

«Hat sie noch mehr Kinder geboren?» mischte sich jetzt auch Little Marilyn in das Gespräch ein.

«Anscheinend nicht», sagte er.

«Höchst seltsam.» Susans Gesicht drückte Ratlosigkeit aus. «Empfängnisverhütung gab es damals so gut wie überhaupt nicht.»

«Schafsblasen. Ein Vorläufer des Kondoms.» Kimball nahm noch einen Schluck Kognak, den besten, den er je getrunken hatte. «Aber daß ein Sklave an so etwas Raffiniertes herankam, ist undenkbar.»

«Wer sagt, daß ihr Partner ein Sklave war?» fragte Harry provozierend.

Mim, die nicht rückständig erscheinen wollte, nahm den Faden sofort auf. «War sie schön, Kimball? Wenn ja, dann könnte sie mit Partnern zusammengekommen sein, die problemlos an Schafsblasen herankamen.»

«Ja, nach den wenigen Aufzeichnungen, die ich finden konnte, war sie schön.»

Lucinda machte ein finsteres Gesicht. «Ach, ich hoffe, das alles geht einfach an uns vorüber. Ich habe das Gefühl, wir stechen da in ein Wespennest.»

«Stimmt, aber jetzt gibt es kein Zurück mehr.» Mim blieb fest. «Wir haben diese Dinge jahrhundertelang unter den Teppich gekehrt. Nicht, daß ich Spaß an dieser Entwicklung habe, bestimmt nicht, aber Rassenmischung könnte ein Motiv für einen Mord gewesen sein.»

«Ich glaube nicht, daß eine schwarze Frau einen Mann umgebracht hätte, bloß weil er weiß war», sagte Ellie Wood. «Aber vielleicht hatte sie einen schwarzen Liebhaber, der den Mord aus Eifersucht begangen hat.»

«Und wenn Medley es selbst war?» Vor lauter Aufregung hob Kimball die Stimme. «Was könnte eine Sklavin dazu getrieben haben, einen weißen Mann zu töten? Was treibt eine Frau, von welcher Hautfarbe auch immer, dazu, einen Mann zu töten? Ich denke, das wissen Sie alle viel besser als ich.»

Von seinem Überschwang angesteckt, sprang Port auf. «Liebe. Die Liebe kann alle verrückt machen.»

«Okay, nehmen wir mal an, sie hat das Opfer geliebt. Obwohl ich nicht denke, daß viele Sklavinnen die weißen Männer geliebt haben, die sich in ihre Hütten schlichen.» Harry kam in Fahrt: «Auch wenn sie außer sich gewesen wäre, hätte sie ihn getötet, weil er sie sitzenlassen wollte? Das kann ich mir nicht vorstellen. Weiße Männer ließen schwarze Frauen jeden Morgen sitzen. Sie kehrten ihnen einfach den Rücken, und schwups, weg waren sie. Wäre sie nicht daran gewöhnt gewesen? Hätte eine ältere Sklavin sie nicht darauf vorbereitet, etwa mit Worten wie ‹Das ist dein Los›?»

Miranda runzelte die Stirn. «Vermutlich hätte sie gesagt ‹Das ist dein Kreuz, das du tragen mußt›.»

Lucinda war zwar wegen Samsons Untreue völlig durcheinander – sie kam der Wahrheit immer dichter auf die Spur –, aber im Verlauf des Nachmittags wurde ihr klar, daß es für sie wenigstens einen Ausweg aus dem Unglück gab. Sie konnte einfach zur Tür hinausgehen. Medley Orion hatte das nicht gekonnt. «Vielleicht hat er sie an einem empfindlichen Punkt getroffen und gedemütigt, und da ist sie ausgerastet.»

«Nicht gedemütigt, bedroht.» Susans Augen leuchteten auf. «Sie war eine Sklavin. Sie hatte gelernt, ihre Gefühle zu verbergen. Tun wir das nicht alle, meine Damen?» Der Gedanke ergriff wie eine Welle von allen Besitz. «Wer immer der Mann war, er hatte sie in der Hand. Er war im Begriff, ihr oder jemandem, den sie liebte, etwas Furchtbares anzutun, und sie hat sich gewehrt. Mein Gott, woher hat sie den Mut genommen?»

«Ich weiß nicht, ob ich Ihnen zustimmen kann.» Miranda faltete die Hände. «Ist Mut da der richtige Ausdruck? Gott hat uns verboten, einem anderen Menschen das Leben zu nehmen.»

«Ich hab's!» verkündete Mim. «Er muß gedroht haben, jemandem das Leben zu nehmen – oder ihr. Was, wenn er gedroht hat, Mr. Jefferson umzubringen – das hat nichts mit meiner Verfolger-Theorie zu tun, aber könnte es nicht aus rasender Wut auf den Mann geschehen sein, vielleicht ganz spontan?»

«Ich bezweifle, daß sie gemordet hätte, um ihrem Master das Leben zu retten», widersprach Little Marilyn ihrer Mutter. «Jefferson war ein außergewöhnlicher Mensch, aber er war trotzdem der Master.»

Lucinda stärkte Mim den Rücken. «Es gab Sklaven, die ihre Master geliebt haben.»

«Nicht so viele, wie die Weißen gern glauben möchten.» Harry lachte. Sie mußte einfach lachen. Sicher hatte es Verbindungen aus Zuneigung gegeben, aber es war für sie schwer vorstellbar, daß Unterdrückte ihren Unterdrücker lieben konnten.

«Aber was dann?» Ellie Wood verlor wie so oft die Geduld.

«Sie hat getötet, um ihren eigentlichen Freund zu schützen.» Port genoß ihren Kognak.

«Oder ihr Kind», fügte Susan leise hinzu.

Alle waren wie elektrisiert. Gab es irgendwo auf der Welt eine Mutter, die nicht für ihr Kind töten würde?

«Das Kind wurde im August 1803 geboren.» Kimball drehte das Kristallglas in der Hand. «Wenn das Opfer nach August getötet wurde, könnte der Mann von dem Kind gewußt haben.»

Mim kniff die Augen zusammen. «Aber er könnte auch von dem Kind gewußt haben, bevor es geboren wurde.»

«Was?» Kimball schien einen Moment völlig verdattert.

«Und wenn es von ihm war?» ertönte Mims Stimme.

Hierauf trat Stille ein.

Dann sagte Harry: «Die meisten Männer, oder vielleicht sollte ich sagen, manche Männer, die sich der Gunst einer Frau erfreut haben, die daraufhin schwanger wurde, behaupten, es sei ja gar nicht sicher, daß das Baby von ihnen sei. Natürlich kommen sie heute nicht mehr damit durch, dank dieser Gentests. Damals konnten sie bestimmt damit durchkommen.»

«Da ist was dran, Harry. Ich würde sagen, das Kind wurde

geboren, bevor der Mann getötet wurde.» Susan machte es spannend. «Das Kind wurde geboren und sah ihm ähnlich.»

«Großer Gott, Susan, ich hoffe, du irrst dich.» Lucinda blinzelte. «Wie konnte ein Mann sein eigenes Kind töten – um *sein* Gesicht zu wahren?»

«Die Menschen tun entsetzliche Dinge», stellte Port mit dünner Stimme fest, denn auch für sie war es unbegreiflich, aber widersprechen konnte sie auch nicht.

«Jedenfalls hat er für seine Absichten gebüßt, sofern das wirklich seine Absichten waren.» Ellie Wood fand, der Gerechtigkeit sei Genüge getan worden. «Wenn es so war, hat er dafür bezahlt, und getan ist getan.»

«‹Die Rache ist mein: ich will vergelten. Zu seiner Zeit soll ihr Fuß gleiten; denn die Zeit ihres Unglücks ist nahe, und was über sie kommen soll, eilt herzu›», psalmodierte Miranda. «5. Buch Mose, 32.35.»

Aber getan war nicht getan. Die Vergangenheit tat sich auf, und die Zeit des Unglücks war nahe.

24

«Ich dachte, es würde dich etwas entlasten. Du mußt jetzt deine Ruhe haben.» Ansley Randolph lehnte an dem weißen Zaun und beobachtete die Pferde bei ihrem morgendlichen Renntraining – die Mischung aus gehäckselter Rinde und Sand hielt den Belag der Bahn das ganze Jahr über trittfest. «Wobei dich wohl im Moment nichts wirklich trösten kann.»

Der Schmerz hatte die Falten um Warrens Augen vertieft. «Schatz, ich habe keinen Zweifel, daß du es gut gemeint hast.

Aber erstens hab ich's satt, mich von Mim Sanburne herumkommandieren zu lassen. Zweitens bleiben die Tagebücher, Landkarten und Stammbäume meiner Familie hier in Eagle's Rest. Manche sind so alt, daß ich sie im Tresor aufbewahre. Drittens glaube ich ohnehin nicht, daß irgendwas von meinen Sachen Kimball Haynes interessieren könnte, und viertens, ich kann nicht mehr, ich habe keine Lust, mich herumzustreiten, egal mit wem. Ich will mich auch vor niemandem rechtfertigen. Nein ist nein, und das wirst du Mim sagen müssen.»

Ansley liebte Warren zwar nicht, aber manchmal hatte sie ihn gern, jetzt zum Beispiel. «Du hast recht. Ich hätte den Mund halten sollen. Ich wollte mich wohl bei Mim lieb Kind machen. Sie verschafft dir Aufträge.»

Warren umklammerte die oberste Zaunlatte mit beiden Händen. «Mim hält ein kleines Heer von Anwälten beschäftigt. Wenn ich ihre Aufträge verliere, wird es keinem von uns weh tun, und es wird dir auch gesellschaftlich nicht schaden. Du brauchst Mim lediglich zu sagen, daß ich fix und fertig bin und im Moment nichts um die Ohren haben kann. Daß ich Ruhe und Erholung brauche – und das ist nicht gelogen.»

«Warren, versteh mich nicht falsch, aber ich habe nicht gewußt, daß du deinen Vater so sehr geliebt hast.»

Er seufzte. «Ich auch nicht.» Er betrachtete einen Moment seine Stiefelspitzen. «Es ist nicht bloß Poppa. Jetzt bin ich der älteste Mann in dieser Familie, deren Stammbaum bis 1681 zurückreicht. Bis unsere Söhne Schule und College absolviert haben, muß ich diese Last allein tragen. Jetzt muß ich den Wertpapierbestand verwalten.»

«Du hast tüchtige Hilfen.»

«Schon, aber Poppa hat immer die Erträge aus unseren Anlagen überprüft. Ehrlich gesagt, Liebling, mein Juraexamen ist Poppa zugute gekommen, nicht mir. Ich habe die

Transaktionen durchgelesen, die rechtlich abgesichert werden mußten, aber ich habe mich nie energisch um Investitionen und Grundbesitz gekümmert. Poppa hat sich da gerne bedeckt gehalten. Ich muß schleunigst dazulernen. Wir haben Geld verloren am Markt.»

«Wer nicht? Warren, mach dir nicht so viele Gedanken.»

«Ich werde wohl meine Kandidatur für den Senat verschieben müssen.»

«Warum?» Ansley wünschte sich, daß Warren möglichst viel in Richmond sein würde. Sie hatte sich vorgenommen, sich unermüdlich für seine Wahl einzusetzen.

«Es könnte einen schlechten Eindruck machen.»

«Nein, ganz sicher nicht. Du erzählst den Wählern einfach, daß du diesen Wahlkampf deinem Vater widmest, einem Mann, der an die Selbstbestimmung glaubte.»

Voll Bewunderung für ihre Klugheit sagte er: «Das hätte Poppa gefallen. Stell dir vor, mir ist dieser Tage aufgegangen, daß ich meine Söhne so erziehe, wie Poppa mich erzogen hat. Ich wurde aufs St. Clement College geschickt, habe die Sommer über hier gearbeitet, und dann ging's auf die Vanderbilt-Uni. Vielleicht sollten die Jungs es anders haben – etwas weniger Strenges vielleicht.» Er überlegte. «Berkeley zum Beispiel. Da ich jetzt das Oberhaupt dieser Familie bin, möchte ich meinen Söhnen mehr Freiheit gönnen.»

«Wenn sie auf ein anderes College wollen, in Ordnung, aber wir sollten es ihnen nicht aufdrängen. Vanderbilt hat dieser Familie lange Zeit gut gedient.» Ansley liebte ihre Söhne, auch wenn sie die Musik nicht ausstehen konnte, die sie durchs ganze Haus dröhnen ließen. Kein Brüllen und Schimpfen konnte sie überzeugen, daß sie taub werden würden. Sie war überzeugt, daß sie selbst schon halb taub geworden war.

«Hast du meinen Vater wirklich gern gehabt?»

«Warum fragst du mich das jetzt, nach achtzehn Jahren Ehe?» Sie war ehrlich überrascht.

«Weil ich dich nicht kenne. Nicht richtig.» Er sah zu den Pferden weit hinten auf der Bahn, weil er Ansley nicht ansehen konnte.

«Ich dachte, das war bei euch so üblich. Ich dachte, ihr wolltet keine Vertrautheit.»

«Vielleicht weiß ich nur nicht, wie man das anstellt.»

Jetzt ist es zu spät, dachte sie bei sich. «Schön, Warren, einen Schritt nach dem anderen. Ich bin mit Wesley ausgekommen, aber es ging entweder nach seiner Pfeife oder gar nicht.»

«Ja.»

«Es hat mir gefallen, was er auf seine Zertifikate drucken ließ.» Sie zitierte wörtlich: «Diese Mittel wurden im freien Unternehmertum erworben, trotz schamloser Steuern, bürokratischer Schikanen und unverantwortlicher Kontrollen von seiten der Regierung.»

Warrens Augen verschleierten sich. «Er war ein zäher Bursche, aber sein Denken war glasklar.»

«Darüber werden wir mehr wissen, wenn das Testament eröffnet wird.»

25

Die Testamentseröffnung traf Warren wie ein Knüppelschlag. Wesley hatte seinen Letzten Willen von der alten, renommierten Kanzlei Maki, Kleiser und Maki aufsetzen lassen. Das machte Warren nichts aus. Es wäre unschicklich gewesen, sein Testament vom eigenen Sohn aufsetzen zu lassen. Aber auf das hier war er nicht vorbereitet.

Eine Klausel im Testament seines Vaters lautete, daß kein Randolph einer nachfolgenden Generation erben durfte, wenn er eine Person heiratete, die auch nur zu einem Zwanzigstel afrikanischen Ursprungs war.

Ansley lachte. So was Absurdes. Ihre Söhne würden keine Frauen aus Uganda heiraten. Ihre Söhne würden auch keine Afroamerikanerinnen heiraten, Viertel-, Achtelnegerinnen, nichts dergleichen. Die Jungs wurden nicht nach St. Clement geschickt, um Freigeister zu werden, und bestimmt nicht, um Rassenmischung zu betreiben – zum Teufel mit den Gesetzen.

Warren, der aschfahl geworden war, als er die Klausel vernahm, stieß hervor: «Das ist rechtswidrig. Nach dem heutigen Gesetz ist das rechtswidrig.»

Der alte George Kleiser stapelte ordentlich seine Papiere. «Vielleicht, vielleicht auch nicht. Man könnte das Testament anfechten, aber wer wollte das tun? Lassen Sie es, wie es ist. Es war der ausdrückliche Wunsch Ihres Vaters.» Offensichtlich hielt George die Bedingung für akzeptabel, oder er verfocht die Theorie, daß man schlafende Hunde nicht wecken soll.

«Warren, du wirst doch deswegen nichts unternehmen? Ich meine, welches Interesse hättest du daran?»

Wie in Trance schüttelte Warren den Kopf. «Nein – aber, Ansley, wenn das bekannt wird, sind meine Chancen, in den Senat gewählt zu werden, gleich null.»

Georges Stentorstimme erfüllte den Raum. «Kein Wort von diesem, äh, Vorbehalt wird jemals aus diesem Raum nach außen dringen.»

«Was ist mit der Person, die das Testament aufgesetzt hat?» insistierte Warren.

Der verärgerte George ignorierte die Bemerkung mit Rücksicht auf Warrens kürzlich erlittenen Velrust. Er hatte

Warren schon als Kind gekannt und wußte, daß der Mann mittleren Alters, den er hier vor sich hatte, nicht darauf vorbereitet war, die Verwaltung des großen, wenn auch schwindenden Vermögens der Familie zu übernehmen. «Unser Personal weiß, wie man mit heiklen Fragen umgeht, Warren. Fragen auf Leben und Tod.»

«Natürlich, natürlich, George – ich bin bloß vollkommen verdattert. Poppa hat nicht ein einziges Mal mit mir über so etwas gesprochen.»

«Er war eben ein feiner und kein aggressiver Rassist.» Ansley wollte das Thema wechseln und konnte nicht verstehen, warum Warren sich so aufregte.

«Und du, bist du etwa keine Rassistin?» blaffte Warren sie an.

«Nicht, solange wir nicht quer heiraten. Ich halte nichts von Rassenmischung. Davon abgesehen ist Mensch gleich Mensch.»

«Ansley, auch wenn du noch so wütend auf mich oder die Jungs bist – Menschen gehen sich nun mal ab und zu auf die Nerven –, du mußt mir versprechen, daß du nie, nie weitersagst, was du heute in diesem Zimmer gehört hast. Ich will meine Chancen nicht verlieren, weil Poppa diesen Rassenreinheitstick hatte.»

Ansley versprach zu schweigen.

26

Aber sie brach ihr Versprechen. Sie erzählte es Samson.

Die Frühnachmittagssonne fiel schräg auf Blair Bainbridges großen eichenen Küchentisch. Tulpen schwankten draußen vor den hohen Fenstern, und die Hyazinthen würden in wenigen Tagen aufgehen, wenn das schöne Wetter anhielt.

«Das überrascht mich nicht», sagte Samson zu Ansley. «Der alte Herr hat sein Leben lang Stammbäume studiert, und für ihn wäre das gewesen, als würde man einen Esel mit einem Vollblutpferd kreuzen.» Dann feixte er. «Fragt sich natürlich, wer ist der Esel und wer der Vollblüter?»

Sie hielt seine Hand, während sie ihren Kakao trank. «Es kommt mir so – extrem vor.»

Samson zuckte mit den Achseln. Der Inhalt von Wesleys Testament interessierte ihn kaum. In zwanzig Minuten mußte er schon wieder unterwegs sein. Jedesmal, wenn er Ansley verließ, verkrampfte sich sein Magen. «Hör zu, ich erwarte Leute aus Kalifornien, die sich Midale ansehen wollen. Ich denke, ich zeige ihnen auch ein paar Grundstücke in Orange County. Ist unheimlich schön da und noch nicht so erschlossen.» Er legte seine andere Hand schwer auf ihre. «Dann kannst du dich von Warren trennen.»

Ansley versteifte sich. «Nicht, solange er wegen seines Vaters in Trauer ist.»

«Danach. Sechs Monate sind eine angemessene Zeitspanne. Ich kann unterdessen meine Angelegenheiten ordnen und du deine.»

«Schatz» – sie tätschelte seine Hand –, «alles sollte bleiben, wie es ist – vorläufig. Lulu würde dich bis aufs Hemd schröpfen, und zwar in aller Öffentlichkeit. Es muß eine Möglichkeit geben, das zu vermeiden, ich habe nur noch keine gefunden. Ich hoffe immer noch, daß Lulu jemanden findet, damit sie das Leben leichter nimmt – aber sie hat schon zuviel in ihre Opferrolle investiert. Und dann diese Szene auf Big Daddys Trauerfeier, mein Gott.»

Samson hustete. Sein Magen zog sich noch mehr zusammen. «Das war nur einer von ihren Auftritten. Sie hat mir ins

Ohr geflüstert, sie würde das Parfüm einer anderen Frau riechen. Ich weiß nicht, was in sie gefahren ist.»

«Sie kennt mein Parfüm. Diva. Aber wenn wir zwei zusammen sind, benutze ich überhaupt kein Parfüm.»

«Nur natürliches Parfüm.» Er küßte ihre Hand.

Sie küßte ihn auf die Wange. «Samson, du bist süß.»

«Das kriege ich von meiner Frau nie zu hören.» Er seufzte und senkte den Kopf. «Ich weiß nicht, wie lange ich das noch aushalten kann. Mein Leben ist eine einzige Lüge. Ich liebe Lulu nicht. Ich hab's satt, Leuten nach dem Mund zu reden, die selbst nichts zu sagen haben. Ich hab's satt, den ganzen Tag mit Fremden in meinem Wagen eingesperrt zu sein; egal, was sie dir für Kaufwünsche nennen, in Wirklichkeit wollen sie das genaue Gegenteil kaufen, das schwör ich dir. Käufer sind Täuscher, wie mein erster Makler immer gesagt hat. Ich weiß nicht, wie lange ich das noch aushalte.»

«Nur noch eine kleine Weile, Liebster.» Sie knabberte an seinem Ohr. «Und *hattest* du das Parfüm einer anderen Frau an dir?»

Er stieß hervor: «Bestimmt nicht. Ich weiß überhaupt nicht, wie sie darauf kommt. Ich schau andere Frauen nicht mal mehr an, Ansley.» Er küßte sie leidenschaftlich.

Während sie sich ihm entzog, murmelte sie: «Sie weiß es, sie weiß bloß nicht, daß ich es bin. Komisch, ich hab Lulu gern. Ich rufe sie fast jeden Morgen an. Schätze, sie ist meine beste Freundin, aber als deine Frau hat sie mir nie gepaßt. Ich habe es nie kapiert, verstehst du? Manchmal sieht man Eheleute und weiß sofort, weswegen sie zusammen sind. Harry und Fair zum Beispiel, als sie noch zusammen waren. Oder Susan und Ned – das ist ein gutes Ehepaar –, aber diese gewisse Glut, wie du wohl sagen würdest, habe ich zwischen Lulu und dir nie bemerkt. Ich habe nicht richtig das Gefühl, daß ich sie betrüge. Ich habe eher das Gefühl, daß ich sie befreie. Sie verdient diese Glut. Sie braucht den richtigen Mann für sich – und du bist der richtige Mann für mich.»

Er küßte sie wieder und wünschte, die Uhr würde nicht so laut ticken. «Ansley, ich kann ohne dich nicht leben, das weißt du. Ich werde niemals so reich sein wie Warren, aber arm bin ich nicht. Ich arbeite hart.»

Sie streifte seine Wange mit ihren Lippen und sagte mit leiser Stimme: «Und ich will sichergehen, daß du dich nicht in die Schlange der neuen Armen einreihst. Ich will nicht, daß deine Frau dich ausnimmt. Gib mir ein bißchen Zeit. Ich werde mir etwas einfallen lassen. Oder jemanden.» Sie sprang vom Stuhl. «O nein!»

«Was ist?» Er trat hastig neben sie.

Ansley zeigte aus dem Küchenfenster. Mrs. Murphy und Tucker rasten vergnügt zum Stall. «Harry kann nicht weit weg sein. Und sie ist nicht blöd.»

«Verdammt!» Samson fuhr sich mit den Händen durch sein dichtes Haar.

«Wenn du vorne hinausschleichst, geh ich zum Stall und lenke sie ab. Beeil dich!» Sie gab ihm einen schnellen Kuß. Sie konnte seine Absätze hören, als er über den Hartholzboden zur Haustür schritt. Ansley ging zur Hintertür.

Harry, die viel langsamer war als ihre vierbeinigen Gefährtinnen, war gerade bei dem Friedhof auf dem Hügel angekommen. Ansley erreichte den Stall, bevor Harry sie sah.

«Was hat sie in Blairs Haus gemacht?» fragte Tucker.

Mrs. Murphy blieb stehen, um Ansley zu beobachten. *«Knallrot im Gesicht. Sie ist aufgeregt, und wir wissen, daß sie nicht hier ist, um Silber zu stehlen. Sie hat selber Unmengen davon.»*

«Und wenn sie eine Kleptomanin ist?» Tucker legte den Kopf schief, als Ansley zu ihnen kam.

«Nee. Aber du könntest sie mal beschnuppern.»

«Tag, Mrs. Murphy. Hallo, Tucker», rief Ansley den Tieren zu.

«Ansley, was machst du hier?» fragte Tucker, während sie sich mit der Nase an Ansleys Fesseln heranpirschte.

Ansley winkte Harry zu, die zurückwinkte. Dann bückte sie sich, um Tuckers große Ohren zu kraulen.

Harry lächelte diplomatisch. «Hallo, wie nett, daß man sich hier trifft.»

«Warren hat mich hergeschickt, ich soll mir Blairs Kreiselheuer mal ansehen. Er sagt, er möchte sich einen zulegen, und vielleicht will Blair ihn ja verkaufen.»

Ein Kreiselheuer wendet das Heu zum Trocknen und kann zwei Schwaden zu einem verwirbeln, damit man es leichter zu Ballen pressen kann. Drei oder vier kleine Metallräder werden von einem Traktor gezogen.

«Ich dachte, ihr rollt euer Heu.»

«Warren sagt, er ist es leid, auf den Feldern auf riesige Rollen Weizenschrot zu gucken, und die Mitte ist immer verschwendet. Er will wieder Ballen pressen.»

«Noch ist es ja nicht soweit», sagte Harry.

Ansley senkte die Stimme. «Er plant jetzt schon das Thanksgiving-Essen für die Familie. Ich denke, das kommt von seiner Trauer. Wenn er nämlich alles plant, kann nichts schiefgehen, er hat die Kontrolle über die Realität – obwohl man meinen sollte, davon hätte er bei seinem Vater genug gehabt.»

«Es braucht Zeit.» Harry wußte das. Sie hatte vor einigen Jahren beide Eltern verloren.

Mrs. Murphy, die sich auf den Hintern gesetzt hatte, stand auf und trabte zum Haus. *«Sie lügt.»*

«Da hast du recht.» Der Hund legte einen Moment die Ohren an, dann folgte er ihr. *«Laß uns herumschnüffeln.»*

Die zwei Tiere kamen zur Hintertür. Die Nase dicht am

Boden, schnupperte Tucker angestrengt. Mrs. Murphy verließ sich ebensosehr auf ihre Augen wie auf ihre Nase.

Tucker nahm die Witterung mühelos auf. *«Ich rieche Samson Coles.»*

«Das ist es also.» Mrs. Murphy spazierte zwischen den Tulpen herum. Sie liebte das Gefühl, wenn die Stengel ihr Fell streiften. *«Sie muß sich ja unendlich langweilen.»*

27

Die Ruhe in Eagle's Rest ging Ansley auf die Nerven. Sie bereute, gesagt zu haben, daß sie die laute Musik der Jungen nicht vertragen konnte. So unerträglich die auch war, sie war immer noch besser als diese Stille.

Um sieben Uhr abends waren die Söhne gewöhnlich in ihren Zimmern und lernten. Daß Breton und Stuart bei dem Lärm arbeiten konnten, faszinierte Ansley. Sie überboten sich gegenseitig mit den Dezibeln der diversen Bands. Am Ende hatte sie es so geregelt, daß Stuart in der ersten Lernstunde von sechs bis sieben seine Musik spielen durfte. Bretons Lieblingsbands kamen dann von sieben bis acht zum Zug.

Ansley und Warren überwachten die Einhaltung dieser sogenannten Studierzeiten. Breton und Stuart erzielten gute Noten, aber Ansley meinte, sie müßten wissen, wie wichtig ihre schulischen Leistungen auch für ihre Eltern waren, daher die Überwachung. Ansley sagte oft zu ihnen: «Wir haben unsere Arbeit zu tun, und ihr habt eure Schularbeit.»

Als sie die Stille schließlich nicht mehr ertrug, stieg Ansley die Wendeltreppe zum oberen Flur hinauf. Sie warf einen

Blick in Bretons Zimmer. Dann ging sie in Stuarts Zimmer. Ihr Ältester saß an seinem Schreibtisch. Breton hockte im Schneidersitz auf Stuarts Bett. Bretons Augen waren gerötet. Ansley sah darüber hinweg.

«Hallo, Jungs.»

«Hi, Mom», antworteten sie einstimmig.

«Ist was?»

«Nein.» Wieder einstimmig.

«Oh.» Pause. «Irgendwie komisch ohne Big Daddy, der wegen eurer Musik rumbrüllt, was?»

«Er kommt nie wieder.» Breton atmete stockend. «Ich kann's nicht glauben, daß er nie wiederkommt. Zuerst war es, als wäre er einfach nur in Urlaub gefahren, weißt du?»

«Ich weiß», sagte Ansley mitfühlend.

Stuart, der normalerweise eine schlechte Haltung hatte, setzte sich zur Abwechslung gerade. «Wißt ihr noch, wie wir unsere Familiengeschichte aufgesagt haben?» Er imitierte die Stimme seines Großvaters: «Der erste Randolph, der seinen Fuß in die Neue Welt setzte, war ein Kamerad von Sir Walter Raleigh. Er ist in die alte Heimat zurückgekehrt. Sein Sohn, den die Geschichten über die Neue Welt angestachelt hatten, kam 1632 herüber, und so sproß ein Zweig unseres Stammbaums diesseits des Atlantiks. Er hatte seine Braut mitgebracht, Jemima Hessletine. Ihr erstgeborenes Kind, Nancy Randolph, starb im Winter 1634 im Alter von sechs Monaten; das zweitgeborene, Raleigh Randolph, hat überlebt. Von diesem Sohn stammen wir ab.»

Ansley verschlug es vor Staunen den Atem. «Wort für Wort.»

Stuart lächelte matt. «Mom, wir haben es so gut wie jeden Tag gehört.»

«Ja. Ich wollte, ich könnte ihn noch mal hören – dabei finde ich diesen ganzen Stammbaumquatsch fürchterlich.»

Wieder schossen Breton Tränen in die Augen. «Wen interessiert das schon?»

Ansley setzte sich neben Breton und legte ihm den Arm um die Schultern. Ihr war, als hätte er abgenommen, seit sie ihn das letzte Mal umarmt hatte. «Mein Herz, wenn du älter wirst, wirst du diese Dinge zu schätzen wissen.»

«Warum nehmen das alle so wichtig?» fragte Breton unschuldig.

«Aus guter Familie zu sein ist in diesem Leben von Vorteil. Es öffnet einem viele Türen. Das Leben ist so schon schwer genug, Breton, also sei dankbar für diese Gnade.»

«Geh nach Montana», riet Stuart ihm. «Da kümmert sich kein Mensch um so was. Deswegen hat Big Daddy wohl den Westen nie gemocht. Weil er sich nicht allen gegenüber als Boß aufspielen konnte.»

Ansley seufzte. «Wesley war gern der dickste Frosch im Teich.»

Breton sah seine Mutter an. «Mom, machst du dir was aus diesem Abstammungsquatsch?»

«Sagen wir's mal so: Lieber haben und nicht brauchen als brauchen und nicht haben.»

Als sie das verdaut hatten, stellte Breton noch eine Frage: «Mom, ist es immer so, wenn jemand gestorben ist?»

«Wenn es jemand war, den man geliebt hat, ja.»

28

Medley Orion hatte Monticello während der allgemeinen Konfusion nach Thomas Jeffersons Tod im Jahre 1826 verlassen. Kimball verbrauchte auf den kurvigen Landstraßen einen Tank Benzin nach dem anderen, immer auf der Suche nach Stammbäumen, Sklavenlisten, irgendwas, das ihm weiterhelfen konnte. In den guterhaltenen Tagebüchern von Tinton Venable waren einige Hinweise auf Medleys Geschick als Näherin aufgetaucht.

Gefesselt von dem Mordfall und von Medley selbst, war Kimball sogar zur Kongreßbibliothek gefahren, um die Aufzeichnungen von Dr. William Thornton und seiner in Frankreich geborenen Ehefrau durchzulesen. Thornton verstand sich wie Jefferson als Universaltalent. Jefferson hatte reinrassige Pferde gezüchtet, das Kapitol und das Oktagonhaus in Washington, D. C., entworfen, war ein eingefleischter Föderalist gewesen und hatte die Zerstörung Washingtons im Jahre 1814 überlebt. Seine Bemühungen, während dieses Großbrandes die Stadt zu retten, hatten zu einer erbitterten Feindschaft zwischen ihm und dem Bürgermeister von Washington geführt. Thorntons Ehefrau Anna Maria ließ stündlich sein Lob erschallen wie eine zeitgenau eingestellte Kirchenglocke. Als sie 1802 in Monticello zu Besuch war, schrieb sie: «Das ganze Haus hat eher etwas Grandioses, Erhabenes denn Komfortables. Eine Stätte, die man lieber hin und wieder betrachten statt bewohnen möchte.»

Mrs. Thornton war als Französin zwar ein wenig versnobt, aber sie hatte Humor. Jefferson hingegen bildete sich seltsamerweise etwas auf seinen Pragmatismus und seine Effizienz ein.

Kimballs Suche zahlte sich aus. Er fand einen Hinweis auf Medley. Mrs. Thornton erwähnte ein mintgrünes Sommerkleid, das Martha Jefferson – Patsy – gehörte. Das Kleid, schrieb Mrs. Thornton, sei von Patsys «dienstbarem Geist» Medley Orion genäht worden. Sie erwähnte auch, daß Medleys noch nicht voll erblühte Tochter ungewöhnlich schön war, wie ihre Mutter, nur noch hellhäutiger. Ferner vermerkte sie, daß Medley und Martha Jefferson sich sehr gut verstanden, «ein Wunder, wenn man bedenkt», aber Mrs. Thornton hatte es für unangemessen gehalten, diesen bedeutungsschweren Satz zu Ende zu führen.

Mrs. Thornton ließ sich sodann eingehend über ihre Einstellung zur Sklaverei aus – sie war dagegen – und über ihre Einstellung zur Rassenmischung, die sie ebensowenig gutthieß. Ihrer Meinung nach leistete die Sklaverei der Faulheit Vorschub. Ihre Begründung dieser Behauptung enthielt, so gewunden sie war, ein Körnchen Logik: Warum sollte man arbeiten, wenn man die Früchte seiner Mühen nicht behalten durfte? Ein Dach über dem Kopf, ein voller Bauch und Kleider am Leib waren keine ausreichende Motivation für Fleiß, vor allem wenn man sah, daß die eigene Arbeit der anderen Seite den Nutzen brachte.

Vor Aufregung fuhr Kimball auf seinem Nachhauseweg auf der Route 29 so schnell, daß er einen Strafzettel bekam; trotzdem schaffte er die Strecke von Washington nach Charlottesville, für die man gewöhnlich zwei Stunden brauchte, bloß fünfzehn Minuten schneller. Er konnte es nicht erwarten, Heike von seiner Entdeckung zu berichten. Er mußte sich noch überlegen, was er Oliver erzählen würde, der mit jedem Tag nervöser wurde.

29

Kimball Haynes, Harry, Mrs. Hogendobber, Mim Sanburne und Lucinda Coles zwängten sich in eine Nische im Metropolitan, einem Restaurant in der Innenstadt von Charlottesville. Das Metropolitan zeichnete sich durch ein angenehm schlichtes Interieur und phantastisches Essen aus. Lulu war zufällig durch das Einkaufszentrum geschlendert, als Kimball sie erblickte und zum Mittagessen mit den anderen einlud.

Beim Salat erläuterte er, was er über Medley Orion und Martha, Jeffersons Erstgeborene, herausgefunden hatte.

«Kimball, wie ich sehe, sind Sie der geborene Detektiv, aber wohin soll das führen?» fragte Mim. Sie wollte der Sache auf den Grund gehen.

«Wenn ich das wüßte.» Kimball schnitt in einen dünnen Maispfannkuchen.

«Ihr seid vielleicht alle zu jung, um eine gewisse rassistische Redensart gehört zu haben.» Mim blickte zur Decke, denn sie hatte gelernt, derlei Redensarten zu verachten. «‹Da ist irgendwo ein Nigger im Holzstoß.› Stammt ursprünglich von der Underground-Railroad-Bewegung her, die Sklaven zur Flucht verhalf. Aber ihr versteht, was es bedeutet.»

Lulu Coles zappelte auf ihrem Sitz. «Nein, ich nicht.»

«Jemand verbirgt etwas», erklärte Mim knapp.

«Natürlich verbirgt jemand etwas. Sie haben es zweihundert Jahre verborgen, und jetzt steckt Martha Jefferson Randolph mit drin.» Lulu zügelte ihre Wut. Sie wußte, daß Mim Samson wegen seines Ausbruchs bei der Trauerfeier um Immobilienaufträge gebracht hatte. So wütend Lucinda auf ihren Mann war, sie war klug genug, nicht zu wünschen, daß ihr Nettoeinkommen sank. Sie war grundsätzlich wütend, Punkt. Wenn sie in den Spiegel blickte, sah sie, daß ihre Mundwinkel sich nach unten zogen, genau wie bei ihrer Mutter, einer verbitterten Frau. Sie hatte sich geschworen, es nie so weit kommen zu lassen. Jetzt wurde sie zu ihrem Entsetzen wie ihre Mutter.

Harry kippte ihre Cola hinunter. «Mim meint, daß *heute* jemand etwas verbirgt.»

«Warum?» Susan fuchtelte mit den Händen in der Luft. Der Gedanke war einfach absurd. «Es gibt also einen Mörder im Stammbaum. In unseren Stammbäumen ist doch unterdessen alles vertreten. Wirklich, wen kümmert das schon?»

«‹Herr, errette meine Seele von den Lügenmäulern, von den falschen Zungen.› Psalm 120,2.» Mrs. Hogendobber hatte wie immer eine passende Bibelstelle parat.

«Verzeihen Sie, Mrs. H., aber es gibt noch ein treffenderes Zitat.» Kimball schloß die Augen und grub in seiner Erinnerung. «Ah, ja, ich hab's. ‹Ein Freund täuscht den andern und reden kein wahres Wort; sie fleißigen sich darauf, wie einer den andern betrüge, und ist ihnen leid, daß sie es nicht ärger machen können.›»

«Jeremia 9,5. Ja, das ist treffender», stimmte Mrs. Hogendobber zu. «Ich meine zwar, es dürfte niemanden aus der Fassung bringen, wenn die Katze nach so vielen Jahren aus dem Sack gelassen wird, aber wenn es in die Zeitung und ins Fernsehen kommt, na ja – ich kann's verstehen.»

Susan feixte. «Ja, dein Urururgroßvater wurde ermordet. Wie findest du das?»

«Oder dein Urur – wie viele Urs?» Harry wandte sich an Susan, die zwei Finger hochhielt. «Dein Ururgroßvater war ein Mörder. Soll man den Nachkommen des Opfers dafür eine Entschädigung zahlen? Offensichtlich ist unserer Gesellschaft der Begriff Privatsphäre abhanden gekommen. Man kann doch niemandem zum Vorwurf machen, daß er vor neugierigen Augen soviel wie nur möglich verbergen will.»

«Genug davon. Kimball, Sie können gerne die Coles-Papiere einsehen. Vielleicht finden Sie dort den Mörder.» Lulu lächelte.

Kimball strahlte. «Das ist sehr großzügig von Ihnen. Die Coles-Papiere werden für mich von unschätzbarem Wert sein, auch wenn sie den Mörder nicht preisgeben.»

Mim rutschte auf der harten Bank hin und her. «Es wundert mich, daß Samson seine Schätze nicht der Alderman-Bibliothek gestiftet hat. Oder einer anderen Bibliothek, von der er meint, daß die Manuskripte und Tagebücher dort gut aufgehoben sind. Mir persönlich ist natürlich die Alderman-Bibliothek die liebste.»

Sie hatte den Ölzweig hingestreckt. Lulu griff danach. «Ich werde versuchen, ihn zu überreden, Mim. Samson fürchtet, daß sein Familienarchiv beschriftet, in Kartons gepackt und nie wieder das Tageslicht sehen wird. Wenn es in ferner Zukunft jemand findet, wird es verrottet sein. Er verwahrt das ganze Material in seiner klimatisierten Bibliothek. Die Coles sind führend, was die Konservierung von Dokumenten betrifft», sie holte Luft, «aber vielleicht ist jetzt die richtige Zeit, anderen einen Einblick zu gewähren.»

«Ja.» Mim strahlte, als ihr Hauptgericht, pochierter Lachs in Dillsauce, aufgetragen wurde. «Was hast du bestellt, Lucinda? Ich hab's schon wieder vergessen.»

«Bries.»

«Ich auch.» Harry lief das Wasser im Mund zusammen, als ihr der verlockende Duft des Gerichts in die Nase stieg.

«Ein klasse Mittagessen.» Kimball nickte den Damen zu. «Schöne Frauen, köstliche Gerichte und Hilfe bei meinen Untersuchungen. Was will man mehr?»

«Ein Jagdpferd von 1,65 m Stockmaß, das über ein meterhohes Hindernis setzt.» Harry ließ sich die mächtige Soße auf der Zunge zergehen.

«Ach, Harry, du mit deinen Pferden. Du hast Gin Fizz und Tomahawk.» Susan stieß sie mit dem Ellbogen an.

«Die kommen allmählich in die Jahre», klärte Mim Susan auf. Mim, die sich kaum eine Fuchsjagd entgehen ließ, verstand Harrys Wunsch. Sie verstand aber auch, daß Harrys Mittel spärlich waren, und nahm sich vor, vielleicht mal jemanden so unter Druck zu setzen, daß er Harry ein gutes Pferd zu einem niedrigen Preis verkaufte.

Vor sechs Monaten wäre es ihr nicht in den Sinn gekommen, der Posthalterin zu helfen. Aber Mim hatte ein neues Kapitel in ihrem Leben aufgeschlagen. Sie wollte wärmer, gütiger, großzügiger sein. Es war nicht leicht, über Nacht eine Lebensweise abzuschütteln, die man sechs Jahrzehnte gepflegt hatte. Den Grund dieser Kehrtwendung bewahrte sie im wahrsten Sinne des Wortes in ihrer Brust. Sie hatte Larry Johnson zu einer Routineuntersuchung aufgesucht. Er hatte einen Knoten gefunden. Larry, die Diskretion in Person, versprach, es nicht einmal Jim zu sagen. Mim war nach New York City geflogen und hatte sich im Columbia-Presbyterian-Krankenhaus operieren lassen. Sie hatte allen erzählt, sie mache ihre halbjährliche Einkaufstour. Da sie jedes Frühjahr und jeden Herbst nach New York flog, genügte diese Erklärung. Der Knoten wurde entfernt, er war bösartig. Immerhin war die Krankheit rechtzeitig erkannt worden. Mims Körper zeigte keine weiteren Anzeichen von Krebs. Inzwischen sind die Behandlungsmethoden recht gut, und Mim war nach einer Woche wieder zu Hause, und da sie tatsächlich einige Einkäufe getätigt hatte, ahnte niemand etwas. Bis Jim mal ins Badezimmer kam, als sie in der Wanne saß. Sie erzählte ihm alles. Er schluchzte. Das erschütterte sie dermaßen, daß sie auch schluchzte. Sie begriff immer noch nicht, wie ihr Mann ihr chronisch untreu sein und sie gleichzeitig so lieben konnte, aber daß er sie liebte, das wußte sie jetzt. Sie beschloß, ihm nicht mehr böse zu sein. Sie beschloß sogar, bei gesellschaftlichen Anlässen nicht weiter so zu tun, als hätte er kein Faible für andere Frauen. Er war, wie er war, und sie war, wie sie war, aber sie konnte sich ändern, und sie gab sich Mühe. Ob Jim sich ändern wollte, war seine Sache.

«Erde an Mrs. Sanburne – wo sind Sie mit Ihren Gedanken?» fragte Harry laut.

«Was? Oh, ich war wohl gerade auf einem anderen Stern.»

«Wir wollen Kimball helfen, die Korrespondenz und Aufzeichnungen von Jeffersons Kindern und Enkelkindern durchzulesen», erklärte Harry ihr.

«Ich lese mit links», sagte Miranda. «Oh, das klingt irgendwie verkehrt, was?»

Nach dem Essen begleitete Lucinda Mim zu ihrem silbersandfarbenen Bentley Turbo R – eine sensationelle Neuerwerbung. Lulu entschuldigte sich zum zweitenmal überschwenglich für ihren Ausbruch während Wesleys Trauerfeier. Nach dem Mittagessen bei Mim hatte sie ihre Gastgeberin nur so mit Entschuldigungen überschüttet. Sie hatte auch bei Reverend Jones gebeichtet, aber er erteilte ihr die Absolution und war überzeugt, daß die Randolphs ihr auch vergeben würden, wenn sie sich entschuldigte. Das tat sie. Mim hörte ihr zu. Lulu fuhr fort, sich zu entschuldigen. Es war, als hätte sie die erste Olive aus dem Glas gefummelt, worauf alle anderen herauspurzelten. Sie sagte, sie hätte geglaubt, an Samson das Parfüm einer anderen Frau zu riechen. Sie sei gereizt gewesen. Später habe sie in seinem Badezimmer eine neue Flasche Safari von Ralph Lauren gefunden.

«Heutzutage kann man Herren- und Damenparfüm nicht mehr auseinanderhalten», sagte Mim. «Es gibt keinen Unterschied mehr. Die füllen die Ingredienzen in verschiedene Flaschen, erfinden männlich klingende Namen und fertig. Was wäre wohl, wenn ein Mann Damenparfüm benutzen würde? Ob ihm über Nacht Brüste wachsen würden?» Sie lachte über ihren eigenen Scherz.

Lulu lachte auch. «Komisch, das Schlimmste für einen Mann ist es, wenn man ihn als weibisch beschimpft, und doch behaupten die Männer, uns zu lieben.»

Mim zog die rechte Augenbraue hoch. «So habe ich das noch nie gesehen.»

«Ich sehe eine ganze Menge.» Lulu seufzte. «Ich bin so was von mißtrauisch. Ich weiß, daß er mich betrügt. Ich weiß bloß nicht, mit wem.»

Mim schloß ihren Wagen auf, blieb einen Moment stehen und drehte sich um. «Lucinda, ich weiß nicht, ob es überhaupt so wichtig ist. Die ganze Stadt weiß, daß mein Jim über Jahre seine kleinen Amouren hatte.»

«Mim, ich wollte keine alten Wunden aufreißen», stammelte Lulu aufrichtig zerknirscht.

«Vergiß es. Ich bin älter als du. Es trifft mich nicht mehr so sehr, oder es trifft mich anders. Aber laß dir eins gesagt sein: Manche Männer sind Fechtmeister. Das ist das einzige Wort, das mir dafür einfällt. Sie rasseln mit dem Säbel. Sie brauchen Verfolgung und Eroberung, um sich lebendig zu fühlen. Es wiederholt sich, aber aus einem mir unerfindlichen Grund langweilt sie die Wiederholung nicht. Ich schätze, es gibt ihnen das Gefühl, jung und stark zu sein. Das heißt nicht, daß Samson dich nicht liebt.»

Tränen schimmerten in Lucindas grünen Augen. «Ach, Mim, wenn das doch nur wahr wäre, aber so ein Mann ist Samson nicht. Wenn er eine Affäre hat, dann ist es etwas Ernstes und er liebt die Frau.»

Mim wartete mit der Antwort. «Meine Liebe, das einzige, was du tun kannst, ist, dich um dich selbst kümmern.»

30

«Wenn Sie sich noch eine Zigarette anzünden, muß ich mir auch eine ins Gesicht stecken», witzelte Deputy Cynthia Cooper.

«Da.» Sheriff Shaw warf ihr sein Päckchen Chesterfield zu. Sie fing es mit der linken Hand auf. «Gut gehalten», sagte er.

Sie klopfte mit ihrem langen, eleganten Finger auf das Päckchen, und eine schlanke weiße Zigarette glitt heraus. Cynthia klimperte mit den Wimpern, als sie das schwere Tabakaroma einatmete. Dieses üble Kraut, die Geißel der Lungen, diese Droge, das Nikotin, aber oh, wie es die Nerven beruhigte und wie es half, die Schatzkammern des wunderbaren Staates Virginia zu füllen. «Verdammt, ich liebe das Zeug.»

«Glauben Sie, daß wir jung sterben?»

«Jung?» Cynthia zog die Augenbrauen hoch. Rick mußte lachen, schließlich war er schon in den mittleren Jahren.

«He, Sie wollen doch eines Tages noch weiter befördert werden, oder, Deputy?»

«Der reinste Kindskopf, dieser Rick Shaw.» Sie steckte sich die Zigarette in den Mund und zündete sie mit einem Redbud-Streichholz an.

Sie inhalierten in seligem Schweigen; der blaue Dunst wand sich zur Decke wie ein losgelassener Flaschengeist.

«Coop, was halten Sie von Oliver Zeve?»

«Er hat das Ergebnis aufgenommen, wie ich es erwartet hatte. Mit einem nervösen Zucken.»

Rick grunzte. «Seine Presseerklärung war ein Muster an Zurückhaltung. Aber nichts, absolut nichts wird Big Marilyn Sanburne von ihrer Verfolger-Theorie abbringen. Die

Frau ist gut. Sie ist wirklich gut.» Rick schätzte ihre Sachkenntnis, obwohl er Mim nicht leiden konnte. «Ich ruf sie am besten gleich an.»

«Eine gute Taktik, Boß.»

Rick rief in der Villa der Sanburnes an. Der Butler holte Mim. «Mrs. Sanburne, hier spricht Rick Shaw.»

«Ja, Sheriff?»

«Ich möchte Ihnen den Bericht aus Washington durchgeben, betreffs der menschlichen Überreste, die in Monticello gefunden wurden.» Er hörte ein rasches Einatmen. «Es handelt sich um das Skelett einer weißen männlichen Person, zwischen 32 und 35 Jahren alt. Gesundheitszustand gut. Der linke Oberschenkelknochen ist in der Kindheit gebrochen gewesen und verheilt. Möglicherweise hat das Opfer leicht gehinkt. Das Opfer war 1,77 m groß, was zwar bei weitem nicht an Jeffersons 1,93 m heranreichte, aber für damalige Verhältnisse dürfte es trotzdem groß gewesen sein; nach der Knochendichte zu urteilen, war der Mann vermutlich kräftig gebaut. Es gibt keine Degenerationserscheinungen an den Knochen, und er hatte sehr gute Zähne. Er wurde durch einen kräftigen Schlag auf den Hinterkopf getötet. Das Tatwerkzeug konnte noch nicht bestimmt werden. Der Tod ist höchstwahrscheinlich auf der Stelle eingetreten.»

Mim fragte: «Woher weiß man, daß der Mann ein Weißer war?»

«Wissen Sie, Mrs. Sanburne, die Bestimmung der Rasse anhand von Knochenresten kann tatsächlich manchmal etwas knifflig sein. Menschen weisen untereinander mehr Ähnlichkeiten als Unterschiede auf. Die Rassen haben mehr Gemeinsamkeiten als Differenzen. Man könnte sagen, daß Rasse mehr mit Kultur zu tun hat als mit körperlichen Merkmalen. Wie dem auch sei, die forensische Forschung beginnt mit der Bestimmung der Knochenstruktur und der Skelettproportionen, unter besonderer Berücksichtigung der Ausprägung der Wangenknochen, sodann untersucht man die Breite der Nasenöffnung und Form und Abstand der Augenhöhlen. Ein weiterer Faktor ist das Vorstehen des Kiefers. Der Kiefer eines Weißen zum Beispiel steht im allgemeinen nicht so weit vor wie der eines Schwarzen. Das Vorstehen des Ober- und Unterkiefers bei Menschen afrikanischen Ursprungs wird in der Fachwelt als Prognatie oder Progenie bezeichnet. Bei vielen Skeletten von Weißen findet sich außerdem eine zusätzliche Naht im Schädel, die vom oberen Teil des Nasenbogens bis zum Scheitel verläuft. Noch aufschlußreicher ist vielleicht der Krümmungsgrad der langen Knochen, insbesondere der Oberschenkelknochen. Skelette von Weißen weisen normalerweise eine größere Krümmung am Oberschenkelhals auf.»

«Erstaunlich.»

«Allerdings», stimmte der Sheriff zu.

«Ich danke Ihnen», sagte Mim höflich und legte auf.

«Nun?» fragte Cooper.

«Sie hat kein Riechsalz gebraucht.» Rick spielte auf die Damen der viktorianischen Zeit an, die beim Vernehmen unerfreulicher Neuigkeiten regelmäßig in Ohnmacht fielen. «Fahren wir schleunigst zu Kimball Haynes. Ich möchte ihn sprechen, ohne daß Oliver Zeve dabei ist. Oliver wird ihn kaltstellen, wenn er kann.»

«Boß, der Direktor von Monticello wird den Lauf der Gerechtigkeit nicht behindern. Ich weiß, daß Oliver da oben auf dem Drahtseil tanzt, aber er ist kein Verbrecher.»

«Nein, das nehme ich auch nicht an, aber er ist in dieser Angelegenheit so überempfindlich. Er wird Kimball Steine in den Weg legen, dabei denke ich, daß Kimball der einzige ist, der uns zu dem Mörder führen kann.»

«Ich glaube, es war Medley Orion.»

«Wie oft habe ich Ihnen schon gesagt, Sie sollen keine voreiligen Schlüsse ziehen?»

«Zigmillionenmal.» Sie verdrehte die großen blauen Augen. «Und ich tu's trotzdem.»

«Und zwar die meiste Zeit.» Er trat nach ihr, als sie an ihm vorbeiging, um ihre Zigarette auszudrücken. «Zufällig bin ich Ihrer Meinung. Es war Medley oder ein Freund, ihr Vater, jemand, der ihr nahestand. Wenn wir nur das Motiv hätten – Kimball kennt die damalige Zeit in- und auswendig, und er hat ein Gespür für die Menschen.»

«Den hat's gepackt.»

«Häh?»

«Harry hat mir erzählt, Kimball brütet Tag und Nacht über diesem Fall.»

«Harry – demnächst läßt sie noch die Katze und den Hund darauf los.»

31

Die frische, schwere Nachtluft trug Tuckers Nase Geschichten zu. Rehe folgten den warmen Luftströmungen, Waschbären strichen um Monticello herum, ein Opossum ruhte auf einem Ast des Schneeglöckchenbaums in der Nähe der Terrasse, die Mrs. Murphy ebenso wie Kimball als Promenade empfand. Fledermäuse flogen im Tulpenbaum, in der Rotbuche und in den Dachtraufen des Ziegelhauses ein und aus.

«Ich bin froh, daß es in Monticello Fledermäuse gibt.» Mrs. Murphy sah den kleinen Tieren zu, die im rechten Winkel davonschießen konnten, wenn ihnen danach war.

«Warum?» Tucker setzte sich.

«Weil diese Stätte durch sie nicht ganz so hehr und erhaben ist. Zu Thomas Jeffersons Lebzeiten hat's hier bestimmt nicht so piekfein ausgesehen. Die Bäume können nicht so groß gewesen sein. Der Abfall mußte irgendwohin geschafft werden – verstehst du? –, und es muß ziemlich laut zugegangen sein. Jetzt herrscht ehrfürchtige Stille, wenn man mal von dem Füßeschlurfen der Besucher absieht.»

«Muß lustig gewesen sein, die vielen Enkelkinder, die Sklaven, die sich was zuriefen, das Klingklang in der Schmiede, das Wiehern der Pferde. Ich seh's genau vor mir, und ich kann mir vorstellen, daß ein intelligenter Corgi Mr. Jefferson auf seinen Ritten begleitet hat.»

«Denkste. Wenn er Hunde mitgenommen hätte, dann große, Dalmatiner oder Jagdhunde.»

«Dalmatiner?» Tucker ließ einen Moment die Ohren hängen, als sie an ihre gefleckten Rivalen dachte. *«Er hatte bestimmt keine Dalmatiner. Ich glaube, er hatte Corgis. Wir sind gute Hütehunde, und wir hätten uns nützlich machen können.»*

«Dann wärt ihr aber draußen bei den Kühen gewesen.»

«Bei den Pferden.»

«Kühen.»

«Ach, was weißt du denn schon? Fehlt bloß noch, daß du behauptest, eine Katze hat Jefferson die Hand geführt, als er die Unabhängigkeitserklärung schrieb.»

Mrs. Murphys Schnurrhaare zuckten. *«Eine Katze hätte den Satz, daß alle Menschen gleich sind, niemals durchgehen lassen. Nicht nur, daß die Menschen nicht alle gleich sind, auch Katzen sind nicht alle gleich. Manche Katzen sind gleicher als andere, wenn du verstehst, was ich meine.»*

Tucker kicherte. *«Er hat die Erklärung in Philadelphia geschrieben. Vielleicht hat das seinen Verstand beeinträchtigt.»*

«Philadelphia war damals eine schöne Stadt. Zum Teil ist sie das

heute noch, aber sie ist einfach zu groß geworden. Alle unsere Städte werden zu groß. Aber egal, jedenfalls ist es absurd, so einen Satz zu Pergament zu bringen. Die Menschen sind nicht gleich. Und wir wissen genau, daß Frauen nicht gleich sind. Sie wurden damals nicht mal erwähnt.»

«Vielleicht meinte er vor dem Gesetz gleich.»

«Das soll ja wohl ein Witz sein. Hast du schon mal einen Reichen ins Gefängnis wandern sehen? Nein, das nehme ich zurück. Ab und zu wird mal ein Mafiaboß eingelocht.»

«Mrs. Murphy, wie hätte Thomas Jefferson von der Mafia träumen können? Als er die Unabhängigkeitserklärung schrieb, haben in den dreizehn Kolonien nur eine Million Menschen gelebt, und zwar überwiegend Engländer, Iren, Schotten und Deutsche. Und natürlich Afrikaner der unterschiedlichsten Stämme.»

«Die Franzosen nicht zu vergessen.»

«Mann, waren die blöd. Haben die sich doch glatt die Chance vermasselt, sich die ganze Neue Welt unter den Nagel zu reißen.»

«Tucker, ich wußte gar nicht, daß du Franzosen nicht magst.»

«Die mögen keine Corgis. Die englische Queen mag Corgis, deswegen finde ich die Engländer am nettesten.»

«Jefferson fand sie nicht nett.» Die seidigen Augenbrauen der Katze zuckten auf und ab.

«Das war nicht fair, George III. war debil. Die ganze Weltgeschichte wäre vielleicht anders verlaufen, wenn er richtig getickt hätte.»

«Ja, aber das könnte man von jedem beliebigen Moment in der Geschichte sagen. Was wäre geschehen, wenn Julius Caesar am 15. März auf seine Frau Calpurnia gehört hätte, als sie ihn bat, nicht zum Forum zu gehen? Hüte dich vor den Iden des März. Was wäre geschehen, wenn der Anschlag von Katharina der Großen auf das Leben ihres schwachsinnigen Ehemannes danebengegangen und sie statt dessen getötet worden wäre? Momente. Wendepunkte. Jeden Tag hat irgendwo irgendwer einen Wendepunkt.

Ich würde die Gründung der Gesellschaft zur Verhinderung von Tierquälerei für die wichtigste Wende halten.»

Tucker stand auf und holte Luft. *«Und ich die Gründung der Westminster-Hundeschau. Sag mal, riechst du das?»*

Mrs. Murphy hob anmutig den Kopf. *«Stinktier.»*

«Laß uns lieber wieder reingehen. Wenn ich es sehe, jag ich es, und du weißt, was dann passiert. Stinktiergestank in Monticello!»

«Ich für mein Teil würde das urkomisch finden. Ich möchte wissen, ob Jefferson die Vorstellung gefallen würde, daß sein Heim ein Museum ist. Ich wette, ein Haus voller Kinder, Lachen, zerbrochenem Geschirr und verwohnten Möbeln wäre ihm lieber.»

«Ihm schon, aber die Amerikaner brauchen Heiligtümer. Sie wollen sehen, wie ihre großen Männer gelebt haben. Sie hatten kein fließendes Wasser im Haus, und im Winter war die einzige Heizung der Kamin. Es gab keine Waschmaschinen, Kühlschränke, Öfen, Fernseher.»

«Das mit dem Fernseher wäre heute allerdings ein Segen», sagte Mrs. Murphy voller Verachtung.

«Kein Telefon, kein Telegraf, kein Fax, keine Autos, keine Flugzeuge ...»

«Klingt immer besser.» Die Katze schmiegte sich an den Hund. *«Alles still bis auf die Naturgeräusche. Denk nur, die Menschen haben sich tatsächlich hingesetzt und richtig miteinander geredet. Sie waren darauf angewiesen, sich gegenseitig mit ihren Konversationskünsten zu unterhalten. Und was machen die Leute heute? Sie sitzen im Wohnzimmer – ist das nicht ein dämliches Wort? Jedes Zimmer ist doch zum Wohnen da. Da hocken sie vor dem Fernseher, und wenn sie sich unterhalten, müssen sie gegen die blöde Glotze anreden.»*

«Ach, Mrs. Murphy, ganz so barbarisch können sie doch nicht sein.»

«Hmpf», erwiderte die Katze. Sie sah das Menschentier nicht als Krone der Schöpfung.

Tucker kratzte sich am Ohr. *«Ich bin erstaunt, daß du dich so in Geschichte auskennst.»*

«Ich hör zu und hör mich um. Ich kenne die Geschichte der Menschheit und unsere Geschichte, und wie man's auch dreht und wendet, ich bin eine Amerikatze.»

«Und da drüben ist ein Ameristinktier.» Tucker lief zur Eingangstür, die gerade weit genug offenstand, daß sie sich hineinzwängen konnte, während ein dickes Stinktier am Rasenrand sich in der entgegengesetzten Richtung davonmachte.

Mrs. Murphy folgte ihr. Die zwei rannten zu der schmalen Stiege hinter dem Zimmer, das «North Square Room» genannt wurde, schwenkten nach links und sprangen hinauf zu Kimballs provisorischem Arbeitszimmer.

Harry, Mrs. Hogendobber und Kimball tränten die Augen. Sie hatten so viele Unterlagen gesichtet, wie sie konnten. Martha Jefferson, die Tochter des zukünftigen Präsidenten, hatte am 23. Februar 1790 Thomas Mann Randolph geheiratet. Aus dieser Ehe waren zwölf Kinder hervorgegangen; elf von ihnen hatten das Erwachsenenalter erreicht, und die meisten waren uralt geworden. Das letzte, Virginia Jefferson Randolph, geboren 1801, war 1882 gestorben. Marthas Kinder hatten ihrerseits fünfunddreißig Nachkommen hervorgebracht. Maria, Marthas Schwester, hatte durch ihren Sohn Francis Eppes, der zweimal verheiratet war, dreizehn Enkelkinder, so daß deren Generation achtundvierzig Häupter zählte. Auch sie waren fruchtbar und mehrten sich – aber nicht alle hatten Nachwuchs. Einige hatten nie geheiratet, dennoch waren die Abkömmlinge insgesamt zahlreich.

Mrs. Hogendobber rieb sich die Nase. «Es ist, als würden wir eine Nadel in einem Heuhaufen suchen.»

«Aber welche Nadel?» warf Harry ein.

«Und in welchem Heuhaufen? Martha oder Maria?» Auch Kimball war am Rande der Erschöpfung.

«Irgend jemand muß sich doch über Medley oder ihr Kind geäußert haben.» Harry sah ihre Freundinnen hereinkommen. «Was habt ihr zwei denn getrieben?»

«Wir hatten eine geschichtliche Besprechung», antwortete Mrs. Murphy.

«Ja, sehr tiefschürfend.» Tucker ließ sich vor die Füße ihrer Mutter fallen.

«Die traurige Wahrheit ist, daß Schwarze damals offenbar nicht erwähnenswert waren.» Mrs. Hogendobber schüttelte den Kopf.

«Es gibt aber reichlich Hinweise auf Jupiter, Jeffersons Leibwächter, und auf King, Sally und Betsey Hemings – die Liste ließe sich ewig fortsetzen. Medley dagegen kommt bloß in einer Fußnote vor.» Kimball zog an seiner Unterlippe, eine alte Angewohnheit von ihm, wenn er angestrengt nachdachte.

«Was ist mit Madison Hemings? Er muß eine Sensation ausgelöst haben. Thomas Jeffersons Ebenbild – aber mit dunkelbrauner Hautfarbe. Er hat die Gäste beim Essen bedient. Wetten, er hat ihnen einen ordentlichen Schrecken eingejagt?» Harry fragte sich, wie es auf die Leute gewirkt haben mußte, einen jungen Mulatten in Livree zu sehen, in dem unverkennbar das Blut des Präsidenten floß.

«Er war 1805 geboren, und als alter Mann behauptete er, Jeffersons Sohn zu sein. Er sagte, Sally, seine Mutter, hätte es ihm erzählt.» Kimball sprang auf. «Aber das war vielleicht bloß der Wunsch, im Mittelpunkt zu stehen. Und Jefferson hatte massenhaft männliche Verwandte, von denen jeder einzelne dazu imstande gewesen wäre, mit Sally oder ihrer hübschen Schwester Betsey zu schlafen. Und wie steht es mit den anderen weißen Beschäftigten auf der Plantage?»

«Thomas Jefferson Randolph, Marthas ältester Sohn, der von 1792 bis 1875 lebte, behauptete, Sally sei Peter Carrs bevorzugte Geliebte und Sallys Schwester Betsey die Geliebte von Sam Carr gewesen. Peter und Sam waren Jeffersons Neffen, die Söhne von Dabney Carr und Martha Jeffersons jüngerer Schwester. Und wild wie die Ratten waren sie, die zwei.» Kimball lächelte bei der Vorstellung eines schwarzen Harems mit einem einzigen weißen Sultan, oder in diesem Fall mit zweien.

«Ob Sally und Betsey das wohl so großartig fanden?» Harry konnte sich diese Frage nicht verkneifen.

«Hm» – Kimball blinzelte – «na ja, vielleicht nicht, aber, Harry, erotische Phantasien gehören nun mal zum Leben eines Mannes. Ich meine, wir alle sehen uns in unserer Vorstellung gerne in den Armen einer schönen Frau.»

«Ja, ja», brummte Harry. «Gegen die Phantasie ist nichts einzuwenden, aber gegen das Tun, wenn man verheiratet ist. Aber na ja, diese Debatte ist uralt.»

«Ich verstehe, was Sie meinen», lenkte Kimball ein.

«Und wer hat mit Medley geschlafen?» Mrs. Murphy schlug mit dem Schwanz. *«Wenn sie wirklich so hübsch war, wie von ihr behauptet wird, wird sie doch sicher dem einen oder anderen weißen Mann den Kopf verdreht haben.»*

Kimball bewunderte Mrs. Murphy. «Wie laut sie schnurrt.»

Tucker wackelte mit ihrem Schwanz, in der Hoffnung, beachtet zu werden. *«Du solltest sie mal rülpsen hören.»*

«Eifersüchtig», stellte Mrs. Hogendobber lakonisch fest.

«Sie hat dich durchschaut, Stummelchen», neckte Mrs. Murphy ihre Freundin, die nicht antwortete, weil Kimball sie gerade streichelte.

«Irre ich mich, oder gibt es da so eine Art stillschweigende Vereinbarung, über Medley Orion und ihr Kind nichts preiszugeben?» Wie ein Jagdhund witterte Harry eine schwache, ganz schwache Fährte.

Kimball und Mrs. Hogendobber starrten sie an.

«Ist das nicht offensichtlich?» meinte Kimball.

«Das Offensichtliche ist eine trügerische Versuchung.» Mrs. Hogendobber, die ja mit Harry arbeitete, schwenkte jetzt ebenfalls auf Harrys Linie ein. «Wir haben etwas übersehen.»

«Der Master von Monticello hat vielleicht nicht gewußt, was mit Medley los war oder wer den Mann umgebracht hat, aber ich gehe jede Wette ein, daß Martha es wußte, und deswegen hat sie Medley bei sich aufgenommen. Man hätte sie ohne weiteres verkaufen können. Die Jeffersons hätten diese Sklavin loswerden können, wenn sie ihnen lästig geworden wäre.»

«Harry, die Jeffersons haben ihre Sklaven nicht verkauft.» Kimball hörte sich beinahe an wie Mim. Er irrte sich aber. Jefferson hatte seine Sklaven sehr wohl verkauft, aber nur, wenn er wußte, daß sie in gute Hände kamen. Jefferson hatte mit seiner Taktik mehr Rücksichtnahme gezeigt als viele andere Sklavenbesitzer, doch die Veräußerung von Menschen war schon einigen von Jeffersons Zeitgenossen gefühllos und gewinnsüchtig erschienen.

«Sie hätten sie weggeben können, nachdem Thomas gestorben war.» Mrs. Hogendobber rutschte auf ihrem Stuhl hin und her; ihre Gedanken überschlugen sich. «Medley wurde von einer oder von beiden Töchtern beschützt. Martha *und* Maria.»

Kimball fuchtelte mit den Händen in der Luft herum. «Warum?»

«Warum, warum.» Harry schrie beinahe. «Warum hat nicht ein einziges Familienmitglied vorgeschlagen, Sally und Betsey Hemings zum Teufel zu jagen? Mein Gott, man hat Jefferson wegen seiner angeblichen Affäre die Hölle heiß gemacht. Bedenken Sie, Kimball, auch wenn es zweihundert

Jahre her ist, Politik bleibt Politik, und die Menschen haben sich erstaunlich wenig geändert.»

«Eine Vertuschung?» flüsterte Kimball.

«Ah» – Mrs. Hogendobber hob den Zeigefinger wie eine Schullehrerin –, «nicht Vertuschung, sondern Stolz. Hätte man die Hemings, sagen wir, ‹entlassen›, wäre das ein Schuldbekenntnis gewesen.»

«Aber sie hier auf dem Hügel zu behalten hat doch den Klatschmäulern bestimmt erst recht Nahrung gegeben», platzte Kimball frustriert heraus.

«Schon, aber Jefferson ist nicht darauf eingegangen. Wenn er schweigt, was können sie dann schon machen? Sie können Geschichten erfinden. Die Zeitungen heutzutage sind voll von solchen Mutmaßungen, die als Tatsachen verkauft werden. Aber Jefferson war ihnen mit seiner Gelassenheit überlegen, er hat ihnen einfach den Wind aus den Segeln genommen. Ich will damit sagen, er ist nie vor dem Feind in die Knie gegangen, und er hat bewußt die Entscheidung getroffen, die Hemings nicht zu feuern.»

«Harry, diese Sklavinnen kamen vom Landsitz seiner Mutter.»

«Ja, Kimball, na und?»

«Er war ein sehr anhänglicher Mensch. Als sein bester Freund Dabney Carr in jungen Jahren starb, hat Jefferson die Familiengruft für ihn angelegt, und dann hat er sich an sein Grab gelehnt und gelesen, um ihm nahe zu sein.»

Harry hob die Hände, als wollte sie um einen Waffenstillstand bitten. «Okay, okay, dann versuchen wir es mal so: Sallys und Betseys Mutter, Betty Hemings, war halb weiß. Sie war nicht wie die anderen Sklaven, denn ihr Vater war ein englischer Kapitän. Thomas Jefferson ließ Sallys und Betseys Brüder Bob und James 1790 frei. Mit Ausnahme einer weiteren Tochter, Thenia, die von James Monroe gekauft wurde, sind alle Hemings in Monticello geblieben. Sie standen in dem Ruf, tüchtige Arbeiter und intelligent zu sein. Sally kam nie frei, aber Jefferson ließ ihre Tochter 1822 gehen. Das entnehme ich zumindest diesen Papieren.»

«Das weiß ich alles», sagte Kimball gereizt.

«Ich nicht.» Mrs. Hogendobber machte Harry ein Zeichen, fortzufahren.

«Jefferson verfügte, daß Sallys Söhne Madison und Eston nach Vollendung ihres 21. Lebensjahres freigelassen werden sollten. Das hätte er bestimmt nicht getan, wenn er nicht sicher gewesen wäre, daß sie sich auch so ihren Lebensunterhalt verdienen konnten. Sonst wäre es grausam gewesen, sie in die Welt zu schicken, stimmt's?»

«Stimmt.» Kimball ging auf und ab.

«Und die Liebhaber von Sally und Betsey waren vielleicht gar nicht die Brüder Carr. Die Sklaven sagten, daß John Wayles Sally zu seiner, wie soll ich sagen, Lebensgefährtin machte, nachdem seine dritte Frau gestorben war, und daß Sally sechs Kinder von ihm hatte. John Wayles war Martha Jeffersons Bruder, T. J.s Schwager. Jefferson hat für jedes Mitglied seiner Familie die Verantwortung übernommen. Er hat Martha über alles geliebt. In diesem Licht ergibt seine Fürsorge einen Sinn. Andere sagten freilich, John Wayles sei der Liebhaber von Betty Hemings gewesen, dann wären Sally und Betsey Marthas Cousinen. Wir werden es wohl nie genau erfahren, aber der springende Punkt ist, daß Sally und Betsey eine Verwandtschafts- oder innige Herzensbeziehung mit T. J. hatten.»

Kimball setzte sich wieder hin. Er sprach langsam. «Das klingt logisch. Dadurch wäre er gezwungen gewesen, zu den Vaterschaftsverleumdungen zu schweigen.»

«John Wayles war nicht imstande, mit einer solchen Kalamität fertig zu werden. Jefferson schon.» Mrs. Hogendobber hatte den Nagel auf den Kopf getroffen. «Und selbst wenn sie Jefferson gekränkt haben, die Verleumder, seine Macht konnten sie nicht beschneiden.»

«Warum nicht?» Kimball war verblüfft.

«Hätten sie all die weißen Rammler aus dem Dornengestrüpp aufscheuchen sollen?» Mrs. Hogendobber lachte. «Die Frage ist nicht, welche Südstaaten-Gentlemen mit Sklavinnen geschlafen haben, die Frage ist, wer es nicht getan hat.»

«Oh, jetzt verstehe ich.» Kimball rieb sich das Kinn. «Die Yankees konnten ordentlich wettern, aber die Südstaatler hielten den Mund und sahen sozusagen in die andere Richtung.»

«Na klar, sie hätten doch Jefferson nicht für ihre eigenen Sünden ans Kreuz genagelt.» Harry lachte. «Die Nordstaatler hätten das Kreuzigen besorgt, aber sie konnten ihn nie richtig packen. Er war viel zu schlau, um zu reden, und er hat immer diejenigen in Schutz genommen, die schwächer waren als er.»

Mrs. Hogendobber lächelte. «Er hatte sehr, sehr breite Schwingen.»

«Und wo bleibt Medley Orion bei alledem?» Kimball stand auf und fing wieder an, auf und ab zu gehen.

«Sie könnte mit den Hemings verwandt gewesen sein oder auch nicht. Gemäß ihrer Beschreibung als ‹hell› war sie offensichtlich viertel, wenn nicht halb weiß. Und ihr Liebhaber war ein Weißer. Der Liebhaber ist der Schlüssel. Er wurde beschützt», sagte Harry.

«Das glaube ich nicht. Ich denke, Medley war diejenige, die beschützt wurde. Ich kann's nicht beweisen, aber meine weibliche Intuition sagt mir, daß das Opfer Medleys weißer Liebhaber war.»

«Was?» Kimball blieb abrupt stehen.

«Die Jeffersons haben vielen Menschen ihr Wohlwollen erwiesen: Wayles, falls er der Geliebte von Betty Hemings oder ihrer Tochter Sally war, den Carrs, falls sie in die Geschichte verwickelt waren. Die Leiche in Hütte Nummer vier war kein Familienmitglied. Die Abwesenheit des Mannes oder sein Tod muß irgendwo bemerkt worden sein. Jemand mußte dafür eine Erklärung abgeben. Sehen Sie nicht, wer immer der Mann ist – oder war, sollte ich wohl besser sagen –, als die Jeffersons dahinterkamen, hat er ihnen nicht gepaßt.»

Sie hielt inne, um Atem zu holen, und Kimball warf ein: «Aber deswegen einen Mord billigen?»

Mrs. Hogendobber senkte eine Sekunde den Kopf, dann blickte sie hoch. «Es gibt schlimmere Sünden als Mord, Kimball Haynes.»

32

Warren Randolph knöpfte sein Hemd zu, während Larry Johnson an dem kleinen Waschbecken im Sprechzimmer lehnte. Larry war drauf und dran, Warren zu sagen, daß es des Todes seines Vaters bedurft hatte, um ihn zu dieser Generaluntersuchung zu zwingen, aber er sagte es nicht.

«Die Ergebnisse der Blutuntersuchung werden nächste Woche dasein.» Larry schloß den Ordner mit der farbigen Plastikkennzeichnung. «Sie sind gesund, ich rechne nicht mit irgendwelchen Problemen, aber» – er drohte mit dem Finger – «das letzte Mal haben Sie sich Blut abzapfen lassen, als Sie aufs College gegangen sind. Sie sollten jedes Jahr zur Untersuchung kommen!»

Warren sagte betreten: «In letzter Zeit fühle ich mich nicht wohl. Ich bin müde, aber ich kann nicht schlafen. Ich schleppe mich dahin und bin vergeßlich. Ich würde noch meinen Kopf vergessen, wenn er nicht fest auf meinen Schultern säße.»

Larry legte Warren die Hand auf die Schulter. «Sie haben einen schweren Verlust erlitten. Die Trauer nimmt Sie sehr mit – es schwirrt einem plötzlich so vieles im Kopf herum.»

Bei dem Doktor konnte Warren seinem Herzen Luft machen. Wenn man seinem Hausarzt, der einen seit der Geburt kennt, nicht trauen konnte, wem dann? «Ich kann mich nicht erinnern, mich nach Mutters Tod so miserabel gefühlt zu haben.»

«Sie waren vierundzwanzig, als Diana starb. Zu jung, um zu verstehen, was und wen Sie verloren hatten. Wundern Sie sich nicht, wenn etwas von der unterdrückten Trauer um Ihre Mutter jetzt hochkommt. Früher oder später bricht sie sich Bahn.»

«Diese Schlappheit hat mich beunruhigt. Ich habe befürchtet, es könnte das erste Anzeichen von Leukämie sein. Liegt in der Familie. Und macht sich da verdammt breit.»

«Wie gesagt, der Bluttest kommt nächste Woche, aber Sie haben keine weiteren Krankheitssymptome. Sie haben einen schweren Schlag erlitten, und es wird eine Weile dauern, bis Sie wieder auf dem Damm sind.»

«Aber wenn ich Leukämie habe wie Poppa?» Warren zog die Stirn in Falten, sein Tonfall wurde angespannt. «Diese Krankheit kann einen schnell umwerfen.»

«Oder Sie können Jahre damit leben.» Larrys Stimme wurde sanft. «Man soll nicht ‹aua› schreien, bevor es weh tut. Wissen Sie, Gedächtnis und Geschichte sind altersabhängig. Was Ihnen mit zwanzig von früher einfällt, ist vielleicht nicht dasselbe, an das Sie sich mit vierzig erinnern. Selbst wenn Sie sich ein ganz bestimmtes Erlebnis in Erinnerung rufen, sagen wir, Weihnachten 1968, wird sich diese Erinnerung mit der Zeit verändern und vertiefen. Erlebnisse sind etwas Emotionales. Nicht die Ereignisse müssen wir verstehen, sondern die Emotionen, die sie hervorrufen. Es kann unter Umständen zwanzig oder dreißig Jahre dauern, um Weihnachten 1968 zu verstehen. Sie sind jetzt imstande, das Leben Ihres Vaters als ein Ganzes zu sehen: Anfang, Mitte und Ende. Das verändert Ihre Sicht auf Wesley, und ich garantiere Ihnen, Sie werden jetzt auch sehr viel über Ihre Mutter nachdenken. Lassen Sie es einfach geschehen. Blockieren Sie es nicht. Dann wird es Ihnen bessergehen.»

«Sie wissen alles über jeden, nicht, Doc?»

«Nein» – der alte Herr lächelte –, «aber ich kenne die Menschen.»

Warren blickte zur Decke, er kämpfte mit den Tränen. «Wissen Sie, woran ich auf der Fahrt hierher gedacht habe? So was Verrücktes. Ich habe mich erinnert, wie Poppa die Zeitung durchs Zimmer gepfeffert hat, als Reagan und seine Behörde 1986 die Steuerreform durchgesetzt hatten. Eine Katastrophe. Poppa hat getobt und geflucht, und er sagte: ‹Das Schlafzimmer, Warren, das Schlafzimmer ist der letzte Ort, wo wir frei sein können, bis diese Scheißkerle sich ein System ausdenken, um auch noch den Orgasmus zu besteuern.›»

Larry lachte. «Wesley war einmalig.»

33

Die zierlichen, von Monticello kopierten dreiteiligen Schiebefenster gingen auf einen Garten hinaus, der im Stil des englischen Landschaftsarchitekten Inigo Jones angelegt war. Die mit dunkelrotem Mahagoni getäfelte Bibliothek schimmerte wie von einem inneren Licht. Kimball saß an dem schwarzen, mit polierter Goldbronze verzierten Louis-quatorze-Schreibtisch, den Samson Coles' Ururgroßmutter mütterlicherseits angeblich im Jahre 1700, als sie in Ost-Virginia lebte, aus Frankreich hatte herüberschaffen lassen.

Die Tagebücher in eleganten, aber überaus individuellen Handschriften verfaßt, strapazierten die Augen des Archäologen. Wenn er sich ein paar Schritte von den Dokumenten entfernte, sahen die Schriften beinahe arabisch aus – eine Sprache, die in ihrer geschriebenen Form von unübertroffener Schönheit ist.

Lucinda, die perfekte Gastgeberin, stellte eine Kanne heißen Tee, echten Brown Betty, auf ein Silbertablett, dazu Scones und sündhafte Marmeladen und Gelees. Sie zog sich einen Stuhl neben Kimball und las ebenfalls.

«Die Coles haben eine faszinierende Familiengeschichte. Und die Randolphs, die Familie von Jeffersons Mutter, natürlich auch. Man kann sich kaum vorstellen, wie wenig Menschen es noch Anfang des 18. Jahrhunderts gab und daß die Familien sich alle untereinander kannten. Sie haben auch untereinander geheiratet.»

«Wußten Sie, daß die Menschen im Amerika der Revolution weitaus gebildeter waren als heute? Eine betrübliche Entwicklung. Die frühen Siedler, ich meine, die im frühen 17. Jahrhundert, waren in der Regel sehr gebildet. Diese Allgemeinbildung, ja Hochkultur, wenn Sie so wollen, zumindest was Literatur und Lebensart betraf» – er fuhr mit der Hand über den Schreibtisch, um seinen Standpunkt zu bekräftigen –, «muß den Menschen eine bemerkenswerte Stabilität gegeben haben.»

«Man konnte nach Federkiel und Tintenfaß greifen, einen Brief an eine Freundin in Charleston, South Carolina, schreiben und gewiß sein, daß alles verstanden wurde, was zwischen den Zeilen stand.» Lulu bestrich ein Scone mit Butter.

«Lulu, was war Ihr Hauptfach?»

«Englisch. In Wellesley.»

«Ah.» Kimball hielt viel von der strengen Erziehung im Wellesley-College.

«Was konnte ein Mädchen zu meiner Zeit schon studieren? Kunstgeschichte oder Englisch.»

«So weit liegt Ihre Studienzeit doch noch nicht zurück. Kommen Sie, Sie sind noch keine Vierzig.»

Sie zuckte die Achseln und grinste. Sie war keineswegs erpicht darauf, ihn zu korrigieren.

Kimball mit seinen dreißig Jahren dachte noch nicht an die Vierziger. «Wir mit unserem Jugendkult! Die Menschen, die diese Tagebücher, Briefe und Aufzeichnungen geschrieben haben, legten Wert auf Erfahrung.»

«Die Menschen, die das hier geschrieben haben, wurden nicht täglich mit Fotos und Fernsehsendungen bombardiert, in denen schöne junge Frauen präsentiert werden. Und auch Männer. Die eigene Ehefrau, hoffentlich jeweils die beste, die man finden konnte, mußte nicht unbedingt schön sein. Es schadete zwar nicht, Kimball, keineswegs, aber ich glaube, unseren Vorfahren lag viel mehr an einer robusten Gesundheit und einem starken Charakter. Die Vorstellung von einer Frau als Schmuckstück – die wurde uns erst durch Königin Victoria aufgezwungen.»

«Da haben Sie recht. Frauen und Männer haben als Gespann gearbeitet, und zwar in jeder gesellschaftlichen Schicht. Sie brauchten sich gegenseitig. Ich stoße bei meinen Nachforschungen immer wieder darauf, Lulu, es war einfach eine Notwendigkeit. Ein Mann ohne Frau war zu bedauern, und eine Frau ohne Mann steckte in einer Sackgasse. Alle haben mit angepackt. Sehen Sie sich nur mal die Haushaltsbücher an, die Charlotte Graff, Samsons Urgroßmutter, geführt hat. Nägel, die damals unerhört teuer waren, wurden aufgezählt, Stück für Stück. Hier, schauen Sie sich das Haushaltsbuch von 1693 an.»

«Samson sollte diese Sachen wirklich der Alderman-Sammlung seltener Bücher stiften. Er will sich nicht von ihnen trennen, und irgendwie kann ich es ja verstehen, aber diese Informationen sollten der Öffentlichkeit zugänglich sein, und wenn schon nicht der Öffentlichkeit, dann wenigstens der Wissenschaft. Wesley Randolph war genauso. Ich traf Warren gestern zufällig, als er aus Larry Johnsons Praxis kam, und ich habe ihn gefragt, ob er die Sachen schon mal gelesen hat. Er sagte nein, weil sein Vater vieles davon in dem riesigen Tresor im Keller des Hauses aufbewahrte. Wesley wollte, daß die Papiere im Falle eines Feuers in Sicherheit waren.»

«Leuchtet ein.»

Lulu las weiter. «Immer, wenn ich Briefe an und von Jefferson-Frauen lese, werde ich ganz konfus. So viele Marthas, Janes und Marys, und diese Namen gibt es in jeder Generation.»

«Sie wußten eben nicht, daß sie mal berühmt sein würden. Sonst hätten sie die Vornamen vielleicht variiert, um es uns später leichter zu machen.»

Lulu lachte. «Glauben Sie, daß irgendwer in hundert Jahren was über uns lesen wird?»

«Für mich wird sich schon zwanzig Minuten nach meinem Tod keiner mehr interessieren – jedenfalls kein Archiv.»

«Wer weiß?» Sie griff entschlossen nach Charlotte Graffs Haushaltsbuch und las. «Ihre Buchführung ist verständlich. Neulich habe ich Samsons Geschäftsbuch in die Hand genommen, weil es auf dem Schreibtisch lag – Samson hatte vergessen, es wegzuräumen. Ich bin nicht daraus schlau geworden. Ich denke, die Erbanlagen sind degeneriert, zumindest auf dem Gebiet der Buchführung.» Sie stand auf und zog ein dickes schwarzes Buch mit rotem Rücken vom unteren Bord eines Bücherschranks. «Sagen Sie, wer von beiden hat es besser gemacht?»

Arglos schlug Kimball das Buch auf. Das strahlend weiße Papier mit den senkrechten blauen Linien bildete einen scharfen Gegensatz zu den vergilbten Papieren, die er zuvor gelesen hatte. Er blinzelte. Er las ein bißchen, erbleichte dann, klappte das Buch zu und gab es Lulu zurück. War er auch kein buchhalterisches Genie, so wußte er doch genug über doppelte Buchführung, um zu erkennen, daß Samson Coles den Treuhandfonds seiner Klienten Geld entnahm. Ein Börsen- oder Immobilienmakler darf nie, niemals Geld von einem Treuhandkonto umbuchen, auch dann nicht, wenn er es binnen einer Stunde zurückzahlt. Die Entdeckung eines solchen Mißbrauchs führt zum sofortigen Entzug der Zulassung, und kein Vorstand einer Immobilienfirma würde anders verfahren, und wenn der Schuldner der Präsident der Vereinigten Staaten wäre.

«Kimball, was haben Sie?»

Er stammelte: «Ähem, nichts.»

«Sie sind bleich wie ein Gespenst.»

«Ich hab zu viele Scones mit Marmelade gegessen.» Er lächelte matt und legte die Papiere zusammen. Da hupte Samson und kam mit seinem leuchtendroten Wagoneer die Auffahrt hochgefahren. «Lulu, stellen Sie das Buch weg, bevor er hereinkommt.»

«Kimball, was ist mit Ihnen?»

«Stellen Sie das Buch zurück!» Sein Ton war schärfer, als er beabsichtigt hatte.

Lulu, die sich nicht gern herumkommandieren ließ, tat das genaue Gegenteil. Sie schlug das Geschäftsbuch auf und las langsam und sorgfältig die Einträge. Da sie nicht viel von Buchführung oder dem Begriff Treuhand verstand, obwohl sie mit einem Grundstücksmakler verheiratet war, wußte sie nichts Rechtes damit anzufangen. Wie dem auch sei, Samson, das Ebenbild eines Landgrafen, kam soeben in die Bibliothek geschritten.

«Kimball, meine Frau hat Sie mit Scones verführt. Hallo, Liebes.» Er küßte Lulu flüchtig auf die Wange. Sein Blick wurde eisig, als er das Buch sah.

«Wenn Sie mich entschuldigen wollen, ich muß gehen», sagte Kimball. «Vielen Dank, daß Sie mir das Material zur Verfügung gestellt haben.» Kimball verzog sich.

Samson, der hochrot angelaufen war, versuchte, seinen Schrecken zu verbergen. Reagieren wäre weitaus schlimmer gewesen als ignorieren. Deshalb nahm er Lulu lediglich das Buch aus der Hand und stellte es in den Schrank zurück. «Lulu, ich wußte gar nicht, daß meine Bücher als Archiv fungieren.»

Unbekümmert bemerkte sie: «Tun sie gar nicht, aber ich habe das Haushaltsbuch deiner x-ten Urgroßmutter von 1693 gelesen, und ich habe es verstanden. Darauf habe ich zu Kimball gesagt, er soll sich mal ansehen, wie das Buchführungsgen im Laufe der Jahrhunderte degeneriert ist.»

«Amüsant», stieß Samson zwischen zusammengepreßten Zähnen hervor. «Die Methoden haben sich geändert.»

«Allerdings.»

«Hat Kimball was gesagt?»

Lucinda zögerte mit der Antwort. «Nein, eigentlich nicht, aber danach wollte er plötzlich gehen. Samson, stimmt etwas nicht?»

«Nein, aber ich finde, meine Bücher gehen nur mich etwas an.»

Lulu war gereizt, sah aber ein, daß er recht hatte. «Tut mir leid. Ich habe es neulich zufällig gesehen, und ich muß ja immer sagen, was mir gerade in den Sinn kommt. Der Unterschied zwischen den zwei Kontobüchern ist mir eben aufgefallen. Es geht zwar niemanden was an, aber es war – komisch.»

Samson ging hinaus, und sie räumte Scones und Teegeschirr zusammen. Er zog sich in die Küche zurück und goß sich einen kräftigen Schluck Dalwhinnie Scotch ein. Was sollte er jetzt tun?

34

Mrs. Murphy quetschte ihren Hintern entschlossen in Mim Sanburnes Postfach. Die Wand mit den Schließfächern war horizontal in eine obere und eine untere Hälfte geteilt, und zwar durch ein zwanzig Zentimeter breites Sims aus Eichenholz. Das erwies sich als praktisch, wenn Harry Poststapel beiseite legen oder ihre Feinsortierung vornehmen mußte, wie sie es nannte.

Als Kätzchen hatte Mrs. Murphy immer in einem großen Kognakschwenker geschlafen. Für Kognak hatte sie nie eine Vorliebe entwickelt, wohl aber für ausgefallene Formen. Zum Beispiel konnte sie keiner neuen Kleenexschachtel widerstehen. Früher hatte sie die Tücher herauskrallen und sich in der Schachtel verstecken können. Das hatte bei Harry immer wieder grölendes Gelächter hervorgerufen. Als Mrs. Murphy heranwuchs, entdeckte sie, daß immer weniger von ihr in die Schachtel paßte. Am Ende konnte sie nur noch das Hinterbein hineinstecken. Zum Teufel mit den Kleenextüchern.

Gewöhnlich begnügte sich die Katze mit dem leinenen Postkarren. Wenn Harry oder (was selten vorkam) Mrs. Hogendobber sie herumschob, war sie im siebten Katzenhimmel. Aber heute hatte sie Lust, sich in etwas Kleines zu zwängen. Vielleicht hing das mit den bedrohlich tief treibenden grauen Wolken zusammen. Oder damit, daß Market Shiflett mit Pewter und drei Rippenknochen für die Tiere herübergekommen war. Pewter hatte in Markets Laden einen unerfreulichen Aufstand verursacht. Sie war in Ellie Wood Baxters Einkaufswagen gesprungen und hatte ihre gewaltigen Krallen in einen delikaten Schweinebraten versenkt.

Harry mochte Pewter gern, deshalb hatte sie nichts dagegen, sie tagsüber bei sich zu haben. Die zwei Katzen und Tucker hatten bis zur Erschöpfung an ihren Knochen genagt. Jetzt schliefen alle tief und fest. Auch Harry und Mrs. H. hätten sich gern hingelegt.

Harry sortierte gerade einen gewaltigen Packen Kataloge. Plötzlich hielt sie inne: «Sehen Sie sich das an!»

«Sieht aus wie ein silberner Vorhang. George und ich sind gern im Regen spazierengegangen. Man hat es ihm nicht angesehen, aber George Hogendobber hatte eine romantische Ader. Er wußte, wie man eine Dame behandelt.»

«Er hat sich aber auch eine erstklassige Dame ausgesucht.»

«Das haben Sie nett gesagt.» Mrs. Hogendobber bemerkte Mrs. Murphy, die den Vorderkörper auf dem Sims und das Hinterteil in Mims Postfach geklemmt hatte. Sie zeigte auf sie.

Harry lächelte. «Sie ist unmöglich. Vermutlich träumt sie von weißen Mäusen oder rosa Elefanten. Ich liebe diese Katze! Wo ist eigentlich die Missetäterin?» Sie bückte sich und sah die schlafende Pewter unter dem Schalter; ihre rechte Pfote lag schlapp über den Resten des Rippenknochens. Das Fleisch war sauber abgenagt. «Junge, Junge, ich wette, Ellie Wood hat einen Tobsuchtsanfall gekriegt.»

«Market war auch nicht gerade erbaut. Vielleicht sollten Sie ihn für eine Weile von Pewter erlösen und sie heute abend mit nach Hause nehmen. Ein bißchen Bewegung im Freien kann ihr nur guttun.»

«Gute Idee. Mir fallen eh gleich die Augen zu, ich bin genauso schlapp wie die Mädels.»

«Das macht der niedrige Luftdruck. Bald kommen noch die Pollen dazu. Ich habe einen Horror vor den zwei Wochen, wenn meine Augen rot sind, meine Nase trieft und mein Kopf hämmert.»

«Lassen Sie sich doch von Larry Johnson eine Allergiespritze geben.»

«Der einzige, der von so einer Allergiespritze etwas hat, ist Larry Johnson», murrte sie. «Er wird bald hier sein, um uns für ein Mittagspäuschen abzulösen. Er arbeitet jetzt wieder voll. Wissen Sie noch? In der Zeit, als er sich gerade zur Ruhe gesetzt hatte, kam er öfter, damit wir uns Zeit zum Mittagessen nehmen konnten. Das hat ungefähr sechs Monate gedauert. Dann hat er angefangen, montags, mittwochs und freitags vormittags in seiner Praxis zu arbeiten, und jetzt arbeitet er wieder voll.»

«Finden Sie, daß die Menschen sich zur Ruhe setzen sollen?»

«Absolut nicht. Ich meine, nur, wenn sie wollen. Ich bin davon überzeugt, jawohl, felsenfest davon überzeugt, Mary Minor, daß der Ruhestand meinen George umgebracht hat. Hobbys zu pflegen ist nicht dasselbe, wie für Menschen verantwortlich zu sein, im Auge des Sturms zu sitzen, wie er zu sagen pflegte. Er hat seine Arbeit geliebt.»

«Ich bin auf der Suche nach einem Job, den ich nebenbei machen kann. Dann kann ich weiterarbeiten, wenn ich in Pension gehe. Diese Beamtenjobs sind streng geregelt. Ich werde mich pensionieren lassen müssen.»

Miranda lachte. «Sie sind noch nicht einmal fünfunddreißig.»

«Aber es geht so schnell.»

«Das ist wahr. Das ist wahr.»

«Außerdem brauche ich Geld. Letzte Woche mußte ich den Vergaser meines Traktors auswechseln. Versuchen Sie mal, einen Vergaser für einen 1958er John Deere zu finden. Mein Traktor ist inzwischen aus einem Sammelsurium aus allen Zeiten zusammengesetzt. Und ich weiß nicht, wie lange der Transporter noch durchhält, er ist ein 1978er. Ich brauche Allradantrieb – das Haus muß innen gestrichen werden. Wo soll ich das Geld hernehmen?»

«Sie hatten es leichter, als Sie verheiratet waren. Es ist unrealistisch zu vermuten, daß man auf das Gehalt eines Mannes verzichten kann. Scheidung und Armut scheinen für die meisten Frauen ein und dasselbe zu sein.»

«Ich konnte mich ganz gut selbst ernähren, bevor ich verheiratet war.»

«Damals waren Sie jünger. Sie hatten kein Haus zu unterhalten. Mit den Jahren wird ein gewisser Komfort immer wichtiger. Wenn ich meine Kaffeemaschine, meine Heizdecke und meinen Toaster nicht hätte, wäre ich ein halber Mensch», scherzte sie. «Und die Orgel, die mir George zu meinem fünfzigsten Geburtstag gekauft hat? Ohne sie könnte ich nicht leben.»

«Ich hätte gern einen Toyota Land Cruiser. Aber den kann ich mir nicht leisten.»

«Hat Mim so einen?»

«Sie hat doch alles. Ja, sie hat den Land Cruiser und Jim den Range Rover. Little Marilyn hat auch einen Range Rover. Wenn man vom Teufel spricht...»

Mim hielt vor dem Postamt und blieb zunächst im Wagen sitzen. Sie wußte nicht recht, ob der Regen wohl aufhören würde. Da er nicht nachließ, stürmte sie in Windeseile ins Postamt. «Huuh», stöhnte sie, als sie die Tür hinter sich zumachte. Weder Harry noch Mrs. Hogendobber sagten etwas über die schlafende Mrs. Murphy. Mim öffnete ihr Postfach. «Ein Katzenschwanz. Ich habe mir schon immer einen Katzenschwanz gewünscht. Und einen Katzenhintern. Mrs. Murphy, was machst du da?» fragte sie, während sie die Katze sachte in den Schwanz kniff.

«Laß mich in Ruhe. Ich zieh dich auch nicht am Schwanz», rief Mrs. Murphy empört.

Harry und Miranda lachten. Harry ging zu der Katze hinüber, deren Augen jetzt halb offen waren. «Komm, Schätzchen, raus da.»

«Ich hab's gerade so gemütlich.»

Harry spürte einen heftigen Widerstand, deshalb schob sie ihre Hände unter Mrs. Murphys Vorderbeine und zog sie sanft hervor, wobei die Tigerkatze sie wüst beschimpfte. «Ich weiß, daß du's da drin gemütlich hast, aber Mrs. Sanburne muß ihre Post holen. Du kannst später wieder rein.»

Tucker hob den Kopf, um das Theater zu beobachten, erfaßte die Situation und legte den Kopf wieder auf die Erde.

«Du bist ja wirklich eine riesige Hilfe», hielt die Katze dem Hund vor.

Tucker schloß die Augen. Wenn sie Mrs. Murphy ignorierte, würde die Katze sich am Ende in ihr Schicksal fügen.

«Hat sie meine Post auch gelesen?» fragte Mim.

«Hier ist sie.» Miranda reichte Mim ihre Post. Der Diamant ihres Verlobungsrings, in einer lanzettförmigen Fassung, fing das Licht ein und warf einen winzigen Regenbogen an die Wand.

«Rechnungen, Rechnungen, Rechnungen. Ach, und das habe ich mir schon immer gewünscht, einen Katalog vom Victoria's-Secret-Wäscheversand.» Sie übergab ihn stillschweigend dem Papierkorb und bemerkte, daß Harry und Miranda sie beobachteten. «Ich liebe meinen Kaschmirmorgenrock. Aber dieses sexy Zeug ist mehr was für Leute in Ihrem Alter, Harry.»

«Ich schlafe nackt.»

«Ein ehrliches Bekenntnis.» Mim lehnte sich an den Schalter. «Wie ich höre, habt ihr beide Kimball Haynes geholfen. Schätze, er hat euch von dem Pathologiebericht erzählt, oder wie man das nennt.»

«Ja», sagte Miranda.

«Wir müssen nur noch einen zweiunddreißigjährigen Weißen finden, der möglicherweise leicht mit dem linken Bein gehinkt hat – im Jahre 1803.»

«Oder mehr über Medley Orion herausfinden.»

«Es ist ein einziges Puzzlespiel.» Mim verschränkte die Arme. «Ich habe heute morgen mit Lulu gesprochen. Kimball war gestern den ganzen Tag bei ihnen, und Samson ist wütend auf sie.»

«Warum?» fragte Harry unschuldig.

«Ach, sie sagt, er war verärgert. Und sie hat zugegeben, daß sie vielleicht hätte warten sollen, bis Samson zu Hause war. Ich weiß nicht. Die zwei...» Sie schüttelte den Kopf.

Wie aufs Stichwort kam Samson mit Kunden aus Los Angeles ins Postamt gestapft. «Hallo, alle miteinander. Ein Glück, daß ich dich hier treffe, Mim. Ich möchte dich mit Jeremy und Tiffany Diamond bekannt machen. Das ist Marilyn Sanburne.»

Mim streckte die Hand aus. «Sehr erfreut.»

«Ganz meinerseits.» Jeremys Lächeln ließ gut gearbeitete Kronen sehen. Seine Frau hatte ihr zweites Gesichtslifting hinter sich, und ihr Lächeln paßte nicht mehr so ganz zu ihren Lippen.

«Die Diamonds wollen sich Midale ansehen.»

«Ah», gurrte Mim. «Eines der originellsten Häuser in Mittelvirginia. Das erste mit einer freitragenden Treppe, glaube ich.»

Samson machte die Diamonds mit Harry und Miranda bekannt.

«Ist das nicht malerisch?» fragte Tiffany mit affektierter Stimme. «Und sogar Tiere haben Sie hier. Wie niedlich.»

«Sie sortieren die Post.» Harry reagierte zögerlicher auf diese Leute als Mim. Sie wunderte sich nur über den Überlegenheitsdünkel der Großstadtmenschen. Wer in einer Kleinstadt lebte, dachten die wohl, mußte entweder anspruchslos oder einfältig sein – oder beides.

«Wie niedlich.»

Jeremy wischte ein paar Regentropfen von seinem grünblau eingefärbten Schweinslederblazer. «Samson hat uns von seiner Vorfahrin erzählt, Thomas Jeffersons Mutter.»

War ja klar, dachte Harry bei sich. «Samson und Mrs. Sanburne – Mrs. Sanburne ist übrigens die Vorsitzende – haben Gelder für die Restaurierungsarbeiten in Monticello gesammelt.»

«Ah, und sagen Sie, was ist mit der Leiche in den Sklavenquartieren? Jetzt weiß ich, warum Sie mir bekannt vorkommen.» Er sah Mim an. «Sie waren im Fernsehen in der Morgenshow mit Kyle Kottner. Glauben Sie wirklich, daß das Opfer ein Verfolger war?»

«Wer es auch immer war, der Mann war irgendwie gefährlich», erwiderte sie.

«Wäre es nicht eine Ironie des Schicksals, Samson, wenn es sich um einen Ihrer Verwandten handeln würde?» fragte Tiffany und versetzte Samsons Ego damit einen Stich. Ihre unglückliche Besessenheit, jung und niedlich auszusehen, und ihre leichte Überheblichkeit hatten ihren Verstand nicht getrübt. Sie hatte genug von Samsons Stammbaumprahlerei gehört.

Harry unterdrückte ein Kichern. Mim weidete sich an Samsons Unbehagen, zumal sie ihm sein Benehmen auf Wesleys Trauerfeier noch nicht ganz verziehen hatte.

«Nun ja» – er schluckte –, «wer weiß? Statt von der Vergangenheit zu leben, muß ich womöglich mit ihr leben.»

«Ich lebe lieber in der Gegenwart», erwiderte Tiffany, obwohl ihr Drang, ihr Gesicht im Zustand von vor zwanzig Jahren zu erhalten, auf das Gegenteil schließen ließ.

Als sie dem Postamt den Rücken gekehrt hatten, lehnte sich Mim an den Schalter. «Ein scharfes Weib.»

«Sie hat Samson durchschaut, das steht fest.»

«Harry» – Mim wandte sich Miranda zu –, «Miranda, habt ihr irgendwas rausgefunden?»

«Bloß, daß Medley Orion nach 1826 bei Martha Jefferson Randolph gelebt hat. Sie hat ihr Handwerk weiter ausgeübt. Sie hatte eine Tochter, aber ihren Namen wissen wir nicht.»

«Wie steht es mit der Suche nach dem Opfer? Daß er womöglich hinkte, müßte doch weiterführen. Irgendwo muß doch irgendwer gewußt haben, daß ein hinkender Mann Medley Orion besuchte. Und er war kein Händler.»

«Es ist verblüffend.» Miranda lehnte sich an die andere Seite des Schalters. «Aber ich bin es in Gedanken immer wieder durchgegangen, und ich glaube, es hat etwas mit uns zu tun. Mit der Gegenwart. Jemand kennt diese Geschichte.»

Mim klopfte mit ihrer Post auf den Schalter. «Und wenn wir es herausfinden, platzt eine Bombe.» Sie griff sich einen Brieföffner vom Schalter und öffnete ihre private Post. Mit weit aufgerissenen Augen starrte sie auf einen Brief, der aus einem neutralen, in Charlottesville abgestempelten Umschlag fiel. Auf das Papier waren Buchstaben aufgeklebt. «Laß die Toten die Toten begraben.» Mim wurde bleich, dann las sie es laut vor.

«Da haben wir's», sagte Harry. «Eine Bombe.»

«Ich verbitte mir so eine billige Dramatik!» Mim knallte den Brief auf den Schalter.

«Billig oder nicht, wir sollten lieber vorsichtig sein», bemerkte Miranda leise.

35

Warren zum Trotz erlaubte Ansley Kimball Haynes, die Familienpapiere zu lesen. Sie öffnete sogar den Tresor. Als sie von Lulus Ärger mit Samson gehört hatte, war sie zu dem Schluß gekommen, daß Frauen zusammenhalten müßten. Zumal sie absolut nichts Unrechtes in Lulus Verhalten sah.

Als sie später darüber nachdachte, wurde ihr klar, daß sie sich mit Lulu verbunden fühlte, weil sie Samson gemeinsam hatten. Ansley wußte, daß ihr der bessere Teil von ihm gehörte. Samson, ein eitler, gutaussehender Mann, legte im Bett Lebensfreude und Phantasie an den Tag. Als junger Mann war er pausenlos in die Bredouille geraten. Am häufigsten wurde erzählt, wie er einmal in betrunkenem Zustand mit seinem Motorrad einen Lattenzaun durchbrochen hatte. Als er sich von dem Schrotthaufen aufrappelte, hatte er geflucht: «Die blöde Stute hat den Zaun verweigert.» Warren war an diesem Tag auf seiner schnittigen Triumph 750 cc mitgefahren.

Sie mußten wilde junge Draufgänger gewesen sein, forsch, aber liebenswürdig und zu allen Schandtaten bereit. Warren hatte die Wildheit mit seinem Juraexamen abgelegt, Samson hatte einen kleinen Rest davon behalten, wirkte aber in Gesellschaft seiner Frau eher eingeschüchtert.

Ansley fragte sich, was geschehen würde, wenn Lucinda dahinterkäme. Lucinda war für sie wie eine Schwester. Eigentlich hätte sie Lucinda als ihre Rivalin hassen müssen. Aber warum sollte sie? Sie wollte Samson ja nicht für immer und ewig, sie wollte nur ab und zu mal seinen Körper.

Je mehr sie darüber nachdachte, weshalb sie Kimball Zugang zu den Papieren gewährte, um so klarer wurde ihr, daß Wesleys Tod eine Pandorabüchse geöffnet hatte. Ansley hatte unter der Fuchtel des alten Herrn gestanden, Warren ebenso, und mit den Jahren hatte sie die Achtung vor ihrem Mann verloren, weil sie ihn vor seinem Vater kuschen sah. Wesley hatte durchaus seine Qualitäten gehabt, aber zu seinem Sohn war er zu hart gewesen.

Schlimmer war, daß die Männer Ansley immer aus dem Geschäft ausgeschlossen hatten. Sie war kein Dummkopf. Sie hätte etwas über Landwirtschaft oder Pferdezucht lernen können. Sie hätte vielleicht sogar neue Ideen einbringen können, aber nein, sie wurde potentiellen Kunden immer nur als hübscher Köder hingehalten. Sie servierte Getränke, sie hielt die Ehefrauen bei Laune. Auf hohen Absätzen stand sie eine Cocktailparty nach der anderen durch. Ihre Achillessehne wurde immer kürzer. Sie kaufte sich für jede elegante Wohltätigkeitsveranstaltung an der Ostküste und in Kentucky ein neues Kleid. Sie spielte ihre Rolle, bekam aber nie gesagt, daß sie ihre Sache gut machte. Die Männer nahmen sie als selbstverständlich und hatten keine Ahnung, wie schwer es war, ausgeschlossen zu sein, während andererseits von einem erwartet wurde, liebenswürdig zu Leuten zu sein, die so entsetzlich langweilig waren, daß sie besser nie hätten geboren werden sollen. Ansley war zu jung für so ein Leben. Frauen um die Sechzig oder Siebzig mochten sich damit abfinden. Vielleicht machte es einigen sogar Spaß, als Schmuckstück zu dienen, die unbesungene Hälfte des sprichwörtlichen Ehegespanns zu sein. Ihr nicht.

Sie wollte mehr. Wenn sie Warren verließ, würde er anfangs gekränkt sein und sich sodann den gewieftesten Scheidungsanwalt Virginias nehmen, mit dem ausdrücklichen Ziel, sie in die Knie zu zwingen. Reiche Männer, die ein Scheidungsverfahren laufen hatten, waren selten großzügig, es sei denn, sie waren diejenigen, die in flagranti erwischt wurden.

Ansley hatte eine Stinkwut im Bauch. Wesley Randolph hatte einmal zu oft mit seinen Vorfahren angegeben, namentlich mit Thomas Jefferson. Warren war zwar nicht ganz so schlimm, tutete aber in dasselbe Horn. Brauchten sie das, weil sie selbst nicht viel leisteten? Hatten sie diese Vorfahren deshalb nötig? Wäre Warren nicht das Kind reicher Eltern gewesen, würde er vermutlich von Sozialhilfe leben. Ihr Mann war nicht entscheidungsfähig. Er konnte nicht selbständig denken. Und nun, da Poppa nicht mehr da war, um ihm zu sagen, wie und wann er sich den Hintern abwischen sollte, war Warren in Panik geraten. Ansley hatte ihren Mann noch nie so niedergeschlagen gesehen.

Sie kam nicht auf den Gedanken, daß er vielleicht niedergeschlagen war, weil sie ihn betrog. Sie dachte, sie und Samson seien zu schlau für ihn.

Ansley kam auch nicht auf den Gedanken, daß das Leben eines Reichen nicht unbedingt besser war als das eines Armen, abgesehen vom leiblichen Wohl.

Warren war vollkommen unselbständig, wie ein Kleinkind, das laufen lernt. Er würde noch oft auf die Nase fallen. Aber er gab sich wenigstens Mühe. Er vertiefte sich in die Familienpapiere, er sah die Bücher durch, er ließ Sitzungen mit Anwälten und Wirtschaftsprüfern über sich ergehen, in denen es um seinen Wertpapierbestand, die Grundsteuer, die Erbschaftssteuer und wer weiß was noch alles ging. Ansley hatte so lange darauf gewartet, daß er sein eigener Herr wurde, daß sie nicht erkennen konnte, wie er sich bemühte.

Sein Gesichtsausdruck, als sie ihm sagte, daß Kimball die Familienpapiere aus den Jahren 1790 bis 1820 gelesen hatte, bereitete ihr bittere Genugtuung.

«Wie konntest du das tun, obwohl ich dir gesagt habe, du sollst ihn und alle anderen heraushalten – wenigstens so lange, bis ich zu einer klaren Entscheidung gekommen bin. Ich bin noch – unsicher.» Er schien eher erschüttert als wütend.

«Weil ich finde, daß du egoistisch bist, und dein Vater war das auch. Es hat ohnehin nicht viel gebracht.»

Er faltete die Hände wie zum Gebet und stützte das Kinn auf die Fingerspitzen. «Ich bin nicht so dumm, wie du denkst, Ansley.»

«Ich habe nie gesagt, daß du dumm bist», antwortete sie hitzig.

«Das brauchtest du gar nicht.»

Da die Söhne in ihren Zimmern waren, hielten sie die Stimmen gesenkt. Warren machte auf dem Absatz kehrt und ging in den Stall. Ansley setzte sich hin und beschloß, die Familienpapiere zu lesen. Als sie einmal angefangen hatte, konnte sie nicht mehr aufhören.

36

Das trübe Licht, das die Regenwolken durchließen, verblich langsam, als die Sonne hinter den Bergen unterging. Dann wurde es schnell dunkel, und Kimball war froh, daß er von den Randolphs gleich nach Hause gefahren war. Er wollte seinen erfolgreichen Nachforschungen den letzten Schliff geben, bevor er sie Sheriff Shaw und Mim Sanburne präsentierte. Er hoffte, sie auch im Fernsehen präsentieren zu können, denn die Medien würden bestimmt nach Monticello zurückkehren. Oliver würde darüber natürlich nicht erbaut sein, aber diese Geschichte war zu gut, um sie geheimzuhalten.

Ein Klopfen an der Tür holte ihn von seinem Schreibtisch.

Er ging verwundert öffnen. «Hallo. Kommen Sie doch herein und –»

Er sprach seinen Satz nicht zu Ende. Blitzschnell wurde eine 38er mit kurzem Lauf aus einer tiefen Manteltasche gezogen, und Kimball wurde einmal in die Brust und einmal in den Kopf geschossen.

37

Aus dem ersehnten Kinoabend mit Fair war ein Arbeitsabend in Harrys Stall geworden. Der Regen prasselte auf das gefalzte Blechdach, während Fair und Harry auf Knien die gummibeschichteten Ziegel verlegten, die Warren ihr geschenkt hatte. Wie ihr Gönner geraten hatte, legte sie den teuren Bodenbelag in die Mitte der Waschbox, wobei sie die

Senkung bis zum Abfluß berücksichtigte. Fair hatte die mühevolle Aufgabe übernommen, alte Caravan-Gummimatten zurechtzuschneiden und um das Ziegelquadrat zu legen. Sie waren irrsinnig schwer.

«So stellt sich Mutter also eine heiße Verabredung vor», rief Mrs. Murphy lachend vom Heuboden herunter. Sie besuchte Simon und störte dabei die Eule, aber die fühlte sich ja ohnehin durch alles und jeden gestört.

Tucker, an die Erde gefesselt, weil sie zu ihrem Leidwesen die Leiter nicht hinaufklettern konnte, saß vor der Waschbox. Neben ihr saß Pewter, die über Nacht zu Besuch blieb, wie Mrs. Hogendobber vorgeschlagen hatte. Pewter hätte die Leiter zum Heuboden hinaufklettern können, aber wozu sich anstrengen?

«Findest du nicht, daß die Pferde mehr Zuwendung bekommen als wir?» fragte Pewter.

«Sie sind größer», erwiderte Tucker.

«Was hat das damit zu tun?» rief Mrs. Murphy herunter.

«Sie sind nicht so unabhängig wie wir, und ihre Hufe müssen ständig gepflegt werden», sagte Tucker.

«Stimmt es, daß Mrs. Murphy auf den Pferden reitet?»

«Na klar doch.» Mrs. Murphys Schwanz zuckte hin und her. *«Du solltest es auch mal versuchen.»*

Pewter reckte den Hals, um den zwei Pferden zuzusehen, die mampfend in ihren Boxen standen. *«Ich bin kein sportlicher Typ.»*

«Es ist wirklich nett von dir, daß du mir hilfst», bedankte sich Harry bei ihrem Exmann, der stöhnend eine Gummimatte näher zur Wand zog. «Schaffst du's allein?»

«Geht schon», antwortete er. «Ich mach dies aus dem einzigen Grund, Skeezits» – er nannte sie bei ihrem Spitznamen aus der Schulzeit –, «weil du es sonst allein machen und dir dabei was verrenken würdest. Ich bin nämlich immer noch stärker als du.» Er machte eine Pause. «Aber du hast mehr Ausdauer.»

«Wie die Stuten, schätze ich.»

«Ich frage mich, ob der Unterschied zwischen Männern und Frauen wirklich so groß ist, wie wir glauben. Stuten haben mich auf diesen Gedanken gebracht. Stuten und Hengste unterscheiden sich im Grunde gar nicht so sehr. Aber aus welchem Grund auch immer, Menschen haben diesen riesigen Kodex über die Unterschiede der Geschlechter ausgeklügelt.»

«Wir werden es nie genau wissen. Weißt du, ich mach mir nichts daraus. Es ist mir vollkommen schnuppe. Ich tu, was ich will, und es ist mir egal, ob es weiblich oder männlich ist.»

«So warst du schon immer, Harry. Ich glaube, deswegen hatte ich dich so gern.»

«Du hattest mich gern, weil wir zusammen im Kindergarten waren.»

«Ich war auch mit Susan im Kindergarten, aber sie hab ich nicht geheiratet», entgegnete er gutgelaunt.

«Eins zu null für dich.»

«Für mich warst du was Besonderes, kaum daß mein Testosteronspiegel sich meinem Gehirn angeglichen hatte. Eine Zeitlang hatten die Geschlechtsdrüsen die Oberhand.»

Harry lachte. «Ein Wunder, daß der Mensch die Pubertät überlebt. Alles ist so übermächtig und so neu. Meine armen Eltern.» Sie lächelte in Gedanken an ihre toleranten Eltern.

«Du hattest wirklich Glück. Weißt du noch, als ich den neuen Saab von meinem Vater zu Schrott gefahren habe? Noch dazu einen der ersten Saabs in Crozet. Ich dachte, Vater würde mich umbringen.»

«Du warst nicht allein. Center Berryman ist nicht gerade mein Ideal von einem guten Kumpel.»

«Hast du ihn gesehen, seit er aus der Therapie zurück ist?»

«Ja. Scheint okay zu sein.»

«Wenn ich je in Versuchung gewesen sein sollte, Kokain zu nehmen – Center hat mich wohl endgültig davon kuriert.»

«Er war auf Mims Mulberry-Row-Feier in Monticello. Einer seiner ersten Auftritte, seit er zurück ist. Er hat sich prima gehalten. Ich meine, es muß doch schrecklich sein, wenn alle dich anstarren und sich gebannt fragen, ob du's auch packst. Da gibt's die, die dir alles Gute wünschen, die, die zu egozentrisch sind, um sich überhaupt um dich zu kümmern, und die, die nett sein wollen, aber ins Fettnäpfchen treten und was Falsches sagen, und dann die – und das sind die Allerschlimmsten –, die hoffen, daß du auf die Nase fällst. Nur wenn jemand anders versagt, fühlen sie sich überlegen, diese Blödmänner.» Harry verzog das Gesicht.

«Wir haben solche Blödmänner während unserer Scheidung nur zu gut kennengelernt.»

«Ach komm, Fair. Alle Frauen zwischen zwanzig und achtzig haben dich umschwirrt, sie haben dich zum Essen eingeladen – nach dem Motto, der arme, alleinstehende Mann. Mich dagegen haben sie regelrecht verdammt. Wie konnte ich nur meinen auf Abwege geratenen Ehemann hinauswerfen? Es liege nun mal in der Natur des Mannes, ein bißchen herumzustreunen. Nur Mist habe ich von den anderen Frauen zu hören gekriegt. Die Männer waren wenigstens so vernünftig, die Klappe zu halten.»

Fair hörte auf, das dicke Gummi durchzuschneiden. Ihm lief der Schweiß herunter, obwohl die Temperatur keine zehn Grad betrug. «Das macht das Leben doch interessant.»

«Was?» Die bloße Erinnerung machte sie wütend. «Daß man es mit Blödmännern zu tun hat?»

«Nein – daß jeder von uns einen Ausschnitt vom Leben sieht, ein, zwei Grade aus dem Kreis, aber nie das ganze

Rund. Während du Saures bekamst, bekam ich von gewissen älteren Männern wie Herbie Jones oder Larry Johnson was zu hören.»

«Herbie und Larry?» Harrys Interesse war auf einmal hellwach. «Was haben sie gesagt?»

«Im wesentlichen, daß wir alle Sünder sind und ich dich um Verzeihung bitten soll. Weißt du, wer mich noch zu einem Gespräch gebeten hat? Jim Sanburne.»

«Nicht zu glauben.» Sie war seltsam gerührt von diesem Zusammenhalt der Männer.

«Harry, er ist ein ungewöhnlicher Mensch. Er sagte, sein Leben sei nicht mustergültig, und daß Untreue sein verhängnisvoller Fehler sei, das wisse er. Er hat mich wirklich verblüfft, denn er ist viel selbstbewußter, als ich dachte. Er sagte, er habe in jungen Jahren mit Affären angefangen, weil Mim ihn immer als den armen Jungen behandelt habe.»

«Er hat gelernt, wie man in Windeseile zu viel Geld kommt.» Harry hatte Leute, die es aus eigener Kraft zu etwas brachten, immer bewundert.

«Ja, und er hat keinen Penny von ihrem Erbe angerührt. Die Seitensprünge waren nicht nur seine Methode, es ihr heimzuzahlen, sie haben auch sein Selbstvertrauen wiederhergestellt.» Fair setzte sich für eine Minute hin. Tucker kam sofort zu ihm und setzte sich auf seinen Schoß.

«Ach, Tucker, immer mußt du dich bei den Menschen einschmeicheln», warf ihr Pewter vor, ihrerseits das Urbild einer Arschkriecherin, sobald eine Kühlschranktür geöffnet wurde.

«Pewter, du bist doch bloß eifersüchtig», zog Mrs. Murphy sie auf.

«Nein, bin ich nicht», verteidigte sich Pewter. *«Aber Tucker macht es so – so offensichtlich. Hunde haben keine Raffinesse.»*

«Pewter, du quasselst wie eine aufgezogene Sprechpuppe.» Harry streckte die Hand aus und streichelte ihr Kinn.

«Zum Kotzen», sagte Tucker.

«Und warum bist du fremdgegangen?» Harry hatte gedacht, diese Frage würde ihr schwerfallen, aber im Gegenteil. Sie war froh, daß es endlich heraus war, auch wenn sie drei Jahre dazu gebraucht hatte.

«Aus Dummheit.»

«Die Antwort ist selten geschmacklos.»

«Sei nicht so gereizt, ich war wirklich dumm. Ich war unreif. Ich hatte Angst, etwas zu versäumen. Eine Rose nicht gerochen, eine Straße nicht gegangen, dieser ganze Blödsinn. Ich weiß nur, daß ich das Erwachsenwerden noch nachholen mußte, als wir schon verheiratet waren – ich hatte mich in meiner eigentlichen Jugend so tief in die Lehrbücher vergraben, daß ich viel von der Lebenserfahrung versäumt hatte, durch die man erwachsen wird. Ich habe mich sozusagen selbst versäumt.»

Harry hörte auf, Ziegel zu verlegen, und setzte sich Fair gegenüber.

Er fuhr fort: «Mit wenigen Ausnahmen, wie etwa den Saab zu Schrott zu fahren, habe ich getan, was von mir erwartet wurde. Schätze, das tun die meisten von uns in Crozet. Ich glaube nicht, daß ich mich selbst sehr gut kannte, oder vielleicht wollte ich mich nicht kennenlernen. Ich hatte Angst vor dem, was ich herausfinden würde.»

«Zum Beispiel? Was hättest du an dir selbst bemängeln können? Du siehst gut aus, bist der Beste in deinem Fach und kannst gut mit Leuten umgehen.»

«Ich sollte öfter herkommen.» Er wurde rot. «Harry, ist dir das noch nie passiert, daß du auf der Garth Road fuhrst oder mitten in der Nacht aufgewacht bist und dich gefragt hast, verdammt, was tust du eigentlich, und warum tust du es?»

«Doch.»

«Hat mir angst gemacht. Ich habe mich gefragt, ob ich so schlau bin, wie alle behaupten. Ich bin's nicht. Ich bin gut in meinem Fach, aber auf anderen Gebieten bin ich manchmal dumm wie Bohnenstroh. Ich bin immer wieder an Grenzen gestoßen, und da ich in dem Glauben erzogen wurde, keine haben zu dürfen, bin ich vor ihnen davongelaufen – vor dir, vor mir. Damit war nichts gewonnen. Boom Boom war eine fürchterliche Geschmacksverirrung. Und ihre Vorgängerin –»

Harry unterbrach ihn: «Die war doch ganz hübsch.»

«Aber das reicht nicht. Jedenfalls, eines Morgens bin ich aufgewacht, und mir war klargeworden, daß ich meine Ehe ruiniert hatte. Ich hatte dem Menschen weh getan, den ich am meisten liebte, ich hatte meine Eltern und mich selbst enttäuscht, und ich hatte mich vor anderen zum Narren gemacht. Gott sei Dank sind meine Patienten Tiere. Ich glaube nicht, daß Menschen zu mir gekommen wären. Ich war in einem schlimmen Zustand. Ich habe sogar daran gedacht, mich umzubringen.»

«Du?» Harry war verblüfft.

Er nickte. «Und ich war zu stolz, um Hilfe zu bitten. He, ich bin Fair Haristeen, und ich hab mich in der Hand. Männer, die eins neunzig groß sind, brechen nicht zusammen. Wir schuften uns vielleicht zu Tode, aber wir brechen nicht zusammen.»

«Was hast du gemacht?»

«Heiligabend bin ich zu unserem Reverend nach Hause gegangen. Weihnachten bei Mom und Dad, entsetzlich. Nichts als Verbitterung und gereizte Stimmung.» Er schüttelte den Kopf. «Ich bin von zu Hause geflohen. Ich weiß nicht, ich bin bei Herb aufgekreuzt, und er hat sich hingesetzt und mit mir geredet. Er sagte mir, daß niemand vollkommen ist. Ich solle es langsam angehen, immer einen Tag nach dem anderen. Er hat mir keine Predigt gehalten. Er sagte mir, ich solle auf die Menschen zugehen und mich nicht hinter meinem Äußeren verstecken, hinter einer Maske, verstehst du?»

Sie verstand. «Ja.»

«Dann habe ich etwas gemacht, das eigentlich gar nicht zu mir paßt.» Er spielte mit der Kante der Gummimatte. «Ich bin zu einem Therapeuten gegangen.»

«Das darf doch nicht wahr sein.»

«Doch, wirklich, und du bist die einzige, der ich es erzähle. Ich arbeite jetzt seit zwei Jahren mit ihm, und ich mache Fortschritte. Ich werde langsam, hm, ein Mensch.»

Das Telefon unterbrach Fair. Harry sprang auf und ging in die Sattelkammer. Sie hörte Mrs. Hogendobber fast schon, ehe sie den Hörer abnahm. Mrs. H. sagte ihr, daß Kimball Haynes soeben von Heike Holtz aufgefunden worden sei. Zweimal sei auf ihn geschossen worden. Als er nicht zu einer Verabredung gekommen und auch nicht ans Telefon gegangen sei, habe sie sich Sorgen gemacht und sei zu ihm gefahren.

Harry, aschfahl geworden, legte den Hörer einen Moment hin. «Fair, Kimball Haynes ist ermordet worden.» Sie kehrte zu Mrs. H. zurück. «Wir sind gleich da.»

38

Ein mit Törtchen und frischem Apfelkuchen beladener Teetisch erregte Tuckers, Mrs. Murphys und Pewters Interesse. Die Menschen waren im Augenblick zu aufgewühlt, um zu essen. Mrs. Hogendobber, eine erstklassige Bäckerin, probierte gern neue Rezepte aus, bevor sie damit zu Essens- und Wohltätigkeitsveranstaltungen der Kirche zum Heiligen Licht ging. Harry, die als Versuchskaninchen diente, profitierte am meisten davon. Würde Harry ihre kalorienverbrennende Schwerarbeit auf der Farm einstellen, sie würde dick wie eine Zecke. Mrs. H. hatte die Leckereien am nächsten Tag mit zur Arbeit bringen wollen, aber jetzt war alles durcheinandergeraten.

«So ein intelligenter junger Mann. Er hatte alles, was das Leben lebenswert macht.» Miranda wischte sich die Augen. «Wer hätte einen Grund gehabt, Kimball umzubringen?»

Sie saß zwischen Fair und Harry auf dem Sofa.

Harry tätschelte ihre Hand, eine unbeholfene Geste, aber für Umarmungen oder Zuneigungsbekundungen hatte Mrs. Hogendobber nichts übrig. «Ich weiß es nicht, aber ich glaube, er hat seine Nase zu tief in fremde Angelegenheiten gesteckt.»

Mrs. Hogendobber hob den Kopf. «Meinen Sie diesen Mord in Monticello?»

«Nicht unbedingt. Ich weiß nicht, was ich meine», seufzte Harry.

Fairs Baritonstimme tönte durch den Raum: «Die Stadt Crozet steckt voller Geheimnisse, die viele Generationen zurückreichen.»

«Stecken nicht alle Städte voller Geheimnisse? Die Regeln für das Leben scheinen die wahre menschliche Natur nicht zu berücksichtigen.» Harry roch an dem Apfelkuchen. Pewter duckte sich und machte sich bereit zum Sprung auf den Teewagen. «Pewter, nicht.»

«Das ißt doch sowieso niemand», erwiderte die Katze frech. *«Warum gutes Essen verkommen lassen?»*

Aufgebracht, weil Pewter sich nicht nur weigerte, von der Stelle zu weichen, sondern abermals mit dem Hinterteil wak-

kelte, um zum Sprung anzusetzen, stand Harry auf und verjagte die Katze von dem Teewagen. Pewter lief ein paar Schritte, dann setzte sie sich trotzig hin.

«Du provozierst sie», warnte Mrs. Murphy.

«Was soll sie schon machen? Mir den Kuchen ins Gesicht klatschen?» Pewter näherte sich listig dem mit süßen Sachen beladenen Teewagen.

«Hört mal, laßt uns was davon essen, bevor Pewter meine Geduld erschöpft hat.» Harry schnitt drei Stück Kuchen ab. Der köstliche, schwere Apfelduft erfüllte das Zimmer, als das Messer die Füllung des Kuchens aufschnitt.

«Oh, Miranda, das sieht herrlich aus.» Harry verteilte die drei Teller. Sie setzte sich, um zu essen, aber die auf den Teewagen zuschleichende Pewter störte den ohnehin schon zur Genüge gestörten Frieden. Harry gab nach und schnitt ein schmales Stück für die zwei Katzen und ein weiteres für Tukker ab.

«Sie verwöhnen die Tiere», sagte Mrs. Hogendobber.

«Sie sind ausgezeichnete Vorkoster. Wenn sie etwas nicht fressen wollen, weiß man, daß es schlecht ist – was von Ihrem Gebäck selbstverständlich niemand behaupten wird.»

«Wie oft habe ich mir schon gewünscht, ich würde nicht so gern backen.» Sie klopfte sich auf den Bauch.

Sie genossen den Kuchen, bis ihre Gedanken zu Kimball zurückkehrten. Während sie redeten, stand Harry auf und schenkte Kaffee ein. Sie fühlte sich oft besser, wenn sie sich bewegen konnte. Harrys Mutter hatte immer gesagt, sie habe Pfeffer im Hintern, aber das stimmte nicht; sie konnte einfach besser denken, wenn sie herumging.

«Klasse, absolute Spitze, Mrs. H.», lobte Fair.

«Danke», erwiderte sie mit müder Stimme und vergoß eine weitere Träne. «Ich hasse es zu weinen. Aber ich muß dauernd daran denken, daß er nie die Chance hatte, zu heiraten und Kinder zu haben.» Sie stellte ihre Tasse auf den Couchtisch. «Ich rufe Mim an. Sie hat es bestimmt schon gehört.»

Harry, Fair und die Tiere beobachteten, wie sie wählte. Es folgte ein langes Gespräch, aber da Mim den größten Teil bestritt, waren Mirandas Zuschauer auf Vermutungen angewiesen.

«Sie ist hier. Ich frag sie.» Mrs. Hogendobber legte die Hand über die Sprechmuschel. «Mim möchte, daß wir uns morgen mit dem Sheriff treffen. Oliver Zeve ist schon vernommen worden. Gegen Mittag?»

Harry nickte.

Miranda fuhr fort: «Geht in Ordnung. Wir sehen uns dann bei dir. Sollen wir was mitbringen? Ist gut. Wiedersehen.»

«Nehmen Sie doch was von diesem Kuchen mit», schlug Fair vor.

«Gute Idee.» Sie blieb beim Telefon. «Sheriff Shaw nimmt eine Dingsda vor, wie heißt das, ballistische Untersuchung? Sie hoffen, die Waffe zu finden.»

«Keine Chance.» Harry stützte das Gesicht in die Hände.

«Vielleicht doch.» Fair überlegte laut: «Vielleicht hat der Mörder ja überstürzt gehandelt.»

«Auch wenn er überstürzt gehandelt hat. So dumm ist er – oder sie – bestimmt nicht», konterte Harry. «Und um es noch schlimmer zu machen, der Regen hat alle Reifenspuren weggewaschen, so daß man keine Abdrücke nehmen kann.»

«Und die Witterung hat er auch weggewaschen», klagte Tukker.

«Eine merkwürdige Geschichte.» Mrs. Hogendobber setzte sich wieder zu ihnen auf das Sofa.

«Wir müssen die Papiere durchsehen, die Kimball gelesen

hat. Rick Shaw hat bestimmt auch schon daran gedacht, aber da wir einigermaßen vertraut sind mit jener Zeit und ihren Personen, können wir ihm vielleicht helfen.»

«Und euch damit in Gefahr bringen? Das erlaube ich nicht», sagte Fair entschieden.

«Fair, als wir verheiratet waren, hast du mir auch keine Befehle erteilt. Bitte fang nicht jetzt noch damit an.»

«Als wir verheiratet waren, Mary Minor, war dein Leben nicht in Gefahr. Du begreifst vielleicht nicht, wohin dies alles führen könnte, aber ich! Ein Mann ist tot, weil er etwas aufgedeckt hat. Wenn er es gefunden hat, spricht alles dafür, daß du es auch findest, vor allem bei deinem Spürsinn.»

«Es sei denn, der Mörder beseitigt den Beweis.»

«Falls das möglich ist», sagte Mrs. Hogendobber zu Harry. «Vielleicht muß man bloß die Berichte und Tagebücher durchlesen und zwei und zwei zusammenzählen. Es muß sich nicht um ein einziges Dokument handeln – oder vielleicht doch.»

«Und ich sage euch zwei Schwachköpfen» – Fair hob die Stimme, so daß Tucker die Ohren spitzte –, «was Kimball entdeckt hat, mag durchaus heute noch von Interesse sein. Bei seinen Nachforschungen könnte er auf etwas gestoßen sein, das hier und heute für jemand gefährlich ist. Es ist schwer zu glauben, daß man Kimball wegen eines 1803 begangenen Mordes getötet hat.»

«Da ist was dran», pflichtete Mrs. Hogendobber ihm bei. Aber sie hatte ein sehr, sehr mulmiges Gefühl.

«Ich sehe die Papiere durch.» Harry war genauso dickköpfig wie Pewter. Die graue Katze staunte. Mrs. Murphy, die schon etliche Szenen zwischen Mr. und Mrs. mitbekommen hatte, war nicht ganz so erstaunt.

«Harry, ich verbiete es!» Fair schlug mit der Hand auf den Couchtisch.

«Tu das nicht», bellte Tucker, aber auch sie wollte nicht, daß ihre Mutter sich in Gefahr brachte.

«Immer mit der Ruhe, ihr zwei, immer mit der Ruhe.» Mrs. Hogendobber lehnte sich auf dem Sofa zurück. «Wir wissen, daß Kimball Mims Familiengeschichte und die der Coles durchgelesen hat. Ich weiß nicht, ob er zu den Papieren der Randolphs gekommen ist. Sonst noch jemand?»

«Er hat sich eine Liste gemacht. Wir sollten uns diese Liste besorgen oder Rick um eine Fotokopie bitten.» Harry war zwar wütend auf Fair, aber es freute sie doch, daß er um sie besorgt war; allerdings wußte sie nicht recht, weshalb sie das so glücklich machte. Harry war langsam in diesen Dingen.

Fair verschränkte die Arme. «Du hörst mir überhaupt nicht zu, überlaß den Fall der Polizei.»

«Ich hör dir zu, aber ich mochte Kimball gern. Wir haben ihm auch geholfen, die Tatsachen zu rekonstruieren. Wenn ich helfen kann, den zu schnappen, der ihn umgebracht hat, dann tu ich es.»

«Ich mochte ihn auch, aber nicht genug, um für ihn zu sterben. Und das bringt ihn auch nicht zurück.» Das war die reine Wahrheit.

«Du kannst mich nicht davon abhalten.» Harry streckte das Kinn vor.

«Nein, aber ich kann mitkommen und helfen.»

Mrs. Hogendobber klatschte in die Hände. «Das laß ich mir gefallen!»

«Was meinst du, Tucker?» Mrs. Murphy faßte ihren Schwanz mit einer Vorderpfote.

«Er liebt sie noch immer.»

«Unverkennbar.» Pewter legte sich hin, das Gebäck interessierte sie viel mehr als menschliche Gefühle.

«Ja, aber wird er sie zurückerobern?» fragte die Tigerkatze.

39

«Nein.» Sheriff Shaw schüttelte entschieden seinen kahl werdenden Kopf.

«Rick, sie haben ein vernünftiges Argument», verteidigte Mim Harry und Mrs. Hogendobber. «Sie und Ihre Leute sind mit den Nachkommen von Thomas Jefferson und der Geschichte seiner Sklaven nicht vertraut. Die zwei kennen sich da aus.»

«Meine Abteilung wird einen Experten hinzuziehen.»

«Der Experte ist tot.» Mim preßte die Lippen fest zusammen.

«Ich werde Oliver Zeve bitten», erklärte der frustrierte Sheriff.

«Ach, und was glauben Sie, wie lange das gutgeht? Außerdem lag ihm nicht besonders an diesem Fall, und er hat sich auch nicht so für Ahnenforschung interessiert wie Kimball. Harry und Mrs. Hogendobber haben ja schon mit Kimball zusammengearbeitet.»

«Fair Haristeen hat mich heute morgen angerufen und gesagt, die zwei gehören eingesperrt. Mit Ihnen sind es drei.» Er sah Mim fest an, doch sie gab nicht nach. «Außerdem hat er gesagt, daß das, was Kimball entdeckt hat, hier und heute für jemanden eine Bedrohung sein muß. Und Sie sind alle von dieser Monticello-Sache besessen.»

«Sie etwa nicht?» schoß Harry zurück.

«Hm – na ja –» Rick Shaw schob die Hände in sein Lederkoppel. «Ich bin damit befaßt, aber nicht davon besessen. Jedenfalls, dies ist mein Job, und ich muß an die Gefahr für Sie denken, meine Damen.»

«Ich kann ja mit ihnen zusammenarbeiten», erbot sich Cynthia Cooper fröhlich.

Er schlug sich mit seinem Hut auf den Schenkel. «Ihr Weiber haltet auch immer zusammen.»

Mim lachte. «Männer etwa nicht?»

«Ja, ich wette, Fair hat Ihnen in den Ohren gelegen, weil er glaubt, wir sind in Gefahr. Er ist ein Angsthase.»

«Er ist vernünftig und verantwortungsbewußt.» Rick kämpfte gegen den Drang an, noch ein Stück von Mrs. Hogendobbers Kuchen zu essen. Der Drang siegte. «Miranda, Sie sollten das professionell betreiben.»

«Oh, danke.»

«Weiß jemand, ob es einen Trauergottesdienst für Kimball geben wird?» fragte Harry.

«Seine Eltern haben ihn zu sich nach Hartford, Connecticut, überführen lassen. Sie wollen ihn dort begraben. Dabei fällt mir ein, Mrs. Sanburne, Oliver möchte, daß Sie ihm bei der Vorbereitung einer Gedenkfeier zur Hand gehen. Ich bezweifle, daß jemand bis Hartford fahren würde, und er sagte, er würde hier auch gern etwas veranstalten.»

«Natürlich. Ich bin sicher, Reverend Jones wird sich zur Verfügung stellen.»

«Nun?» Harrys Gedanken waren schon wieder beim Wesentlichen.

«Was, nun?»

«Sheriff, bitte.» Sie hörte sich an wie ein kluges, bettelndes Kind.

Rick sah zuerst Harry und Mrs. Hogendobber stumm an, dann Cynthia, die hoffnungsvoll grinste. «Weiber.» Sie hatten gewonnen. «Die Coles sind damit einverstanden, daß wir ihre Bibliothek einsehen, die Berrymans, Foglemans und Venables auch, und ich habe hier eine Liste mit Namen, die Kimball zusammengestellt hat. Mim, Sie sind die erste auf der Liste.»

«Wann möchten Sie anfangen?»

«Wie wär's mit heute, nach der Arbeit? Oh, und Mim, ich muß Mrs. Murphy und Tucker mitbringen, sonst müßte ich sie vorher nach Hause schaffen. Churchill wird doch nichts dagegen haben, oder?»

Churchill war Mims prächtiger englischer Setter, der schon viele Preise gewonnen hatte. «Nein.»

«Pewter muß auch mit», erinnerte Miranda Harry an ihren Gast.

«Ellie Wood hat sich noch nicht von dem Vorfall mit dem Schweinebraten erholt. Dabei fällt mir ein, ich glaube, sie ist eine entfernte Verwandte von einem der Eppes von Poplar Forest. Francis, Pollys Sohn.»

Polly war der Spitzname von Maria, Thomas Jeffersons jüngster Tochter, die am 14. April 1804 starb, was ihren Vater in tiefe Trauer stürzte. Glücklicherweise lebte ihr Sohn Francis, geboren 1801, bis 1881, aber mit Jeffersons anderen Enkelkindern hatte er die Folgen von der posthumen finanziellen Katastrophe des Präsidenten zu tragen.

«Wir werden jeden Stein umdrehen», gelobte Mrs. Hogendobber.

40

Während Harry, Mrs. Hogendobber und Deputy Cooper sich an diesem Abend in Mims atemberaubender Kirschholzbibliothek an die Arbeit machten, arbeitete Fair im Stall. Papierkram war ihm zuwider. Er beschäftigte sich gewissenhaft damit, wenn er mußte, aber er wunderte sich noch heute, wie er seinen hervorragenden Abschluß am Albemarle-Veterinär-College geschafft hatte. Vielleicht war das

Lesen ihm damals leichter gefallen, aber heute war es ihm regelrecht verhaßt.

Er raspelte die Zähne von Mims sechs Vollblutpferden und feilte die scharfen Ecken. Weil der Oberkiefer von Pferden etwas breiter ist als der Unterkiefer, nutzen sich die Zähne ungleichmäßig ab, weswegen ständige Pflege und Kontrolle erforderlich sind. Wenn die Zähne zu scharf und kantig werden, stören sie das Tier, wenn es ein Gebiß im Maul hat, was zuweilen das Reiten erschwert, und weil es sein Futter dann nicht mehr so gut kauen kann, kommt es oft zu Verdauungs- oder Ernährungsstörungen.

Mims Futtermeister hielt die Pferde, während Mim plaudernd auf einem Klappstuhl saß. «Sie haben mich bekehrt, Fair. Ich weiß nicht, wie ich ohne Strongid C gelebt habe. Die Pferde fressen weniger und erhalten mehr Nährstoffe aus ihrem Futter.» Strongid C war ein neues Wurmmittel in Pillenform, das der täglichen Futterration beigegeben wurde. Das ersparte dem Besitzer die monatliche Behandlung mit Wurmpaste, die für beide Seiten unangenehm war.

«Schön. Es hat eine Weile gedauert, einige meiner Kunden zu überzeugen, aber ich erziele gute Ergebnisse.»

«Pferdeliebhaber sträuben sich immer gegen Veränderungen. Ich weiß nicht, warum, aber so sind wir eben.» Sie zog eine hübsche Lederpeitsche aus einem Schirmständer. «Wie geht's den Wheelers?»

«Sie heimsen auf Jagdpferd- und Reitpferdschauen die Preise ein, wie immer. Sie sollten mal nach Cismont Manor gehen, Mim, und sich den Nachwuchs ansehen. Gut, wirklich gut.» Er war mit ihrem hellen Braunen fertig. «Ich finde, Sie haben eins der besten Jagdpferde weit und breit.»

Sie strahlte. «Finde ich auch. Ich halte nichts von falscher Bescheidenheit. Warren beherrscht den Markt für Vollblutrennpferde.»

«Markt?» Fair schüttelte den Kopf. Die Depression, lachhafterweise Rezession genannt, sorgte in Verbindung mit der veränderten Steuergesetzgebung dafür, daß der Handel mit Vollblütern immer schwieriger wurde. Da die meisten Kongreßabgeordneten keine Grundbesitzer mehr waren, hatten sie keine Ahnung, was sie den Züchtern und Farmern mit ihren blödsinnigen «Reformen» angetan hatten.

Mim drehte den Peitschengriff zwischen ihren Händen. «Ich sage Jim immer wieder, er soll für den Kongreß kandidieren. Dann gäbe es wenigstens eine vernünftige Stimme in dem Irrenhaus. Er will nicht. Will nichts davon hören. Er sagt, eher beißt er sich in den Hintern. Fair, haben Sie auf Ihren Touren ein Jagdpferd zu einem vernünftigen Preis gesehen?»

«Mim, was für Sie vernünftig ist, muß für mich noch lange nicht vernünftig sein.»

«Das ist wohl wahr», sagte sie verständnisvoll. «Ich will direkt zur Sache kommen. Gin Fizz und Tomahawk werden langsam alt, und Sie wissen, bei Harry herrscht gerade Ebbe in der Kasse.»

Er seufzte. «Ich weiß. Sie wollte absolut keinen Unterhalt annehmen. Mein Anwalt hat gesagt, es wäre verrückt, darauf zu bestehen. Ich behandele ihre Tiere umsonst, und es ist ein Kampf, sie dazu zu kriegen, daß sie wenigstens das annimmt.»

«Die Hepworths wie die Minors waren schon immer eigen, wenn's ums Geld ging. Ich weiß nicht, wer schlimmer war, Harrys Mutter oder ihr Vater.»

«Mim, ich bin – gerührt, daß Sie an Harry denken.»

«Gerührt oder erstaunt?»

Er lächelte. «Beides. Sie haben sich verändert.»

«Zum Besseren?»

Er hielt abwehrend die Hände in die Höhe. «Das ist eine

vielschichtige Frage. Sie wirken glücklicher und bemühen sich, freundlicher zu sein. Wie hört sich das an?»

«Ich war es leid, eine Zimtzicke zu sein. Aber das Komische oder auch nicht so Komische an Crozet ist, sobald die Leute eine Vorstellung von einem haben, wollen sie sich nicht mehr davon lösen. Nicht, daß ich die Leute nicht vor den Kopf stoße, aber dank eines kleinen Schreckens in meinem Leben habe ich erkannt, daß das Leben wirklich kurz ist. Daß ich so überheblich war, hat mir wohl das Gefühl gegeben, überlegen zu sein, aber ich war nicht glücklich, ich habe meinen Mann nicht glücklich gemacht, und die Wahrheit ist, hinter der Zuvorkommenheit meiner Tochter verbirgt sich Verachtung für mich. Ich war keine gute Mutter.»

«Aber eine gute Reiterin.»

«Danke. Finden Sie, daß ein Stall uns zu ehrlichen Menschen macht?»

«Ein Stall ist was Realistisches. Die Gesellschaft ist nicht realistisch.» Er betrachtete Mim; ihre tadellose Frisur, die langen Fingernägel, die erlesene Kleidung, die selbst im Stall perfekt war. Das Tier namens Mensch kann sich zu jeder Zeit seines Lebens entwickeln, wenn es nur will. Äußerlich war Mim wie immer, aber innerlich war sie im Begriff, sich zu wandeln. «Hören Sie, Evelyn Kerr hat eine kräftige Percheronkreuzung von 1,67 m Stockmaß. Die Stute ist jung, erst sechs Jahre alt, aber Harry kann sie trainieren. Guter Knochenbau, Mim. Und gute Hufe. Allerdings hat sie einen etwas großen Kopf, wie ein Zugpferd, aber keine Römernase und keine Köten an den Fesseln. Ruhige Gangarten.»

«Warum will Evelyn das Pferd verkaufen?»

«Sie hat Handyman. Als sie sich zur Ruhe setzte, dachte sie, sie würde mehr Zeit haben, und deshalb hat sie dieses junge Pferd gekauft. Aber Evelyn ist wie Larry Johnson. Sie arbeitet im Ruhestand mehr als vorher.»

«Sprechen Sie mit ihr, ja? Würden Sie für mich die Fühler ausstrecken? Ich möchte die Stute gern kaufen, wenn sie geeignet ist, und dann kann Harry sie nach und nach bei mir abbezahlen.»

«Ach – lassen Sie mich die Stute kaufen. Ich wollte, ich wäre selbst auf die Idee gekommen.»

«Wir können uns die Kosten teilen. Braucht ja niemand zu wissen, oder?» Mim schwenkte die Beine unter ihren Stuhl.

41

Die Nacht war unverhältnismäßig kalt. Reverend Jones hatte in seinem Arbeitszimmer, seinem Lieblingsraum, Feuer gemacht. Den dunkelgrünen Ledersesseln sah man an, daß sie schon viele Jahre in Gebrauch waren; Decken waren über die Armlehnen geworfen, damit man die abgeschabten Stellen nicht sah. Gewöhnlich wickelte sich Herb Jones eine dieser Decken um die Beine, wenn er las, wobei ihm Lucy Fur Gesellschaft leistete, die junge Maine-Coon-Katze, die er angeschafft hatte, um Elevation, seine erste Katze, aufzumuntern.

Heute leisteten Ansley und Warren Randolph sowie Mim Sanburne ihm Gesellschaft. Sie waren mit den Vorbereitungen für Kimball Haynes' Gedenkfeier fast fertig.

«Miranda kümmert sich um die Musik.» Mim hakte den Punkt auf ihrer Liste ab. «Little Marilyn hat das Essen bestellt. Du die Blumen.»

«Ja.» Ansley nickte.

«Und ich lasse das Programm drucken.» Warren kratzte sich am Kinn. «Oder wie soll man das nennen? Ein Programm ist es eigentlich nicht.»

«In memoriam», schlug Ansley vor. «Aber egal, wie man's nennt, du hast es großartig gemacht. Ich hatte keine Ahnung, daß du soviel über Kimball wußtest.»

«So viel wußte ich gar nicht. Ich hab Oliver Zeve nach Kimballs Lebenslauf gefragt.»

Ohne von ihrer Liste aufzusehen, hakte Mim die nächsten Punkte ab. «Parkplätze.»

«Dafür sorgt Monticello, oder sollte ich sagen: Oliver?»

«So, das wär's dann.» Mim legte ihren Bleistift hin. Sie hätte sich den teuersten Bleistift leisten können, aber sie zog Holzstifte vor, Eagle Mirado Nr. 1. Sie trug immer ein Dutzend davon bei sich, in dem Pappetui, in dem sie verkauft wurden, und dazu einen Anspitzer.

Die kleine Gruppe blickte ins Feuer.

Herb riß sich von der hypnotischen Kraft der Flammen los. «Kann ich jemandem noch was zu trinken holen? Kaffee?»

«Nein danke», antworteten alle.

«Herb, Sie kennen doch die Geheimnisse der Menschen. Sie und Larry Johnson.» Ansley faltete die Hände. «Haben Sie irgendeine Idee, eine Ahnung, und wenn sie noch so abwegig ist?»

Herb hob den Blick zur Decke, dann schaute er wieder in die Gruppe. «Nein. Ich bin die Fakten, also die, die wir kennen, im Geiste so oft durchgegangen, bis mir schwindlig wurde. Ich bin auf nichts gestoßen. Aber selbst wenn Kimball oder der Sheriff das Geheimnis der Leiche in Monticello aufgedeckt hätte – ich weiß nicht, ob das etwas mit Kimballs Ermordung zu tun hat. Es wäre naheliegend, da einen Zusammenhang zu suchen, aber ich kann kein Verbindungsglied finden.»

Mim stand auf. «Ich muß jetzt gehen. Wir haben in kürzester Zeit eine Menge auf die Beine gestellt. Ich danke Ihnen allen.» Sie zögerte. «Ich bedaure die Umstände, so gern ich mit Ihnen zusammenarbeite.»

Warren und Ansley gingen etwa zehn Minuten später. Auf der Fahrt durch die Dunkelheit hielten die kurvigen Straßen Warren wach.

«Schatz...» Ansley achtete auf Rehe am Straßenrand – das Scheinwerferlicht würde sie blenden. «Hast du jemandem erzählt, daß Kimball die Randolph-Papiere gelesen hat?»

«Nein, du?»

«Natürlich nicht – es würde den Verdacht auf dich lenken.»

«Auf mich, wieso?»

«Weil Frauen selten morden.» Sie blinzelte in die pechschwarze Nacht. «Fahr langsamer.»

«Glaubst du, ich habe Kimball umgebracht?»

«Hm, ich weiß, daß du Mim den Brief mit den ausgeschnittenen Buchstaben geschickt hast.»

Er nahm vor einer tückischen Kurve den Fuß vom Gas. «Wie kommst du darauf, Ansley?»

«Ich hab den *New Yorker* in der Bibliothek im Papierkorb gesehen. Ich hatte ihn noch nicht gelesen, deshalb habe ich ihn herausgefischt, und da habe ich entdeckt, was du mit deiner Schere angerichtet hast.»

Den Rest des Heimwegs, es waren nur noch drei Kilometer, blickte er finster vor sich hin. Als sie in der Garage waren, stellte er den Motor ab, dann packte er Ansley am Handgelenk. «Du bist nicht so schlau, wie du denkst. Misch dich da nicht ein.»

«Ich will wissen, ob ich mit einem Mörder zusammenlebe.» Sie triezte ihn: «Und wenn ich dir mal im Weg bin?»

Er hob die Stimme. «Verdammt noch mal, ich habe Mim Sanburne einen Streich gespielt. Zugegeben, es war nicht besonders geistreich, aber es hat Spaß gemacht; denk doch nur mal daran, wie sie mich und alle anderen seit jeher nach ihrer Pfeife tanzen läßt. Halt du bloß deinen Mund.»

«Ist doch klar.» Sie preßte die Lippen zusammen, so daß sie noch schmaler wurden, als sie sowieso schon waren.

Ohne ihr Handgelenk loszulassen, fragte er: «Hast du die Papiere gelesen? Das blaue Tagebuch?»

«Ja.»

Jetzt ließ er ihr Handgelenk los. «Ansley, jede alteingesessene Familie in Virginia hat ihr Quantum an Pferdedieben, Schwachsinnigen und schlichtweg miesen Kerlen. Wo ist der Unterschied, ob sie 1776 schlecht oder verrückt waren oder heute? Man wäscht seine schmutzige Wäsche nicht in der Öffentlichkeit.»

«Da hast du recht.» Sie öffnete die Wagentür, um auszusteigen, und er tat dasselbe.

«Ansley?»

«Ja?» Sie drehte sich auf dem Weg zur Tür um.

«Hast du wirklich auch nur eine Minute gedacht, daß ich Kimball Haynes getötet habe?»

«Ich weiß nicht mehr, was ich denken soll.» Verdrossen erreichte sie die Tür, öffnete sie und ließ sie zuknallen, ohne sich umzusehen. Dabei zerquetschte sie Warren fast die Nase.

42

Harry, Mrs. Hogendobber und Deputy Cooper waren vom vielen Lesen ganz erschöpft. Mim war über die Wayles/Coolidge-Linie mit Thomas Jefferson verwandt. Ellen Wayles Randolph, seine Enkeltochter, hatte am 27. Mai 1825 Joseph Coolidge junior geheiratet. Sie hatten sechs Kinder, und Mims Mutter war mit einer Cousine dieser Nachkommenschaft verwandt.

Es war eine Verbindung mit Thomas Jefferson, wenn auch eine entfernte. Ellen unterhielt eine lebhafte Korrespondenz mit der Familie ihres Mannes. Ellen, das Energiebündel unter Marias – alias Pollys – Kindern, hatte von ihrem Großvater die Sprachgewandtheit geerbt, während ihr älterer Bruder, genannt Jeff, von seinem Urgroßvater Peter Jefferson die mächtige Statur und die unglaubliche Stärke hatte.

In einem der Briefe war nebenbei erwähnt, daß Ellens Bruder, James Madison Randolph, sich unsterblich in eine große Schönheit verliebt hatte und anscheinend zu einer überstürzten Heirat entschlossen war.

Harry las den Brief wieder und wieder; sie schloß die überschäumende Verfasserin sogleich in ihr Herz. «Miranda, daß James Madison Randolph verheiratet war, ist mir neu.»

«Ich bin mir nicht sicher. Er ist aber jung gestorben. War erst achtundzwanzig, glaube ich.»

«Die Familien waren damals ja wirklich riesig», jammerte Deputy Cooper, der das ganze Unterfangen allmählich über den Kopf wuchs. «Thomas Jeffersons Eltern hatten zehn Kinder. Sieben haben das Erwachsenenalter erreicht.»

Miranda schob ihre Halbbrille hoch. Als sie ihr wieder auf die Nase rutschte, nahm sie sie ab und legte sie auf das Tagebuch, das sie vor sich hatte. «Jane, seine Lieblingsschwester, ist mit fünfundzwanzig gestorben. Die debile Elizabeth starb ebenfalls, ohne geheiratet zu haben. Der Rest von Thomas' Geschwistern ist in Virginia geblieben und hat Jefferson eine ganze Reihe Nichten und Neffen beschert. Und er hing an ihnen. Er hat Peter und Sam Carr, die Kinder seiner Schwester Martha, aufgezogen. Dabney Carr, der Mann von Martha, war sein bester Freund, wie Sie wissen.»

«*Noch* eine Martha?» stöhnte Cynthia. «Seine Frau, seine Schwester und seine Tochter hießen alle Martha?»

«Dabney ist jung gestorben, er war noch keine Dreißig, und Thomas sorgte für die Erziehung der Jungen», fuhr Miranda fort, ganz in ihrem Element. «Ich bin überzeugt, es war Peter, der mit Sally Hemings vier Kinder gezeugt hat. Es gab einen Aufruhr, als Jefferson eine von Sallys Töchtern freiließ, Harriet, eine umwerfende Schönheit. Das war 1822. Man kann verstehen, warum die Familie Jefferson so eng zusammengehalten hat.»

Deputy Cooper rieb sich die Schläfen. «Stammbäume treiben mich zum Wahnsinn.»

«Des Rätsels Lösung liegt irgendwo zwischen Jeffersons Schwestern und seinem Bruder Randolph oder bei einem seiner Enkelkinder», erklärte Harry. «Glauben Sie, daß Randolph schwachsinnig war? Vielleicht nicht so schlimm wie Elizabeth.»

«Sie war eigentlich nicht schwachsinnig. Ihre Gedanken gingen auf Wanderschaft, und dann irrte sie ziellos umher. Sie ist im Februar losgezogen und wahrscheinlich erfroren, die Ärmste. Nein, Randolph war vermutlich nicht hochintelligent, aber er scheint Freude an seinen Fähigkeiten gehabt zu haben. Er hat in Buckingham County gelebt, und er hat gerne Geige gespielt. Das ist so ziemlich alles, was ich weiß.»

Harry lachte. «Miranda, wie hätte es Ihnen gefallen, Thomas Jeffersons jüngerer Bruder zu sein?»

«Vermutlich nicht besonders. Nein. Ich glaube, wir sind hier fertig. Morgen abend bei Samson?»

43

Während sie mit Harry, Mrs. Murphy und Tucker zur Arbeit marschierte, knurrte Pewter unaufhörlich. Bewegung hieß für die dicke Katze, von Markets Hintereingang zum Hintereingang des Postamts zu gehen.

«Sind wir bald da?»

«Halt bloß den Mund!» herrschte Mrs. Murphy sie an.

«He, guckt mal», sagte Tucker, als sie Paddy erblickte, der mit einem Affenzahn auf sie zugerast kam. Seine Ohren lagen flach an, sein Schwanz war ausgestreckt, seine Pfoten berührten kaum die Erde. Er kam aus der Stadt gerannt.

«Murph», rief Paddy, *«komm mit!»*

«Du gehst doch nicht mit ihm, oder?» Pewter, die Unannehmlichkeiten kommen sah, ließ ihre Schnurrhaare nach vorn schnellen.

«Was gibt's?» rief Mrs. Murphy.

«Ich hab was gefunden – was Wichtiges.» Er bremste vor Harrys Füßen.

Harry bückte sich und kraulte Paddys Ohren. Weil er nicht unhöflich sein wollte, rieb er sich an ihrem Bein. *«Komm mit, Murph. Du auch, Tucker.»*

«Würdest du mir vielleicht mal sagen, worum es geht?» fragte der kleine Hund vorsichtig.

Pewter rümpfte die Nase. *«Gute Frage.»*

«In Larry Johnsons und Hayden McIntires Praxis» – Paddy verschnaufte –, *«ich hab was gefunden.»*

«Was hast du da gemacht?» Tucker wollte erst sicher sein, daß es wirklich wichtig war.

«Hab bloß mal vorbeigeschaut. Ich erklär euch das unterwegs. Wir müssen da sein, bevor die Arbeiter kommen.»

«Gehen wir.» Mrs. Murphy stellte ihren Schwanz ruckartig senkrecht und sauste los.

«He, he», rief Tucker und fügte nach kurzem Überlegen hinzu: *«Warte auf mich!»*

Pewter setzte sich wütend hin und heulte. *«Ich will nicht rennen. Ich geh keinen Schritt weiter. Meine Pfoten tun weh, und ich hasse euch alle. Ihr könnt mich hier nicht allein lassen!»*

Verblüfft über die wilde Jagd der Tiere in Richtung Stadtmitte, setzte Harry dazu an, ihnen nachzurufen, doch dann besann sie sich, daß die meisten Leute eben erst aufwachten. Sie fluchte leise vor sich hin. Harry wunderte sich allerdings nicht über Pewters standhafte Weigerung, noch einen Schritt weiterzugehen, nachdem ihre trainierteren Freundinnen sie so überstürzt verlassen hatten. Sie kniete sich hin und hob das Katzenpaket auf. «Komm, ich trag dich, du faules Stück.»

«Du bist die einzige Person auf dieser weiten Welt, die ich mag», schnurrte Pewter. *«Mrs. Murphy ist ein egoistisches Miststück. Wirklich, du solltest mehr mit mir zusammensein. Sie rennt mit ihrem nichtsnutzigen Exmann davon, und der dämliche Köter dakkelt wie ein fünftes Rad am Wagen hinterher.»* Die Katze lachte. *«Also, ich würde diesen ehebrecherischen Kater nicht mal grüßen.»*

«Pewter, du hast ja offenbar ein wirklich schweres Los zu tragen.» Harry war erstaunt, daß die nicht besonders große Katze ein solches Gewicht haben konnte.

Während die drei Tiere durch die quadratischen Stadtviertel rannten, informierte Paddy Mrs. Murphy und Tucker.

«Larry und Hayden McIntire bauen den Praxisflügel des Hauses aus. Ich geh dort gern auf die Jagd. Da gibt's massenhaft Spitzmäuse.»

«Die muß man genau an der richtigen Stelle packen, denn die können gemein zubeißen», unterbrach Mrs. Murphy ihn.

«Man kommt leicht in den Anbau rein und wieder raus», fuhr er fort.

Vor ihnen erschien das schmucke Haus mit dem kurvigen, mit Platten belegten Weg, der sich dann teilte, um zur Haustür und zum Praxiseingang zu führen. Das Schild. DR. LAWRENCE JOHNSON & DR. HAYDEN MCINTIRE schwang quietschend im leichten Wind. *«Noch keine Arbeiter da»*, miaute Paddy triumphierend. Er duckte sich unter der dicken Plastikplane durch, die die Außenmauer bedeckte, und sprang in die erweiterte Fensteröffnung. Das Fenster war noch nicht eingesetzt worden. Zentrum des jüngsten Anbaus war der Kamin. Nun wurde als Gegenpol auch am Ende des neuen Raumes ein neuer Kamin gebaut.

«He, und ich?»

«Wir machen die Tür auf, Tucker.» Mrs. Murphy glitt anmutig hinter Paddy durch das Fenster und landete auf dem mit Sägemehl bedeckten Fußboden. Sie lief zur Tür des Anbaus, die noch kein Schloß hatte; das komplizierte Baldwin-Schloß lag noch eingepackt auf dem Fußboden. Mrs. Murphy stieß an die Latte, die gegen die Tür gestemmt war. Sie fiel klappernd auf die Erde, und die Tür ließ sich leicht öffnen. Die Corgihündin eilte hinein.

«Wo bist du?» Mrs. Murphy konnte Paddy nicht sehen.

«Hier», tönte es dumpf.

«Total verrückt», kommentierte Tucker lakonisch das Geräusch, das aus dem großen Steinkamin kam.

«Verrückt oder nicht, ich geh rein.» Mrs. Murphy trottete zu der höhlenartigen Öffnung. Auf den Schamottsteinen hatte

sich vom jahrzehntelangen Gebrauch eine Kaskade aus seiden- und satinartig schimmernden Schwarz- und Brauntönen gebildet. Das Haus war ursprünglich 1824 erbaut worden, der erste Anbau war 1852 hinzugekommen.

Tucker plazierte sich in der Feuerstelle. *«Als wir das letzte Mal in einem Kamin standen, war eine Leiche drin.»*

«Hier oben», rief Paddy. Seine tiefe Stimme hallte vom Rauchfang wider.

Mrs. Murphys Pupillen wurden weit, und sie bemerkte links von dem großen Rauchfang eine schmale Öffnung. Während des Umbaus waren ein paar lockere Ziegel entfernt worden, so daß für eine sportliche Katze gerade genug Platz war, sich hindurchzuzwängen. *«Ich komme.»* Sie stieß sich von ihren kräftigen Hinterbeinen ab, hatte die Entfernung aber falsch abgeschätzt. *«Verdammt.»* Die Tigerkatze hielt sich an der Öffnung fest, ihr Hinterteil hing über der Seite. Sie krallte sich mit den Hinterpfoten ein und hangelte sich den Rest des Weges hoch.

Paddy lachte. *«Gar nicht so einfach.»*

«Du hättest mich ruhig warnen können», beschwerte Mrs. Murphy sich.

«Und mir den Spaß entgehen lassen?»

«Was gibt's so Wichtiges hier oben?» wollte sie von ihm wissen, doch sobald ihre Augen sich an das spärliche Licht gewöhnt hatten, sah sie, daß sie direkt darauf saß. Eine dicke gewachste Ölhaut, ähnlich wie die äußere Schicht eines teuren Regenmantels, ein Barbour etwa oder ein Dri-as-a-Bone, umhüllte etwas, das wie Bücher oder Kisten aussah. *«Kriegen wir das auf?»*

«Hab ich versucht. Erfordert Menschenhände», bemerkte Paddy betont lässig, obwohl er völlig hingerissen war, weil seine Entdeckung die erhoffte Erregung in Mrs. Murphy erzeugt hatte.

«Was gibt es da oben?» jaulte Tucker.

Mrs. Murphy steckte den Kopf aus der Öffnung. *«Eine Art Versteck, Tucker. Bücher vielleicht oder Schmuckschatullen. Wir können es nicht aufkriegen.»*

«Glaubst du, die Menschen werden es finden?»

«Vielleicht ja, vielleicht nein.» Paddys hübsche Züge erschienen jetzt neben Mrs. Murphy.

«Wenn die Arbeiter den Kamin neu verfugen, steht es fünfzig zu fünfzig, ob sie hier reingucken oder bloß Steine reinstecken und mit Mörtel verkleistern», überlegte Mrs. Murphy laut. *«Der Fund ist zu gut, um wieder verlorenzugehen.»*

«Vielleicht ist es ein Schatz.» Tucker grinste. *«Der verlorene Schatz von Claudius Crozet!»*

«Der ist im Tunnel, in einem von den Tunnels», sagte Paddy, der wußte, daß der Ingenieur Crozet vier Tunnels durch die Blue Ridge Mountains getrieben hatte, eine der Großtaten der Ingenieurkunst des 19. Jahrhunderts – oder aller Jahrhunderte. Er hatte sein Meisterwerk ohne Hilfe von Dynamit vollbracht, das damals noch nicht erfunden war.

«Was glaubst du, wie lange das schon hier drin ist?» fragte Paddy.

Mrs. Murphy drehte sich um und beklopfte die Ölhaut. *«Hm, wenn jemand das, sagen wir, in den letzten zehn oder zwanzig Jahren versteckt hätte, hätte er vermutlich Plastik genommen. Ölhaut ist teuer und schwer zu bekommen. Mom wollte mal so einen australischen Regenmantel zum Reiten haben, aber das Ding sollte über 225 Dollar kosten, glaube ich.»*

«Zu schade, daß die Menschen kein Fell haben. Denk nur, was sie dann an Geld sparen würden», sagte Paddy.

«Ja, und sie müßten sich keine Gedanken mehr darüber machen, welche Farben man trägt, denn Fell ersetzt alle Farben. Seht mich an», bemerkte Tucker. *«Oder Mrs. Murphy. Könnt ihr euch gestreifte Menschen vorstellen?»*

«Sie würden erheblich besser aussehen!» schnurrte Paddy.

Mrs. Murphy, deren Gedanken schon weiterrasten, während die Felldiskussion noch in vollem Gange war, sagte: *«Wir müssen Larry hierherkriegen.»*

«Keine Chance.» Paddy setzte geringe Hoffnungen auf menschliche Intelligenz.

«Du bleibst hier und steckst den Kopf aus dem Loch. Tucker und ich holen ihn. Wenn wir ihn nicht herlotsen können, kommen wir allein wieder, aber du rührst dich nicht von der Stelle, okay?»

«Befehlen konntest du schon immer gut.» Er lächelte diabolisch.

Mrs. Murphy landete in der Feuerstelle und flitzte zur Tür hinaus, Tucker dicht hinterher. Sie überquerten den Rasen und blieben unter dem Küchenfenster stehen, wo ein Licht schimmerte. Larry machte sich gerade seine Tasse Morgenkaffee.

«Du bellst, ich spring auf das Fenstersims.»

«Das Fenstersims ist viel zu schmal», sagte Tucker.

«Ich kann mich wenigstens davon abstoßen.» Und dies tat Mrs. Murphy, während Tucker kläffte wie verrückt. Der Anblick des gestreiften Tieres, das vier Pfoten an eine Fensterscheibe stemmte und sich dann abstieß, machte Larry ruckartig hellwach. Der zweite Stoß von Mrs. Murphy brachte ihn vollends auf Touren. Er öffnete die Hintertür, und als er die zwei Racker sah, dachte er, sie wollten ihm Gesellschaft leisten.

«Mrs. Murphy, Tucker, kommt rein.»

«Komm du raus», bellte Tucker.

«Ich lauf rein und gleich wieder raus.» Mrs. Murphy sauste an Larry vorbei, wobei sie flüchtig seine Beine streifte, machte eine Kehrtwendung und flitzte zwischen seinen Beinen hindurch wieder hinaus.

«Was habt ihr zwei bloß?» So perplex er war, der alte Herr fand das Schauspiel äußerst amüsant.

Noch einmal sauste Mrs. Murphy hinein und gleich wieder hinaus, während Tucker nach vorn rannte, bellte und ein paar Schritte fortlief. *«Komm mit, Doc. Wir brauchen dich!»*

Larry, ein intelligenter Mann, soweit sich das von einem Menschen sagen ließ, folgerte aus dem Verhalten der zwei Tiere, die er kannte und schätzte, daß sie äußerst erregt waren. Er schnappte sich seine alte Jacke, klatschte sich seinen Filzdeckel auf den Kopf und folgte ihnen. Er fürchtete, daß ein anderes Tier oder gar ein Mensch verletzt war. Er hatte davon gehört, daß Tiere Menschen zu einem verletzten geliebten Wesen geführt hatten, und plötzlich durchfuhr ihn eine Angst. Wenn nun Harry auf dem Weg zur Arbeit etwas zugestoßen war?

Er folgte ihnen in den Anbau. Als er durch die Tür getreten war, blieb er stehen, während Mrs. Murphy und Tucker zum Kamin sausten.

«Heul, Paddy. Dann denkt er, du bist eingeklemmt oder so was.»

Paddy sang, so laut er konnte: *«Wälz mich, wälze mich im Saal / leg mich flach und mach's noch mal.»*

Tucker kicherte. Mrs. Murphy sprang zu Paddy hinauf, verzichtete jedoch darauf, in den Gesang einzustimmen. Larry ging zum Kamin und erblickte Paddy, der den Kopf zurückgeworfen hatte und trällerte, was das Zeug hielt.

«Bist du eingeklemmt?» Larry sah sich nach einer Leiter um. Er fand keine, erspähte aber einen großen Farbeimer. Als er ihn am Henkel in die Höhe hob, merkte er, wie schwer er war. Er schleppte ihn zum Kamin unter die Öffnung, wo die Katzen jetzt erbärmlich miauten, und stellte sich vorsichtig darauf. Er konnte gerade eben hineinsehen.

Er griff nach Paddy, der zurückfuhr. «Aber, aber, Paddy, ich tu dir doch nichts.»

«Das weiß ich, du Trottel. Du sollst gucken.»

«Seine Augen sehen nicht gut im Dunkeln, außerdem ist er alt.

Bei alten Leuten sind sie besonders schlecht», klärte Mrs. Murphy ihren Exmann auf. *«Kratz an der Ölhaut.»*

Paddy kratzte wie toll. Seine Krallen machten kleine Knallgeräusche, als er an dem robusten Tuch zerrte.

«Blinzel, Larry, und dann guck richtig hin», empfahl Mrs. Murphy.

Als hätte er verstanden, beschattete Larry die Augen und spähte hinein. «Was in drei Teufels Namen...?»

«Lang rein», forderte Mrs. Murphy ihn auf, gleichzeitig bewegte sie sich rückwärts auf den Schatz zu.

Larry stützte sich mit der linken Hand, die unterdessen rußverschmiert war, am Kamin ab und griff mit der rechten hinein. Mrs. Murphy leckte ihm zur Ermunterung die Finger. Er ertastete die Ölhaut. Paddy sprang vor und kam an die Öffnung. Mrs. Murphy versuchte, das Paket zu schubsen, aber es war zu schwer. Larry zog und zerrte, und es gelang ihm, die schwere Last zentimeterweise vorzuziehen, bis sie in der Öffnung klemmte. Er vergaß die Katzen für einen Augenblick und versuchte, das in Ölhaut eingeschlagene Paket herauszuziehen, aber es paßte nicht durch. Er beklopfte die Steine rund um das Loch, und sie gaben etwas nach. Vorsichtig nahm er einen heraus, dann einen zweiten und dritten. Diese Steine waren absichtlich so locker gelassen worden. Die zwei Katzen steckten die Köpfe aus der neuen Öffnung. Larry zwängte das Paket durch und fiel fast vom Eimer, weil das Zeug so schwer war. Er schwankte und sprang rückwärts hinunter.

«Nicht schlecht für einen alten Mann», bemerkte Tucker.

«Mal sehen, was er da hat.» Mrs. Murphy hüpfte herunter, Paddy hinterher.

Larry kniete sich hin und machte sich an dem Knoten auf der Rückseite des Paketes zu schaffen. Die drei Tiere saßen schweigend daneben und sahen mit großem Interesse zu.

Endlich öffnete Larry triumphierend die Ölhautumhüllung. Drei voluminöse ledergebundene Bände kamen zum Vorschein. Mit zitternder Hand schlug Larry den ersten Band auf.

Als Larry die energische Handschrift sah, in schwarzer Tinte, war ihm, als hätte ihn ein Medizinball mit voller Wucht auf die Brust getroffen. Er erkannte die Schrift, und im selben Moment wurde der Mann, den er bewundert und mit dem er gearbeitet hatte, wieder lebendig. Larry erinnerte sich an den Geruch von Jims Pfeifentabak, daran, wie er immer die Daumen unter seine Hosenträger gesteckt und sie auf und ab geschoben hatte, und seine glühende Überzeugung, daß er der reichste Arzt auf der ganzen Welt sein würde, wenn er ein Mittel gegen Glatzen finden könnte. Larry flüsterte laut: «‹Die geheimen Tagebücher eines Landarztes, Band I, 1912, von Dr. med. James Craig, Crozet, Virginia›.»

Als Mrs. Murphy und Tucker Larrys Betrübnis bemerkten, setzten sie sich neben ihn und drückten ihre kleinen Körper an seinen. In jedem Menschenleben gibt es Momente, wo die Seele von der Harpune des Schicksals geritzt und dem Menschen Gelegenheit gegeben wird, durch seinen Schmerz die Welt auf neue Weise zu sehen. Dies war ein solcher Augenblick, und durch seine Tränen sah Larry die zwei pelzigen Köpfe und streichelte sie, während er überlegte, wie oft im Leben wir von Liebe und Verständnis umgeben und zu selbstbezogen, zu sehr auf uns Menschen fixiert sind, um zu erkennen, was die Götter uns geschenkt haben.

44

Ein warmer Südwind erfüllte die Herzen mit der Hoffnung, daß der Frühling nun wirklich gekommen war. Schneestürme konnten Mittelvirginia noch im April heimsuchen, und sogar im Mai hatten einmal schwere Schneefälle die Felder zugedeckt, aber das kam selten vor. Der letzte Frost kam gewöhnlich Mitte April, aber es gab auch schon vorher warme Tage. Dann überzogen die blühenden Glyzinen Scheunen und Pergolen mit Lavendel und Weiß. Dies war Mrs. Murphys liebste Jahreszeit.

Sie aalte sich zusammen mit Pewter und Tucker am Hintereingang des Postamtes in der Sonne. Sie aalte sich obendrein in der köstlichen Genugtuung, Pewter die Neuigkeit von den Büchern in dem Versteck mitzuteilen. Pewter war wütend, aber immerhin hatte ihre kurze Abwesenheit etwas Gutes bewirkt: Market hatte sich mit Ellie Wood Baxter versöhnt. Die graue Katze war wieder gnädig aufgenommen, aber wenn sie das Wort «Schweinebraten» noch einmal zu hören bekäme, würde sie kratzen und beißen.

Die Gasse hinter den Häusern füllte sich mit Autos, weil die Parkplätze vorn schon alle besetzt waren. An den ersten wirklich milden Tagen im Frühling sahen sich die Menschen anscheinend immer veranlaßt, Blumenzwiebeln, Blumensträuße und pastellfarbene Pullover zu kaufen.

Samson Coles fuhr durch das östliche Ende der Gasse. Am westlichen Ende bog Warren Randolph ein. Sie parkten nebeneinander hinter Market Shifletts Laden.

Tucker hob den Kopf, ließ ihn aber sofort wieder auf die Pfoten sinken. Mrs. Murphy beobachtete das Geschehen aus zusammengekniffenen Augen. Pewter interessierte das alles nicht im geringsten.

«Wie läuft es mit den Diamonds?» fragte Warren, während er seine Wagentür schloß.

«Sie schwanken zwischen Midale und Fox Haven.»

Warren stieß einen Pfiff aus. «Gibt 'ne schöne Provision, mein Freund.»

«Und wie geht's dir so?»

Warren zuckte die Achseln. «Okay. Ist nicht immer einfach. Und Ansley – ich hatte sie um ein bißchen Frieden und Ruhe gebeten, und was tut sie? Läßt Kimball Haynes die Familienpapiere sichten. Klar, er war ein netter Kerl, aber das ist nicht der Punkt.»

«Ich konnte ihn nicht leiden», sagte Samson. «Lucinda hat mit mir dasselbe Ding abgezogen wie Ansley mit dir. Er hätte zu mir kommen sollen, nicht zu meiner Frau. Ein Arschkriecher – aber den Tod hab ich ihm deswegen noch lange nicht gewünscht.»

«Aber jemand anders.»

Samson wechselte abrupt das Thema: «Hast du dir schon überlegt, ob du kandidieren willst?»

«Ich kämpfe noch mit mir, aber ich fühle mich schon stärker. Könnte durchaus sein, daß ich's mache.»

Samson klopfte ihm auf den Rücken. «Paß auf, daß die Presse Papas Testament nicht in die Finger bekommt. Sag mir Bescheid. Ich werde einer deiner glühendsten Anhänger, dein Wahlkampfmanager, was du willst.»

«Klar, ich laß es dich wissen, sobald ich's selber weiß.» Warren steuerte auf das Postamt zu, während Samson durch den Hintereingang in Markets Laden trat. Mit bemerkenswerter Selbstbeherrschung tat Warren, als ob nichts geschehen wäre, aber in diesem Augenblick wußte er, daß Ansley sein Vertrauen mißbraucht hatte und ihn auch in anderer Hinsicht betrog.

Es kam Samson nicht in den Sinn, daß er sich verplappert

hatte, aber er gab ja im Geiste auch schon die Provisionssumme aus dem Geschäft mit den Diamonds aus, bevor er den Handel überhaupt abgeschlossen hatte. Und überdies würde es möglicherweise mit den heimlichen Treffen und den Lügen bald ein Ende haben. Vielleicht wollte er unbewußt, daß Warren die Wahrheit erfuhr. Dann könnten sie mit dem Versteckspiel Schluß machen, und Ansley würde ganz ihm gehören.

45

Da Kimball die meisten seiner persönlichen Papiere in seinem Arbeitszimmer im ersten Stockwerk von Monticello aufbewahrt hatte, achtete der Sheriff darauf, daß nichts verändert wurde. Aber da Harry und Mrs. Hogendobber das Material kannten und erst vor kurzem hier bei Kimball gewesen waren, erlaubte der Sheriff ihnen und Deputy Cooper den Zutritt, um sicherzugehen, daß nichts angerührt oder entfernt worden war.

Oliver Zeve beklagte sich aufgebracht bei Sheriff Shaw, die drei Damen, so reizend sie sein mochten, seien keine Wissenschaftlerinnen und hätten hier wirklich nichts zu suchen.

Shaw, fast am Ende seiner Geduld, sagte zu Oliver, er solle froh sein, daß Harry und Mrs. Hogendobber Kimballs Papiere kannten und seine eigenartige Kurzschrift entziffern konnten. Mit einem knappen Kopfnicken gab Oliver sich geschlagen; er erbat sich jedoch, daß Mrs. Murphy und Tucker zu Hause blieben. Wenigstens hier konnte er sich durchsetzen.

Shaw mußte zudem noch Fair beschwichtigen, der «die Mädels», wie er sie nannte, unbedingt begleiten wollte. Der Sheriff meinte, das würde Oliver vollends zur Verzweiflung bringen; aber in Cynthias Begleitung seien die Damen außer Gefahr, versicherte er Fair.

Oliver war deswegen so nervös, weil er in den vergangenen zwei Tagen Fernsehinterviews und eine wahre Belagerung durch Journalisten hatte über sich ergehen lassen müssen. Er war kein glücklicher Mensch. Vor lauter Unbehagen hatte er den Tod eines geschätzten Kollegen fast aus den Augen verloren.

Mrs. Hogendobber ließ den Blick durch den Raum schweifen. «Es scheint nichts verändert zu sein.»

Harry stand vor Kimballs gelbem Schreibblock und bemerkte etliche neue Notizen, die Kimball in seiner engstehenden Schrift hingekritzelt hatte. Sie nahm den Block in die Hand. «Er zitiert hier einen Ausspruch, den Martha Randolph zu ihrem vierten Kind, Ellen Wayles Coolidge, gesagt hat.» Harry dachte laut: «Merkwürdig, daß Martha und ihr Mann ihr viertes Kind Ellen Wayles genannt haben, obwohl ihr drittes Kind ebenfalls Ellen Wayles hieß – es war mit elf Monaten gestorben. Es heißt doch, das bringt Unglück.»

Mrs. Hogendobber warf ein: «Hat es aber nicht. Ellen Coolidge hatte ein gutes Leben. Ann Cary dagegen, das arme Kind, die hat gelitten.»

Cynthia lächelte. «Sie reden, als würden Sie diese Menschen kennen.»

«Das tun wir auch in gewisser Weise», erwiderte Harry. «Als wir mit Kimball gearbeitet haben, hat er uns ununterbrochen Dinge erzählt und uns dadurch buchstäblich jahrelanges Lesen erspart. Da es kein Telefon gab, haben die Menschen sich damals ausführlich geschrieben, wenn sie getrennt waren. Ich wünschte, wir würden das heute auch tun. In ihren Briefen haben sie unschätzbare Beschreibungen, Beobachtungen und Ansichten hinterlassen. Sie haben außerdem großen Wert auf treffende gegenseitige Beurteilungen gelegt – ich glaube, sie kannten einander besser, als wir uns heute kennen.»

«Dafür gibt es eine simple Erklärung, Harry.» Mrs. H. spähte über Harrys Schulter, um die Notizen zu studieren. «Den Menschen damals ist die verderbliche Erfahrung der Psychologie erspart geblieben.»

«Wollen Sie nicht vorlesen, was er geschrieben hat?» Cynthia zückte Notizblock und Bleistift.

«Das hat Martha Randolph gesagt: ‹Das Elend der Sklaverei habe ich mein Lebtag ertragen, doch das ganze Ausmaß dieses bitteren Leidens ist mir nie zuvor bewußt gewesen.› Kimball hat darunter notiert, daß dies ein Brief vom 2. August 1825 ist, aus den Coolidge-Papieren in der Universität von Virginia.»

«Wer ist Coolidge?» Cooper schrieb auf ihren Block.

«Ellen Wayles hat einen Coolidge geheiratet –»

Cooper unterbrach: «Richtig, das haben Sie mir erzählt. Irgendwann werde ich mit den Namen schon noch klarkommen. Hat Kimball etwas darüber vermerkt, warum das von Bedeutung war?»

«Hier steht: ‹Nach dem Verkauf von Colonel Randolphs Sklaven, um Schulden zu bezahlen. Verkauft wurde unter anderem Susan, Virginias Zofe›», klärte Harry Cynthia auf. «Virginia war das sechste Kind von Thomas Mann Randolph und Martha Jefferson Randolph, die wir Patsy nennen, weil sie in der Familie so genannt wurde.»

«Könnten Sie mir einen kurzen Abriß der Geschichte geben? Warum hat der Colonel, offensichtlich gegen den Wunsch der anderen Familienmitglieder, Sklaven verkauft?»

«Wir haben vergessen, Ihnen zu sagen, daß Colonel Randolph Patsys Mann war.»

«Oh.» Sie notierte das. «Hatte Patsy denn in dieser Sache nicht auch ein Wörtchen mitzureden?»

«Coop, bis vor ein paar Jahrzehnten, bis in unsere Zeit hinein, waren Frauen im Staat Virginia die reinsten Leibeigenen.» Harry schob energisch die rechte Hand in die Tasche. «Thomas Mann Randolph konnte verdammt noch mal tun und lassen, was er wollte. Er war schon bei seiner Geburt mit großen Privilegien ausgestattet, erwies sich dann aber als schlechter Geschäftsmann. Am Ende hatte er sich seiner Familie so entfremdet, daß er Monticello im Morgengrauen zu verlassen pflegte und erst am Abend zurückkam.»

Mrs. Hogendobber legte ein gutes Wort für den Mann ein: «Er war das Opfer seiner eigenen Großzügigkeit. Immer hat er Freunden mit Geld ausgeholfen, und dann, *pfft.*» Sie machte eine wegwerfende Geste, wobei ihre Hand aussah wie ein zappelnder Fisch. «Verstrickt in Prozesse gegen seinen eigenen Sohn Jeff, der die Stütze der Familie wurde und auf den sich sogar sein Großvater verließ.»

«Kennen Sie den Ausdruck ‹Er ist zu kurz gesprungen›?» fragte Harry Cooper. «Das war Thomas Mann Randolph.»

«Er war aber nicht der einzige. Schauen Sie nur, was aus Jeffersons zwei Neffen, Lilburne und Isham Lewis, geworden ist.» Mrs. Hogendobber liebte jede Art von Neuigkeiten oder Klatsch, egal aus welcher Zeit. «Sie haben am 15. Dezember 1811 einen Sklaven namens George getötet. Gottlob war ihre Mutter Lucy, Thomas Jeffersons Schwester, schon am 26. Mai 1810 gestorben, sonst wäre sie vor Scham vergangen. Jedenfalls, sie haben den unglücklichen Untergebenen getötet, und Lilburne wurde am 18. März 1812 angeklagt. Er hat sich am 10. April das Leben genommen, und sein Bruder Isham ist getürmt. Oh, es war schrecklich.»

«Ist das hier passiert?» Coopers Bleistift flog nur so über das Papier.

«Im Grenzgebiet. Kentucky.» Mrs. Hogendobber nahm Harry den Block aus der Hand. «Darf ich?» Sie las. «Hier ist noch ein Zitat von Patsy, es geht immer noch um den Sklavenverkauf. ‹Nichts kann gedeihen in einem solchen System der Ungerechtigkeit.› Fragen Sie sich nicht auch, wie die Geschichte dieser Nation aussähe, wenn Frauen von vornherein an der Regierung beteiligt gewesen wären? Frauen wie Abigail Adams, Dolley Madison oder Martha Jefferson Randolph.»

«Wir haben seit 1920 das Wahlrecht und sind immer noch nicht zu fünfzig Prozent an der Regierung beteiligt», sagte Harry verbittert. «Ehrlich gesagt, unsere Regierung ist ein einziges Tohuwabohu von Widersprüchen, vielleicht tut man besser daran, sich von ihr fernzuhalten.»

«Ach, Harry, sie war schon zu Jeffersons Zeiten ein einziges Tohuwabohu. Politik ist wie ein Hahnenkampf», bemerkte Mrs. Hogendobber.

«Könnten Sie beide mir Jeffersons Einstellung zur Sklaverei umreißen? Seine Tochter scheint sie jedenfalls verachtet zu haben.» Cooper fing an, an ihrem Radiergummi zu kauen, ertappte sich dabei und hörte wieder auf.

«Am besten fängt man mit der Lektüre seiner *Notizen über Virginia* an. Die wurden erst 1785 in Paris gedruckt, aber geschrieben hat er sie schon früher.»

«Mrs. Hogendobber, bei allem gebührenden Respekt, ich habe keine Zeit, das alles zu lesen. Ich muß einen Mörder finden, der ein Geheimnis zu verbergen hat, und wir sind immer noch mit der Leiche, vielmehr den Überresten, von 1803 befaßt.»

«Leichnam der Liebe», entfuhr es Harry.

«So sehen wir ihn», fügte Mrs. Hogendobber hinzu.

«Weil der Mann Medleys Geliebter war oder Sie das zumindest annehmen?» fragte Cooper.

«Ja, aber vermutlich war es mit der Liebe irgendwann vorbei.»

«Weil sie einen anderen liebte?» Für Cooper, daran gewöhnt, die Leute zu verhören, war es ganz natürlich, dies auch jetzt zu tun.

«Es war eine Form von Liebe. Vielleicht nicht von der romantischen Art.»

Cynthia seufzte. Fürs erste steckte sie wieder mal in einer Sackgasse. «Okay. Eine von Ihnen muß mir etwas über Jefferson und die Sklaverei erzählen. Mrs. Hogendobber, Sie haben eine Begabung für Daten und dergleichen.»

«Buchführung trainiert das Zahlengedächtnis. Also, Thomas Jefferson wurde am 13. April 1743 geboren, nach der neuen Zeitrechnung. Sie wissen, alle außer den Russen sind vom Julianischen zum Gregorianischen Kalender übergegangen. Nach der alten Zeitrechnung ist er am 2. April geboren. Muß lustig gewesen sein für die Menschen in Europa und in der Neuen Welt, gewissermaßen zwei Geburtstage zu haben. Sehen Sie, Cynthia, er wurde in eine Welt der Sklaverei hineingeboren. Wer sich mit Geschichte befaßt, stellt fest, daß alle großen Zivilisationen eine ausgedehnte Periode der Sklaverei durchlaufen haben. Es ist wohl die einzige Möglichkeit, die Arbeit getan zu bekommen und Kapital anzusammeln. Stellen Sie sich vor, die Pharaonen hätten beim Bau der Pyramiden Arbeitskräfte bezahlen müssen.»

Cynthia hob die Augenbrauen. «So habe ich das noch nie gesehen.»

«Sklaven wurden vornehmlich Männer, die man vorher im Kampf besiegt hatte. Die Römer hatten viele griechische Sklaven, von denen die meisten viel gebildeter waren als ihre Herren, weswegen die Römer von ihnen erwarteten, daß sie

sie unterrichteten. Und die Griechen selbst hatten häufig griechische Sklaven, die sie im Kampf gegen andere Poleis, also Stadtstaaten, gefangengenommen hatten. Nun, unsere Sklaven waren auch nichts anderes als Besiegte. Daß es sie aber nach Amerika verschlug, kam so: Die Sklaven, die nach Amerika kamen, waren die Unterlegenen in afrikanischen Stammesfehden, und sie wurden von den Häuptlingen der siegreichen Stämme an die Portugiesen verkauft. Schauen Sie, damals war die Welt sozusagen geschrumpft. Niederafrika stand in Verbindung mit Europa, und die Erzeugnisse Europas verlockten die Menschen überall. Nach einer Weile stiegen auch andere Europäer in den Handel ein und segelten mit ihrer menschlichen Fracht nach Südamerika, in die Karibik und nach Nordamerika. Sie fingen sogar an, selbst auf Menschenjagd zu gehen, wenn die Kriege abebbten. Der Bedarf an Arbeitskräften in der Neuen Welt war enorm.»

«Mrs. Hogendobber, was hat das mit Thomas Jefferson zu tun?»

«Zweierlei. Erstens ist er in einer Gesellschaft aufgewachsen, in der die meisten Menschen Sklaverei für normal hielten. Und zweitens – und das plagt uns heute noch – waren die Besiegten, die Sklaven, keine Europäer, sondern Afrikaner. Sie konnten nicht mithalten. Verstehen Sie?»

Cynthia kaute wieder auf ihrem Radiergummi. «Langsam verstehe ich.»

«Selbst wenn ein Sklave oder eine Sklavin sich die Freiheit erkaufte oder freigelassen wurde oder wenn der afrikanische Mensch von vornherein frei war, so sah er doch nie wie ein Weißer aus. Anders als bei den Römern oder Griechen, deren Sklaven anderen europäischen Stämmen oder anderen weißen Völkern angehörten, war die Sklaverei in Amerika mit einem Stigma behaftet, weil sie automatisch mit der Hautfarbe in Verbindung gebracht wurde – mit furchtbaren Folgen.»

Harry warf ein: «Aber Jefferson glaubte an die Freiheit. Er fand Sklaverei grausam, doch ohne seine Sklaven konnte er nicht existieren. Er hat sie gut behandelt, und sie standen treu zu ihm, weil er, verglichen mit anderen Sklavenhaltern jener Zeit, ordentlich für sie sorgte. Aber er war in einer Zwickmühle. Er konnte sich nicht vorstellen, seine Ansprüche herunterzuschrauben. Die Virginier sehen sich heute wie damals als englische Lords und Ladys. Damit ist ein sehr, sehr hoher Lebensstandard verbunden.»

«Der ihn ruiniert hat.» Mrs. Hogendobber nickte traurig mit dem Kopf. «Und noch seine Erben belastet hat.»

«Ja, aber das Interessanteste an Jefferson war, jedenfalls für mich, seine Erkenntnis, was die Sklaverei den Menschen antut. Er sagte, sie zerstöre den Unternehmungsgeist der Herren, während sie die Opfer erniedrige. Sie unterhöhle die Fundamente der Freiheit. Er glaubte fest daran, daß die Freiheit ein Geschenk Gottes und das Recht aller Menschen sei. Deshalb entwarf er einen Plan für eine allmähliche Abschaffung der Sklaverei. Natürlich hat keiner auf ihn gehört.»

«Haben sich auch andere Leute auf diese Weise ruiniert?»

«Sie müssen bedenken, daß die Generation, die im Unabhängigkeitskrieg gekämpft hat, zusehen mußte, wie ihre Währung immer mehr abgewertet wurde, bis sie am Ende ihre Kaufkraft völlig eingebüßt hatte. Das einzig wirklich Sichere war Landbesitz, schätze ich.» Mrs. Hogendobber überlegte laut: «Jefferson hat eine Menge verloren. James Madison hat sich sein Leben lang mit hohen Schulden und mit den Widersprüchen der Sklaverei geplagt, und Dolley mußte nach seinem Tod Montpelier verkaufen, das Haus seiner Mutter, in dem sie später gewohnt hatten. A propos Sklaverei, einer von James' Sklaven, der Dolley wie eine Mutter liebte, gab ihr seine gesamten Ersparnisse, und er blieb bei ihr und arbeitete weiterhin für sie. Wie Sie sehen, waren die Gefühle zwischen Herrn oder Herrin und Sklaven äußerst komplex. Die Menschen haben sich über einen Abgrund an Ungerechtigkeit hinweg geliebt. Ich fürchte, das ist uns verlorengegangen.»

«Wir müssen lernen, uns als Gleiche zu lieben», sagte Harry ernst und zitierte aus der Bill of Rights. «‹Dies halten wir für die unumstößliche Wahrheit: Alle Menschen sind von Natur gleichermaßen frei und unabhängig und besitzen gewisse angeborene Rechte; nämlich das Recht auf Leben und Freiheit und dazu die Möglichkeit, Glück und Sicherheit zu erstreben und zu erlangen.›»

«Geschichte. Auf dem College habe ich sie gehaßt. Sie beide lassen sie lebendig werden», lobte Cynthia sie und ihren kurzen Exkurs über Jefferson.

«Sie *ist* lebendig. Diese Wände atmen. Alles, was jemals auf Erden getan oder unterlassen wurde, hat Auswirkungen auf uns. Alles!» ereiferte sich Mrs. Hogendobber.

Harry, von Mrs. Hogendobbers Ausführungen gebannt, hörte draußen eine Eule schreien. Der tiefe, traurige Klang brach den Bann und erinnerte sie an Athene, die Göttin der Weisheit, der die Eule geweiht war. Die Weisheit war geboren aus der Nacht, aus Einsamkeit und tiefem Denken. Es war den Griechen und denen, die sich über Tausende von Jahren mythologischer Metaphern bedient hatten, so unendlich klar gewesen. Sie hatte es soeben erkannt. Sie wollte diese Offenbarung gerade mitteilen, als ihr Blick auf eine Ausgabe von Dumas Malones meisterhaften Aufsätzen über das Leben Thomas Jeffersons fiel. Es war der sechste und letzte Band, *The Sage of Monticello*. Der Weise von Monticello.

«Ich kann mich nicht erinnern, dieses Buch hier gesehen zu haben.»

Mrs. Hogendobber bemerkte das Buch auf dem Stuhl. Die anderen fünf Bände standen in den Milchkisten, die als Bücherregale dienten. «Ich auch nicht.»

«Hier.» Harry schlug eine Seite auf, die Kimball mit einem dieser kleinen grauen Karteireiter markiert hatte, wie man sie manchmal in Teebeutelschachteln findet. «Sehen Sie sich das an.»

Cynthia und Mrs. Hogendobber beugten sich über das Buch, in dem Kimball auf Seite 513 mit einem pinkfarbenen Textmarker folgende Stelle hervorgehoben hatte: «Alle fünf nach Jeffersons Verfügung freigelassenen Sklaven waren Mitglieder seiner Familie; andere waren schon vorher freigelassen worden, oder man hatte ihnen, falls sie als Weiße durchgehen konnten, gestattet fortzulaufen.»

«Gestattet fortzulaufen!» las Mrs. Hogendobber laut.

«Es ist kompliziert, Cynthia, aber dies bezieht sich auf die Familie Hemings. Thomas Jefferson war von seinen politischen Feinden, den Föderalisten, bezichtigt worden, eine langjährige Affäre mit Sally Hemings gehabt zu haben. Wir glauben das nicht, aber die Sklaven haben erklärt, daß Sally die Geliebte von Peter Carr war, Thomas Lieblingsneffen, den er wie einen Sohn aufgezogen hatte.»

«Aber der Clou hier ist, daß Sallys Mutter, ebenfalls eine schöne Frau, halb weiß war. Ihr Name war Betty, und ihr Geliebter, wiederum laut mündlicher Sklavenüberlieferung und dem, was Thomas Jefferson Randolph gesagt hat, war John Wayles, der Bruder von Jeffersons *Frau*. Sie sehen, in was für einer Klemme Jefferson gesteckt hat. Fünfzig Jahre hat der Mann mit dieser Schande über seinem Haupt gelebt.»

«Gestattet fortzulaufen», flüsterte Harry. «Miranda, wir sind am zweiten Base.»

Cooper kratzte sich am Kopf. «Ja, aber wer schlägt den Ball?»

46

Die Bibliothek der Coles erbrachte wenig, was sie nicht schon wußten. Mrs. Hogendobber fand einen rätselhaften Verweis auf Edward Coles, der James Madisons Sekretär und später der erste Gouverneur des Bezirks Illinois gewesen war. Edward, Ned genannt, hatte nie geheiratet oder Kinder gezeugt. Dieser Aufgabe waren andere Coles nachgekommen. Aber ein 1823 datierter Brief enthielt einen Hinweis auf eine Gefälligkeit, die Ned Patsy erwiesen hatte. Jeffersons Tochter? Die Gefälligkeit war nicht näher erläutert.

Als die kleine Gruppe von Forscherinnen ging, winkte Samson ihnen fröhlich nach. Zuvor hatte er sie großzügig mit Erfrischungsgetränken bewirtet. Lucinda winkte auch.

Sobald der Streifenwagen verschwunden war, ging Lucinda in die Bibliothek. Sie bemerkte, daß das Geschäftsbuch nicht an seinem Platz war. Sie war Harry, Miranda und Cynthia bei der Durchsicht der Aufzeichnungen nicht zur Hand gegangen, weil sie eine Verabredung in Charlottesville hatte, und Samson war beinahe übereifrig darauf bedacht gewesen, die Gastgeberpflichten zu übernehmen.

Sie suchte die Bibliothek nach dem Ordner ab.

Samson kam hineingeschlendert, ein Glas mit vier Eiswürfeln und seinem Lieblingswhisky Dalwhinnie in der Hand. Er öffnete eine Schranktür und setzte sich in einen Ledersessel. Er schaltete den Fernseher ein, der in dem Schrank verborgen war. Er und Lulu konnten es nicht ertragen, ein Fernsehgerät im Raum stehen zu sehen. Sah zu sehr nach Mittelklasse aus.

«Samson, wo ist dein Geschäftsbuch?»

«Das hat nichts mit Jefferson oder seinen Nachkommen zu tun, meine Liebe.»

«Nein, aber es hat eine Menge mit Kimball Haynes zu tun.»

Er stellte den Ton ab, und sie riß ihm die Fernbedienung aus der Hand und schaltete den Fernseher ganz aus.

«Verdammt, was ist los mit dir?» Sein Gesicht lief rot an.

«Dasselbe könnte ich dich fragen. Ich erreiche dich kaum noch an deinem Mobiltelefon. Wenn ich dich dort anrufe, wo du angeblich hingehen wolltest, bist du nicht da. Ich bin vielleicht nicht die hellste Frau der Welt, Samson, aber die dümmste bin ich auch nicht.»

«Ach, fang bloß nicht wieder mit diesen Parfüm-Vorhaltungen an. Das ist doch längst abgehakt.»

«Was ist in dem Geschäftsbuch?»

«Nichts, was dich betrifft. Meine Geschäfte haben dich früher nie interessiert, warum jetzt auf einmal?»

«Ich bewirte deine Kunden oft genug.»

«Das ist etwas anderes. Es kann dir doch egal sein, wie ich das Geld verdiene, solange du es ausgeben kannst.»

«Du bist schlau, Samson, viel schlauer als ich, aber ich lasse mich nicht täuschen. Du wirst mich nicht vom Thema abbringen. Was steht in dem Buch?»

«Nichts.»

«Warum hast du es die drei dann eben nicht durchsehen lassen? Kimball hat es gelesen. Damit gehört es zu den Beweisstücken.»

Er fuhr aus seinem Sessel hoch und baute sich vor ihr auf; seine massige Gestalt bedrohte ihre zierliche Statur, ohne daß er auch nur eine Hand erhob. Er schrie: «Du hältst den Mund über das Buch, sonst helfe mir Gott, ich werde –»

Zum erstenmal in ihrer Ehe gab Lucinda nicht klein bei. «Mich töten?» kreischte sie ihm ins Gesicht. «Entweder steckst du in Schwierigkeiten, Samson, oder du tust etwas Ungesetzliches.»

«Halt dich raus aus meinem Leben!»

«Du meinst, ‹verschwinde aus meinem Leben›», stieß sie wütend hervor. «Würde dir das dein Verhältnis mit deiner Geliebten nicht erleichtern, wer immer sie ist?»

Samson war die leibhaftige Bedrohung. «Lucinda, wenn du einer Menschenseele etwas von diesem Buch sagst, dann wirst du es bitter bereuen, mehr, als du dir vorstellen kannst. Und jetzt laß mich allein.»

Lucinda erwiderte mit eisiger, erschreckender Ruhe: «Du hast Kimball Haynes getötet.»

47

Der Streifenwagen, mit Deputy Cooper am Steuer, empfing einen Notruf. Cynthia riß das Lenkrad herum, wendete scharf und sauste in Richtung White Hall Road. «Festhalten, Mrs. H.!»

Mrs. Hogendobber, die Augen weit aufgerissen, konnte nur nach Luft schnappen, als der Wagen mit heulender Sirene und blinkenden Lichtern losdüste.

«Juhuu!» Harry stemmte sich gegen das Armaturenbrett.

Die Fahrzeuge vor ihnen fuhren schleunigst an den Straßenrand. Ein uralter Plymouth trödelte weiter. Sein Fahrer hatte ebenfalls eine beträchtliche Kilometerzahl auf dem Buckel. Coop fuhr dicht hinter ihm auf und drückte gleichzeitig auf die Hupe. Der Mann erschrak dermaßen, daß er von seinem Sitz hochschnellte und scharf nach rechts schwenkte. Sein Plymouth schwankte von einer Seite auf die andere, blieb aber aufrecht.

«Das war Loomis McReady.» Mrs. Hogendobber drückte

die Nase ans Fenster. Als Cynthia eine Kurve nahm, wurde sie auf die andere Seite des Wagens geschleudert. «Gott sei gedankt für die Erfindung der Sicherheitsgurte.»

«Der alte Loomis sollte nicht mehr Auto fahren.» Harry war der Meinung, ältere Leute müßten alljährlich eine Fahrprüfung ablegen.

«Da vorn», sagte Deputy Cooper.

Mrs. Hogendobber klammerte sich an die Rückenlehne des Vordersitzes, um ihr Gleichgewicht zu halten, und spähte zwischen den Köpfen von Harry und Cynthia nach vorn. «Das ist Samson Coles.»

«Rast wie die Feuerwehr, und das mit seinem Wagoneer. Die Dinger liegen schlecht in der Kurve und können die Spur nicht halten.» Harrys Schultern spannten sich. «Schauen Sie!» Nachdem sie eine weitere scharfe Kurve genommen hatten, konnte Mrs. Hogendobber sehen, daß der Wagen vor Samson noch schneller fuhr.

«Ach du Scheiße, das ist Lucinda! Entschuldigen Sie, Miranda, ich wollte nicht fluchen.»

«Unter den Umständen –» Miranda sprach den Satz nicht zu Ende, weil jetzt am anderen Ende der Straße eine zweite Sirene heulte.

«Jetzt haben Sie sie!» Harry freute sich hämisch.

Als Lucinda sah, daß Sheriff Rick Shaws Wagen ihr entgegenkam, blendete sie ihre Scheinwerfer auf und hielt an. Cooper, die sich dicht hinter Samson geklemmt hatte, ging mit dem Tempo herunter, weil sie dachte, er würde bremsen, aber das tat er nicht. Er schwenkte um Lulus großen braunen Wagoneer nach rechts, die Räder auf der einen Seite knirschten im Abflußgraben. Gleich vorn lag die Beaver Dam Road, in die er scharf rechts einbiegen wollte.

Sheriff Shaw hielt bei Lucinda an, die heulte, schluchzte und schrie: «Er will mich umbringen!»

«Meine Damen, jetzt wird's brenzlig», warnte Cooper, als auch sie rechts an Lucinda vorbei in den Abflußgraben schwenkte. Der Streifenwagen warf große Klumpen Erde und Sandstein auf, bevor er wieder auf die Straße gelangte.

Samson jagte den roten Wagoneer Richtung Beaver Dam Road, die nicht in einer Rechtsbiegung von neunzig Grad, sondern in einem scharfen Dreißig-Grad-Winkel nordöstlich von der Whitehall Road abging. Es war schon unter den günstigsten Umständen eine mörderische Kurve. Gerade als Samson die Abbiegung erreichte, bremste Carolyn Maki in ihrem schwarzen Ford Kombi am Stoppschild. Samson trat so heftig auf die Bremse, daß sein Wagen hinten ausscherte. Um das auszugleichen, riß er das Steuer viel zu scharf nach rechts. Der Wagoneer überschlug sich zweimal und blieb schließlich auf der Seite liegen.

Wie durch ein Wunder war der Kombi unversehrt geblieben. Carolyn Maki öffnete ihre Wagentür, um Samson zu Hilfe zu kommen.

Cooper hielt quietschend neben dem Kombi und sprang, die Pistole in der Hand, aus dem Streifenwagen. «Bleiben Sie im Wagen!» rief sie Carolyn zu.

Harry wollte ihre Tür aufmachen, aber Mrs. Hogendobbers starke Hand faßte sie im Nacken. «Hiergeblieben.»

Das hinderte die beiden aber nicht, die Automatik zum Öffnen der Fenster zu bedienen, damit sie etwas hören konnten. Sie steckten die Köpfe hinaus.

Cooper sprintete zu dem Wagen, wo Samson sich an der Fahrertür zu schaffen machte und dabei himmelwärts deutete, weil der Wagen ja auf der rechten Seite lag. Ohne auf die kleinen Schnitte in seinem Gesicht und an den Händen zu achten, stieß er die Tür auf, kroch mit dem Kopf voran heraus und – starrte in den Lauf von Cynthia Coopers Pistole.

«Samson, nehmen Sie die Hände hinter den Kopf.»

«Ich kann alles erklären.»

«Hinter den Kopf!»

Er tat wie befohlen. Ein dritter Streifenwagen kam von der Beaver Dam Road und hielt an. Deputy Cooper war froh über die Verstärkung. «Carolyn, alles in Ordnung mit Ihnen?»

«Ja», rief Carolyn Maki, die Augen weit aufgerissen, aus ihrem Kombi.

«Wir brauchen Ihre Aussage. Wir sehen zu, daß einer von uns das in ein paar Minuten aufnehmen kann, dann können Sie nach Hause.»

«Ist gut. Kann ich jetzt aussteigen?»

Cooper nickte. Der dritte Beamte filzte Samson Coles. Die Räder seines Jeeps drehten sich noch.

Carolyn ging zu Mrs. Hogendobber und Harry, die unterdessen vor dem Streifenwagen warteten.

Harry hörte Sheriff Shaws Stimme am Funkgerät. Sie nahm den Hörer auf, der an der Spiralschnur hing. «Sheriff, hier spricht Harry.»

«Wo ist Cooper?» erwiderte er schroff.

«Sie hält Samson Coles in Schach.»

«Jemand verletzt?»

«Nein – abgesehen vom Wagoneer.»

«Ich bin gleich da.»

Der Sheriff überließ Lucinda Coles der Obhut eines seiner Hilfssheriffs. Er war keine achthundert Meter entfernt, darum war er in Minutenschnelle zur Stelle. Er schritt entschlossen auf Samson zu. «Lesen Sie ihm seine Rechte vor.»

«Jawohl, Sir», sagte Cooper.

«So, und jetzt legen Sie ihm Handschellen an.»

«Muß das sein?» klagte Samson.

Der Sheriff ließ sich nicht herab, ihm zu antworten. Er schlenderte zu dem Wagoneer und stellte sich auf die Zehenspitzen, um hineinzusehen. Auf dem Fenster der Beifahrerseite dicht über der Erde lag eine .38er mit kurzem Lauf.

48

«Er war außer sich vor Entrüstung.» Miranda hielt ihr Publikum in Bann. Sie war in ihrer Geschichte an dem Punkt angelangt, wo Samson Coles mit hinter dem Rücken gefesselten Händen zum Wagen des Sheriffs geführt wurde und zu brüllen anfing. Er wolle nicht ins Gefängnis. Er habe weiter nichts Unrechtes getan, als mit dem Auto seine Frau zu verfolgen, und außerdem: Welcher Mann verspüre nicht hin und wieder den Drang, seiner Frau den Schädel einzuschlagen? Noel Coward habe geschrieben, Frauen seien wie Gongs, sie müßten regelmäßig geschlagen werden.

«Hat er das wirklich gesagt?» fragte Susan Tucker.

«In *Intimitäten*», klärte Mim sie auf. Mim saß auf dem Schulstuhl, den Miranda aus dem hinteren Raum des Postamtes für sie herbeigeschafft hatte. Larry Johnson, der niemandem von den Tagebüchern erzählt hatte, Fair Haristeen und Ned Tucker standen; Market Shiflett saß, Pewter neben sich, auf dem Schalter. Mrs. Hogendobber schritt auf und ab und gestikulierte wild, um ihren Worten Nachdruck zu verleihen. Tucker lief neben ihr her, und Mrs. Murphy saß auf der Briefwaage. Wenn Miranda eine Bestätigung wünschte, wandte sie sich an Harry, die ebenfalls auf dem Schalter saß.

Reverend Jones stieß die Tür auf; er war gekommen, um seine Post zu holen. «Wieviel habe ich verpaßt?»

«Fast alles, Herbie, aber ich gebe Ihnen eine Privataudienz.»

Nach Herb kamen Ansley und Warren Randolph. Mrs. Hogendobber strahlte, denn nun konnte sie das Erlebnis mit theatralischen Ausschmückungen wiederholen. Aller guten Dinge sind drei.

«Eine oscarreife Vorstellung», sagte Mrs. Murphy lakonisch zu ihren beiden Freundinnen.

«Ich wünschte, wir wären dabeigewesen.» Tucker haßte es, etwas Aufregendes zu verpassen.

«Mir wäre schlecht geworden», bemerkte Pewter. *«Hab ich euch schon erzählt, wie ich kotzen mußte, als Market mich zum Tierarzt brachte?»*

«Nicht jetzt!» beschwor Mrs. Murphy die graue Katze.

Als Mrs. Hogendobber ihren Bericht zum zweitenmal beendet hatte, fingen alle gleichzeitig zu reden an.

«Hat man die Mordwaffe gefunden? Die Pistole, mit der Kimball Haynes getötet wurde?» fragte Warren.

«Coop sagt, den ballistischen Untersuchungen zufolge war es eine kurzläufige .38er Pistole. Sie war nicht registriert. Erschreckend, wie leicht man illegal an eine Waffe kommen kann. Die Kugeln entsprechen dem Kaliber der .38er, die man in Samsons Wagen gefunden hat. Die Schüsse hatten das Fenster auf der Beifahrerseite zerschmettert. Er muß die Waffe auf dem Sitz neben sich gehabt haben. Sieht so aus, als wollte er Lulu wirklich umbringen. Und es sieht ganz so aus, daß er es war, der Kimball Haynes umgebracht hat.» Miranda schüttelte den Kopf über so viel Gewalttätigkeit.

«Das will ich nicht hoffen», erklang Dr. Johnsons ruhige Stimme. «Eheprobleme hat jeder, und die von Samson mögen größer sein als die der meisten, aber wir wissen noch nicht, was das Ganze ausgelöst hat. Und wir wissen nicht, ob er Kimball getötet hat. Im Zweifel für den Angeklagten. Bedenken Sie, wir sprechen von einem Einwohner von Crozet. Wir sollten lieber erst mal abwarten, bevor wir ihn hängen.»

«Von hängen habe ich nichts gesagt», schnaubte Miranda. «Aber es ist schon äußerst merkwürdig.»

«Dieser Frühling war äußerst merkwürdig.» Fair zog seine Zehen zusammen und spreizte sie, eine nervöse Angewohnheit von ihm.

«So gerne ich Samson mag, ich hoffe, hiermit ist der Fall erledigt. Warum sollte er Kimball Haynes töten? Ich weiß es nicht.» Ned Tucker legte den Arm um die Schultern seiner Frau. «Aber wir würden nachts besser schlafen, wenn wir wüßten, daß der Fall abgeschlossen ist.»

«Laß die Toten die Toten begraben.» Unter Gemurmel stimmte die kleine Gruppe in Neds Hoffnungen ein.

Niemand bemerkte, daß Ansley geisterbleich geworden war.

49

Samson Coles bestritt, die .38er je gesehen zu haben. John Lowe, sein Anwalt, der in seiner Laufbahn schon so manche Verteidigung übernommen hatte, konnte einen Lügner schon aus einem Kilometer Entfernung riechen. Er wußte, daß Samson log. Samson wollte dem Sheriff nur seinen Namen und seine Adresse sowie, in einem komischen Rückgriff auf seine Jugend, seine Kennummer beim Militär nennen. Als John Lowe zu seinem Mandanten kam, war Samson mürrisch, die Feindseligkeit in Person.

«Also noch einmal, Samson. Warum haben Sie gedroht, Ihre Frau zu töten?»

«Zum letztenmal, wir hatten Probleme, echte Probleme.»

«Das ist noch kein Grund, Ihre Frau umzubringen oder zu bedrohen. Sie bezahlen mir einen Haufen Geld, Samson. Im Moment sieht es ausgesprochen schlecht für Sie aus. Der Bericht über die Pistole ist gekommen. Es ist die Waffe, mit der Kimball Haynes getötet wurde.» Hier log John – die Ergebnisse der ballistischen Untersuchung waren noch nicht eingetroffen –, aber er hoffte, seinen Mandanten mit diesem theatralischen Coup in irgendeine Form von Kooperation zu katapultieren. Es funktionierte.

«Nein!» Samson zitterte. «Ich habe die Pistole vorher nie im Leben gesehen. Ich schwöre es. John, ich schwöre es bei der Bibel! Als ich sagte, ich würde sie umbringen, habe ich das nicht ernst gemeint, ich wollte sie nicht erschießen. Sie hatte mich einfach auf hundertachtzig gebracht.»

«Mein Freund, Sie könnten auf dem elektrischen Stuhl landen. In unserem Staat gilt die Todesstrafe, und ich bin nicht von gestern. Erzählen Sie mir lieber genau, was passiert ist.»

Tränen schossen Samson in die Augen. Seine Stimme zitterte. «John, ich liebe Ansley Randolph. Ich habe Geld ausgegeben, um sie zu beeindrucken, kurzum, ich habe mich an Geldern vergriffen, die ich verwalte. Lucinda hat den Ordner gesehen –» Er unterbrach sich, weil er am ganzen Leibe zitterte. «Sie hat ihn tatsächlich Kimball Haynes gezeigt, als er da war, um die Familiengeschichte und -tagebücher zu lesen; Sie wissen doch, er suchte nach irgendeinem Hinweis auf den Mord in Monticello. Es gab natürlich keinen, aber ich habe Bücher aus den letzten Jahrzehnten des 17. Jahrhunderts, die irgendeine Ururgroßmutter mütterlicherseits, Charlotte Graff, geführt hat. Kimball hat die minutiös detaillierte Buchführung gelesen, und Lucinda meinte lachend, aus meinen Büchern könne sie nicht schlau werden, aber die von Granny Graff seien kristallklar gewesen. Und zum Beweis hat Lucinda Kimball meinen Ordner gezeigt. Er hat mit einem Blick gesehen, was ich gemacht habe. Ich habe doppelte Buchführung betrieben, Sie verstehen. Das ist die reine Wahrheit.»

«Samson. Sie genießen hohes Ansehen in Crozet. Für viele Leute wäre das ein mehr als hinreichendes Motiv, Kimball zu töten – um sich sowohl dieses Ansehen als auch Ihre Einkünfte zu bewahren. Antworten Sie mir: Haben Sie Kimball Haynes getötet?»

Die roten Wangen tränenüberströmt, sagte Samson flehentlich zu John: «Lieber verlöre ich meine Zulassung als mein Leben.»

John glaubte ihm.

50

Geradezu besessen von den Tagebüchern seines ehemaligen Partners, las Dr. Larry Johnson beim Frühstück, zwischen Patientenbesuchen, beim Abendessen und bis spät in die Nacht. Er war mit dem ersten Band fertig, der erstaunlich gut formuliert war, dabei hatte er Jim nie für einen Literaten gehalten.

Die Dokumente waren belebt durch Verweise auf Großeltern und Urgroßeltern zahlreicher Bürger von Albemarle County. Der erste Band befaßte sich großenteils mit den Auswirkungen des Ersten Weltkriegs auf die heimgekehrten Soldaten und ihre Ehefrauen. Jim Craig war damals ein blutjunger Arzt gewesen.

Z. Calvin Coles, Samson Coles' Großvater, war mit einer schlimmen Syphilis aus dem Krieg heimgekehrt. Mims Familie väterlicherseits, die Urquharts, waren im Krieg zu Reichtum gekommen, indem sie in die Rüstung investiert hatten, und der Bruder von Mims Vater, Douglas Urquhart, hatte bei einem Dreschunfall einen Arm verloren.

Alle Patienten, von Masern bis Knochenkrebs, waren detailliert aufgeführt, und Charakter, Herkunft sowie die jeweilige Krankengeschichte waren vermerkt.

Die Minors, Harrys Vorfahren väterlicherseits, waren anfällig für Nebenhöhlenentzündungen, während die mütterlichen Verwandten, die Hepworths, entweder sehr jung gestorben oder aber über siebzig und noch älter geworden waren – also ein äußerst langes Leben gehabt hatten. Viele von Wesley Randolphs Verwandten hatten an einer zehrenden Blutkrankheit gelitten, die langsam zum Tode führte. Die Hogendobbers neigten zu Herzerkrankungen und die Sanburnes zu Gicht.

Jims scharfe Beobachtungsgabe nötigte Larry abermals Bewunderung ab. Damals, als Larry in Jim Craigs Praxis eintrat, hatte er noch zu seinem Partner aufgeschaut, heute aber, als alter Mann, konnte er Jim auf der Grundlage seiner eigenen reichhaltigen Erfahrungen beurteilen. Jim war ein guter Arzt gewesen, und als er mit einundsechzig Jahren starb, war dies für die Stadt wie für andere Ärzte ein großer Verlust.

Begierig schlug Larry den zweiten Band auf, der am 22. Februar 1928 begann.

51

Gefängnisse sind nicht in Designer-Farben gehalten. Und die Privatsphäre der Insassen gilt auch nicht viel. Der arme Samson Coles hörte stinkende Männer im Delirium tremens brüllen und schreien, kleine Drogendealer ihre Unschuld beteuern und einen Kinderschänder erklären, daß ein achtjähriges Kind ihn verführt habe. Falls Samson je an seinem Geisteszustand gezweifelt hatte, dieser «Urlaub» im Knast bestätigte ihm, daß er normal war – dämlich vielleicht, aber normal.

Bei den Männern in den anderen Zellen war er da nicht so sicher. Ihre Wahnvorstellungen fand er faszinierend und abstoßend zugleich.

Seine einzige Wahnvorstellung war gewesen, daß Ansley Randolph ihn liebte. Er wußte jetzt, daß dem nicht so war. Nicht ein Versuch, Verbindung mit ihm aufzunehmen; er erwartete ja gar nicht, daß sie in der Strafanstalt, wie die euphemistische Bezeichnung lautete, persönlich erschien. Sie hätte ihm einen Brief hineinschmuggeln können – irgendwas.

Wie die meisten Männer war Samson von Frauen ausgenutzt worden, vor allem in seiner Jugend. Das Gute an Lucinda war unter anderem, daß sie ihn nicht ausnutzte. Sie hatte ihn einst geliebt. Schuldgefühle quälten ihn, wann immer er an seine Frau dachte, die Frau, die er betrogen hatte, an seinen guten Namen, den er zerstört hatte, und daran, daß er obendrein seine Maklerzulassung verlieren würde. Er hatte alles ruiniert: sein Zuhause, seine Karriere, sein Ansehen in der Gemeinde. Und wofür?

Und nun stand er unter Mordanklage. Es kam ihm kurz in den Sinn, sich mit einem Laken zu erhängen, aber dann verdrängte er den Gedanken. Irgendwie würde er lernen müssen, mit dem, was er getan hatte, zu leben. Vielleicht war er dämlich gewesen, aber er war kein Feigling.

Was Ansley betraf, so wußte er, daß sie unverzüglich zur Tagesordnung übergehen würde. Sie liebte Warren kein bißchen, aber nie würde sie den Reichtum und das Prestige, eine Randolph zu sein, aufs Spiel setzen. Nicht daß es schäbig wäre, eine Coles zu sein, aber gegen Megamillionen kamen ein ordentliches Auskommen und ein guter Name nicht an. Sie mußte ja auch an ihre Jungen denken, für die das Leben viel vorteilhafter sein würde, wenn Ansley blieb, wo sie war.

Rückblickend konnte er sehen, daß Ansleys Ehrgeiz sich mehr auf die Jungen konzentrierte als auf sie selbst, wobei sie vernünftig genug war, es mit ihnen nicht zu übertreiben. Aber wenn sie den Randolph-Clan schon ertragen mußte, dann wollte sie in Gottes Namen erfolgreiche und liebevolle Söhne haben. Blut, Geld und Macht – was für eine Kombination.

Samson schwang seine Beine über die Seite seiner Pritsche. Er würde hier total verfetten, wenn er sich nicht mit Beingymnastik und Liegestützen Bewegung verschaffte. Ein Gutes hatte der Aufenthalt im Knast, es gab keine Saufgelage. Manchmal hätte er gerne geweint, aber er wußte nicht, wie. Um so besser. Schwächlinge werden im Bunker bloß fertiggemacht.

Wie lange er so saß und die Beine baumeln ließ, nur um das Blut zirkulieren zu fühlen, wußte er nicht. Er zog die Beine mit einem Ruck hoch, als ihm klar wurde, daß sein Name genau zu ihm paßte.

52

Die Knospen an den Bäumen schwollen, und ihre Farbe wechselte von Dunkelrot zu Hellgrün. Der Frühling war im Triumph einmarschiert.

Jedes Jahr, wenn der erste grüne Hauch die Weiden und Berge überzog, bekam Harry einen Putzanfall. Bäche und Flüsse traten infolge der Schnee- und Eisschmelze fast über die Ufer, und der Geruch von Erde war wieder in der Luft.

Ganze Berge von ungelesenen Zeitungen und Illustrierten wurden auf der hinteren Veranda gestapelt. Harry hatte der Einsicht nachgegeben, daß sie sie nie lesen würde, also weg damit. Neben den Zeitschriften lagen sauber zusammengelegte Kleider. Harry war es ziemlich egal, wie sie herumlief, aber sie trennte sich am Ende von den Sachen, die zu oft geflickt und nochmals geflickt waren.

Sie beschloß außerdem, den Beistelltisch, der nur noch drei Beine hatte, wegzuwerfen. Sie wollte in einem dieser Läden, wo man Möbel im Rohzustand bekam, einen neuen Beistelltisch kaufen und ihn anstreichen. Als sie das Tischchen hinaustrug, stieß sie sich die Zehe an dem alten schmiedeeisernen Türstopper. Es war das Bügeleisen ihrer Großmutter, das damals auf dem Herd erhitzt wurde.

«Verdammter Mist!»

«Wenn du gucken würdest, wo du hintrittst, würdest du nicht über Sachen stolpern.» Tucker hörte sich an wie eine Lehrerin.

Harry rieb sich die Zehe, zog ihren Schuh aus und rieb noch ein bißchen. Dann hob sie das anstößige Eisen auf, um es nach draußen zu schleudern. «Ich hab's!» rief sie Mrs. Murphy und Tucker fröhlich zu. «Die Mordwaffe. Medley Orion war Näherin!»

53

Harry hielt das Bügeleisen in die Höhe und demonstrierte vor Mim Sanburne, Fair, Larry Johnson, Susan and Deputy Cooper, wie der Hieb ausgeführt worden sein könnte.

Larry untersuchte das Eisen. «Das könnte tatsächlich die dreieckige Einbuchtung verursacht haben.»

Mrs. Murphy und Pewter saßen dicht beieinander auf dem Küchentisch. Mrs. Murphy hätte zwar lieber Fellhaare gelassen, als es zuzugeben – aber sie war gern in Katzengesellschaft. Das galt auch für Pewter, die allerdings in erster Linie auf dem Küchentisch lagerte, weil dort das Essen hingestellt wurde.

Tucker umrundete den Tisch. *«War schlau von Mom, Big Marilyn Bescheid zu sagen.»*

«Mim ist Vorsteherin des Restaurationsprojektes.» Mrs. Murphy sah auf ihre kleine Freundin hinunter. *«Dann kann Mim es Oliver Zeve sagen, und Coop kann es Sheriff Shaw sagen. Ist 'ne erstklassige Theorie.»*

«Ich glaube, Sie haben die Lösung.» Larry reichte das Eisen an Mim weiter, die das Gewicht des Gerätes fühlte.

«Ein kräftiger Hieb geradeaus oder leicht nach oben. Die Leute haben damals so viel körperliche Arbeit geleistet, da war Medley bestimmt kräftig genug, jemandem einen tödlichen Schlag zu versetzen. Wir wissen, daß sie jung war.» Mim reichte Miranda das Eisen.

«Die Form dieses Eisens war geeignet zum Bügeln von Spitzen und all dem verspielten Firlefanz, den man damals trug.»

«Darf ich mir das Eisen borgen, um es Rick zu zeigen? Wenn er es nicht mit eigenen Augen sieht, ist er skeptisch.» Cynthia Cooper streckte die Hände nach dem Eisen aus.

«Sicher.»

«Wie wir hören, leugnet Samson kategorisch, Kimball getötet zu haben, obwohl doch die Waffe in seinem Wagen war.» Es ärgerte Mim, daß Sheriff Shaw ihr nicht alles erzählte. Mim wollte immer über alle und alles Bescheid wissen, genau wie Miranda, wenn auch aus anderen Gründen.

«Er bleibt stur bei seiner Geschichte.»

«Hat jemand Lulu besucht?» fragte Susan Tucker. «Ich denke, ich gehe heute abend zu ihr.»

«Ich bin bei ihr gewesen.» Mim sprach als erste Bürgerin von Crozet, die sie tatsächlich war. «Sie ist furchtbar aufgewühlt. Ihre Schwester ist von Mobile hergeflogen, um ihr beizustehen. Ihre größte Sorge ist, was die Leute sagen werden, aber ich habe ihr versichert, daß sie keine Schuld trifft. Lassen Sie sie noch ein, zwei Tage in Ruhe, Susan, und gehen Sie dann zu ihr.»

«Sie liebt Shortbread», erinnerte sich Mrs. Hogendobber. «Ich werd ihr welches backen.»

Die anderen hoben die Hände, und Miranda lachte. «Da werd ich wohl bis Ostern in der Küche stehen!»

«Ich gebe die Suche nach der Wahrheit über die Leiche in Hütte Nummer vier noch nicht auf.» Harry ging zur Anrichte, um Kaffee zu machen.

«Und ich denke, ich lese mir mal Dr. Thomas Walkers Papiere durch», sagte Larry. «Er hat Peter Jefferson auf dem Totenbett beigestanden. Ein sehr vielseitiger Mann, dieser Thomas Walker aus Castle Hill. Vielleicht finde ich ja einen Hinweis, daß er einen Beinbruch behandelt hat. Es gab noch einen anderen Arzt, aber sein Name will mir nicht einfallen.»

«Wir sind es Kimball schuldig.» Harry mahlte Kaffee, und es roch köstlich danach.

«Harry, du gibst wohl nie auf.» Fair ging ihr zur Hand, stellte Tassen und Untertassen hin. «Ich hoffe, ihr kommt der Sache bald auf die Spur, damit es endlich vorbei ist, aber ich bin erst mal heilfroh, daß Kimballs Mörder hinter Gittern ist. Das hatte mir Sorgen gemacht.»

«Ist es denn möglich, daß Samson Coles kaltblütig einen Menschen ermorden konnte?» Mim schenkte sich halb Milch, halb Kaffee in ihre Tasse.

«Mrs. Sanburne, stinknormal aussehende Menschen können die abscheulichsten Verbrechen begehen», erklärte Deputy Cooper, die es wissen mußte.

«Scheint so», seufzte Mim.

«Glaubst du, daß es Samson war?» fragte Pewter.

Mrs. Murphy schnippte mit dem Schwanz. *«Nein, aber jemand will uns glauben machen, daß er es war.»*

«Aber die Waffe war doch in seinem Wagen.» Tucker wollte gern glauben, daß der Schlamassel vorbei war.

Die Tigerkatze steckte eine Sekunde ihre rosa Zunge heraus. *«Es ist noch nicht vorüber – Katzenintuition.»*

Miranda fragte: «Ist Kimball noch an die Randolph-Papiere gekommen?»

«Herrje, das weiß ich nicht.» Harry zögerte einen Moment, dann ging sie zum Telefon und wählte.

«Hallo, Ansley. Entschuldige die Störung. Hat Kimball eigentlich noch eure Familienpapiere gelesen?» Sie lauschte. «Aha, danke. Entschuldige noch mal.» Sie legte den Hörer auf. «Nein.»

«Wir haben noch ein paar Anhaltspunkte, um Kimballs Nachforschungen zu rekonstruieren.» Mrs. H. bemühte sich um einen zuversichtlichen Ton. «Irgend etwas wird schon auftauchen.»

54

«So ein Waschlappen», beklagte sich Mrs. Murphy über Pewter. *«‹Es ist zu weit. Es ist zu kalt. Dann bin ich morgen so müde.›»*

Im Hundetrab bewältigte Tucker die Kilometer spielend. *«Sei froh, daß sie zu Hause geblieben ist. Sie hätte sich hingesetzt und gejammert, bevor wir auch nur drei Kilometer weit gekommen wären. So kriegen wir wenigstens unsere Arbeit getan.»*

Ihr Katzeninstinkt sagte Mrs. Murphy, daß die ganze Geschichte noch lange nicht aufgedeckt war. Sie hatte Tucker vorgeschlagen, spätabends zu Samson Coles' Besitz zu laufen. Der beherzte kleine Hund bedurfte keiner Überredung. Auch war die Aufregung über den Bücherfund im Kamin noch nicht abgeklungen. Im Moment glaubten sie sich zu allem fähig.

Sie überquerten Felder, sprangen über Bäche, krochen unter Zäunen hindurch. Sie überholten Rehrudel; die Ricken hatten neugeborene Kitze neben sich. Und einmal fauchte Mrs. Murphy, als sie einen Fuchsrüden witterte. Katzen und Füchse sind natürliche Feinde, weil sie einander die Nahrung streitig machen.

Auf dem von ihnen gewählten Weg waren es sieben Kilometer bis zu Lucindas und Samsons Haus, und so kamen sie gegen elf Uhr an. Oben im Wohnzimmer brannte Licht.

Mächtige Walnußbäume beschirmten das Haus. Mrs. Murphy kletterte auf einen hinauf und spazierte auf einem Ast nach vorn. Durch das Wohnzimmerfenster sah sie Lucinda Coles und Warren Randolph. Sie stieg rückwärts vom Baum und sprang auf das breite Fenstersims. So konnte sie hören, was die beiden sprachen, denn das Fenster stand offen, damit die kühle Frühlingsluft das Haus durchwehen und die muffige Winterluft vertreiben konnte. Die Katze atmete kaum, als sie lauschte.

Tucker wußte, daß Mrs. Murphy auf diesem Gebiet einwandfreie Arbeit leistete, und sie beschloß, ihrerseits soviel wie möglich zu erschnuppern.

Lucinda, die sich mit dem Taschentuch die Augen abtupfte, nickte mehr, als daß sie sprach.

«Du hattest keine Ahnung?»

«Ich wußte, daß er was mit einer Frau hatte, aber ich wußte nicht, daß es Ansley war. Meine beste Freundin. Gott, was für ein Klischee», stöhnte sie.

«Ich habe nichts geahnt. Hör zu, ich weiß, du hast genug Ärger am Hals, und ich möchte nicht, daß du dir wegen Geld Sorgen machst. Wenn du gestattest, kann ich mich um den Besitz kümmern und tun, was getan werden muß, natürlich zusammen mit euren regulären Anwälten. Du darfst nichts überstürzen. Selbst wenn Samson verurteilt wird, bedeutet das nicht, daß du alles verlieren mußt.»

«O Warren, ich weiß nicht, wie ich dir danken soll.»

Er seufzte. «Ich kann es immer noch nicht fassen. Du glaubst jemanden zu kennen, und dann – wenn ich ehrlich sein soll, regt mich diese... Affäre viel mehr auf als der Mord.»

«Wie hast du es rausgekriegt?»

«Hinter dem Postamt. Am Dienstag. Samson hat sich verplappert, er machte eine Bemerkung über etwas, das nur meine Frau wissen konnte.» Er zögerte. «Neulich abends bin ich hinterhergefahren und habe die Scheinwerfer ausgeschaltet. Ich war drauf und dran, reinzukommen und es dir zu sagen, aber dann habe ich mittendrin Manschetten gekriegt. Ich hab seinen Wagen in der Einfahrt gesehen. Worauf ich, wie gesagt, gekniffen habe. Ich weiß nicht, ob es was geändert hätte, wenn du es vor ein paar Tagen erfahren hättest anstatt heute.»

«Das hätte unsere Ehe auch nicht gerettet.» Sie fing wieder an zu weinen.

«Hat er wirklich gedroht, dich umzubringen?»

Sie nickte und schluchzte.

Warren rang die Hände. «Das dürfte das Scheidungsverfahren beschleunigen.» Er sah zum Fenster. «Deine Katze will rein.»

Mrs. Murphy erstarrte. Lucinda sah hoch. «Das ist nicht meine Katze.» Wie der Blitz schoß Mrs. Murphy vom Fenstersims. «Komisch, die sah aus wie Mrs. Murphy.»

«Tucker, nichts wie weg!»

Mrs. Murphy flitzte über den vorderen Rasen. Tucker, die rennen konnte wie der Teufel, holte sie ein. Sowohl aus Neugierde als auch aus dem Wunsch, ihren Kummer für einen Augenblick zu vergessen, öffnete Lucinda die Haustür und sah die beiden. «Das sind Harrys Schützlinge. Was haben die bloß hier draußen zu suchen?»

Warren stellte sich neben sie und beobachtete die beiden Tiere, deren Silhouetten sich vor dem Silbermond abhoben. «Sie jagen. Du würdest staunen, wie groß Jagdreviere sind. Bären gehen im Umkreis von hundertfünfzig Kilometern auf Raubzug.»

«Man sollte meinen, daß es bei Harry genug Mäuse gibt.»

55

Die Menge hatte sich in den Gartenanlagen von Monticello versammelt. Die Gedenkfeier für Kimball Haynes wurde an der Stätte abgehalten, die er gekannt und geliebt hatte. Monticello, jeglichen häuslichen Lebens beraubt, macht dies dadurch wett, daß es alle, die hier arbeiten, emotional in seinen Bann zieht.

Zunächst hatte sich Oliver Zeve gegen eine Gedenkfeier in Monticello gesträubt. Seiner Meinung nach hatte das Heiligtum schon genug negative Schlagzeilen gemacht. Er hatte seine Meinung dem Vorstand vorgetragen, dessen Mitglieder reichlich Gelegenheit gehabt hatten, Kimball kennen und mögen zu lernen. Der Mann war einfach liebenswert gewesen. Der Vorstand hatte ohne große Diskussion gestattet, die Feier nach der Schließung für den Publikumsverkehr abzuhalten. Es war angemessen, daß man Kimballs dort gedachte, wo er am glücklichsten gewesen war und dem besseren Verständnis eines der größten Männer gedient hatte, die je aus dieser oder irgendeiner Nation hervorgegangen waren.

Reverend Jones, hinter dem der Montalto hoch aufragte, räusperte sich. Mim und Jim Sanburne saßen mit Warren und Ansley Randolph in der ersten Reihe, da die zwei Ehepaare die Finanzierung der Feier übernommen hatten. Mrs. Hogendobber, in wallendem Goldgewand und mit granatrotem Satinbesatz in den Ärmeln und um den Ausschnitt, stand mit dem Chor der Kirche vom Heiligen Licht neben dem Reverend. Reverend Jones, der selbst der evangelisch-lutherischen Kirche angehörte, verstand es, die verschiedenen Christengemeinden in Crozet zusammenzuführen.

Harry, Susan und Ned Tucker, Fair Haristeen und Heike Holtz saßen mit Leah und Nick Nichols, mit denen Kimball befreundet gewesen war, in der zweiten Reihe. Lucinda Coles hatte sich, nachdem sie lange mit sich gerungen hatte, zu ihnen gesetzt. In einem ausführlichen, qualvollen Telefongespräch hatte Mim Lulu gesagt, daß niemand sie für Kimballs Tod verantwortlich mache und ihre Anwesenheit den Verstorbenen ehren würde.

Angehörige der historischen und der architektonischen

Fakultät der Universität von Virginia waren anwesend, ebenso das gesamte Personal von Monticello einschließlich der hervorragenden Kräfte, die für die öffentlichen Führungen verantwortlich waren.

Reverend Jones schlug seine abgegriffene Bibel auf und las mit seiner volltönenden, hypnotischen Stimme den 27. Psalm:

> Der Herr ist mein Licht und mein Heil;
> vor wem sollte ich mich fürchten!
> Der Herr ist meines Lebens Kraft;
> vor wem sollte mir grauen!
>
> So die Bösen, meine Widersacher
> und Feinde, an mich wollen,
> mein Fleisch zu fressen,
> müssen sie anlaufen und fallen.
>
> Wenn sich schon ein Heer wider mich legt,
> so fürchtet sich dennoch mein Herz nicht;
> wenn sich Krieg wider mich erhebt,
> so verlasse ich mich auf ihn.
>
> Eins bitte ich vom Herrn,
> das hätte ich gerne:
> daß ich im Hause des Herrn bleiben möge
> mein Leben lang –

Die Feier wurde fortgesetzt, und der Reverend sprach von Leid, das ohne Not zugefügt, von verheißungsvollem Leben, das vorzeitig beendet wurde, von dem Bösen, das die Menschen sich gegenseitig antaten, und von der Macht des Glaubens. Reverend Jones erinnerte daran, daß ein Leben, nämlich das von Kimball Haynes, viele andere berührt hatte und daß Kimball bestrebt gewesen war, zu helfen, mit jenen Leben in Berührung zu kommen, die vor vielen Jahren gelebt wurden. Als der gute Mann mit seiner Rede fertig war, hatten alle Tränen in den Augen.

Als die Leute nacheinander gingen, nahm Fair behutsam Lulus Arm, denn sie war äußerst verstört. Immerhin war es, abgesehen davon, daß sie Kimball gemocht hatte und sich für seinen Tod verantwortlich fühlte, ihr Ehemann, der des Mordes an Kimball bezichtigt wurde. Und Samson hatte mit Sicherheit ein Motiv gehabt. Kimball hätte ihn wegen seiner Veruntreuung verpfeifen können. Was noch schlimmer war, Samson hatte hinausposaunt, daß er Lulu umbringen würde.

Ansley stakste voraus. Ihre hohen Absätze bohrten sich wie Spikes ins Gras. Lucinda zog Fair mit sich und zischte Ansley zu: «Ich dachte, du wärst meine beste Freundin.»

«Bin ich auch», behauptete Ansley steif und fest.

Warren beobachtete es mit hochroten Wangen, als rechnete er jeden Moment mit dem nächsten Zusammenstoß.

Lucinda hob die Stimme: «Das ist ja eine ganz neue Definition: Deine beste Freundin ist die, die mit deinem Mann schläft.»

Ansley biß die Zähne zusammen. «Nicht hier», bat sie.

«Warum nicht? Früher oder später werden es sowieso alle erfahren. Crozet ist die einzige Stadt, wo der Schall schneller ist als das Licht.»

Bevor ein regelrechter Schreikampf ausbrechen konnte, glitt Harry an Lucindas rechte Seite. Susan trat ebenfalls dazwischen.

«Lulu, du willst wohl im Ruinieren von Totenfeiern Karriere machen», schalt Harry.

Das genügte.

56

Dr. Larry Johnson, seine schwarze Gladstone-Arzttasche in der Hand, trat mit federnden Schritten ins Postamt. Tucker flitzte zu ihm, um ihn zu begrüßen. Mrs. Murphy, die auf dem Schalter gemütlich auf der Seite lag und dabei langsam den Schwanz hin und her schnippen ließ, hob den Kopf, dann legte sie ihn wieder hin.

«Ich glaube, ich weiß, wer das Opfer von Monticello ist.»

Mrs. Murphy setzte sich gespannt auf. Harry und Miranda eilten um den Schalter herum nach vorn.

Larry zog seine selbstgebundene Fliege gerade, bevor er das Wort an sein kleines, aber aufmerksames Publikum richtete. «Meine Damen, ich muß mich entschuldigen, weil ich es Ihnen nicht als erste gesagt habe, aber diese Ehre gebührte Sheriff Shaw, und Sie werden natürlich verstehen, daß ich als nächstes Mim Sanburne verständigen mußte. Sie wiederum hat Warren und Ansley und die übrigen Hauptgeldgeber angerufen. Ich habe auch mit Oliver Zeve telefoniert, aber sobald die offiziellen Anrufe getätigt waren, bin ich sofort hierhergeeilt.»

«Wir können's nicht erwarten. Erzählen Sie!» Harry klatschte in die Hände.

«Wie jeder gute Mediziner hat Thomas Walker Aufzeichnungen über seine Patienten gemacht. Ich habe einfach vorn angefangen und gelesen. Im Jahre 1778 hat er das Bein eines fünfjährigen Kindes geschient, Braxton Fleming, achtes Kind von Rebecca und Isaiah Fleming, die am Rivanna River ein großes Stück Land besaßen. Der Junge hat sich das Bein bei einem Ringkampf mit seinem älteren Bruder in einem Baum gebrochen.» Er lachte. «Kinder machen die verrücktesten Sachen, nicht? In einem Baum! Also, Dr. Walker hat notiert, es sei ein komplizierter Bruch gewesen, und er bezweifelte, daß sein Patient wieder vollkommene Gehtüchtigkeit erlangen würde, wie er sich ausdrückte. Er hat gewissenhaft notiert, daß es sich um einen linken Oberschenkelbruch handelte. Er hat außerdem vermerkt, der Junge sei das hübscheste Kind, das er je gesehen habe. Das hat meine Neugierde geweckt, und ich habe mich an die Historische Gesellschaft von Albemarle County gewandt. Die Leute da sind einzigartig – sie arbeiten unentgeltlich. Ich bat sie, ihr Quellenmaterial nach Informationen über Braxton Fleming durchzukämmen. Es scheint, er ist den Weg gegangen, der für einen jungen Burschen aus guter Familie damals typisch war. Er erhielt in Richmond Privatunterricht, aber anstatt anschließend das William and Mary College zu besuchen, schrieb er sich im New Jersey College ein, genau wie Aaron Burr und James Madison. Wir kennen es heute als Princeton. Die Flemings waren intelligent. Alle überlebenden Söhne haben ihr Studium abgeschlossen und einen Beruf ergriffen. Braxton indes war der einzige Sohn, der nördlich der Mason-Dixon-Grenze studierte. Er blieb nach dem Examen eine Zeitlang in Philadelphia und hatte offensichtlich ein gewisses Talent zum Malen. Damals war es genauso schwer wie heute, von Kunst zu leben, deswegen kehrte Braxton schließlich nach Hause zurück. Er versuchte sich in der Landwirtschaft und konnte sich damit über Wasser halten, aber er war nicht mit dem Herzen dabei. Er heiratete eine gute Partie, war aber nicht glücklich und fing an zu trinken. Er soll der stattlichste Mann in Mittelvirginia gewesen sein.»

«Das nenn ich eine Geschichte!» rief Mrs. Hogendobber aus.

Larry hob die Hände, als wollte er Beifall abwehren. «Aber wir wissen nicht, warum er ermordet wurde. Wir wissen nur, wie, und wir haben einen starken Verdacht.»

«Dr. Johnson, weiß man, was ihm zugestoßen ist? Ist irgendwo erwähnt, daß er nicht nach Hause gekommen ist oder so was?»

«Ja.» Er bog den Kopf zurück und blickte an die Decke. «Seine Frau hat erklärt, er habe sich mit einer Gallone Whisky auf den Weg nach Kentucky begeben, um sein Glück zu machen. Im Mai 1803. Seitdem hat man nie wieder von Braxton Fleming gehört.»

Harry stieß einen Pfiff aus. «Das ist unser Mann.»

Larry kraulte Mrs. Murphy unterm Kinn. Sie vergalt es ihm mit gewaltigem Schnurren. «Stell dir vor, neulich hat mir Fair von Retroviren bei Katzen und Pferden erzählt. Er erwähnte auch eine Infektion der Atemwege bei Katzen, die von der Mutter auf das Kind übertragen werden und unter Umständen erst nach zehn Jahren zum Ausbruch kommen kann. Auch Katzenleukämie ist auf dem Vormarsch. Na, Mrs. Murphy, du siehst mir ganz gesund aus, und das freut mich. Es war mir gar nicht klar, daß ein Katzenleben so gefährdet ist.»

«Danke schön», erwiderte die Katze.

«Larry, Sie müssen uns Bescheid sagen, wenn Sie noch mehr herausfinden. Sie sind ein prima Detektiv.» Ein Lob von Mrs. Hogendobber war wirklich ein großes Lob.

«Ach was, die meiste Arbeit haben die Leute von der Historischen Gesellschaft geleistet.»

Er nahm seine Post, warf den beiden eine Kußhand zu und machte sich auf, begierig, sich wieder Jim Craigs Tagebüchern zu widmen.

57

Wie Flüsse durchziehen Krankheiten die Geschichte. Was wäre geschehen, wenn Perikles im fünften Jahrhundert v. Chr. in Athen die Pest überlebt hätte oder wenn die Europäer fast zweitausend Jahre später entdeckt hätten, daß die Beulenpest von Rattenflöhen übertragen wurde?

Mrs. Murphys Ahnen haben das mittelalterliche Europa gerettet, um dann in einem späteren Jahrhundert als Hexenkomplizinnen verdammt, gejagt und getötet zu werden.

Und was wäre Rußlands Schicksal gewesen, wenn der Thronerbe Alexej nicht mit Hämophilie geboren worden wäre, der Bluterkrankheit, die er von den Nachkommen der Königin Viktoria geerbt hatte?

Man ist sich der Gnade der eigenen Gesundheit nie bewußt, bis sie einem entzogen wird.

Die medizinische Forschung hat seit der ersten Autopsie – zum Beweis, daß es so etwas wie einen Kreislauf gibt – in der Diagnostik Fortschritte gemacht. Die verschiedenen Krebsarten werden nicht mehr unter dem Begriff Auszehrung in einen Topf geworfen, sondern als Darmkrebs, Leukämie, Hautkrebs und so weiter kategorisiert.

Der große Durchbruch kam 1796, als Sir Edward Jenner die erste Pockenimpfung durchführte.

Danach verbesserten sich allgemein die Hygienebedingungen, mit der Präventivmedizin ging es aufwärts, und viele Menschen wurden nun achtzig oder noch älter. Doch einige Krankheiten haben den Bemühungen der Menschen getrotzt: Krebs ist das krasseste Beispiel.

Während Larry Nacht für Nacht die Diagnosen und Prognosen seines verstorbenen Partners las, fühlte er sich wieder wie ein junger Mann.

Mit Vergnügen las er Dr. Craigs knappe Notiz «der junge Spund macht sich verdammt gut», und er war ganz aufgeregt, als er sich noch einmal in die Fälle des Jahres 1940 vertiefte, die er selbst gesehen hatte.

Er erinnerte sich lebhaft an die Autopsie, die sie an Z. Calvin Coles, Samsons Großvater, vorgenommen hatten. Die Leber des alten Herrn war stark vergrößert und so brüchig wie Pergamentpapier gewesen.

Als Larry Alkoholismus als Todesursache in den Totenschein eintragen wollte, hatte Jim seine Hand zurückgehalten.

«Larry, schreiben Sie Herzversagen.»

«Aber daran ist er nicht gestorben.»

«Letztendlich sterben wir alle, weil unser Herz zu schlagen aufhört. Wenn Sie Alkoholismus schreiben, brechen Sie auch noch seiner Frau und seinen Kindern das Herz.»

Von seinem Mentor hatte Larry den diplomatischen Umgang mit heiklen Problemen wie etwa Geschlechtskrankheiten gelernt. Sowohl Dr. Craig als auch Dr. Johnson hatten sie immer vorschriftsgemäß dem Gesundheitsministerium gemeldet. Die Betroffenen selbst mußten frühere Partner von ihrer Infektion in Kenntnis setzen. Viele Menschen brachten das nicht über sich, deshalb hatte Dr. Craig diese Aufgabe übernommen. Larrys Spezialität war es, den Opfern eine Heidenangst einzujagen, in der Hoffnung, daß sie sich besserten.

Von Dr. Craig hatte Larry gelernt, wie man einem Patienten beibrachte, daß er sterben mußte, eine Pflicht, die ihn zerriß. Aber Dr. Craig hatte immer gesagt, «Larry, ein Mensch stirbt, wie er lebt. Sie müssen mit jedem in seiner eigenen Sprache sprechen.» Im Laufe der Jahre hatte er immer wieder gestaunt, welche Courage und Würde scheinbar gewöhnliche Menschen bewiesen, wenn sie dem Tod ins Auge sahen.

Dr. Craig hatte nie danach gestrebt, etwas anderes zu sein

als das, was er war, ein Kleinstadtarzt. Er glich einem Pfarrer, der seine Schäfchen liebt und nicht den Ehrgeiz hat, Bischof oder Kardinal zu werden.

Als Larry weiterlas, erfuhr er zu seiner Überraschung von einem Schwangerschaftsabbruch bei einer jungen Studentin am Sweet Briar College, Marilyn Urquhart. Dr. Craig hatte geschrieben: «Bei dem labilen seelischen Zustand der Patientin fürchte ich, daß ein uneheliches Kind dieser jungen Frau schweren seelischen Schaden zufügen würde.»

Dies waren Dinge, die Dr. Craig sogar vor seinem jungen Partner geheimgehalten hatte. Es entsprach dem Charakter des alten Herrn, eine Dame unter allen Umständen zu schützen.

Die Uhr zeigte Viertel vor drei morgens. Larrys Kopf sackte immer wieder nach vorn. Er hielt mit Gewalt die Augen offen, um noch ein bißchen weiter zu lesen. Plötzlich riß er sie ganz weit auf.

3. März 1948. Heute war Wesley Randolph mit seinem Vater hier. Colonel Randolph leidet anscheinend an der üblichen Familienkrankheit: Er haßt Injektionsnadeln. Sein Sohn auch, aber der alte Herr hat Wesley so lange zugesetzt, bis er sich sein Blut abnehmen ließ.

Ich hege die starke Vermutung, daß der Colonel Leukämie hat. Ich habe das Blut zur Analyse an die Universität von Virginia geschickt und darum ersucht, das gerade erst in Betrieb genommene Elektronenmikroskop zu verwenden.

5. März 1948. Harvey Fenton bat mich, ihn im Krankenhaus der Universität von Virginia aufzusuchen. Als ich hinkam, erkundigte er sich nach meinem Verhältnis zu Colonel Randolph und seinem Sohn. Ich antwortete, es sei ein herzliches Verhältnis.

Dr. Fenton sagte nichts auf meine Erwiderung. Er deutete nur auf das Elektronenmikroskop. Die Blutprobe darunter wies eine Unmenge weiße Blutkörperchen auf.

«Leukämie», sagte ich. «Colonel Randolph oder Wesley?»

«Nein», entgegnete Fenton. Er schob eine andere Probe unter das Mikroskop. «Sehen Sie hier.»

Ich sah eine eigenartige Zellenform. «Diese Zellendeformation habe ich noch nie gesehen», sagte ich.

«Es ist Sichelzellenanämie. Den roten Blutkörperchen fehlt das normale Hämoglobin. Statt dessen enthalten sie Hämoglobin S, und die Zellen werden deformiert – sie sehen aus wie Sicheln. Aufgrund dieser Form können die Blutkörperchen mit Hämoglobin S nicht fließen wie normale Zellen, und sie verstopfen Kapillar- und andere Blutgefäße. Diese ‹Verkehrsstaus› sind für die Betroffenen äußerst schmerzhaft.

Aber es gibt auch einen weniger ernsten Verlauf, bei dem die roten Blutkörperchen zur einen Hälfte normales Hämoglobin und zur anderen Hämoglobin S enthalten. So ein Patient trägt zwar die Anlagen zur Sichelzellenanämie in sich, aber die Krankheit kommt nicht zum Ausbruch.

Wenn er jemanden heiratet, der dieselben Anlagen hat, besteht für die gemeinsamen Kinder eine Wahrscheinlichkeit von fünfundzwanzig Prozent, daß sie die Krankheit erben. Das ist ein sehr hohes Risiko.

Wir wissen nicht, warum, aber Sichelzellenanämie tritt vor allem bei Schwarzen auf. Selten finden sich die Anlagen bei Menschen griechischer, arabischer oder indischer Abstammung. Das Ganze ist vertrackt.

Kennen Sie diese ganzen Witze, daß Neger entweder träge sind oder Hakenwürmer haben? – Nun, heute ist uns klar, daß es in vielen Fällen die Sichelzellenanämie war.»

Ich wußte nicht, was ich sagen sollte; von Kind an hatte ich beobachtet, daß sich die weiße Rasse darin gefällt, harsch über die schwarze Rasse zu urteilen. Daher sah ich mir die Blutprobe noch einmal an.

«Ist der Schwarze, dem Sie dieses Blut entnommen haben, gestorben?»

«Der Mann, dem dieses Blut entnommen wurde, lebt, aber er leidet an Krebs. Er hat die Anlagen, aber nicht die Krankheit.» Dr. Fenton hielt inne. «Diese Blutprobe stammt von Colonel Randolph.»

Verblüfft platzte ich heraus: «Und was ist mit Wesley?»

«Für ihn besteht keine Gefahr, aber er hat die Anlagen.»

Als ich nach Hause fuhr, wußte ich, daß ich Colonel Randolph und Wesley die Wahrheit sagen mußte. Der angenehme Teil der Nachricht war, daß für den Colonel keine unmittelbare Gefahr bestand. Der unangenehme Teil der Nachricht ist klar. Was Larry wohl dazu sagen wird? Ich möchte ihn mit zu Dr. Fenton nehmen, damit er es selbst sieht.

Larry schob das Buch fort.

Jim Craig war am 6. März 1948 ermordet worden. Es war nie dazu gekommen, daß er Larry etwas sagte.

Mit wackeligen Beinen und vom vielen Lesen trüben Augen erhob sich Larry Johnson von seinem Schreibtisch. Er setzte seinen Hut auf und zog sich seinen Sherlock-Holmes-Mantel über, wie er ihn nannte. So war er nicht mehr durch die Straßen von Crozet marschiert, seit er versucht hatte, durch Spaziergänge seinen Herzschmerz zu lindern, nachdem Mim Urquhart ihn im Jahre 1950 wegen Jim Sanburne verschmäht hatte.

Als die Sonne aufging, war Larry klargeworden, daß seine erste Pflicht Warren Randolph galt. Er rief an. Ansley nahm ab, dann holte sie Warren an den Apparat. Alle Randolphs waren Frühaufsteher. Larry erbot sich herüberzukommen, um mit Warren zu sprechen, doch Warren sagte, er würde Larry am späteren Vormittag aufsuchen. Nein, das bereite keineswegs Unannehmlichkeiten.

Was dagegen Unannehmlichkeiten bereitete, war, daß am Samstag morgen um 7 Uhr 44 auf Larry Johnson geschossen wurde.

58

Harry, Miranda, Mim, Fair, Susan, Ned, Mrs. Murphy und Tucker sahen mit wachsendem Kummer zu, wie ihr lieber Freund mit einem Laken bedeckt auf einer Trage fortgerollt wurde. Deputy Cooper erzählte, daß Larrys Hausmädchen Charmalene ihn gefunden habe, als sie um neun Uhr zur Arbeit kam. Er lag in der Eingangshalle. Er mußte die Tür geöffnet haben, um den Mörder einzulassen, und dann ein paar Schritte zur Küche gegangen sein, als er in den Rücken geschossen wurde. Vermutlich hatte er gar nichts gespürt, aber das war für seine Freunde ein schwacher Trost. Das Mädchen sagte, der Kaffee, den er gekocht hatte, sei frisch gewesen. Er habe mehr gemacht als gewöhnlich, vielleicht hatte er jemanden erwartet. Vermutlich hatte er mit dem Kommen seines Mörders gerechnet, der anschließend seine Praxis durchwühlt hatte. Sheriff Shaw kletterte hinten in den Krankenwagen, und sie sausten los.

Die Nase am Boden, nahm Tucker mühelos die Witterung auf, aber der Mörder hatte Schuhe mit Kreppsohlen getragen, die einen so ausgeprägten Gummigeruch hinterlassen hatten, daß der Hund keine eindeutige Menschenspur aufnehmen konnte. Leider waren die Sanitäter auch noch über die Fußabdrücke getrampelt, denn der Mörder, nicht dumm, war auf dem Gehsteig auf Zehenspitzen gegangen und nur in der Zufahrt einmal fest mit einem Fuß aufgetreten, vermutlich, als er aus dem Auto stieg.

«Was hast du gefunden, Tucker?» fragte Mrs. Murphy besorgt.

«Nicht genug. Nicht genug.»

«Eine Spur Cologne?»

«Nein, bloß diesen verdammten Kreppsohlengeruch. Und was Nasses – Sand.»

Die Tigerkatze senkte selbst die Nase, um sich zu überzeugen. *«Gibt es noch jemanden, bei dem gerade gebaut wird? Bei Bauarbeiten ist immer Sand dabei.»*

«Sand liegt auch in vielen Zufahrten.»

«Tucker, wir müssen dicht bei Mom bleiben. Sie hat genug Nachforschungen angestellt, um ebenfalls in die Bredouille zu geraten. Wer immer der Mörder ist, er wird langsam nervös. Menschen bringen sich nicht am hellichten Tag um, außer aus Leidenschaft oder im Krieg. Dies war ein kaltblütiger Mord.»

«Und ein überstürzter», fügte Tucker hinzu, die sich immer noch anstrengte, den Gummigeruch zu identifizieren. Sie beschloß an Ort und Stelle, Kreppsohlenschuhe zu hassen.

Fair Haristeen las auf einem weißen, blau linierten Blatt Papier, das Cynthia Cooper mit einer Pinzette hochhielt, Larrys Notizen.

«Können Sie etwas damit anfangen, Fair? Sie sind doch Arzt.»

«Ja, es ist eine Art medizinisches Kürzel für Sichelzellenanämie.»

«Tritt die nicht nur bei Afroamerikanern auf?»

«Überwiegend sind Schwarze befallen, aber ich glaube, nicht ausschließlich. Es vererbt sich von Generation zu Generation.»

Cooper fragte: «Wie viele Generationen kann das zurückreichen?»

Fair zuckte die Achseln. «Das kann ich Ihnen nicht sagen, Coop. Bedenken Sie, ich bin bloß Tierarzt.»

«Danke, Fair.»

«Läuft in Crozet ein Irrer frei herum?»

«Kommt drauf an, was Sie unter einem Irren verstehen, aber es läßt sich mit Sicherheit sagen, daß der Mörder zuschlagen wird, sobald er merkt, daß jemand der Wahrheit auf der Spur ist.»

59

Diana Robb schob die Vorhänge des Krankenwagens beiseite, und Rick Shaw zog das Laken von Larry Johnson weg.

Die Kugel hatte die rechte Herzhälfte des guten Doktors knapp verfehlt. Sie war glatt durch seinen Körper gegangen. Die Gewalt des Aufpralls und der Schock hatten ihn vorübergehend bewußtlos gemacht. Als Charmalene ihn entdeckt hatte, war er gerade wieder zu sich gekommen.

In dem Augenblick, als Rick Shaw erkannte, daß Larry überleben würde, beugte er sich über den älteren Mann, der, typisch Arzt, Anweisungen zu seiner eigenen Behandlung erteilte. «Ich brauche Ihre Hilfe.»

«Ja», stimmte Larry mit zusammengebissenen Zähnen zu.

«Wer hat auf Sie geschossen?»

«Das ist es ja eben. Ich hatte die Haustür offengelassen. Ich erwartete Warren Randolph für den späteren Vormittag. Ich ging aus dem Wohnzimmer in die Eingangshalle. Wer immer auf mich geschossen hat – vielleicht Warren –, muß auf Zehenspitzen hereingeschlichen sein; gesehen habe ich ihn nicht.» Larry brauchte lange, um diese fünf Sätze hervorzubringen, und der Schweiß stand ihm auf der Stirn.

«Helfen Sie mir, Larry.» Der Arzt nickte, während Rick eindringlich flüsterte: «Sie müssen sich für vierundzwanzig Stunden tot stellen.»

«Ich war's ja auch fast.»

Rick verpflichtete Charmalene sowie die Sanitäter zu Stillschweigen. Als er wieder nach hinten in den Wagen kletterte, hatte er nur den einen Gedanken – Warren Randolph ködern und ihn in die Falle locken.

60

Wieder in seinem Büro, schlug Rick Shaw mit den Fäusten gegen die Wand. Die Mitarbeiter in den anderen Diensträumen zuckten zusammen. Niemand rührte sich. Es kam selten vor, daß der Mann, dem sie untergeben waren und den sie schätzen gelernt hatten, so viel Gefühl zeigte.

Deputy Cooper, die bei ihm im Büro war, sagte nichts, aber sie riß ein neues Päckchen Zigaretten auf und signalisierte einem vorbeischleichenden jungen Streifenpolizisten mit einer Trinkgeste, daß sie eine kalte Coca-Cola wollte.

«Ich hab nicht aufgepaßt! Ich hätte es wissen müssen. Wie viele Jahre bin ich schon Hüter des Gesetzes? Wie viele?»

«Zweiundzwanzig, Sheriff.»

«Verdammt, man sollte meinen, ich hätte in zweiundzwanzig Jahren was gelernt. Ich hab mich zu schnellen Schlußfolgerungen hinreißen lassen. Daß die Kugel in die .38er paßte, mit der Kimball getötet wurde, war für mich ein eindeutiges Indiz. Sicher, Samson hat seine Unschuld beteuert. Mein Gott, neunzig Prozent der schlimmsten Verbrecher in Amerika winseln und beteuern, daß sie unschuldig sind. Ich habe nicht auf meinen Instinkt gehört.»

«Seien Sie nicht so streng mit sich. Das mit Samson sah nach einem klaren Fall aus. Ich war sicher, er würde schon gestehen, wenn er erst eingesehen hätte, daß er uns nicht reinlegen kann. Bei manchen dauert es eben länger, bis der Groschen fällt.»

«Ach, Coop.» Rick ließ sich schwer auf seinen Stuhl fallen. «Ich fühle mich für den Schuß auf Larry Johnson verantwortlich.»

Der Streifenpolizist hielt die kalte Cola an die Glasscheibe. Cynthia stand auf, öffnete die Tür, nahm die Cola und dankte dem jungen Beamten. Sie zwinkerte ihm noch zu, dann reichte sie Rick, der von seinem Ausbruch ganz ausgedörrt war, die Dose.

«Sie konnten es nicht wissen.»

Der Sheriff senkte die Stimme. «Als Larry mich wegen Braxton Fleming anrief, hätte ich wissen müssen, daß die Kuh noch lange nicht vom Eis ist. Kimball Haynes wurde nicht wegen Samsons Veruntreuung getötet, das weiß ich jetzt.»

«He, bei dem Zustand, in dem Samson Coles war, als wir ihn festnahmen, hätte ich geglaubt, er könnte jeden getötet haben.»

«O ja, er war außer sich.» Rick stürzte noch einen Schluck Cola hinunter; die Kohlensäure zischte ihm die Kehle hinab. «Er hatte eine Menge zu verlieren, ganz abgesehen davon, daß seine Affäre mit Ansley herumposaunt werden würde.»

«Dafür hat Lucinda Coles auf der Gedenkfeier für Kimball Haynes gesorgt.»

«Kann ich ihr nicht verübeln. Stellen Sie sich vor, wie ihr zumute gewesen sein muß – auf einer Veranstaltung mit der Geliebten ihres Mannes.»

Sie sahen sich an.

«Wir haben vierundzwanzig Stunden. Wenn dann keine Todesanzeige in der Zeitung erscheint, sieht das sehr merkwürdig aus.»

«Und wir müssen die Reporter abwimmeln, ohne richtig zu lügen.» Er rieb sich das Kinn. Larry Johnsons Frau war vor einigen Jahren gestorben, und sein einziger Sohn war in Vietnam gefallen. «Coop, wer würde die Todesanzeige aufgeben?»

«Mrs. Hogendobber wahrscheinlich, zusammen mit Harry.»

«Gehen Sie zu ihnen und sichern Sie sich ihre Mitarbeit. Sorgen Sie dafür, daß sie noch ein bißchen warten.»

«O Mann! Die werden wissen wollen, warum.»

«Bloß nicht – kein Gedanke dran.» Er drehte die Dose zwischen den Händen. «Ich gehe ins Krankenhaus. Ich bin sicher, daß wir uns auf Dr. Ylvisaker und die Schwestern verlassen können. Ich werde rund um die Uhr eine Wache aufstellen, für alle Fälle.» Er stand auf. «Ich muß den Rest der Geschichte haben.»

«Ich denke, Larry hat seinen Angreifer nicht gesehen.»

«Hat er auch nicht. Bevor er das Bewußtsein verlor, hat er mir gesagt, es hinge mit seinem Partner zusammen. Dr. Jim Craig.»

Cooper atmete tief ein. «Dr. Craig wurde an einem eisigen Märzmorgen erschossen auf dem Friedhof aufgefunden. Ich erinnere mich, daß ich das in den Akten über ungelöste Verbrechen gelesen habe, als ich neu bei der Polizei war. Wie paßt das wohl alles zusammen?»

«Wir sind noch nicht ganz am Ziel, aber verdammt nahe dran.»

61

Sonntag morgen um halb sieben nieselte es leicht, kein strömender, aber ein steter Regen, der sich durchaus zu einem richtigen Wolkenbruch auswachsen könnte.

Gewöhnlich begrüßte Harry den Tag mit federnden Schritten, aber heute morgen schleppte sie sich zum Stall. Der Mord an Larry lastete schwer auf ihrem Herzen.

Sie mischte einen warmen Kleiebrei zusammen, das Sonntagsmahl für die Pferde, der zudem, wie sie glaubte, Koliken vorbeugte. Sie nahm pro Pferd eine Kelle Frischfutter, eine halbe Kelle Kleie und vermischte alles mit heißem Wasser und einer großen Handvoll Melasse. Sie verrührte den Brei und gab als extra Leckerbissen zwei geviertelte Äpfel hinzu. Das und so viel Timotheusheu, wie Gin und Timothy fressen konnten, stimmte die Pferde gewöhnlich froh und Harry auch. Aber heute nicht.

Als sie mit den Pferden fertig war, stieg sie die Leiter zum Heuboden hinauf und stellte Simon, dem Opussum, eine Tüte Marshmallows hin. Beim Hinunterklettern fiel ihr ein, daß sie auch gleich das Zaum- und Sattelzeug einfetten könnte, nachdem sie in den letzten Wochen, als alles drunter und drüber ging, die Stallarbeit vernachlässigt hatte. Sie hängte einen Zügel über einen Sattelhaken, ließ einen kleinen

Eimer voll heißes Wasser laufen, nahm ein Naturschwämmchen und ihre Murphy's Ölseife und fing an zu putzen.

Tucker und Mrs. Murphy, die Harrys Kummer spürten, saßen still neben ihr. Tucker legte sich schließlich hin, den Kopf zwischen den Pfoten.

Plötzlich fuhr ihr Kopf hoch. *«Das ist der Geruch.»*

«Was?» Mrs. Murphys Augen wurden groß wie Untertassen.

«Ja. Das waren keine Kreppsohlen, das war dieses Zeug hier, ich schwöre es.»

«Eagle's Rest.» Die langen weißen Schnurrhaare der Katze zuckten vor und zurück, und sie legte die Ohren an. *«Aber wieso?»*

«Warren muß bei den Veruntreuungen die Hand im Spiel haben», sagte Tucker.

«Oder es gibt eine Verbindung zwischen ihm und dem Mord in Monticello.» Mrs. Murphy blinzelte. *«Aber welche?»*

«Was machen wir jetzt?»

«Ich weiß nicht.» Die Stimme der Tigerkatze zitterte, vor Angst um Harry, nicht um sich selbst.

62

«‹Kein strebsamer Mensch ist jemals in Hysterie geraten›», las Harry laut vor. Das hatte Thomas Jefferson an seine Tochter Patsy geschrieben, als sie zur Zeit Ludwigs XVI. und Marie Antoinettes in Frankreich die Schule Abbaye Royale de Panthemont besuchte.

«Das ist durchaus vernünftig, aber nicht gerade das, was ein junges Mädchen gern hören möchte.» Mrs. Hogendob-

ber, die heute fahrig und wegen des Verlustes ihres alten Freundes gedrückter Stimmung war, hatte bei strahlendem Sonnenschein zum wiederholten Male die Stangen für ihre Gartenwicken umgesetzt. Der Regen vom frühen Morgen war einem klaren Himmel gewichen.

Mrs. Murphy, Pewter, die Market wieder einmal entwischt war, und Tucker sahen zu, wie die korpulente Frau zuerst die eine, dann die andere Seite ihres Gartens abschritt. Sie unternahm diesen Marsch jedes Frühjahr, und die Kehrtwendungen vollzog sie mit der Präzision eines exerzierenden Kadetten der Militärakademie von Virginia.

«Der Garten wird genau wie letztes und vorletztes Jahr. Die Wicken kommen an die Gassenseite.» Pewter leckte sich die Pfoten und putzte ihr hübsches Gesicht.

«Laß ihr doch die Freude, sich darüber Gedanken zu machen», sagte Mrs. Murphy zu der grauen Katze.

«Wir wissen, wer der Mörder ist.» Tucker lief auf der anderen Seite des Gartens und folgte Mrs. Hogendobber auf Schritt und Tritt.

«Wieso habt ihr das nicht gleich gesagt, als ihr gekommen seid? Ihr seid gemein», schmollte Pewter.

Mrs. Murphy weidete sich einen Moment an Pewters Unmut. Schließlich bildete Pewter sich immer wer weiß was ein, wenn sie etwas zuerst wußte. *«Ich dachte, du bist nicht an Menschenangelegenheiten interessiert, sofern sie nicht mit Futtern zu tun haben.»*

«Das ist nicht wahr», quengelte die graue Katze.

«Zank und Streit, und das am Sabbat», tadelte Mrs. Hogendobber die zwei Katzen. «Harry, was ist bloß mit Ihrer Tucker los? Wenn ich gehe, geht sie auch. Wenn ich anhalte, hält sie auch an. Wenn ich stehe, steht sie und beobachtet mich.»

«Tucker, was machst du da?» fragte Harry ihre Corgihündin.

«Beschatten», antwortete der Hund.

Mrs. Murphy lachte. *«Mrs. Hogendobber?»*

«Übung macht den Meister.» Der Hund kehrte den Katzen den Rücken. Tucker war sicher, daß Gott die Katzen zuerst erschaffen hatte, zur Übung. Danach, als er aus seinem Fehler gelernt hatte, schuf er den Hund.

«Wer war's?» Pewter versetzte Mrs. Murphy einen Klaps. Mrs. Murphy, die auf ihrem Hinterteil saß, schlug umgehend zurück. In Sekundenschnelle war ein grimmiger Boxkampf im Gange, der die zwei Menschen veranlaßte, ihre Aufmerksamkeit den Kontrahentinnen zuzuwenden.

«Ich setze auf Pewter.» Mrs. Hogendobber zog einen zerknitterten Dollarschein aus ihrer geräumigen Rocktasche.

«Auf Mrs. Murphy.» Harry angelte einen gleichermaßen zerknitterten Geldschein aus ihrer Levi's.

«Pewter ist größer. Sie hat mehr Schlagkraft.»

«Dafür ist Murphy schneller.»

Die zwei Katzen umkreisten und boxten sich gegenseitig, dann sprang Pewter auf die Tigerkatze, warf sie zu Boden, und sie rangen miteinander. Mrs. Murphy entwand sich dem Fettkloß und sauste mitten durch den Garten und einen Tupelobaum hinauf. Pewter, dicht auf ihren Fersen, raste zum Baum, beschloß aber, unten zu warten, bis Mrs. Murphy wieder herunterkam, statt ihr nachzuklettern.

«Sie wird rückwärts den Baum runterkommen und über deinen Kopf weg türmen», sagte Tucker zu Pewter.

«Auf wessen Seite stehst du eigentlich?» fauchte Mrs. Murphy von oben.

«Da, wo was geboten wird.»

Mrs. Murphy kletterte rückwärts herunter, genau wie Tucker vorausgesagt hatte, aber dann ließ sie sich direkt auf die pummelige graue Katze fallen und wälzte sie herum. Die Kämpfenden gaben gewaltiges Gefauche und Gekeuche von sich. Diesmal war es Pewter, die sich befreite: Sie lief geradewegs zu Mrs. Hogendobber. Mrs. Murphy jagte bis zu den Beinen der Dame, dann langte sie um Mrs. H.s flache Schnürschuhe herum, um Pewter eine zu knallen. Pewter zahlte es ihr mit gleicher Münze heim.

«Sie werden mich kratzen, und ich habe neue Nylonstrümpfe an.»

«Halt den Mund, Mrs. Hogendobber, wir tun deinen Nylons schon nichts», fuhr Pewter sie mißmutig an, wenngleich sie sich über die Beachtung freute.

«Angstmieze», spottete Mrs. Murphy.

«Was, wegen so einem dürren Gassenkätzchen? Daß ich nicht lache!» Es folgte ein neuerlicher linker Haken.

«Fettsack, Fettsack, breit wie hoch, paßt nicht mehr durchs Kellerloch!» johlte Mrs. Murphy.

«Das ist kindisch und plump.» Pewter kehrte ihr den Allerwertesten zu und stolzierte davon.

«He, du hast angefangen, Arschbacke», brüllte Mrs. Murphy ihr nach.

«Bloß, weil du dich so aufspielen mußtest, von wegen, wer der Mörder ist. Was soll mich das kümmern? Das ist Menschensache. Ich bin doch nicht lebensmüde.»

«Ätsch, du weißt es nicht!» trällerte Mrs. Murphy. *«Es ist Warren Randolph.»*

«Nein!» Die graue Katze machte kehrt und lief geradewegs zu Mrs. Murphy.

Mrs. Murphy nickte zu Tucker hinüber. *«Wir sind ganz sicher.»*

Als Tucker herbeitappte, um Pewter über die Einzelheiten aufzuklären, lachten Mrs. Hogendobber und Harry über die Tiere.

«Frühling, wundersamer Frühling – nicht gerade die Jahreszeit, die man mit traurigen Dingen verbindet, aber uns hat

er reichlich Kummer beschert.» Miranda blinzelte heftig, dann konsultierte sie ihren Gartenplan. «Also, Harry, was wollten Sie mir von Patsy Jefferson Randolph erzählen, bevor die kleinen Racker diese köstliche Vorstellung gaben?»

«Ach, bloß daß ihr Vater vielleicht nicht gewußt hat, wie man mit jungen Frauen spricht. Aber sie soll ihm sehr ähnlich gewesen sein, deswegen schätze ich, es war nicht so schlimm für sie. Die jüngere Schwester stand ihm nicht so nahe, wenngleich sie ihn natürlich geliebt hat.»

«Es muß wundervoll gewesen sein für Patsy, eine teure französische Schule zu besuchen. Wann war das gleich? Helfen Sie mal meinem Gedächtnis nach.»

«Sie haben sich Patsys und Pollys Kinder vorgenommen. Mit Thomas Jeffersons Brüdern und seiner Schwester sowie seinen Kindern habe ich mich befaßt. Sonst würden Sie die Daten parat haben. Mal sehen, ich glaube, sie wurde 1784 in Panthemont eingeschrieben. Offenbar waren dort auch Prinzessinnen, die königsblaue Schärpen trugen. Sie haben die Amerikanerin in ihrer Mitte ‹Jeffy› genannt.»

«Patsy hatte wirklich großes Glück.»

«Das empfand sie aber nicht so, als sie Livius lesen mußte. Mir ist es übrigens genauso ergangen. Für Livius und Tacitus hatte ich keine Antenne.» Harry streckte den Zeigefinger hoch, als würde sie eine Antenne ausfahren.

«Ich habe bei Vergil aufgehört. Ich habe kein College besucht, sonst hätte ich weitergemacht mit Latein. Was gibt es sonst noch von Patsy?»

«Mrs. Hogendobber, Sie wissen, ich würde Ihnen gern helfen. Ich komme mir dämlich vor, wie ich hier herumsitze, während Sie Ihren Garten planen.»

«Ich bin die einzige, die ihn planen kann. Ich möchte die Japankäfer unschädlich machen, bevor sie überhaupt aufkreuzen.»

«Dann pflanzen Sie keine Rosen.»

«Reden Sie keinen Unsinn, Harry. Ein Garten ohne Rosen, das geht einfach nicht. Die verdammten Käfer. Verzeihen Sie, wenn ich fluche.» Sie lächelte verschmitzt.

Harry nickte. «Also, wir waren bei Panthemont stehengeblieben. Patsy wollte Nonne werden. Es war eine katholische Schule. Da wurde ihr Vater nervös, und am 20. April 1789 hat er für Patsy und ihre Schwester die volle Rechnung für das laufende Jahr bezahlt und die Kinder schleunigst von der Schule genommen. Komische Geschichte. Ach ja, etwas habe ich vergessen. Sally Hemings, die ungefähr in Patsys Alter war, ist mit ihr nach Frankreich gereist, als Leibdiener sozusagen. Wie hieß doch gleich das weibliche Pendant?»

«Kammerzofe.»

«Ach ja. Wie auch immer, ich habe mir überlegt, daß das Erlebnis der Freiheit, der französischen Kultur und des engen Zusammenseins mit Patsy in einem fremden Land die zwei einander nahegebracht haben muß. Ähnlich, wie Jefferson seinen Diener Jupiter geliebt hat, der auch in seinem Alter war. Sie waren von Kindheit an unzertrennlich.»

«Das Ich auf der anderen Seite des Spiegels», sagte Miranda mit verträumtem Blick.

«Wie bitte?»

«Die Sklavinnen und Sklaven, die ihre Zofen und Leibdiener waren. Sie müssen ihre Alter egos gewesen sein. Ich hatte mir nie klargemacht, wie vielschichtig, wie tief und wirr die Gefühle auf beiden Seiten des Spiegels gewesen sein müssen. Und heute sind die Rassen auseinandergedriftet.»

«Auseinandergerissen trifft es eher.»

«Was auch immer, es ist nicht recht. Wir sind alle Amerikaner.»

«Sagen Sie das dem Ku-Klux-Klan.»

«Ich wäre eher geneigt, denen zu sagen, sie sollen sich bessere Bettücher kaufen.» Miranda war heute in bester Verfassung. «Wissen Sie, wenn man sich die Argumente dieser Extremistengruppen oder des militanten rechten Flügels anhört, findet man darin oft ein Körnchen Wahrheit. Sie haben viele Übel unserer Gesellschaft auf den Punkt gebracht, das muß ich ihnen lassen. Sie denken wenigstens nach über die Gesellschaft, in der wir leben. Harry, sie haben nicht nur ihr Vergnügen im Sinn. Aber ihre Lösungen, die sind fanatisch und absurd.»

«Und simpel. Deswegen ist ihre Propaganda so wirksam, und ich denke auch, daß es immer leichter ist, gegen etwas zu sein als für etwas Neues. Ich meine, wir haben nie in einer Gemeinschaft gelebt, wo echte Rassengleichheit herrschte. Das ist etwas Neues, und Neues läßt sich schwer verkaufen.»

«Darüber habe ich noch nie nachgedacht.» Mrs. H. stützte das Kinn in die Hand und beschloß in diesem Augenblick, die Wicken auf die andere Gartenseite zu setzen.

«Das ist es, was Jefferson, Washington, Franklin, Adams und all diese Männer so bemerkenswert macht. Sie waren bereit, etwas absolut Neues zu versuchen. Sie waren bereit, ihr Leben dafür aufs Spiel zu setzen. Sie hatten Courage. Die ist uns, glaube ich, abhanden gekommen. Die Amerikaner haben ihren Weitblick und ihren Kampfgeist verloren.»

«Ich weiß nicht, ich erinnere mich noch genau an den Zweiten Weltkrieg. Damals hat es uns nicht an Courage gefehlt.»

«Miranda, das ist fünfzig Jahre her. Sehen Sie uns heute an.»

«Vielleicht sammeln wir Energie für den nächsten Vorstoß in die Zukunft.»

«Ich bin froh, daß wenigstens eine von uns optimistisch ist.» Harrys Alter brachte es mit sich, daß sie keine Epoche der amerikanischen Geschichte erlebt hatte, in der die Menschen für das Allgemeinwohl an einem Strang zogen. «Übrigens, da ist noch etwas. Sally und Betsey Hemings waren für die um einiges jüngere Medley Orion wie zwei Schwestern. Sie waren offensichtlich alle drei sehr schön. Es muß ein Vergnügen gewesen sein, in der Abenddämmerung im Freien zu sitzen, wenn die Grillen zirpten, und Sally vom vorrevolutionären Frankreich erzählen zu hören.»

Pewter war zu einem anderen Schluß gekommen als Mrs. Murphy und Tucker. Sie glaubte nicht, daß Warren Randolph der Mörder war. Sie hielt den beiden entgegen, daß ein Mann mit so viel Geld es doch nicht nötig habe, jemanden umzubringen. Er könne jemanden anheuern, der das für ihn erledigte.

Mrs. Murphy erwiderte, daß Warren irgendwann durchgeknallt sein müsse.

Pewter antwortete lapidar: *«Blödsinn.»*

«Egal, was du denkst, ich will nicht, daß Mutter sich in Schwierigkeiten bringt.»

«Das wird sie nicht tun. Sie weiß ja nicht, daß Warren der Mörder ist», sagte Pewter.

Das leise Surren des Bentley Turbo R. lenkte sie ab. Mim stieg aus dem Wagen. «Miranda, hat Sheriff Shaw mit dir über Larrys Todesanzeige und die Beerdigung gesprochen?»

Miranda, die die Hand mit der Stange mitten in der Luft verharren ließ, machte ein Gesicht, als wollte sie einem Vampir den Garaus machen. «Ja, und ich finde es höchst sonderbar.»

Mims Krokoslipper faszinierten Mrs. Murphy, die den Rasen überquerte, um sich zu Harry und Mrs. Hogendobber zu gesellen.

«Die sind hübsch», bewunderte die Tigerkatze die Schuhe.

«Pipikram. 'ne große Skinkechse, weiter nichts.» Für Pewter war das exotische Krokodilleder nichts anderes als die Haut

jener geschmeidigen Eidechsen, die in Virginia heimisch waren.

Während die drei Frauen sich über Rick Shaws eigenartiges Ansinnen berieten, sorgten und wunderten, bemerkte Harry, daß Mrs. Murphy um Mims Schuhe herumschlich. Sie bückte sich, um ihre Katze hochzuheben, aber Mrs. Murphy entzog sich blitzschnell ihrem Griff.

«*Trantüte*», spottete die Katze.

Harry antwortete nicht, sondern sah die Katze nur streng an.

«*Mach sie nicht wütend, Murph*», bat Tucker.

Statt zu antworten, legte Mrs. Murphy die Ohren an und kehrte Tucker den Rücken zu, während Mim zu ihrem Bentley schritt, um ihr Handy zu holen. Miranda ging ins Haus. Nach zehn Minuten am Telefon, während deren es Harry überlassen blieb, die Gartenstangen einzusetzen, erschien Miranda wieder.

«Nein, nein und nochmals nein.»

Mim hob ruckartig den Kopf. «Das gibt's doch nicht.»

Mirandas volle Altstimme dröhnte: «Hill und Woods haben die Leiche nicht. Im Thacker Funeral Home ist sie auch nicht, und ich habe sogar Bestattungsinstitute im westlichen Orange County angerufen. Keine Spur von Larry Johnson, und ich muß schon sagen, ich finde das schrecklich. Wie kann die Rettungsmannschaft eine Leiche verlieren?»

Harry griff nach Mims Handy. «Darf ich?»

«Ich bitte darum.» Mim überließ ihr das Gerät.

«Diana» – Harry hatte Diana Robb am Apparat –, «weißt du, bei welchem Bestattungsinstitut Larry Johnsons Leiche ist?»

«Nein – wir haben ihn bloß am Krankenhaus abgeliefert.» Dianas ausweichende Antwort machte Harry, die die Krankenschwester seit ihrer Schulzeit kannte, stutzig.

«Weißt du, wer bei der Aufnahme im Krankenhaus Dienst hatte?»

«Harry, Rick Shaw wird sich um alles kümmern, keine Sorge.»

Harry erwiderte bissig: «Seit wann arrangieren Sheriffs Beerdigungen? Diana, ich brauche deine Hilfe. Wir haben hier eine Menge Arbeit.»

«Besprich das mit Rick.» Diana legte auf.

«Sie hat einfach aufgelegt!» Harrys Gesicht lief dunkelrot an. «Irgendwas ist hier faul. Ich geh ins Krankenhaus.»

«Nein – warten Sie.» Mim lächelte. Sie griff nach dem Telefon; ihr mauvefarbener Metallicnagellack paßte genau zu ihrem pflaumenblauen Pullover. Sie wählte. «Ist Sheriff Shaw da? Ach so. Und Deputy Cooper? Verstehe.» Mim hielt inne. «Sehen Sie nach, ob Sie sie aus der Besprechung herausholen können, nur für einen Augenblick.»

Es folgte eine lange Pause, während deren Mim mit dem Fuß im Gras tappte und Mrs. Murphy erneut um die Krokoslipper herumschlich. «Ah, Deputy Cooper. Ich brauche Ihre Hilfe. Weder Mrs. Hogendobber, Mrs. Haristeen noch ich können Larry Johnsons Leiche in einem Bestattungsinstitut ausfindig machen, nicht in Albemarle und nicht in Orange County. Es sind eine Menge Dinge zu erledigen. Das werden Sie sicher verstehen, und –»

«Mrs. Sanburne, der Leichnam befindet sich noch im Krankenhaus. Sheriff Shaw wünscht, daß weitere Tests vorgenommen werden, und bevor er nicht überzeugt ist, daß die Pathologie alles hat, was sie braucht, wird die Leiche nicht freigegeben. Sie werden bis morgen warten müssen.»

«Ich verstehe. Danke.» Mim schob die Antenne ein und schaltete das Gerät aus. Sie wiederholte Cynthias Erklärung.

«Das kaufe ich ihr nicht ab.» Harry verschränkte die Arme.

Mim verzog das Gesicht. «Ich schätze, wenn die Blutzirkulation erst mal stillsteht, sind die Proben nicht mehr so, äh, frisch.»

Jetzt griff sich Miranda das Telefon. Sie zwinkerte den anderen zu. «Hallo, hier spricht Mrs. Johnson, ich möchte mich erkundigen, wie es um meinen Mann steht. Dr. Larry Johnson.»

«Larry Johnson, Zimmer 504?»

«Richtig.»

«Er ruht friedlich.»

Mrs. Hogendobber wiederholte die Antwort. «Er ruht friedlich – das will ich meinen, er ist tot.»

Das nervöse Stottern und die Hektik am anderen Ende der Leitung überzeugten Miranda endgültig, daß hier etwas faul war. Das Gespräch wurde abgebrochen. Mirandas Augenbrauen fuhren so hoch, daß sie fast in ihrer Frisur verschwanden. «Kommt, Mädels.»

Während Mrs. Hogendobber auf den Beifahrersitz des Bentley kletterte, schloß Harry den Hintereingang des Postamtes auf und scheuchte die zwei Katzen und den niedergeschlagenen Hund hinein.

«Unfair!» riefen die Tiere im Chor.

Harry sprang auf den Rücksitz, Mim trat das Gaspedal durch.

«Bei Gott, jetzt wird der Sache auf den Grund gegangen!»

63

Die Frau an der Aufnahme des Martha-Jefferson-Krankenhauses versuchte, Mim abzufangen, aber Harry und Miranda überlisteten sie. Worauf Mim sich die Verblüffung der jungen Frau zunutze machte und ihr ebenfalls entkam.

Die drei Frauen liefen zum Fahrstuhl. Sie fuhren in den fünften Stock, wo sie von einem rothaarigen Polizeibeamten empfangen wurden.

«Tut mir leid, meine Damen, Sie haben hier oben keinen Zutritt.»

«Ach, Sie haben das ganze Stockwerk übernommen?» herrschte Mim den jungen Beamten an, der zusammenschreckte, da er ahnte, daß noch mehr folgen würde. «Ich zahle Steuern, das heißt, ich komme für Ihren kümmerlichen Lohn auf und...»

Harry nutzte die Gelegenheit, um durch den Flur zu wetzen. Sie kam zu Zimmer 504 und öffnete die Tür. Sie schrie so laut, daß sie vor sich selbst erschrak.

64

«So ein fieser Trick», beschimpfte Mim den Sheriff, der neben Larrys Bett stand. Zuvor hatten Harry, Miranda und Mim beim Wiedersehen mit ihrem alten Freund Freudentränen vergossen. Sie hatten sogar Larry zum Weinen gebracht. Er hatte keine Ahnung gehabt, daß er so beliebt war.

«Mrs. Sanburne, es mußte sein, es ist ein Wettlauf mit der Zeit.»

Mim saß auf dem unbequemen Stuhl, Harry und Miranda standen auf der anderen Seite von Larrys Bett. Miranda wollte die Hand des alten Herrn gar nicht mehr loslassen, bis ein scharfer Blick von Mim es ihr gebot. Da fiel ihr ein, daß Larry und Mim einmal ein Paar gewesen waren.

«Immer noch eifersüchtig», dachte Miranda bei sich.

Larry, in Kissen gebettet, streckte die Hand nach einem Glas Saft aus. Mim reichte es ihm sofort. «Hör zu, Larry, wenn es dir zu anstrengend wird, können wir gehen, und der Sheriff kann uns über alles aufklären. Aber wenn du sprechen kannst...»

Er schlürfte den Saft und gab das Glas zurück an Mim, zu der die Rolle der Krankenschwester nun wirklich überhaupt nicht paßte. «Danke, meine Liebe. Ich kann sprechen, wenn Sheriff Shaw es erlaubt.»

Rick gab sich geschlagen und rieb sich seine Geheimratsecken. «Das geht in Ordnung. Ich denke, wenn die Mädels» – er sagte ausdrücklich «Mädels» – «aus Ihrem Munde hören, was passiert ist, werden sie sich vielleicht benehmen.»

«Bestimmt», tönte es im Chor, aber es klang nicht sehr überzeugend.

«Harry, ich habe die Geschichte Mrs. Murphy, Tucker und dem lustigen Paddy zu verdanken.»

Rick schüttelte den Kopf. «Schon wieder Mrs. Murphy?»

«Die Tiere haben mich zu der Stelle geführt, wo Jim Craig, der ermordet wurde, bevor Sie geboren wurden, seine Tagebücher versteckt hatte. Er war mein Partner, wie Ihnen vielleicht bekannt ist. Er hat mich in seine Praxis aufgenommen, und ich hätte mit der Zeit einen Anteil erworben – mit erheblichem Rabatt, denn Jim war ein sehr, sehr großzügiger Mensch –, aber dann ist er gestorben, und ich habe die Praxis praktisch geerbt, was mir ein einigermaßen sorgenfreies Leben ermöglichte.» Er sah Mim an.

Mim konnte ihm nicht in die Augen sehen, weshalb sie mit dem Saftglas und dem dicken, biegsamen Trinkhalm spielte.

Larry fuhr fort: «Jim hat von 1912 bis zum Tag seines Todes, dem 5. März 1948, Tagebuch geführt. Ich glaube, daß entweder Colonel Randolph ihn getötet hat oder Wesley, der damals gerade aus der Luftwaffe entlassen war.»

«Aber warum?» rief Miranda aus.

Larry lehnte seinen weißhaarigen Kopf an das Kissen und atmete tief ein. «Ah, aus ebenso traurigen wie interessanten Gründen. Als das Elektronenmikroskop exaktere Analysen ermöglichte, hat Jim entdeckt, daß Wesley und sein Vater die Anlagen zur Sichelzellenanämie in sich trugen. Sie sind nicht an Leukämie erkrankt – diese Krankheit kann sich ganz unabhängig von der Sichelzellenveranlagung entwickeln –, aber es bedeutete, daß die Nachkommen des Colonels oder Wesleys keine, äh, Farbigen heiraten konnten, ohne befürchten zu müssen, daß sie die Veranlagung weitervererben würden. Wenn nämlich auch die Ehepartner die Anlage in sich trugen, konnte sich bei den Kindern das Vollbild der Krankheit entwickeln, die äußerst schmerzhafte Phasen hat, und es gibt kein Heilmittel. Der Schaden, der durch die Häufung dieser Phasen entsteht, kann zum Tode führen.»

«O Gott.» Mim klappte die Kinnlade herunter. «Wesley war, hm, also, er war...»

«Rassist», beendete Harry für sie den Satz.

«Das ist sehr grob ausgedrückt.» Mim strich das Bettlaken glatt. «Er hatte eine ganz bestimmte Erziehung genossen und konnte mit den Veränderungen nicht fertig werden. Aber man sollte meinen, als er von der Sichelzellenanämie erfuhr, wäre er gemäßigter geworden.»

«Oder eher schlimmer. Wer ist antisemitischer als ein anderer Jude? Wer ist antischwuler als ein anderer Homosexueller? Antifeministischer als eine andere Frau? Die Unterdrückten verfügen über einen Vorrat an Gemeinheiten, die sie ausschließlich für ihresgleichen reserviert haben.»

«Harry, Sie überraschen mich», erklärte Mim trocken.

«Aber sie hat recht», sprang der Sheriff Harry bei. «Sagt man den Leuten, sie sind» – er hielt inne, denn er wollte gerade «beschissen» sagen – «wertlos, kommt es zu merkwürdigen Verhaltensweisen. Seien wir ehrlich, niemand will den Armen nacheifern. Alle wollen den Reichen nacheifern, und kennen Sie viele reiche Schwarze?»

«Nicht in Albemarle County.» Miranda begann, in dem kleinen Zimmer umherzugehen. «Aber die Randolphs wirken in keiner Weise schwarz.»

«Nein, sie haben es aber im Blut. Von seltenen Ausnahmen abgesehen, tritt die Sichelzellenanämie nur bei Menschen mit afrikanischem Blut auf. Man muß die Krankheit erben. Man kann sie nicht durch Ansteckung bekommen. Diese Veranlagung scheint die einzige bleibende Spur von Wesley Randolphs schwarzem Erbe zu sein», erläuterte Larry.

«Und Kimball Haynes hat das irgendwie herausgefunden.» Harrys Gedanken rasten.

«Aber wie?» wunderte sich Larry.

«Ansley hat gesagt, Kimball hätte die Randolph-Papiere nicht gelesen», warf Harry ein.

«Absurd! Es ist absurd, wegen so was einen Mord zu begehen!» ereiferte sich Miranda.

«Mrs. Hogendobber, ich habe einen Vierzehnjährigen gesehen, der wegen eines Fünfdollarscheins in seiner Tasche erstochen wurde. Ich habe einfache Männer vom Land gesehen, die sich gegenseitig umgebracht haben, weil einer im betrunkenen Zustand den anderen beschuldigte, mit seiner Frau zu schlafen, oder ihn Schwuchtel nannte. Absurd?» Rick zuckte mit den Achseln.

«Haben Sie es gewußt?» fragte Harry Larry in der ihr eigenen Direktheit.

«Nein. Wesley kam im Laufe der Jahre gelegentlich zur Untersuchung, aber er hat sich immer geweigert, sich Blut abnehmen zu lassen. Da er reich war, flog er zu einer dieser teuren Entschlackungs- oder Rehabilitationskliniken. Dort haben sie eine Blutuntersuchung gemacht, und er ließ mir von ihnen die Anzahl der weißen Blutkörperchen durchgeben. Ich nahm an, daß er Leukämie hatte. Er wollte sie nicht von mir behandeln lassen, wohl deswegen, nahm ich an, weil ich Landarzt bin. Oh, für Grippeimpfungen und dergleichen ist er schon zu mir gekommen, und dabei haben wir auch über seinen Zustand gesprochen. Wenn ich ihm zusetzte, wurde er verschlossen, und dann ging er in die Mayo-Klinik. Damit war er für mich außer Reichweite, aber Warren nicht. Spritzen waren ihm ein Greuel, und ich konnte ihn nur etwa alle fünfzehn Jahre zu einer Generaluntersuchung bewegen.»

«Was glaubst du, wer Jim Craig umgebracht hat?» fragte Mim.

«Höchstwahrscheinlich Wesley. Dem Colonel wird die Neuigkeit nicht angenehm gewesen sein, aber ich glaube nicht, daß er deswegen einen Mord begangen hätte. Jim hätte es auf keinen Fall an die Öffentlichkeit gebracht. Ich kann mich irren, aber ich glaube einfach nicht, daß Colonel Randolph Jim ermordet hätte. Wesley war ein Hitzkopf, als er jung war.»

«Glauben Sie, die Randolphs haben es immer gewußt?» Harry machte der emsig auf und ab gehenden Mrs. Hogendobber ein Zeichen, sie solle sich setzen. Ihre Lauferei machte Harry nervös.

«Nein, weil es erst seit ungefähr fünfzig Jahren möglich ist, die Krankheit durch eine Blutuntersuchung zu erkennen», antwortete Larry. «Ich kann nur sagen, daß frühere

Generationen den medizinischen Begriff Sichelzellenanämie nicht gekannt haben. Was sie ansonsten wußten, kann man nur vermuten.»

«Darüber habe ich nie nachgedacht», sagte Sheriff Shaw.

Miranda konnte das Entsetzliche nicht fassen. «Es ist mir egal, wer was gewußt hat. Man begeht wegen so etwas keinen Mord.»

«Warren hat immer im Schatten seines Vaters gelebt. Nur bei Ansley ging er aus sich heraus. Seien wir ehrlich, sie ist der einzige Mensch, der in Warren je einen Mann sah. Als er gleich nach dem Tod seines Vaters dahinterkam, daß sie einen anderen hatte, ich denke, das war zuviel für ihn. Warren ist nicht sehr stark», sagte Harry.

«Ich dachte, Samson Coles war derjenige, der fremdging. Ansley doch nicht etwa auch?» Miranda wollte es genau wissen.

«Bloß nicht weiter dran rühren.» Mim schürzte die Lippen.

«Nein.» Wie Miranda fand auch Harry den Skandal, nun ja, sonderbar.

«Warum verhaften Sie Warren nicht?» fragte Mim den Sheriff streng.

«Erstens hat Dr. Johnson seinen Beinahe-Mörder nicht gesehen, wenngleich wir beide glauben, daß es Warren war. Zweitens, wenn ich Warren in eine Falle locken und ihn dazu bringen kann, sich zu verraten, erleichtert das das Strafverfahren erheblich. Warren ist so reich, daß er davonkommt, wenn ich ihn nicht festnageln kann. Er wird ein, zwei Millionen für die besten Verteidiger Amerikas lockermachen und sich garantiert herauswinden. Ich hatte gehofft, wenn wir die Tatsache, daß Larry lebt, für vierundzwanzig Stunden geheimhalten, würde mir das den Vorsprung verschaffen, den ich brauche, aber viel weiter kann ich nicht gehen. Die Reporter werden jemanden bestechen, und außerdem ist es grausam, die Leute Larrys Tod betrauern zu lassen. Sehen Sie doch nur, wie Sie reagiert haben.»

«Das hat mich sehr gefreut, meine Damen.» Wieder traten Larry die Tränen in die Augen.

«Warum können Sie nicht einfach zu Warren gehen und sagen, daß Larry lebt, und sehen, wie er reagiert?» wollte Mim wissen.

«Das könnte ich, aber er würde sich vorsehen.»

«Bei mir nicht. Er mag mich», sagte Harry.

Rick hob die Stimme. «Nein.»

«Haben Sie vielleicht eine bessere Idee?» blaffte Mim den Sheriff an.

65

Während der supermannblaue Ford über die lange, kurvige, von Bäumen gesäumte Straße gondelte, schmiedeten Mrs. Murphy und Tucker Pläne. In lauten Selbstgesprächen war Harry den Plan immer wieder durchgegangen, daher wußten die Tiere, was sie im Krankenhaus erfahren hatte. Im Auto war eine Abhörvorrichtung; Sheriff Shaw und Deputy Cooper hatten sich auf einer Nebenstraße nahe der Einfahrt von Eagle's Rest postiert. Sie würden jedes Wort hören, das Harry und Warren sprachen.

«Wir könnten Warren ins Bein beißen und ihn von vornherein kampfunfähig machen.»

«Tucker, damit würdest du dich nur in Tollwutverdacht bringen.» Die Katze schlug dem Hund mit der Pfote auf die gespitzten Ohren.

«Ich bin gegen Tollwut geimpft.» Tucker seufzte. *«Hast du vielleicht eine bessere Idee?»*

«Ich könnte einen Erstickungsanfall vortäuschen.»

«Versuch's mal.»

Mrs. Murphy hustete und keuchte. Ihre Augen tränten. Sie ließ sich auf die Seite plumpsen und hustete weiter. Harry fuhr den Transporter an den Rand der Zufahrt. Sie nahm die Katze hoch und schob ihr den Finger in den Rachen, um den Fremdkörper zu entfernen. Als sie keinen Fremdkörper fand, legte sie Mrs. Murphy über ihre linke Schulter und klopfte sie mit der rechten Hand wie ein Baby, das Bäuerchen machen soll. «Schon gut, Miezekätzchen. Dir fehlt nichts.»

«Ich weiß, daß mir nichts fehlt. Um dich mach ich mir Sorgen.»

Harry ließ Mrs. Murphy wieder auf den Sitz herunter und setzte die Fahrt zum Haus fort. Ansley, die unter den hoch aufragenden korinthischen Säulen auf der Seitenveranda saß, winkte flüchtig, als Harry unangemeldet in Sicht kam.

Harry sprang zusammen mit ihren Tieren aus dem Wagen. «Hallo, Ansley, entschuldige, daß ich nicht erst angerufen habe, aber ich bringe eine wunderbare Neuigkeit. Wo ist Warren?»

«Im Stall. Die Stute ist soweit, sie fohlt gerade», teilte Ansley ihr lakonisch mit. «Du bist ganz rot im Gesicht. Muß ja was Tolles sein.»

«Allerdings. Komm doch gleich mit. Dann muß ich die Geschichte nicht zweimal erzählen.»

Als sie zu dem imposanten Stall schlenderten, atmete Ansley tief durch. «Ist das nicht ein herrliches Wetter? So richtig Frühling.»

«Ich krieg immer Frühlingsgefühle», gestand Harry. «Kann mich auf nichts konzentrieren, und von allen Menschen geht ein Schimmer aus – vor allem von gutaussehenden Männern.»

«Verdammt, dafür brauch ich keinen Frühling», lachte Ansley. Sie traten in den Stall.

Fair, Warren und Vanderhoef, der Gestütsmeister der Randolphs, hockten in der Abfohlbox. Die Stute hielt sich wirklich wacker.

«Hallo», grüßte Fair die Frauen, dann machte er sich wieder an die Arbeit.

Harry strahlte. «Ich bringe die beste Nachricht des Jahres.»

«Ich wünschte, sie würde das nicht tun.» Mrs. Murphy schüttelte den Kopf.

«Ich auch», pflichtete die verzagte Tucker ihr bei.

«Nun sag schon.» Warren stand auf und ging aus der Box.

«Larry Johnson lebt!»

«Gott sei Dank!» jubelte Fair, dann fing er sich und senkte die Stimme. «Ich kann's nicht glauben.» Zum Glück hatte sein Juchzer die Stute nicht erschreckt.

«Ich auch nicht.» Warren wirkte einen Moment benommen. «Wieso ihn überhaupt jemand umbringen wollte, ist mir ein Rätsel. So ein großartiger Mensch. Das ist wirklich eine gute Nachricht.»

«Ist er bei Bewußtsein?» erkundigte sich Ansley.

«Ja, er sitzt im Bett, Miranda ist bei ihm. Deswegen bin ich hergekommen, ohne vorher anzurufen. Ich wußte, daß ihr euch freuen würdet.»

«Hat er gesehen, wer auf ihn geschossen hat?» fragte Warren, während er von der Stalltür wegging.

«Ja.»

«Achtung!» bellte Tucker, als Ansley Harry über den Haufen rannte und zu ihrem Wagen lief.

«Herrgott, was ...?» Warren stürmte durch den Gang hinter ihr her. «Ansley, Ansley, was soll das?»

Sie sprang in Warrens Porsche 911, der im Scheunenhof parkte, ließ ihn an und raste aus der Einfahrt. Warren rannte ihr nach. In einer tückischen Kurve wendete sie – wie wendig dieses Auto doch war –, um auf ihren Mann loszusteuern.

«Warren, lauf im Zickzack!» rief Harry am Ende des Ganges.

«Sag, er soll wieder herkommen», befahl Fair, denn gerade kam das Fohlen.

Warren lief hin und her. Das Auto lenkte sich so flott, daß Ansley ihn beinahe erwischt hätte, aber er rettete sich hinter einen Baum, und sie wendete abermals und schoß die Einfahrt hinunter.

«Warren, Warren, hier rein!» rief Harry nach draußen. «Falls sie zurückkommt.»

Kreidebleich rannte Warren zurück in den Stall. Er ließ sich gegen die Stalltür sacken. «Mein Gott, sie hat es getan.»

Fair kam aus der Box und legte seinen Arm um Warrens Schulter. «Ich ruf den Sheriff an, Warren, und wenn's bloß wegen deiner Sicherheit ist.»

«Nein, bitte nicht. Ich werde schon mit ihr fertig. Ich kümmere mich darum, daß sie in ein gutes Heim kommt. Bitte, bitte», flehte Warren.

«Armer Trottel.» Mrs. Murphy rieb sich an Harrys Beinen.

«Zu spät. Rick Shaw und Coop stehen am Ende der Zufahrt», erklärte Harry ihm.

In diesem Moment hörten sie den Porschemotor dröhnen, Sirenen heulen und Reifen quietschen. Ansley, eine gute Fahrerin, war dem Sheriff und seiner Stellvertreterin mühelos ausgewichen; sie hatten keine Straßensperre errichtet, weil sie darauf vorbereitet gewesen waren, nach Eagle's Rest zu donnern und Harry zu Hilfe zu kommen. Jetzt fanden sie, Harry könnte es allein bewältigen – und das tat sie. Die Sirenen verklangen.

«Sie wird ihnen ein gutes Rennen liefern.» Warren grinste, während ihm gleichzeitig die Tränen über die Wangen liefen.

«Tja.» Harry war ebenfalls zum Heulen zumute.

Warren rieb sich die Augen, dann drehte er sich um, um das neugeborene Fohlen zu bewundern.

«Boß, der Kleine ist was Besonderes.» Warrens Gestütsmeister hoffte, dieses Fohlen würde dem Mann, den er schätzen gelernt hatte, Glück bringen.

«Ja.» Warren stützte die Stirn auf die Hände, die er gegen die untere Hälfte der zweiteiligen Tür der Abfohlbox gestemmt hatte, und schluchzte.

«Woher habt ihr es gewußt?»

Harry sagte mit erstickter Stimme: «Wir wußten es gar nicht – nicht richtig.»

«Es gab da ein Mißverständnis», miaute Mrs. Murphy.

«Du warst in Verdacht.» Fair hustete. Es war ihm ungeheuer peinlich, dies zuzugeben.

«Warum?» Warren war verblüfft. Er machte kehrt und ging aus der Tür am Ende des Ganges. Er blieb stehen und blickte über die Felder.

«Also, hm», stammelte Harry, dann brachte sie es heraus: «Dein Daddy und, na ja, ihr Randolphs habt alle so großen Wert gelegt auf Blut. Stammbaum, du weißt schon, so daß ich dachte, wegen – ich kann hier nur für mich sprechen –, ich dachte, du würdest vollkommen fertig sein, du würdest einfach durchdrehen wegen des afroamerikanischen Blutes. Ich meine, falls die Leute davon erfahren würden.»

«Hast du es immer gewußt?» Fair trat zu ihnen nach draußen und reichte Warren sein Taschentuch.

«Nein. Erst seit letztem Jahr. Bevor sein Krebs vorübergehend abklang, hatte Poppa Angst, er würde sterben, und da hat er es mir gesagt. Er bestand darauf, daß Ansley es nicht erfahren sollte – er hat es Mutter nie erzählt. Den Fehler will ich bei meinen Jungs nicht machen. Diese ganze Heimlichtuerei frißt einen bei lebendigem Leibe.»

Die Sirenen nahmen wieder Kurs auf Eagle's Rest.

«Verdammt. Wir bringen uns besser in Sicherheit – für alle Fälle», bemerkte Tucker weise.

«Komm schon, Mom. Laß uns verduften.» Da für zarte Andeutungen keine Zeit war, senkte Mrs. Murphy ihre Krallen in Harrys Bein, dann rannte sie weg.

«Murphy, du verdammtes Miststück!» fluchte Harry.

«Lauf!» bellte Tucker.

Zu spät, der heulende Porsche übertönte die Besorgnis der Tiere.

«Ach du heiliger Strohsack!» Harry erblickte den Porsche, der direkt auf sie zusteuerte.

Warren versuchte, seine Frau durch Winken aufzuhalten, aber Fair, der viel stärker war, hob Warren hoch und schleuderte ihn nach hinten, so daß sie ihn nicht sehen konnte. Ansley riß das Steuer herum, wobei sie fast eine Ecke des Stalls mitnahm, und bog in einen Feldweg ein. Sekunden später folgten Rick und Cooper in ihren Streifenwagen, daß der Kies nur so spritzte. In der Ferne waren weitere Sirenen zu hören.

«Kann sie auf dem Weg entkommen?» fragte Harry, als sie um die Tür spähte.

«Wenn sie die enge Kurve kriegt und auf der Traktorstraße um den See fährt, ja.» Warren zitterte.

Harry starrte auf den Staub. «Warren, Warren», schrie sie gegen den Lärm an. «Wie hat sie es herausbekommen?»

«Sie hat die Tagebücher gelesen, als Kimball sie durch hatte. Sie hat den Tresor aufgeschlossen, bloß um mir eins auszuwischen, und ihm die Papiere gegeben, und dann hat sie sich hingesetzt und sie selbst gelesen.»

«Hattest du sie nicht versteckt?»

«Ich habe sie im Tresor verwahrt, aber Ansley hat sich nie sehr für den Familienstammbaum interessiert. Ich dachte, daß sie die Papiere nie lesen würde, und ich konnte ja nicht ahnen, daß –»

Er sprach den Satz nicht zu Ende, weil die Verstärkungswagen seine Worte übertönten.

Harry lief zu dem Feldweg.

«Nicht, Mom, vielleicht kommt sie wieder zurück», warnte die Katze weise.

Die Sirenen verstummten. Katze und Hund, die viel schneller waren als ihre Menschenpartner, sausten den Feldweg entlang und bogen um die Ecke.

«Oh –» Tucker brach ab.

Schaudernd sah Mrs. Murphy Ansley in dem Porsche ertrinken, der in den See geschlittert war. Rick Shaw und Cooper hatten ihre kugelsicheren Westen und ihre Schuhe abgeworfen und waren getaucht, aber es war zu spät. Als die anderen an den See kamen, war von dem teuren Porsche 911 nur noch das Heck zu sehen.

66

Die prachtvolle Bibliothek von Eagle's Rest roch nach verloschenen Kaminfeuern und frischem Tabak. Harry, Mrs. Hogendobber, Mim, Fair, Deputy Cooper und Warren, der gefaßt und in sich gekehrt war, hatten sich am Kamin versammelt.

«Meinen Jungs habe ich es schon vorgelesen. Ich habe ihnen zu erklären versucht, daß der Wunsch ihrer Mutter, sie vor dieser – Neuigkeit zu schützen» – er blinzelte heftig –, «ein Fehler war. Die Zeiten haben sich geändert, aber egal, wie falsch Ansleys Einstellung zu Schwarzen war, egal, wie falsch wir alle dachten und denken, sie hat aus Liebe gehandelt. Es ist wichtig für die Jungs, zu wissen, daß ihre Mutter sie geliebt hat.» Er konnte nicht fortfahren und schob Harry das dunkelblaue Buch hin.

Sie schlug die Seite auf, die mit einem stockfleckigen Bändchen markiert war. Mrs. Murphy und Tucker, die sich zu Harrys Füßen kuschelten, waren so still wie die Menschen.

Warren winkte Harry aufmunternd zu und ging. An der Tür blieb er stehen. «Die Leute reden. Ich weiß, daß es manche freuen wird, die Randolphs gedemütigt zu sehen. Einige werden meine Jungs aus purer Gehässigkeit Nigger nennen. Ich möchte, daß ihr die Wahrheit erfahrt, zumal ihr mit Kimball gearbeitet habt. Und – und ich danke euch für eure Hilfe.» Er legte die Hand über die Augen und ging durch den Flur.

Danach blieb es einen langen, sehr langen Augenblick still. Harry betrachtete die kühne, klare Handschrift mit den Schnörkeln, die aus einer anderen Zeit stammte, einer Zeit, als die Handschrift noch kultiviert wurde und der gegenseitigen Mitteilung diente.

Das Tagebuch mit den darin steckenden Briefen hatte Septimia Anne gehört, dem elften Kind von Patsy Jefferson und Thomas Randolph. Septimias Brief an ihre Mutter war entweder verlorengegangen oder befand sich im Besitz von jemand anderem, aber Patsys Antwort, 1834 geschrieben, war interessant, weswegen Harry damit begann. In dem Brief erinnerte Patsy an einen entsetzlichen Skandal im Jahre 1793, drei Jahre nachdem sie Thomas Mann Randolph geheiratet hatte, im selben Jahr, in dem sie für 2000 Dollar Edgehill erworben hatten. Die Plantage war damals 1500 Morgen groß gewesen. Auch Sklaven waren bei dieser langwierigen Transaktion gekauft worden.

Thomas Mann Randolphs Schwester Nancy hatte sich auf eine Affäre mit dem Mann einer anderen Schwester eingelassen, der noch dazu ihr Cousin war. Dieser Dritte im Bunde war Richard Randolph. In Glynlyvar in Cumberland County, wo Nancy zu der Zeit zu Besuch weilte, wurde bei ihr eine Fehlgeburt eingeleitet. Richard entfernte das «Beweisstück». Er wurde wegen Kindsmordes vor Gericht gestellt. Patrick Henry und George Mason haben Richard verteidigt, und er wurde freigesprochen. Das Gesetz hatte gesprochen, und die Leute in allen dreizehn Kolonien redeten darüber. Der Klatsch war zu schön, um wahr zu sein.

Patsy klärte Septimia darüber auf, daß Skandale, Mißgeschicke und «Austausch» mit Sklavinnen eben in den Stoff, aus dem die Gesellschaft bestehe, eingewoben seien. «Die Menschen sind nicht besser, als sie sein sollen», zitierte sie ihre eigene Mutter, an die sie sich lebhaft erinnerte, da sie drei Wochen vor Patsys zehntem Geburtstag gestorben war.

Sie machte eine Bemerkung über James Madison Randolph, ihr achtes Kind und Septimias um acht Jahre älteren Bruder.

«Je mehr die Dinge sich verändern, um so mehr bleiben sie sich gleich», sagte Harry laut. Sie überschlug die Seiten, auf denen es vorwiegend um Wetter und Ernte, Überschwemmungen und Trockenheit, Geburt und Tod ging. Als sie zum Tod von Medley Orion kam, saßen alle wie angenagelt auf ihren Stühlen.

Harry las vor:

Liebe Septimia!

Heute, im Jahre des Herrn achtzehnhundertfünfunddreißig, ist meine getreue Dienerin und langjährige Gefährtin Medley Orion aus diesem Leben geschieden. Sie hat ihre Seele frohgemut einer höheren Macht empfohlen, denn sie hatte ihre Erdentage den guten Werken, der Mildtätigkeit und dem Lachen gewidmet. Gottes Gnade hatte sie mit leiblicher Schönheit sondergleichen ausgestattet, und dies erwies sich als eine weitaus schwerere Bürde, als man sich vorzustellen vermag. Als ich eine hoch aufgeschossene junge Frau war und meinem Vater ähnlich sah, was für eine Tochter nicht unbedingt von Vorteil ist, habe ich Medley gegrollt, erschien es mir doch grausam, daß einer Sklavin solche Schönheit beschieden sein sollte, während mir lediglich ein bißchen Verstand gegeben war.

Sally Hemings und ich haben zusammen gespielt bis zu dem Zeitpunkt, da weiße von schwarzen Kindern getrennt werden und man uns lehrt, daß wir die Herren sind. Dies geschah, kurz nachdem meine liebste Mutter starb, und mir war, als sei ich zweimal geschieden worden von denen, die ich liebte. Zweifelsohne hegen viele Menschen des Südens dieselben Gefühle für ihre schwarzen Spielgefährten. Da Medley jünger war als Sally und ich, ließ ich es mir angelegen sein, über sie zu wachen, fast so, wie ich über unsere liebe Polly gewacht habe.

Medley blieb in Monticello, als ich mit meinem Vater und Sally nach Frankreich reiste. Sally war ein, zwei Jahre nicht zu gebrauchen, so geblendet war sie von den Verlokkungen der Alten Welt. Was Sally Verlockendes an der Abbaye Royale de Panthemont finden konnte, weiß ich bis heute nicht. Wenn ich des Sonntags meinen Vater im Hotel de Langeac besuchte, gewahrte ich allerdings, daß die schöne Sally anscheinend sehr rasch lernte, sich die Männer gefügig zu machen.

Nach der Rückkehr in unseren Wälderstaat, in unser freies, majestätisches Virginia, erneuerte ich meine Bekanntschaft mit Medley. Wenn es jemals eine Venus auf Erden gab, dann war sie es, und so seltsam es klingt, sie zeigte kein Interesse für Männer. Ich habe geheiratet. Medley schien in dieser Hinsicht keusch geblieben, bis eines Tages jener Apollo der Neuen Welt, Braxton Fleming, der kühnste Reiter, der unverschämteste Lügner, der fleischgewordene hohle Charme und träge Geist, auf der Anhöhe erschien, um meinen Vater in einer Landangelegenheit um Beistand zu ersuchen. Der Anblick von Medley, wie sie die Mulberry Road entlangging, brachte ihn um den Verstand, mit welchem Braxton von vornherein recht spärlich ausgestattet war.

Er bestürmte Medley, ohne Zweifel ermutigt durch die allzu offensichtliche Tatsache, daß Peter Carr Sally zu seiner Geliebten gemacht hatte und Sam Carr sich der Gunst ihrer Schwester Betsey erfreute. Und es konnte ihm auch nicht entgangen sein, daß mein Onkel, John Wayles, in vieler Hinsicht ein braver Mann, sich Betty Hemings, Sallys und Betseys Mutter, zur Geliebten genommen hatte. Die Föderalisten beschuldigten meinen Vater, Sultan eines Serails zu sein. Dem war beileibe nicht so, aber in der Politik scheint man, von wenigen leuchtenden Ausnahmen abgesehen, auch vor den grobschlächtigsten Anschuldigungen nicht zurückzuschrecken.

Medley erlag am Ende Braxtons bombastischen Betörungen. Er ließ Goldmünzen in ihre Schürze fallen, als wären es Eicheln. Er kaufte ihr Brokat, Satin und die feinsten Seiden aus China. Ich glaube, er hat sie aufrichtig geliebt, aber es vergingen zwei Jahre, und seine Ehefrau konnte das Geflüster nicht mehr ertragen. Er konnte gut mit Pferden, aber schlecht mit Frauen und Geld umgehen. Er trank, suchte Händel und züchtigte Medley gelegentlich mit dem Riemen.

Zu dieser Zeit hatte ich mit meinem Mann in Edgehill Wohnung genommen, aber die Dienstboten pendelten zwischen Edgehill und Monticello hin und her, und ich hörte, was geredet wurde. Vater war zu dieser Zeit Präsident. Ihm blieb das meiste Gerede erspart, allerdings fürchte ich, daß sein damaliger Aufseher, Edmund Bacon, ein zuverlässiger und fähiger Mann, ihn möglicherweise damit befrachtet hat.

Braxton verfiel mit jedem Tag mehr, auf dieselbe Weise, wie wir es später bei dem Ehemann von Anne Cary sehen sollten. Aber wenn ich dereinst vor den Allmächtigen trete, werde ich es in der festen Überzeugung tun, daß Charles Lewis Bankhead in die Obhut einer Anstalt für Trunksüchtige gehört hätte. Braxton war aus anderem Holz geschnitzt. Er besaß keine großen Geistesgaben, wie ich bereits bemerkte, aber er war ein gesunder Mann. Die Umstände jedoch und das lastende Gewicht des drohenden finanziellen Ruins beraubten ihn seiner Kraft und Entschlossenheit. Als er erfuhr, daß Medley sein Kind unter dem Herzen trug, schien er – dies wurde mir von King berichtet, einem der meistgeliebten Bediensteten Deines Großvaters – zusammenzubrechen. Er soll zu seiner Frau gegangen sein und sie im Beisein der Kinder verstoßen haben. Er erklärte seine Absicht, sich scheiden zu lassen und Medley zu ehelichen. Seine Frau sagte es ihrem Vater, welcher ein Treffen mit seinem Schwiegersohn herbeiführte, das sehr hitzig verlaufen sein muß. Der unterdessen dem Wahnsinn verfallene Mann kam nach Monticello und eröffnete Medley rundheraus, da sie nicht zusammen leben könnten, müßten sie zusammen sterben. Sie sollte sich bereitmachen, reinen Herzens vor den Schöpfer zu treten, denn er werde sie ermorden. Er als der Selbstmörder werde die Schande seiner Tat tragen. «Selbst im Tode werde ich dich beschützen», sagte er.

Trotz der Liebe zu ihm fühlte Medley, daß sie Braxton

nicht retten konnte. Jahre später sagte sie einmal zu mir: «Miss Patsy, wir waren wie zwei glänzende Dinger, die in einem großen Spinnennetz gefangen waren.»

Überdies wollte Medley, daß das ungeborene Kind lebte. Als Braxton ihr den Rücken kehrte, ergriff sie ihr Plätteisen und schlug es ihm mit aller Macht auf den Hinterkopf. Er starb auf der Stelle, und mag es auch niederträchtig sein, jemandem den Tod zu wünschen, so kann ich nur annehmen, daß der Mann nun von seinen Qualen erlöst war.

King, Big Roger und Gideon haben seinen Leichnam unter Medleys Feuerstelle vergraben. Das war im Mai 1803.

Die Frucht dieser Vereinigung ist die Frau, die Du als Elizabeth Gordon Randolph kennst. Dir obliegt der Schutz ihrer Kinder, und Du darfst keinem von ihrer Odyssee erzählen.

Nach der Krise kam Medley zu mir, und als das Kind geboren war, habe ich es angenommen, ein Kind, das noch schöner war als seine Mutter und das nicht eine Spur von ihrem afrikanischen Blut aufwies.

Ich glaube, aus einem System, in welchem eine Rasse die andere zu Sklaven macht, kann nichts Gutes hervorgehen. Ich glaube, daß alle Menschen von Natur gleichermaßen frei und unabhängig sind, und ich glaube an die Absicht Gottes, daß wir als Brüder und Schwestern leben, und ich glaube, der Süden wird es auf entsetzliche, unermeßliche Weise büßen, daß er an der Sünde der Sklaverei festhält. Du weißt, daß meine Gedanken um dieses Thema kreisen, und so wird es Dich nicht überraschen, daß ich Elizabeth als eine entfernte Cousine der Familie Wayles aufgezogen habe.

Vater wußte von dieser Täuschung. Als Elizabeth siebzehn wurde, gab ich ihr fünfundsiebzig Dollar und sicherte ihr einen Platz in der Kutsche nach Philadelphia, wo sie sich zu Sally Hemings' Bruder begab, welcher in jener Stadt seinen Lebensunterhalt bestritt, nachdem Vater ihn freigelassen hatte. Ich hatte nicht gewußt, daß James Madison Randolph die Dame mit seinem Herzen und seinem Leben zu beehren wünschte. Er folgte ihr nach Philadelphia, und den Rest kennst Du. James, der nie kräftig war, hatte gewiß gehofft, länger zu leben als die knapp achtundzwanzig Jahre, die ihm beschieden waren, und er hinterließ zwei Kinder und Elizabeth. Ich bin zu alt, um weitere Kinder aufzuziehen, meine Liebe, und ich habe den schweren Schritt des Todes in der Neige meiner Jahre immer öfter vernommen.

Ich werde das Ende der Sklaverei nicht mehr erleben, aber ich kann mit dem Wissen sterben, daß ich mich für deren Abschaffung eingesetzt und meines Vaters ehrliche Absichten in dieser Hinsicht unterstützt habe.

Ich fürchte den Tod nicht mehr. Ich werde mit Freuden meinen Vater in der Blüte der Jugend sehen, werde meinen Mann sehen, bevor sein Mißgeschick seine Urteilskraft zersetzte. Ich werde meine Mutter in meine Arme schließen und meine Freundin Medley aufsuchen. Die Jahre, die Gott uns zuteilt, sind wie Motten in der Flamme, Septimia, doch in der Zeit, die uns gegeben ist, müssen wir bestrebt sein, die Vereinigten Staaten von Amerika zu einem Land des Lebens, der Freiheit und des Glücks für alle ihre Söhne und Töchter zu gestalten.

Deine

M. J. R.

«Gott sei ihrer Seele gnädig», betete Mrs. Hogendobber. Die kleine Gruppe senkte die Köpfe zum Gebet und aus Ehrfurcht.

67

Mrs. Murphy saß neben Pewter in Mrs. Hogendobbers Garten. Alle Stangen für die Wicken und Tomaten waren endlich an Ort und Stelle festgesteckt.

«Ich denke, ihr habt Glück gehabt, daß ihr noch lebt.»

«Das denke ich auch. Sie hat sich in dem Auto wie eine Wahnsinnige aufgeführt.» Mrs. Murphy kickte einen kleinen Erdklumpen über eine der Beetreihen. *«Weißt du, die Menschen glauben an Dinge, die nicht real sind. Wir nicht. Deswegen ist es besser, ein Tier zu sein.»*

Pewter folgte Mrs. Murphys Gedankengang. *«Du meinst, daß sie an Dinge wie gesellschaftliche Stellung glauben?»*

«Geld, Kleider, Schmuck. Alberne Sachen. Harry legt ja zum Glück keinen Wert darauf.»

«Hm. Wär vielleicht besser, wenn sie ein bißchen an Geld glauben würde.»

Mrs. Murphy zog die Schulter hoch. *«Ach weißt du, man kann nicht alles haben. Es spielt keine Rolle, ob eine Katze schwarz oder weiß ist, solange sie Mäuse fängt.»*

Tucker steckte den Kopf aus der Hintertür des Postamtes. *«He, he, ihr zwei, kommt mal nach vorn, vors Postamt.»*

Die Katzen zockelten über den schmalen Weg zwischen dem Postamt und Markets Laden. Vor dem Haupteingang blieben sie abrupt stehen. Fair Haristeen kam in Jagdkleidung auf einer großen grauen Stute auf den Parkplatz des Postamtes geritten. Mim Sanburne hatte sich vorn aufgestellt.

Harry öffnete den Vordereingang. Mrs. Hogendobber war ihr dicht auf den Fersen. «Was machst du denn da? Mußt du auf der Hauptstraße ein Tier verarzten?»

«Nein. Ich übergebe dir dein neues Jagdpferd, und zwar im Beisein deiner Freundinnen. Wenn ich es zur Farm

brächte, würdest du es ablehnen, weil du von niemandem etwas annehmen magst. Das wirst du lernen müssen, Harry.»

«Hört, hört», unterstützte Mim die Belehrung.

«Sie ist groß – und was für ein Knochenbau!» Harry liebte die Stute auf den ersten Blick.

«Nimm das Pferd, Mom», bellte Tucker.

«Darf ich ihn streicheln?» Miranda streckte vorsichtig eine Hand aus.

Fair grinste. «Es ist eine Sie. Ihr Name ist Poptart, und sie hat drei schwebende Gangarten und geht leicht über die Hürden.»

«Ich kann sie dir nach und nach abstottern.» Harry verschränkte die Arme.

«Nein. Sie ist ein Geschenk von Mim und mir.»

Harry war ehrlich überrascht.

«Ihre Farbe gefällt mir», sagte die graue Katze.

«Ob Mom sie annehmen wird?» fragte Tucker.

Mrs. Murphy nickte. *«Oh, es wird ein Weilchen dauern, aber sie wird sie nehmen. Mutter kann lieben. Sie muß nur zulassen, daß jemand sie liebt. Das fällt ihr schwer. Darum dreht sich alles.»*

«Wieso bist du bloß so schlau?» Tucker kam herbei und setzte sich neben die Tigerkatze.

«Katzenintuition.»

Liebe hochintelligente Katzen!
Habt Ihr die ewigen alten Wollknäuel satt? Ich habe eine eigene Serie Katzenminzespielsachen entwickelt, die alle von Pewter und mir getestet sind. Zwar hab ich es gar nicht gern, wenn Pewter mit meinen Söckchen spielt, aber wenn ich sie nicht lasse, zerfetzt sie meine Manuskripte. Da könnt Ihr mal sehen, wie das ist!

Und damit die Menschen sich nicht übergangen fühlen, habe ich ein T-Shirt für sie entworfen.

Wenn Ihr sehen möchtet, wie kreativ ich bin, schreibt mir, dann schicke ich Euch einen Prospekt.

Sneaky Pie Brown
c/o American Artists, Inc.
P. O. Box 4671
Charlottesville, VA 22905
USA

Mit freundlichen Katzengrüßen

SNEAKY PIE BROWN

P. S. Hunde, besorgt Euch eine Katze, die für Euch schreibt!

Stammbaum der Familie Jefferson

Thomas Jefferson
★13. April 1743
†4. Juli 1826

Martha («Patsy»)
★27. Sept. 1772
†1836

⚭
23. Febr. 1790

Thomas Mann Randolph

Jane Randolph
★3. April 1774
†Sept. 1775

(Sohn)
★28. Mai 1777
†14. Juni 1777

(Kind)
★31. Dez. 1799
†25. Jan. 1800

Anne Cary
★23. Jan. 1791
†11. Febr. 1826

Thomas Jefferson
★12. Sept. 1792
†8. Okt. 1875

Ellen Wayles
★30. Aug. 1794
†26. Juli 1795

Ellen Wayles
★13. Okt. 1796
†21. April 1876

Cornelia Jefferson
★26. Juli 1799
†24. Febr. 1871

Virginia Jefferson
★22. Aug. 1801
†26. April 1882

Martha Wayles Skelton
*19. (?) Okt. 1748
†6. Sept. 1782

Maria («Polly»)
*1. Aug. 1778
†17. April 1804

Lucy Elizabeth
*30. Nov. 1780
†15. April 1781

Lucy Elizabeth
*8. Mai 1782
†13. Okt. 1784

⚭
13. Okt. 1797
John Wayles Eppes

Francis
*20. Sept. 1801
†30. Mai 1881

Maria
*15. Febr. 1804
†Juli 1807

Mary Jefferson
*2. Nov. 1803
†29. März 1876

James Madison
*17. Jan. 1806
†23. Jan. 1834

Benjamin Franklin
*14. Juli 1808
†18. Febr. 1871

Meriwether Lewis
*31. Jan. 1810
†24. Sept. 1837

Septimia Anne
*3. Jan. 1814
†14. Sept. 1887

George Wythe
*10. März 1818
†13. April 1867

Virus im Netz

Joan Hamilton und Larry Hodge
sowie all meinen Pferdefreunden auf der
Kalarama Farm gewidmet

Personen der Handlung

Mary Minor Haristeen (Harry), die junge Posthalterin von Crozet, die mit ihrer Neugierde beinahe ihre Katze und sich selbst umbringt

Mrs. Murphy, Harrys graue Tigerkatze, die eine auffallende Ähnlichkeit mit der Autorin Sneaky Pie aufweist und einmalig intelligent ist

Tee Tucker, Harrys Welsh Corgi, Mrs. Murphys Freundin und Vertraute, eine lebensfrohe Seele

Pharamond Haristeen (Fair), Tierarzt, ehemals mit Harry verheiratet

Mrs. George Hogendobber (Miranda), eine Witwe, die emphatisch auf ihrer persönlichen Auslegung der Bibel beharrt

Market Shiflett, Besitzer von Shiflett's Market neben dem Postamt

Pewter, Markets dicke graue Katze, die sich notfalls auch von der Futterschüssel lösen kann

Susan Tucker, Harrys beste Freundin, die das Leben nicht allzu ernst nimmt, bis ihre Nachbarn ermordet werden

Big Marilyn Sanburne (Mim), Queen von Crozet

Rick Shaw, Bezirkssheriff von Albemarle County

Officer Cynthia Cooper, Polizistin

Simon, ein Opossum, das auf Menschen nicht gut zu sprechen ist

Herbert C. Jones, Pastor der lutherischen Kirche von Crozet, ein gütiger, sparsamer Mensch, von dem man weiß, daß er seine Predigten mit seinen zwei Katzen Lucy Fur und Eloquenz verfaßt

Hogan Freely, Direktor der Crozet National Bank, ein guter Banker, aber nicht gut genug

Laura Freely, verantwortliche Fremdenführerin in Ash Lawn und Hogans Ehefrau

Norman Cramer, geachteter Chefbuchhalter bei der Crozet National Bank, dessen Heirat mit Aysha Gill die Klatschmäuler in Crozet in Bewegung hält

Aysha Gill Cramer, eine Jungvermählte, die ihren Mann mit Adleraugen bewacht

Kerry McCray, Norman Cramers noch flackernde alte Flamme, die zu schwelen beginnt

Ottoline Gill, Ayshas Mutter, die gesellschaftliche Ungehörigkeiten im Auge behält und ihren frischgebackenen Schwiegersohn nicht aus den Augen läßt

Vorbemerkung

Während ich in den historischen Heiligtümern von Virginia für meine Krimis recherchierte, habe ich zwar eine Menge über die Geschichte der Menschheit, aber nichts über unsere eigene Geschichte erfahren.

Eine Sachbuchautorin unter Euch Miezekatzen, die dies liest, sollte die Geschichte der Säugetiere Amerikas schreiben. Alle Lebensformen sind wichtig, aber es ist schwer, von Fischen zu schwärmen, nicht wahr – es sei denn, man frißt gerade einen.

Richtet Euer Augenmerk auf die Tatsache, daß die Menschen sich Regierungen schaffen mußten, weil sie nicht miteinander auskommen. Katzen brauchen kein Parlament. Es gibt im Leben genug Gefahren, da muß man sich nicht auch noch eine Versammlung von bezahlten Schaumschlägern anhören. Von Zeit zu Zeit könnt Ihr Eure Menschen daran erinnern, daß sie nicht die Krone der Schöpfung sind, für die sie sich halten.

Ciao-Miau
SNEAKY PIE

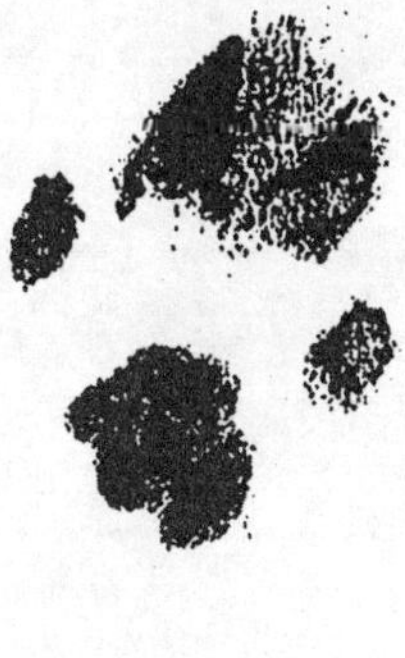

1

«Gemütlich» war das meistbenutzte Wort, um die Kleinstadt Crozet zu beschreiben, nicht «malerisch», «historisch» oder «hübsch». In Mittelvirginia im allgemeinen und Albemarle County im besonderen gab es jede Menge malerische, historische und hübsche Ortschaften, aber Crozet gehörte nicht dazu. Eine behagliche Geschäftigkeit herrschte in der Gemeinde. Viele Familien lebten dort schon seit Generationen, andere waren Neuankömmlinge, herbeigelockt von der betörenden Anziehungskraft der Blue Ridge Mountains. Ob alt oder neu, reich oder arm, schwarz oder weiß, die Bewohner der Stadt nickten und winkten einander aus dem Auto zu, riefen und winkten von der anderen Straßenseite, und wer zu Fuß unterwegs war, konnte sich darauf verlassen, daß jemand ihn im Wagen mitnahm. Heckenzäune boten den idealen Rahmen für fruchtbaren Klatsch, während die Leute von der Gartenarbeit ausruhten. Wer was mit wem machte, wer was zu wem sagte, wer wem Geld schuldete und, Glanzpunkt allen Tratsches, wer mit wem schlief. Das Gerede verstummte nie. Selbst im tiefsten Schnee griffen die Bewohner von Crozet zum Telefon, um das Neueste loszuwerden. Handelte es sich um etwas wirklich Pikantes, zog man sich warm an und eilte durch den Schnee zu einer heißen Tasse Kaffee, dem Begleiter aller anzüglichen Gespräche unter Freunden.

Das Stadtzentrum bestand aus dem Postamt, den drei Hauptkirchen – lutherisch, baptistisch und episkopalisch – nebst einem kleinen Ableger, der Kirche zum Heiligen Licht;

den Schulen – vom Kindergarten bis zur zwölften Klasse –, Market Shifletts kleinem Lebensmittelgeschäft und einer Pizzeria mit Namen Crozet Pizza. Da man nur in jeweils einer Kirche betete, blieben die Vorgänge in den anderen drei Kirchen womöglich ein Geheimnis. Der kleine Laden bot reichlich Gelegenheit, sich auf dem laufenden zu halten, nur mußte man natürlich auch etwas kaufen. Außerdem mußte man aufpassen, daß Pewter, Markets dicke graue Katze, einem nicht das Essen klaute, bevor man dazu kam, es zu verzehren. Die Schulen waren ebenfalls eine gute Informationsquelle, doch wer kinderlos war oder seine Lieblinge endlich auf dem College hatte, war von der Versorgung abgeschnitten. Somit fiel dem Postamt die zweifelhafte Ehre zu, als Haupttreffpunkt zu dienen, als Klatschzentrale.

Die Posthalterin – diese Bezeichnung war ihr lieber als der offizielle Titel Postvorsteherin – Mary Minor Haristeen frönte selten dem, was sie unter Klatsch verstand, das heißt, wenn eine Geschichte für sie nicht stichhaltig war, erzählte sie sie nicht weiter. Ansonsten verbreitete sie Neuigkeiten ausgesprochen gern. Ihre inoffizielle Assistentin, Mrs. Miranda Hogendobber, die Witwe des ehemaligen Postvorstehers, genoß die «Neuigkeiten», aber bei Rufmord hörte für sie der Spaß auf. Wenn die Leute anfingen, andere in den Dreck zu ziehen, ermahnte Mrs. Hogendobber sie zur Mäßigung oder brachte sie kurzerhand zum Schweigen.

Harry, wie Mary Minor liebevoll genannt wurde, meisterte ihre Aufgaben mit Bravour. Noch ziemlich jung für diesen Posten, profitierte sie von Mirandas Erfahrung. Aber Harrys hilfreichste Assistentinnen waren Mrs. Murphy, ihre getigerte Katze, und Tee Tucker, ihre Welsh-Corgi-Hündin. Sie schwelgten in Klatsch. Nicht nur das Treiben der Menschen hielt sie in Bann, sondern auch die Macken der Tiergemeinschaft, von denen jeder Hund berichtete, der sein Herrchen ins Postamt begleitete. Was den Hunden entging, fand Pewter nebenan heraus. Wenn sie etwas zu erzählen hatte, rannte die rundliche graue Katze zum Hintereingang des Postamts, um es auszuplaudern. In den vergangenen Jahren hatten die Katzen so oft an der Tür gekratzt und solch einen Radau veranstaltet, daß Harry schließlich ein Katzentürchen eingebaut hatte, damit die Freundinnen nach Belieben kommen und gehen konnten. Harry hatte eine Abdeckplatte konstruiert, mit der sie die Tierpforte abschließen konnte, weil das Postamt jede Nacht vorschriftsmäßig verriegelt werden mußte.

Nicht, daß es im Postamt von Crozet viel zu stehlen gab – Briefmarken, ein paar Dollar. Aber Harry befolgte die Vorschriften gewissenhaft, da sie Staatsbeamtin war, eine Tatsache, die sie unendlich amüsierte. Sie hatte für die Bundesregierung nicht viel übrig und konnte die Staatsregierung kaum ertragen, die sie als Eldorado der Kleingeister betrachtete. Aber immerhin wurde sie von dem aufgeblähten Regierungsapparat am Nordufer des Potomac bezahlt, also bemühte sie sich, ihre Meinung für sich zu behalten.

Miranda Hogendobber dagegen erinnerte sich noch lebhaft an Franklin Delano Roosevelt, weshalb sie eine viel positivere Einstellung zur Regierung hatte als Harry. Daß Miranda sich an FDR erinnerte, bedeutete aber noch lange nicht, daß sie ihr Alter preisgab.

An diesem Julitag waren die Mimosen von den rosa-goldenen Heiligenscheinen ihrer zarten Blüten umkränzt. Myrten und Hortensien übersäten die Stadt, hier mit purpur- und magentaroten, dort mit weißen Sprenkeln. Weil sonst nicht viel blühte in diesen schwülen Hundstagen, die am dritten Juli begannen und am fünfzehnten August endeten, war man dankbar für diese Farben.

Bislang waren in diesem Monat keine fünf Zentimeter Regen gefallen. Die Schneeballsträucher ließen die Köpfe hängen. Selbst der widerstandsfähige Hartriegel fing an, sich einzurollen, und Mrs. Hogendobber sprengte ihre Pflanzen frühmorgens und spätabends, damit nicht zuviel Feuchtigkeit durch Verdunstung verlorenging. Ihr Garten, um den sie die ganze Stadt beneidete, zeugte von ihrer wachsamen Fürsorge.

Als die Post sortiert war, gönnten sich die beiden Frauen ihre morgendliche Teepause. Genauer gesagt, Tee für Harry, Kaffee für Miranda. Mrs. Murphy saß auf der Zeitung. Tukker schlief im hinteren Bereich des Postamts unter dem Tisch.

«Ist heute Honigtag oder Zuckertag, Mrs. H.?» fragte Harry, als das Wasser kochte.

«Honigtag.» Miranda lächelte. «Mir ist nach Natursüße.» Harry verdrehte die Augen und ließ einen dicken Klacks Honig von dem Spiralstab tropfen, der in dem Honigtopf aus brauner Keramik steckte. Dann nahm sie den Teebeutel aus ihrem Becher, wickelte den Faden um den Löffel, um die letzten Tropfen starken Tees auszudrücken. Der Henkel ihres Bechers hatte die Form eines Pferdeschweifs, das übrige stellte Leib und Kopf des Pferdes dar. Mirandas Becher war weiß und trug in Blockbuchstaben die Aufschrift SAG JA ZU NEIN.

«Mrs. Murphy, ich würde gerne die Zeitung lesen.» Miranda hob sacht das Hinterteil der Tigerkatze an und zog die Zeitung unter ihr weg.

Mrs. Murphy legte die Ohren an und quittierte das Ansinnen mit einem empörten Murren. *«Ich steck meine Pfoten auch nicht an deinen Hintern, Miranda, und außerdem steht nie was Lesenswertes in der Zeitung.»* Sie stapfte zu der kleinen Hintertür und marschierte hinaus.

«Hat die aber schlechte Laune.» Miranda setzte sich und überflog die Titelseite.

«Was sagt die Schlagzeile?» fragte Harry.

«Zwei Verletzte auf der I-64. Was noch? Oh, dieser Threadneedle-Virus droht am ersten August unsere Computer zu infizieren. Es wäre mir sehr recht, wenn unser neuer Computer todkrank wäre.»

«Ach was, der ist doch gar nicht so schlimm.» Harry griff nach dem Sportteil.

«Schlimm?» Mrs. Hogendobber schob ihre Brille hoch. «Wenn ich auch nur eine Kleinigkeit in der falschen Reihenfolge mache, erscheint ein barsches Kommando auf diesem widerwärtigen grünen Bildschirm, und ich muß wieder ganz von vorne anfangen. Es gibt da viel zu viele Tasten. Moderne Errungenschaften! Zeitverschwender, das sind sie, Zeitverschwender, die sich als Zeitsparer verkleiden. Ich kann mir in meinem Oberstübchen mehr merken als so ein Computerchip. Und können Sie mir sagen, wozu wir im Postamt einen Computer brauchen? Wir brauchen eine gute Waage und einen guten Freistempler. Die Briefe kann ich selber stempeln!»

Als Harry sah, daß Miranda mal wieder in Maschinenstürmerlaune war, hielt sie es für das klügste, ihr nicht zu widersprechen.

«Nicht alle, die im Postdienst arbeiten, sind so schlau wie Sie. Die können sich nicht so viel merken. Für sie ist der Computer ein Geschenk des Himmels.» Harry reckte den Hals, um das Foto von dem Autounfall zu sehen.

«Das haben Sie hübsch gesagt.» Mrs. Hogendobber trank ihren Kaffee. «Wo Reverend Jones nur bleibt? Gewöhnlich ist er um diese Zeit hier. Alle anderen waren pünktlich.»

«Tausend Jahre sind vor dem Herrn wie ein Tag. Eine Stunde ist für den Reverend wie eine Minute.»

«Hüten Sie Ihre Zunge.» Miranda, tiefgläubig, auch wenn

sie ihren Glauben gelegentlich den Umständen anzupassen pflegte, drohte mit dem Finger. «Wie Sie wissen, machen wir uns in der Kirche Zum heiligen Licht nicht über die Heilige Schrift lustig.» Miranda gehörte einer kleinen Kirchengemeinde an. Tatsächlich waren es Abtrünnige der Baptistenkirche. Vor zwanzig Jahren war ein neuer Pfarrer gekommen, der viele Gemeindemitglieder zur Weißglut brachte. Nach vielem Hin und Her spalteten sich die Unzufriedenen nach altehrwürdiger Tradition ab und gründeten ihre eigene Kirche. Mrs. Hogendobber, die große Stütze des Chors, war bei der Abspaltung eine treibende Kraft gewesen. Als der unbeliebte Pfarrer sechs Jahre nach dem Aufstand seine Sachen packte und die Stadt verließ, waren die Angehörigen der Kirche Zum heiligen Licht so mit sich zufrieden, daß sie sich weigerten, in den Schoß der Ursprungskirche zurückzukehren.

Ein leises Tappen am Hintereingang verkündete den Eintritt einer Katze. Mrs. Murphy kehrte zur Gruppe zurück. Ein lauteres Tappen zeigte an, daß sie Pewter im Schlepptau hatte.

«Hallo», rief Pewter.

«Hallo, Miezekätzchen», erwiderte Mrs. Hogendobber das Miauen. Als Harry damals den Posten von Mr. Hogendobber übernahm und Katze und Hund mitbrachte, hatte Miranda gegen die Tiere gewettert. Die Tiere eroberten sie allmählich; wenn man Miranda jedoch fragte, was sie von Menschen hielt, die mit Tieren sprachen, behauptete sie steif und fest, so etwas würde sie niemals tun. Die Tatsache, daß Harry täglich Zeugin ihrer Gespräche war, bewog sie keineswegs, von ihrer Behauptung abzulassen.

«Tucker, Pewter ist da», sagte Mrs. Murphy.

Tucker machte ein Auge auf und wieder zu.

«Ich werd mich hüten, dir das Neueste zu erzählen.» Pewter leckte sich gemächlich die Pfote.

Beide Augen gingen auf, und die kleine Hündin hob den hübschen Kopf. *«Ha?»*

«Mit dir sprech ich nicht. Du läßt dich ja nicht mal herab, mich zu grüßen, wenn ich zu Besuch komme.»

«Pewter, du verbringst dein halbes Leben hier drin. Ich kann doch nicht so tun, als hätte ich dich monatelang nicht gesehen», erklärte Tucker.

Pewter schnippte mit dem Schwanz, dann sprang sie auf den Tisch. *«Gibt's was zu essen?»*

Mrs. Murphy lachte. *«Schwein.»*

«Was können sie schlimmstenfalls sagen, wenn man fragt? Höchstens nein», sagte Pewter. *«Aber sie könnten auch ja sagen. Mrs. Hogendobber muß was haben. Sie kommt doch nicht mit leeren Händen ins Postamt.»*

Die Katze kannte ihre Nachbarin gut; tatsächlich hatte Mrs. Hogendobber einen Schwung glasierte Doughnuts mitgebracht. Sobald Pewters Pfoten den Tisch berührten, wollte Harry die Leckereien mit einer Serviette zudecken, aber zu spät. Pewter hatte ihre Beute erspäht. Sie krallte sich ein Stück Doughnut, köstlich feucht und frisch. Die Katze flitzte mit ihrer Beute vom Tisch auf den Boden.

«Diese Katze stirbt noch mal an Herzversagen. Ihr Cholesterinspiegel muß höher sein als der Mount Everest.»

«Haben Katzen auch Cholesterin?» wunderte sich Harry laut.

«Wieso nicht? Fett ist Fett ...»

Bei dieser Bemerkung schritt Reverend Herbert Jones durch die Tür. «Fett? Machen Sie sich über mich lustig?»

«Nein, wir sprachen über Pewter.»

«Relativ gesehen ist sie dicker als ich», bemerkte er.

«Aber Sie haben Diät gehalten und sind schwimmen gegangen. Ich finde, Sie haben kräftig abgenommen», schmeichelte ihm Harry.

«Wirklich? Sieht man das?»

«Allerdings. Kommen Sie, trinken Sie eine Tasse Tee», lud Mrs. Hogendobber ihn nach hinten ein, wobei sie sorgsam die Doughnuts zugedeckt hielt.

Der gute Reverend leerte sein Postfach, dann ging er schwungvoll durch die Klapptür, die den Raum für den Publikumsverkehr vom hinteren Bereich trennte. «Alle sind ganz aus dem Häuschen wegen diesem Computervirus. In den Richmonder ‹Morgennachrichten› haben sie einen ganzen Bericht darüber gebracht, was zu erwarten und was dagegen zu tun ist.»

«Erzählen Sie.» Harry stand vor der kleinen Kochplatte.

«Nein. Ich will, daß unser Computer stirbt.»

«Miranda, ich glaube nicht, daß Ihr Computer in Gefahr ist. Es scheint sich hier um eine Art Firmensabotage zu handeln.» Reverend Jones zog sich einen Stuhl mit Sprossenlehne heran. «Soweit ich informiert bin, wurde der Virus von einer oder mehreren Personen in das Computersystem eines großen, in Virginia ansässigen Unternehmens eingeschleust, aber niemand weiß, in welches. Das infizierte Gerät muß ein Computer sein, der mit vielen anderen Computern kommuniziert.»

«Und wie, bitte schön, darf ich das verstehen?» Miranda senkte die Stimme. «So was wie Kommunion?»

«Reden. Computer können miteinander reden.» Herb beugte sich nach vorn. «Danke, Schätzchen.» Er nannte Harry «Schätzchen», als sie ihm seinen Tee reichte. Wenn es von ihm kam, hatte sie nichts dagegen. «Wer immer diesen Virus eingeschleust hat –»

Miranda unterbrach ihn wieder. «Was meinen Sie mit Virus?»

Der Reverend, ein warmherziger Mann, der die Menschen liebte, zögerte einen Moment und seufzte. «Aufgrund der Art und Weise, wie ein Computer Befehle versteht, ist es möglich, ja ganz einfach, einen Befehl einzugeben, der sein Gedächtnis verwirrt oder auslöscht.»

«Dafür brauche ich keinen Virus», sagt Miranda. «Das tu ich jeden Tag.»

«Dann könnte also jemand einem Computer so einen Befehl eingeben wie ‹Lösche jede Datei, die mit dem Buchstaben A beginnt›», warf Harry ein.

«Genau, aber wie der Befehl lautet, das weiß eben keiner. Stellen Sie sich vor, dies geschieht in einer medizinischen Datenbank. Der Befehl würde etwa lauten: ‹Zerstöre alle Aufzeichnungen über jeden, der John Smith heißt.› Da sehen Sie, welche Auswirkungen das haben könnte.»

«Aber Herbie» – Miranda nannte ihn beim Vornamen, weil sie seit einer Ewigkeit befreundet waren –, «warum sollte jemand so etwas tun wollen?»

«Vielleicht, um eine Polizeiakte zu löschen oder eine Schuld zu stornieren oder eine Krankheit zu verheimlichen, die ihn den Job kosten könnte. Manche Firmen entlassen Angestellte, die Aids oder Krebs haben.»

«Wie können die Menschen sich davor schützen?» Mrs. Hogendobber bekam allmählich eine Vorstellung von den Möglichkeiten, damit Unheil anzurichten.

«Der Initiator hat Faxe an Fernsehsender geschickt, daß der Virus am ersten August wirksam wird und daß er Threadneedle-Virus heißt.»

Harry rieb sich das Kinn. «Threadneedle, ein komischer Name. Wo mag da die Verbindung sein?»

«Oh, die gibt es bestimmt. Die Journalisten suchen wie verrückt danach», erklärte Herbie zuversichtlich.

«Ein einziges großes Rätsel.» Harry liebte Rätsel.

«Der Computerexperte sagte in der Morgensendung, eine Möglichkeit, eine Information zu schützen, bestehe darin, seinem Computer zu sagen, daß er jeden Befehl, der am ersten August eingeht, ignorieren soll.»

Miranda nickte. «Vernünftig.»

«Nur, daß die meisten Geschäfte über Computer abgewickelt werden, und das würde heißen, daß einen ganzen Tag lang sämtliche kommerziellen, medizinischen, sogar politischen Transaktionen auf Eis liegen.»

«Ach du meine Güte.» Miranda machte große Augen. «Kann man denn sonst gar nichts tun?»

Herbie trank seinen Tee aus und stellte den Becher mit einem leisen Plop auf den Tisch. «Der Experte hat einen Überblick über die Schutzmaßnahmen gegeben und die Leute aufgerufen, ihre Computer so zu programmieren, daß sie alle am ersten August eingehenden Befehle aufschieben und überprüfen. Wenn etwas merkwürdig ist, kann das Prüfprogramm den Computer anweisen, den verdächtigen Befehl ungültig zu machen. Natürlich werden große Firmen ihre eigenen Computerexperten heranziehen, aber wie es scheint, wird alles, was sie austüfteln, eine Variante des Prüfprogramms sein.»

«Ich wollte schon immer ‹Ungültig› auf meine Autozulassung setzen», gestand Harry.

Mrs. Hogendobber schürzte die Lippen, die heute muschelrosa geschminkt waren. «Warum das denn?»

«Weil der Computer dann jedes Jahr meine Zahlungsanweisung an die Kfz-Abteilung des Finanzamts zurücküberweisen würde. Zumindest habe ich mir das so vorgestellt.»

«Unsere kleine Saboteurin.»

«Miranda, ich hab's ja nicht getan. Ich hab bloß drüber nachgedacht.»

«Aus kleinen Eicheln wachsen mächtige Eichen.» Mrs. Hogendobber setzte ein grimmiges Gesicht auf. «Stekken Sie dahinter?»

Die drei lachten.

«Also, was gibt's Neues, Pewter?» fragte Tucker, dann wandte sie sich Mrs. Murphy zu. *«Ich nehme an, du weißt es schon, sonst hättest du ihr längst das Fell abgezogen.»*

Mit der leisen Andeutung von Überlegenheit, die Katzen so aufreizend macht, ließ Mrs. Murphy ihre Schnurrhaare vorwärts schnellen. *«Wir haben hinten auf der Veranda ein bißchen geplaudert.»*

«Los, erzähl.»

Pewter schlenderte zu dem Hund hinüber, der sich unterdessen aufgesetzt hatte. *«Aysha Cramer hat Mim Sanburne glattweg ins Gesicht gesagt, daß sie sich weigert, mit Kerry McCray auf dem Wohltätigkeitsfest für die Obdachlosen zusammenzuarbeiten.»*

Mim Sanburne hielt sich für die Queen von Crozet. An ihren großzügigen Tagen dehnte sie ihr Reich auf ganz Virginia aus.

«Wenn's weiter nichts ist.» Tucker war enttäuscht.

«Das ist noch nicht alles. Mim kommt niemand ungestraft in die Quere. Sie ist aus der Haut gefahren und hat zu Aysha gesagt, das Wohl der Gemeinde sei wichtiger als ihre Zankereien mit Kerry», erklärte die rundliche Katze.

«Ach, Aysha.» Tucker lachte. *«Jetzt wird Mim ihr den miesesten Job bei der Wohltätigkeitsveranstaltung geben – Adressen schreiben, Couverts zukleben und abstempeln. Die müssen nämlich alle mit der Hand geschrieben werden.»*

Pewter kicherte. *«Und alles wegen Norman Cramer. Diesem Langweiler.»*

Die Tiere hielten einen Moment die Luft an.

«Junge, Junge, das muß ein fader Sommer sein, wenn wir schon über dieses Dreiecksverhältnis lachen», sagte Mrs. Murphy nachdenklich.

«Hier passiert aber auch gar nichts», nörgelte Tucker.

«Die Parade am Vierten Juli war okay. Aber nichts Besonderes. Vielleicht stellt ja jemand am Labor Day was auf die Beine ...» Pewter unterbrach sich. *«Hoffen wir auf ein bißchen Wirbel.»*

Mrs. Murphy streckte sich vorwärts, dann rückwärts.

«Wißt ihr, was meine Mutter immer gesagt hat? ‹Sieh dich vor, worum du bittest, du könntest es bekommen.›»

Die drei Freundinnen sollten später noch an diese Prophezeiung zurückdenken.

2

Ash Lawn, der Landsitz von James und Elizabeth Monroe, liegt hinter einer Reihe mächtiger englischer Buchsbäume. Zu Lebzeiten des fünften Präsidenten und seiner Gattin reichten diese stacheligen Gewächse den Menschen vermutlich nur bis zur Taille. Heute strahlt ihre gewaltige Größe etwas Unheimliches aus, verleiht aber gleichzeitig ein Gefühl von Sicherheit. Der offizielle Eingang wird nicht mehr benutzt; die Besucher müssen an dem kleinen Andenkenladen vorbeigehen und erreichen das Haus über eine Nebenstraße.

Das warme Gelb der Schindeln wirkt einladend, schafft Vertrautheit – man könnte sich vorstellen, in diesem Haus zu leben. Niemand könnte sich je vorstellen, in dem schönen, imposanten Monticello gleich hinter dem kleinen Hügel von Ash Lawn zu leben.

Harry spazierte mit Blair Bainbridge, ihrem neuen Nachbarn – allerdings war «neu» in Crozet ein relativer Begriff; Blair war vor mehr als einem Jahr zugezogen – zwischen den Buchsbäumen auf dem Gelände herum. Als gefragtes Model war Blair ebensooft unterwegs wie in der Stadt. Vor kurzem aus Afrika zurückgekehrt, hatte er Harry um eine Führung durch das Heim der Monroes gebeten. Zum Verdruß von Harrys Exmann, dem Tierarzt Fair Haristeen, einem blonden Riesen, der die Dummheit, Harry verloren zu haben, längst bereute und seine Exfrau unbedingt wiederhaben wollte.

Was Blair betraf, so konnte niemand seine Absichten in puncto Harry ergründen. Mrs. Hogendobber, die selbsternannte Expertin für das Tier namens Mann, erklärte, Blair sei so unverschämt maskulin und gutaussehend, daß die Frauen sich ihm jederzeit auf jedem Kontinent an den Hals werfen würden. Sie behauptete, er sei von Harry fasziniert, weil sie gegen seine männliche Schönheit immun sei. Mrs. Hogendobber hatte damit mehr als halbwegs recht, trotz gegenteiliger Behauptungen von Susan Tucker, Harrys bester Freundin und Züchterin ihrer Corgihündin.

Mrs. Murphy wählte den Schatten einer mächtigen Pappel, wo sie ein bißchen Gras aufscharrte und sich dann hinplumpsen ließ. Tucker umrundete sie dreimal, dann setzte sie sich neben sie, da sie die verhaßten Pfauen von Ash Lawn erspäht hatte. Auf dem Anwesen der Monroes wimmelte es von den schillernden Vögeln, deren himmlische Erscheinung von grotesken, häßlichen rosa Füßen verunstaltet wurde. Außerdem besaßen sie die abstoßendsten Stimmen der Vogelwelt.

«Oh, am liebsten würde ich diesen großen Angeber zu Boden strecken», knurrte Tucker, als ein riesiges Männchen vorbeistolzierte, dem kleinen Hund einen Todesstrahlblick zuwarf und dann weiterschritt.

«Der ist bestimmt zäh wie ein alter Schuh.» Mrs. Murphy genoß gelegentlich einen Zaunkönig als Leckerbissen, aber vor größeren Vögeln scheute sie zurück. Sie machte sich wohlweislich jedesmal ganz flach, wenn sie über sich einen großen Schatten bemerkte. Das beruhte auf Erfahrung, denn einst hatte ein rotschwänziger Habicht eins von ihren Brüderchen geraubt.

«Ich weiß nicht, warum Präsident Monroe sich diese Vögel hielt. Schafe, Kühe, sogar Truthähne – Truthähne kann ich ja verstehen –, aber Pfauen sind nutzlos.» Tucker sprang auf und drehte sich im Kreis, um nach etwas zu beißen, das in ihrem Fell saß.

«Flöhe? Ist jetzt die Jahreszeit», bemerkte Mrs. Murphy mitfühlend.

«Nein», knurrte Tucker, während sie noch ein bißchen weiterbiß. *«Bremsen.»*

«Wie kommen die durch dein dickes Fell?»

«Weiß ich nicht, aber sie schaffen's.» Tucker seufzte, dann stand sie auf und schüttelte sich. *«Wo ist Mom?»*

«Überall und nirgends. Sie ist nicht weit weg. Setz dich hin, ja? Wenn du abhaust und einen von diesen dämlichen Vögeln jagst, krieg ich dafür die Schuld. Ich seh nicht ein, warum wir nicht ins Haus können. Ich verstehe ja, daß die Tiere von anderen Leuten nicht reindürfen, wie Lucy Fur, aber wieso wir nicht?» Der Name Lucy Fur, der wie Lucifer klang, paßte ausgezeichnet zu der jüngeren von Reverend Jones' zwei Katzen, denn sie war ein Teufelskerl. *«Wetten, Little Marilyn läßt uns durch die Hintertür rein?»* Tucker zwinkerte. Sie wußte, daß Mim Sanburnes Tochter Tiere liebte.

«Gute Idee.» Die Katze wälzte sich im Gras, dann sprang sie hoch. *«Komm, düsen wir los.»*

«Wo hast du das denn her?» fragte Tucker, als sie zur Seitentür zockelten. Eine Bank unter einer kleinen Veranda verlieh dem Eingangsbereich ein einladendes Flair. Kein Mensch war weit und breit zu sehen.

«Das hat Susan gestern gesagt. Sie schnappt so was von ihren Kindern auf. Wie ‹man sieht sich›, wenn man sich verabschiedet.»

«Oh.» Tucker brachte der Sprache der Jugend nur begrenztes Interesse entgegen, weil der Jargon sich alle paar Jahre änderte.

Unterhalb des Hauptbereichs von Ash Lawn waren Fremdenführerinnen in zeitgenössischen Kostümen dabei, zu spinnen, zu weben, Fett für Kerzen zu schmelzen und zu kochen. Little Marilyn – Marilyn Sanburne junior, die seit kurzem geschieden war und ihren Mädchennamen wieder angenommen hatte – war heute die verantwortliche Fremdenführerin in Ash Lawn. Obwohl erst Anfang Dreißig, hatte die jüngere Marilyn finanziell eine Menge für Ash Lawn sowie das William and Mary College getan. Das College unterhielt Haus und Grundstück von James Monroe und stellte die meisten Fremdenführerinnen. Little Marilyn war stolze Absolventin des William and Mary College, wo sie so oft die Fächer gewechselt hatte, bis ihre Studienberater die Hoffnung aufgaben, daß sie je Examen machen würde. Schließlich hatte sie sich auf Soziologie verlegt, was ihrer Mutter ungemein mißfiel und folglich Little Marilyn um so besser gefiel.

Da Harry Absolventin des Smith College in Massachusetts war, gehörte sie nicht zum engeren Kreis von Ash Lawn, aber das Personal pflegte gute Beziehungen zur Gemeinde, so daß Harry und ihre Tiere sich dort willkommen fühlten. Natürlich kannten alle in Ash Lawn Mrs. Murphy und Tucker.

Die anderen Fremdenführerinnen waren an diesem 30. Juli Kerry McCray, eine kesse Rotblonde, die auf dem College Little Marilyns Zimmergenossin gewesen war, Laura Freely, eine hochgewachsene, strenge Dame um die sechzig, und Aysha Gill Cramer, ebenfalls eine Collegefreundin von Little Marilyn. Da Aysha erst im April geheiratet hatte – ein schauerlich übertriebenes gesellschaftliches Ereignis –, brauchten alle noch etwas Zeit, sich an den Namen Cramer zu gewöhnen. Danny Tucker, Susans sechzehnjähriger Sohn, arbeitete als Gärtner, und es machte ihm Spaß. Susan half im Andenkenladen aus, weil die Kassiererin sich krank gemeldet hatte.

Durch ein Kuddelmuddel bei der Einteilung waren Aysha und Kerry zur selben Zeit hier. Die zwei konnten sich nicht riechen. Zusammen mit Little Marilyn waren die drei von Kind an die besten Freundinnen gewesen, und auch noch die ganze Zeit auf dem College, wo sie derselben Studentinnenverbindung angehört hatten.

Nach dem Examen waren sie zusammen nach Europa gefahren und schließlich nach einem Jahr getrennte Wege gegangen. Sie schrieben sich Unmengen von Briefen. Kerry war als erste nach Crozet zurückgekehrt und hatte eine Anstellung bei der Crozet National Bank gefunden, die um die Jahrhundertwende als Lokalbank gegründet worden war, aber jetzt ganz Mittelvirginia bediente. Little Marilyn war wenig später gefolgt, hatte geheiratet, was schiefging, und sich scheiden lassen. Aysha war erst vor sechs Monaten nach Albemarle County zurückgekehrt. Ihr tadelloses Französisch und Italienisch waren hier nicht gefragt. Die Aussichten auf eine Karriere waren in diesem kleinen Winkel der Welt so minimal, daß Heiraten immer noch eine echte Karriere für junge Frauen darstellte, vorausgesetzt, sie fanden ein geeignetes Opfer.

Die Freundinnen knüpften wieder da an, wo sie aufgehört hatten. Aysha, in jüngeren Jahren ein bißchen pummelig, war zu einer hübschen Frau herangereift, die vor Ideen übersprudelte.

Little Marilyn, die sich gerade von ihrer Scheidung erholte, war noch deprimiert. Sie brauchte ihre Freundinnen.

Kerry, damals noch mit Norman Cramer verlobt, hatte Aysha und Little Marilyn oft eingeladen, abends mit ihnen essen, ins Kino oder zu einer nächtlichen Veranstaltung in die Blue-Ridge-Brauerei zu gehen.

Norman, schmächtig und schüchtern, hatte ein hübsches Gesicht, das große blaue Augen umrahmte. Er arbeitete ebenfalls in der Crozet National Bank, als Chefbuchhalter. Als aufregend hätte ihn wohl niemand spontan bezeichnet, daher kippten alle aus den Latschen, als Aysha ihn Kerry ausspannte. Keiner konnte begreifen, weshalb sie ihn wollte, außer daß sie die Dreißig überschritten hatte, ungern arbeitete und die Ehe als bequemen Ausweg sah.

Ihre Mutter, Ottoline Gill, die sich viel zu sehr in das Leben ihrer Tochter einmischte, schien von ihrem frischgebackenen Schwiegersohn begeistert. Das mag teils an dem freudigen Schreck gelegen haben, daß sie überhaupt einen Schwiegersohn bekam. Sie hatte Ayshas Zukunft schon verloren gegeben und immer wieder erklärt, ein Mädchen, das so schön und klug sei wie ihr Liebling, würde nie einen Mann finden. «Männer mögen dumme Frauen», pflegte sie zu sagen, «und meine Aysha wird nicht das Dummchen spielen.»

Was immer sie spielte oder nicht spielte, sie hatte Norman betört, mit dem Ergebnis, daß Aysha und Kerry jetzt erbitterte Feindinnen waren, die kaum in zivilisiertem Ton miteinander reden konnten. Fern von Ayshas forschenden Blikken war Norman liebenswürdig zu Kerry, aber seine Liebenswürdigkeit wurde nicht immer erwidert.

Marilyn schickte Aysha zum Arbeiten nach unten und Kerry nach draußen zu den Sklavenquartieren. Das milderte die Spannung ein wenig. Sie wußte, daß beide am nächsten Tag zu ihr kommen und sich über das Durcheinander beschweren würden. Kerry würde leichter zu beschwichtigen sein als Aysha, die nichts lieber sah, als wenn jemand emotional im Unrecht war. Aber weil Aysha gerne Fremdenführerin in Ash Lawn war, wollte Marilyn sie besänftigen, um ihrer selbst willen wie zum Wohl der Stätte. Es war schlimm genug, daß Aysha ihr Ärger machte, aber sich mit dieser Zicke von einer Mutter herumzuschlagen, das war die Hölle. Und wenn Ottoline auf die Barrikaden ging, dann würde Mim, Marilyns Mutter, sich ebenfalls einmischen, und sei es nur, um die überhebliche Ottoline in die Schranken zu weisen.

Mrs. Murphy, den Schwanz senkrecht aufgerichtet, fühlte das kühle Gras unter ihren Pfoten. Grashüpfer schossen vor ihr davon wie grüne Insektenraketen. Sie hüpften, ließen sich nieder, hüpften weiter. Gewöhnlich jagte sie ihnen nach, aber heute wollte sie in das historische Wohnhaus, nur um zu beweisen, daß sie nicht die Absicht hatte, etwas kaputtzumachen.

Als der Tag sich neigte, waren die meisten Touristen gegangen. Einige hielten sich noch im Andenkenladen auf. Das Personal von Ash Lawn begann mit dem Abschließen. Harry und Blair waren ins Haus gegangen, um zu sehen, ob Marilyn Hilfe brauchte.

Ein entferntes Dröhnen kam näher. Dann verkündeten ein Quietschen, ein Spotzen und ein Stottern, daß ein Motorrad auf dem Parkplatz zum Stehen gekommen war, nicht irgendein Motorrad, sondern eine schimmernde, vollkommen schwarze Harley-Davidson. Der Motorradfahrer war so abgerissen, wie seine Maschine glänzte. Er trug einen schwarzen deutschen Helm aus dem Zweiten Weltkrieg, eine schwarze, mit Chromsternen besetzte Lederweste, zerrissene Jeans, schwere schwarze Motorradstiefel, und um die Brust hatte er eine imposante Kette baumeln, die an einen altertümlichen Patronengürtel erinnerte. Eine Motorradbrille mit dunklen Gläsern vervollständigte die Montur. Er war unrasiert, sah aber auf seine schmuddelige Art nicht übel aus.

Er schlenderte den gepflasterten Weg entlang, der zum Vordereingang führte. Tucker, die sich jetzt seitlich vom Haus bei den Sklavenquartieren befand, blieb stehen und bellte ihn an. Beide Tiere hatten sich vom Nebeneingang entfernt, um zu sehen, was vorging.

«Halt's Maul, Tucker, du verdirbst mir sonst meine Strategie», warnte die Katze. Sie lag flach vor dem Besuchereingang und wartete nur darauf, daß mit dem Eintritt des Motorradfahrers die Tür aufschwang, so daß sie hineinflitzen konnte. Wer immer die Tür öffnete, würde einen Schrei ausstoßen, wenn sie zwischen seinen Beinen durchsauste. Dann würde man ihr nachjagen oder sie locken müssen. Harry würde einen Tobsuchtsanfall bekommen. Jemand würde auf die Idee verfallen, Mrs. Murphy mit Futter oder vielleicht frischer Katzenminze aus dem Kräutergarten zu bestechen. Sie hatte alles geplant. Dann blickte sie hoch und sah den Hell's Angel zur Tür marschieren. Sie beschloß zu bleiben, wo sie war.

Er öffnete die Tür und wurde von Little Marilyn begrüßt. «Willkommen im Heim von James und Elizabeth Monroe. Leider haben wir im Sommer nur von zehn bis siebzehn Uhr geöffnet, und jetzt ist es siebzehn Uhr dreißig. Ich bedaure sehr, aber Sie müssen morgen wiederkommen.»

«Ich geh hier nicht weg.» Er drückte sich an ihr vorbei.

Laura hörte den Wortwechsel vom Salon aus und trat zu Marilyn. Harry und Blair blieben im Wohnzimmer. Aysha war unten in der Sommerküche, und Kerry schloß die Sklavenquartiere ab.

«Sie müssen gehen.» Marilyn schürzte die Lippen.

«Wo ist Malibu?» Seine kehlige Stimme unterstrich die bedrohliche Erscheinung.

Blair kam in die Halle. «In Kalifornien.»

Der Motorradfahrer maß ihn von Kopf bis Fuß. Blair war ein großer, breitschultriger Mann in bester Kondition. Kein leichter Gegner.

«Sind Sie hier der zuständige Komiker?» Der Motorradfahrer zog ein kleines Klappmesser aus seiner Weste. Er ließ es geschickt mit einer Hand aufschnappen und stocherte damit in seinen Zähnen.

«Ja, für heute.» Blair verschränkte die Arme. Harry trat ebenfalls in die Halle und stellte sich hinter Blair. «Die Damen haben Sie informiert, daß Ash Lawn morgen geöffnet ist. Kommen Sie dann wieder.»

«Mir ist dieser Laden scheißegal. Ich will Malibu. Ich weiß, daß sie hier ist.»

«Wer ist Malibu?» Harry schob sich nach vorn. Sie hatte den Verdacht, daß die Pupillen des Motorradfahrers geweitet waren, oder das Gegenteil, und daß er die Sonnenbrille trug, um diesen Zustand zu verbergen. Er hatte was genommen, und zwar kein Aspirin.

«Eine diebische Schlampe!» schimpfte der Motorradfahrer. «Ich bin hinter ihr her und weiß, daß sie hier ist.»

«Sie kann unmöglich hier sein», entgegnete Marilyn. «Alle, die hier arbeiten, kennen sich untereinander, und von einer Malibu haben wir nie gehört.»

«Sie haben bloß den Namen nie gehört. Die ist gerissen. Sie hypnotisiert einen, nimmt sich, was sie will, dann packt sie zu wie eine Schlange!» Er hielt seine zwei Zeigefinger wie Fangzähne, die zupacken wollen.

Aus dem Augenwinkel sah Harry Aysha durch die Hintertür kommen. Sie konnte weiter hinten auch Kerry sehen, die auf dem Weg zum Herrenhaus war. Der Motorradfahrer sah die beiden nicht. Harry drehte sich vorsichtig um und machte hinter dem Rücken mit den Händen ein Stoppzeichen. Blair hatte unterdessen die Hand auf die Schulter des Motorradfahrers gelegt und drehte ihn sachte in Richtung Haupteingang.

«Kommen Sie. Sie werden sie heute nicht finden. Die Hälfte des Personals ist schon nach Hause gegangen.» Blairs Stimme triefte von Verständnis. «Ich weiß, was Sie meinen, manche Frauen sind wie Giftschlangen.»

Die beiden Männer gingen nach draußen. Mrs. Murphy starrte zu ihnen hinauf. Der Motorradfahrer roch nach Kokain, Schweiß und Schmieröl. Sie maß Gerüchen eine große Bedeutung bei.

Die Stimme des mürrischen Mannes zitterte ein kleines bißchen. «Ach die, Sie haben ja keine Ahnung, wie die mit einem umspringen kann. Sie spielt mit deinem Körper und verwirrt deinen Geist. Das einzige, was sie je geliebt hat, waren Dollars.»

Blair erkannte, daß er den Kerl mit der Kiffervisage eigenhändig zu seinem Motorrad bugsieren mußte, da er keine Anstalten machte, sich von der vorderen Veranda zu entfernen. «Zeigen Sie mir Ihre Maschine.»

Mrs. Murphy sauste von einem Strauch zum anderen, behielt dabei die Männer im Auge und hörte jedes Wort. Tukker schoß vor ihr her.

«Tucker, bleib hinter ihnen.»

«Immer sagst du mir, was ich tun soll!»

«Weil du erst handelst und dann denkst. Halt dich hinter ihnen. So merkt der Kerl nicht, daß du da bist, falls Blair Hilfe braucht. Überraschungsmoment.»

«Hm.» Der Hund sah ein, daß die Katze recht hatte.

«Sie wollte genug Kohle machen, damit sie zu Hause sitzen konnte, eine Lady sein.» Der Mann lachte verächtlich. «Ich dachte, die macht Witze. Eine *Lady*?»

Blair kam zu der schnittigen Maschine, die auf ihrem Kippständer ruhte. «Ich wette, die wummert.»

«Klar, sie hat jede Menge Power.»

Blair fuhr mit der Hand über den Benzintank. «Hab mal eine Triumph Bonneville gehabt. Hat Öl verloren, aber die konnte surren, verstehen Sie?»

«Heißer Ofen.» Der Kerl schob die Unterlippe vor, als Zeichen von Zustimmung, Anerkennung.

«Meine erste war eine Norton. Und Ihre?»

«Sie mochten wohl die englischen Maschinen, wie?» Er lehnte sich an das Motorrad. «Harley. Ich hatte immer eine Harley. Meine erste war ein 1960er Hog, 750 ccm, in Einzelteilen. Hab sie zusammengebaut. Dann hab ich für 'n Kumpel eine Ducati zusammengebaut, und eh ich mich's versah, hatte ich mehr Arbeit, als ich bewältigen konnte.»

«BMW?»

Der Motorradfahrer schüttelte den Kopf. «Nichts für mich. Geile Maschinen, aber ohne Seele. Und der Kolben statt Kettenantrieb – wenn du so 'ne Maschine in einen anderen Gang schaltest, gibt's einen Ruck. Macht dir den Pimmel kaputt.» Er lachte, zeigte kräftige, ebenmäßige Zähne. «Ketten gibt's natürlich nicht mehr. Heute nehmen sie Riemen aus Kevlar.» Er deutete auf das Material des Raumfahrtzeitalters, das die Kette ersetzt hatte.

«Mein Dad hatte eine Indian.» Blair bekam glänzende Augen. «Was würde ich heute nicht für diese Maschine geben.»

«Eine Indian. Nicht schlecht. He Mann, kommen Sie, ich geb Ihnen ein Bier aus. Wir müssen uns mal richtig unterhalten.»

«Danke, ich hab eine Verabredung. Sie wartet im Haus auf mich. Ich komm aber später gern auf die Einladung zurück.» Blair deutete mit dem Kopf in Richtung Ash Lawn, wo Harry am Ende des Weges stand, der zum Eingang führte. Sie wollte sich vergewissern, daß Blair keine Gefahr drohte.

«Ich wohne im Best Western.»

Blair lächelte. «Okay, danke.»

«Ich geh hier nicht weg, bevor ich das Miststück gefunden habe.»

«So entschlossen, wie Sie wirken, finden Sie sie bestimmt.»

Der Motorradfahrer tippte sich mit der Faust an den Kopf. «Blech in der Birne, Mann, Blech in der Birne, aber ich geb nie auf. Bis dann, Kumpel.» Er sprang auf seine Maschine, drehte den Zündschlüssel, und ein kräftiges Bollern erfüllte die Luft. Dann rollte er langsam die Zufahrt hinunter.

Mrs. Murphy beobachtete ihn, als er verschwand. *«Motorräder wurden erfunden, um die Männerherde auszudünnen.»*

Tucker lachte. Die beiden Tiere gingen mit Blair zurück.

«Was hast du da draußen gemacht?» fragte Harry, während die anderen Frauen aus dem Haus kamen und Blair umringten.

«Mich über Motorräder unterhalten.»

«Mit diesem Idioten?» Marilyn konnte es nicht fassen.

«Oh, so schlimm ist er gar nicht. Er sucht seine Freundin, und er wohnt im Best Western, bis er sie gefunden hat. Vielleicht trink ich sogar mal ein Bier mit ihm. Er ist gar nicht ohne.»

Kerry und Aysha waren inzwischen über die Suche nach Malibu informiert worden.

Laura sagte: «Haben Sie keine Angst vor ihm?»

«Nein. Er ist harmlos. Bloß ein bißchen bedröhnt, das ist alles.»

Harry lachte. «Solange du nicht Malibu bist, ist er vielleicht harmlos.»

«Könnt ihr euch vorstellen, daß jemand Malibu heißt?» Ayshas eisiger Ton war durchtränkt von gesellschaftlicher Überheblichkeit.

«Ob mein Leben wohl besser liefe, wenn ich mich in Chattanooga umtaufen würde?» witzelte Kerry zum Vergnügen der anderen. Sie hätte Aysha am liebsten die Augen ausgekratzt.

Harry kicherte. «Petting. Als ich in Deutschland war, bin ich durch einen Ort gekommen, der Petting hieß. Ändere deinen Namen in Petting, dann wirst du fühlen, wie's ringsum prickelt.»

«O ja.» Laura Freeleys aristokratische Stimme mit der perfekten Modulation verlieh jeder ihrer Äußerungen Gewicht. «Wenn ich mich recht entsinne, gibt es da auch Ortschaften, die Ficksburg und Möse heißen.»

«Meine Damen» – Blair senkte den Kopf –, «ich muß doch sehr bitten.»

3

Die John-Deere-Vertragshandlung, ein niedriger Ziegelbau an der Route 250, stellte ihre neuen Traktoren am Straßenrand aus. Diese grünen und gelben Verlockungen ließen Harry das Wasser im Mund zusammenlaufen. An die tausend Autofahrer kamen täglich auf dem Weg nach Charlottesville an den Traktoren vorbei. Immer mehr Menschen zog es nach Albemarle County, Leute aus dem öffentlichen und diplomatischen Dienst, die auf fünf Morgen großen Grundstükken riesige Häuser kauften und deren Tempo von fahrbaren Rasenmähern bestimmt wurde. Sie gelüstete es wahrscheinlich kaum nach diesen Maschinen, die in einer ordentlichen Reihe aufgestellt waren. Aber die Leute vom Land fuhren in der Abenddämmerung vorbei, hielten an und spazierten um die neuesten Nutzfahrzeuge herum.

Harrys Maschine, ein 1958er 420S Traktor, schleppte einen Dungstreuer, zog einen kleinen Bodenfräser und war für sie wie ein Freund. Ihr Vater hatte den Traktor neu gekauft und liebevoll gepflegt. Harrys Service-Heft, ein dickes Buch, war angefüllt mit seinen Anmerkungen, denen sie jede Menge eigene hinzugefügt hatte. Das kleinere Benutzerhandbuch steckte abgegriffen und zerfleddert in einer Plastikschutzhülle.

Johnny Knatterton, wie Doug Minor seinen Traktor getauft hatte, knatterte und tuckerte noch immer. Im vorigen Jahr hatte Harry einen neuen Satz Hinterreifen gekauft. Die Originalreifen hatten am Ende den Geist aufgegeben. Aufgrund dieser erwiesenen Zuverlässigkeit wollte Harry wieder einen John Deere, den Rolls-Royce unter den Traktoren.

Nicht daß sie plante, Johnny Knatterton stillzulegen, aber ein Traktor mit 75 PS, mit einem Frontlader und Spezialgewichten für die Hinterräder, könnte viele von den größeren, schwierigeren Arbeiten auf ihrer Farm übernehmen, die die Kräfte von Johnny Knattertons bescheidener PS-Zahl überstiegen. Der Grundpreis für das Gerät, das sie benötigte, belief sich auf ca. 29000 $ ohne Zubehör. Sie wurde jedesmal ganz verzagt, wenn sie an die Kosten dachte, die sie von ihrem Gehalt als Posthalterin unmöglich aufbringen konnte.

Mrs. Murphy und Tucker warteten in der Fahrerkabine von Harrys Transporter, auch ein Fahrzeug, das ersetzt werden müßte. Das Supermannblau war verblaßt, die Kupplung war schon zweimal repariert worden, und Harry hatte insgesamt vier Sätze Reifen abgenutzt. Aber immerhin, der Ford fuhr. Die meisten Leute würden eher einen neuen Transporter kaufen als einen Traktor, aber für Harry, die zuallererst Farmerin war, hatte der Traktor Vorrang.

Sie schlenderte um die Maschinen herum, auf denen kein einziger Schmutzfleck war. Manche hatten geschlossene Fahrerkabinen mit Klimaanlage, was ihr sündig vorkam; wenn man allerdings über ein Erdbienennest führe, wäre die geschlossene Kabine ein Segen. Es machte ihr Freude, zu träumen, hinaufzuklettern, um das Lenkrad zu berühren, mit den Fingern über den Motorblock zu fahren. Deswegen kam sie am liebsten in der Abenddämmerung. Nicht so sehr, weil sie nicht mit den Händlern sprechen mochte. Sie kannte sie seit Jahren, und sie wußten, daß sie keinen Penny besaß. Sie wollte ihnen nicht lästig fallen, weil sie keine ernsthafte Kundin war.

Sie öffnete die Tür ihres Transporters, die leise quietschte. Sie lehnte sich über den Sitz, stieg aber nicht sofort ein.

«Na, Kinder, was meint ihr? Sagenhaft, was?»

«Die sehen noch genau so aus wie letztes Mal.» Tucker war hungrig.

«Phantastisch, Mom, einfach phantastisch.» Mrs. Murphy fuhr gelegentlich auf Harrys Schoß mit, wenn sie Johnny Knatterton steuerte. *«Ich persönlich würde mich für den mit der geschlossenen Kabine entscheiden, dann kannst du für mich ein Körbchen mit einem Handtuch reinstellen. Ich hab's gern gemütlich.»*

«Los jetzt, wir fahren nach Hause.» Sie stieg in den Transporter, ließ den Motor an und fuhr auf die Schnellstraße Richtung Westen.

Fünfzehn Minuten später hatte sie den Stadtrand von Crozet erreicht. Sie fuhr an der alten Del-Monte-Lebensmittelverpackungsfabrik vorbei und beschloß, beim Supermarkt anzuhalten.

«Ich will nach Hause», winselte Tucker.

«Wenn du fressen willst, muß ich dir Futter kaufen.» Harry sprang aus dem Wagen.

Tucker sah die Katze fragend an. *«Glaubst du, sie hat verstanden, was ich gesagt habe?»*

«Nee.» Mrs. Murphy schüttelte den Kopf. *«Purer Zufall.»*

«Wetten, ich könnte aus dem Fenster springen?»

«Wetten, das könnte ich auch, aber ich renn doch nicht auf diesem Parkplatz rum, bei der Fahrweise, die die Leute draufhaben.» Sie legte die Pfoten auf den Fensterrahmen und überblickte den Platz. *«Anscheinend braucht alle Welt Hundefutter.»*

Tucker sah mit ihr hinaus. *«Mim.»*

«Wetten, das ist ihre Köchin. Sie ist mit dem Farmwagen da. Mim würde sich nie dazu herablassen, ihre Lebensmittel selbst einzukaufen.»

«Da dürftest du recht haben. Guck mal, da steht der silberne Saab, also ist Susan hier.»

«Und Ayshas grüner BMW. He, da ist ja der Falcon von Mrs. Hogendobber.»

«Und guck mal, wer da kommt – Fair. Hm-hm.» Tucker zwinkerte mit den Augen.

Als Harry mit einem Korb am Arm durch den Gang eilte, stieß sie als erstes mit Susan zusammen.

«Wenn du nicht viel kaufen willst, hättest du zu Shiflett's Market gehen und dir die Schlange an der Kasse ersparen können.»

«Er hat heute früher zugemacht. Zahnarzttermin.»

«Doch nicht schon wieder ein Wurzelkanal?» Harry zählte die Waren in Susans Einkaufswagen. «Gibst du eine Party oder so was? Ich meine, eine Party ohne mich?»

«Nein, du neugierige Nuß.» Susan stupste Harry an der Schulter an. «Danny und Brookie wollen grillen. Ich hab gesagt, ich kauf das Essen, wenn sie die Arbeit machen.»

«Danny Tucker am Grill?»

«Ja, stell dir vor, seine neue Freundin will Köchin werden, und er denkt nun, wenn er ein Interesse am Essen zeigt, das übers bloße Vertilgen hinausgeht, wird er bei ihr Eindruck schinden. Er hat seine Schwester überredet, ihm zu helfen.»

«Überredet oder bestochen?»

«Bestochen.» Susans breites Lächeln war ansteckend. «Er hat versprochen, mit ihr und einer Freundin zum Gestüt Virginia in Lexington zu fahren, und dann will er sich die Washington und Lee University angucken, ohne Mom natürlich.»

Mrs. Hogendobber kam um die Ecke gefegt, ihr Wagen balancierte auf zwei Rädern. «Aus der Bahn, Mädels. Sonst verpaß ich die Chorprobe.»

Die zwei Frauen traten auseinander, und Miranda warf mit beachtlichem Geschick Waren in ihren Wagen.

«Trefferquote hundert Prozent», bemerkte Susan.

Aysha Cramer, die mit ihrer Mutter Ottoline vom anderen Ende des Ganges kam, stieß beinahe mit Mrs. Hogendobber zusammen. «Oh, Verzeihung, Mrs. Hogendobber.»

«Tüüt-tüüt!» Mrs. Hogendobber manövrierte sich geschickt um sie herum, und fort war sie.

Ottoline, die eine schulterfreie Bauernbluse trug, die den sahnigen Teint ihrer Haut und ihres Busens zur Geltung brachte, schnappte sich die Einkaufsliste aus Ayshas Wagen. «Wenn du dich mit Quatschen aufhalten willst, nehm ich mir schon mal die Liste vor.»

Aysha zuckte die Achseln, während ihre Mutter weiterzog und um die Ecke bog. Aysha schob ihren Wagen zu Harry und Susan hinüber. «Wir wissen, daß sie nicht beschickert ist.»

Mrs. Hogendobber trank keinen Alkohol.

«Chorprobe», sagte Susan.

«Ich hoffe, daß ich in ihrem Alter auch noch so viel Energie habe», meinte Aysha bewundernd. «Wie alt ist sie eigentlich?»

«Geistig oder körperlich?» Susan schob ihren Wagen vor und zurück.

«Mutter sagt, sie muß über Sechzig sein; denn sie war auf der High-School, als Mutter in der achten Klasse war», informierte Aysha sie.

Freilich sagte Ottoline, diese unausstehliche Mistbiene, nie etwas Nettes über andere, es sei denn, es spiegelte ihre eigene eingebildete Herrlichkeit wider, daher war Ayshas Erklärung eine fingierte Variante von Mrs. Gills wahren Gedanken.

Wie aufs Stichwort kam Ottoline aus der entgegengesetzten Richtung, in der sie abgezogen war, durch den Gang getänzelt. Sie warf Waren in den Wagen, nickte Harry und Susan kurz zu, um dann ihren Weg durch den Gang fortzusetzen, wobei sie über die Schulter rief: «Aysha, ich hab's eilig.»

«Ja, Mumsy.» Dann senkte sie die Stimme: «Sie hat sich heute mit dem Dekorateur angelegt. Hat schlechte Laune.»

«Ich dachte, sie hätte gerade umdekoriert.»

«Vor zwei Jahren. Die Zeit rennt. Diesmal steht sie auf farbneutral.»

«Besser als geschlechtsneutral», witzelte Harry.

Aysha rümpfte die Nase. «Das ist überhaupt nicht komisch.»

«Ach komm, Aysha.» Harry konnte es nicht ausstehen, wenn Aysha oder sonst jemand sich aufführte wie ein humorloser Sittenwächter.

Abgesehen von einem gelegentlichen Anfall von Korrektheit, hatte Aysha sich ganz gut gemacht, fand Harry, ausgenommen ihre verhängnisvolle Überzeugung, eine Aristokratin zu sein. Es war eine klägliche Illusion, denn die Gills waren gleich nach dem Ersten Weltkrieg nach Albemarle County eingewandert. Schlimmer noch, sie waren aus Connecticut eingewandert. Trotz ihrer Yankee-Wurzeln stolzierte Aysha umher wie eine Schöne des Südens. Ihr frischgebackener Ehemann, nicht gerade der Hellste, wenn es um Frauen ging, kaufte es ihr ab. Er nannte sie «Liebelein». Gott allein weiß, wie sie ihn nannte. Jungvermählte waren ziemlich abstoßend, egal, wer sie waren.

Susan fragte: «Aysha, du hast doch von diesem Threadneedle-Virus gehört. Morgen ist der große Tag. Bist du beunruhigt?»

«Himmel, nein.» Sie lachte, ihre Stimme schwang aufwärts, bevor sie sie senkte. «Aber mein Norman hat deswegen Besprechungen anberaumt. Die Bank nimmt das wirklich ernst.»

«Was du nicht sagst.» Harry lud noch ein paar Dosen Hundefutter in ihren Einkaufswagen.

«Ihr könnt euch vorstellen, was los ist, wenn Konten durcheinandergeraten, aber Norman glaubt, das eigentliche Ziel ist die Federated Investments Bank in Richmond, und das Ganze dient nur dazu, einen Tumult zu erzeugen, während sie, wer immer das ist, bei FI zuschlagen.»

Susan stellte die naheliegende Frage: «Warum ausgerechnet bei FI?»

«Denen ist es in letzter Zeit nicht gutgegangen. Neuer Präsident, drastische personelle Veränderungen, Hunderte von Leuten wurden entlassen. Wer ist besser geeignet als ein FI-Angestellter, um einen Plan auszuhecken, bei dem Computer als Waffe dienen? Norman sagt, am zweiten August wird FI verhedderter sein als eine Angelschnur.»

«Meine Damen!» Von Sonderangebotsschildern für Holzkohle eingerahmt, winkte Fair vom Ende des Ganges herüber.

Aysha lächelte Fair zu, dann überprüfte sie Harrys Miene auf verräterische Anzeichen von Gefühlsregungen. Harry lächelte ebenfalls und winkte zurück. Sie hatte ihren Exmann gern.

«So, ich muß abschieben, im doppelten Sinne des Wortes.» Susan steuerte zum Ausgang. «Danny wird Crozets jüngstes Schlaganfallopfer sein, wenn ich nicht mit seinem Essen erscheine.»

«Ich muß auch Essen machen.»

«Harry, du willst kochen?» Aysha konnte es nicht fassen.

Harry wies auf ihren Wagen. «Tucker und Mrs. Murphy.»

«Grüß sie von mir.» Aysha verschwand unter klingendem Gelächter in die andere Richtung.

Die Hände in die Hüften gestemmt, erschien Ottoline am Gangende. «Beeil dich, ja?»

Harry kam ans Ende des Ganges, wo Fair auf sie wartete. Er tat so, als würde er Holzkohle im Sonderangebot kaufen.

«Wie geht's?»

«Gut, und dir?»

«Ich krieg mehr Griffelbeinrisse zu sehen, als ich zählen kann. Zu viele Trainer überfordern ihre jungen Pferde auf diesem festen Boden.» Griffelbeinrisse sind bei jungen Rennpferden ein häufiges Problem.

Harry besaß drei Pferde; eins davon, noch ziemlich neu, war ein Geschenk von Fair und Mim. Mim hatte Harry seit neuestem in ihr Herz geschlossen. Tatsächlich schien die hochmütige Mrs. Sanburne in den letzten paar Jahren erheblich sanftmütiger geworden zu sein.

«Uns geht's richtig gut zu Hause. Komm doch mal vorbei, dann reiten wir den Yellow Mountain rauf.»

«Okay.» Fair nahm mit Freuden an. «Morgen sieht's schlecht aus, aber wie wär's mit übermorgen? Ich komm um sechs vorbei. Bis dahin dürfte es sich ein bißchen abgekühlt haben.»

«Prima. Welches Pferd willst du?»

«Gin Fizz.»

«Okay.» Sie wollte weiter; Katze und Hund waren bestimmt mürrisch vom langen Warten.

«He, ich hab gehört, du warst gestern mit Blair Bainbridge in Ash Lawn. Ich dachte, er ist gar nicht in der Stadt.» Fair betete, er möge bald wieder aus der Stadt verschwinden – am liebsten morgen.

«Er hat die Aufnahmen beendet, und anstatt bei seiner

Familie vorbeizuschauen, ist er gleich nach Hause gekommen. Er ist ziemlich groggy, glaube ich.»

«Wie kann man groggy sein, wenn man sich Klamotten anzieht und vor der Kamera Pirouetten dreht?»

Harry weigerte sich, darauf einzugehen.

«Da bin ich nun wirklich überfragt, Fair, mich hat nie jemand gebeten, als Model zu arbeiten.» Sie schob weiter. «Dann bis übermorgen.»

4

«Holen Sie schon mal die Schaufeln raus», rief Harry Mrs. Hogendobber zu, die im selben Moment zum Hintereingang hereinmarschierte, als Rob Collier, der Mann, der die Post anlieferte, das Postamt durch den Vordereingang verließ.

Er steckte den Kopf wieder herein. «Morgen, Mrs. H.»

«Schönen guten Morgen, Rob.» Sie erspähte die riesigen Postsäcke auf dem Fußboden. «Was um alles in der Welt ...»

«Ein höllischer Auftakt in den August.»

Als der große Lieferwagen aus der Zufahrt fuhr, konnten die zwei Frauen nur wie gebannt auf den Haufen Post starren.

«Dann mal los. Ich hol den Postkarren und fang mit dem ersten Sack an.»

«Bin gleich wieder da.» Mrs. Hogendobber eilte zur Tür hinaus und war nach knapp fünf Minuten zurück; Zeit genug für Harry, den großen Leinensack auszukippen, und Zeit genug für Mrs. Murphy, sich mit Karacho in den Haufen zu stürzen, so daß Briefe und Zeitschriften umherstoben. Dann wälzte sie sich herum, zerbiß einige Umschläge und zerkratzte andere.

«Tod den Rechnungen!» brüllte die Katze. Sie breitete alle vier Pfoten auf dem schlüpfrigen Haufen aus, blickte nach rechts, dann nach links, bevor sie mit einem mächtigen Satz nach vorn sprang, so daß die Post unter ihr hervorquoll.

«Du hast es erfaßt, Murph.» Harry mußte über die Kapriolen der Tigerkatze lachen.

«Dies ist meine Meinung zur Elektrizitätsgesellschaft.» Sie packte mit den Zähnen eine Rechnung und biß fest zu. *«Da hast du's. Und das hier ist für alle Rechtsanwälte in Crozet.»* Sie zog die rechte Pfote über eine Fensterscheibenrechnung und hinterließ fünf parallele Risse.

Tucker beteiligte sich an dem Spaß, aber da sie nicht so wendig war wie Mrs. Murphy, konnte sie nur durch den Postpacken rennen und rufen: *«Guck mal, was ich kann!»*

«Schluß jetzt, ihr zwei. Dies ist das einzige Postamt in Amerika, wo man Briefe mit Zahnabdrücken bekommt. Aber genug ist genug.»

Mrs. Hogendobber öffnete die Hintertür just in dem Moment, als Pewter durch das Katzentürchen hereinkam. *«He, he, ich will auch mitspielen.»*

Mrs. Murphy setzte sich in das Postchaos und lachte, als ihre dicke Freundin auf sie zugesaust kam. Mrs. Hogendobber lachte ebenfalls.

«Sehr komisch.» Erbost wand sich Pewter aus dem Haufen.

«Heute morgen sind alle übergeschnappt.» Harry bückte sich, um das Durcheinander zu ordnen, fand aber, daß die Katze die richtige Idee gehabt hatte. «Was ist das für ein unglaublicher Duft?»

«Zimtteilchen. Wir müssen uns stärken. Eigentlich wollte ich warten und sie für unsere Pause rüberholen, aber Harry, wir werden wohl durcharbeiten.» Sie sah auf die große alte Bahnhofsuhr an der Wand. «Und Mim wird in einer Stunde hier sein.»

«Mim wird noch mal wiederkommen müssen.» Harry warf Briefe in den Postkarren und schob ihn auf die Rückseite der Schließfächer. «Wenn Sie keinen Knüller auf Lager haben, machen Sie das Radio an.» Zwinkernd schnappte sich Harry ein heißes Zimtteilchen und begann mit dem Sortieren.

«Ich will mir heute morgen keine Country- und Western-Musik anhören.»

«Und ich möchte mich nicht geistlich erbauen lassen, Miranda.»

«Stellen Sie sich nicht so an.» Mrs. Hogendobber schaltete das Radio ein.

Der Sprecher verkündete die Nachrichten. «... ein Verlust von acht Millionen Dollar für dieses Geschäftsquartal, der schlimmste in der neunundsechzigjährigen Geschichte der FI. Eintausendfünfhundert Beschäftigte, fünfundzwanzig Prozent der Belegschaft des renommierten Unternehmens, mußten entlassen werden ...»

«Verdammt.» Harry pfefferte eine Postkarte in Market Shifletts Schließfach.

«Ich kann mir vorstellen, die Leute, die die blauen Briefe kriegen, sagen noch was viel Schlimmeres.»

Die Nachrichten wurden nach einem Werbespot für den neuen Dodge Ram fortgesetzt. Die tiefe Stimme tönte: «Threadneedle, der gefürchtete Computervirus, hat heute bereits am frühen Morgen zugeschlagen. Leggett's Warenhaus hat einige geringfügige Probleme gemeldet, ebenso die Spar- und Darlehenskasse von Albemarle County. Das ganze Ausmaß des Durcheinanders wird sich erst im Laufe des Ar-

beitstages erweisen. Doch es wurden bereits erste Unregelmäßigkeiten gemeldet.»

«Wissen Sie was, wenn irgend so ein Computergenie Amerika wirklich einen Dienst erweisen wollte, würde er oder sie das Finanzamt zerstören.»

«Wir zahlen zu viele Steuern, Harry, aber Sie entwickeln sich langsam zu einer Anarchistin.» Miranda wischte etwas Vanilleglasur von ihren Lippen, die heute leuchtend korallenrot geschminkt waren, passend zu ihren quadratischen korallenroten Ohrringen. Mrs. Hogendobber kleidete sich gern adrett, im Stil der fünfziger Jahre.

«Alles in allem zehn Prozent, wenn man mehr als hunderttausend verdient, und fünf Prozent, wenn man weniger verdient. Wer unter fünfundzwanzigtausend im Jahr verdient, sollte keine Steuern zahlen müssen. Wenn wir das Land damit nicht stützen können, sollten wir es vielleicht besser umstrukturieren – wir werden langsam zu einem Dinosaurier, genau wie FI ... Zu groß, um zu überleben. Wir stolpern über unsere eigenen Riesenquanten.»

Mrs. Hogendobber kippte den nächsten Sack aus. «Ich weiß nicht, aber ich stimme Ihnen zu, daß bei uns der Wurm drin ist. Oh, was will sie denn hier?» Sie sah Kerry McCray durch die Tür kommen.

«Hoffentlich brauchen Sie Ihre Post noch nicht», rief Mrs. Hogendobber hinaus.

«Die hab ich sowieso zerrissen.» Mrs. Murphy leckte sich die Lippen.

«Echt?» Pewter war beeindruckt.

«Klar, hier.» Mrs. Murphy schob ein Couvert herüber, das deutliche Spuren von Reißzähnen aufwies.

«Wetten, das ist ein Staatsvergehen», bemerkte die graue Katze weise.

«Das will ich hoffen», erwiderte Mrs. Murphy frech.

«Ich bin nicht wegen der Post hier», sagte Kerry. «Wollte bloß Bescheid sagen, daß Samstag abend in der Opernreihe in Ash Lawn *Don Giovanni* gegeben wird und daß Sie unbedingt kommen müssen. Der Sänger der Hauptpartie hat eine so klare Stimme. Ich verstehe nicht soviel von Musik wie Sie, Mrs. Hogendobber, aber er ist gut.»

«Danke, daß Sie an mich gedacht haben, Kerry. Ich will versuchen zu kommen.»

Harry lugte hinter den Schließfächern um die Ecke. «Na, Kerry, warst du schon mit dem Sänger aus?»

Kerry bekam einen roten Kopf. «Ich habe ihm die Universität von Virginia gezeigt.»

«Sei einfach du selbst, Schätzchen. Dann wird er bald über beide Ohren in dich verknallt sein.»

Kerry errötete abermals, dann ging sie hinaus und über die Straße zur Bank.

«Wo ist die Zeit geblieben?» Harry warf die Umschläge etwas schneller in die Postfächer.

«Sie sind zu jung, um sich Gedanken über die Zeit zu machen. Das ist meine Aufgabe.»

Harry schnappte sich noch ein Zimtteilchen. Pewter hatte dieselbe Idee. «He, Schweinchen. Das ist meins.»

«Ach, lassen Sie sie doch.»

«Miranda, Sie waren diejenige, die Katzen nicht leiden konnte. Die meinte, sie seien verwöhnt und hinterlistig, und à propos Zeit, soweit ich mich erinnere, ist das noch keine zwei Jahre her.»

Pewter, deren goldene Augen glänzten, wälzte sich schnurrend zu Mirandas Füßen, die heute in zehenfreien Sandalen mit Keilabsätzen à la Joan Crawford steckten. *«Oh, Mrs. Hogendobber, ich liiiiiebe Sie.»*

«Ich muß gleich kotzen», murrte Mrs. Murphy.

«Unser kleiner Liebling möchte nur ein ganz kleines Häppchen.» Mrs. Hogendobber zupfte etwas süßen, flockigen, großzügig mit Vanilleglasur überzogenen Teig ab. Der Zimtduft durchzog den Raum, als das Gebäck auseinanderbrach. «Hier, Pewter. Und wie steht's mit dir, Mrs. Murphy?»

Mrs. Murphy lehnte ab. *«Danke, sehr liebenswürdig, aber ich bin Fleischfresserin.»*

«Ich eß alles.» Die schwanzlose Tucker wackelte aufgeregt mit dem Hinterteil.

Mrs. Hogendobber hielt ein Stückchen in die Höhe, und Tucker stellte sich auf die Hinterbeine, was Corgis nicht leichtfällt. Sie verschlang ihre Belohnung.

Der Rest des Tages verging mit dem üblichen Kommen und Gehen; jeder äußerte eine Meinung zu dem Threadneedle-Virus, der, wie so vieles, was im Fernsehen berichtet wurde, eine Seifenblase sei. Die Leute äußerten auch ihre Meinung, ob Boom Boom Craycroft, die schwüle Sirene von Crozet, sich wieder an Blair Bainbridge heranmachen würde, nachdem er jetzt aus Afrika und sie aus Montana zurück war.

Um fünf vor fünf erschien Mim Sanburne wieder. Sie hatte morgens um halb neun schon hereingeschaut, ihre übliche Zeit. Postämter schließen um siebzehn Uhr, aber dies war das Postamt von Crozet, und wenn jemand etwas brauchte, blieben Harry und Mrs. Hogendobber eben etwas länger.

«Mädels», erklang Mims gebieterische Stimme, «der Virus hat die Crozet National Bank infiziert.»

«Unsere kleine Bank?» Harry konnte es nicht glauben.

«Ich habe Norman Cramer getroffen, und er hat gesagt,

das verflixte Ding hat dauernd Informationen von anderen Unternehmen angezeigt, Futtermittelfirmen. Blödes Zeug, aber sie haben auf der Stelle mit den ‹Ungültig›-Befehlen gekontert und den Virus rasch außer Gefecht gesetzt.»

«Ein Schlaukopf, dieser Norman», sagte Mrs. Hogendobber.

Harry kicherte. «Klar, er hat sich rettungslos in Aysha verknallt. Sehr schlau!»

«Ich habe nie eine Frau so hart arbeiten sehen, um einen Mann an Land zu ziehen. Man hätte meinen können, er sei ein Wal und nicht» – Mim überlegte einen Moment – «ein schmallippiger Barsch.»

«Drei zu null für Sie, Mrs. Sanburne», jubelte Harry.

«Das Beste war, wie ich in Farmington das elfte Loch gespielt habe. Aysha, die in ihrem Leben keinen Golfschläger angeguckt hatte, machte den Caddy für Norman und seinen Golfpartner, diesen gutaussehenden Buchhalter David Wheeler. Und sie war da am Brunnen und hat die Golfbälle ins Wasser gelegt. Ich sagte: ‹Aysha, was machst du da?›, und sie erwiderte: ‹Oh, ich wasche Normans Bälle. Sie haben so viele Grasflecken.›»

Darauf bogen sich die drei Frauen vor Lachen.

Pewter, die hinten auf dem Tisch lag, hob den Kopf. Mrs. Murphy war neben ihr zusammengerollt, hatte aber die Augen offen.

«Was hältst du von Norman Cramer?»

Mrs. Murphy erwiderte wie aus der Pistole geschossen: *«Eine Niete.»*

«Warum war Aysha dann so scharf drauf, ihn zu kriegen?» fragte Tucker, die auf dem Boden lag.

«Gute Familie. Aysha will Queen der White Hall Road sein, bevor sie vierzig ist.»

«Mach fünfzig draus, Murphy, sie muß jetzt Mitte Dreißig sein.» Pewter stupste die Tigerkatze mit der Hinterpfote an. Murphy stieß sie zurück.

«Hast du *Don Giovanni* schon gesehen?» erkundigte sich Mrs. Hogendobber bei Mim. «Ich geh vielleicht morgen hin, am Freitag.»

«Ich fand's phantastisch. Little Marilyn kann Opern nicht ausstehen, aber sie hat durchgehalten. Jim ist natürlich eingeschlafen. Als ich ihn weckte, sagte er, seine Pflichten als Bürgermeister unserer schönen Stadt hätten ihn ausgelaugt. Das einzige musikalische Ereignis, bei dem Jim nicht durchschläft, ist die Kapelle des Marine Corps. Die Pikkoloflöte rüttelt ihn jedesmal wach. So, ich hab heute abend eine Bridgeparty –»

«Warten Sie, eine Frage. Wie sieht die Hauptpartie aus?» Harry war neugierig.

«Sie hatte eine Perücke auf –»

«Ich meine, die männliche Hauptpartie.»

«Oh, der sah gut aus. Aber Harry, Sie werden doch nicht an so was denken. Sie haben doch schon zwei Männer, die verrückt nach Ihnen sind. Ihren Exmann und Blair Bainbridge, und ich muß sagen, der ist der bestaussehende Mann, den ich in meinem Leben gesehen habe, ausgenommen Clark Gable und Gary Cooper.»

Harry tat Mims Bemerkung mit einer Handbewegung ab. «Verrückt nach mir? Ich sehe Fair ab und zu, und Blair ist mein Nachbar. Bauschen Sie das bloß nicht zu einer Romanze auf. Sie sind meine Freunde, weiter nichts.»

«Wir werden sehen», lautete die überlegene Antwort. Und damit verabschiedete sich Mim.

Harry wusch sich die Hände. Ihre Fingerspitzen waren von der kastanienbraunen Stempelfarbe des Postamts verschmiert. «Wir sollten die Farbe unseres Stempelkissens jedes Jahr wechseln. Ich kann dieses Braun nicht mehr sehen.»

«Und Sie beklagen sich über die Steuern ... bedenken Sie, was das kosten würde.»

«Ja schon, aber dauernd sehe ich die Briefmarken anderer Länder und die Farbe der Poststempel, und einige sind sehr hübsch.»

«Solange die Post pünktlich ankommt ...», sagte Miranda. «Und wenn man bedenkt, wie viele Briefe der US-Postdienst an einem einzigen Tag befördert, an einem normalen Geschäftstag, das ist schon erstaunlich.»

«Okay, okay.» Harry lachte und hielt ihre Hände zur Begutachtung in die Höhe. «Ich möchte an meine Finger keine kostspielige Stempelfarbe verschwenden.»

«Sagen wir, Sie haben rosige Fingerspitzen von einer Farbe, die in der Natur nicht zu finden ist.»

«Okay, ich mach Schluß für heute.»

5

Die Batterieanzeige in Harrys Transporter flackerte, deshalb hielt sie an der alten Amoco-Tankstelle an, die eine Mobil-Tankstelle gewesen war. Der uralte Cola-Automat verlockte Harry. Sie schob das Geldstück ein und «bewegte» dann die kurvenreiche Flasche, bis das metallene Maul sich öffnete und sie die Flasche in die Freiheit zog. Sie mochte die alten Geräte, weil man den Deckel hochheben und die Hand in den kalten Kasten stecken konnte. Die neuen Getränkeautomaten waren so glitzernd und mit Lichtern gespickt, daß sie das Gefühl hatte, eine Sonnenbrille aufsetzen zu müssen, um sie zu bedienen. Als sie klein war, bekam man eine Coca-Cola für ein Fünfcentstück. Dann, als sie zur Grundschule ging, war der Preis auf zehn Cents hochgeschnellt. Jetzt kostete eine Cola fünfzig Cents, aber in einer Großstadt konnte man leicht fünfundsiebzig berappen. Wenn das Fortschritt war, dann fand Harry ihn schrecklich deprimierend.

Gewöhnlich machte sie sich nach der Arbeit sofort auf den Heimweg, aber die Pferde grasten auf einer fetten Weide. Im Sommer mußte sie keine Körner zufüttern. Die strahlende Abenddämmerung verweilte. Warum sich beeilen?

Geistesabwesend lenkte sie das aufgeladene Gefährt auf der Route 810 nach Norden.

«Wo fahren wir hin?» Tucker legte die Schnauze auf das Fenstersims.

«Das ist wieder so eins von Moms Abenteuern.» Mrs. Murphy rollte sich hinter dem langen Schalthebel zusammen. Diesen Platz mochte sie am liebsten.

«Das letzte Mal, als sie so was gemacht hat, sind wir in Sperryville gelandet. Ich hab Hunger. Ich will nicht so lange Auto fahren.»

Mrs. Murphy lachte. *«Dann mußt du winseln. Quetsch dir die süßen Hundetränchen aus den Augen. Das weckt ihre mütterlichen Instinkte.»*

«Du weißt ja, wie ich übertreiben kann. Aber das muß ich mir für besondere Gelegenheiten aufsparen.» Tucker ergab sich in ihr Schicksal.

Harry schaltete das Radio ein, dann schaltete sie es wieder aus. Die Werbung für eine Hämorrhoidensalbe störte die sanfte Stimmung des schwindenden Lichtes, das zuerst scharlachrot war und dann in ein verschwommenes, mit indigoblauen Streifen durchsetztes Rosa überging.

Sie verlangsamte das Tempo an der Abzweigung nach Sugar Hollow. Diese Gegend im Westen von Albemarle County war bei Motorradfahrern und Campern sehr beliebt. Der Hohlweg führte zu einem dunstigen Einschnitt im Berg. Egal, wie heiß der Tag war, die bewaldeten Wege waren immer kühl und einladend. Man konnte mit dem Auto ein paar Kilometer auf dem Hohlweg bis zu einem Parkplatz fahren und dann spazierengehen.

Ein Dröhnen veranlaßte Harry, so heftig auf die Bremse zu treten, daß Tucker und Mrs. Murphy vom Sitz purzelten.

«He!» Die Katze krallte sich auf den Sitz zurück. Ein verschwommenes schwarzes Gebilde schlitterte vor ihnen, legte sich in die Kurve und raste dann die dämmrige Straße entlang, die von Sugar Hollow wegführte.

Harry blinzelte dem Motorrad hinterher. Es war die schwarze Harley, der Fahrer in schwarzes Leder gezwängt, und das an einem so heißen Tag. Sie hatte sich das Motorrad genau angesehen, als Blair den Mann aus Ash Lawn hinauskomplimentiert hatte. Es gab kein zweites Motorrad dieser Art in der Gegend, außerdem hatte es kalifornische Nummernschilder.

Harry verzog das Gesicht. «Sieht aus, als hätte er Malibu in Sugar Hollow auch nicht gefunden.»

6

Eine Kaltfront schob riesige Wolken über die Berge, zusammen mit einer erfrischenden Brise. Obwohl es erst Anfang August war, lag ein Hauch von Herbst in der Luft. In ein, zwei Tagen würde die Schwüle zurückkehren, doch fürs erste gönnte Mutter Natur, überraschend wie immer, Mittelvirginia eine Atempause.

Harry und Fair lenkten ihre Pferde zurück zum Stall. Die schwarzäugigen Susannen schwankten im Verein mit wilden Möhren und dem hohen, purpurfarbigen Wasserdost auf dem Feld. Tucker lief nebenher. Mrs. Murphy hatte beschlossen, Simon zu besuchen, das Opossum, das auf dem Heuboden wohnte. Da oben wohnte auch eine große schwarze Schlange, um die Mrs. Murphy immer einen weiten Bogen machte. Die Eule schlief hoch in der Kuppel. Katze und Eule konnten sich nicht riechen, aber da sie einen unterschiedlichen Tag- und Nachtrhythmus hatten, ließen sich schroffe Worte meistens vermeiden.

Tucker, die selig war, weil sie die Menschen für sich hatte, hielt gut mit, bei jedem Tempo. Corgis, robust und erstaunlich schnell, fühlen sich bei Pferden ebenso wohl wie bei Rindern. Diesen Wesenszug hatte Harry bremsen müssen, als Tucker ein Welpe war, sonst hätte ein rascher Tritt dem Dasein des Hundes womöglich ein Ende bereitet, obwohl die Rasse behende genug ist, um auszuweichen. Tucker trottete munter an der Seite von Poptart, der großen grauen Stute. Sie hoffte, daß ihre Mutter mit Fair flirten würde. Tucker liebte Fair, aber Harry hatte Flirten am Tag ihrer Scheidung abgelegt. Tucker wußte, daß Harry normalerweise offen und aufrichtig war, aber ein kleiner Flirt könnte nicht schaden. Sie wünschte, die zwei würden wieder zusammenfinden.

«... direkt über die Ohren. So was Komisches hast du noch nicht gesehen, und als sie aufsetzte, hat sie so laut ‹Scheiße› geschrien» – Fair grinste beim Erzählen –, «daß die Jury es nicht überhören konnte. Little Marilyn hat kein Band errungen.»

«War ihre Mom dabei?»

«Mim und die alte Garde. Vollzählig. Zungenschnalzend und außer sich. Man sollte meinen, sie wäre vernünftig genug, sich von ihrer Mutter zu lösen und ihre eigenen Wege zu gehen.»

Harry erwiderte nachdenklich: «Dreiunddreißig Jahre sind eine lange, lange Reifezeit. Sie hätte in dem Haus bleiben können, wo sie mit ihrem Exmann gewohnt hat, aber sie hat gesagt, die Farben der Wände würden sie an ihn erinnern. Drum ist sie wieder in das Nebengebäude auf Mims Farm gezogen. Das könnte ich nicht.»

«Manchmal tut sie mir leid. Du weißt schon, sie hat alles und nichts.»

«Mir tut sie auch leid, bis ich meine Rechnungen bezahlen muß; dann bin ich zu neidisch für Mitleid.» Eine tiefe Wolke zog über ihren Kopf hinweg. Harry hatte das Gefühl, hinauflangen und eine Handvoll Zuckerwatte greifen zu können. «An einem Tag wie heute pfeif ich aufs Geld. Die Natur ist vollkommen.»

«Ja, das ist wahr.» Fair erspähte vor ihnen die alte Palisade, die Harry und ihr Vater vor fünfzehn Jahren errichtet hatten: große, stabile Akazienstämme, zusammengebunden mit einem dicken Seil, das Harry alle paar Jahre erneuerte. Das Hindernis war etwa einen Meter hoch. Es wirkte größer, weil es so sperrig war. Fair trieb Gin Fizz zu einem scharfen Galopp, hielt auf das Hindernis zu und schwebte hinüber.

Harry folgte ihm. Tucker sauste wohlweislich um das Ende herum.

«Wer hat in der Kategorie beim Wohltätigkeitsjagdrennen gewonnen?» erkundigte sich Harry.

«Aysha, heftig unterstützt von ihrer Mutter und Norman. Man hätte meinen können, wir seien in Ascot.»

«Gut. Sag mal, hab ich dir schon erzählt, daß Aysha als Fremdenführerin in Ash Lawn war, als ich neulich dort gewesen bin?»

«Sie war auf dem William and Mary College, stimmt's?» erinnerte sich Fair, während er ins Schrittempo zurückfiel.

«Kerry war auch da, irgendein Kuddelmuddel bei der Einteilung, und Laura Freely. Die Aufsicht hatte Little Marilyn, aber der Höhepunkt des Tages war, als dieser Motorradfahrer aufkreuzte und vom Gelände eskortiert werden mußte ...» Sie sprach nicht weiter. Wenn sie Ash Lawn erwähnte, wurde Fair daran erinnert, daß sie mit Blair dort war, was eine eisige Reaktion zur Folge hätte.

«Ein Motorradfahrer?»

«So ein Hell's-Angel-Typ.»

«In Ash Lawn?» Fair lachte. «Vielleicht ist er ein Nachkomme von James Monroe. Was hast du da überhaupt mit Blair gemacht?»

«Oh – Blair hatte es noch nicht gesehen. Er wollte etwas Entspannendes machen.»

Fair kniff die Lippen zusammen. «Oh.»

«Komm, Fair, hab dich nicht so. Er ist mein Nachbar. Ich mag ihn.»

«Ja, Fair, guck nicht so böse», gab der Hund seinen Senf dazu.

«Hast du was mit diesem Kerl, oder was?» Harry und ihr Exmann waren seit dem Kindergarten unzertrennlich gewesen, und sie kannte seine Launen. Sie wollte nicht, daß Fair in eine von seinen männlichen Schmollereien verfiel. Männer gaben nie zu, daß sie schmollten, aber genau das tat er. Manchmal brauchte sie Tage, um ihn da herauszuholen. Sie beschloß, zum Angriff überzugehen. «Erstens, ich muß dir nicht antworten. Ich stell dir ja auch keine Fragen.»

«Weil ich mit niemandem zusammen bin.»

«Im Moment.»

«Das war einmal. Ich bin mit niemandem zusammen, und ich will keine außer dir. Ich gestehe meinen Fehler ein.»

«Mach einen Plural draus», riet Harry sarkastisch.

«Na gut – ich gestehe meine Fehler ein und bereue sie. Du wirst darüber wegkommen, und wir werden –»

«Fair, mach mir keine Vorschriften. Ich hasse es, wenn du mir sagst, was ich zu tun, zu fühlen und zu denken habe. Damit hat unser ganzer Ärger angefangen, dabei will ich gar nicht sagen, daß ich nicht auch meine Fehler habe. Als Ehefrau war ich eine regelrechte Niete. Kann nicht kochen, will es auch nicht lernen. Kann nicht bügeln, aber Waschen krieg ich ganz gut hin. Ich halte das Haus sauber, aber manchmal ist mein Kopf in Unordnung, und ich hab deinen Geburtstag öfter vergessen, als ich zugeben mag. An unseren Hochzeitstag hab ich auch nie gedacht. Und je mehr du dich von mir zurückzogst, desto härter hab ich gearbeitet, damit ich nicht mit dir reden mußte – ich hatte Angst zu explodieren. Ich hätte explodieren sollen.»

Er dachte darüber nach. «Ja – vielleicht.»

«Geschehen ist geschehen. Ich weiß nicht, was die Zukunft bringt, aber sie bringt uns bestimmt nicht zusammen, wenn du mich bedrängst.»

«Du bist die einzige Frau auf der Welt, die so mit mir spricht.»

«Ich schätze, die anderen schmachten dich an, klimpern mit den Wimpern und sagen dir, wie wunderbar du bist. Mit gurrenden Stimmen, nehm ich an.»

Er unterdrückte ein Grinsen. «Sagen wir einfach, sie überschütten mich mit Aufmerksamkeit. Und ich muß es mir gefallen lassen. Ich kann sie deswegen nicht in der Luft zerreißen. Aber mit dir langweile ich mich nie, wie ich mich mit der, hm, konventionellen Sorte langweile.»

«Danke.»

«Gehst du mit mir am Samstag auf Mims Party?»

«Oh» – ihr Gesicht zeigte Verwirrung –, «eigentlich gern, aber ich bin schon verabredet.»

«Mit Blair?»

«Wenn du's genau wissen willst: ja.»

«Verdammte Scheiße!»

«Er hat mich zuerst gefragt, Fair.»

«Ich muß auf die Warteliste, um mich mit meiner Frau zu verabreden!»

«Deiner Exfrau.»

«Für mich fühlst du dich nicht nach Ex an.» Er war wütend. «Ich kann den Kerl nicht ausstehen. Neulich ist Mim über seine lockigen Haare aus dem Häuschen geraten. Na und? Lockige Haare? Eine feine Empfehlung für eine Beziehung.»

«Für Marilyn Sanburne.» Harry konnte sich diese Bemerkung nicht verkneifen. Sie wünschte, sie wäre ein besserer Mensch, aber sie weidete sich an Fairs Unbehagen.

«Dann bitte ich um Thanksgiving, Weihnachten und Silvester.»

«Und was ist mit dem Labor-Day-Wochenende?» neckte sie ihn.

«Da hab ich eine Laminitis-Konferenz in Lexington», sagte er. Er meinte die Hufkrankheit.

«Ich hab bloß Spaß gemacht.»

«Ich nicht. Reservierst du die Termine für mich?»

«Fair, laß es uns einfach nehmen, wie es kommt. Ich sage ja zur nächsten Sommerparty – irgendwer muß ja eine geben –, und von da sehen wir weiter.» Sie seufzte. «Wenn man bedenkt, wie die Tage verfliegen, sollte ich auch für Thanksgiving zusagen.»

«Tempus fugit», stimmte er zu. «Weißt du noch, wie Mrs. Heckler uns ihre Glückwünsche vorgesungen hat?»

«Ja.» Sie wurde wehmütig. «Ist es nicht komisch, an was wir uns erinnern? Ich erinnere mich an den alten Pullover, den Dad zu jedem Schultreffen angezogen hat.»

«Sein Crozet-Football-Pullover.» Fair lächelte. «Ich glaube nicht, daß er ein einziges Spiel verpaßt hat. Dein Dad war ein guter Sportler. Er hatte Auszeichnungen in Football, Baseball, und hat er nicht auch Basketball gespielt?»

«Ja. Ich glaube, damals haben alle alles gemacht. Das war besser. Und gesünder. Heute träumen Zehntkläßler von einem Übernahmevertrag. Spielt denn niemand mehr zum Vergnügen? Dad hat es ganz bestimmt aus Spaß getan.»

«In welchem Jahr hat er seinen Abschluß gemacht?»

«Fünfundvierzig. Er war zu jung für den Krieg. Das hat ihn sein Leben lang gewurmt. Er hat ein paar von den Jungs gekannt, die nicht mehr nach Hause gekommen sind.»

«Gott sei Dank ist mein Vater aus dem Koreakrieg zurückgekehrt – es scheint, daß sich niemand an den Krieg erinnert, außer denen, die gekämpft haben.»

«Ich bin auch froh, daß er zurückgekommen ist. Wo wärst du sonst?» Sie lenkte Poptart neben Gin Fizz und boxte Fair in den Arm.

«Hiebe aus Liebe? Mutter, kannst du ihm nicht mit den Fingern durch die Haare fahren oder so was?» empfahl Tucker. Tucker hatte zuviel ferngesehen. Sie behauptete, das tue sie, um die Gewohnheiten der Menschen zu studieren, aber Mrs. Murphy sagte, die könnte sie zur Genüge direkt vor ihrer Nase studieren. Tucker liebte Fernsehen, weil sie dabei so schön einschlafen konnte.

«Tucker, jaul nicht so laut», bat Harry.

«Du bist unmöglich!» Der Hund rannte vor ihnen her. Tucker konnte Mrs. Murphy in der Tür zum Heuboden sitzen sehen. *«Der Inbegriff von Romantik.»*

Mrs. Murphy lachte. *«Du oder Mom?»*

«Was weißt du schon von Liebe», erwiderte der Hund.

«Ich weiß, daß sie einen in alle möglichen Schwulitäten bringt.»

7

Harry bemerkte sie als erste, weil sie an diesem Montagmorgen zu Fuß zur Arbeit ging. Wie ein Rabe mit zusammengelegten Flügeln hockte die Harley vor dem Postamt. Obwohl Harry von Tucker und Mrs. Murphy begleitet wurde, wollte sie nicht mit diesem Mann im Postamt allein sein, auch wenn Blair ihn nicht für gemeingefährlich hielt.

Sie spähte in Markets Laden.

«Hallo.»

«Halli-hallo», rief Market ihr zu.

Als die Vordertür geöffnet wurde, raste Pewter hinaus, wobei ihr Hängebauch hin und her schwabbelte. Sie und Mrs. Murphy rannten augenblicklich um die Rückseite der Häuser herum. Tucker kämpfte mit sich, ob sie sich ihnen anschließen oder dableiben sollte. Schließlich folgte sie den Katzen.

«Wo ist der Motorradfahrer?»

«Der was?» Market wischte sich die Hände an seiner Schürze ab und ging um die Theke herum zu Harry.

«Der Hell's Angel, dem die Harley gehört. Wenn er in deinem Laden war, wäre er dir aufgefallen.»

«So einer war heute morgen nicht hier. Allerdings haben wir erst halb acht, vielleicht macht er gerade seinen morgendlichen Verdauungsspaziergang, und ich werde das Vergnügen noch haben.» Market bot ihr ein süßes Teilchen mit Zimtfüllung an. «Ist er wirklich ein Hell's Angel?»

«Er sieht jedenfalls so aus.»

«Sieh an, du Tugendbold, woher kennst du ihn denn? Hast du dich in Motorradfahrerkneipen rumgetrieben?» zog Market sie auf.

«Er kam neulich nach Ash Lawn gedonnert, als ich Blair herumgeführt habe.»

«Ein Hell's Angel mit Kultur. Harry, du willst mich wohl auf den Arm nehmen.»

Harry hob die Stimme, als sie ihre Unschuld beteuerte. «Nein, wirklich nicht.»

«Vielleicht ist es eine Überraschung von Fair.»

«So siehst du aus.»

«Blair?»

«Market, was soll das? Du bist genauso schlimm wie all die Klatschweiber hier, die versuchen, mich wieder an die Leine zu legen.»

«Besser an die Leine gelegt als mit Ketten gefesselt.» Er hielt inne. «Allerdings ...»

«Hast du in letzter Zeit mit Art Bushey gesprochen?»

Da Art bekannt war für seinen Humor, der sich meistens um Sadomaso und andere sexuelle Themen drehte, war diese Frage naheliegend.

«Ja, ich stehe bei Art in Verhandlung wegen einem neuen Ford Transporter. Ich möchte auf einen Dreivierteltonner umsteigen.»

«Dafür mußt du aber eine Menge Kartoffelchips verkaufen.»

«Da hast du ein wahres Wort gesprochen.»

«Das Teilchen schmeckt köstlich. Läßt du dich von einer neuen Bäckerei beliefern?»

«Miranda. Sie meint, sie braucht Nadelgeld, wie sie sich ausdrückt, und sie bringt mir von jetzt an vorbei, was immer sie zaubert. Sie ist so eine gute Bäckerin, ich denke, diese Abmachung dürfte funktionieren.»

«Mach gleich nebenan eine Weight-Watchers-Klinik auf, und du bist ein gemachter Mann. Niemand kann Mirandas Kreationen essen, ohne Übergewicht mit sich rumzuschleppen.»

Aysha und Norman Cramer stießen die Tür auf. Harry trat beiseite.

«Hi.» Aysha sprudelte über. «Süßstoff, bitte. Ich steh heute am Telefon beim Wohltätigkeitstreffen der Junior League meinen Mann, ich wollte sagen, meine Frau. Wir werden Unmengen Kaffee trinken.»

«Norman, wie steht's mit dir?» Market deutete auf ein süßes Teilchen.

Norman blinzelte. Er blinzelte ausgesprochen viel, fand Harry.

«Ich, ah, ja, ich probier mal eins.»

«Aber Liebster, ich will keine Speckwülste.» Aysha kniff ihn in die Seite.

«Liebelein, bloß ein klitzekleines Stückchen.» Er lächelte. Er hatte schöne, große weiße Zähne.

Laura Freely und Mim kamen herein.

Laura ging zu dem Regal mit den Kopfschmerzmitteln, während Mim Harry fragte: «Und wieso sind Sie nicht im Postamt? Sie sind fünf Minuten zu spät dran.»

«Weil Mirandas Gebäck mir aufgelauert hat», erwiderte Harry.

Norman schluckte. «Die sind köstlich.»

«Führe mich nicht in Versuchung!» verlangte Laura. «Und bringen Sie meinem Mann bloß keine in die Bank.» Sie nickte zur National Crozet Bank auf der anderen Straßenseite hinüber. «Hogan nimmt schon zu, wenn er Süßigkeiten auch nur ansieht.»

Mim schwankte, was das Gebäck anging. Der Duft verführte sogar ihre beachtliche Willenskraft. Die Zimtspiralen in den Teilchen glichen niedlichen Windrädchen. «Ach, was soll's.»

Sie warf einen Dollar hin und nahm sich zwei Stückchen. «Bringt sie die zur Arbeit mit?»

Harry nickte. «Sie hat in den letzten Wochen eine Menge gebacken. Aber sie hat mir nicht gesagt, daß sie damit ein Geschäft machen will. Schätze, ich war ihr Versuchskaninchen.»

«Und du hast kein Pfund zuviel auf den Rippen», bewunderte Aysha sie.

«Oh, danke.»

Laura legte ihr Kopfschmerzpulver auf die Theke. «Wenn Sie die ganze Farmarbeit machen würden, bräuchten Sie sich auch keine Sorgen um Ihr Gewicht zu machen. Harry kann vermutlich dreitausend Kalorien am Tag essen, ohne ein Gramm zuzunehmen.»

«A propos Fett, wo ist Pewter?» Norman, der Katzen liebte, beugte sich über die Theke, um nach ihr zu sehen.

«Sie ist vorne rausgegangen, um mit Mrs. Murphy zu tratschen. So, Leute, wird Zeit, daß ich die Post sortiere.»

Aysha lachte. «Wirf meine Rechnungen weg, ja?»

«Ich geb dir meine.» Harry grinste und ging.

Sie schloß den Vordereingang auf. Mrs. Hogendobber war noch nicht hinten hereingekommen. Rob Collier hielt auf dem vorderen Parkplatz, bevor Harry die Tür zumachte. Sie ließ sie angelehnt und ging zu ihm.

«Bloß ein großer Sack heute.»

«Gott sei Dank. Sie haben uns vorige Woche fast umgebracht.»

Er bemerkte das Motorrad. «Wem gehört das?»

«Ich weiß seinen Namen nicht.»

«Kalifornische Nummernschilder. Weit weg von zu Hause.» Rob sprang aus dem Lieferwagen, den Sack über der Schulter, und begann in Erinnerungen zu schwelgen. Motorräder weckten bei Männern nostalgische Gefühle. «Hab ich Ihnen schon von der kleinen Vespa erzählt, die ich mal hatte? Die war richtig schnuckelig. Ich wollte Motorradfahren lernen, auf einem richtigen Motorrad. Ich war damals vierzehn, und ich hab Jake Berryhill fünfzig Mäuse gegeben für die alte Vespa von seinem Bruder. Die lief noch. Im ersten Monat bin ich nur im zweiten Gang gefahren. Dann hab ich den Dreh rausgekriegt, und ich hab die Vespa gegen eine 250er Honda getauscht. Ich hielt mich für 'nen Mordskerl, und ich bin mit dem Ding auf Nebenstraßen rumgefahren, weil ich keinen Führerschein hatte und keine Nummernschilder.»

«Wie haben Sie's geschafft, nicht erwischt zu werden?»

«Mensch, Harry, damals gab es für ganz Albemarle County bloß zwei Hilfssheriffs. Die hatten was anderes zu tun, als sich um einen Halbwüchsigen auf einer Honda zu kümmern.» Er fuhr fort: «Ich hab meinen Führerschein an meinem sechzehnten Geburtstag gemacht. Prüfung bestanden. Hab gespart und wieder getauscht – eine 500er Honda.» Er warf den Sack hinter den Schalter, winkte Miranda zu, die gerade hereinkam, und blickte wehmütig auf die Harley. «Wissen Sie, ich könnte mir glatt eine zulegen. Ja, so war das. Du bist auf deine Maschine gestiegen, hast sie angelassen, und der Starter ist jedesmal hochgeflutscht und hat dir das Schienbein aufgeschürft. Rechtes Handgelenk einwärts biegen, mit der linken Hand die Kupplung kommen lassen, ganz sachte und locker, Füße hoch und rollen – rollen in die Freiheit.»

«Rob, das ist ja richtig poetisch», sagte Miranda.

Er wurde rot. «Das waren Zeiten.» Dann seufzte er. «Wie passiert das bloß? Ich meine, wann ist der Moment da, wo wir alt werden? Vielleicht war er für mich gekommen, als ich die 500er verkauft habe.»

«Es gibt einen Honda-Händler in der Stadt. Harley-Händler sind in Orange und Waynesboro», sagte Harry.

«Ja, ja. Ich werde darüber nachdenken. Im Ernst.»

«Während Sie nachdenken, gehen Sie nach nebenan, und kaufen Sie sich eins von Mirandas süßen Teilchen. Sie ist ins Backgeschäft eingestiegen.»

«Mach ich.» Er ging rückwärts aus der Tür und begab sich zu Markets Laden.

Miranda strahlte. «Finden Sie meine Idee gut?»

«Hm, ja.» Harry klang überzeugt.

Hinter dem Haus reckten Mrs. Murphy, Tucker und Pewter die Hälse zum Abflußrohr des Postamtes. Von innen ertönte ein leises Piepsen.

«Hab's heute morgen gehört», bemerkte Pewter ernst. *«Hab niemand rein- oder rausfliegen sehen. Ich hätte natürlich jeden erwischt, der's versucht hätte.»*

Tucker kicherte. *«Träum schön weiter, Pewter.»*

«Ich kann einen Vogel fangen. Ganz bestimmt», sagte sie eingeschnappt.

«Den hier fangen wir nicht.» Mrs. Murphys Schnurrhaare richteten sich nach vorn, dann entspannten sie sich. *«Kommt jetzt, wird Zeit zum Postsortieren.»*

«Gibt's da was zu essen?» erkundigte sich Pewter.

«Du arbeitest in einem Lebensmittelgeschäft. Wieso willst du dauernd wissen, ob wir im Postamt was zu essen haben?» Tucker ließ die Zunge heraushängen. Der Tag wurde jetzt schon heiß.

«Neugierde. Weißt du denn gar nichts, Tucker? Katzen sind von Natur aus neugierig.»

«Menschenskind!» Der Hund stieß das Katzentürchen auf und trat ins Postamt.

Am Mittag war der Motorradfahrer noch immer nicht erschienen. Harry konnte nicht länger widerstehen. Sie ging zum Vordereingang hinaus und setzte sich auf die Harley. Es war ein großartiges Gefühl, so schön verboten. Sie sah sich um, um sicherzugehen, daß der Hell's Angel nicht aus einem Haus geschossen kam und sie anschrie, weil sie seine kostbare Maschine angefaßt hatte.

Um drei noch immer kein Anzeichen vom Besitzer.

«Harry, ich rufe Rick Shaw an.» Miranda griff zum Telefon.

Harry überlegte kurz. «Warten Sie einen Moment. Ich schreib die Nummer auf.» Sie lief hinaus und kritzelte die Nummer auf einen Zettel.

Miranda rief die Dienststelle des Sheriffs an. Cynthia Cooper ging an den Apparat. «Wieso sind Sie nicht im Streifenwagen?»

Mirandas Stimme war unverwechselbar. Cynthia erkannte die Anruferin sofort. «War ich bis eben. Was kann ich für Sie tun?»

«Ein schwarzes Harley-Davidson-Motorrad parkt schon den ganzen Tag vor dem Postamt, und der Besitzer scheint nirgends in der Nähe zu sein.»

«Kennen Sie den Besitzer?»

«Nein, aber Harry kennt ihn. Momentchen.» Miranda reichte Harry den Hörer.

«Hi, Cynthia. Eigentlich kenne ich den Besitzer gar nicht, aber ich habe ihn vorige Woche in Ash Lawn gesehen.»

«Haben Sie irgendeine Vermutung?»

«Ah, nein, wir haben uns bloß gewundert, warum die Maschine den ganzen Tag hier stand. Vielleicht hat er sich von einem Auto mitnehmen lassen oder so was, aber wir sind kein öffentlicher Parkplatz. Möchten Sie die Zulassungsnummer?»

«Ja, okay.»

Sie las die Nummer ab. «Kalifornische Nummernschilder. Sehr schön sind die.»

«Ja, wirklich. Die Gebühren dort sind auch sehr schön. Wenn ich soviel bezahlen würde, hätte ich gern vergoldete Schilder. Okay, Harry, ich überprüf das und ruf Sie zurück.»

Fünfzehn Minuten später klingelte das Telefon. Es war Cynthia.

«Die Maschine gehört Michael Huckstep, Los Angeles, Kalifornien. Er ist Weißer – vierunddreißig Jahre alt.»

«Das ging aber schnell.» Harry war beeindruckt.

«Computer. Wenn die Maschine morgen noch da ist, rufen Sie mich an. Ich komm heute abend sowieso vorbei und überprüf sie, aber rufen Sie mich auf jeden Fall morgen früh an. Manche Leute stellen ihre Fahrzeuge einfach auf Behördenparkplätzen ab. Die Maschine wird vermutlich morgen nicht mehr da sein.»

8

Von wegen. Am nächsten Morgen, einem Dienstag, stand die Harley immer noch da.

Cynthia kam herüber und untersuchte das Motorrad, während Harry und Mrs. Hogendobber sich beeilten, mit dem morgendlichen Sortieren fertig zu werden. Mrs. Hogendobber lief unentwegt zum Postamt hinaus und wieder hinein, um nur ja nichts zu verpassen.

Als sie wieder einmal hereinkam, teilte sie Harry atemlos mit: «Sie untersucht es nach Fingerabdrücken – für den Fall, daß es gestohlen ist.»

«Also, wenn es gestohlen wäre, glauben Sie nicht, daß er das längst gemerkt und gemeldet hätte?»

«Nicht, wenn er selbst der Dieb ist.»

Harry legte den Kopf zurück. «Haben Verbrecher rechtmäßige Führerscheine?»

«Little Marilyn hat einen. Ihre Fahrweise ist ein Verbrechen.» Miranda lachte über ihren eigenen Witz.

Außerstande, ihre Neugierde noch länger zu zügeln, schlenderte Mrs. Murphy bei Mirandas nächstem Standortwechsel zum Vordereingang hinaus. Tucker lag auf dem Rücken, die Beine senkrecht in die Luft gestreckt, und war der Welt entrückt.

Die Katze beschloß, sie nicht zu wecken.

Cynthia, die groß und schlank war, kniete sich links neben die Maschine und notierte die Seriennummer.

Mrs. Murphy sprang auf den Motorradsitz. Und sprang schleunigst wieder herunter, denn er war glühend heiß. *«Autsch! Gibt es keine Schaffellüberzüge für Motorradsitze?»*

Die Menschen vergaßen einen Augenblick, weshalb sie eigentlich hier waren, und klatschten über Little Marilyns neuesten Verehrer, einen Mann, den Mrs. Hogendobber und Cynthia beide für ungeeignet hielten. Sie kamen dann auf Boom Boom Craycrofts Sommerurlaub zu sprechen, drückten ihre Hoffnung aus, daß Kerry McCray sich bald mit einem netten Mann über Normans Verlust hinwegtrösten würde, und erwähnten die erfreuliche Tatsache, daß Mirandas Gebäck an diesem Morgen schon um halb neun ausverkauft war.

Die Tigerkatze, deren Fell im Sonnenlicht glänzte wie Lackleder, beschnupperte das Motorrad rundum. Sie hütete sich, allzu nahe heranzukommen, denn das Metall würde ebenfalls heiß sein. Ein vertrauter Geruch an der rechten Satteltasche, die kohlschwarz war wie alles an dem Motorrad, ließ sie innehalten. Sie stellte sich auf die Hinterbeine, in perfekter Balance, und schnupperte intensiver. Dann ging sie so nahe heran, wie sie sich traute, und atmete ein. *«Cynthia, Cynthia, an der Satteltasche ist Blut.»*

«– Blair Bainbridge, aber wissen Sie, wenn Boom Boom ihn noch einmal zu erobern versucht, erliegt er ihr womöglich. Die Männer finden sie sexy.» Cynthia konnte der Versuchung zum Klatsch nicht widerstehen.

«Sie wird ihm nicht den Kopf verdrehen.» Mrs. Hogendobber verschränkte die Arme über ihrem mächtigen Busen.

«Alle drehen sich nach Boom Boom um.» Cynthia konnte nicht verstehen, wieso ein gutes Make-up und große Titten angeblich intelligente Männer zu Idioten machten.

«He, he, hört denn keiner auf mich!»

«Na, du kleines Plappermäulchen?» Miranda bückte sich und streichelte den hübschen Kopf der Katze.

«An der Satteltasche ist Blut. Wie oft soll ich euch das noch sagen?» heulte die Katze. Sie machte ihrem Frust über die Begriffsstutzigkeit der Menschen Luft.

«Meine Güte, die ist ja völlig außer sich.» Cynthia wischte sich die Hände an ihrer Hose ab.

«Ihr seid so helle wie eine Schweinsblase», fauchte Mrs. Murphy angewidert.

«So hab ich Mrs. Murphy ja noch nie fauchen sehen.» Miranda wich unwillkürlich einen Schritt zurück.

Die Katze drehte sich blitzschnell um und flitzte zum Vordereingang. Sie rief über die Schulter: *«Das ist kein Hühnerblut. Das ist Menschenblut, und es ist ein paar Tage alt. Wenn ihr alle eure kümmerlichen Sinne zusammennehmen würdet, könntet ihr's vielleicht selbst feststellen.»* Sie hämmerte mit den Pfoten gegen die Tür. *«Laß mich rein, verdammt noch mal. Es ist heiß hier draußen.»*

Da Harry nicht auf der Stelle reagierte, sauste Mrs. Murphy in rasender Wut auf die Rückseite des Postamtes. Sie stieß das Katzentürchen auf, lief hinein und versetzte Tucker einen Nasenstüber. *«Wach auf!»*

«Aua!» Der Hund hob den Kopf und ließ ihn wieder sinken. *«Du bist ekelhaft und gemein!»*

«Komm mit nach draußen. Sofort, Tucker, es ist wichtig.»

«Wichtiger, als bei laufendem Ventilator zu schlafen?»

Mrs. Murphy boxte sie noch einmal auf die Nase. Harry schimpfte: «Murphy, was fällt dir ein?»

«Sei du bloß still. Ihr habt ja alle keinen Riecher. Ihr verlaßt euch viel zu sehr auf eure Augen, und die sind nicht mal gut. Menschen sind schwach, eitel und stinkig!»

Tucker war unterdessen auf den Beinen und hatte sich wach geschüttelt. *«Die Menschen können nichts dafür, wie sie sind, sowenig wie wir.»*

«Komm jetzt.» Mrs. Murphy verschwand nach draußen.

Tucker folgte ihr zu dem Motorrad.

Miranda und Cynthia waren unterdessen in Markets Laden verschwunden.

«Hier.» Die Katze zeigte auf die Stelle.

Tucker hob die Nase vom Boden. *«O ja.»*

«Faß das Motorrad nicht an, Tucker, es ist glühend heiß.»

«Okay.» Die Corgihündin ging näher heran. Sie hatte den Kopf zurückgelegt, die Ohren nach vorne gestellt; ihre Augen waren hell und klar. *«Menschenblut. Eindeutig Mensch, und die Witterung läßt schon nach.»*

«Vier Tage alt, möchte ich meinen.»

«Schwer zu sagen in dieser Hitze, aber es ist bestimmt ein paar Tage alt. Wenn die Satteltasche davon durchtränkt wäre, würden sogar sie es merken. Blut hat einen strengen Geruch.»

«Sie mögen den Geruch nicht, das heißt, wenn sie ihn überhaupt wahrnehmen.»

«Wenn er stark genug ist, fällt er sogar ihnen auf. Ich weiß nicht, warum sie ihn nicht mögen. Sie essen doch Fleisch, genau wie wir.»

«Ja, aber sie essen auch Brokkoli und Tomaten. Ihr Organismus ist empfindlicher als unserer.» Mrs. Murphy drückte sich an Tucker vorbei. *«Ich verlaß mich auf deine Nase. Ich bin froh, daß du mit mir nach draußen gekommen bist.»*

«Hast du versucht, sie auf den Geruch aufmerksam zu machen?»

«Ja.» Die Katze zuckte mit den Schultern. *«Immer dasselbe. Sie raffen's nie.»*

«Sind ja auch nur ein paar Blutstropfen. Nicht der Rede wert, oder?»

«Tucker, ein Hell's Angel kreuzt in Ash Lawn auf, macht eine Szene, als er sich nach einer Frau erkundigt, die nach einer Stadt benannt ist. Blair sorgt dafür, daß er dort verschwindet. Richtig?»

«Richtig.»

«Dann drängt er uns fast von der Straße, als er aus Sugar Hollow abhaut. Und jetzt parkt sein Motorrad seit zwei Tagen vor dem Postamt.»

Tucker kratzte sich am Ohr. *«Etwas ist faul im Staate Dänemark.»*

9

Etwas war faul, und zwar in Sugar Hollow. Eine Gruppe von Grundschülern, die am Mittwoch eine Exkursion auf einem Naturpfad unternahm, stieß auf die Überreste eines Menschen. Bei der großen Hitze wimmelte die Leiche von Würmern.

Von dem Gestank tränten den Kindern die Augen, und einige mußten sich übergeben. Dann rannten sie wie der Teufel durch den Hohlweg zum nächsten Telefon.

Cynthia Cooper nahm den Anruf entgegen. Danach traf sie sich mit Sheriff Rick Shaw auf dem Parkplatz von Sugar Hollow. Der Leiter des Zeltlagers, ein hübscher junger Mann von neunzehn Jahren namens Calvin Lewis, führte den Sheriff und seine Stellvertreterin zu dem grausigen Schauplatz.

Cynthia zog ein Taschentuch heraus und hielt es sich vor Mund und Nase. Rick bot Calvin eins an. Der junge Mann nahm es dankbar entgegen.

«Und Sie?» fragte er.

«Ich halt mir die Nase zu. Ich hab schon mehr von so was gesehen, als Ihnen lieb sein kann.» Rick ging zu der Leiche.

Cynthia, darauf bedacht, die Leiche nicht anzurühren und das Gelände ringsum nicht zu zertreten, nahm die schwärzliche Masse von Kopf bis Fuß in Augenschein.

Dann entfernten sie sich von dem Gestank und gingen zu Calvin, der wohlweislich Abstand gehalten hatte.

«Ist Ihnen sonst noch etwas aufgefallen, als Sie die Leiche gefunden haben?» fragte Rick.

«Nein.»

Cynthia kritzelte etwas in ihr Notizbuch. «Mr. Lewis, wie sieht es mit abgebrochenen Zweigen aus, oder mit Schleifspuren, falls die Leiche durchs Unterholz gezogen wurde?»

«Nichts dergleichen. Wenn wir keine Pilze gesucht hätten – die Klasse soll verschiedene Pilzarten bestimmen –, ich glaube nicht, daß wir ... äh, das da gefunden hätten. Ich hab's gerochen und bin, äh, meiner Nase gefolgt. Der Gestank war überall so stark, daß ich ihn zuerst nicht orten konnte. Wenn ich das gewußt hätte, dann hätte ich die Kinder ferngehalten. Leider haben einige die Leiche gesehen. Das wollte ich nicht – ich hätte ihnen gesagt, es sei ein totes Reh.»

Rick legte dem jungen Mann den Arm um die Schultern. «Ein ziemlicher Schock. Es tut mir leid.»

«Die Kinder, die das gesehen haben – ich weiß nicht, was ich ihnen sagen soll. Sie werden noch wochenlang Alpträume haben.»

Cynthia sagte: «Es gibt eine Menge guter Therapeuten hier in der Gegend, die Erfahrung darin haben, Kindern über ein Trauma hinwegzuhelfen.» Sie verschwieg, daß die meisten Therapeuten nie in so enge Berührung kommen mit dem nackten Leben oder vielmehr dem nackten Tod.

Nachdem sie das Gelände um den Leichnam abgeriegelt hatten, warteten Cynthia und Rick auf ihre Mannschaft. Calvin ging wieder zu den Schülern auf dem Parkplatz.

Rick lehnte sich an eine große Eiche und zündete sich eine Zigarette an. «Ist lange her, seit ich so was zuletzt gesehen habe. Ein regelrechter Würmerhamburger.»

«Der ganze Rücken ist weggeschossen. Eine .357er Magnum?»

«Größer.» Rick schüttelte den Kopf. «Muß einen lauten Knall gegeben haben.»

«Die Leute ballern doch dauernd mit Schießeisen in der Gegend herum.» Cynthia schnorrte eine Zigarette von ihrem Chef. «Auch wenn keine Jagdsaison ist.»

«Ja, ich weiß.»

«Noch ein paar Tage, und die Tiere hätten wohl die Arme abgerissen, und die Beine auch. Wenigstens ist die Leiche intakt.»

«Hoffen wir, daß uns das weiterhilft.» Er blies eine blaue Rauchwolke aus, was sich beruhigend auf ihn auswirkte. «Wissen Sie, hier hat es früher mal Schwarzbrennereien gegeben. Klares Bergwasser. Einfach ideal. Die Kerle hätten einen glatt abgeknallt. Die Hanfanbauer haben da subtilere Methoden. Hier auf alle Fälle.»

«Hier ist weit und breit keine Brennerei – glaub ich wenigstens nicht.»

Rick schüttelte den Kopf. «Nicht mehr, seit Sugar Hollow für die Öffentlichkeit zugänglich ist. Haben Sie das Zeug je getrunken?»

«Nein.»

«Ich schon, ein einziges Mal. Brennt wie der Teufel. Heißt ja nicht umsonst ‹heiße Ware›.» Er sah über die Schulter zu der Leiche. «Bin neugierig, in was wir da reingeraten sind.»

«Schätze, das werden wir herausfinden.»

«Könnte eine Weile dauern, aber Sie haben recht. Jedesmal, wenn ein Mord geschieht, hoffe ich, daß es ein Einzelfall ist und nicht der Anfang von ... Sie wissen schon.»

Sie wußte, er meinte einen Massenmörder. Bislang war so etwas in ihrer Gegend noch nicht vorgekommen. «Ich weiß.

Oje, da kommen Diana Robb und die Mannschaft. Wenn Diana mich rauchen sieht, kriege ich einen Grundkurs in Gesundheit verpaßt.» Cynthia trat flugs ihren Zigarettenstummel in der weichen Erde aus.

«Würde das was nützen?»

«Aber sicher – bis zur nächsten Zigarette.»

10

Ein feuchter Wind blies von den Bergen. Harry ruckelte und zuckelte auf Johnny Knatterton. Der Dungstreuer wendete und warf Holzspäne und Mist aus. Die Sonne sah aus wie auf die Bergspitze gesteckt, die Schatten der Eichenreihe wurden länger. Sonnenaufgang und Sonnenuntergang waren Harry die liebsten Tageszeiten. Und heute erfüllte der süße Duft ihres roten Klees die Luft und bereicherte den Sonnenuntergang. Harry baute auf ihren Feldern Alfalfa, roten Klee und Timotheusgras an. Das brachte ihr gewöhnlich eine sehr gute Heuernte ein.

Katze und Hund schliefen im Stall. Ein voller Arbeitstag im Postamt hatte sie erschöpft. Tucker hörte einen schweren Wagen in der Einfahrt knirschen. Sie sprang hoch und weckte Mrs. Murphy.

«Wer ist das?» Tucker wetzte nach draußen.

Blair Bainbridges Kombi kam in Sicht. Blair hielt an und sprang heraus, beschattete mit der Hand die Augen, erspähte Harry und sprintete aufs Feld.

«Komisch», sagte Tucker bei sich. *«Sonst sagt er uns immer hallo.»*

Mrs. Murphy, die in der Türöffnung lag und gähnte, antwortete auf Tuckers unausgesprochenen Gedanken: *«Vielleicht ist ihm klargeworden, daß er in Mom verliebt ist.»*

«Sei nicht so sarkastisch.» Tucker setzte sich, stand auf, setzte sich hin, stand endgültig auf und trottete zum Traktor.

Mrs. Murphy wälzte sich auf die andere Seite. Sie hatte keine Lust, sich vom Fleck zu rühren. *«See you later, Alligator.»*

Tucker raste Blair nach, holte ihn ein und fegte an ihm vorbei.

Als Harry die beiden sah, stellte sie den Motor ab. Bei Johnnys lautem Geknatter konnte man nicht gut hören. «Blair, hallo.»

Er keuchte atemlos: «Ein Mord!»

Harrys Augen wurden weit. «Wer?»

«Das weiß man nicht.»

«Woher weißt du's?»

Er legte eine Hand an den Sitz des Traktors. «Zufall.»

«Zufall oder zufällig?» Sie lächelte über sich selbst; denn dies war genau die Frage, die ihre Mutter gestellt hätte.

Er holte tief Luft, als Tucker den Traktor umrundete. «Zufällig war da ein Unfall auf der 810 bei Wyant's Store. Ich hab das Tempo gedrosselt und sah Cynthia Cooper, die völlig außer sich war, da hab ich bei ihr angehalten. Es war ein Jugendlicher in einem alten Izuzu-Trooper, den er fuhr wie einen Pkw. Er ist an den Straßenrand geraten, hat zu stark eingeschlagen und dann Cynthia abgedrängt, die aus der Gegenrichtung kam. Sie hat geschäumt vor Wut. Der Junge hat natürlich geheult und sie angefleht, seinen Eltern nichts zu sagen.»

«Ist ihr was passiert?»

Er schüttelte den Kopf. «Dem Jungen auch nicht. Ich bin

aber dageblieben, um ihr beizustehen, auch wenn's nicht viel zu tun gab; aber sie ist sonst nicht der Typ, der die Nerven verliert. Sie sagte, sie käme gerade von Sugar Hollow, wo eine Naturkundetruppe einen Toten entdeckt hat. Sie sagte, er sähe übel zugerichtet aus und sie würde heute abend nichts essen. Sie hat beschrieben, was der Mann anhatte – Harry, ich glaube, es ist der Motorradfahrer.»

Harry sprang vom Traktor. «Was?»

Blair nickte. «Schwere schwarze Stiefel, Lederweste mit Symbolen und Nieten – auf wen würde diese Beschreibung sonst zutreffen?»

«Blut an den Satteltaschen!» jaulte Tucker.

«Er ist bestimmt nicht der einzige Mann im ganzen Land mit einer schwarzen Lederweste.» Sie zuckte die Achseln. Ein Frösteln überlief sie. «Verdammt, er hat mich fast von der Straße abgedrängt, als er von Sugar Hollow kam. Er steckte von Kopf bis Fuß in Leder.»

«Du sprichst am besten mit Cynthia.»

«Hast du ihr gesagt, was du dachtest?»

«Ja.» Er starrte das riesige Traktorrad an. «Er war ein bißchen seltsam. Auf dem absteigenden Ast.»

Harry beobachtete die schwindende Sonne. «Mal steigt man auf, mal steigt man ab – oder stirbt.»

«Warum hört keiner auf mich? Der Beweis ist auf den Satteltaschen von dem Motorrad!»

«Tucker, still, du kriegst gleich was zu fressen.»

Tucker setzte sich bedrückt auf Blairs Fuß. Blair bückte sich und kraulte sie.

Blair sah Harry mit seinen strahlenden braunen Augen fest an. «Hast du auch manchmal so ein ganz bestimmtes Gefühl bei jemandem? Ein richtiges Gespür dafür, wer er ist?»

«Manchmal.»

«Trotz seines Äußeren und seines Benehmens neulich hatte ich das Gefühl, der Kerl ist okay.»

«Blair, so okay kann er nicht gewesen sein, sonst wäre er jetzt nicht tot.»

11

Eine kleine Menschenmenge hatte sich auf dem Parkplatz des Postamtes versammelt. Harry, Mrs. Hogendobber, Reverend Jones, Market Shiflett, Aysha, Norman, Ottoline, Kerry, die Marilyn Sanburnes – senior und junior –, Blair, Mrs. Murphy, Tucker und Pewter sahen zu, wie die Männer des Sheriffs das Motorrad auf einen niedrigen Autoanhänger luden. Hogan Freely, der Direktor der Crozet National Bank, und seine Frau Laura kamen herüber und stellten sich zu den anderen.

Cynthia gab den Arbeitern Anweisungen.

Reverend Jones sprach allen aus der Seele: «Wissen Sie etwas, Cynthia?»

Während Cynthia antwortete, kam Susan Tucker angefahren. «Wartet, wartet auf mich.»

«Was ist das hier, eine Stadtversammlung?» fragte Cynthia halb im Scherz.

«So was Ähnliches.» Susan schlug die Tür des neuen Saab zu. «Fair hat Bereitschaftsdienst. Er kann nicht kommen, aber ich sorge dafür, daß Ihr Bericht an Fair geht und an Boom Boom, die einen Arzttermin hat.»

«Da gibt es nicht viel zu berichten. Gestern am späten Nachmittag wurde in Sugar Hollow die verwesende Leiche eines Mannes, weiß, Alter etwa Anfang Dreißig, gefunden. Dank Blairs akkurater Beschreibung haben wir Grund zu der Annahme, daß es sich um die Leiche des Besitzers von diesem Motorrad handelt. Wir lassen Zahnanalysen vornehmen und hoffen, bald mehr zu wissen. Das wäre alles.»

«Sind wir in Gefahr?» Mim stellte diese naheliegende Frage.

Cynthia verschränkte die Arme. «Das kann ich Ihnen unmöglich exakt beantworten. Wir vermuten, daß etwas faul ist, aber wir wissen es nicht genau. Im Moment befürchtet die Polizei nicht, daß ein Mörder frei herumläuft.»

Aber es lief ein Mörder frei herum. Die kleine Versammlung wähnte sich in Sicherheit, weil sie das Opfer nicht kannten und deshalb irrtümlicherweise glaubten, sie könnten den Mörder nicht kennen.

Als Deputy Cooper hinter dem Wagen mit dem Motorrad losfuhr, quetschten sich die Versammelten in Markets Laden, um sich mit Getränken zu erfrischen. Das Motorrad war günstigerweise in der Mittagszeit abgeholt worden. Die Sonne knallte auf Mensch und Tier herunter. Ein eiskaltes Getränk und eine Klimaanlage taten jetzt gut.

Die Tiere huschten zwischen Menschenbeinen umher.

«Kommt hierher.» Pewter führte sie zu den hinteren Regalen, die Wasch- und Putzmittel enthielten. *«Von hier oben können wir alles sehen.»* Sie sprang vom Boden auf Kisten und von da auf das obere Regal. Mrs. Murphy folgte ihr.

«Das ist unfair», knurrte Tucker.

«Du kannst hinter die Theke gehen. Market ist so beschäftigt, der merkt das gar nicht.»

«Na gut.» Tucker, froh, daß auch sie nun Informationen von den Menschen aufschnappen konnte, schlängelte sich zwischen den Beinen hindurch zur Theke.

Susan, die geborene Organisatorin, richtete das Wort an die Versammlung. «Wer von uns das Motorrad gesehen hat, bevor es vor dem Postamt abgestellt wurde, sollte das für Sheriff Shaw und Deputy Cooper aufschreiben. Und das sollten natürlich auch alle tun, die mit dem Verstorbenen Kontakt hatten.»

«Kontakt? Er ist in Ash Lawn hereingeplatzt und hat eine Szene gemacht!» stieß Laura hervor.

«Hast du das Deputy Cooper erzählt?» fragte Mim.

«Nein, aber das tu ich noch. Ich meine, wie konnte ich es ihr erzählen? Wir haben es doch eben erst erfahren – falls es tatsächlich derselbe Mann ist. Es könnte ja auch jemand anders sein.»

Miranda beobachtete glücklich, wie die Leute ihre Doughnuts, Brownies und Törtchen kauften – die heutige Lieferung an Leckereien. Jeden Tag buk sie größere Mengen, und jeden Tag verschwanden sie. Sie riß sich von ihren Erzeugnissen los und sagte: «Diejenigen von Ihnen, die in Ash Lawn dabei waren, können morgen zu Sheriff Shaw gehen. Es würde ihm Zeit ersparen, wenn Sie alle zusammen gingen.»

«Was ist in Ash Lawn passiert?» Die Frage kam von Herbie Jones.

«Der abgerissene Kerl, dieser schmutzige Motorradfahrer, stieß die Eingangstür auf, als wir schon geschlossen hatten –», begann Laura.

«So abgerissen war er gar nicht», unterbrach Blair sie.

«Also, gepflegt war der bestimmt nicht», widersprach Laura.

«Herrje.» Market hob die Hand ans Gesicht. «Wenn Sie sich noch nicht mal einigen können, wie er aussah, kann's ja noch heiter werden.»

«Ich war hinten, deshalb kann ich nichts dazu sagen.»

Aysha kaufte ein Zitronenquarktörtchen. Sie konnte nicht widerstehen, trotz des finsteren Blicks, den ihre Mutter ihr zuwarf.

Harry ergänzte die Schilderung des Vorfalls: «Blair und ich waren im Wohnzimmer. Wir sahen ihn nicht hereinkommen, aber wir haben ihn gehört. Richtig grob war er eigentlich nicht, aber er war, hm, heftig.»

«Heftig? Der hatte 'nen Knall.» Kerry stemmte die Hände in die Hüften. Kerry neigte zu leicht übertriebenen Reaktionen. Sie war gerade von den Sklavenquartieren hereingekommen und hatte nur noch den Schluß des Vorfalls miterlebt. «Er wollte nicht weggehen, und Marilyn, die an dem Tag die Aufsicht hatte –»

«Ich bat ihn zu gehen», warf Little Marilyn ein. «Er wollte nicht. Er sagte, er wollte zu Marin–»

«Malibu», unterbrach Harry sie.

«Ja, genau. Er wollte zu dieser Malibu, und er behauptete, sie wäre in Ash Lawn. Natürlich war sie nicht da. Aber er war so hartnäckig.»

«Wer ist Malibu?»

«Eine alte Freundin», erklärte Blair.

«Das sagt uns noch nicht, wer sie ist.» Mim, dominierend wie immer, hatte den Nagel auf den Kopf getroffen.

Ottoline sagte sarkastisch: «Bei einem Namen wie Malibu schlage ich vor, wir halten Ausschau nach einer Frau in Schlauchtop, hohen Absätzen, knappen Shorts und mit toupierten Haaren – selbstverständlich gebleicht.»

12

Das triste, aber praktisch eingerichtete Büro des Sheriffs paßte zu Rick. Er konnte Protz nicht ausstehen. Sein Schreibtisch war fast immer aufgeräumt, weil Rick die meiste Zeit im Streifenwagen verbrachte. Er konnte Schreibtischarbeit sowenig ausstehen wie Protz. Meistens haßte er es, drinnen eingesperrt zu sein.

Heute war sein Schreibtisch mit Aktenordnern übersät; der große Aschenbecher quoll über von Zigarettenkippen, und das Telefon klingelte pausenlos. Er war von dem lokalen Fernsehsender, dem Lokalblatt und der großen Richmonder Zeitung interviewt worden. Dies ließ er über sich ergehen, weil er es für eine unumgängliche Pflicht hielt. Er war kein Sheriff, der sein Gesicht gerne in den Elfuhrnachrichten sah. Manchmal überließ er die Fragen Cynthia.

Der Coroner arbeitete bis spät in die Nacht an der Untersuchung der Gewebeproben.

Bei der Leiche waren weder Führerschein noch sonstige Ausweispapiere gefunden worden. Cynthia wußte, daß die Maschine auf Michael Huckstep zugelassen war. Aber handelte es sich bei der Leiche um Michael Huckstep? Sie konnten es vermuten, aber solange sie keine eindeutige Identifizierung hatten, wußten sie es nicht mit Sicherheit. Es hätte ja auch jemand Huckstep umgebracht und sich für ihn ausgegeben haben können.

Rick hatte um eine Liste der vermißten Personen und eine mit gestohlenen Motorrädern gebeten. Er hatte sie bekommen. Nichts auf den beiden Listen aus Kalifornien stimmte mit der abgestellten Harley oder dem Toten überein.

Cynthia hastete ins Büro. Rick bedeutete ihr mit erhobener Hand, zu warten. Er beendete sein Telefongespräch, sobald er konnte.

«Mim», sagte er.

Cynthia leerte den Aschenbecher in den Papierkorb. «Sie will immer alles als erste erfahren.» Sie stellte den Aschenbecher wieder an seinen Platz. «Wir haben das Motorrad untersucht. Nichts. Keine Fingerabdrücke. Wer immer es zum Postamt fuhr, hat Handschuhe getragen.»

«Motorradfahrer tragen meistens Handschuhe.»

«Was wollte der wohl in Sugar Hollow?»

Rick hielt die Hände in die Höhe, während er auf seinem Drehstuhl kreiste. «Sich die Gegend angucken?» Er drehte sich in die Gegenrichtung, hielt dann an. «Mir wird schwindlig.»

«Ohne Drogen wären wir arbeitslos», scherzte Cynthia. «Ich wette, er wollte dort einen Deal abwickeln. Sugar Hollow ist hübsch, aber nicht gerade eine Touristenattraktion. Er war mit jemandem dort, der sich in dieser Gegend auskennt – jede Wette.»

Sie nahm sich bedächtig eine Zigarette aus Ricks Päckchen, zündete sie an und sagte: «Wir haben sein Motelzimmer durchsucht. Der Motorradfahrer hatte Blair erzählt, daß er im Best Western wohnt. Der Geschäftsführer, der Nachtportier und die Zimmermädchen haben Mike Huckstep – unter diesem Namen hatte er sich eingetragen – seit Tagen nicht gesehen. Sie achten wohl nicht besonders auf das Kommen und Gehen der Leute. Sie sind sich nicht einig, wann er zuletzt gesehen wurde, aber er soll ganz ruhig und höflich gewesen sein, als er sich anmeldete – und er hat für eine Woche im voraus bezahlt.»

«Irgendwas im Zimmer?»

«Drei T-Shirts und eine saubere Jeans. Sonst nichts. Kein Notizblock, kein Bleistift, nicht mal Socken und Unterwäsche. Keine Taschenbücher oder Illustrierten. Null.»

«Ich habe mir das Protokoll Ihrer Befragungen des Personals von Ash Lawn sowie von Harry und Blair noch mal durchgelesen. Wissen Sie –» er kippte auf seinem Stuhl nach hinten und legte die Füße auf die Ordner auf dem Schreibtisch –, «das paßt nicht zusammen.»

«Sie meinen die Aussagen?»

«Nein, nein, die sind in Ordnung. Ich meine den Mord. Er führt zu nichts. Vielleicht war es ein verpatzter Deal, und der Mörder hat sich gerächt und das Geld genommen. Der Tote hatte kein Geld in seinen Taschen.»

«Könnte sein ...» Ihre Stimme verlor sich, wurde dann wieder fest. «Aber Sie glauben nicht, daß es ein verpatzter Drogendeal war, oder?»

«Sie sind schon zu lange mit mir zusammen. Sie und meine Frau durchschauen mich total.» Er legte die Hände hinter den Kopf. «Nein, Coop, das glaube ich nicht. Ich empfinde einen Mord als persönliche Beleidigung. Ich kann den Gedanken nicht ertragen, daß jemand damit durchkommt. Die Regeln, wie man auf dieser Welt zurechtkommt, sind denkbar einfach. Du sollst nicht töten, du sollst nicht stehlen – scheint mir vernünftig. Klar, es gibt Zeiten, da könnte ich meiner Frau den Schädel einschlagen und umgekehrt – aber ich tu's nicht, und sie tut's nicht. Ich zähl bis zehn, manchmal auch bis zwanzig. Wenn ich mich beherrschen kann, nehm ich an, daß andere es auch können.»

«Ja, aber ich glaube, Mord hat mit etwas zu tun, das tiefer liegt. Etwas Infantilem. Unterschwellig sagt ein Mörder: ‹Ich will meinen Willen.› So einfach ist das. Mörder können nicht begreifen, daß andere Menschen rechtmäßige Bedürfnisse haben, die sich von ihren eigenen unterscheiden und zu ihnen im Widerspruch stehen. Immer heißt es nur ich, ich, ich. Oh, sie können sich reif, besorgt oder wie auch immer stellen, aber unterschwellig sind sie Kinder in gewaltiger, bebender Wut.»

Rick fuhr mit den Händen über seinen fliehenden Haaransatz. «Haben Sie heimlich Bücher über Psychologie gelesen, Coop?»

«Nee.»

Das Telefon klingelte. Ein Beamter ging außerhalb von Ricks Büro dran, rief dann herüber: «Cynthia, die Kfz-Meldestelle in Kalifornien. Soll ich's in Ricks Büro legen?»

«Ja bitte.» Sie drückte auf einen Knopf. «Hier Deputy Cooper.» Sie hielt inne, hörte zu. «Das wäre prima.» Sie gab die Faxnummer ihrer Dienststelle durch. «Vielen Dank.» Sie legte auf. «Mike Huckstep. Sie faxen uns seine Papiere und seinen Führerschein. Dann haben wir endlich eine Personenbeschreibung.»

Rick grunzte. «Wer zum Teufel ist Mike Huckstep?»

13

Ein bewachter Parkplatz bildete das Entree zu Mims Party. Auf den Einladungen hatte sie eine Western-Party angekündigt, komplett mit Square dance und Barbecue. Die Parkwächter, Susan Tuckers Sohn Danny und seine Schulfreunde, hatten karierte Hemden mit spitz zulaufenden Passen an, dazu Jeans und Cowboystiefel.

Mim prunkte mit edlen Cowboystiefeln aus Straußenleder

in der Farbe von Erdnußkrokant. Ihre weißen Lederjeans waren maßgeschneidert und saßen wie angegossen. Sie trug ein weißes Hemd mit türkisfarbener Passe. Ihr Schal war von Hermès und ihr Stetson ein 20prozentiger Biber. Der Hut allein mußte 300 Dollar gekostet haben; die meisten Cowboyhüte hatten nur 2 Prozent, höchstens 4 Prozent Biberanteil. Der Hut war selbstverständlich rein weiß.

Ihr Ehemann hatte eine alte Jeans angezogen, abgetragene Stiefel und ein ordentlich gebügeltes Wrangler-Westernhemd. Seine Gürtelschnalle, ein großes, schön gearbeitetes silbernes Oval mit goldenen Initialen in der Mitte, ließ den Wohlstand der Familie erkennen.

Ganz Crozet fand sich zu dem Western-Tanzvergnügen ein.

Harry hatte sich ein Rehlederhemd mit Fransen an der vorderen und hinteren Passe und langen Fransen an den Ärmeln geliehen. Sie trug ihr einziges Paar Toni-Lama-Stiefel, die Susan ihr vor drei Jahren zum Geburtstag geschenkt hatte. Blair sah aus wie ein jüngerer, stattlicherer Marlboro-Mann, komplett mit Überhosen. Fair kochte innerlich, als er seinen Rivalen erblickte. Nicht, daß Fair schlecht aussah, beileibe nicht, aber irgendwie kriegte er es nie hin, daß seine Kleidungsstücke zusammenpaßten. Aber da er groß gebaut war, stand ihm die Cowboykluft gut, und er sah besser aus als gewöhnlich.

Mrs. Hogendobber, die sich mit Unmengen Kostümschmuck behängt hatte, stolzierte in einem weiten roten Rock und einer mexikanischen Bluse umher. Ihr blauer Cowboyhut hing auf ihrem Rücken, die schmale Seidenkordel hatte sich wie ein Halsband um ihre Kehle gelegt.

Reverend Jones hatte eine alte Kavallerie-Uniform ausgegraben. Er wollte niemandem verraten, wo er sie gefunden hatte. Er hätte direkt aus dem Jahre 1880 eingeritten sein können.

Die Musik, das Essen und der nie versiegende Alkohol versetzten die Anwesenden in eine Bombenstimmung.

Kerry McCray war früh und allein gekommen. Sie sagte, ihre Verabredung, der Opernsänger, käme nach seiner Vorstellung in Ash Lawn zu ihnen. Das hinderte sie nicht daran, zu Norman Cramer zu tänzeln, während Aysha mit einem anderen Partner auf der Tanzfläche herumhüpfte.

«Norman.»

Beim Klang der vertrauten und einst geliebten Stimme drehte er sich um. «Kerry.»

«Darf ich dich was fragen?»

«Sicher.» Sein Ton war zögernd.

«Bist du glücklich?»

Es folgte eine sehr, sehr lange Pause. Er sah mit seinen lang bewimperten blauen Augen tief in die ihren. «Es gibt Tage, da glaube ich, daß ich glücklich bin, und es gibt Tage, da glaube ich, daß ich den größten Fehler meines Lebens gemacht habe. Und du?»

«Nein. Ich bin alles andere als glücklich.» Sie deutete ein Lächeln an. «Norman, wir können trotz allem ehrlich zueinander sein.»

Ein gequälter Ausdruck huschte über sein Gesicht, dann sah er über Kerrys Schulter, weil die Musik aufgehört hatte. «Herrje, da kommt Aysha.» Er flüsterte: «Wir sehen uns bei der Arbeit. Vielleicht können wir mal zusammen Mittag essen – irgendwo.»

Sie sah ihm nach, als er sich beeilte, den Arm seiner Frau zu nehmen und sie zurück auf die Tanzfläche zu bugsieren. Kerry traten die Tränen in die Augen. Little Marilyn hatte die Unterhaltung beobachtet. Sie kam herüber.

«Er ist es nicht wert.»

Kerry schniefte und unterdrückte die Tränen. «Es ist keine Frage des Wertes, Marilyn. Entweder du liebst einen Mann oder nicht.»

Marilyn legte ihren Arm um Kerrys Taille und führte sie fort von der Tanzfläche.

Fair und Susan Tucker schwenkten sich gegenseitig herum, während die üppige Witwe Boom Boom Craycroft, die sagenhaft angezogen war, Blair umgarnte. Es schien ihm nichts auszumachen. Harry tanzte mit Reverend Jones. Sie liebte den Reverend von Herzen und bekam fast nichts mit von den Dramen, die sich ringsum abspielten. Harry verschloß sich oft solchen Emotionsstürmen. Manchmal war das eine gute Idee, manchmal nicht.

Als das Stück zu Ende war, machte die Kapelle eine Pause. Beim Sturm auf die Bar blieben die Frauen an den Tischen sitzen, während die Männer sich nach den Getränken drängelten, um sie «den Mädels» zu bringen.

Blair und Fair kamen beide an Harrys und Susans Tisch. Mrs. Hogendobber saß mit Herbie sowie Bob und Sally Taylor, Freunden von der Kirche, am Nebentisch. Ned unterhielt sich irgendwo mit den anderen Rechtsanwälten über Politik.

«Coca-Cola, Liebling.» Fair stellte ein Glas vor Harry hin.

Ehe sie reagieren konnte, knallte Blair einen Gin Tonic auf den Tisch. «Harry, du brauchst einen richtigen Drink.»

«Sie trinkt keinen Alkohol.» Fair lächelte und entblößte seine Fänge.

«Jetzt schon.» Auch Blair entblößte seine Fänge.

«Willst du Harry betrunken machen? Ganz schön primitiv, Blair.»

«Mach kein Theater. Du hast dich von ihr scheiden lassen, Freundchen. Zufällig halte ich sie für eine faszinierende Frau. Dein Verlust ist mein Gewinn.»

Inzwischen taten alle, als ob sie sich miteinander unterhielten, während sie in Wirklichkeit die Ohren in Richtung Auseinandersetzung spitzten.

«Sie ist kein Lotterielos. Ich hab sie nicht verloren, und du hast sie nicht gewonnen.» Fair straffte die mächtigen Schultern.

Blair drehte sich um und wollte sich hinsetzen. «Laß den Scheiß.»

Im Nu hatte Fair den Stuhl unter Blair weggezogen. Blair ging mit einem Plumps zu Boden.

Blair sprang auf. «Du blöder Hinterwäldler!»

Fair holte aus und traf daneben. Blair war äußerst fix auf den Beinen.

Binnen Sekunden schlugen die zwei starken Männer aufeinander ein. Blair versetzte dem Tierarzt einen Hieb, daß er gegen den Tisch krachte, der daraufhin in sich zusammenfiel.

«Wollt ihr zwei wohl erwachsen werden!» schrie Harry. Sie war drauf und dran, auszuholen und dem, der in ihre Reichweite kam, einen Kinnhaken zu verpassen, als sich eine Hand wie ein stählerner Schraubstock um ihr Handgelenk schloß.

«Nein, Sie kommen mit mir.» Reverend Jones zerrte sie aus dem Getümmel.

Susan und Mrs. Hogendobber verzogen sich, als Hiebe und Gegenhiebe sich steigerten. Jedesmal wenn eine Faust ihr Ziel traf, erschütterte ein *Boing!* die Party. Die Kapelle eilte zurück aufs Podium und stimmte eine Melodie an. Jim Sanburne begab sich zu den Kämpfenden, ebenso Reverend Jones, nachdem er Harry bei der Gastgeberin abgeliefert hatte.

Harry murmelte mit hochrotem Gesicht: «Mim, es tut mir so leid.»

«Warum wollen Sie sich für die entschuldigen? Sie können doch nichts dafür. Außerdem, seit mir die berauschten Schwäne damals meine *Town-&-Country*-Party verdorben haben, nehme ich alles, wie's kommt.»

Mims berühmt-berüchtigte *Town-&-Country*-Party hatte vor Jahren stattgefunden, mit Stars und Geschäftsgrößen aus dem ganzen Land. Sie hatte Schwäne für den in einen Lilienteich verwandelten Swimmingpool kommen lassen. Die Schwäne waren für den Anlaß mit einem Betäubungsmittel ruhiggestellt worden, aber als die Wirkung des Mittels verflog, hatten die Schwäne die Party gestürmt, waren über Alkohol und Essen hergefallen und streitsüchtig geworden. Berichte von der Party hatten die Abendnachrichten aller Sender im Land beherrscht. Der Präsidentschaftskandidat, zu dessen Ehren dieses extravagante Ereignis veranstaltet worden war, wurde gezeigt, wie er vor einem Schwan Reißaus nahm, der mit ausgebreiteten Flügeln und gerecktem Hals den Schnabel nach dem dicken Präsidentschaftskandidatenhintern ausstreckte.

«Die Schwäne haben sich besser benommen als diese zwei Männer.»

«Harry, ich habe Ihnen gesagt, daß beide in Sie verliebt sind. Sie wollten ja nicht auf mich hören.»

«Jetzt höre ich.»

Mim kippte eine erfrischende Gin Cola hinunter. «Sie können mit Männern nicht einfach befreundet sein. Das funktioniert so nicht. Und nehmen Sie's ihnen nicht krumm, daß Sie nicht mit ihnen befreundet sein können wie mit Frauen. Wenn ein Mann daherkommt, will er mehr als Freundschaft. Das wissen Sie.»

Harry sah zu, wie Jim Sanburne und Herbie die zwei Männer, die sie für ihre Freunde hielt, endlich trennten. Fairs Nase blutete, und Blairs Lippe war aufgeplatzt. Boom Boom Craycroft eilte zu Blair, um ihm beizustehen, aber er schüttelte sie ab.

«Ich weiß es, und ich hasse das.»

«Dann können Sie ebensogut die Männer hassen.»

«Sie wissen, daß ich sie nicht hasse.»

«Dann müssen Sie sich zwischen diesen beiden entscheiden oder ihnen sagen, was Sie für sie empfinden.» Sie hielt inne. «Was empfinden Sie für sie?»

Harry zögerte. «Ich weiß nicht. Ich habe Fair mit Leib und Seele geliebt, bedingungslos. Ich liebe ihn immer noch, aber ich weiß nicht, ob ich noch einmal so lieben kann wie früher.»

«Vielleicht ist *Vertrauen* das Wort, auf das es ankommt.»

«Ja.» Sie wischte sich mit der rechten Hand über die Augen. Warum war das Leben so kompliziert?

«Blair?»

«Er ist zärtlich. Äußerst sensibel, und ich habe ihn sehr gern – aber ich habe Angst. Ach, Mim, ich weiß einfach nicht, ob ich das durchhalten kann, noch einmal jemanden zu lieben.»

«Wen Sie auch lieben, er wird Ihnen weh tun. Sie werden ihm weh tun. Wenn Sie lernen, zu verzeihen, durchzuhalten – dann haben Sie etwas Reelles.» Sie befühlte ihren Hermès-Schal. «Ich wünschte, ich könnte das besser erklären. Sie wissen, daß Jim mich nach Strich und Faden betrogen hat.»

«Ach –» Harry schluckte.

«Sie brauchen nicht höflich zu sein. Er hat es getan. Und die ganze Stadt hat's gewußt. Aber Jim war ein großer, gutaussehender, wilder armer Junge, als ich ihn kennenlernte, und ich habe meinen Reichtum dazu benutzt, ihn zu beherrschen. Weiber vernaschen, das war seine Rache. Ich war drauf und dran, mich scheiden zu lassen, aber dann konnte ich es doch nicht. Als ich erfuhr, daß ich Brustkrebs habe, ich glaube, da habe ich Jim wiederentdeckt. Wir waren offen zueinander und haben geredet. Nach jahrzehntelanger Ehe haben wir endlich einfach *geredet* und uns gegenseitig verziehen und – wir sind immer noch zusammen. Und wenn eine reiche Pute wie ich sich dem Leben und der Liebe stellen kann, dann sehe ich nicht, wieso Sie das nicht können.»

Harry saß eine ganze Weile schweigend da. «Ich verstehe, was Sie meinen.»

«Sie müssen sich zwischen den beiden Männern entscheiden.»

«Blair hat seine Absichten eigentlich nie deutlich erklärt.»

«Mir geht es im Moment gar nicht um seine Gefühle. Es geht mir um Ihre. Entscheiden Sie sich.»

14

Noch genervt von dem gestrigen Abend, wachte Harry früh auf und stellte fest, daß es regnete. Da der Regen dringend nötig war, störte das Grau sie kein bißchen. Sie schlüpfte in ihr uraltes Smith-College-T-Shirt, eine abgeschnittene Jeans und Turnschuhe und eilte zum Stall.

Nachdem sie die Pferde gefüttert hatte, hängte sie einen Zügel an einen Sattelhaken im Mittelgang, nahm ein Stück Sattelseife, einen kleinen Eimer Wasser, einen Schwamm und ein Tuch und begann mit der Reinigungsprozedur.

Rhythmische Betätigungen halfen ihr immer, mit sich und den Ereignissen in ihrem Leben ins reine zu kommen.

Mrs. Murphy kletterte auf den Heuboden, um Simon zu besuchen. Da er ein Nachttier war, schlief er fest, also sprang sie auf eine Boxentür und von da auf eine alte, aber gut gepflegte Truhe mit Sattelzeug. Die Holztruhe, die auf vier Hohlziegeln stand, war blau und golden gestrichen und trug in der Mitte die Initialen M. C. M., Mary Charlotte Minor.

Nach der Scheidung hatte sie den Namen Haristeen beibehalten. Es war schon schwer genug, seinen Nachnamen bei der Heirat abzulegen; ihn dann aber wieder anzunehmen war für alle schlichtweg verwirrend. Jedenfalls behauptete das Harry, aber Susan Tucker erklärte, sie würde ihren Ehenamen beibehalten, weil sie mit Fair noch nicht fertig sei. Alle Welt hatte eine Meinung zu Harrys Gefühlslage, und niemand scheute davor zurück, sie ihr unter die Nase zu reiben.

Sie hatte gestern abend genug Emotionen und bohrende Fragen gehabt. Jetzt wollte sie in Ruhe gelassen werden. Von wegen.

Blair hielt in der Zufahrt zum Stall. Sie hatte die Lichter im Stall an, daher wußte er, wo sie war. Er duckte sich unter den Regentropfen und trug einen Weidenkorb in den Gang.

«Dies ist sozusagen eine Entschuldigung.» Er ließ den Deckel des Korbes aufschnappen, der angefüllt war mit köstlichen Hörnchen, Marmeladen und Gelees von Fortnum und Mason, mundgerechten Schinkenbiskuits, einem duftenden Stiltonkäse, einem kleinen Glas erlesenen französischen Senf und einer großen Packung Erdnußbutterplätzchen. Die Ekken waren mit Crackern und Pastetenkonserven ausgestopft. Noch ehe sie etwas sagen, ihm danken konnte, eilte er mit einem Paket Luxuskaffee in die Sattelkammer.

«Blair, ich hab hier bloß eine Kochplatte. Ich hab nichts, womit du Kaffee machen kannst, jedenfalls keinen anständigen.» Sie wollte sich schon entschuldigen, weil sie den Satz mit einem Adjektiv beendet hatte, aber dann dachte sie, na und! Was hat die Grammatik in der Umgangssprache verloren?

Er ging wortlos zu seinem Kombi und kam mit einer schwarzen Krups-Kaffeemaschine, einer elektrischen Kaffeemühle und einem kleinen Apparat zum Aufschäumen von Milch für Cappuccino zurück.

«Jetzt hast du was.» Er zeigte auf die Espressomaschine. «Das kommt in die Küche. Jetzt hast du alles, was du brauchst.»

«Blair» – ihr klappte der Unterkiefer herunter – «das ist so, ah, ich weiß nicht, was ich sagen soll – danke.»

«Ich war ein Esel. Es tut mir leid. Wenn du meine Entschuldigung annimmst, brühe ich dir auf, was dein Herz begehrt. Wie wär's mit einem starken kolumbianischen Kaffee für den Anfang? Dann können wir im Korb kramen und mit Espresso fortfahren oder mit Cappuccino, was du willst.»

«Klingt prima.» Harry rieb feste an einem Zügel. «Und ich nehm deine Entschuldigung an.»

Mrs. Murphy ruhte, den Schwanz um sich gelegt, auf der Truhe mit dem Sattelzeug. Sie schien im Sitzen zu schlafen. Die Menschen fielen immer wieder auf diesen Trick herein. Es war die ideale Lauschpositur.

Tucker, die weniger raffiniert war, machte sich am Korb zu schaffen.

Blair breitete eine kleine Tischdecke über den wackligen Tisch in der Sattelkammer. Auf einem Bord erspähte er eine alte Kaffeebüchse, die Harry als Getreidemaß benutzte. Die füllte er mit Wasser, dann flitzte er nach draußen in den

Regen, um schwarzäugige Susannen zu pflücken. Als er zurückkehrte, war der Kaffee schon aufgebrüht.

«Du bist ja pitschnaß.»

«Ist ein gutes Gefühl.» Seine haselnußbraunen Augen strahlten.

Sie stemmte die Hände in die Hüften und sah auf den Tisch. «Ich bewundere Leute, die eine künstlerische Ader haben. Ich könnte aus lauter wertlosem Kram nicht so was Hübsches zaubern.»

«Dafür hast du andere Talente.»

Harry lachte. «Nenn mir eins.»

«Fishing for compliments», murmelte Tucker.

«In deiner Gegenwart fühlt man sich einfach wohl. Du hast ein ansteckendes Lachen, und ich glaube, du verstehst mehr von Landwirtschaft als sonst irgend jemand, den ich kenne.»

«Blair», lachte sie, «du bist nicht auf einer Farm aufgewachsen. Jeder, der das von der Pike auf kennt, versteht auch was davon.»

«Ich sehe doch die anderen Farmer in dieser Gegend. Ihre Weiden sind nicht so fett, ihre Zäune sind nicht so gut in Schuß, und sie nutzen Raum und Gelände nicht so logisch. Du bist die Beste.»

«Danke.» Sie biß in ein Schinkenbiskuit, das dick mit Senf bestrichen war. «Ich hab gar nicht gewußt, wie hungrig ich bin.»

Sie aßen, schwatzten und beendeten ihr Mahl mit einem sagenhaft guten Cappuccino.

Blair atmete den intensiven Duft von Leder, Sattelseife, Kieferspänen, den warmen Duft der etwas weiter entfernt stehenden Pferde ein.

«Dieser Stall strahlt Glück und Frieden aus.»

«Dad und Mom haben da viel Liebe hineingesteckt. Dads Familie ist unmittelbar vor dem Unabhängigkeitskrieg aus Ostvirginia hierhergezogen, aber dieses Stück Land haben wir erst um 1840 gefunden. Die reichen Hepworths, das war Moms Familie, sind in Ostvirginia geblieben. Die Minors, arme, bescheidene Bauern, nahmen, was sie konnten. Die Depression hat Großpapa und Großmama hart zugesetzt, und als Dad kam und alt genug war, zuzupacken, gab es eine Menge zu tun. Als er feststellte, daß die Farm nicht genug abwarf, um davon zu leben, arbeitete er außerhalb und brachte Geld mit nach Hause. Nach und nach gelang es ihnen, die Dinge wieder ins Lot zu bringen, Äpfel, Heu, eine bescheidene Maisernte. Mom arbeitete in der Bücherei. Früh am Morgen und spät am Abend erledigten sie die Farmarbeit. Ich vermisse sie, aber wenn ich mich umschaue, sehe ich die Liebe, die sie hinterlassen haben.»

«Sie haben auch in dir eine Menge Liebe hinterlassen.»

Tucker legte den Kopf auf Harrys Knie. *«Sag was Nettes, Mom.»*

«Danke.»

«Ich bin heute hergekommen, um mich zu entschuldigen, und, hm, dir zu sagen, daß ich dich sehr gern habe. Ich bin nicht sehr gefestigt ... ich meine, finanziell schon, aber nicht emotional. Ich hab dich wirklich gern, Harry, und ich war nicht, oh –» Er hielt inne, denn dies war schwieriger, als er gedacht hatte. «Ich war dir gegenüber nicht fair. Ich weiß jetzt, daß unser Zusammensein hier eine viel größere Bedeutung für die Leute hat, als wenn wir in New York leben würden. Ich möchte dir nichts vormachen.»

«Ich hab nicht das Gefühl, daß du das tust. Ich bin froh über unsere Freundschaft.»

«Schön, daß du das sagst. Ich bin auch froh, aber ich

schwanke. Manchmal will ich mehr, aber wenn ich daran denke, was das hier bei euch bedeuten würde, mache ich einen Rückzieher. Wenn wir in New York lebten, ich wüßte, was zu tun wäre. Hier, hm, ist mehr Verantwortung dabei. Ich bin gerne hier, aber ich bin auch gerne unterwegs, und ich schätze, mein Ego braucht das, diese Beachtung. Ich gebe es ungern zu, aber –»

«Dein Ego macht, daß du gut bist in dem, was du tust.»

Blair errötete bei dieser Bemerkung. Mit einem verlegenen Lächeln sagte er:

«Ja, aber es hat schon was Albernes, in Klamotten herumzustehen und fotografiert zu werden. Es ist einfach – wenn ich ein bißchen Mumm hätte, Harry, würde ich Schauspielunterricht nehmen, aber ich glaube, im tiefsten Innern weiß ich, daß ich nicht die Spur Talent habe. Ich bin bloß ein hübsches Ding.» Er lachte, weil er einen Ausdruck benutzt hatte, mit dem gewöhnlich nur Frauen beschrieben werden.

«Du bist mehr als das. Es liegt ganz bei dir, und he, was kostet es, Schauspielunterricht zu nehmen – an Geld und an Zeit? Niemand bewirft dich im Unterricht mit Tomaten. Wenn es dir liegt, wirst du's merken. Frisch gewagt ist halb gewonnen.» Sie überlegte einen Moment. «Die Universität von Virginia hat einen guten Schauspielzweig.»

«Du bist in Ordnung.» Er langte über den Tisch nach ihrer Hand, aber da klingelte das Telefon.

«Entschuldigung.» Sie stand auf und ging an den Wandapparat. «Hi. Im Stall.»

Am anderen Ende der Leitung sagte eine tiefe warme Stimme, die Fair gehörte: «Sprichst du noch mit mir?»

«Ich spreche jetzt mit dir.»

«Sehr komisch. Ich bin im Wagen, hatte gerade bei Mim zu tun und bin unterwegs zu dir.»

«Nicht jetzt.»

«Was soll das heißen, nicht jetzt?»

«Ich hab Besuch und –»

«Blair? Ist der Kerl bei dir?»

«Ja, er ist gekommen, um sich zu entschuldigen.»

«Verdammt!» Fair schaltete sein Mobiltelefon ab.

Harry setzte sich wieder hin.

«Fair?»

«In einem Aufruhr der Gefühle, wie meine Mutter gesagt hätte.»

Das Telefon klingelte wieder. «Wetten, das ist er. Tut mir leid, Blair.» Sie nahm den Hörer ab. Es war nicht Fair, es war Susan Tucker. «Susan, ich bin froh, daß du's bist.»

«Natürlich bist du froh, daß ich's bin. Ich bin deine beste Freundin. Weißt du schon das Neueste?»

«Ich höre.» Harry sagte lautlos den Namen Susan zu Blair.

«Ned und Rick Shaw hatten heute ein Treffen wegen der Finanzen in seiner Abteilung, und nebenbei ließ Rick fallen, daß der Tote Mike Huckstep ist, derselbe Kerl, dem das Motorrad gehört. Es steht morgen in der Zeitung.»

«Schätze, das ist keine Überraschung. Ich meine, das hatten wir doch ohnehin schon vermutet – daß der Motorradbesitzer der Tote war.»

«Ja, ich denke, damit ist der Fall erledigt. Hast du eine Minute Zeit?»

«Eigentlich nicht. Blair ist hier.»

«Ah, darüber wollte ich mit dir reden. Ich hoffe, er ist gekommen, um sich zu entschuldigen.»

«Ja.»

«Wir können das später ausführlich bekakeln, aber hier schon mal in aller Kürze: Little Marilyn ist scharf auf Blair.»

«In aller Kürze: Vergiß es.» Harry fand, jede Frau unter neunzig müßte für Blair schwärmen.

«Aha, meldest wohl schon Besitzansprüche an, was?»

«Nein», log Harry.

«Soso. Okay, ich ruf dich später an für ein Gespräch von Frau zu Frau.»

«Verschon mich damit. Ich kann keine emotionale Enthüllung mehr ertragen. Meine oder deine oder sonst eine. Wir sprechen uns später. Tschüs.»

Blairs Gesicht verfinsterte sich. «Hab ich, hm, zuviel gesagt?»

«O nein, nein, das hatte ich nicht gemeint, aber, Blair, alle meine Freunde beschäftigen sich damit, mich, dich und Fair zu analysieren. Ich hab das satt. Allmählich denke ich, ich bin Freiwild für jedermann.»

«Ich glaube, ein alleinlebender Mann kränkt sie, und eine alleinlebende Frau erregt ihr Mitleid.» Er hielt seine Hand hoch, ehe sie widersprechen konnte. «Das ist sexistisch, aber das ist die Welt, in der wir leben.»

Sie fuhr mit dem Zeigefinger über die glatte Fläche der High-Tech-Kaffeemaschine. «Möchtest du heiraten? Halt, nein, nicht mich, so ist die Frage nicht gemeint, sondern ganz theoretisch, möchtest du heiraten?»

«Nein. Im Augenblick, in diesem Abschnitt meines Lebens, jagt mir der Gedanke eine Heidenangst ein.» Er war aufrichtig bis dorthinaus. «Und du?»

«Dito. Ich meine, ich war verheiratet und dachte, ich hätte das große Los gezogen. Die Ereignisse haben mich widerlegt.»

«Das war seine Dummheit, nicht deine.»

«Vielleicht, aber ich bin sehr unabhängig, und ich glaube, Fair und vielleicht die meisten Männer behaupten, daß sie diese Eigenschaft bewundern, aber das ist gelogen. Fair wollte mich, na ja, konventioneller, abhängiger, und, Blair, das bin ich einfach nicht.»

«Ist dir schon mal aufgefallen, wie die Leute dir sagen, sie lieben dich, und dich dann ändern wollen?»

Sie fühlte sich unendlich erleichtert. Er hatte ihr aus der Seele gesprochen. «Stimmt. So habe ich das noch nie gesehen, aber du hast recht. Ich bin, die ich bin. Ich bin nicht vollkommen, und ich bin beileibe kein Filmstar, aber ich komme zurecht. Ich will kein bißchen anders sein, als ich bin.»

«Wie steht es mit Sex?»

Sie schluckte. «Wie bitte?»

Er warf den Kopf zurück und lachte schallend. «Harry, so direkt war das nicht gemeint. Wie ist die Einstellung der Leute zum Sex? Wenn du eine Affäre hast, giltst du dann in dieser Gegend als Flittchen?»

«Nein, ich denke, diese Ehre gebührt Boom Boom.»

«Uuhu.» Er stieß einen Pfiff aus. «Aber wenn du mit jemandem schläfst, deutet das nicht auf eine Bindung hin, auf eine Verpflichtung? Du kannst nicht ungeschoren davonkommen. Hier scheinen alle alles zu wissen.»

Sie legte den Kopf schief. «Stimmt. Deshalb muß man erst wägen, dann wagen. Du könntest es dir viel eher erlauben als ich. Die berühmte doppelte Moral.»

«Dieselbe doppelte Moral, die du eben auf Boom Boom angewendet hast?»

«Ahhh – nein. Auf Boom Booms Grabstein wird stehen: ‹Endlich schläft sie allein.› Sie übertreibt es. Aber von einem Mann würde ich genauso denken. Du hast ihn nie kennengelernt, aber Boom Booms verstorbener Mann war ein richtiges Tier. Er war witzig und alles, aber als Frau hast du bald gelernt, ihm nicht zu trauen.»

«Tier! Ich fasse das als Beleidigung auf.» Tucker winselte und tappte wütend auf den Gang. Sie sah Mrs. Murphy und ging zu ihrer Freundin. Sie stupste sie mit der Nase an. *«Aufwachen.»*

«Ich schlaf nicht.»

«Das sagst du immer. Du verpaßt was Spannendes.»

«Nein, tu ich nicht.»

«Meinst du, sie gehen zusammen ins Bett?»

«Ich weiß nicht. Heute nacht jedenfalls nicht.»

In der Sattelkammer räumten Blair und Harry ab. Sie packte die ungegessenen Sachen wieder in den Korb.

«Der Korb gehört dir auch.»

«Du bist schrecklich nett zu mir.»

«Ich mag dich.»

«Ich mag dich auch.»

Er zog sie an sich und küßte sie auf die Wange. «Ich weiß nicht, was mit uns passieren wird, aber auf eins kannst du dich verlassen, ich bin dein Freund.»

Harry gab ihm auch einen Kuß, umarmte ihn und ließ ihn dann los. «Ich nehm dich beim Wort.»

15

Die Crozet National Bank, ein flacher Holz- und Ziegelbau aus dem Jahre 1910, stand an der Ecke der Railroad Avenue in einer Reihe von Gebäuden, zu denen auch der alte Rexall's Drugstore gehörte. Das Holzwerk war weiß, der Eindruck schmucklos und zweckmäßig.

Dank der Sparsamkeit einer jahrzehntelangen Folge von guten Direktoren war wenig Geld auf das Interieur verschwendet worden. Die alten Hängelampen baumelten immer noch an der Decke. Bankierslampen mit grünen Schirmen standen auf schweren Holzschreibtischen. Die Kassierer arbeiteten an einem Marmortresen hinter Bronzegittern. Die Strenge verlieh der Bank etwas Gediegenes. Die einzigen Eindringlinge der Moderne waren die Computerterminals an allen Kassenschaltern und auf allen Angestelltenschreibtischen.

Das Büro des Bankdirektors Hogan Freely befand sich im ersten Stock. Mrs. Murphy, die Harry zur Bank begleitet hatte, stieg die Hintertreppe hinauf. Sie wollte einen Höflichkeitsbesuch abstatten. Als sie aber in Norman Cramers Büro am Ende des Stockwerks kam, beschloß sie, sich hinter dem Vorhang zu verstecken. Hogan hatte einen Tobsuchtsanfall, der sich gewaschen hatte.

«Sie wollen mir erzählen, daß Sie es nicht wissen? Verdammt noch mal, Norman, wofür bezahle ich Sie eigentlich?»

«Bitte, Mr. Freely, die Situation ist höchst ungewöhnlich.»

«Ungewöhnlich! Vermutlich ist sie kriminell! Ich rufe Rick Shaw an.»

«Lassen Sie uns einen Schritt nach dem anderen tun.» Norman, nicht eben der maskulinste unter den Männern, wirkte herrischer, als Mrs. Murphy ihn je erlebt hatte. «Wenn Sie die Behörden verständigen, bevor ich eine eingehende Überprüfung vornehmen kann, riskieren Sie eine schlechte Publicity, und Sie riskieren außerdem, daß amtliche Buchprüfer bestellt werden. Die Unregelmäßigkeit bei den Einlagen könnte auf einen Fehler im System zurückzuführen sein. Dann hätten wir blinden Alarm geschlagen. Wir würden dumm dastehen. Der Ruf der Crozet National Bank gründet sich auf konservative Anlagestrategie, den Schutz des Vermögens unserer Kunden und gesunden Menschenverstand. Wenn es sein muß, arbeite ich Tag und Nacht, aber geben Sie mir etwas Zeit, um unsere Dateien durchzukämmen.»

Hogan tappte mit dem rechten Fuß auf den Boden. Mrs. Murphy konnte das Lochmuster in seinen Schuhen sehen, als sie unter dem Vorhang hervorlugte. «Wie viele Leute und wie lange brauchen Sie?» Er überlegte. «Und ziehen Sie Kerry nicht zu dieser Arbeit heran. Die Spannung zwischen Ihnen beiden wirkt sich auf alle zermürbend aus.»

«Geben Sie mir die gesamte Kontenabteilung und alle Kassierer», erwiderte Norman, der vor Verlegenheit rote Ohren bekam.

«Wie lange?»

«Zwei Tage und zwei Nächte. Und wir müssen Essen kommen lassen, jede Menge.»

Es folgte ein langes Schweigen, dann eine entschlossene Antwort. «In Ordnung. Sie haben bis zum Geschäftsschluß am Mittwoch Zeit. Wenn Sie es bis dahin nicht geschafft haben, rufe ich den Sheriff an. Ich muß wissen, warum der Bildschirm leer bleibt, wenn ich unsere Aktivposten aufrufe. Und ich lasse Computerspezialisten kommen. Norman, Sie arbeiten an den Büchern. Die Spezialisten werden an den Terminals arbeiten.»

Als er zur Tür ging, rief Norman ihm nach: «Mr. Freely, ich bin Chef dieser Abteilung. Die Entscheidungsgewalt liegt bei mir. Wenn ich die Gelder nicht orten kann oder wenn die Techniker den Computerfehler nicht finden können – und ich glaube wirklich, daß es sich hier um einen solchen handelt –, dann werde ich mich an die Presse wenden. Ich trage hierfür die Verantworung.»

«Norman, es tut mir leid, daß ich Sie angefahren habe. Ich weiß, Sie werden Ihr Bestes tun – ich bin eben nervös. Was, wenn der Threadneedle-Virus bei uns zugeschlagen hat? Ich habe keine Möglichkeit, zu erfahren, wieviel Geld wir haben. Ich kann nicht einmal einfache tägliche Transaktionen verfolgen! Wie kann ich Verluste decken, falls wir welche hatten? Die Zukunft dieser Bank hängt von Ihrer Arbeit ab. Wir wären leichte Beute für eine Übernahme.» Seine Stimme schnappte über. «Und wie soll ich dann dem Vorstand gegenübertreten?»

«Allen voran Mim Sanburne», sagte Norman gedehnt. «Wir finden den Fehler. Versuchen Sie, nicht daran zu denken.»

«Nicht daran denken –?» Hogan ging, bevor er den Satz beendet hatte.

Mrs. Murphy wartete, schlüpfte dann zur Tür hinaus, sprang die Treppe hinunter, zwei Stufen auf einmal. Sie schlich zu Harry, die gerade hundertfünfzig Dollar abhob. Der Transporter brauchte eine neue Batterie, und sie hatte schon über zwei Wochen keine Lebensmittel mehr eingekauft.

«Mom, heb alles ab», riet ihr die Katze.

Harry spürte ein vertrautes Reiben an ihren Beinen. «Besuch zu Ende? Gehen wir wieder an die Arbeit.»

«Mom, die Bank steckt bis zum Hals in der Scheiße. Du solltest auf mich hören.»

Was Harry natürlich nicht tat. Sie ging zurück ins Postamt, Mrs. Murphy folgte ihr niedergeschlagen auf dem Fuße.

Pewter wartete vor dem Lebensmittelladen auf sie.

«Murphy, stimmt es, daß die Jungs sich wegen Harry an die Gurgel gegangen sind?»

«Ja.» Mrs. Murphy zeigte kein Interesse an diesem Thema.

«Wer hat gewonnen?»

«Keiner.»

«Du bist ein Miesepeter.» Pewter trabte neben ihrer Freundin her.

«Pewts, ich bin oben in der Bank gewesen und habe gehört, wie Hogan Freely gesagt hat, daß sie von den Computern keine Meldungen über Transaktionen kriegen können oder darüber, wieviel Geld in der Bank ist.»

«Die Menschen setzen zuviel Vertrauen in das Geld.»

«Schon möglich ... Ich wollte es Mom sagen, aber du weißt ja, wie das ist. Sie sollte ihr Geld von der Bank nehmen.»

«Geld. Man kann es nicht essen, es hält einen nicht warm. Es ist bloß Papier. Komisch, wenn man's recht bedenkt. Ich persönlich halte mehr vom Tauschhandel.»

Mrs. Murphy, die in Gedanken verloren war, entging die Bemerkung ihrer Freundin. *«Was hast du gesagt?»*

«Geld ist bloß Papier. Taugt nicht mal als Schnipsel fürs Katzenklo. Aber ich wollte was von dem Kampf hören.»

«Ich war nicht dabei.»

«Hat sie was darüber gesagt?»

«Nein, aber Blair ist rübergekommen, um sich zu entschuldigen.»

«War er furchtbar zerknirscht?» Pewter wollte alle Einzelheiten wissen.

«Er hat ihr eine teure Kaffeemaschine gekauft. Und er hat einen großen Weidenkorb voll delikater Eßsachen mitgebracht.»

«Was für Eßsachen?» Pewter lief das Wasser im Mund zusammen.

«Ah – Leberpastete, Cracker, Marmelade, Hörnchen. Lauter so Zeug.»

«Oh, ich wünschte, ich wäre dabeigewesen. Leberpastete. Mein Leibgericht.»

«Jedes Essen ist dein Leibgericht.»

«Erdbeeren nicht. Ich hasse Erdbeeren», widersprach Pewter.

«Weißt du, Mom hat am Wochenende mit Susan telefoniert, und dann hat sie heute morgen mit Mrs. Hogendobber über Fair und Blair im besonderen und über Männer im allgemeinen geredet. Sie hat sie beide gern, aber sie ist ...» Mrs. Murphy zuckte die Achseln.

«Sie hat sich die Finger verbrannt. Wie heißt das Sprichwort? Narrst du mich einmal, schäme dich; narrst du mich zweimal, schäm ich mich. Schätze, das quält sie.»

«Da kommt Coop. Sie hat ihre Post doch vorhin schon abgeholt.»

Cooper fuhr auf den Parkplatz und sah die Katzen. «Heiß draußen, Mädels. Gehen wir rein.»

«Okay.» Als sie die Tür aufmachte, huschten die zwei Katzen nach drinnen.

Miranda blickte auf. «Was vergessen?»

«Nein. Hab bloß eine Frage an Sie und Harry.»

Harry kam an den Schalter. «Schießen Sie los.»

«Oh, Harry, sagen Sie das nicht.» Cynthia grinste. «Was ich wissen wollte, ist Ihnen aufgefallen, ob jemand besonderes Interesse an dem Motorrad gezeigt hat, als es hier abgestellt war?»

«Jeder Mann, der vorbeiging, bis auf Larry Johnson.» Larry war der alte Arzt der Stadt. Er benutzte sein Auto höchst selten. Er konnte Maschinen nicht ausstehen, ging überallhin zu Fuß, erledigte eigenhändig das Holzhacken und andere Verrichtungen und erfreute sich einer robusten Gesundheit.

«Namen?»

«Mensch, Cynthia, *jeder*. Rob Collier, Ned Tucker, Jim Sanburne. Hogan Freely, Fair, Market, Blair – Danny Tucker ist fast ausgeflippt, und, ah, hab ich wen vergessen?»

Miranda warf ein: «Herbie und, mal sehen, o ja, Norman Cramer.»

Cynthia kritzelte hektisch mit. «Frauen?»

«Die haben die Maschine kaum eines Blickes gewürdigt, außer mir natürlich.» Harry fügte hinzu: «Warum fragen Sie?»

«Ich habe die Maschine genau unter die Lupe genommen. Dann beschloß ich, mir die Satteltaschen vorzunehmen. Ich war so damit befaßt, zu sehen, was drin war – gar nichts –, daß ich sie außen nicht gründlich untersucht habe. Viel konnte ich sowieso nicht sehen, weil sie schwarz sind, aber ich habe sie auf alle Fälle in unser kleines Labor geschickt.»

Tucker und Mrs. Murphy spitzten die Ohren. Pewter spielte in der Ecke mit einer Grille.

«An einer Tasche war ein bißchen Blut.»

«Ich hab's dir ja gesagt!» schrie die Katze.

«Mrs. Murphy, reiß dich zusammen», schalt Harry sie.

«Wenn man bedenkt, wie der Mann erschossen wurde», sagte Mrs. Hogendobber, «hätte das Blut nicht überallhin spritzen müssen?»

«Wir wissen, wie er getötet wurde, Miranda, aber wir wissen nicht, wo er getötet wurde. Wir wissen nur, wo die Leiche gefunden wurde. Und das Blut ist nicht von ihm. Die Ergebnisse von der Leichenuntersuchung sind gekommen. Er hatte eine seltene Blutgruppe, AB negativ. Das Blut an der Satteltasche war Null positiv.»

«Sie meinen –» Harry sprach den Satz nicht zu Ende.

«Es könnte noch eine weitere Leiche geben», beendete Miranda ihn an ihrer Stelle.

«Ziehen Sie keine voreiligen Schlüsse», warnte Cynthia. «Wir haben ein paar Leute in Sugar Hollow. Wenn dort irgend etwas ist, werden sie es finden. Vor allem, wenn es ...» Sie brach taktvoll ab.

«Aus Fleisch und Blut ist», bellte Tucker.

16

Harry, Miranda und Susan durchkämmten den Wald im Licht des frühen Abends; die blaßgoldenen Strahlen beleuchteten hier und da einzelne Stellen, und ringsum stieg der Geruch von Moos und heruntergefallenen Blättern auf.

Cynthia hatte ihnen zwar gesagt, sie möchten sich da heraushalten, weil sie mehr schaden als nützen würden, doch sobald die Mannschaft des Sheriffs Sugar Hollow verlassen hatte, waren die drei Frauen eingefallen.

Mrs. Murphy schlug einen Purzelbaum, als sie versuchte, einen Grashüpfer zu fangen. *«Spuck, spuck erst Tabaksaft, und dann laß ich dich los.»*

«Zuerst mußt du ihn kriegen.» Tucker befand Grashüpfer ihrer Beachtung nicht für würdig.

«Ich werde ihn fangen, o du, die du arm im Glauben bist, und dann werde ich sagen: ‹Spuck, spuck erst Tabaksaft, und dann laß ich dich los.›»

«Grashüpfer verstehen unsere Sprache nicht.» Tucker senkte die Nase wieder auf die Erde. Sie wollte den Menschen helfen, aber jede Spur von Witterung, abgesehen von dem Modergeruch, der in der Luft hing, war verschwunden. Die Menschen konnten die Verwesung nicht mehr riechen. *«Hier ist nichts. Wir gehen seit einer Stunde im Kreis, und ich weiß gar nicht, wieso sie ihre Nasen überhaupt da reinstecken»*, knurrte Tucker, die ihre Nase überall hineinsteckte.

«Weil dies ein langweiliger Sommer ist. Außerdem, wann konnte Mutter jemals stillsitzen?»

«Ich kann's jedenfalls.» Und damit ließ Tucker sich hinplumpsen.

Der Grashüpfer oder ein naher Verwandter von ihm schnellte wieder an Murphy vorbei, und sie schoß senkrecht in die Luft, kam mit dem Insekt zwischen den Pfoten herunter und wälzte sich auf der Erde.

«Den hätten wir!»

Doch dann öffnete sie eine Pfote ganz leicht, um ihre Beute näher in Augenschein zu nehmen, und der Grashüpfer stieß sich mit den Hinterbeinen ab und wand sich frei. Murphy schlug zu, doch der Grashüpfer sprang hoch, breitete die Flügel aus und entschwand in die Freiheit. Voller Wut hieb Murphy mit den Krallen auf die Blätter auf der Erde ein.

«Ha, ha», lachte Tucker sie aus.

«Ach, halt die Schnauze, Stummelchen.» Sie schlug wieder voll Verdruß auf die Blätter ein. *«Tucker –»*

«Was ist?»

«Guck mal.»

Die Corgihündin erhob sich zögernd und ging zu der Katze. Sie betrachtete die kleine Stelle, die Mrs. Murphy freigekratzt hatte. *«Ein Ring.»*

«Mehr noch. Ein Ehering.» Murphy berührte ihn mit einer Kralle. *«Da ist eine Inschrift. Bleib du hier. Ich geh Mom holen.»*

«Na dann, viel Glück.»

«Ich geh direkt auf ihr Bein los. Ohne zu miauen und um die Beine zu streichen.»

«Wie gesagt, viel Glück.»

Die Blätter, auf die sie trat, knisterten; ein umgekippter Baumstamm, dem ein trockener, modriger Geruch entstieg, versperrte ihr den Weg. Die Katze setzte mit einem Sprung hinüber. Sie schoß mitten zwischen die Menschen.

Mrs. Hogendobber beobachtete Murphys Kaspereien. «Hast du's aber eilig.»

«‹You ain't seen nothing yet›», parodierte Mrs. Murphy Al Jolson – noch habt ihr gar nichts gesehen. Sie nahm Harry ins Visier, drehte sich einmal um sich selbst, rannte geradewegs auf Harrys Bein zu und biß hinein.

«Autsch! Was ist denn in dich gefahren?» Harry schlug nach ihr. Murphy wich der ungeschickten Hand behende aus und biß in das andere Bein.

«Die Tollwut! Die Katze hat die Tollwut.» Mrs. Hogendobber trat rückwärts in eine Schlingpflanze und fiel auf ihr großes Hinterteil.

«Miranda, haben Sie sich weh getan?» Susan eilte zu der älteren Dame, um ihr aufzuhelfen.

«Zum Glück nicht. Ich bin gut gepolstert», grummelte sie, während sie sich den Hintern abklopfte.

«Los, komm mit.» Mrs. Murphy rannte im Kreis herum, dann setzte sie sich still vor Harry hin. *«Okay, Tucker, wie wär's mit der Nationalhymne?»*

«‹O say can you see –›» schmetterte Tucker.

«Das ist ja ein gräßliches Gejaule.» Miranda hielt sich die Ohren zu.

Susan lachte. «Das findet sie aber gar nicht.»

«Kommt mit. Mir nach. Nun kommt. Ich zeig euch was. Immer der Miezekatze nach.» Mrs. Murphy ging ein paar Schritte rückwärts.

Susan beobachtete Murphy. «Sie quasselt und quasselt.»

«Ich seh lieber mal nach.» Harry hatte den Wink verstanden. «Womöglich hat sich Tucker mit dem Fuß in einer Wurzel verfangen oder so was. Ich weiß nie, was die beiden alles anstellen.»

Mrs. Hogendobber rümpfte die Nase. «Solange es kein Stinktier ist.»

«Das hätten wir längst gemerkt.» Susan kletterte über den

vermoderten Baumstamm, den Murphy wieder mit einem Satz überwand.

Mrs. Hogendobber nahm das Hindernis in gemächlicherem Tempo. Bis sie es geschafft hatte, war Harry schon bei Tucker angelangt, die sich nicht von der Stelle rührte.

«‹– at twilight's last gleaming, whose broad stripes and –›»

«Tucker», unterbrach Mrs. Murphy diesen Ausbruch von Patriotismus, *«du kannst jetzt aufhören.»*

«Ich komm gerade erst richtig in Fahrt.»

«Das hör ich.» Die Katze berührte den Ring. *«Wie lange gibst du ihnen?»*

«Eine Minute. Sie sind zu dritt, und vorausgesetzt, keine von ihnen tritt darauf, wird eine ihn sehen.»

Harry kniete sich hin, um Tucker zu streicheln. «Alles in Ordnung, Mädchen?»

«Ihr sollt hierher gucken!» sagte Mrs. Murphy aufgeregt.

Susan gehorchte. «Na so was! Seht mal.»

Miranda beugte sich vor. «Ein Ehering.» Sie griff danach, dann zog sie die Hand zurück. «Lieber nicht anfassen.»

Harry brach einen Zweig ab, schob ihn durch den Ring und hielt ihn sich vor die Augen. «M & M, 6. 12. 86.»

17

Coop beschloß, nicht mit Harry, Susan und Miranda zu schimpfen. Immerhin hatten sie, etwa fünfzig Meter vom Fundort der Leiche entfernt, den Trauring gefunden. Sie hatte den Ring eingeschickt, um ihn auf Fingerabdrücke untersuchen zu lassen, machte sich aber wenig Hoffnung.

Es war noch nicht Mittag, und schon raste ihr der Tag davon. Zwei Unfälle während des Berufsverkehrs, beide auf der Route 29, was zu einem Verkehrschaos führte. Sie hatte einen Beamten hingeschickt, aber wegen der Sommerferien war das Personal reduziert, und so nahm sie den anderen Unfall selbst auf.

Sobald Cynthia den Bescheid des Kfz-Amtes von Kalifornien erhalten hatte, rief sie die Polizei in Los Angeles an. Sie wollte wissen, ob eine Polizeiakte über Huckstep vorlag. Und tatsächlich kam die Meldung, daß er in San Francisco straffällig geworden war.

Die Polizei von San Francisco teilte ihr mit, daß sie über Mike Huckstep eine Akte wegen kleinerer Vergehen angelegt hatten: Überfall mit Körperverletzung, Verkehrsdelikte sowie eine Anklage wegen unzüchtiger Entblößung. Der diensthabende Beamte riet ihr, Frank Kenton anzurufen, den Besitzer der Anvil-Bar in San Francisco, wo Huckstep gearbeitet hatte. Als Cynthia fragte, warum sie das tun solle, sagte der Beamte, sie hätten immer geglaubt, daß Huckstep in mehr als nur geringfügige Vergehen verwickelt war, daß sie ihm aber nie etwas nachweisen konnten.

Cynthia griff zum Telefon. In San Francisco war es jetzt acht Uhr morgens. Sie hatte sich sowohl die Telefonnummer der Anvil-Bar als auch die Anschrift und Privatnummer des Besitzers geben lassen.

«Hallo, Mr. Kenton, hier spricht Deputy Cynthia Cooper vom Sheriffbüro Albemarle County.»

Eine verschlafene, rauhe Stimme sagte: «Wer?»

«Deputy Cooper, Sheriffbüro Albemarle County –»

«Wo zum Teufel liegt Albemarle County?»

«In Mittelvirginia. Bei Charlottesville.»

«So, und was wollen Sie von mir? Es ist früh am Morgen, Lady, und ich arbeite bis spät in die Nacht.»

«Ich weiß. Entschuldigen Sie. Sie sind der Besitzer der Anvil-Bar, nicht?»

«Wenn Sie das wissen, dann hätten Sie auch wissen müssen, daß ich nicht vor ein Uhr Ortszeit zu sprechen bin.»

«Es tut mir leid, Sie zu stören, aber wir untersuchen einen Mord, und ich glaube, daß Sie uns helfen können.»

«Ha?» Die belegte Stimme ließ eine Spur Interesse erkennen.

«Wir haben eine Leiche gefunden, die wir als Michael Huckstep identifiziert haben.»

«Gut!»

«Wie bitte?»

«Gut, ich bin froh, daß jemand den Mistkerl umgebracht hat. Am liebsten hätte ich es selbst getan. Wie hat's ihn erwischt?» Frank Kenton, hellwach jetzt, wollte es ganz genau wissen.

«Drei Schüsse mit einer .357er Magnum aus kurzer Entfernung in die Brust.»

«Ha, der muß ausgesehen haben wie ein geplatzter Reifen.»

«Er sah tatsächlich noch viel schlimmer aus. Er hat in der Julihitze mindestens drei Tage im Wald gelegen. Alles, was Sie mir sagen können, egal was, könnte uns helfen, den Mörder zu fassen.»

«Scheiße, Lady, ich finde, Sie sollten dem Mörder einen Orden verleihen.»

«Mr. Kenton, ich muß meine Arbeit machen. Vielleicht hat er es verdient, vielleicht nicht. Es steht mir nicht zu, darüber zu urteilen.»

«Und ob er's verdient hat. Ich will Ihnen sagen, warum.

Er hat früher als Barmann bei mir gearbeitet. Mike hatte genau das richtige Aussehen dafür. Breite Schultern, schmale Taille, straffer kleiner Podex. Gutes, markantes Gesicht, und er ließ sich immer einen Dreitagebart stehen. Der Mann war einfach ideal für die Anvil-Bar. Sie müssen ihn sich als Prachtexemplar eines ‹rough trade› vorstellen.»

Cynthia wußte, daß der Ausdruck «rough trade», der aus der Homosexuellenszene stammte, wo er ursprünglich einen gewalttätigen oder sadistischen Sexpartner bezeichnete, in den heterosexuellen Sprachgebrauch übernommen worden war. Hier stand er für jemanden außerhalb des Klassensystems, jemanden mit dem Ruf eines Gesetzlosen, wie etwa ein Hell's Angel. Der Ausdruck wurde für jeden Sexpartner verwendet, der einer niedrigeren Schicht angehörte als man selbst. Cynthia vermutete jedoch, daß auf Mike Huckstep eher die ursprüngliche Bedeutung zutraf.

«Verkehren in der Anvil-Bar Heteros oder Schwule?»

«Schwule.»

«War Mike schwul?»

«Nein. Ich hatte das nicht gewußt, sonst hätte ich ihn nicht eingestellt. Anfangs habe ich nichts gemerkt. Er hat seinen Job gut gemacht, konnte gut mit den Leuten. Er hat mit der Kundschaft geflirtet, einen Haufen Trinkgeld kassiert.»

«Sie meinen, Sie haben nicht gemerkt, daß er nicht schwul war?»

«Lady, es war viel schlimmer. Er hat seine Freundin angeschleppt, dieses flachbrüstige Weibsstück namens Malibu. Wo er die aufgetrieben hat, werde ich nie erfahren. Jedenfalls, er hat mich überredet, sie hier aushelfen zu lassen. Eine Frau hinter der Bar? Bei mir nicht. Aber sie hat sich angepaßt, hat fleißig gearbeitet, und da hab ich sie an die Tür gestellt. Sie konnte die Kundschaft checken und den Eintritt kassieren.»

«Sie nehmen Eintrittsgeld für die Bar?»

«Am Wochenende. Am Wochenende laß ich immer eine Live-Band bei mir spielen.»

«Haben die zwei Sie bestohlen?»

«Nicht einen Penny. Nein, sie haben ganz was anderes gemacht. Mike hat sich einen reichen Typ geangelt. Ich glaub sogar, daß Malibu die Vorarbeit geleistet hat. Niemand hat sie ernst genommen. Sie war halt so eine Schwulenmama, Sie verstehen, was ich meine?»

Cynthia kannte diesen Ausdruck für eine Frau, die sich gern mit schwulen Männern umgab.

«Ich verstehe.»

«Sie hat also Fragen gestellt, hat sich in die Häuser der Leute eingeschlichen, wenn sie ihre Adresse rauskriegen konnte oder wenn sie sie Mike gegeben hatten. Dann hat Mike es mit dem reichen Typ getrieben, und Malibu hat Fotos davon gemacht.»

«Wie sie's zu dritt getrieben haben?»

«Nein», brüllte er, «sie hat sich versteckt und Fotos gemacht, und dann haben sie das arme Schwein ausgenommen.»

«Ich dachte, San Francisco wäre ein Mekka des schwulen Amerika.»

«Wenn Sie in der Finanzwelt tätig sind, ist es sowenig ein Mekka wie Des Moines. Und einige ältere Herren – nun ja, sie haben eine andere Auffassung. Die haben große Angst, sogar hier.»

«Und was ist nun passiert?»

«Ein Stammkunde von mir, prima Kerl, alte San Franciscoer Familie, Mitglied vom Bohemian Club, Frau, Kinder, das ganze Pipapo, den haben Mike und Malibu sich vorgeknöpft. Er hat sich erschossen. Kopfschuß. Ein paar Freunde haben mir gesagt, sie vermuteten, daß Mike dahintersteckte. Schließlich hab ich zwei und zwei zusammengezählt. Er oder sie hat Wind davon gekriegt. Er ist nie wieder zur Arbeit erschienen. Ich hab ihn nach dem Tag, an dem George Jarvis sich umgebracht hat, 28. Januar 1989, nicht mehr gesehen.»

«Und sie?»

«Sie hab ich auch nicht mehr gesehen.»

«Waren sie verheiratet?»

«Das weiß ich nicht. Sie haben sich jedenfalls gegenseitig verdient.»

«Noch eine Frage, Mr. Kenton, und ich kann Ihnen gar nicht genug danken für Ihre Hilfe. Haben die zwei gedealt?»

Frank zögerte mit der Antwort, um sich eine Zigarette anzustecken. «Deputy Cooper, damals, in den siebziger und achtziger Jahren, da haben alle gedealt. Ihre eigene Mutter hat mit Drogen gehandelt.» Er lachte. «Okay, Ihre Mutter vielleicht nicht.»

«Verstehe.»

«Darf ich Sie um einen Gefallen bitten?»

«Versuchen können Sie's.»

«Wenn Sie ein gutes Foto von dem verfaulten Drecksack haben, schicken Sie's mir. Ich kenne eine Menge Leute, die Mike tot sehen möchten.»

«Es ist ziemlich grauenhaft, Mr. Kenton.»

«Was er getan hat, auch. Schicken Sie mir die Bilder.»

«Hm ... Noch einmal vielen Dank, Mr. Kenton.»

«Nächstes Mal rufen Sie nach eins an.» Er legte auf.

Cynthia trommelte mit den Fingern auf die Tischplatte. Es herrschte kein Mangel an Menschen, die Mike Huckstep umbringen wollten. Aber wären sie ihm hierher gefolgt, nachdem Jahre vergangen waren? Was hatte Huckstep von 1989 bis jetzt gemacht? War Malibu bei ihm gewesen? Wo war sie?

Coop rief die Polizei in San Francisco an und sprach mit dem Beamten, der für die Gemeindekooperation zuständig war. Er versprach, mit Albemarle County zusammenzuarbeiten. Er kannte die Anvil-Bar, er kannte Kenton. Er werde jemanden auf den Fall ansetzen und jeden befragen lassen, der sich an Mike Huckstep erinnern könnte. Es werde auf seiner Prioritätenliste nicht obenan stehen, aber er werde es nicht vergessen.

Dann rief Coop noch einmal beim Polizeipräsidium von Los Angeles an. Sie hatte gebeten, jemanden zu Hucksteps Wohnung zu schicken. Yolanda Delgreco war die diensttuende Beamtin. «Was gefunden?» fragte Coop, als Yolanda sich am Telefon meldete.

«Was für ein Zufall, daß Sie gerade anrufen. Ich bin eben erst zurückgekommen. Hier ging's zu wie verrückt. Tut mir leid, daß ich so spät dran bin. Die Wohnung war leergeräumt. Sogar der Kühlschrank war leergeräumt. Der Mann hatte nicht vor zurückzukommen.»

«Haben der Vermieter oder die Nachbarn etwas über ihn gewußt?»

«Der Vermieter sagte, Huckstep hätte nicht gearbeitet. Hatte eine Freundin. Sie hat ihn sitzenlassen. Huckstep hatte ihm erzählt, er lebe von seinem Vermögen, daraufhin habe ich mich bei den Banken erkundigt. Kein Bankkonto. Keine Kreditkarten. Er hat alles bar abgewickelt.»

«Oder er hat das Geld waschen lassen.»

«Ja, daran habe ich auch gedacht. Wenn mein Geld gewaschen wird, dann deswegen, weil ich vergesse, die Taschen auszuleeren, bevor ich meine Sachen in die Waschmaschine stecke.» Yolanda lachte.

«Haben Sie vielen Dank. Sollten Sie mal nach Virginia kommen, schauen Sie bei uns rein. Wir haben ein paar gute Frauen in unserer Abteilung. Dauert hier vielleicht ein Weilchen länger als dort, aber wir arbeiten dran.»

«Danke. Wenn es mich mal nach Virginia verschlägt, komm ich Sie besuchen. Haben Sie viele Morde dort?»

Cynthia sagte: «Nein, in dieser Beziehung ist es ziemlich ruhig.»

«Wenn sich im Fall Mike Huckstep irgendwas ergibt, ruf ich an.»

Cynthia legte auf. Die meiste Arbeit bei einem Fall wie diesem waren Laufereien, Nachforschungen, eine Menge Fragen stellen. Mit der Zeit und mit etwas Glück ergab sich gewöhnlich ein Bild. Bislang hatte sich nichts ergeben.

18

Morgens um halb acht blieb das Thermometer bei erfrischenden 17 Grad stehen. Harry hatte sich vorgenommen, zur Arbeit zu joggen, was zwanzig Minuten gedauert und auch Mrs. Murphy und Tucker Bewegung verschafft hätte. Aber dann wurde sie von ihren Farmarbeiten aufgehalten, und statt zu laufen, nahm sie den Transporter. Die Tiere stiegen mit ihr ein.

«Auf die Plätze, fertig, los.» Sie schaltete die Zündung ein. Der supermannblaue Transporter tuckerte kurz, stotterte und sprang dann an. «Ich laß ihn lieber ein, zwei Minuten laufen.»

Mrs. Murphys goldene, kluge Augen blickten listig. *«Mutter, die Batterie ist nicht das Problem. Der Wagen ist müde.»*

«Jawohl, wir brauchen ein zuverlässiges Transportmittel», nörgelte Tucker.

Harry summte, trat die Kupplung, schaltete in den ersten Gang und fuhr die Zufahrt entlang. Sie drehte am Radioknopf. Ein Country-music-Sender plärrte.

«Ich hasse diese Töne.» Die Katze schlug auf den Knopf, und der Empfang wurde undeutlich.

«Weiter so», ermutigte Tucker sie.

Die Pfote der Tigerkatze schnellte wieder vor, und sie verstellte die Skala noch ein Stück.

«Segne die Führer unserer Nation in dieser Zeit moralischer Gefahren, gib ihnen den Mut, das Übel Satans auszurotten, das sich als Liberalismus verkleidet, und wenn wir nicht –»

«So ein Stuß», schimpfte Murphy über das Radio. *«Menschen sind unglaublich überspannt.»*

Die Klänge einer beliebten Melodie drangen an ihre Katzenohren.

«Schon besser.» Tucker ließ die rosa Zunge heraushängen. *«Runzelmusik.»*

«Was verstehst du unter Runzelmusik?» Die Katze neigte den Kopf zu der gefälligen Melodie.

«Für alte Leute. Ist dir noch nie aufgefallen, daß kein Mensch zugeben will, daß er alt ist? Deswegen kündigen die Radiosender an, daß sie Hits aus den fünfziger, sechziger, siebziger Jahren bis heute spielen. So 'n Quatsch. Das ist Runzelmusik, aber die Zuhörer können sich einbilden, sie sind hip oder was immer man dazu gesagt hat, als sie jung waren.»

«Darauf wär ich nie gekommen.» Mrs. Murphy bewunderte den Scharfblick ihrer Freundin. *«Wie kommt es dann, daß wir nichts von Benny Goodman zu hören kriegen?»*

«Die Big-Band-Generation ist so alt, die Leute werden alle taub.»

Die Katze lachte. *«Das ist gemein, Tucker. Warte nur, bis du alt bist und ich mich über dich lustig mache.»*

«Du wirst mit mir zusammen alt.»

«Katzen altern nicht wie Hunde.»

«So 'n Quatsch!»

Die Nachrichten kamen knatternd aus dem Radio. Harry beugte sich vor, um den Ton lauter zu drehen. «Seid mal still, ihr zwei. Ich will die Nachrichten hören, und danke, Mrs. Murphy, daß du mir die Sender verpatzt hast. Das Radio verkatzt? Hört sich komisch an.»

«Gern geschehen.» Mrs. Murphy legte die Pfoten auf das Armaturenbrett, um durch die Windschutzscheibe sehen zu können.

«Die größten Banken im Staat berichten von Computerausfällen. Die ganze letzte Woche haben Techniker daran gearbeitet, die Computersysteme von Richmond Norfolk United, der Blue Ridge Bank und Federated Investments, die alle dasselbe Problem melden, wiederherzustellen. Auch kleinere Banken haben Probleme. Roland Gibson, der Direktor von United Trust in Roanoke, rät den Leuten zur Geduld. Er glaubt, daß dies Auswirkungen des Threadneedle-Virus sind, der am ersten August bei Geschäften und Banken zuschlug, aber keinen ernsthaften Schaden angerichtet hat, wie man glaubte. Heben Sie Ihr Geld nicht ab –»

«Was sagt man dazu?» Harry stieß einen Pfiff aus.

«Ich würde bei meiner Bank anrufen.» Murphy zog eine seidige Augenbraue hoch.

«Ja, ich auch», pflichtete der Hund ihr bei.

Harry hielt hinter dem Postamt. Als sie die Eingangstür öffnete, schlug ihr der verlockende Duft von Muffins mit Orangenglasur entgegen. Miranda, heute in Hausputzstimmung, legte eine karierte Decke auf den kleinen Tisch. Sie nahm an den Stuhlsitzen Maß für neue Bezüge.

«Morgen.»

Harry blähte die Nasenflügel, um den Duft besser einzufangen. «Haben Sie wieder *House and Garden* gelesen?»

«Fadenscheinig.» Miranda zeigte auf die Stuhlsitze. «Ich kann sie nicht mehr sehen. Nehmen Sie sich ein Orangenmuffin. Mein neuestes Rezept.»

Harry schob sich das Muffin in den Mund und bedankte sich, nachdem sie es gegessen hatte. «Ich hoffe sehr, daß Sie ein paar davon nach nebenan gebracht haben. Das sind die besten. Die besten von allen.» Sie schluckte. «Fadenscheinig, *threadbare*. Threadneedle.»

«Was?» Mirandas Lippenstift war perlrosa.

Ein Klopfen an der Tür riß Harry aus ihren Überlegungen. Susan schob sich durch den Hintereingang. «Wo ist Rob?»

«Hat Verspätung. Warum, willst du etwa die Post sortieren?»

«Nein.» Susan schnupperte. «Was ist das für ein göttlicher Duft?»

Harry zeigte auf den Teller mit den Muffins.

Mrs. Hogendobber nickte, und Susans Hand schnellte in den Haufen. «Oh, oh –» war alles, was sie herausbrachte. Während sie schluckte, leckte Susan sich die Lippen. «So was Köstliches habe ich in meinem ganzen Leben noch nicht gegessen.»

«Aber, aber, bitte keine falsche Schmeichelei. Sie wissen, was die Heilige Schrift über Schmeichler sagt.»

Susan hob abwehrend die Hand. «Ich weiß nicht, was die Heilige Schrift sagt, aber ich schmeichle Ihnen nicht. Diese Muffins sind einfach nicht von dieser Welt!»

«He, ich will auch eins!» jaulte Tucker.

Mrs. Hogendobber gab dem Hund ein Bröckchen.

«Was gibt's Neues, Susan? Muß was Tolles sein, wenn du schon so früh hier bist.»

«Ich stehe früh auf.» Sie wischte Krümel von ihrem magentaroten T-Shirt. «Also, wie man hört, ist Mim fuchsteufelswild – sie hat einen kompletten, totalen, besinnungslosen Wutanfall.»

«Weswegen?»

«Sie ist mit einem großen Anteil, nämlich siebenunddreißig Prozent, an der Crozet National Bank beteiligt.»

«So?» Harry nahm sich noch ein köstliches Orangenmuffin.

«Der Bank fehlen zwei Millionen Dollar!»

«Was?» rief Miranda.

«Zwei Millionen Mäuse.» Susan fuhr sich mit den Fingern durch die blonden Locken. «Ned ist im Vorstand, und Hogan hat ihn gestern angerufen, um ihm zu sagen, daß er Norman Cramer bis Mittwoch abend Zeit gegeben hat, um seine Prüfung abzuschließen. Er hat auch Computerexperten geholt, denn bei den Computern hat der Schlamassel offenbar angefangen, aber er glaubt, daß das Geld futsch ist. Er will alle Leute informieren, bevor er Freitag morgen eine Presseerklärung abgibt. Er ist sich nicht hundertprozentig sicher über die Höhe des Betrages, aber den haben ihm die Computertypen genannt, die das System wieder flottmachen.»

«Großer Gott.» Mrs. Hogendobber schüttelte den Kopf. «Was ist –»

«Das ist der Threadneedle-Virus. Oh, Verzeihung, Miranda, ich habe Sie unterbrochen.»

Mrs. Hogendobber winkte ab.

«Ich hab einen anderen Sender eingestellt. So hat sie's erfahren», prahlte die Katze.

«Aber Crozet National?» fuhr Susan fort. «Die ist ein kleiner Fisch, verglichen mit United Trust. Sicher, sie melden keine fehlenden Gelder – bis jetzt.»

«Die Sowjets.» Miranda schlug auf den Tisch und erschreckte Tucker, die zu bellen anfing.

«Es gibt keine Sowjets mehr», erinnerte Harry sie.

«Falsch.» Miranda schob das Kinn vor. «Es gibt keine Sowjetunion mehr, aber es gibt noch Sowjets. Sie sind schlechte Verlierer, und sie streuen kapitalistischen Unternehmen mit Vorliebe Sand ins Getriebe.»

«Der Crozet National Bank?» Harry mußte sich das Lachen verkneifen.

«Banken sind Symbole des Westens.»

«Das besagt nichts. Ich will genau wissen, daß mein Geld sicher ist. Deshalb hab ich Hogan angerufen. Ned hätte mich umbringen können. Hogan hat beteuert, daß unser Geld sicher ist, und obwohl zwei Millionen ein schrecklicher Verlust für die Bank sind, kann sie es verkraften. Und das Geld könnte ja noch gefunden werden.»

«Ist Norman Cramer damit beauftragt? Ich weiß, er ist dort Chefbuchhalter, aber –»

«Harry, was hat er anderes zu tun, als Zahlen in einen Computer einzugeben? Eine Prüfung ist eine Prüfung. Sie ist zeitraubend, aber dazu braucht es nicht viel Grips.» Miranda, eine gute Buchhalterin, fand immer noch, eine Rechenmaschine genüge für diese Arbeit.

Die Hintertür ging auf. Mim kam trübsinnig herein, dann

hellte sich ihre Miene auf. «Was ist das für ein herrlicher –» Sie erspähte die Muffins. «Darf ich?»

«Nur zu.» Miranda streckte die Hand aus und tat so, als wäre es ihr eine Ehre, ihre alte Bekannte mit einem Orangenmuffin zu beglücken.

«Hmm.» Mim wischte sich die Finger ab, nachdem sie mit der Köstlichkeit kurzen Prozeß gemacht hatte. «Hat Susan es euch schon erzählt?»

«Äh –» Harry wollte nicht heraus mit der Sprache.

«Ja.»

«Wir können nicht viel tun, bis morgen nachmittag die Prüfung abgeschlossen ist. Jammern hilft nicht weiter.» Sie schenkte sich eine Tasse Kaffee ein. «Will noch jemand?»

«Noch einen Schluck Koffein, und ich werde –»

«Eine Nervensäge», beendete Tucker den Satz ihrer Mutter.

«Hallo!» Pewter kam durchs Katzentürchen. *«Herrlicher Tag heute.»*

«Hallo, Graukätzchen.» Susan streichelte Pewters runden Kopf. «Was weißt du Schönes?»

«Ich hab gerade gesehen, wie Kerry McCray zu Aysha Cramer gesagt hat, sie soll sich zum Teufel scheren.»

«Was?» fragten Katze und Hund.

«Ist sie nicht süß?» Mrs. Hogendobber brach ein Stückchen Muffin für die Katze ab.

Rob Collier warf den Postsack durch die Vordertür, als Market Shiflett hinten hereingehetzt kam. Alle begrüßten sich gegenseitig.

«So ein verdammter Morgen!» schimpfte Market. «Verzeihung, meine Damen. Sogar meine Katze mußte aus dem Laden fliehen.»

«Was ist passiert?»

«Cynthia Cooper kam vorgefahren, sobald ich aufgemacht hatte. Sie war wie immer, hat Witze gemacht, Kaffee und ein Orangenmuffin gekauft, ah, Sie haben auch welche hierhergebracht, Miranda. Ich bin ausverkauft, dabei ist es noch nicht mal acht. Jedenfalls, dann kam Aysha rein, und wie's der Teufel will, kam Kerry hinterher. Sie gingen sich aus dem Weg, wie zu erwarten war, aber dann kamen beide gleichzeitig an die Theke. Cynthia hatte sich an die Theke gelehnt, mit dem Gesicht zur Tür. Ich weiß nicht, was der Auslöser war, aber Kerry hat zu Aysha gesagt, sie soll ihren fetten Arsch wegnehmen. Aysha wollte nicht weichen und hat Kerry einen Kretin genannt. Die Beleidigungen eskalierten. Ich wußte gar nicht, daß Frauen so reden können –»

«Wie?» Mims Augen weiteten sich.

«Kerry hat Aysha ein Flittchen genannt. Aysha hat zu Kerry gesagt, wenn sie Norman glücklich gemacht hätte, dann hätte er sie nicht verlassen. Und dann hat Aysha Kerry eine geknallt, und Kerry hat Aysha vors Schienbein getreten. Darauf flogen Doughnuts durch die Gegend, und Cynthia hat ihren Kaffee auf die Kuchentheke gestellt und die beiden getrennt, die inzwischen laut zu kreischen angefangen hatten. Ich hab bloß noch –» Er schüttelte den Kopf.

«So eine verabscheuungswürdige Ausdrucksweise!» Miranda nahm Pewter auf den Arm und hielt der Katze mit einer Hand die Ohren zu, merkte, was sie getan hatte, und zog schnell die Hand zurück.

«Kerry hat zu Aysha gesagt, sie sei eine Schwindlerin. Sie stamme nicht aus einer alten Familie.» Pewter genoß den Klatsch.

Mrs. Hogendobber streichelte die Katze, ohne etwas von den Feinheiten mitzubekommen.

«Das stimmt.» Mrs. Murphy setzte sich und legte den Schwanz um sich. *«Die Gills gehören so wenig zu den ersten Fa-*

milien Virginias wie Blair Bainbridge. Das Tolle an Blair ist, daß er sich nicht die Bohne draus macht.»

Market holte Luft. «Aysha hat Cynthia gekratzt, aus Versehen, hat sie behauptet. Ich bin hin und hab Kerry weggezogen, weil Cynthia zwischen den beiden eingekeilt war, um sie auseinander zu halten – ich war überzeugt, sie würden meinen Laden kurz und klein schlagen. Als wir sie voneinander wegzerrten, bemerkte Kerry einen Ehering auf dem Boden. Sie bückte sich, um ihn aufzuheben, ich hatte sie ja nur an einem Arm, und warf ihn Aysha ins Gesicht. ‹Du hast deinen Ehering verloren. Das bringt Unglück, und das wünsch ich dir tonnenweise.› Aysha besah sich ihre linke Hand. Sie hatte ihren Ehering noch an. Aber sie hat den Ring aufgehoben und gesagt: ‹Der gehört mir nicht.› Dann hat sie ihren Ringfinger hochgehalten, und darauf ist Kerry wieder durchgedreht. Ich dachte, ich würde Kerry nie aus dem Laden kriegen. Sie hat sich ausgiebig entschuldigt, als ich sie endlich draußen hatte, und dann ist sie in Tränen ausgebrochen.» Er hob die Hände. «Es tut mir leid für sie. Der Ring war Cynthia aus der Tasche gefallen, als sie sich sozusagen ins Getümmel stürzte. Eigentlich sollte ich mich nicht darüber lustig machen. Sie haben die Beherrschung verloren, und dabei hätte jemand verletzt werden können. Aysha gab Cynthia den Ring zurück. ‹Verheiratet?› hat sie gefragt. Cynthia sagte nein, sie habe kein Geheimleben. Der Ring ist in der Nähe der Leiche in Sugar Hollow gefunden worden. Sie war ein bißchen verlegen deswegen, aber sie meinte, wenn sie ihn bei sich trüge, nachdem er jetzt aus dem Labor zurück sei, hoffe sie, daß er eine Schwingung ausstrahlen und ihr eine Idee eingeben würde.»

Er schüttelte abermals den Kopf. «Ein verrückter Morgen. Oh, und Laura Freely kam rein, sie sah aus wie der Tod. Was hat sie bloß? Geht Hogan fremd oder was?»

«Hogan geht nicht fremd», sagte Mim kühl.

«Kerry muß über Norman hinwegkommen», warf Susan ein.

«Oder Aysha umbringen», sagte Market.

19

Dunkle Ringe unter den Augen verliehen Norman Cramer das Aussehen eines Waschbären. Er stand vor Hogan Freely, dessen Büro mit Golftrophäen geschmückt war.

«– das Personal war erstklassig, aber wir konnten das Defizit von scheinbar zwei Millionen Dollar nicht finden. Wir stoßen immer wieder auf ein Minus, aber wir können den Verlust nicht lokalisieren. Wir sind alles durchgegangen, und ich fühle mich verantwortlich für –»

Hogan unterbrach ihn. «Machen Sie sich keine Vorwürfe.»

«Ich hatte gehofft, daß es sich hierbei um einen einzelnen Computerfehler handeln würde.»

«Wir haben es offenbar tatsächlich mit dem Threadneedle-Virus zu tun.»

«Ich weiß nicht, Sir. Andere Banken melden keine Verluste. Sie melden abgestürzte Computer.»

«Norman, gehen Sie nach Hause, schlafen Sie sich aus. Ich werde die Suppe auslöffeln.»

«Ich sollte mit Ihnen dort sein. Sie können doch nichts dafür.»

«Das ist nett von Ihnen, aber es ist meine Pflicht, unsere Investoren und Kunden hiervon in Kenntnis zu setzen.

Warum gehen Sie nicht einfach nach Hause und schlafen mal richtig? Sie sehen aus, als hätten Sie's nötig. Ich rechne es Ihnen hoch an, wie Sie sich hierfür ins Zeug gelegt haben.»

«Nun» – Norman verschränkte die Hände hinter dem Rücken –, «es muß eine Lösung geben.»

«Ja» – Hogan lächelte matt –, «ich hoffe bloß, daß ich lange genug lebe, um sie zu finden. Irgendein gewiefter Prüfer wird dahinterkommen. Ich habe mit einem alten Collegefreund bei Atlantic Savings in Virginia Beach gesprochen, und er hat gesagt, die Bank hat bereits Lorton & Rabinowitz hinzugezogen.»

Normans Pupillen weiteten sich. «Die Experten für Firmensabotage.»

Hogan stand auf. «Gehen Sie, Sie brauchen Schlaf.»

Mittwochs arbeitete Fair im Westen von Albemarle County. Das war sein Vorwand, auf Harrys Farm aufzukreuzen. Sie war dabei, Zäune an der hinteren Grenze ihres Grundstücks zu reparieren.

«War gerade in der Nähe.»

«Aha», erwiderte Harry.

«Ich war im Unrecht. Der Kerl bringt mich auf die Palme, aber ich war im Unrecht.»

«Wie wär's mit einer Entschuldigung, weil du einfach aufgelegt hast?»

«Das auch. Dazu wäre ich gleich gekommen. Es tut mir leid, daß ich grob zu dir gewesen bin und aufgelegt habe.» Er schob die Hände in die Taschen.

«Entschuldigung angenommen.»

«Brauchst du Hilfe?»

«Klar.»

Sie arbeiteten Seite an Seite, wie sie es in den Jahren ihrer

Ehe getan hatten. Das Licht schwand, die Mücken kamen, aber sie machten entschlossen weiter, bis es zu dunkel war. Sie kannten sich so gut, daß sie bei der Arbeit schweigen konnten, ohne sich daran zu stören.

20

Die heißen, dunstigen, feuchten Augusttage wichen einer kühlen, belebenden Luftmasse aus Kanada, der zweiten innerhalb von zehn Tagen. Der klare Himmel und eine erfrischende Temperatur von 22 Grad erfreuten alle Gemüter, mit Ausnahme vielleicht von Hogan Freely, Norman Cramer und Mim Sanburne. Die Leute klatschten zwar nicht gerade in die Hände, als sie morgens im Radio und Lokalfernsehen erfuhren, daß der Bank Geld abhanden gekommen war, aber bei der Erlösung von der sommerlichen Schwüle schien das nicht so furchtbar wichtig. Auch glaubten sie Hogans Erklärung, daß ihre Gelder sicher waren.

Mrs. Hogendobber war zur Waynesboro-Baumschule gefahren. Sie wollte eine Sumpfeiche für die Nordecke ihres Anwesens kaufen, ein Grundstück von einem halben Morgen gleich hinter dem Postamt auf der anderen Seite der Gasse.

Mrs. Murphy schlief im Postwagen. Tucker hatte sich unter dem Tisch im hinteren Bereich des Postamtes ausgestreckt. Harry machte sich einen Tee, um ihre Vormittagsschlaffheit zu bekämpfen.

Die Tür ging auf. Aysha sah sich um, bevor sie eintrat. «Morgen.»

«Morgen, Aysha. Niemand hier.»

«Solange Kerry nicht in der Nähe ist.» Aysha steckte den Schlüssel in ihr Postfach, öffnete die schwere kleine Tür und schaufelte ihre Post heraus. «Ich nehme an, du hast gehört, was gestern passiert ist. Schätze, alle wissen es.»

«Market sagte, du und Kerry seid aufeinander losgegangen.» Harry zuckte die Achseln. «Das renkt sich wieder ein.»

Aysha legte ihre Post auf den Schalter. «Die ist doch gestört. Wie kann es sich einrenken, wenn sie von Norman besessen ist und von mir genauso – im negativen Sinn natürlich. Wenn er sie geliebt hätte, wenn es zwischen ihnen gestimmt hätte, dann wäre er doch bei ihr geblieben, oder nicht?»

«Vermutlich.» Harry hatte immer ein ungutes Gefühl, wenn die Leute anfingen, sich gegenseitig zu analysieren. Psychologie war für sie bloß eine weitere Ansammlung von Regeln, um die Menschen zu zügeln. Statt den Zorn Gottes zu beschwören, beschwor man heute Selbstachtung, mangelnde Erfüllung, den Verlust des Kontakts mit den eigenen Gefühlen. Die Liste ließe sich ewig fortsetzen. Harry schaltete ab.

«Was soll ich denn tun?» fragte Aysha. «Mich verstecken? Bei keinem gesellschaftlichen Ereignis erscheinen, wo Kerry anwesend sein könnte, damit ich ihre zarten Gefühle nicht verletze? Jeder will von allen geliebt werden. Das ist Kerrys eigentliches Problem, es ist nicht bloß Norman. Sie muß immer im Mittelpunkt stehen. Und so schafft sie das natürlich. Stell dir vor ... ich hab sogar Angst, in die Bank zu gehen. Wenn Kerry einen Funken Anstand hätte, würde sie zu einer anderen Filiale wechseln. Norman sagt, er meidet sie wie die Pest.»

Harry fand Kerry zwar manchmal ein bißchen empfindlich, aber auf die Kerry, die sie kannte, traf Ayshas Beschreibung nicht zu. «Im Moment ist von keiner von euch zu erwarten, daß sie Sympathie für die andere hegt. Ignorier sie, wenn du kannst.»

«Ignorieren? Eine Frau, die mich umgebracht hätte, wenn sie gekonnt hätte?»

«So schlimm war es nicht.»

«Du warst nicht dabei. Sie hätte mich umgebracht, wenn Cynthia uns nicht getrennt hätte. Gott sei Dank war sie da. Ich sag dir, Harry, das Mädchen hat einen Schaden.»

«Die Liebe stellt seltsame Dinge mit den Menschen an.»

Susan und Mim kamen gleichzeitig herein, die eine durch die Vorder-, die andere durch die Hintertür.

«Wie geht es Norman?» fragte Mim.

«Er ist fix und fertig. Er kann nicht schlafen. Er macht sich verrückt wegen dem fehlenden Geld.» Sie zog die Augenbrauen zusammen. «Und dieser Vorfall mit Kerry läßt ihm keine Ruhe. Er wollte heute unbedingt zur Arbeit gehen, um dabeizusein, wenn Hogan seine Presseerklärung abgibt. Ich sag dauernd zu ihm: ‹Schatz, niemand macht dir Vorwürfe›, aber er macht sich selbst Vorwürfe. Er braucht Urlaub, er muß mal ausspannen.»

Mim wechselte das Thema. «Marilyn will dich morgen in Ash Lawn vertreten. Sie hat bei dir angerufen und dir auf Band gesprochen, aber da ich gerade hier bin, dachte ich, ich sag's dir gleich.»

«Wie lieb von ihr.» Ayshas Miene entspannte sich. «Dann kann ich morgen bei Norman bleiben. Vielleicht kann ich ihm heimlich ein Beruhigungsmittel in den Kaffee schütten oder so was. Der Ärmste.»

Susan, in Tennisbluse und -rock, sah auf die alte Bahnhofsuhr. «Harry, ich komm zu spät zum Training. Bist du heute abend zu Hause?»

«Ja. Ich bin am hinteren Zaun.»

«Okay. Ned muß nach Richmond, dann komm ich zu dir und bring uns was fürs Abendbrot mit.»

«Prima.»

Susan ging, Aysha rauschte hinaus und Mim blieb. Sie ließ die Trennklappe hochschnappen und ging hinter den Schalter. Da Harrys Teewasser schon kochte, goß sie Harrys Teetasse auf und für sich selbst auch eine. «Neue Sitzbezüge.»

«Miranda konnte die alten nicht mehr sehen. Sie ist sehr geschickt in so was.»

«Harry, tun Sie mir einen Gefallen?»

«Wenn ich kann.»

«Wenn Ihnen beim Sortieren der Post ungewöhnlich viele Einschreibebriefe oder große Pakete von Maklerfirmen unterkommen» – sie hielt inne –, «ich nehme an, mir dürfen Sie es nicht sagen, aber rufen Sie sofort Rick Shaw an.»

Harry schlürfte dankbar das heiße Getränk. «Das läßt sich machen.»

«Ich meine, das Geld muß ja irgendwo angelegt werden. Große Aktienpakete wären eine Möglichkeit, wenn auch nicht die sicherste. Ich habe darüber nachgedacht.» Ihre breiten goldenen Armreife klimperten, als sie nach ihrer Tasse griff. «Aber die Betreffenden könnten sagen, sie hätten das Geld geerbt, oder sie könnten sogar mit einem Makler unter einer Decke stecken. Aber der Schuldige kann überall sein, und zwei Millionen Dollar verschwinden nicht einfach.»

Harry, die nicht viel von Hochfinanz verstand, sagte: «Ist es schwer, an ein Nummernkonto in der Schweiz zu kommen?»

«Eigentlich nicht.»

«Ich möchte meinen, die Versuchung, das Geld auszugeben, wäre einfach überwältigend. Ich würde mir auf der Stelle einen neuen Traktor und einen Transporter kaufen.»

«Wer immer dahintersteckt, ist geduldig und unglaublich geschickt im Betrügen, aber ich nehme an, das sind wir mehr oder weniger alle.»

Harry lachte. «Geduldig oder betrügerisch?»

«Betrügerisch. Wir lernen früh, unsere Gefühle zu verbergen, höflich zu sein.»

«Wer könnte gerissen genug sein, so etwas durchzuziehen?»

«Jemand mit einem gierigeren Appetit, als wir uns überhaupt vorstellen können.»

Genau in diesem Moment trat Reverend Jones ins Postamt.

Mrs. Murphy und Mim sahen gleichzeitig Harry an. Dann betrachteten Mim und Harry den beleibten Reverend und sagten: «Unmöglich.»

«Worüber redet ihr Mädels gerade?»

«Über Appetit.»

Kerry McCray knabberte Karottenstifte und Sellerie. Sie war nicht hungrig, und sie hatte so viel geweint, daß ihr übel war. Reverend Jones, soeben aus dem Postamt zurückgekehrt, hatte sie auf die Schieferterrasse hinter seinem Haus geführt, im Kühlschrank nach etwas zu essen gesucht und Eistee gemacht.

«Ich weiß nicht, was ich tun soll.» Sie brach wieder in Tränen aus, ihre Stupsnase schniefte.

«Jedermann oder jede Frau verliert mal die Beherrschung. Ich würde mir deswegen nicht zu viele Gedanken machen.»

«Ich weiß, ich weiß, aber ich liebe ihn, und ich glaube

nicht, daß sie ihn liebt. Oh, sie macht eine Schau daraus, ihn zu verhätscheln, aber sie liebt ihn nicht richtig. Wie könnte sie? Sie denkt bloß an sich. Sie hat sich seit der Grundschule nicht geändert, außer daß sie besser aussieht. Das hat sie der Tittenoperation zu verdanken.»

Herbie wurde rot. «Davon weiß ich nichts.»

«Wie kann man das übersehen?»

«Kerry, wenn Sie sich immer nur mit Aysha und Norman befassen, sind Sie am Ende vor lauter Kummer nur noch ein Schatten Ihrer selbst. Sie haben abgenommen. Sie haben Ihre Ausstrahlung verloren.»

«Reverend Jones, ich bete. Ich flehe um Hilfe. Ich glaube, der liebe Gott hat mich auf ‹bitte warten› geschaltet.»

Herbie lächelte. «Das ist meine Kerry. Ihren Humor haben Sie nicht verloren. Wir werden alle in diesem Leben auf die Probe gestellt, allerdings weiß ich nicht, warum. Ich könnte Ihnen dazu aus der Bibel zitieren. Ich könnte Ihnen sogar eine Predigt darüber halten, aber ich weiß wirklich nicht, warum wir so leiden müssen. Krieg. Krankheit. Verrat. Tod. Einige von uns erleiden größeres Elend als andere, aber leiden tun wir alle. Kummer und Gram erleben die Reichsten und die Ärmsten gleichermaßen. Vielleicht ist das die einzige Möglichkeit, wie wir lernen können, nicht selbstsüchtig zu sein.»

«Dann muß Aysha aber noch viel leiden.»

«Mir geht es ganz genauso mit einigen Leuten, die ich nicht besonders mag, aber wissen Sie, überlassen Sie sie dem Himmel. Vertrauen Sie mir.»

«Das tu ich ja, Reverend Jones, aber ich möchte Aysha leiden sehen. Ich habe keine Lust zu warten, bis ich vierzig bin. Eigentlich würde ich sie am liebsten umbringen.» Kerrys Unterlippe zitterte. «Und das macht mir angst. Noch nie habe ich einen Menschen so gehaßt wie sie.»

«Das wird vergehen, meine Liebe. Versuchen Sie, an etwas anderes zu denken. Legen Sie sich ein neues Hobby zu, machen Sie Urlaub, irgendwas, das Sie aus Ihrem Alltagstrott holt. Dann werden Sie sich besser fühlen, das verspreche ich Ihnen.»

Während Reverend Jones Kerry mit seiner Mischung aus Herzlichkeit und gesundem Menschenverstand gute Ratschläge gab, beendeten Susan und Harry die Reparaturen am Zaun.

Mrs. Murphy jagte eine Maus. *«Hab ich dich!»* Sie schnappte nach der Maus, aber der kleine Teufel wand sich unter ihrer Pfote weg und huschte unter einen Haufen Zweige, den Harry beim Beschneiden der Bäume auf dem hinteren Grundstück aufgeschichtet hatte.

Tucker, ebenfalls auf Jagd, winselte: *«Komm raus, du Feigling.»*

«Das tun die nie.» Murphy untersuchte aber vorsichtshalber doch die Rückseite des Holzhaufens.

«Akazienpfosten sind schwer zu bekommen.» Harry bewunderte die Pfosten, die ihr Vater vor zwanzig Jahren eingesetzt hatte. «Die Bretter halten vielleicht fünfzehn Jahre, aber diese Pfosten werden mich wahrscheinlich überleben.»

«Du wirst ein langes Leben haben. Einmal wirst du sie ersetzen, bevor du den Löffel abgibst.» Susan hob ihren Hammer auf. «Ich sollte so was öfter machen. Kein Wunder, daß du nie ein Gramm zunimmst.»

«Das sagst du, dabei siehst du noch genau so aus wie damals, als wir auf der High-School waren.»

«Ha.»

«Du brauchst das Kompliment ja nicht anzunehmen.» Harry grinste, klaubte Nägel von der Erde und stand auf.

«Schade, daß wir nicht mehr Licht haben. Dann könnten wir über die Feldwege reiten.»

«Ja, schade. Dann laß es uns am Wochenende machen.»

«Hab ich dir eigentlich erzählt, was Mim auf ihrer Party zu mir gesagt hat? Sie sagte, daß Männer und Frauen keine Freunde sein können. Glaubst du das?»

«Nein, aber ich kann mir vorstellen, daß ihre Generation das glaubt. Ich habe massenhaft Freunde, und Ned hat Freundinnen.»

«Aber dann muß man sich über das Thema Sex einigen.»

Susan schwang ihren Hammer auf und ab. «Wenn ein Mann nicht davon anfängt, tu ich's bestimmt nicht. Ich finde, das ist deren Problem, nicht unseres. Überleg mal. Wenn sie einer Frau gegenüber nicht zudringlich werden, haben sie sie dann beleidigt? Ich schätze, es ist noch viel komplizierter, als mir scheint, sie sind übel dran, wenn sie's tun, und sie sind genauso übel dran, wenn sie's nicht tun. Wenn wir ihnen andeuten, daß es okay ist, das Thema zu vergessen, ich glaube, dann werden die meisten sich daran halten. Außerdem, wenn ein Mann erst mal in ein gewisses Alter kommt, stellt er fest, daß die ersten drei Monate im Bett mit einer neuen Frau so aufregend sind wie immer. Was dann kommt, ist dieselbe alte Leier.»

«Bist du jetzt zynisch?»

«Nein, realistisch. Jeder, dem du im Leben begegnest, hat Probleme. Wenn du einen Menschen fallenläßt und einen anderen aufgabelst, hast du dir einen Haufen neue Probleme aufgehalst. Es kann höchstens sein, daß du mit den Problemen von Nummer zwei leichter zurechtkommst.»

«Ich sitze zwischen Nummer eins und Nummer zwei, und ich hab die Nase voll von Problemen. Ich sollte vielleicht Einsiedlerin werden.»

«Das sagen alle. Fair ist Nummer eins, und –»

«Es macht mich wütend, daß er denkt, er kann wieder in mein Leben tanzen.»

«Ja, das würde mich vielleicht auch ärgern, aber du mußt ihm zugute halten, daß er weiß, du bist die Richtige, und er hat's verbockt.»

«Vervögelt.»

«Mutter, hack doch nicht dauernd auf ihm rum», sagte Tucker.

«Jedenfalls, mein Standpunkt steht fest. Und was Blair angeht –»

«Blair hat sich nicht erklärt, deshalb nehme ich ihn nicht so ernst, wie ihr alle es tut.»

«Aber du magst ihn – ich meine, du *magst* ihn?» Susans Stimme klang erwartungsvoll.

«Ja – ich mag ihn.»

«Du kannst einen schon zum Wahnsinn treiben mit deiner Zurückhaltung. Wie gut, daß ich nicht in dich verliebt bin.» Susan gab ihr einen Stups.

«Du bist gemein.»

Sie stapften zum Stall. Es war ein ziemlich weiter Weg. Mrs. Murphy raste voraus, setzte sich hin, und sobald sie sich ihr näherten, raste sie wieder los. Tucker trottete neben den Menschen her.

Während sie das Werkzeug wegräumten, sagte Harry unvermittelt: «Susan, wann ist das Geld von der Bank verschwunden?»

«Letzte Woche, warum?»

«Keiner hat den genauen Zeitpunkt festgestellt, oder?»

«Nicht, daß ich wüßte.»

«Es muß eine Möglichkeit geben, das rauszukriegen.» Harry griff nach dem Telefon in der Sattelkammer und rief Norman Cramer an. Sie bombardierte den erschöpften

Mann mit Fragen, dann legte sie auf. «Er sagt, er weiß den Zeitpunkt nicht genau, aber ja, es könnte am ersten August angefangen haben.»

Susan schob den großen roten Werkzeugkasten in die Ecke der Sattelkammer. «Der verdammte Virus ist aktiv geworden, aber kommt es dir nicht komisch vor, daß andere Banken keine fehlenden Gelder melden?»

«Ja, das ist merkwürdig. Komm, gehen wir ins Haus.»

Harry setzte sich in der Bibliothek im Schneidersitz auf den Fußboden, wie sie es schon als Kind getan hatte. Sie war von Büchern umgeben. Sie blätterte in einem Lexikon, dem *Oxford English Dictionary*. Susan saß in Daddy Minors Sessel, die Füße auf dem Polsterhocker, und nahm sich einen Geschichtsatlas vor.

Mrs. Murphy strich bei den Bücherregalen herum, Tucker hatte sich neben Harry gezwängt.

«Sie haben alle Bücher, die sie brauchen.»

Die Katze verkündete: *«Da ist eine Maus in der Mauer. Die Bücher sind mir schnuppe.»*

«Die kriegst du da nicht raus. Du hattest in letzter Zeit nicht viel Glück mit Mäusen.»

«Du hast ja keine Ahnung.»

«Sag mal, wo ist Paddy?» Tucker wollte wissen, wo Mrs. Murphys Exmann, ein hübscher schwarzweißer Kater mit dem Charme und Witz der Iren, zur Zeit lebte.

«Nantucket. Seine Leute fanden, auf der Insel würde es ohne ihn langweilig sein, drum nehme ich an, er ist dort, jagt Möwen und frißt eine Menge Fische.»

Harry schlug «thread» nach. Es nahm zwei Seiten der ungekürzten Ausgabe des Lexikons ein.

Sie fand «threadbare», fadenscheinig, das im schriftlichen Gebrauch erstmals im Jahre 1362 nachgewiesen wurde. Zwischen der mündlichen Verwendung eines Wortes und seiner Niederschrift können Jahrzehnte liegen, was aber in diesem Fall keine Rolle spielte.

Ihr Blick glitt über das dünne, feine Papier. «Aha.»

«Was, aha?»

«Hör zu! ‹Threadneedle› ist im schriftlichen Gebrauch erstmals 1751 nachgewiesen. Es ist ein Kinderspiel, bei dem sich alle die Hände reichen. Die Spieler am einen Ende der Menschenkette ziehen zwischen den letzten beiden am anderen Ende durch, danach ziehen alle anderen durch.»

«Ich sehe nicht, daß das irgendwas mit dem Problem zu tun hat.»

«Ich auch nicht.»

«Gibt es noch mehr Bedeutungen?»

«Ja. Als Verbform, ‹thread the needle›. Existiert schriftlich seit 1844. Es bezieht sich auf eine Tanzbewegung, wenn eine Dame unter den Armen ihres Partners durchgeht, wobei ihre Hände sich nicht loslassen.» Harry sah von dem Lexikon hoch. «Das hab ich nicht gewußt.»

«Ich auch nicht. Sonst noch was?»

«Es kann auch bedeuten, eine Gewehrkugel durch ein Bohrloch zu schießen, das kaum groß genug ist, daß die Kugel durchgeht, ohne das Loch zu vergrößern.» Harry klappte das dicke Buch mit einem schweren Plumps zu. «Was hast du gefunden?»

«Am 1. August 1137 starb König Ludwig VI. von Frankreich. Königin Anne von Britannien starb am 1. August 1714.» Sie las weiter. «Und 1914 hat Deutschland Rußland den Krieg erklärt. Das hat nun in der Tat die Welt verändert.»

«Versuchen wir's mit einem anderen Buch. Es muß was dasein, das uns bisher entgangen ist.»

«Es könnte ja auch ein Ablenkungsmanöver sein.»

«Ja, ich weiß, aber irgendwas an dieser Geschichte riecht nach Überlegenheit. Wer immer hier herumfummelt –»

«Stiehlt.»

«Richtig. Wer immer hier Geld stiehlt, will uns unter die Nase reiben, wie blöd wir sind.»

«Hier.» Mrs. Murphy zog mit der Pfote ein anderes Buch heraus, in dem geschichtliche Ereignisse aufgelistet waren. Das Buch fiel auf den Boden.

«Murphy.» Harry drohte der Katze mit dem Finger. «So kannst du einem Buch den Rücken brechen.»

«Sei nicht so ekelhaft.»

«Widerworte.» Susan lachte. «Hört sich genau gleich an, ob nun bei Tieren oder bei Kindern.»

«Ich geb nie Widerworte», behauptete Tucker.

«Lügnerin», gab die Katze sofort zurück. Sie sprang vom Bücherregal und setzte sich neben Harry. Susan stand von ihrem Sessel auf und setzte sich auf der anderen Seite zu Harry auf den Fußboden.

«Okay, 1. August. 1834 wurde die Sklaverei im Britischen Empire abgeschafft.»

«Dabei fällt mir ein, Mim hat sich mit Kate Bittner über die Bürgerkriegsserie im Kultursender PBS unterhalten. Mim hat gesagt: ‹Wenn ich gewußt hätte, daß das so viel Ärger gibt, hätte ich die Baumwolle selber gepflückt.›»

Harry beugte sich nach hinten, die Hände auf den Knien.

«Oje, wie hat Kate reagiert?» Da Kate afrikanischer Abstammung war, war dies eine berechtigte Frage.

«Gebrüllt. Einfach nur schlappgelacht.»

«Bravo. Glaubst du, sie wird zur Bezirksvorsitzenden der Demokratischen Partei gewählt?»

«Ja, obwohl Ottoline Gill und –»

«Ottoline ist Republikanerin.»

«Nicht mehr. Sie hat sich mit Jake Berryhill gestritten. Hat sich von der Partei losgesagt.»

«Ein Sturm im Wasserglas. Laß mal sehen, was sonst noch war. Im Mittelalter galt der erste August als ägyptischer Tag, der angeblich Unglück brachte.»

«Gib mal her.» Susan nahm Harry das Buch aus der Hand. «Du bist mir zu langsam.» Ihre Augen überflogen das eng Gedruckte. «Harry, hier ist was.» Sie deutete auf den Eintrag in der Mitte der Seite.

Sie lasen laut: «Im Jahre 1732 wurde in der Threadneedle Street in London der Grundstein für die Bank von England gelegt.»

Harry sprang auf und griff in der Küche zum Telefon. «Hallo, Coop. Hören Sie sich das an.»

Susan, die unterdessen auch aufgestanden war, hielt Harry das Buch zum Vorlesen hin.

Als sie fertig war, sagte Harry: «Susan und ich – was?»

Coop unterbrach sie. «Behalten Sie's für sich. Es muß unter Ihnen und Susan bleiben.»

Harry erwiderte gekränkt: «Wir haben nicht vor, es an die große Glocke zu hängen.»

«Ich weiß, aber in Ihrer Begeisterung könnten Sie es ausplaudern.» Coop entschuldigte sich. «Tut mir leid, daß ich Sie angeblafft habe. Wir sind unterbesetzt. Die Leute gehen der Reihe nach in die Sommerferien. Ich bin überlastet und lasse es an Ihnen aus.»

«Ist schon okay.»

«Sie haben gute Arbeit geleistet. Threadneedle hat etwas zu bedeuten ... vermutlich. Es hat was mit Banken zu tun. Wissen Sie, diese ganze Sache ist verdreht. Der Threadneedle-Virus schien zuerst ein Jux zu sein. Dann sind in der Crozet National Bank zwei Millionen Dollar nicht aufzufinden. Auf der Route 29 häufen sich die Autounfälle, und im Leichenschauhaus liegt ein mausetoter Mike Huckstep, von dem wir wenig wissen. Alles kommt auf einmal.»

«Sieht ganz so aus.» Harry hatte Susan den Hörer hingehalten, so daß sie alles mitbekam.

«Kopf hoch, Coop», ermunterte Susan sie.

«Wird schon gehen. Ich lasse bloß Dampf ab», sagte sie. «Hören Sie, danke für Ihre Hilfe. Wir sehen uns bald.»

«Klar. Bis dann.»

«Bis dann.»

Harry legte auf. «Arme Coop.»

«Auch das geht vorbei.»

«Das weiß ich. Sie weiß es auch, aber ich will nicht, daß mein Geld dabei flötengeht. Ich hab mein Geld auf der Crozet National Bank. Nicht viel, aber es ist alles, was ich habe.»

«Mir geht's genauso.» Susan stützte tief in Gedanken das Kinn in die gewölbte Hand. Kurz darauf fragte sie: «Du wirst langsam richtig gut am Computer, nicht?»

Harry nickte.

Susan fuhr fort: «Ich bin auch nicht schlecht. Das war sozusagen Notwehr, weil Danny und Brookie ständig an dem Ding sitzen. Anfangs habe ich gar nicht verstanden, wovon sie redeten. Es ist wirklich toll, daß sie das alles in der Schule lernen. Für sie gehört es einfach zum Alltag.»

«Willst du an den Computer der Crozet National Bank ran?»

«Du hast es erraten», sagte Susan grinsend. «Aber wir können da nicht rein. Hogan wäre vielleicht einverstanden, aber Norman Cramer würde sterben, wenn jemand seine Schätzchen anrührt. Ich nehme an, seine Mitarbeiter wären auch nicht gerade begeistert. Wenn wir was verpfuschen würden, was dann?»

«Das hat schon jemand anders für uns besorgt», sagte Harry. «Wir könnten uns natürlich reinschleichen.»

«Harry, du bist verrückt. Die Bank hat eine Alarmanlage.»

«Ich könnte mich reinschleichen», prahlte Mrs. Murphy; sie hatte die Ohren nach vorn gestellt, ihre Augen blitzten.

«Sie könnte das. Laßt sie das machen», pflichtete Tucker ihr bei.

«Ihr Kerlchen habt wohl schon wieder Hunger.» Harry tätschelte Tuckers Kopf und rieb ihre langen Ohren.

«Immer wenn wir was sagen, denkt sie, wir wollen austreten oder essen.» Mrs. Murphy seufzte. *«Tucker, wir können allein in die Bank gehen.»*

«Wann willst du hin?»

«Morgen nacht.»

21

Dichter Nebel hüllte die Gebäude ein. Die Innenstadt von Crozet wirkte verzaubert in der trüben, milden Nacht. Mrs. Murphy und Tucker verließen das Haus um halb zwei, als Harry fest schlief. Sie trabten in gleichmäßigem Schritt und kamen um zwei Uhr bei der Bank an.

«Du bleibst draußen und bellst, wenn du mich brauchst.»

«Und wenn du mich brauchst?» fragte Tucker vorsorglich.

«Mir passiert schon nichts. Ob Pewter wohl wach ist? Sie könnte uns helfen.»

«Wenn sie schläft, dauert es zu lange, um sie in die Gänge zu kriegen.» Tucker kannte die graue Katze nur zu gut.

«Da hast du recht.» Die Tigerkatze schnupperte. Ein Duft von Parfüm hing in der schweren Luft. *«Riechst du das?»*

«Ja.»

«Wieso hier?»

«Weiß ich nicht.»

«Also, ich geh jetzt rein.» Mit hochgerecktem Schwanz ging die Katze zum Hintereingang mit den alten Holzstufen. Einige Ziegel im Fundament hatten sich mit den Jahren gelockert, und ein Loch, groß genug für eine Katze, ein Opossum oder einen mutigen Waschbär, kam Mrs. Murphy gelegen. Sie stellte die Schnurrhaare nach vorn, lauschte gespannt, dann sprang sie in den Keller hinunter. Geschwind rannte sie die Treppe hinauf ins Erdgeschoß. Wieder roch sie das Parfüm, jetzt viel stärker. Sie sprang auf den kühlen Marmortresen vor den Kassenschaltern und marschierte bis ans Ende des Tresens. Das teppichbelegte Treppenhaus, das in das erste Stockwerk führte, war ganz nahe. Sie folgte ihrer Nase bis zur Treppe, nahm lautlos zwei Stufen auf einmal. Das einzige Geräusch machten ihre Krallen, die in dem Teppich Halt suchten.

Als sie sich dem oberen Treppenabsatz näherte, hörte sie Menschenstimmen, leise, eindringlich. Sie machte sich ganz flach und schlich durch den Flur. So kam sie zu Hogans Büro, wo Norman Cramer und Kerry McCray im Dunkeln auf dem Boden saßen. Sie erstarrte.

«– zu machen.» Normans Stimme klang rauh.

«Laß dich scheiden.»

«Sie wird niemals einwilligen.»

«Norman, was glaubst du, was sie tun wird – dich umbringen?»

Er lachte nervös. «Sie ist leidenschaftlich in mich verliebt, das sagt sie jedenfalls, aber ich glaube nicht, daß sie mich wirklich liebt. Sie liebt die Vorstellung von einem Ehemann. Wenn niemand in der Nähe ist, kommandiert sie mich herum, als ob ich ein Idiot wäre. Und wenn sie mich nicht herumkommandiert, übernimmt Ottoline die Zügel.»

«Sag ihr einfach, es funktioniert nicht mit euch, so leid es dir tut.»

Er seufzte. «Ja, ja, ich kann's versuchen. Ich weiß nicht, was mit mir los war. Ich weiß nicht, warum ich dich aufgegeben habe. Aber es war, als hätte ich Malaria oder so was. Irgendein Fieber. Ich konnte keinen klaren Gedanken fassen.»

Den Teil der Geschichte wollte Kerry eigentlich gar nicht hören. «Du mußt es ganz deutlich machen. Sag einfach ‹tut mir leid, ich will die Scheidung›; das ist ein guter Anfang. Okay, sie wird die Beherrschung verlieren und dich in der ganzen Stadt schlechtmachen. Das tun alle, wenn sie sich trennen, oder fast alle.»

«Ja – ja, ich weiß. Bloß, ich steh im Augenblick unter einem unheimlichen Druck. Der Schlamassel hier in der Bank. Ich weiß nicht, ob ich zwei Krisen auf einmal verkraften kann. Ich muß die eine bewältigen, bevor ich die andere in Angriff nehme. Ich halte dich nicht hin. Ich liebe dich, das weiß ich jetzt. Ich habe dich immer geliebt, und ich will den Rest meines Lebens mit dir verbringen, aber kannst du nicht warten, bis ich hier alles aufgeklärt habe? Bitte, Kerry. Bitte, du wirst es nicht bereuen.»

«Ich –» Sie fing an zu weinen. «Ich will's versuchen.»

«Ich liebe dich, wirklich.» Er legte den Arm um sie und küßte sie.

Mrs. Murphy, den Bauch am Boden, ging leise ein paar Schritte rückwärts, erst dann drehte sie sich um und schlich auf Zehenspitzen durch den Flur zur Treppe. Sobald sie im Erdgeschoß war, sauste sie in diesem Heiligtum des Geldes über das blankpolierte Parkett, huschte wieder in den Keller und quetschte sich durch das Loch ins Freie.

Vor lauter Erleichterung, ihre Freundin zu sehen, hopste Tucker auf ihren Stummelbeinen auf und ab.

«Kerry und Norman sind da drin, sie flennen und küssen sich. Verdammt.» Mrs. Murphy setzte sich hin und legte ihren Schwanz um sich, denn die Luft war jetzt recht kühl.

«Wo sind ihre Autos?» Tucker war neugierig. *«Sie mußten sie verstecken. Hier kennt doch jeder jeden. Stell dir bloß mal vor, Reverend Jones oder sonstwer würde vorbeifahren und ihre Autos vor der Bank stehen sehen. Ich will wissen, wo sie die versteckt haben.»*

«Ich auch.» Mrs. Murphy atmete die kühle Luft ein. *«Ich hasse Dreiecksverhältnisse. Einer kommt immer zu kurz.»*

«Meistens alle drei», bemerkte der Hund weise. *«Komm. Laß uns in der Gasse hinter dem Postamt nachgucken.»*

Sie überquerten eilig das Bahngeleise. Ihre Mühe wurde nicht belohnt: Kein Wagen parkte auf der anderen Seite.

«Wenn du ein Mensch wärst, wo würdest du deinen Wagen abstellen?» fragte die Katze. *«Unter oder hinter etwas, das entweder nicht benutzt oder nicht beachtet wird.»*

Sie überlegten eine Weile.

«Hinter Berrymans Werkstatt stehen immer Autos. Sehen wir mal nach.»

Sie kehrten zur Railroad Avenue zurück und liefen in westlicher Richtung.

An der Eisenbahnunterführung bogen sie nach Süden ab auf die Route 240. Die kleine Werkstatt, die frisch gestrichen war, befand sich an der nächsten Ecke.

Hinter den Autos, die darauf warteten, repariert zu werden, war Normans Audi geparkt.

«Treffer Nummer eins!» kläffte Tucker.

«Wir sollten lieber machen, daß wir nach Hause kommen. Wenn wir um die Stadt kreisen, um Kerrys Wagen zu suchen, sind wir bis Tagesanbruch nicht zurück. Mom würde sich Sorgen machen. Ein Auto haben wir gefunden, das genügt fürs erste.»

Schritte in der Ferne schreckten sie auf. Norman Cramer war auf dem Weg in ihre Richtung.

«Psst, hierher.» Mrs. Murphy deutete auf einen Transporter, unter den sie mühelos kriechen konnten.

Sie spähten hinaus, rührten sich aber nicht. Norman wischte sich die Augen, öffnete leise die Fahrertür, stieg ein, ließ den Motor an und fuhr ungefähr eine halben Häuserblock weit ohne Licht, bevor er die Scheinwerfer einschaltete.

«Der sieht ja aus wie der lebendige Tod», sagte Tucker.

Sie schafften es, bis Sonnenaufgang zu Hause zu sein. Als Harry sie fütterte, bemerkte sie Schmiere auf Tuckers Rükken. «Verdammt, Tucker, hast du wieder unter dem Transporter gespielt? Jetzt muß ich dich baden.»

«O nein!» Tucker sagte winselnd zu Murphy: *«Da siehst du, was du mir eingebrockt hast!»*

22

«Für wie blöd hältst du mich eigentlich?» Aysha schob schmollend die Unterlippe vor. «Du warst gestern abend nicht im Büro.»

«War ich wohl.»

«Lüg mich nicht an, Norman. Ich bin an der Bank vorbeigefahren, und dein Auto war nicht da.»

«Ich war bis halb elf dort.» Er betete inständig, daß sie

nicht vorher vorbeigefahren war, aber da sie an einer Besprechung in Ash Lawn teilgenommen hatte, bei der es um die Beschaffung weiterer Spendengelder ging, rechnete er sich aus, daß sie nicht vor halb elf oder elf dort weggekommen war. «Dann hab ich Hogan Freely die Papiere vorbeigebracht, und er wollte mit mir reden. Ich konnte meinem Chef nicht gut den Stinkefinger zeigen, oder?»

Mit hochrotem Gesicht griff Aysha zum Telefon und wählte. «Laura, hallo, Aysha Cramer. Ich rufe in Normans Auftrag an. Er meint, er hat gestern abend bei seiner Besprechung mit Hogan seinen Mark-Cross-Füller bei Ihnen liegenlassen. Haben Sie ihn gefunden?»

«Nein. Moment, ich frag Hogan, er ist gerade hier.» Laura kam wieder ans Telefon. «Nein, er hat auch nichts gefunden.»

«Entschuldigen Sie, wenn ich Sie gestört habe.»

«Das macht doch nichts. Sagen Sie Norman, er soll sich ausruhen.»

«Ich richte es aus, und haben Sie vielen Dank. Wiedersehen.» Sie legte den Hörer sorgfältig auf, dann sah sie ihren Mann an. «Ich muß mich entschuldigen. Du bist dort gewesen.»

«Liebelein, was ist los mit dir? Alles wird gut. Ich werde weder weglaufen noch mit einem Herzanfall zusammenbrechen oder was immer es ist, weswegen du dir Sorgen machst. Wir stehen beide unter Druck. Laß uns versuchen zu entspannen.»

«Es ist Kerry, ich mach mir Sorgen wegen Kerry! Ich weiß, du kannst den Job in den Griff kriegen, aber ich weiß nicht, ob –»

Er legte seine Arme um ihre Taille und koste mit den Lippen ihren Hals. «Ich hab dich geheiratet, oder?»

23

«Nie, nie wieder werde ich mit dir reden!» zischte Mrs. Murphy.

«Nur einmal noch», gurrte Dr. Parker, als sie der Katze die Tollwutimpfung verpaßte. «So, das hätten wir mal wieder.»

Die Ohren flach angelegt, machte Mrs. Murphy einen Buckel, dann schoß sie vom Behandlungstisch und raste durch das Zimmer.

«Murphy, beruhige dich.»

«Du hast mich angelogen, um mich hierherzukriegen», heulte Mrs. Murphy.

Die Ärztin prüfte ihre Nadeln. «Sie hört gleich auf. Das macht sie einmal im Jahr, und ich nehme an, nächstes Jahr tut sie's wieder.»

«Ich werd dran denken, wenn das Jahr um ist. Dann steig ich nicht in den Wagen.» Murphy setzte sich, die Ohren immer noch angelegt, mit dem Rücken zu den Menschen.

«Komm», redete Harry ihr zu.

Die geschmeidige Tigerkatze wollte sich nicht von der Stelle rühren oder ihrer Freundin auch nur das Gesicht zuwenden. Menschen zeigen die kalte Schulter. Katzen zeigen den kalten Körper.

Harry schob ihr eine Hand unter das Hinterteil, legte die andere um ihren Brustkasten und hob sie hoch. «Du warst ein tapferes Mädchen. Jetzt fahren wir nach Hause.»

Als sie in die Stadt zurückfuhren, starrte Mrs. Murphy aus dem Fenster, immer noch mit dem Rücken zu Harry.

«Schau, Murphy, ich find's grauenhaft, wenn du deinen Koller kriegst. Die Spritzen sind zu deinem Besten. Nach dem, was du und Tucker letztes Jahr angestellt habt, kann ich euch unmöglich zusammen zu Dr. Parker schleppen. Es hat mich 123 Dollar gekostet, die Vorhänge in ihrem Wartezimmer zu ersetzen. Weißt du, wie lange ich arbeiten muß, um 123 Dollar zu verdienen? – Ich –»

«Ach, halt die Klappe. Ich will nichts davon hören, wie arm du bist. Mein Hinterteil tut weh.»

«Heul doch nicht so. Murphy – Murphy, schau mich an.» Die Katze sprang herunter und kauerte sich auf den Boden.

Harry hob die Stimme. «Wag es bloß nicht, ins Auto zu pinkeln. Ich warne dich.» Sie fuhr schleunigst an den Straßenrand, stieg aus und machte die Beifahrertür auf. Sie nahm Murphy auf den Arm und ging mit ihr in ein Feld. «Wenn du mußt, mach hier.»

«Ich werde nicht tun, was du mir sagst.» Murphy hockte sich zwischen die Gänseblümchen.

Als Harry in Crozet ankam, waren Katze und Mensch total geschlaucht. Harry hielt vor Markets Laden. Als sie die Autotür öffnete, drückte sich Mrs. Murphy fix an ihr vorbei und rannte zur Ladentür.

«Mach auf, Pewter, mach auf. Sie foltert mich!»

Harry stieß die Glastür auf, und die Katze rannte zwischen ihren Beinen durch. Als Pewter das Klagen hörte, lief sie zu ihr, um ihre Nase zu berühren und sie tröstend zu beschnuppern.

«Was ist passiert?»

«Dr. Parker.»

«Oh.» Pewter leckte Mrs. Murphy mitfühlend die Ohren. *«Das tut mir leid. Ich bin nach diesen ekligen Spritzen immer einen ganzen Tag krank.»*

«Einmal, bloß ein einziges Mal will ich mit Harry zum Arzt gehen und zusehen, wie sie eine Spritze verpaßt kriegt.» Murphy plusterte den Schwanz auf.

«Arm oder Hintern?»

«Beides! Soll sie leiden. Dann kann sie nicht sitzen, und ich will sehen, wie sie einen Heuballen hochwuchtet.» Murphy leckte sich die Lippen. *«Wenn sie die Tür aufmacht, laß uns zu Miranda rüberlaufen. Ich will Harry brüllen hören.»*

«Wo ist Tucker?»

«Bei Susan.»

«He, sie geht raus.» Murphy folgte Harrys Turnschuh, und als die Tür aufging, flitzte sie hinaus, gefolgt von der nicht ganz so flinken Pewter. *«Mir nach.»*

Harry dachte, Mrs. Murphy wollte zum Wagen. Als die Katze sich nach links schlängelte, wußte sie, daß an diesem Tag mal wieder alles schiefgehen würde. Sie legte den Salat und die englischen Muffins auf den Autositz und ging den Katzen nach. Würde sie rennen, dann würde Murphy auch rennen, und zwar schneller als sie. Die Missetäterinnen schlenderten gemächlich hinter das Postamt.

«Murphy!» rief Harry, als sie die Gasse erreichte. Sie konnte unter einer blauen Hortensie am Gassenrand einen getigerten Schwanz hervorlugen sehen. Jedesmal, wenn sie Murphys Namen rief, zuckte der Katzenschwanz.

Zwei Autos kamen von beiden Enden der Gasse aufeinander zugefahren, Kerry McCray in einem, Aysha und Norman Cramer in dem anderen. Kerry hielt hinter Markets Laden, und gleich nach ihr kam Hogan Freely, der neben ihr hielt. Norman zögerte einen Augenblick. Zu spät, um abzuhauen. Aysha kochte vor Wut, als Harry ans Fenster trat.

«Hi, Harry.» Und den anderen hinter ihr rief Norman zu: «Hallo, Hogan. Hi, Kerry.»

Sie nickten und traten in den Laden.

«Wenn du durch die Gasse fährst, roll schön langsam. Mrs. Murphy und Pewter toben durch die Gegend.»

«Ich stell den Wagen hinter dem Postamt ab.» Er lächelte. Aysha nicht. «Wir müssen Papiertücher kaufen.»

«Norman.»

«Bloß eine Sekunde, Liebelein. Bin gleich wieder da.»

Wortlos öffnete sie die Tür und ging ihm nach. Das fehlte noch, daß sie ihn allein mit Kerry da reingehen ließ.

Hin und her gerissen zwischen widersprüchlichen Impulsen, blieb Harry wie angewurzelt stehen. Sie wollte Murphy einfangen. Andererseits, sie war nur ein Mensch. Wenn Kerry und Aysha nun wieder durchdrehten? Da kam Mrs. Hogendobber in ihrer Schürze aus der Hintertür ihres Hauses. Harry winkte sie heran, erklärte schnell, was los war, und die zwei gaben sich große Mühe, nicht den Laden zu stürmen.

Pewter kicherte. *«Schau sie dir an, diese beiden.»*

Murphy schmollte. *«Ich bin beleidigt. Soll sie mich auf Händen und Knien bitten, zum Wagen zurückzukommen.»*

Im Laden griff sich jeder ein paar Sachen von den Regalen, um nicht zu auffällig zu wirken. Wie es der Zufall wollte, kamen Susan Tucker und Reverend Jones herein.

«Was macht das Golfen?» fragte Herb Hogan.

«Die weiten Schläge klappen ganz gut. Die kurzen ...» Hogan hielt den Daumen abwärts.

«Tut mir leid, das mit den Verlusten bei der Bank. Ich kann mir vorstellen, wie Sie das belastet.» Die tiefe, volltönende Stimme des Reverend bewirkte, daß sich der Angesprochene bereits besser fühlte.

«Ich habe das Problem hin und her gewendet. Von oben nach unten. Alles habe ich probiert. Und immer noch nichts gefunden.»

Aysha und Norman traten zu ihnen. Kerry hielt sich im Hintergrund, aber sie dachte gar nicht daran zu gehen. Susan gesellte sich zu der Runde, und Harry blieb einen Schritt zurück bei Kerry. Mrs. H. ging zu Market hinter die Theke.

«Es ist im Computer», platzte Susan heraus.

«Susan, die Computertechniker haben unser System überprüft.» Norman zog ein Gesicht. «Nichts.»

«Der Threadneedle-Virus.» Susan strahlte. «Harry und ich –»

«Nein, halt», protestierte Harry.

«Also gut, es war Harrys Idee. Sie meinte, das Fehlen der Gelder wurde ein, zwei Tage nach der Threadneedle-Panik bemerkt und –»

«Die haben wir im Keim erstickt.» Norman verschränkte die Arme.

«Das ist es ja eben», erklärte Harry. «Wie immer die Befehle lauteten, es muß da einen Zusatz gegeben haben, um eine Verzögerung zu erwirken und dann einen Geldtransfer auszulösen.»

«Eine Art Aussetzung.» Hogan rieb sich das Kinn, wie immer, wenn seine Gedanken rasten. «Ah-hm. Ich weiß nicht. Wir wissen aber, daß das Problem nicht im Computer ist; wenn wir also den Ablauf nachvollziehen können, wissen wir, woran wir sind.»

«Es könnte etwas ganz Einfaches sein, sagen wir mal, wenn man das Wort *Threadneedle* eingibt, erfolgt der Befehl, Geld zu entnehmen», spekulierte Susan.

«Tja, meine Damen, bei allem gebührenden Respekt, so einfach ist das nicht. Wenn es das wäre, dann hätten wir es gefunden.» Norman lächelte matt.

Den Blick auf Kerry gerichtet, flötete Aysha: «Schatz, laß uns gehen, sonst kommen wir zu spät zu Mutter zum Abendessen.»

«O ja, natürlich.»

«Ich glaube, ich pussel heute abend ein bißchen in der Bank herum. Ich kann am besten nachts arbeiten, wenn es ruhig ist. Ihr habt mich auf eine Idee gebracht, ihr zwei.» Hogan sah von Susan zu Harry.

Norman verdrehte die Augen. Aysha und Kerry sahen es beide. Mit betont ruhiger Stimme sagte er: «Aber Chef, daß Sie mir bloß nicht meine Dateien durcheinanderbringen.» Darauf folgte ein krampfhaftes Lachen.

«Keine Sorge.» Hogan griff nach seiner Lebensmitteltüte. «Diese Törtchen, Miranda – ein Gedicht.» Er ging.

Norman und Aysha folgten.

Kerry, die gegen den Drang ankämpfte, Aysha eins überzubraten, knallte ihren Eierkarton so fest auf die Theke, daß einige darin zu Bruch gingen. «O nein, was hab ich jetzt gemacht.»

Susan öffnete die Eierschachtel. «Die sind hin. Kerry, es ist nie so schlimm, wie man denkt.»

«Danke», gab Kerry unsicher zur Antwort.

«Wo ist Tucker?» wollte Harry von Susan wissen.

«Zu Hause.»

«Ich geh Murphy holen. Sie will nicht mit mir sprechen. Mrs. H. –»

«Ja?»

«Heute war Tierarzttag. Wenn ich das Fellmonster nicht überreden kann, mit mir nach Hause zu kommen, würden Sie so lieb sein und sie im Auge behalten? Sie wird zum Postamt gehen oder an Ihre Hintertür.»

«Ich laß sie zu Pewter in den Laden», erbot sich Market. «Einem Stückchen Lende kann Murphy nicht widerstehen.»

Er hatte recht. Beide Katzen kamen etwa eine Stunde später durch die Hintertür getänzelt.

Spät in dieser Nacht, als die Lichter aus waren, erzählte Murphy Pewter, was sie in der Bank gehört hatte. Sie saßen in dem großen Schaufenster und beobachteten, wie der Nebel sich herabsenkte.

«Du bist noch nie die Nacht über im Laden gewesen», bemerkte Pewter. *«Macht Spaß. Ich kann raus, wenn ich will, weil Market so ein Katzentürchen eingebaut hat wie bei euch, aber am liebsten sitze ich im Fenster und beobachte alles.»*

«Nett von Market, daß ich hierbleiben darf. War auch nett von ihm, Harry anzurufen. Sie denkt wohl, mir würde eine Lektion erteilt. Von wegen. Das Datum merk ich mir.»

«Sie hat dich ausgetrickst. Sie hat dich sonntags zur Tierärztin gebracht. Extrafahrt.»

Mrs. Murphy dachte darüber nach. *«Sie ist schlauer, als ich dachte. Was sie wohl Dr. Parker dafür bezahlt hat, extra in die Praxis zu kommen?»*

Als Hogan vor der Bank vorfuhr, verbreiteten seine Scheinwerfer in dem dichter werdenden Nebel ein diffuses Licht. Die Katzen konnten ihn gerade noch erkennen, als er den Vordereingang aufschloß und hineinging. Eine Minute später wurde oben Licht gemacht, ein verschwommenes goldenes Viereck.

«Fleißig», sagte Pewter. Sie leckte eine Pfote und putzte sich damit das Ohr.

Die Stunden vergingen, und in den anderen Gebäuden gingen die Lichter aus. Schließlich flimmerten nur noch ein paar Neonlichter in Schaufenstern oder über Schildern. Die Straßenlaternen glühten. Die Katzen dösten ein, dann machte Mrs. Murphy die Augen auf.

«Pewter, wach auf. Ich hör einen Wagen hinter uns.»

«Die Leute fahren immer durch die Gasse.»

Eine Tür wurde zugeschlagen, sie hörten das Knarzen von

Schuhen. Dann erschien eine Gestalt an der Ecke. Wer immer das war, kam von der anderen Seite der Gasse. Sie konnten nicht erkennen, wer es war oder von welchem Geschlecht, denn der Nebel war jetzt ganz dicht. Im Nu hatten graue Schwaden den Menschen verschluckt.

Hogan mußte in seinem Büro ständig blinzeln. Seine vom Computerbildschirm erschöpften Augen brannten. Sein Hirn brannte auch. Er hatte alles mögliche versucht. Hatte das Wort *Threadneedle* eingegeben. Er besann sich auf die «Ungültig»-Befehle. Dann beschloß er, die Kundenkonten noch einmal durchzusehen. Es könnte ja etwas auftauchen, das Norman entgangen war. Eine ungewöhnliche Überweisung oder ein Auslandstransfer. Er konnte die Konten schnell durchgehen, weil er diese Leute und ihre kleinen Unternehmen kannte. Um Mitternacht war er am Ende des Buchstabens «H» angelangt. Ein fremder und dennoch vertrauter Name sprang ihm in die Augen.

«Huckstep», sagte er laut. «Huckstep.» Er gab das Paßwort ein, um das Konto aufzurufen. Es war am dreißigsten Juli auf die Namen Michael und Malibu Huckstep eröffnet worden, ein Gemeinschaftskonto. Natürlich – der Ermordete. Er mußte beabsichtigt haben, in der Gegend zu bleiben, sonst hätte er kein Konto eröffnet. Das hieß, er hatte eine Karte mit seiner Unterschrift und der von seiner Frau. Hogan wollte nach unten gehen, um die Karteien zu überprüfen, doch vorher rief er noch den Betrag auf dem Konto auf: 4218,64 Dollar. Keine große Summe, aber genug. Er rieb sich die Augen und sah auf seine Armbanduhr. Nach zwölf. Zu spät, um Rick Shaw anzurufen. Das würde er morgen früh als erstes tun.

Derweil wollte er hinuntergehen, um die Unterschriftskarten zu prüfen. Er stand auf, verschränkte die Finger und streckte die Hände über den Kopf. Seine Knöchel knackten genau in dem Moment, als die Kugel aus einer .357er in seine Schulter jagte. Er machte den Mund auf, um den Namen seines Angreifers zu rufen, aber zu spät. Die nächste Kugel zerriß sein Herz, und er knallte auf seinen Stuhl.

Die Katzen im Laden hörten die Schüsse.

«Schnell!» maunzte Mrs. Murphy, und die beiden stürmten aus dem Katzentürchen. Während sie zur Bank rannten, hörten sie an der Ecke durch den dichten Nebel Schritte in die andere Richtung laufen.

«Verdammt! Verdammt!» fluchte die Tigerkatze.

«Was ist?»

«Wir hätten hintenrum gehen sollen, um das Auto zu sehen.»

«Zu spät –» Die ziemlich kleine, aber rundliche graue Katze sauste zur Bank.

Sie kamen nur wenige Minuten nach den Schüssen bei der Vordertreppe an und blieben an der Tür so plötzlich stehen, daß sie übereinander purzelten und auf einer Gestalt landeten, die zusammengesackt auf der Schwelle lag, eine rauchende .357er in der Hand.

«O NEIN!» schrie Mrs. Murphy.

24

Kerry McCray lag im Eingang zur Bank. Ein kleines Blutrinnsal sickerte aus ihrem Kopf. Der säuerliche Geruch von Schießpulver hing in der Luft. Sie hielt die Pistole fest in der rechten Hand.

«Wir müssen Mrs. Hogendobber holen.» Mrs. Murphy beschnupperte Kerrys Wunde.

«Vielleicht sollte ich besser bei ihr bleiben.» Pewter streichelte unentwegt Kerrys Kopf, ein vergeblicher Versuch, sie wiederzubeleben.

«Wenn Tucker doch bloß hier wäre.» Die Tigerkatze schritt um die reglose Gestalt herum. *«Sie könnte Kerry bewachen. Schau, Pewter, wir müssen es riskieren, sie allein zu lassen. Mrs. Hogendobber kriegen wir nur zu zweit hierher.»*

Gesagt, getan. Die zwei sprinteten durch den Nebel, ganz niedrig über dem Boden und so schnell, daß die Ballen ihrer Pfoten ihn kaum berührten. Sie blieben unter Mirandas Schlafzimmerfenster stehen, das weit offenstand, um die kühlende Nachtluft hereinzulassen. Eine Jalousie schirmte das Fenster ab.

«Los, wir singen», befahl Murphy.

Sie johlten, heulten und kreischten. Diese beiden Katzen hätten Tote auferwecken können.

Miranda kam im Nachthemd ans Fenster, einen Schuh in der Hand. Sie schob die Jalousie hoch und schleuderte ihn hinaus. Mrs. Murphy und Pewter wichen dem Geschoß mühelos aus.

«Fehlschuß! Kommen Sie, Mrs. Hogendobber, nun machen Sie schon!»

«Pewter?» Miranda blinzelte in den Nebel.

Bevor Miranda die Jalousie ganz herunterlassen konnte, sprang die rundliche kleine Katze auf die Fensterbank, gefolgt von Mrs. Murphy.

«Ach bitte, Mrs. Hogendobber, bitte hören Sie auf uns. Es ist was Schreckliches passiert», sagte Pewter.

«Jemand ist verletzt», brüllte Murphy.

«Ihr zwei geht mir auf die Nerven. Jetzt macht, daß ihr

rauskommt.» Miranda ließ die Jalousie wieder hochschnappen.

«Nein!» entgegneten sie im Chor.

«Mir nach.» Murphy lief zur Schlafzimmertür.

Miranda wollte einfach nicht kapieren, obwohl Pewter sie ununterbrochen beschwor, sich zu beeilen.

«Paß auf. Sie könnte zuschlagen», warnte Murphy Pewter, als sie sich anschlich und Miranda in den Knöchel biß.

«Autsch!» Erbost knipste Mrs. Hogendobber das Licht an und griff zum Telefon. Dabei bemerkte sie, daß die Katzen sie umrundeten, dann zur Tür gingen und wieder zurück. Das verzweifelte Gebaren der Tiere rührte sie, aber sie wußte nicht recht, was tun, zudem war sie böse auf Murphy. Sie wählte Harrys Nummer.

Ein gedämpftes Hallo klang ihr entgegen.

«Ihre Katze hat mich gerade in den Knöchel gebissen, und sie spielt verrückt. Tollwut.»

«Mrs. Hogendobber –» Harry war jetzt wach.

«Pewter ist auch hier. Sie haben unter meinem Fenster geheult wie die Gespenster, und ich hab das Fenster aufgemacht, und sie sind reingesprungen und –» Sie bückte sich, weil Pewter sich an ihrem Bein rieb. Sie entdeckte etwas Blut an Pewters Vorderpfote, mit der die Katze Kerrys Kopf gestreichelt hatte. «Pewter hat Blut an der Pfote. Ach je, Harry, Sie kommen am besten her und holen die Katzen ab. Ich weiß nicht, was ich tun soll.»

«Halten Sie sie drinnen, okay? Ich bin gleich bei Ihnen, und es tut mir leid, daß Murphy Sie gebissen hat. Nur keine Sorge von wegen Tollwut – sie ist geimpft, erinnern Sie sich?» Harry legte auf, fuhr in ihre Jeans und ein altes Arbeitshemd. Sie lief zum Transporter und ließ ihn an. Als sie die Straße entlangraste, steckte sie sich ein Kaugummi in den

Mund. Sie hatte in der Eile vergessen, sich die Zähne zu putzen.

Sieben Minuten später war sie an Mirandas Tür. Als Harry ins Wohnzimmer trat, sagte Murphy: *«Versuchen wir's noch mal, Pewter. Mutter kapiert ein bißchen schneller als Miranda.»*

Beide brüllten: *«Kerry McCray ist verletzt.»*

«Da stimmt was nicht.» Harry griff nach Pewters Pfote, aber die Katze entschlüpfte ihr und lief zur Haustür.

«Tollwut.» Miranda verschränkte die Arme über ihrem Busen.

«Nein. Das ist keine Tollwut.»

«Dieses Höllenvieh von einer Tigerkatze hat mich gebissen.» Sie schob ihren Knöchel unter ihrem Nachthemd hervor. Man sah zwei vollständige Abdrücke, nicht tief, aber sichtbar in die Haut gekerbt.

«Ihr sollt mitkommen!» Murphy brüllte aus Leibeskräften. Sie kratzte an der Haustür.

«Die zwei wollen etwas. Ich seh mal nach. Gehen Sie ruhig wieder ins Bett. Und ich bitte um Entschuldigung.»

«Ich bin jetzt hellwach.» Miranda ging zurück ins Schlafzimmer, fuhr in Morgenrock und Pantoffeln und erschien wieder. «Ich kann nicht mehr einschlafen, wenn ich einmal wach bin. Da kann ich ebensogut beweisen, daß ich nicht weniger verrückt bin als Sie und diese Katzen.» Damit segelte sie durch die offene Tür. «Ich kann kaum die Hand vor Augen sehen. Wie sind Sie in so kurzer Zeit hergekommen?»

«Zu schnell gefahren.»

«Los, kommt.» Murphy trabte in dem grauen Nebel voraus und wieder zurück. *«Folgt meiner Stimme.»*

«Harry, wir sind auf der Hauptstraße, und sie halten auf die Bahngleise zu.»

«Ich weiß.» Die Luft fühlte sich klamm an auf ihrer Haut.

«Ist das ein Katzenstreich?»

«Sei still und beeil dich!» Pewter riß allmählich der Geduldsfaden.

«Irgendwas regt sie auf, dabei ist Murphy eine vernünftige Katze – normalerweise.»

«Katzen sind von Natur aus unvernünftig.» Miranda beschleunigte ihren Schritt.

Die Bank ragte im Nebel auf, das Licht oben brannte noch.

Die Katzen riefen durch den Nebel. Harry sah Kerry als erste, mit dem Gesicht nach unten, die rechte Hand mit der Waffe ausgestreckt. Mrs. Murphy und Pewter hatten sich neben sie gesetzt.

«Miranda!»

Mrs. Hogendobber ging noch ein bißchen schneller, dann erblickte auch sie, was zunächst wie eine Erscheinung, dann wie ein schlechter Traum aussah. «Grundgütiger Himmel.»

Harry war im Nu an Kerrys Seite. Sie kniete sich hin und fühlte ihr den Puls. Miranda war jetzt neben ihr.

«Lebt sie noch?» fragte Mrs. Murphy.

«Ihr Puls ist gleichmäßig.»

Miranda sah die Stelle, wo Pewter Kerrys Kopf berührt hatte. «Wir brauchen einen Krankenwagen. Ich ruf von der Bank aus an. Die Tür ist offen. Merkwürdig.»

«Das mach ich schon. Ich hab ein komisches Gefühl, daß da drin was oberfaul ist. Sie bleiben hier bei ihr und rühren nichts an, schon gar nicht die Waffe.»

Erst als Harry in der Bank verschwand, wurde Miranda klar, daß sie vor lauter Erschütterung über den Anblick der jungen Frau die Pistole nicht bemerkt hatte.

Harry kam kurz darauf zurück. «Ich hab Cynthia erreicht. Reverend Jones hab ich auch angerufen.»

«Wenn es so schlimm ist, wie ich glaube, dann braucht

Kerry allerdings einen Priester.» Mirandas Zähne klapperten, obwohl die Nacht mild war.

Kerry schlug die Augen auf. «Mrs. Murphy.»

Die Katze schnurrte. *«Es wird schon wieder.»*

«Wenn die Kopfschmerzen erst weg sind», verhieß Pewter.

«Kerry –»

«Harry –» Kerry wollte sich an den Kopf greifen, dabei drehte sie sich auf die Seite und bemerkte, daß sie eine Pistole in der rechten Hand hielt. Sie ließ sie fallen wie ein glühendes Eisen und setzte sich auf. «Au.» Sie umfaßte ihren Kopf mit beiden Händen.

«Liebes, Sie sollten sich wieder hinlegen.» Miranda setzte sich neben sie, um sie zu stützen.

«Nein, nein – lassen Sie mich.» Kerry rang sich ein mattes Lächeln ab.

Ein stotternder Motor kündigte Herb an. Er hielt bei der Bank und stieg aus. Noch konnte er die anderen nicht sehen.

«Herbie, wir sind am Vordereingang», rief Miranda ihm laut zu.

Seine Schritte kamen näher. Er tauchte aus einer dichten grauen Nebelwolke auf. «Was ist hier los?»

«Das wissen wir auch nicht so genau», antwortete Miranda.

Kerry erklärte: «Mir ist schwindlig und ein bißchen komisch im Magen.»

Herb bemerkte, daß die Tür zur Bank weit offenstand.

Harry sagte: «Die Tür war auf. Ich hab von drinnen telefoniert, aber ich hab mich nicht umgesehen. Da stimmt was nicht.»

«Ja.» Er spürte es auch. «Ich geh rein.»

«Nehmen Sie die Pistole mit», riet Miranda ihm.

«Nein. Nicht nötig.» Er verschwand in der Bank.

«Sollen wir mitgehen?» überlegte Pewter laut.

«Nein, ich laß Mutter nicht allein.» Murphy schnurrte weiter, weil sie meinte, die sanften Laute könnten die Menschen beruhigen.

«Ihr seid so liebe kleine Freundinnen.» Kerry streichelte die Katzen, dann hörte sie auf, weil ihr sogar davon flau im Magen wurde.

«Sie haben dich gefunden, und sie haben uns gefunden – das ist eine lange Geschichte.» Harry setzte sich auf die andere Seite von Kerry.

«Herb, was ist passiert?» Miranda erschrak, als er herauskam. Sein Gesicht, aus dem alle Farbe gewichen war, machte ihn zu einer erschreckenden Erscheinung. Er sah aus, als sei ihm so übel wie Kerry.

«Hogan Freely ist ermordet worden.» Er sank schwer auf das Pflaster, fast so, wie ein Kind sich hinplumpsen läßt. «Ich habe ihn mein Leben lang gekannt. So ein guter Mensch – so ein guter Mensch.» Tränen liefen ihm über die Wangen. «Ich muß es Laura sagen.»

«Ich komme mit», erbot sich Miranda. «Wir können gehen, sobald der Sheriff hier ist.»

«Kerry.» Harry zeigte zitternd auf die Pistole.

Kerrys Stimme bebte. «Ich habe ihn nicht getötet. Ich besitze gar keine Waffe.»

«Kannst du dich erinnern, was passiert ist?» fragte Harry.

«Bis zu einem gewissen Punkt, ja.» Kerry sog die Luft ein, versuchte so, die Schmerzen zu vertreiben. «Ich war bei Mutter und Dad. Dad ist wieder krank, und ich bin bis nachts geblieben, um Mom zu helfen. Ich bin erst nach Mitternacht gegangen, und wegen dem Nebel bin ich im Kriechtempo gefahren. Als ich an der Ecke vorbeikam, meinte ich in Hogans Bürofenster Licht zu sehen. Es war verschwommen, aber ich war neugierig. Ich hab gewendet und bin auf den Parkplatz gefahren. Ich dachte, Hogan ist da oben und versucht, das Geld zu finden, wie er gesagt hatte, und ich wollte ihn überraschen, einfach, um ihn aufzuheitern. Ich bin die Stufen hier raufgegangen und hab die Tür aufgemacht – an mehr kann ich mich nicht erinnern.»

«Was ist mit Geräuschen?» fragte Harry.

«Oder Gerüchen?» ergänzte Pewter. *«Murphy, laß uns reingehen und gucken, ob wir eine Witterung aufnehmen können. Harry passiert schon nichts. Niemand ist in der Nähe, um sie auf den Kopf zu schlagen, und Kerry wird nichts Verrücktes anstellen.»*

«Okay.»

Die beiden Katzen entfernten sich.

«Ich erinnere mich, daß ich die Tür aufgemacht habe. Ich kann mich nicht an Schritte erinnern oder so was, aber jemand muß mich gehört haben. Mir war gar nicht bewußt gewesen, daß ich so viel Lärm gemacht habe.»

«Wie das Schicksal so spielt», sagte Herb. «Sie gingen hinein, als er herauskam.»

Sirenen in der Ferne verkündeten, daß Cynthia auf dem Weg war.

Die beiden Katzen hoben die Nasen und schnupperten.

«Gehen wir nach oben.» Mrs. Murphy ging voran.

Als sie sich Hogans Büro näherten, sagte Pewter mit zaghafter Stimme: *«Ich glaub, ich will das nicht sehen.»*

«Mach die Augen zu und benutze deine Nase. Und tritt nirgendwo rein.»

Murphy tappte in das Büro. Hogan saß aufrecht auf seinem Stuhl; seine Schulter war weggerissen. Die Wand hinter ihm war mit Blut bespritzt. Die Kugel, mit der er getötet worden war, hatte ein kleines Loch hinterlassen. Murphy konnte das Blut riechen, das in das Stuhlpolster sickerte.

Pewter machte ein Auge auf und wieder zu. *«Ich rieche nichts als Blut und Schießpulver.»*

«Blut und Schießpulver.» Mrs. Murphy sprang mit einem Satz auf Hogans Schreibtisch. Sie versuchte, nicht in seine glasig starrenden Augen zu schauen. Sie hatte ihn gern gehabt und wollte ihn nicht so in Erinnerung behalten.

Sein Computer war ausgeschaltet. Seine Schreibtischschubladen waren geschlossen. Kein Zeichen eines Kampfes. Sie berührte jeden Gegenstand auf dem Schreibtisch mit der Nase. Dann sprang sie wieder auf die Erde. Sie stellte sich an die Vorderseite seines Schreibtisches.

«Hier.»

Pewter hielt ihre Nase an die Stelle. *«Gummi. Und Nässe.»*

«Von der nebligen Nacht, würde ich meinen. Gummi hinterläßt kaum Abdrücke, und auf diesem Teppich schon gar nicht. Verdammt! Gummi, Blut und Schießpulver. Wer das getan hat, war kein Dummkopf.»

«Kann schon sein, Murphy, aber wer immer das getan hat, hatte es eilig. Der Computer ist aus, aber noch warm.»

Pewter bemerkte Hogans Füße unter dem Schreibtisch. *«Laß uns das draußen besprechen. Hier drin ist mir unheimlich.»*

«Okay.» Murphy war auch nicht wohl, aber sie wollte es nicht zugeben.

Als sie die Treppe wieder hinuntergingen, fuhr Pewter fort: *«Wenn jemand Hogan Freely ins Jenseits befördern wollte, hätte es bessere Methoden gegeben.»*

«Stimmt. Er muß nahe dran gewesen sein, das fehlende Geld zu finden.»

Als die Katzen durch das Foyer gingen, kam Rick Shaw herein. Er sah sie, sagte aber nichts.

Die blauen und roten Blinklichter des Streifenwagens und des Krankenwagens wurden vom Nebel zurückgeworfen.

Kerry wurde auf einer Trage in den Krankenwagen geschoben.

Die Katzen stellten sich neben Harry und Mrs. Hogendobber. Herb drehte sich mit schwerem Schritt um, um in die Bank zu gehen. Cynthia machte sich auf ihrem Block Notizen.

«Herb, ich gehe mit Ihnen.»

«Gut.»

«Wir warten hier.» Harry zog Miranda zurück, die sich anschickte, den beiden zu folgen. «Nicht, sonst bekommen Sie Alpträume.»

«Sie haben recht – aber ich fühle mich so schrecklich. Der Gedanke ist mir zuwider, daß er da oben ist, allein und –»

«Denken Sie nicht daran, und lassen Sie auch Laura nicht daran denken, wenn Sie mit Reverend Jones zu ihr gehen. Es ist zu schmerzlich. Sie braucht nicht alle Einzelheiten zu wissen.»

«Sie haben recht.» Miranda senkte den Blick. «Es ist furchtbar.»

«Furchtbar –» flüsterte Mrs. Murphy, *«und dies ist erst der Anfang.»*

25

Harry mochte den Krankenhausgeruch nicht, er erinnerte sie an die letzten Tage ihrer Mutter. Wenn möglich, drückte sie sich vor Krankenhausbesuchen, doch immer wieder siegte das Pflichtgefühl über ihre Abneigung, und sie wagte sich in die unpersönlichen Korridore.

Man behielt Kerry für vierundzwanzig Stunden da, um sicherzugehen, daß der Angriff keine weiteren Folgen nach sich zog. Die Ärzte nahmen Schläge auf den Kopf immer ernst. Cynthia Cooper saß an Kerrys Bett, als Harry ins Zimmer trat.

«Wie geht's dir?»

«Ganz gut – den Umständen entsprechend.»

«Hi, Coop.»

«Hi.» Coop rückte auf ihrem Stuhl herum. «Diese Nacht war die Hölle.»

Kerry fummelte an dem Erkennungsbändchen an ihrem Arm. «Cynthia ist mit Rick und Herbie bei Laura Freely gewesen. Laura ist zusammengebrochen, als sie es ihr gesagt haben.»

«Wer ist bei ihr, bis Dudley und Thea nach Hause fliegen können?» Dudley und Thea waren die erwachsenen Kinder der Freelys.

«Miranda ist über Nacht dort geblieben. Im Moment ist Mim bei Laura. Die Frauen wollen sich auch abwechseln, wenn die Kinder eingetroffen sind. Es gibt so viel zu tun, und Laura steht unter Beruhigungsmitteln. Sie kann jetzt keine der anstehenden Entscheidungen treffen. Ich glaube, Ellie Wood Baxter, Port und sogar Boom Boom wollen einen Plan ausarbeiten.» Cynthia streckte die Beine aus.

«Kerry, ich bin gekommen, um zu sehen, ob du was von zu Hause brauchst, wo dein Dad doch krank ist. Ich hol dir gerne ein paar Sachen.»

«Danke, Harry, aber ich hab alles.»

«Cynthia –?» Harry zog fragend die Augenbrauen hoch.

«Ich bin hier, damit sie nicht türmt. Die .357er in ihrer

Hand war die Waffe, mit der Hogan getötet wurde. Und sie ist auf Kerry McCray registriert.»

«Ich besitze keine Waffe.» Kerry war den Tränen nahe.

«Den Unterlagen zufolge haben Sie am zehnten Juli bei Hassett in Waynesboro eine gekauft.»

Harry bemühte sich um einen leichten Tonfall: «Wollen Sie meine Freundin etwa verhaften?»

«Nein, noch nicht.»

«Cynthia, Sie können unmöglich glauben, daß Kerry einen Menschen töten würde.»

«Ich bin Polizeibeamtin. Gefühle kann ich mir nicht leisten.»

«So 'n Scheiß», entgegnete Harry prompt.

«Danke, Harry. Wir sind keine besonders guten Freundinnen, aber du stehst zu mir – danke.» Kerry ließ sich aufs Kissen zurückfallen, dann zuckte sie zusammen, weil sie das Pochen in ihrem Kopf spürte. «Ich habe nie eine Waffe gekauft. Ich bin nie bei Hassett gewesen. Am zehnten Juli war ich wie gewöhnlich den ganzen Tag in der Bank und hab neue Konten bearbeitet.»

Cynthia sagte bestimmt: «Den Unterlagen zufolge haben Sie sich mit Ihrem Führerschein ausgewiesen.»

«Ich habe nie einen Fuß in dieses Waffengeschäft gesetzt.»

«Was, wenn Kerry diejenige ist, die hinter dem Bankdiebstahl steckt? Vielleicht ist Hogan kurz davor, ihren M. O. aufzudecken?» Cynthia benutzte die polizeiübliche Abkürzung für Modus Operandi. «Sie wird nervös. Sie wußte, daß er an dem Abend noch spät in der Bank arbeitete. Millionen Dollar stehen auf dem Spiel. Sie tötet Hogan.»

«Und schlägt sich selbst so fest auf den Kopf, daß sie ohnmächtig wird – und hält dabei noch die Pistole in der Hand?» Harry war fassungslos.

«Da haben wir ein Problem.» Cynthia nickte. «Aber Kerry könnte einen Komplizen haben. Er – oder sie – schlägt sie auf den Kopf, so daß sie unschuldig aussieht.»

«Und ich kann zum Mond fliegen.» Harry atmete scharf ein. «Dieser Sommer ist absolut beschissen.»

«Sehr elegant ausgedrückt.» Cynthia deutete ein Lächeln an.

«Vergessen Sie mal für eine Minute, daß Sie Polizistin sind, und seien Sie einfach eine von uns. Glauben Sie wirklich, daß Kerry Hogan umgebracht hat?»

Cynthia wartete lange mit der Antwort. «Das weiß ich nicht, aber ich weiß, daß die .357er dieselbe Waffe ist, mit der Mike Huckstep getötet wurde.»

«Was?» Das schnürte Harry die Kehle zu.

«Das Ergebnis der ballistischen Untersuchung ist heute morgen um sechs gekommen. Rick treibt alle Leute zur Eile. Dieselbe Waffe. Wir würden diesen Leckerbissen gerne vor den Zeitungen geheimhalten, aber ich bezweifle, daß der Chef das kann. Sein Job ist so verdammt politisch.»

«Huckstep und Hogan Freely.» Harry runzelte die Stirn. «Der eine ein Hell's Angel, der andere ein Bankdirektor.»

«Vielleicht führte Hogan ein Geheimleben?» vermutete Kerry.

«So geheim bestimmt nicht.» Harry schüttelte den Kopf.

«Sie würden staunen, was die Leute alles voreinander verbergen können», entgegnete Cynthia.

«Das weiß ich wohl, aber manchmal muß man sich auf seinen Instinkt verlassen», erwiderte Harry.

«Schön, und was sagt Ihnen Ihr Instinkt?» forderte Cynthia sie heraus.

«Hogan war der Lösung auf der Spur, und das heißt, daß sie in der Bank zu finden ist.»

«Ich denke, Sie haben recht.»

Kerry stöhnte. «Ich sitze ganz schön in der Tinte, was?»

Cynthia sah sie durchdringend an.

26

Aufgrund bundesstaatlicher Vorschriften durfte die Bank am Montag nicht geschlossen bleiben. Wäre Hogan während der Geschäftszeit erschossen worden, hätte man ihn nach dem Buchstaben des Gesetzes tatsächlich dort liegenlassen müssen, und die Geschäfte wären weitergegangen, während der Sheriff seine Arbeit tat. Man hätte über die Leiche hinwegsteigen müssen. Dieses strikte Verbot des Schließens einer Bank war in den dreißiger Jahren erlassen worden, als die Banken ihre Türen verriegelten oder zusammenbrachen wie Kartenhäuser. Wie immer, wenn Gesetzgeber die Verbesserung eines Gesetzes ausbrüten, lassen sie dabei die Menschen außer acht. Die Angestellten der Crozet National Bank arbeiteten mit Trauerflor um den linken Arm. Ein riesiger schwarzer Kranz hing am Ende der Eingangshalle, ein kleinerer an der Eingangstür. Draußen wehte die Flagge des Staates Virginia auf halbmast. Mary Thigpen, seit fünfundzwanzig Jahren die erste Kassiererin, brach immer wieder in Tränen aus. Viele Augen waren rot gerändert.

Das ganze Gerede über Kerry machte Norman so wütend, daß er schrie: «Sie ist unschuldig, bis die Schuld erwiesen ist, also haltet den Mund!»

Rick Shaw hatte die obere Etage mit Beschlag belegt, so daß die Kontenabteilung sich zusammenquetschen mußte, aber die Leute kamen zurecht. Von den Blutspritzern an der Wand in Hogans Büro wurde Norman schwummerig. Er war nicht der einzige.

Nachdem Mim Sanburne bei Laura Freely abgelöst worden war, kam sie vorbei, um bekanntzugeben, daß der Trauergottesdienst am Donnerstag in der lutherischen Kirche von Crozet abgehalten werde. Die Familie werde Mittwoch abend Kondolenzbesuche empfangen.

Gedämpfte Stille folgte auf Mims Verkündigung.

Drüben im Postamt bat Harry Blair, ihr zu helfen, während Miranda das Essen für Mittwoch abend organisierte. Dudley Freely erwies sich infolge des Schocks als handlungsunfähig. Thea, die Ältere, war schon eher imstande, einige der Entscheidungen zu treffen, die das Geschehen ihr aufzwang. Was für ein Sarg, oder sollte es eine Einäscherung sein? Welcher Friedhof? Blumen oder Spenden für wohltätige Einrichtungen? Sie bewältigte diese Aufgaben, doch zwischendurch mußte sie sich immer wieder hinsetzen. Sie hatte nicht gewußt, daß ein großer emotionaler Schlag körperlich erschöpfend ist. Mim und Miranda wußten es. Sie übernahmen das Kommando. Ottoline Gill und Aysha besorgten den Telefondienst. Laura lag kraftlos im Bett. Wenn sie zu Bewußtsein kam, schluchzte sie hemmungslos.

Rick und Cynthia versuchten, sie zu befragen, aber sie konnte nicht einmal eine milde Vernehmung durchstehen.

Rick zog Mim vor dem Postamt, wohin sie beide gefahren waren, um ihre Post abzuholen, beiseite. «Mrs. Sanburne, Sie haben Hogan sein Leben lang gekannt. Können Sie sich vorstellen, daß er in einen Plan verwickelt war, um Leute zu betrügen und –»

Sie fiel ihm ins Wort. «Hogan Freely war der ehrenhafteste und edelmütigste Mensch, den ich je gekannt habe.»

«Nun nehmen Sie es mir doch nicht gleich übel, Mrs. Sanburne. Ich habe zwei Morde am Hals. Ich muß unangenehme Fragen stellen. Es hätte doch sein können, daß er in den Diebstahl verwickelt war, und sein Partner oder seine Partner haben sich gegen ihn gewendet. So etwas ist nicht ungewöhnlich.»

«Entschuldigen Sie, aber Sie müssen mich verstehen. Hogan hat diese Stadt geliebt, und er hat die Arbeit in der Bank geliebt. Wenn Sie die Leute kennen würden, für die er sich eingesetzt hat, die Leute, denen er bei der Gründung ihres Geschäfts geholfen hat – also, er hat ihnen weit mehr bedeutet als nur Geld.»

«Das weiß ich. Er hat mir zu meiner Hypothek verholfen.» Rick hielt Mim die Tür auf, und beide traten ins Postamt.

Mrs. Murphy, die auf dem kleinen Sims hockte, das die Schließfächer teilte, wartete darauf, daß Rick und Mim ihre Fächer aufschlossen.

Rick öffnete seins zuerst, und die Tigerkatze langte in sein Fach und schlug ihm auf die Hand, als er seine Post herausnahm.

«Murphy.» Er ging an den Schalter und spähte bei den Schließfächern um die Ecke.

Mrs. Murphy sah ihn an. *«Ich wollte Sie doch bloß aufheitern.»*

«Wird die Katze nach mir schnappen?» rief Mim.

Harry hob die Katze von dem schmalen Sims, das sich ideal dafür eignete, die Post in die Schließfachreihen zu sortieren. «Nein, ich hab sie auf dem Arm.»

Tucker sagte, den Kopf auf den Pfoten: *«Murphy, im Moment gibt es gar nichts, was die Menschen aufheitern könnte.»*

Rick kraulte die Tigerkatze unterm Kinn. «Wenn Tiere

doch sprechen könnten. Wer weiß, was sie in der Nacht, als Hogan ermordet wurde, gesehen hat?»

«Ich hab gar nichts gesehen, wegen dem Nebel, und ich hab die Chance verpaßt, das Auto zu identifizieren. So schlau war ich nicht, Sheriff.»

«Du hast es ganz richtig gemacht, Murphy, du hast Hilfe geholt», lobte Tucker sie.

Rick ging, Mim sagte Harry und Blair Bescheid wegen der Familienzusammenkunft und der Beerdigung, dann ging sie auch.

Harry bewegte sich mit schwerem Schritt. «Ich fühl mich fürchterlich.»

Blair legte den Arm um ihre Schultern. «Das geht uns allen so.»

27

«Wir kommen zu spät.» Norman sah auf die Uhr und ging nervös auf und ab.

«Ich bin fast fertig. Ich hab Kate Bittner im Golfrestaurant getroffen, und du weißt ja, wie sie quasseln kann.»

Er biß sich auf die Zunge. Sie war immer zu spät dran. Jemanden zufällig im Supermarkt getroffen zu haben war eine von ihren Standardausreden. Ein Auto, das in die Zufahrt einbog, lenkte ihn davon ab, Aysha anzutreiben.

Ottoline stieg in vollem Staat aus ihrem Volvo Kombi.

«O nein», sagte er leise vor sich hin.

Ottoline kam ohne anzuklopfen zur Haustür herein.

«Norman, du siehst elend aus.»

«Ich bin vollkommen erledigt, Ottoline.»

«Wo ist mein Engel?»

«Im Badezimmer, wo sonst?»

Sie blinzelte ihn an, das spitze Kinn vorgeschoben. «Eine Frau muß immer das Beste aus sich machen. Ihr Männer begreift nicht, daß so etwas seine Zeit braucht. Den Mann möchte ich sehen, der sich eine häßliche Frau an seiner Seite wünscht.»

«Aysha könnte niemals häßlich sein.»

«Allerdings.» Sie klapperte durch den Flur. Die Badezimmertür war offen. «Du brauchst andere Ohrringe.»

«Aber Mummy, ich trag diese so gern.»

«Zu bunt. Wir machen einen Beileidsbesuch. Das mag zwar ein gesellschaftliches Ereignis sein, aber es ist keine Party.»

«Aber –»

«Nimm die Tropfenperlen. Sie sind diskret und machen doch etwas her.»

«Na gut.» Aysha marschierte ins Schlafzimmer, nahm ihre emaillierten Ohrringe ab und griff nach den Perlengehängen. «Die hier?»

Norman kam aufgebracht zu ihnen. «Aysha – bitte.»

«Schon gut, schon gut», erwiderte sie mürrisch.

«Ich hoffe, du wirst jetzt Zweigstellendirektor.» Ottoline inspizierte den Anzug ihres Schwiegersohnes. Er wurde für passabel befunden.

«Jetzt ist nicht die richtige Zeit, daran zu denken.»

Sie schürzte die Lippen. «Glaub mir, andere haben nicht annähernd so viele Skrupel. Du mußt nach Charlottesville und mit Donald Petrus sprechen. Du bist jung, aber für den Job kommt kein anderer in Frage.»

«Ich weiß nicht, ob das stimmt.»

«Tu, was ich dir sage», schnauzte sie ihn an.

«Es gibt andere mit mehr Dienstjahren», schnauzte er zurück.

«Alte Weiber.»

«Kerry McCray.»

«Ha!» Damit schaltete sich Aysha in das Gespräch ein. «Sie hat Hogan Freely ermordet.»

«Verdammt, das hat sie nicht. Es wird sich herausstellen, daß sie unschuldig ist.»

Ottoline tappte mit dem Fuß. «Unschuldig oder schuldig ... sie ist unerheblich. Du mußt die Chance nutzen, Norman.»

Er sah von seiner Schwiegermutter zu seiner Ehefrau und seufzte.

28

Harry konnte diese schmerzlichen gesellschaftlichen Ereignisse nicht ausstehen, aber sie ging hin. So traurig solche Anlässe waren, jemandem nicht die letzte Ehre zu erweisen bedeutete Mangel an Respekt.

Sie eilte vom Postamt nach Hause. Miranda war den ganzen Tag zwischen den Postfächern und ihrer Küche hin und her gehetzt. Zum Glück hatte Blair geholfen, das Essen zu den Freelys zu transportieren, und er hatte Miranda einige Besorgungen abgenommen, denn die Post, eine ungewöhnlich schwere Ladung für einen Mittwoch, hatte sie mehr ans Postamt gefesselt, als ihr lieb war.

Sobald Harry zu Hause war, sprang sie unter die Dusche, trug Wimperntusche und Lippenstift auf. Bei ihren kurzgeschnittenen Naturlocken genügte es, wenn sie nur rasch mit den Fingern durchfuhr, solange sie naß waren.

«Was macht sie da drin?» Tucker wälzte sich träge auf der Erde und blieb mit dem Bauch nach oben liegen.

«Sich aufdonnern.»

«Ob sie an Rouge gedacht hat? Das vergißt sie jedes zweite Mal», bemerkte Tucker.

«Ich geh mal nachsehen.» Mrs. Murphy tappte leise in das kleine Badezimmer. Harry hatte das Rouge vergessen. Die Katze sprang auf das kleine Waschbecken und stieß das Rouge ins Becken. *«Du brauchst ein bißchen Rosa auf den Wangen.»*

«Murphy.» Harry hob das schwarze Döschen auf. «Schätze, das könnte nicht schaden.» Sie betupfte ihre Wange mit dem Pinsel. «Na also. Eine hinreißende Schönheit. Die Männer werden bei meinem Anblick erbeben. Die Augen der Frauen werden sich zu Schlitzen verengen. Man wird mir Königreiche bieten für einen Kuß.»

«Mäuse! Maulwürfe! Katzenminze, alles zu deinen Füßen.» Mrs. Murphy genoß diesen Traum.

«Wer ist da? Wer ist da?» Tucker sauste zur Hintertür.

Fair klopfte, stieg dann über den kleinen Hund, der sofort zu bellen aufhörte.

«Hi, Schnuckelpuckel.» Fair strich mit der Hand über Tuckers anmutige Ohren, dann rief er: «Ich bin's.»

«Ich wußte nicht, daß du kommst», rief Harry aus dem Badezimmer.

«Ah, ich hätte anrufen sollen, aber heute ist wieder mal so ein vertrackter Tag. Mußte Tommy Bolenders alte Stute einschläfern. Sechsundzwanzig Jahre alt. Er hat die Stute geliebt, und ich hab ihm gesagt, er soll einfach losheulen. Hat er auch gemacht, und da kamen mir auch die Tränen.

Dann hat das teure Fohlen drüben bei Dolan einen Zaun zertrümmert. Große Rißwunde an der Brust. Und Patty hat Soor.»

Auf Patty, einem braven Schulpferd der Mountain Hollow Farm von Sally und Bob Taylor, hatten zwei Menschengenerationen reiten gelernt.

Harry trat zu Fair. Sie trug einen langen Rock, Sandalen und eine gestärkte Baumwollbluse.

«Ich glaub, ich hab dich seit dem Tag unserer Hochzeit nicht mehr in einem Rock gesehen.»

«So lange?» Sie hielt inne. «Aber Fair, du hättest mich anrufen sollen, weil ich nämlich mit Blair zu Freelys gehe und –»

Fair hob abwehrend die Hand. «Wir gehen beide mit dir hin.»

«Vielleicht gefällt ihm die Idee aber nicht.»

Wieder hob er die Hand. «Laß ihn mal eine Minute aus dem Spiel. Gefällt *dir* die Idee?»

«Wenn ihr beide euch benehmt.»

«Was sagt man dazu.» Tucker wedelte mit ihrem Stummelschwänzchen. *«Mom wird von den zwei bestaussehenden Männern des Bezirks begleitet. Die Telefondrähte werden heißlaufen.»*

«Boom Booms werden am heißesten sein.» Mrs. Murphy saß jetzt neben Tucker.

«Es wird dich sicher freuen zu hören, daß ich Blair von unterwegs angerufen habe, weil ich so was ahnte.»

«Warum hast du mich nicht angerufen?»

«Und wenn du nein gesagt hättest? Dann hätte ich eine Chance vertan, dich zu sehen, noch dazu im Rock.»

Wieder kam ein Auto die Zufahrt hinauf. Tucker lief bellend zur Tür. Sie blieb sogleich stehen. *«Blair, im Mercedes.»*

Harry küßte Katze und Hund und ging mit Fair nach draußen. Beide stiegen in Blairs Mercedes und fuhren los.

«Wie gefällt dir das?» Tucker sah den roten Rücklichtern nach.

«Gefällt mir sehr. Es beweist, daß Fair und Blair lernen können, sich zu vertragen und Harrys Interessen obenan zu stellen. Darum geht es mir. Ich wünsche mir jemand für Mom, der ihr das Leben leichter macht. Liebe soll doch keine Mühe machen.»

29

Blumen, überwiegend pastellfarben und weiß, füllten im Haus der Freelys sämtliche Räume. Laura saß in dem großen Ohrensessel am Wohnzimmerkamin. Manchmal erkannte sie die Leute. Zuweilen verfiel sie in einen gequälten Trancezustand.

Dudley begrüßte dumpf die Leute an der Tür. Er hatte sich zusammengerissen. Einige Leute zeigten Ned Tucker die kalte Schulter, weil er den Fall Kerry McCray übernommen hatte.

Unterstützt von Mrs. Hogendobber, Mim und Little Marilyn, nahm Thea Beileidswünsche entgegen, tauschte Erinnerungen aus, vergewisserte sich, daß die Leute zu essen und zu trinken hatten. Ottoline Gill, die sich in ihrer selbsternannten Stellung gefiel, führte die Gäste zu Laura und geleitete sie dann still zum Buffet. Alles war gut organisiert.

Im Eßzimmer sorgte Market Shiflett auf eigene Kosten für Verpflegungsnachschub. Hogan hatte ihm zu seinem Geschäftsdarlehen verholfen. Im Salon unterhielten sich Aysha und Norman mit den Leuten. Von Zeit zu Zeit warf Norman einen Blick zur Haustür. Er sah elend aus. Aysha machte ein angemessen trauriges Gesicht.

Harrys Ankunft mit den beiden Männern fesselte die Aufmerksamkeit der Menschen, bis Kerry, die an diesem Morgen aus dem Krankenhaus entlassen worden war, mit Cynthia Cooper eintraf. An der Tür begrüßte sie Dudley, der Ottoline abwinkte. Er hörte Kerry aufmerksam zu, dann brachte er sie direkt zu seiner Mutter. Ottoline war empört, und man sah es ihr an. Es wurde ganz still im Raum.

«Laura, es tut mir so schrecklich leid.»

Laura, die Kerry erkannte, hob den Kopf. «Haben Sie meinen Hogan erschossen?»

«Nein. Ich weiß, es sieht schlimm für mich aus, aber ich war's nicht. So etwas Entsetzliches würde ich nie tun. Ich bin gekommen, um mein tiefempfundenes Beileid auszusprechen.»

Man hätte eine Stecknadel fallen hören können.

Jim Sanburne bemächtigte sich der Lage. «Leute, wir müssen immer gegenseitig das Beste in uns zum Vorschein bringen. Wir werden über diesen Verlust hinwegkommen, wir werden Hogans Leben Ehre erweisen, indem wir ein bißchen werden wie er, indem wir anderen Menschen helfen.»

«Und seinen Mörder fangen!» Aysha sah Kerry unverwandt an, bis Norman sie in den Oberarm kniff – und zwar fest.

«Hört, hört.» Viele Anwesende teilten diese Meinung.

Während die Menschen sich um Aysha scharten, strömten immer mehr ins Haus. Es war kaum genug Platz, um sich umzudrehen. Norman schlüpfte hinaus. Kerry sah das und ging ebenfalls, nachdem sie sich von Laura verabschiedet hatte. Cooper folgte ihr in diskretem Abstand.

Norman zündete sich eine Zigarette an. Er stand verloren auf der weiten Fläche des gepflegten Rasens.

Kerry überraschte ihn und schob ihren Arm durch seinen. «Ich *muß* dich sehen.»

«Bald.» Er bot ihr eine Zigarette an.

Ein Auto hielt auf sie zu. Er wich den sich nähernden Lichtern geschickt aus und zog Kerry mit sich. «Wir sollten wohl besser ein Stück vom Haus weggehen.»

Als sie in den Hof einbogen, klagte Kerry: «Ich kann so nicht leben, Norman. Wirst du es ihr sagen oder nicht?»

«Was?»

«Daß du sie verläßt.»

«Kerry, ich hab dir gesagt, ich kann nicht gleichzeitig eine Krise in meinem Privatleben und eine bei der Arbeit bewältigen. Und im Moment guckst du eben in die Röhre.» Er hielt inne. «Verzeih, das ist bloß so eine Redensart. Laß mich diese Arbeit hinter mich bringen, und danach kann ich mich mit Aysha befassen.»

«Befaß dich zuerst mit Aysha», bat sie.

«Das ist nicht so einfach. Sie ist nicht so einfach.»

«Ich weiß. Sie war schließlich mal meine beste Freundin.»

«Kerry» – er schnippte die Zigarette ins Gras –, «vielleicht sollte ich meiner Ehe eine Chance geben. Vielleicht hat der Streß bei der Arbeit mich abgestumpft, daran gehindert, mich Aysha nahe zu fühlen.»

Kerry sagte leicht zitternd: «Bitte, tu das nicht. Laß mich nicht zappeln. Aysha interessiert sich nur für Aysha.»

«Ich will dich nicht zappeln lassen, aber ich bin nicht in der Verfassung, eine wichtige Entscheidung zu treffen, und du bist es auch nicht. Montag bin ich an Hogans Büro vorbeigekommen. Die Wand war mit Blut bespritzt. Mir ist übel geworden. Jedesmal, wenn ich nach unten ging, kam ich daran vorbei. Wenn du das Blut gesehen hättest, wärst du genauso erschüttert.» Er schauderte. «Ich halte das nicht aus.»

«Die Zeit wird dir nicht helfen, Aysha zu lieben.»

«Ich habe sie früher geliebt.»

«Das hast du dir nur eingebildet.»

«Aber wenn ich sie nun doch liebe? Ich weiß nicht, was ich fühle.»

Kerry schlug die Arme um ihn und küßte ihn leidenschaftlich. Er erwiderte ihren Kuß. «Und was fühlst du jetzt?»

«Verwirrung. Ich liebe dich noch immer.» Er zuckte die Achseln. «O Gott, ich weiß nicht mehr ein noch aus. Ich will einfach für eine Weile weg von allem.»

Er nahm sie in die Arme und küßte sie wieder. Sie hörten das leise Knirschen nicht, das sich ihnen näherte.

«Kerry, du Flittchen.» Aysha holte aus und knallte ihr eine. «Eine Mörderin und ein Flittchen.»

Norman packte seine Frau und zog sie weg. «Schlag sie nicht. Schlag mich. Es ist meine Schuld.»

«Halt den Mund, Norman. Ich kenn diese Schlampe in- und auswendig. Sie muß alles haben, was ich habe. Sie hat schon mit mir konkurriert, da waren wir noch ganz klein. Es hört eben nie auf, stimmt's, Kerry?»

«Ich hab ihn zuerst gehabt!»

Das Geschrei wurde lauter. Harry und Miranda kamen auf den Lärm hin aus dem Haus, gerade als Cynthia hinter einer dicken Eiche hervortrat. Sie ging auf das Trio zu.

«Du hast ihn ja nicht gewollt. Du bist zur selben Zeit mit Jake Berryhill ins Bett gegangen.»

Kerrys Gesicht war wutverzerrt. «Lügnerin.»

«Du hast es mir selbst erzählt. Du hast gesagt, du wüßtest, daß Norman dich liebt, und er wäre süß, aber langweilig im Bett.» Aysha kostete diesen Moment aus.

Kerry kreischte: «Du Miststück!»

Wieder riß Norman sie auseinander, mit Cynthias Hilfe. Es war ihm entsetzlich peinlich, sie zu sehen.

«Um Gottes willen, hört auf. Das haben die Freelys nicht verdient!» Harry kniff die Lippen zusammen, als sie zu ihnen hinüberrannte.

«Norman, sag ihr, daß du sie verläßt.»

«Das kann ich nicht.» Norman schien vor aller Augen zu schrumpfen.

Kerrys Schluchzer verwandelten sich in rasenden Haß. «Dann hoffe ich, daß du tot umfällst!»

Sie entwand sich Cynthia, die sie wieder packte. «Zeit, nach Hause zu fahren, bis Sie formell angeklagt werden.» Sie schob Kerry in den Streifenwagen.

Norman wandte sich betreten an die kleine Gruppe: «Ich bitte um Entschuldigung.»

«Haut ab», sagte Harry tonlos.

Aysha drehte sich um und ging vor Norman zum Wagen, als ihre Mutter die Haustür aufstieß. Ottoline rief Tochter und Schwiegersohn etwas zu, aber sie achteten nicht auf sie.

Miranda verschränkte die Arme und schüttelte den Kopf. «Norman Cramer?»

30

Beim Auffüllen der Frankiermaschine bekam Harry jedesmal klebrige rote Stempelfarbe an ihre Finger und ihr T-Shirt, und auch der Schalter bekam etwas ab. Sosehr sie auch aufpaßte, Harry schaffte es immer, etwas zu verschütten.

Mrs. Hogendobber holte ein Handtuch und wischte die Tropfen ab. «Sieht aus wie Blut.»

Harry klappte den Deckel der Maschine zu. «Macht mir eine Gänsehaut – nach allem, was passiert ist.»

Little Marilyn kam mit einem forschen «Hallo» herein. Sie öffnete ihr Schließfach mit solchem Schwung, daß die Tür aus Metall und Glas gegen das Nachbarfach knallte. Sie nahm ihre Post heraus, sortierte sie beim Papierkorb, kam dann an den Schalter. «Ein Brief von Steve O'Grady aus Afrika. Schauen Sie sich auch so gerne ausländische Briefmarken an?»

«Ja. Das ist eine Art Miniaturkunst», erwiderte Miranda.

«Als Kerry, Aysha und ich nach dem College in Europa waren, sind wir eine Weile in Florenz geblieben, dann haben wir uns getrennt. Ich hatte ein Interrail-Ticket, und ich bin wohl durch jedes Land gesaust, das nicht hinter dem Eisernen Vorhang lag. Die vielen Postkarten und Briefe hab ich den anderen vor allem geschickt, damit sie die Marken bekamen, nicht so sehr, damit sie mein Gekritzel lasen. Wir haben uns fleißig Briefe geschrieben.»

Miranda bot Marilyn ein Stück frisches Bananenbrot an. «Ihr seid so lange die allerbesten Freundinnen gewesen. Was ist passiert?»

«Nichts. Jedenfalls nicht in Europa. Wir hatten unterschiedliche Pläne, aber keine war den anderen böse deswegen. Kerry ist als erste nach Hause gefahren. Sie war in London und bekam Heimweh. Aysha lebte in Paris, und ich bin in Hamburg gelandet. Mom meinte, ich sollte mir entweder einen Job suchen oder den Porsche-Direktor heiraten. Ich hab ihr erklärt, daß der in Stuttgart sitzt, aber sie fand das gar nicht komisch. Ich hab die Briefe noch, die wir uns damals geschrieben haben. Ayshas waren sehr ausführlich. Kerrys

Briefe waren eher sachlich. Es war die Geschichte mit Norman, die uns drei Musketiere auseinanderbrachte. Auch als ich schon verheiratet war, haben wir noch zusammengesteckt. Als Kerry dann mit Norman zusammen war und ich von dem Monster geschieden wurde, haben wir viel gemeinsam unternommen.»

«Vielleicht besitzt Norman verborgene Talente», grübelte Harry.

«Sehr verborgen», rief Mrs. Murphy aus der Tiefe des Postkarrens.

«Kerry war davon überzeugt. Sie hatten immer Gesprächsstoff.» Marilyn lachte. «Aysha kriegte auf einmal Torschlußpanik – à la ‹alle deine Freundinnen sind verheiratet, nur du nicht›. Dann hat Ottoline ihr auch noch in den Ohren gelegen.»

Mrs. Murphy steckte den Kopf aus dem Postkarren. *«Panik? Das muß ein schwerer epileptischer Anfall gewesen sein.»*

Pewter schob sich durch das Katzentürchen. *«Ich bin's.»*

«Ich weiß», rief Murphy. Pewter sprang zu ihr in den Postkarren.

«Ist es nicht ein Wunder, daß die beiden Katzen Kerry gefunden haben?» Marilyn beobachtete die beiden Tiere, die sich im Postkarren herumwälzten und balgten.

«Die Wege des Herrn sind wunderbar», sagte Mrs. H.

Mrs. Murphy und Pewter ließen von ihrer Balgerei ab. *«Man sollte meinen, sie würden erkennen, daß der Allmächtige eine Katze ist. Menschen stehen weiter unten in der Hierarchie der Lebewesen.»*

«Das werden die nie kapieren. Zu egozentrisch.» Pewter schlug Murphy auf den Schwanz, und sie nahmen die Balgerei wieder auf.

«Ich sollte die alten Briefe raussuchen.» Little Marilyn

ging zur Tür. «Wäre interessant zu vergleichen, wer wir damals waren und wer wir heute sind.»

«Bring sie mal mit, damit ich mir die Briefmarken ansehen kann.»

«Okay.»

Miranda schnitt noch ein Stück Bananenbrot ab. «Marilyn, glaubst du, daß Kerry einen Menschen töten könnte?»

«Ja. Ich glaube, jeder von uns könnte töten, wenn es sein müßte.»

«Aber Hogan?»

Sie atmete tief durch. «Mrs. H., ich weiß es einfach nicht. Es scheint undenkbar, aber ...»

«Wo hat Kerry in London gearbeitet – wenn überhaupt?»

«In einer Bank. Der Londoner Zweigstelle einer der großen amerikanischen Banken. Dort hat sie ihre Berufung entdeckt, so hat sie es mir zumindest erzählt.»

«Davon habe ich nie was gehört.» Harrys Gedanken überschlugen sich.

«Sie ist verschwiegen. Außerdem, wie viele Menschen interessieren sich schon für das Bankwesen, und ihr zwei seid bestenfalls Bekannte. Ich meine, es hat nichts zu bedeuten, wenn sie es dir nicht erzählt hat.»

«Hm, ja», erwiderte Harry matt.

«So, ich muß weiter, Besorgungen machen.» Marilyn stieß die Tür auf, und ein Schwall schwüler Luft schwappte herein. Und mit ihm Rick und Cynthia.

«Darf ich?» Rick zeigte auf die niedrige Klapptür, die den Kunden- vom Arbeitsbereich trennte.

«Wie höflich, erst zu fragen.» Mrs. Hogendobber hielt die Klapptür auf.

Cynthia folgte ihm. Sie legte einen Ordner auf den Tisch und schlug ihn auf. «Das hier hat mir der Besitzer einer Bar in

San Francisco geschickt, wo Huckstep gearbeitet hat.» Sie reichte Harry und Mrs. Hogendobber Zeitungsartikel über George Jarvis' Selbstmord.

Harry las ihren zuerst, dann schaute sie Miranda über die Schulter.

«Die Sache ist so, daß dieser Jarvis, ein Mitglied des Bohemian Club, Typ Säule der Gesellschaft, homosexuell war. Niemand hat es gewußt. Er wurde von Mike Huckstep und Malibu, seiner Freundin oder Frau – wir sind nicht sicher, ob sie tatsächlich verheiratet waren – erpreßt. Sie muß ein eiskaltes Luder sein; denn sie hat sich versteckt und Mike dabei fotografiert, wie er es mit seinen Opfern trieb, und damit hat die Erpressung angefangen.»

«In dem Trauring stand M & M.» Harry gab Cynthia den Zeitungsausschnitt zurück.

«Ich will keine voreiligen Schlüsse ziehen. Wir haben in San Francisco das Heiratsregister vom 12. Juni 1986 überprüft. Von Huckstep keine Spur. Es ist wie die Suche nach der Nadel im Heuhaufen. Die umliegenden Bezirke haben wir ebenfalls überprüft. Nach und nach werden wir sämtliche Register Kaliforniens durchgehen.»

«Wer weiß, vielleicht haben sich die beiden ans Meer gestellt und sich ewige Treue geschworen», meinte Rick sarkastisch. «Oder sie sind nach Reno gegangen.»

«Wir haben eine Bekanntmachung an alle Polizeireviere Amerikas und an die Registerämter aller Bezirke geschickt. Es kommt vielleicht nichts dabei heraus, aber wir lassen nichts unversucht.»

Cynthia zog eine 20 × 30-Hochglanzvergrößerung von einem Schnappschuß hervor. «Mike.»

«Sieht besser aus als an dem Tag, als er nach Ash Lawn gebrettert kam.»

«Niemand hat Anspruch auf die Leiche erhoben», teilte Rick ihnen mit. «Wir haben ihn auf dem Bezirksfriedhof beigesetzt. Wir haben uns Zahnarztunterlagen besorgt, um zu beweisen, daß er es wirklich war. Wir mußten ihn schließlich unter die Erde bringen.»

«Hier ist noch ein Foto. Das ist alles, was Frank Kenton gefunden hat. Er sagt, er hat jeden angerufen, an den er sich aus der Zeit, als Mike an der Bar bediente, erinnern kann.»

Im Hintergrund des Fotos stand eine verschwommene Gestalt mit dem Rücken zum Betrachter. «Malibu?» fragte Harry.

Mrs. Hogendobber setzte ihre Brille auf. «Alles, was ich erkennen kann, sind lange Haare.»

«Frank weiß wenig über sie. Sie hatte einen Teilzeitjob in der Anvil-Bar, die ihm gehört – ein Schwulentreffpunkt. Für die Stammgäste hätte Malibu ebensogut ein Stück Tapete sein können, zudem schien sie ein zurückhaltender Typ zu sein. Frank sagt, er kann sich nicht erinnern, auch nur ein einziges persönliches Gespräch mit ihr geführt zu haben.»

«Hat er von der Masche der beiden gewußt?» Harry starrte auf die Gestalt.

«Er ist schließlich dahintergekommen. Huckstep und Malibu sind im letzten Moment abgehauen. Ich vermute, daß sie mit einer ganzen Wagenladung Geld verschwunden sind. Sie sind nach Los Angeles gezogen, wo sie ihr ‹Gewerbe› fortgeführt haben dürften, auch wenn sie offenbar nie dabei erwischt wurden. Leichtes Spiel in so einer großen Stadt.»

Rick nahm den Faden auf, als Cynthia fertig war. «Wir glauben, daß sie in der Gegend um Charlottesville war, als Mike hierherkam. Wir wissen nicht, ob sie noch in der Nähe ist. Oh, noch eine Kleinigkeit. Wir haben ein paar Einzelheiten über Mikes Herkunft zusammengefügt. Seine Sozialversicherungsnummer hat uns dabei geholfen. Frank Kenton hatte die Nummer in seinen Unterlagen. Mike ist in Fort Wayne, Indiana, aufgewachsen. Er hat an der Northwestern University Informatik als Hauptfach belegt und nur Einsernoten gehabt.»

Harry klatschte in die Hände. «Der Threadneedle-Virus!»

«Das ist ein kühner Schluß, Harry», warnte Rick, dann überlegte er einen Moment. «Allerdings, Kerry hätte genau an der richtigen Stelle gesessen, um mitzumachen.»

Harry legte einen Postsack zusammen. «Wenn sie so schlau war, deren Tricks auszuhecken oder mit dem Computer-Genie gemeinsame Sache zu machen, dann war es ganz schön blöd von ihr, sich erwischen zu lassen. Irgendwie paßt das nicht zusammen.»

«Die Mordwaffe paßt auf alle Fälle.» Cynthia nahm ein Stück Bananenbrot, das Miranda ihr anbot.

«Also, ihr zwei» – Mirandas Stimme war mit Humor gewürzt –, «Sie sind doch nicht hier, um uns ein Foto von einem Rücken zu zeigen. Ich weiß, daß Sie zwei Morde aufzuklären haben. Sie würden die größte Mühe darauf verwenden, Hogans Mörder zu finden, nicht den Mörder des Fremden. Also müssen Sie glauben, daß die beiden Morde zusammenhängen, und Sie müssen uns auf irgendeine Weise brauchen.»

Ricks Kiefer erstarrte mitten im Kauen. Mrs. Hogendobber war gerissener, als er ihr zugetraut hatte. «Na ja –»

«Uns können Sie vertrauen.» Miranda bot ihm noch ein Stück Bananenbrot an.

Er schluckte. «Ohne Frage. Es ist bloß –»

Cynthia unterbrach ihn. «Wir sollten es ihnen lieber sagen.»

Hierauf wurde es still.

«Na gut», stimmte Rick zögernd zu. «Sie sagen es ihnen. Ich esse.»

Cynthia schnappte sich ein Stück Brot, bevor er den ganzen Laib verschlingen konnte.

«Wir haben unsere Leute an die Computer der Crozet National Bank gesetzt. Es ist nicht viel dabei herausgekommen, denn der Dieb hat seine Spuren verwischt. Aber eine interessante Sache haben wir gefunden. Ein Konto, das auf Mr. und Mrs. Michael Huckstep eröffnet wurde.»

Harry stieß einen Pfiff aus.

Miranda fragte: «Mr. und Mrs.?»

Cynthia fuhr fort: «Wir haben die Unterschriftskarten herausgesucht. Aber wir können die Echtheit seiner oder ihrer Unterschrift nicht überprüfen.»

«Können Sie sie nicht mit der Unterschrift auf seinem Führerschein vergleichen?» fragte Harry.

«Oberflächlich, ja. Sie stimmen überein. Aber um die Echtheit festzustellen, brauchen wir einen Handschriftensachverständigen. Wir haben eine Frau aus Washington hierherbestellt.» Sie hielt inne, um Atem zu holen. «Und was die Unterschrift von Mrs. Huckstep angeht ... sie stimmt, wiederum oberflächlich, mit keiner Handschrift von jemandem in der Bank überein.»

«Wann hat er oder sie das Konto eröffnet?» fragte Harry.

«Am dreißigsten Juli. Er hat 4218,64 Dollar in bar eingezahlt.» Rick wischte sich den Mund mit einer Serviette ab, die Miranda bereitgelegt hatte. «Die für die Eröffnung des Kontos zuständige Bankangestellte war Kerry McCray.»

«Sieht schlecht aus.» Harry atmete aus.

«Und wenn ...» Mrs. Hogendobber preßte die Finger aneinander. «Ach, vergessen Sie's.»

«Nein, reden Sie weiter», forderte Rick sie auf.

«Und wenn Kerry das Konto eröffnet hat? Das muß nicht heißen, daß sie ihn kannte.»

«Kerry beharrt darauf, daß sie nie ein Konto für Mr. und Mrs. Huckstep eröffnet hat, obwohl sie den ganzen dreißigsten Juli in der Abteilung war», sagte Rick mit schwerer Stimme. «Auf jedem Konto ist eine Identifikationsnummer der Angestellten. Kerrys Nummer ist auf Hucksteps Konto.»

«Ist das fehlende Geld auf seinem Konto?» erkundigte sich Harry.

«Nein», antworteten beide.

Cynthia ergänzte: «Wir können keine fünf Cents finden.»

«Hm, ich frage das nicht gerne, aber war es auf Hogan Freelys Konto?» Harry zuckte unter Mirandas verachtungsvollem Blick zusammen.

«Nein», erwiderte Rick.

«Nach allem, was wir wissen, könnte das Geld, das am ersten August verschwand, auf einem Konto deponiert sein, dessen Code wir nicht knacken können, um zu einem späteren, unverfänglichen Datum abgerufen zu werden», fügte Cynthia hinzu.

«Vielleicht ist das Geld auf einer anderen Bank oder sogar in einem anderen Land», sagte Miranda.

«Wenn zwei Millionen Dollar oder mehr auf einem Privatkonto aufgetaucht wären, würden wir es längst wissen.»

«Rick, und was ist mit einem Firmenkonto?»

«Harry, das ist etwas komplizierter, weil die großen Unternehmen laufend beträchtliche Beträge umbuchen. Ich denke, früher oder später würden wir es aufspüren, aber der Dieb und höchstwahrscheinlich der Mörder, ein und dieselbe Person, müßte jemanden in einer oder mehreren der 500 größten Gesellschaften sitzen haben», erklärte Rick.

«Oder jemanden in einer anderen Bank.» Harry konnte sich keinen Reim darauf machen. Sie hatte keinen Schimmer.

«Möglich.» Cynthia ließ ihre Knöchel knacken. «Verzeihung.»

«Was können wir tun?» Miranda wollte gerne helfen.

«Hier kommt jeder durchgestapft. Halten Sie Augen und Ohren offen», bat Rick.

«Das tun wir sowieso.» Harry lachte. «Wissen Sie, Big Marilyn hat uns gebeten, auf eingeschriebene Briefe zu achten. Könnten Aktienzertifikate sein. Nichts.»

«Danke für die Information über Threadneedle.» Rick stand auf. «Ich glaube nicht, daß Kerry das allein hätte durchziehen können.»

Miranda schluckte.

Als hätte sie ihre Gedanken gelesen, flüsterte Harry: «Norman?»

Rick zuckte die Achseln. «Wir haben absolut nichts gegen ihn in der Hand. Aber wir überprüfen jeden einzelnen in dieser Bank, bis hin zum Pförtner. Halten Sie die Augen offen.» Rick hob die Trennklappe, und Cooper folgte ihm.

«Wenn die Menschen schon für tausend Dollar töten, bedenken Sie, was sie für zwei Millionen tun würden.» Cynthia klopfte Harry auf den Rücken. «Merken Sie sich, wir sagten, passen Sie auf. Wir sagten nicht, mischen Sie sich ein.»

Als sie gegangen waren, fingen Miranda und Harry beide auf einmal an zu reden.

«Diesen beiden zu sagen, sie sollen sich raushalten, das ist, als würde man einem Hund sagen, er soll nicht mit dem Schwanz wedeln», sagte Mrs. Murphy zu Pewter.

«Außer Tucker», stichelte Pewter.

Tucker entgegnete von ihrem Platz unter dem Tisch: *«Das nehm ich dir übel.»*

31

«Wo kommt das ganze Zeug her?» Entsetzt inspizierte Harry ihre Rumpelkammer.

Die Bezeichnung Rumpelkammer wurde dem Raum nicht gerecht, einer mit Holzlatten verkleideten, geschlossenen rückwärtigen Veranda, komplett mit schlichten Holzhaken für Mäntel, einem schweren, schmiedeeisernen Stiefelabstreifer, einem großen Stiefelknecht und einem langen, massiven Eichentisch. Dunkelgrün und ocker gestrichene quadratische, gleich große Platten verliehen dem Fußboden Glanz. Die letzte Gelegenheit, den Schmutz abzustreifen, bot eine dicke Fußmatte mit der Aufschrift «Willkommen» an der Tür zur Küche.

Zweimal im Jahr kriegte Harry den Rappel, die Veranda aufzuräumen. Das Werkzeug wurde einfach an die Wand gehängt oder in den Stall gebracht, je nachdem, wohin es ursprünglich gehörte. Die Kartons mit Zeitschriften, Briefen und alten Kleidern mußten aussortiert werden.

Mrs. Murphy scharrte in dem Zeitschriftenkarton herum. Das Geräusch von Pfoten auf teurem Glanzpapier entzückte sie. Tucker begnügte sich damit, die alten Kleider zu beschnuppern. Wenn Harry ein Sweatshirt oder eine alte Jeans in einen Karton warf, dann waren die Sachen wirklich alt. Sie war dazu erzogen worden, alles aufzubrauchen und aufzutragen, sich zu bescheiden oder zu verzichten. Die Kleider wurden zu Putzlappen für den Stall zerschnitten. Was dann noch übrigblieb, warf Harry weg, aber sie gelobte sich, daß sie eines Tages lernen würde, Flickenteppiche zu machen, um die Reste verwerten zu können.

«Was gefunden?» fragte Tucker Mrs. Murphy.

«Jede Menge alte ‹New-Yorker›-Ausgaben. Sie sieht einen Artikel, den sie lesen will, hat keine Zeit, ihn gleich zu lesen, und hebt die Zeitschrift auf. Ich wette mit dir um einen Hundeknochen, daß sie sich jetzt auf die Erde setzt, die Zeitschriften durchsieht und die Artikel herausreißt, die sie aufheben will, so daß sie immer noch einen Stapel zu lesen hat, aber keinen so dicken mehr, wie wenn sie die vollständigen Zeitschriften aufbewahren würde. Wenn sie nicht im Postamt arbeitete, in der Klatschzentrale, dann würde sie in der Bücherei arbeiten wie früher ihre Mutter.»

«Und ich wette, das kaputte Zaumzeug ist das erste, was sie sich vornimmt. Das Kopfstück muß ersetzt werden. Sie wird es in die Hand nehmen, etwas murmeln und es dann in den Kofferraum legen, um es zu Sam Kimball zu bringen.»

«Kann sein. Das geht wenigstens schnell. Wenn sie ihre Nase erst in ein Buch oder eine Zeitschrift gesteckt hat, braucht sie ewig.»

«Meinst du, sie vergißt das Abendessen?»

«Tucker, du bist genauso schlimm wie Pewter.»

«Sie hat uns beide getäuscht», rief der Hund.

Mit einer Schere bewaffnet, begann Harry, die alten Kleider zu zerschneiden. «Mrs. Murphy, zerreiß die Zeitschriften nicht. Ich muß sie zuerst durchsehen.»

«Gib mir etwas Katzenminze. Ich bin bestechlich.» Mrs. Murphy scharrte und kratzte mit vermehrter Kraft.

Harry hörte zu schnippeln auf und griff sich den Zeitschriftenkarton. Er war schwerer als erwartet, deshalb stellte sie ihn wieder hin. «Fast hätte ich dich rausgeschüttelt.»

«Katzenminze.» Murphys Augen wurden groß, sie schlug in dem Karton einen Purzelbaum.

«Die reinste Akrobatin.» Harry stellte den Karton auf den Eichentisch. Murphy sah nach den Kräutern, die drinnen zum Trocknen aufgehängt waren. Ein großes Bund Katzenminze, mit den Blättern nach unten, verströmte einen süßen, verlockenden Duft. Murphy stürmte aus dem Karton, sprang hoch in die Luft und berührte die Spitze der Katzenminze. Ein bißchen höher, und sie hätte einen Volltreffer gelandet.

«Katzenminze.»

«Du bist drogensüchtig.» Harry lächelte und brach einen kleinen Zweig ab.

«Juhuu.» Mrs. Murphy riß Harry die Katzenminze aus der Hand, warf sie auf den Tisch, kaute ein bißchen, wälzte sich darauf herum, warf sie in die Luft, fing sie auf, wälzte sich noch ein bißchen. Ihre Kaspereien eskalierten.

«Übergeschnappt. Du bist total verrückt, du willst dich wohl bei der Kunstflugstaffel der Blue Angels bewerben.»

«Mutter, die ist immer so. Die Katzenminze verstärkt es nur. Ich dagegen, ich bin ein normaler, nüchterner Hund. Zuverlässig. Beschützer. Ich kann hüten und fangen und dir auf dem Fuße folgen. Selbst mit einem Knochen, den ich jetzt sehr zu schätzen wüßte, würde ich mich nie zu einem solch ungebärdigen Benehmen hinreißen lassen.»

«Verpiß dich», fauchte Mrs. Murphy Tucker an. Das Kraut machte sie aggressiv.

«Wir wollen ja gerecht sein.» Harry ging in die Küche und holte einen Knochen für Tucker, bevor sie sich wieder an die Arbeit machte.

Während die Tiere beschäftigt waren, wurde Harry mit dem Kleiderkarton fertig. Sie griff in den Karton mit den Zeitschriften und blätterte die Inhaltsverzeichnisse durch. «Hmm. Den Artikel heb ich mal lieber auf.» Sie schnitt einen langen Aufsatz über die Amazonas-Regenwälder aus.

«Da kommt wer», bellte Tucker.

«Halt die Klappe.» Murphy ließ den Kopf hängen. *«Du tust meinen Ohren weh.»*

«Freund oder Feind?» fragte die Corgihündin herausfordernd, als das Auto in die Zufahrt einbog.

«Glaubst du wirklich, ein Feind würde bis vor die Hintertür fahren?»

«Halt selber die Klappe. Ich tu meine Pflicht, und außerdem sind wir hier im Süden. Da benehmen sich alle Feinde wie Freunde.»

«Gut beobachtet», stimmte die Katze zu, während sie sich aus ihrem Katzenminzerausch riß. *«Es ist Little Marilyn. Was zum Teufel will die hier um sieben Uhr abends?»*

«Komm rein!» rief Harry. «Ich mach meinen Frühjahrsputz, im August.»

Marilyn öffnete die Verandatür. «Du tust es wenigstens. Ich hab Unmengen Zeug zum Aussortieren. Ich komm nie dazu.»

«Wie wär's mit Eistee oder -kaffee? Ich kann auch eine schöne Kanne heißen Kaffee machen.»

«Nein danke.»

«Wenn du keinen Eistee brauchst, ich schon.» Harry legte die Schere hin.

Die beiden Frauen verzogen sich in die Küche. Harrys peinlich saubere Küche duftete nach Muskat und Zimt. Harry war stolz auf ihre Ordnungsliebe. Auf irgendwas in der Küche mußte sie schließlich stolz sein; denn mit ihren Kochkünsten war es nicht weit her.

«Milch oder Zitrone?» Harry ließ ein Nein nicht gelten.

«O danke. Zitrone. Ich halte dich von der Arbeit ab.» Marilyn war zappelig.

«Das kann warten. Ich war den ganzen Tag auf den Beinen, da tut es gut, sich mal hinzusetzen.»

«Harry, wir sind nicht die besten Freundinnen, darum hoffe ich, du hast nichts dagegen, daß ich dich einfach so überfalle.»

«Ist in Ordnung.»

Sie ließ ihren Blick durch die Küche schweifen, dann setzte sie sich. «Ich weiß nicht, was ich tun soll. Vor zwei Wochen hat Kerry mich gebeten, ihr Geld zu leihen. Ich hab mich geweigert, auch wenn's mir schwerfiel, aber, nun ja, sie wollte dreitausend Dollar.»

«Wozu?»

«Sie sagte, mit dem Krebs ihres Vaters würde es immer schlimmer. Wenn sie die Summe anlegen würde, könnte sie davon das bestreiten, was seine Versicherung nicht abdeckt. Sie sagte, sie würde den Gewinn mit mir teilen und das Grundkapital in einem Jahr zurückzahlen.»

«Kerry ist viel raffinierter, als ich dachte.»

«Ja.» Little Marilyn saß stocksteif da.

«Hast du das Rick Shaw oder Cynthia erzählt?»

«Nein. Ich bin zuerst zu dir gekommen. Es hat mir keine Ruhe gelassen. Ich meine, sie steckt auch so schon tief genug drin.»

«Ja, ich weiß, aber –» Harry hob die Hände – «du mußt es ihnen sagen.»

Mrs. Murphy, die auf der Arbeitsfläche saß, sagte: *«Was denkst du wirklich, Marilyn?»*

«Sie hat Hunger.» Harry stand auf und öffnete zwei Dosen für Mrs. Murphy und Tucker. Tucker schlang ihr Fressen hinunter, während Mrs. Murphy ihrs gesittet verzehrte.

«Danke, daß du mir zugehört hast. Wir sind früher so gute Freundinnen gewesen. Ich komme mir vor wie eine Verräterin.»

«Das bist du nicht. Und so entsetzlich so ein Prozeß ist,

dafür sind die Gerichte da – wenn Kerry unschuldig ist, wird sie verschont. Das hoffe ich zumindest.»

«Kennst du nicht den alten Spruch? ‹Lieber dem Teufel in die Hände fallen als den Juristen.›»

«Du glaubst, sie steckt da mit drin, stimmt's?»

«Ah-hm.» Little Marilyn nickte, mit Tränen in den Augen.

32

In jeder freien Minute hämmerte Kerry in einem rückwärtigen Büro auf den Computer ein. Cynthia hatte ihr gesagt, sie könne zur Arbeit gehen. Sie werde morgen offiziell vernommen. Rick hatte dem stellvertretenden Direktor, Norman Cramer, gesagt, er möge Kerry erlauben zu arbeiten. Er richtete ein paar Worte an das Personal, die auf «unschuldig bis zum Beweis der Schuld» hinausliefen. Er erhoffte sich, daß Kerry oder ihrem Komplizen ein Schnitzer unterlief.

Der dicke Teppichboden im Vorstandsbereich der Bank dämpfte die Schritte hinter Kerry, als sie hektisch Verzeichnisse im Computer aufrief. Norman Cramer klopfte ihr auf die Schulter.

«Was machst du da?»

«Herumspielen. Ähnlich wie du, Norman.» Kerrys Gesicht glühte.

«Kerry, das hier geht dich nichts an. Du störst Rick Shaws Ermittlungen.»

Keiner von ihnen wußte, daß Rick Kerrys Computer überwachen ließ. Ein Polizeibeamter im Kellergeschoß sah alles, was sie aufrief.

«Hogan Freelys Ermordung geht alle an. Und lieber laß ich mich von dir abkanzeln, als daß ich nicht versuche, auf einen Hinweis zu stoßen, irgendeinen.»

Sein fahler Teint färbte sich dunkler. «Hör auf mich. Vergiß es.»

«Können wir nicht rausgehen und reden?»

«Und wieder eine Szene riskieren? Nein.»

«Ich hab gewußt, daß du ein Feigling bist. Ich hatte gehofft, es wäre nicht wahr. Ich hatte dir wirklich geglaubt, als du mir sagtest, du würdest Aysha verlassen –»

Er wies sie scharf zurecht. «Es gehört sich nicht, während der Arbeit Privatangelegenheiten zu besprechen.»

«Außerhalb der Arbeit willst du sie auch nie besprechen.»

«Ich kann nicht. Vielleicht weiß ich Dinge, die du nicht weißt, und vielleicht solltest du mich eine Weile vergessen. Du hättest heute nicht herkommen sollen. Es macht alle nervös.» Er drehte sich auf dem Absatz um und ging hinaus.

Kerry McCray kochte vor Wut. Sie folgte ihm. «Du jämmerlicher Mistkerl.»

Er packte sie so fest am Arm, daß er ihr weh tat, und halb schob, halb zog er sie durch den schmalen Flur zum Hinterausgang. Er warf sie fast die Treppe zum Parkplatz hinunter. «Nimm dir den Tag frei! Es ist mir egal, ob Rick Shaw es in Ordnung findet, wenn du hier bist. Ich finde es nicht in Ordnung. Jetzt geh, reg dich ab!» Er schlug die Tür zu.

Kerry stand mitten auf dem Parkplatz und schluchzte. Sie ging zu ihrem Auto, machte die Tür auf und stieg ein. Dann legte sie den Kopf aufs Lenkrad und schluchzte noch mehr.

Mrs. Hogendobber kam auf dem Weg von der Bank vorbei. Sie zögerte, dann ging sie zu Kerry.

«Kerry, kann ich Ihnen helfen?» fragte sie durch das heruntergekurbelte Fenster.

Kerry sah auf. «Mrs. Hogendobber, ich wünschte, Sie könnten es.»

Mrs. Hogendobber klopfte sie auf den Rücken. «‹Liebet eure Feinde; segnet, die euch fluchen; tut wohl denen, die euch hassen ... Denn so ihr liebet, die euch lieben, was werdet ihr für Lohn haben? Tun nicht dasselbe auch die Zöllner?›»

Kerry faßte sich genügend, um zu bemerken: «Heute würde man Zocker sagen.»

«Na also, ich wußte doch, daß es Sie aufrichten würde. Mir hilft die Bibel immer in Zeiten der Not.»

«Ich glaube, es lag ebensosehr an Ihnen wie an Ihrem Zitat. Ich wünschte, ich wäre so klug und ausgeglichen wie Sie, Mrs. Hogendobber.» Sie nahm ein Papiertuch aus dem Handschuhfach. «Glauben Sie, daß ich Hogan Freely umgebracht habe?»

Miranda sagte: «Nein.» Sie wartete, bis Kerry sich die Nase geputzt hatte. «Sie scheinen mir einfach nicht der Typ zu sein. Ich könnte mir vorstellen, daß Sie Norman im Liebeswahn töten, aber Hogan, nein.» Sie hielt inne. «Wenn man lange genug lebt, meine Liebe, dann sieht man alles. Man sieht immer noch vieles zum ersten Mal, einen abtrünnigen Exfreund inklusive. Nach einer Weile weiß man, worüber man sich aufregen und was man am besten auf sich beruhen lassen sollte. Er hat Aysha geheiratet. Lassen Sie ihn. Die Heilige Schrift lesen und zum Herrn beten hat noch niemandem geschadet. Sie werden dort Trost finden, und früher oder später wird der richtige Mann in Ihr Leben treten.» Sie holte Atem. «Es ist so heiß. Sie braten ja in dem Auto. Kommen Sie rüber ins Postamt, ich mache Ihnen einen Eistee. Ich habe auch Plätzchen mit Schokosplittern, und welche mit Macadamianüssen.»

«Danke. Ich bin völlig daneben. Ich glaube, ich fahre nach Hause, und vielleicht befolge ich Ihren Rat und lese die Bibel.» Sie wischte sich die Augen. «Danke.»

«Und daß Sie sich's nicht anders überlegen.» Miranda lächelte, dann ging sie zum Postamt.

Kerry fuhr los.

Mrs. Hogendobber wartete, bis niemand anders im Gebäude war, bevor sie Harry von dem Vorfall berichtete. In Crozet, einer Stadt mit nur 1733 Einwohnern, entging einem nicht viel. Ein paar Leute hatten gesehen, wie Kerry Norman durch den Flur folgte. Boom Boom Craycroft sah, wie er sie aus dem Bankgebäude stieß, und fünfzehn Personen, die kamen und gingen, sahen Mrs. Hogendobber Kerry auf dem Parkplatz trösten. Variationen dieser Vorfälle machten die Runde. Mit jeder Schilderung wurden Kerrys Unglück und vermutete Schuld weiter ausgeschmückt, bis sie am Ende selbstmordgefährdet war. Normans Entschlossenheit ihr gegenüber hatte für viele einen Anflug von Heroismus.

Als Little Marilyn nach Ash Lawn fuhr, um Aysha abzulösen, war die Erzählung zu einer Seifenoper herangereift, aber vielleicht ist das tägliche Leben ja eine Seifenoper.

In Ash Lawn taten alle doppelten Dienst, weil Laura Freely bis Jahresende nicht wiederkommen würde. Die Anstrengung, einen Plan auszuarbeiten und Ottoline an Lauras Stelle einzusetzen, machte Marilyn, die für die Fremdenführungen zuständig war, fix und fertig.

Marilyn kämmte sich die Haare und machte sich frisch, als Aysha mit einer Besuchergruppe durch war. Es kamen noch mehr, aber Marilyn hatte ungefähr zehn Minuten, bevor sie eine neue Gruppe zu einer Führung holte.

Aysha schilderte ihre Version der Norman-Kerry-Episode. Ihre Schadenfreude brachte Marilyn Sanburne jr. in Rage.

«Sie ist die Verliererin. Du bist die Siegerin. Sei wenigstens so anständig, sie zu ignorieren.»

Aysha schob energisch die Schultern zurück und straffte das Kinn, das Vorspiel zu einer Äußerung von emotionaler Bedeutsamkeit, gefärbt mit ihrer eingebildeten Überlegenheit. «Wer bist du, mir meine Verhaltensweisen vorzuschreiben?»

«Ich war mal deine beste Freundin. Jetzt bin ich da nicht mehr so sicher.»

«Du stehst auf ihrer Seite. Ich hab's gewußt. Ach, wie Frauen doch die Opfer lieben, und Kerry stellt sich als wahre Märtyrerin der Liebe dar – sie ist eine Mörderin, um Himmels willen!»

«Das kannst du nicht wissen, und du brauchst dich nicht daran zu weiden.»

«Tu ich gar nicht.»

«Auf mich wirkst du ganz schön hämisch», entgegnete Marilyn. «Hör auf damit.»

Aysha senkte die Stimme, ein Zeichen, daß das, was sie mitzuteilen hatte, ungeheuer, wahrhaftig und schrecklich wichtig war und daß sie es nur für sich behalten hatte, weil sie eine richtige Lady war. «Sie hat auf Hogan Freelys Trauerfeier meinen Mann geküßt.»

Da weder Harry noch Cynthia es erwähnt hatten, wußte Marilyn nicht, daß bei dem Vorfall ein Kuß im Spiel gewesen war. Da die zwei Rivalinnen aus Leibeskräften gebrüllt und gekreischt hatten, kannte sie allerdings den Rest. Sie hatte, wie die meisten anderen Trauergäste, jedes Wort gehört. «Ich wäre auch wütend geworden. Das kann ich verstehen. Ich würde nicht wollen, daß jemand meinen Mann küßt, schon gar nicht eine frühere Geliebte. Aber, Aysha, du mußt darüber wegkommen. Immer, wenn du auf sie reagierst, kriegt sie, was sie will. Ihr, nicht Norman, gilt deine ganze Beachtung, und ihr, nicht dir, gilt Normans ganze Beachtung. Da mußt du drüberstehen.»

«Du hast leicht reden. Ich erinnere mich, wie falsch sie in der Schule war – so freundlich, wenn sie mit dir sprach, und so gemein hinter deinem Rücken –»

«Ich will nichts davon hören.» Marilyn trat einen Schritt auf Aysha zu, merkte, was sie tat, und blieb stehen. «Wenn du so weitermachst, Aysha, wirst du genau so eine Zimtzicke wie deine Mutter.»

«Du denkst, du bist besser als alle anderen, weil du das Vermögen deiner Mutter erbst. Wenn Big Marilyn meine Mutter wäre, würde mir angst und bange. Jede Frau wird mal wie ihre Mutter. Meine ist ein kleiner Fisch gegen deine.»

«Ich mach mir nichts aus dem Geld.»

«Wer es hat, macht sich nie was draus. Das ist es ja eben! Ich hoffe, daß ich eines Tages so viel habe wie du, damit ich's dir unter die Nase reiben kann.»

«Deine Zeit ist um. Ich übernehme jetzt.» Marilyn ging ruhig in den Wohnraum, um die Besucher in Monroes Heim zu begrüßen.

33

Eine Klimaanlage war ein Luxus, den Harry sich nicht leisten konnte. Ihr Haus am Fuß des Yellow Mountain war immer kühl, außer in den schwülsten Sommernächten. Dies war so eine schlimme Nacht. Alle Fenster standen offen, um den nicht vorhandenen Wind hereinzulassen. Harry warf und wälzte sich herum, schwitzte, und am Ende fluchte sie.

«Ich weiß nicht, wie du dabei schlafen kannst», murrte sie, als sie über Tucker hinwegstieg und ins Badezimmer ging.

Als Harry sich die Zähne putzte, erklomm Mrs. Murphy behende das Waschbecken.

«Höllisch heiß.»

Den Mund voll Zahnpasta, antwortete Harry nicht auf Murphys Bemerkung. Nachdem sie den Mund gespült hatte, kraulte sie die Katze, die genüßlich schnurrte.

Ein Gang durchs Haus verschaffte keine Erleichterung. Sie ging in die Bibliothek, von Murphy beschattet.

«Mutter, dies ist der heißeste Raum im Haus. Warum legst du dir nicht Eiswürfel auf den Kopf und setzt eine Baseballkappe obendrauf? Das hilft bestimmt.»

«Mir ist auch heiß, Schätzchen.» Harry warf einen Blick auf die alten Bücher, die ihre Mutter bei den von ihr veranstalteten Büchereiverkäufen für sich reserviert hatte. «Ich weiß, was wir machen. Wir gehen in den Stall, stellen den kleinen Tisch aus der Sattelkammer in den Gang und denken nach. Im Stall ist es im Moment am kühlsten.»

«Ist 'nen Versuch wert.» Murphy raste zu der Verandatür und stieß sie auf. Der Haken hing nutzlos da, weil die Ösenschraube schon längst verlorengegangen war.

Als sie in den Stall kamen, rauschte die Eule über ihre Köpfe hinweg. *«Ihr zwei Idioten verderbt mir eine gute Jagdnacht.»*

«Ekelpaket.» Mrs. Murphy plusterte ihr Fell auf.

Als Harry das Licht anknipste, steckte das Opossum den Kopf aus einem Plastik-Futtereimer. *«He.»*

«Keine Angst, Simon. Sie hat nichts dagegen. Wir stellen ein paar Nachforschungen an.»

«Hier?»

«Zu heiß im Haus.»

«Man hat hier schon das Gefühl, als wär man in ein großes nasses Handtuch gewickelt. Im Haus muß es noch schlimmer sein», pflichtete Simon ihr bei.

Harry, die von der lebhaften Unterhaltung zwischen ihrer Katze und dem Opossum nichts ahnte, trug den kleinen Tisch in den Gang, stellte einen Ventilator auf, griff zu Bleistift und ihrem linierten Block, setzte sich hin und fing an, Notizen zu machen. Hin und wieder schlug Harry sich auf den Arm oder den Nacken.

«Wieso stechen die Mücken mich und lassen dich in Ruhe?» fragte sie die Tigerkatze, die nach dem kritzelnden Bleistift schlug.

«Die können nicht durchs Fell. Euch Menschen fehlt es am wirksamsten Schutz. Dauernd macht ihr uns übrigen weis, das käme daher, weil ihr so hoch entwickelt seid. Irrtum. Adleraugen sind viel stärker entwickelt als eure. Meine übrigens auch. Reib dich mit Mückenschutz ein.»

«Ich wünschte, du könntest sprechen.»

«Ich kann sprechen. Du kannst bloß nicht verstehen, was ich sage.»

«Murphy, ich liebe es, wenn du mich anmaunzt. Ich wünschte auch, du könntest lesen.»

«Wie kommst du darauf, daß ich es nicht kann? Das Dumme ist, ihr schreibt meistens über euch selbst und nicht über andere Tiere, deswegen finde ich nur wenige Bücher, die mich interessieren. Tukker behauptet, sie kann lesen, aber bestimmt nicht fließend. Simon, kannst du lesen?»

«Nein.» Simon war zu einem anderen Futtereimer übergegangen, wo er sich am Frischfutter gütlich tat. Am liebsten mochte er die kleinen Maiskörner.

Harry führte alle Ereignisse auf, wie sie sie in Erinnerung hatte, angefangen mit Mike Hucksteps Auftritt in Ash Lawn.

Sie verzeichnete Uhrzeiten, das Wetter und alle zufällig anwesenden Personen.

Beginnend mit dem Vorfall in Ash Lawn, vermerkte sie, daß es heiß war. Laura Freely war für die Fremdenführerinnen verantwortlich gewesen: Marilyn Sanburne jr., Aysha Cramer, Kerry McCray. Susan Tucker hatte im Andenkenladen bedient. Danny Tucker hatte links vom Haus im Garten gearbeitet. Harry und Blair waren im Wohnzimmer.

Sie versuchte, sich an jede Einzelheit von jedem Vorgang zu erinnern, bis hin zu Little Marilyns Besuch bei ihr, als sie von Kerrys Bitte erzählte, ihr Geld zu leihen.

«Murphy, ich geb's auf. Es ist und bleibt unübersichtlich.»

Die Katze legte die Pfote auf den Bleistift, so daß Harry nicht weiterschreiben konnte. *«Hör zu. Wer immer hinter der Sache steckt, kann nicht schlauer sein als du. Wenn die es aushecken konnten, kannst du dahinterkommen. Die Frage ist, wenn du dahinterkommst, bist du dann in Gefahr?»*

Harry streichelte Murphy geistesabwesend, während die Katze versuchte, vernünftig mit ihr zu reden.

«Weißt du, ich war die halbe Nacht auf und hab Listen gemacht. Die sogenannten Fakten bringen mich nicht weiter. Wenn ich hier mit dir sitze, Murphy, ohne Pflichten, in vollkommener Ruhe, kann ich nachdenken. Wird Zeit, mich auf meine Instinkte zu verlassen. Mike Huckstep hat seinen Mörder gekannt. Er ist mit ihm tief in den Wald gegangen. Hogan Freely mag seinen Mörder gekannt haben oder auch nicht, aber der Mörder hat Hogan bestimmt gekannt, er wußte, daß er an dem Abend arbeitete, und hatte das Glück, die Bank unverschlossen zu finden, oder aber er – oder sie – hatte einen Schlüssel. Jeder von uns, der in Market Shifletts Laden war, wußte, daß Hogan in der Bank sein würde. Er hat es uns gesagt. Laura hat es gewußt, aber ich denke, sie können wir ausklammern. Ob er es sonst noch jemandem erzählt hat?»

«Der dichte Nebel ist dem Mörder zugute gekommen.» Mrs. Murphy konnte sich lebhaft an die Nacht erinnern.

Harry klopfte mit dem Bleistift auf den Tisch. «War das ein geplanter oder ein impulsiver Mord?»

Harry schrieb ihre Gedanken nieder und wartete auf den Sonnenaufgang. Da Mrs. H. um sechs schon auf und beim Backen war, rief Harry sie an und bat ihre Freundin, sie für eine halbe Stunde zu vertreten. Sie müsse etwas im Büro des Sheriffs vorbeibringen.

Um sieben war sie in Rick Shaws Büro, wo sie ihre Notizen bei Ed Wright zurückließ, der gerade seine Nachtschicht beendete. Um acht rief Rick an. Er hatte ihre Aufzeichnungen gelesen und dankte ihr.

Sie sortierte mit Miranda die Post, dabei erzählte sie ihr, was sie für Sheriff Shaw aufgeschrieben hatte. Wenn sie, was selten vorkam, die ganze Nacht aufgewesen war, wurde sie gewöhnlich gegen drei Uhr nachmittags sehr müde. Sie rechnete damit, einzunicken, und warnte Mrs. Hogendobber schon mal vor, damit sie ihr nicht böse sei. Die Ereignisse des Tages jedoch sollten sie hellwach halten.

34

Zu Beginn des Tages hatte Harry die bizarre Kette der Ereignisse dem Umstand zugeschrieben, daß es bewölkt war. Das bot allerdings keine Erklärung dafür, wie der Tag endete.

Um halb elf kam Blair Bainbridge auf einer nagelneuen, phantastischen Harley-Davidson auf den vorderen Parkplatz des Postamtes gefahren. Die Maschine wirkte schwarz, zumal unter den Wolken, glänzte aber im hellen Sonnenlicht in dunklem Pflaumenblau.

«Was hältst du davon?» fragte Blair.

Harry ging hinaus, um die Maschine zu bewundern. «Was ist bloß in dich gefahren?»

«Der Sommer hat mich gepackt.» Er grinste. «Und weißt du, als ich Mike Hucksteps Harley sah, da überkamen mich die Erinnerungen. Wer sagt denn, daß ich vierundzwanzig Stunden am Tag ein reifer und verantwortungsvoller Mensch sein muß? Wie wär's mit zwanzig Stunden am Tag, und für vier Stunden darf ich wieder wild und ausgelassen sein?»

«Hört sich gut an.»

Miranda öffnete die Vordertür. «Sie werden sich umbringen auf dem Ding.»

«Das will ich nicht hoffen. Gibt es ein Bibelzitat für überhöhte Geschwindigkeit?»

«Auf Anhieb fällt mir keins ein. Ich werde darüber nachdenken.» Sie schloß die Tür.

«O Blair, sie wird sich den Kopf zerbrechen. Sie wird ihre Bekannten im Bibelforschungskurs anrufen. Sie wird nicht ruhen, bis sie ein passendes Zitat gefunden hat.»

«Soll ich sie zu einer Spritztour einladen?»

«Ich bezweifle, daß sie annimmt. Wenn es nicht ihr Ford Falcon ist, will sie nirgends ein- oder aufsteigen.»

«Ich wette mit dir um fünf Dollar.» Damit sprang er die Stufen zum Postamt hinauf.

Harry schloß die Tür, während Mrs. Murphy und Tucker Blair begrüßten.

«Mrs. Hogendobber, ich habe zufällig zwei Helme dabei, und ich möchte Sie auf eine Spritztour mitnehmen. Wir können die Gegend unsicher machen.»

«Das ist aber nett.» Doch sie schüttelte den Kopf.

Ehe er sich in sein Thema vertiefen konnte, flog die Vordertür auf, und Norman Cramer stürmte aufgebracht herein.

«Wie können Sie nur? So was Geschmackloses!»

«Wovon reden Sie?» fragte Blair, da sich der Angriff gegen ihn richtete.

«Da, davon rede ich!» Norman deutete wild gestikulierend zu dem schönen Motorrad hinüber.

«Mögen Sie keine Harleys? Okay, Sie sind ein BMW-Typ.» Blair zuckte die Achseln.

«Alles ging gut hier, bis zu dem Tag, als dieses Motorrad auftauchte. Wie können Sie damit herumfahren? Wie können Sie es auch nur anrühren! Was haben Sie gemacht, Rick Shaw heimlich Geld zugesteckt? Ich dachte, herrenloses Eigentum käme auf eine öffentliche Versteigerung, die die Dienststelle des Sheriffs veranstaltet.»

«Moment mal.» Blair entspannte sich. «Das ist nicht die Harley von dem Ermordeten. Sie ist nicht mal schwarz. Gehen Sie raus, und sehen Sie sie sich noch mal an. Ich habe diese Maschine eben gekauft.»

«Ha?»

«Gucken Sie nach.» Blair hielt Norman die Tür auf.

Die beiden Männer umrundeten das Motorrad, die Frauen und Tiere sahen von drinnen zu.

«Norman dreht allmählich durch.» Harry zog einen Mundwinkel hoch.

«Wenn Sie zwischen Kerry und Aysha gefangen wären, würden Sie wohl auch einen Knall kriegen. Skylla und Charybdis.»

«Der war richtig rot angelaufen. Und wie konnte er so etwas über Rick Shaw sagen? Heiliger Jesus, was den Menschen für Mist durch den Kopf geht.»

«Sie sollen den Namen unseres Erlösers nicht mißbrauchen.»

«Verzeihung. He, da kommt Herbie.»

Der Reverend blieb stehen, um mit den Männern zu plaudern, dann trat er ins Postamt. «Billiges Transportmittel. Diese Dinger verbrauchen höchstens fünf Liter auf hundert Kilometer. Wenn die Benzinsteuer weiter steigt, leg ich mir vielleicht auch so eins zu. Wie wär's mit einem Motorrad mit Beiwagen?»

«Wollen Sie ein Kreuz draufmalen? Ein kleines Schild mit ‹Priester› an den Lenker hängen?»

«Mary Minor Haristeen, entdecke ich da einen Hauch von Sarkasmus in Ihrer Stimme? Haben Sie nichts von den Reisen des heiligen Paulus gelesen? Stellen Sie sich vor, er hätte ein Motorrad gehabt. Dann hätte er im ganzen Mittelmeerraum Gemeinden gründen können, sogar in Gallien. Das hätte den Prozeß der Christianisierung beschleunigt.»

«Auf einer Harley. Gefällt mir, die Vorstellung.»

Miranda schlenderte zum Schalter. «Sie zwei. Was denken Sie sich wohl als nächstes aus?»

«Stellen Sie sich vor, Jesus hätte ein Auto. Was für eins würde er fahren?» Herbie zog Miranda gerne auf, und er wußte, daß sie ihm als ordiniertem Geistlichen zuhören mußte.

«Das beste Auto der Welt», sagte Miranda, «meinen Ford Falcon.»

«Dann könnte er ebensogut wieder auf Sandalen umsteigen.» Harry stieg in das Spiel ein. «Ich wette, er würde einen Subaru Kombi fahren, weil das Gefährt ewig hält, selten zur Inspektion muß und er seine zwölf Jünger reinquetschen könnte.»

«Na, das wäre doch was.» Herb bückte sich, um Tucker zu kraulen, die unter der Schalterklappe hervorkam.

Blair kam wieder zu ihnen herein. Norman auch.

«Verzeihung. Bin ein bißchen gereizt.» Norman senkte den Blick.

«Norman, Sie haben zwei Frauen zuviel in Ihrem Leben, Ottoline nicht mitgerechnet.» Mrs. Hogendobber nahm kein Blatt vor den Mund.

Er wurde rot, dann nickte er.

Blair sagte heiter: «So viele Männer sind auf der Suche nach einer Frau, und Sie haben welche übrig. Wie machen Sie das bloß?»

«Mit Blödheit.» Norman bemühte sich tapfer, zu lächeln, dann verschwand er.

«Was sagt man dazu?» rief Miranda aus.

«Ich glaube, er ist ziemlich am Ende», erwiderte Harry.

«Deprimiert.» Blair öffnete sein Schließfach.

«Ach was, wenn er Aysha liebt, wird er eine Lösung finden.» Herb glaubte an das Sakrament der Ehe. Schließlich hatte er die halbe Stadt getraut.

«Aber wenn er sie nicht liebt?» fragte Harry.

«Dann weiß ich es auch nicht.» Herb verschränkte die Arme. «Die Ehe ist ein einziger Kompromiß. Vielleicht kann er einen Mittelweg finden. Aysha vielleicht auch. Ihr Streben nach gesellschaftlichem Aufstieg stellt sogar meine Geduld auf die Probe.»

Als Herb ging, kam Cynthia Cooper. «Danke für Ihre Notizen.»

«Ich konnte nicht schlafen. Mußte irgendwas tun.»

«Ich war auch die ganze Nacht auf», erklärte Blair. «Wenn ich das gewußt hätte, wäre ich rübergekommen.»

«Sie Teufel.» Cynthia wäre dafür gestorben, ihn das zu ihr sagen zu hören. «Also, die Graphologin aus Washington hat die Handschrift auf der Unterschriftskarte mit der auf Mike Hucksteps Einkommensteuererklärung und auf seinem Führerscheinantrag verglichen. Sie sind echt. Und Mrs. Hucksteps Unterschrift ist nicht seine Handschrift. Er hat keine Unterschrift gefälscht. Und Kerrys Unterschrift ist es auch nicht. Die Karte wurde von zwei Personen unterschrieben.»

«Wie haben Sie das so schnell herausgefunden?»

«So schnell ging das gar nicht. Versuchen Sie mal, die Finanzbehörde dazu zu bringen, einer kleinen Sheriffdienststelle in Mittelvirginia zuzuhören. Rick hat schließlich unseren Kongreßabgeordneten angerufen, und das hat die Dinge ins Rollen gebracht. Mit dem Kfz-Amt gab es keine Probleme.»

«Ist Mike tatsächlich in die Bank gegangen und hat Karten unterschrieben?»

«Na ja, niemand in der Bank erinnert sich, einen Mann gesehen zu haben, auf den seine Beschreibung paßt. Oder es will keiner zugeben.»

«Coop, wie hat er unterschrieben?» fragte Blair. «Mit vorgehaltener Pistole?»

«Konnten Sie Laura schon befragen?» fragte Mrs. H. «Sie könnte sich vielleicht an etwas erinnern.»

«Sie war äußerst kooperativ. Sobald der Schock abgeebbt war, hat sie geholfen, soviel sie konnte, weil sie möchte, daß Hogans Mörder gefaßt wird. Dudley und Thea tun, was sie können. Leider sagt Laura, sie hat niemanden gesehen, auf den Hucksteps Beschreibung zutrifft. Hogan hat gelegentlich mit Laura über Bankprobleme gesprochen, aber das waren gewöhnlich Probleme mit Leuten. Die Spannungen zwischen Norman Cramer und Kerry McCray haben ihn beunruhigt. Davon abgesehen, meint sie, schien alles normal.»

«Und es gibt keine Auffälligkeiten bei irgend jemandem in der Crozet National Bank?» Mrs. Hogendobber spielte mit ihren Armreifen.

«Nein. Keine Polizeiakten.»

Harry seufzte. «Wir stecken immer noch in einer Sackgasse.»

«Wissen Sie, Harry, Sie sind die einzige, die den Mörder gesehen hat», entgegnete Cooper.

«Darüber habe ich mir auch schon Gedanken gemacht.»

«Wie meinen Sie das?» Blair und Miranda sprachen durcheinander, aber im Kern sagten beide dasselbe.

«Derjenige, der das Motorrad fuhr, als es Harry bei Sugar Hollow fast gerammt hätte, war höchstwahrscheinlich unser Mann. Es sei denn, Huckstep ist weggefahren und später zurückgekommen.»

«Ich hab weiter nichts gesehen als einen schwarzen Helm mit einem schwarzen Visier und jemand ganz in schwarzem Leder. Ein richtiger Hell's Angel.»

«Warum haben Sie nichts gesagt?» wollte Miranda wissen.

«Hab ich ja. Ich hab's Rick und Cynthia erzählt. Ich habe mir das Hirn zermartert nach irgendwas, einem Hinweis, einer Auffälligkeit, aber es ging ja alles so schnell.»

Als Blair gegangen war, um in der Gegend herumzufahren, blieb Cynthia noch ein bißchen. Die Leute kamen und gingen wie immer, und um fünf schlossen die Frauen das Postamt und gingen nach Hause.

Susan Tucker kam mit Danny und Brooks herübergefahren. Sie verließen Harrys Haus gegen acht. Dann rief Fair an. Der Abend kühlte zu Harrys Freude etwas ab, und sie ging früh schlafen.

Das Schrillen des Telefons ärgerte sie. Der große altmodische Wecker zeigte halb fünf. Sie nahm den Hörer ab.

«Hallo.»

«Harry. Ich bin's, Fair. Ich komm rüber.»

«Es ist halb fünf.»

«Norman Cramer ist erdrosselt worden.»

«Was?» Harry setzte sich kerzengerade auf.

«Ich erzähl dir alles, wenn ich da bin. Bleib, wo du bist.»

35

Kaffee mit Zimtgeschmack, richtig gefiltert, weckte Harrys Lebensgeister. Sie hatte die Krups-Kaffeemaschine aus dem Stall in die Küche geholt. Das Gerät war so schick, sie fand es zu schade für den Stall. Mrs. Murphy und Tucker nahmen mit ihr ein frühes Frühstück ein. Die Eule, aufs neue erzürnt über die Störung, segelte tief über Fairs Kopf, als er schweren Schrittes zur Hintertür ging.

«Was ist passiert?» fragte Harry, während sie ihm eine Tasse Kaffee einschenkte und Muffins auf den Tisch stellte.

Mit kreidebleichem Gesicht setzte er sich langsam hin. «Schwerer Fall von Kolik. Steve Altons große Hannoveranerstute. Er hat sie in die Klinik gebracht, und ich hab operiert. Ich war erst gegen drei, halb vier fertig. Steve wollte bei ihr bleiben, aber ich hab ihn nach Hause geschickt, damit er ein bißchen Schlaf kriegt. Ich bin durch die Stadt zurückgefahren und an der Railroad Avenue links abgebogen. Keine Menschenseele in Sicht. Als ich an der alten Del-Monte-Fabrik vorbeikam, sah ich Norman Cramer in seinem Wagen sitzen. Die Scheinwerfer brannten, und der Motor lief. Norman starrte ins Leere, und seine Zunge hing so komisch raus. Ich hab angehalten und bin ausgestiegen, und als ich näher kam, sah ich schlimme Quetschungen an seinem Hals. Da hab ich die Tür aufgemacht, und er ist rausgekippt aufs Pflaster. Hab sofort Rick angerufen. Er war in weniger als zehn Minuten da – er muß hundertsechzig gefahren sein. Cynthia hat es in zwanzig Minuten geschafft. Ich hatte bloß auf dem Türgriff Fingerabdrücke hinterlassen, die Leiche habe ich nicht angerührt. Ich hab ihnen erzählt, was ich wußte, bin ein bißchen dageblieben, dann hat Rick mich nach Hause geschickt.»

«Fair, es tut mir so leid.» Harrys Hände zitterten. «Wärst du früher dort gewesen, wäre der Mörder womöglich auf dich losgegangen.»

«Diese toten Augen, die mich angestarrt haben, werde ich noch lange, lange Zeit sehen. Rick sagte, die Leiche war noch warm.» Er nahm ihre Hand.

«Wenn ich das Bett im Gästezimmer beziehe, glaubst du, daß du schlafen kannst?»

«Nein. Laß mich auf dem Sofa dösen. Ich muß um halb acht wieder in der Klinik sein.»

Sie holte ein paar Kissen und eine leichte Decke für das Sofa. Fair streifte seine Schuhe ab und streckte sich aus. Er sah Harry wehmütig an, als sie zum Schalter griff, um das Licht auszumachen. «Ich bin gern in diesem Haus.»

«Es ist schön, dich hierzuhaben. Ich weck dich um halb sieben.»

«Gehst du wieder schlafen?»

«Nein, ich muß über einiges nachdenken.» Er war eingeschlafen, bevor sie den Satz beendet hatte.

36

Harry benutzte die Sattelkammer als Büro. Sie holte ihren Block hervor und schrieb alles auf, was Fair ihr erzählt hatte. Anschließend führte sie auf, was sie über den Mörder von Mike Huckstep und Hogan Freely wußte. Ob dieselbe Person Norman getötet hatte, stand nicht fest, aber er war immerhin Chef der Kontenabteilung der Crozet National Bank. Harrys Vermutung war, daß die drei Morde zusammenhingen.

Sie schrieb:

1. Kennt sich mit Computern aus.
2. Kennt die Gewohnheiten der Opfer.
3. Kennt die Gewohnheiten von uns übrigen, wäre aber nach der Ermordung von Hogan Freely fast erwischt worden.
4. Tötet unter Druck. Reagiert schnell. Hat Kerry k. o. geschlagen, bevor Kerry ihn sehen konnte, und es dann so hingestellt, als sei sie die Mörderin ... oder aber der Mörder ist Kerrys Komplize. Nicht auszuschließen.
5. Arbeitet in der Bank oder kennt sich mit Bankgepflogenheiten aus, vielleicht von einem anderen Job. Hat möglicherweise einen Schlüssel.

6. Kennt womöglich Malibu. Könnte sie als Köder benutzen. Vielleicht ist Malibu die Mörderin oder die Partnerin des Mörders.
7. Fühlt sich uns übrigen überlegen. Hat die Medien mit falschen Informationen über den Threadneedle-Virus gefüttert und dann zugesehen, wie wir sie gefressen haben.
8. Kann Motorrad fahren.

Um sechs Uhr nahm Harry den Hörer des alten schwarzen Wandapparates ab und rief Susan Tucker an. Murphy setzte sich auf den Schreibblock. Die Katze wußte nichts hinzuzufügen außer «bewaffnet und gefährlich».

«Susan, entschuldige, daß ich dich geweckt habe.»

«Harry, alles in Ordnung mit dir?»

«Ja. Fair schläft auf der Couch. Er hat Norman Cramer heute früh erdrosselt aufgefunden.»

«Was? Moment. Ned – *Ned*, wach auf.» Susan schüttelte ihren Mann.

Harry hörte, wie er im Hintergrund murmelte, wie zwei Füße über den Boden schlurften und dann der Hörer aufgenommen wurde.

«Harry.»

«Tut mir leid, daß ich dich geweckt habe, Ned, aber ich denke, es könnte Kerry nützen, weil du doch ihr Anwalt bist. Fair hat Norman Cramer in seinem Wagen vor der Del-Monte-Fabrik erdrosselt aufgefunden. Heute morgen gegen halb vier. Er wußte nicht, daß er tot war. Er hat die Wagentür aufgemacht, und Norman ist aufs Pflaster gekippt. Fair sagt, große Quetschungen an seinem Hals und der Zustand seines Gesichts deuten auf Erdrosseln hin –»

«Mein Gott.» Ned sagte langsam: «Es war richtig von dir, uns anzurufen.»

«Sind denn alle verrückt geworden? Will der Mörder uns einen nach dem anderen kaltmachen?» entfuhr es Susan.

«Wenn wir uns einmischen oder ihm zu nahe kommen, würde ich sagen, wir sind die nächsten.» Harry klang nicht gerade ermutigend.

«Ich rufe Mrs. H. und Mim an. Dann muß ich Fair wekken. Wie wär's, wenn wir uns alle zum Frühstück im Café treffen – halb acht? Hmm, vielleicht sollte ich Blair auch anrufen. Was sagst du dazu?»

«Ja, zu beidem», antwortete Susan.

«Gute Idee. Wir sehen uns dort.» Ned hielt inne. «Und danke noch mal.»

Harry rief Mrs. Hogendobber an, die erschüttert war, Big Marilyn, die sowohl erschüttert war als auch wütend darüber, daß so etwas in ihrer Stadt passieren konnte, und Blair, der, aus tiefem Schlummer gerissen, ganz benommen war.

Sie fütterte die Pferde, Mrs. Murphy und Tucker. Dann weckte sie Fair. Sie machten sich frisch.

«Mrs. Murphy und Tucker, das wird ein schwerer Tag heute. Ihr zwei bleibt zu Hause.» Sie ließ die Küchentür offen, damit die Tiere auf die Veranda konnten. Sie stellte für jedes einen großen Napf Trockenfutter hin.

«Nimm mich mit», winselte Tucker.

«Vergiß es», sagte Mrs. Murphy unbewegt. *«Sobald sie aus der Einfahrt sind, hab ich einen Plan.»*

«Sag's mir jetzt.»

«Nein, die Menschen stehen noch hier.»

«Sie verstehen dich doch gar nicht.»

«Vorsicht ist die Mutter der Porzellankiste.»

Harry küßte beide Tiere, dann sprang sie in den alten Transporter, während Fair in seinen großen Chevy-Kombi stieg. Sie fuhren zu dem Café in der Innenstadt. Er hatte in der Klinik angerufen. Dem Pferd ging es gut, daher beschloß er, der Gruppe beim Frühstück Gesellschaft zu leisten.

«Mir nach», befahl Murphy, sobald die Automotoren nicht mehr zu hören waren.

«Ich hab nichts dagegen, zu tun, worum du mich bittest, aber ich hasse es, Befehle entgegenzunehmen», knurrte Tucker.

«Hunde sind folgsam. Katzen sind unabhängig.»

«Du hast sie ja nicht mehr alle.»

Trotzdem folgte Tucker Mrs. Murphy, als sie durch die vorderen Weiden und an der Reihe hoher Platanen am Ufer des Baches, der die Weideflächen teilte, entlangsauste.

«Wo gehen wir hin?»

«Zu Kerry McCray. Der schnellste Weg ist, wenn wir uns nach Süden wenden. Auf diese Weise können wir auch die Straße meiden, aber wir müssen den Bach überqueren.»

«Du machst dir die Pfoten naß?»

«Wenn es sein muß», gab die Katze entschlossen zur Antwort.

Im Dauerlauf kamen die beiden Tiere schnell voran. An dem breiten Bach blieb Murphy stehen.

«Das Wasser ist hoch. Wie kann es hoch sein, wenn es nicht geregnet hat?»

Tucker ging am Ufer entlang zu einer Biegung. *«Hier hast du die Antwort. Ein großer, breiter Biberdamm.»*

Mrs. Murphy trat zu ihrer kurzbeinigen Freundin. *«Ich will mich nicht mit einem Biber anlegen.»*

«Ich auch nicht. Aber die schlafen vermutlich. Wir könnten über den Damm rennen. Bis sie aufwachen, dürften wir drüben sein. Sonst müssen wir stromabwärts, wo es niedrig ist, eine Stelle zum Durchwaten finden.»

«Das dauert zu lange.» Sie atmete tief ein. *«Okay, laß uns rennen wie der Blitz. Soll ich zuerst?»*

«Klar. Ich bleib direkt hinter dir.»

Damit stürmte Mrs. Murphy los, alle viere in der Luft, aber über einen Biberdamm zu rennen erwies sich als schwierig. Sie mußte hier und da stehenbleiben, weil dicke Äste und kräftige Zweige die Oberfläche holprig machten. Murphy konnte hören, wie es sich im Innern des Biberbaus regte. Sie bahnte sich einen Weg durch das Gehölz, so schnell sie konnte.

«Egal, was passiert, Murphy, fall bloß nicht ins Wasser. Die ziehen dich runter. Wenn schon kämpfen, dann besser oben auf dem Damm.»

«Ich weiß, ich weiß, aber sie sind in der Überzahl. Und sie sind stärker als wir.» Sie rutschte aus, ihr rechtes Vorderbein sank in die Behausung. Sie zog es so schnell wieder heraus, als hätte es Feuer gefangen.

Schlitternd und schlingernd gelangte Murphy auf die andere Seite. Tucker, die schwerer war, hatte zu kämpfen. Plötzlich tauchte am anderen Ende des Dammes ein Biberkopf aus dem Wasser.

«Beeil dich!» schrie die Katze.

Tucker lief, ohne sich umzudrehen, so schnell sie konnte. Der Biber schwamm neben dem Damm her. Er hatte Tucker schon fast eingeholt.

«Laß sie in Ruhe. Sie will den Bach überqueren. Wir tun euch nichts», flehte die Tigerkatze.

«Das sagen sie alle, und als nächstes tauchen Männer mit Gewehren auf, zerstören den Damm und töten uns. Hunde sind der Feind.»

«Nein, der Mensch ist der Feind.» Mrs. Murphy war verzweifelt. *«Zu so einem Menschen gehören wir nicht.»*

«Das mag ja stimmen, aber wenn ich einen Fehler mache, könnte meine ganze Familie draufgehen.» Der Biber war jetzt neben

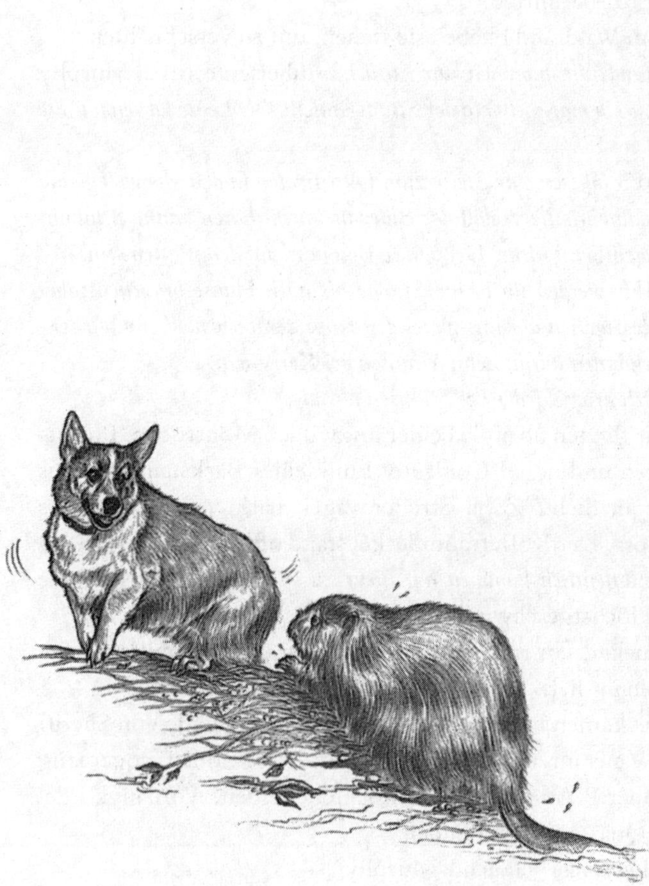

Tucker, die das Bachufer fast erreicht hatte. Er packte Tukkers Hinterbein.

Der Hund drehte sich blitzschnell um und knurrte wütend. Der Biber schreckte für einen Moment zurück. Tucker torkelte vom Damm, gerade als das große Tier wieder auf sie losging. Auf festem Boden waren Tucker und Mrs. Murphy schneller als der Biber. Sie fegten davon, daß ihre Füße kaum die Erde berührten.

Am Waldrand blieben sie stehen, um zu verschnaufen.

«Und wie kommen wir zurück?» überlegte Mrs. Murphy laut. *«Ich mag nicht auf der Straße laufen. Die Leute fahren wie die Idioten.»*

«Wir müssen eine Stelle zum Durchwaten finden, die weit genug stromabwärts liegt, daß der Biber uns nicht hören kann. Schwimmen geht jetzt nicht. Der ganze Bau wird auf dem Posten sein.»

«Wir werden über eine Stunde bis nach Hause brauchen, aber darüber wollen wir uns später den Kopf zerbrechen. Wenn wir rennen, können wir in zehn Minuten bei Kerry sein.»

«Ich krieg wieder Luft. Düsen wir los.»

Sie flitzten über die Felder mit wilden Mohrrüben, Prachtkerzen und hoher Goldrute. Ein kleines Backsteinfarmhaus kam in Sicht. Zwei Streifenwagen parkten hinter Kerrys Toyota. Der Kofferraumdeckel stand offen.

«Hoffentlich kommen wir nicht zu spät.» Murphy schaltete auf Höchstgeschwindigkeit.

Tucker, ein rasender Teufel, wenn es sein mußte, sauste neben ihr her.

Sie kamen bei den Autos an, als Kerry gerade von Sheriff Shaw aus ihrem Haus geführt wurde. Cynthia Cooper trug in einer Plastiktüte eine geflochtene seidene Vorhangkordel mit Quasten an den Enden.

«Verdammt!» fauchte Murphy.

«Zu spät?» Tucker, die ihr ganzes Leben mit Mrs. Murphy verbracht hatte, konnte sich denken, daß die Katze gerne ein paar Nachforschungen angestellt hätte, bevor die Polizei eintraf.

«Es gibt noch eine Chance. Du springst Cynthia an, wenn sie die Hand ausstreckt, um dich zu streicheln, und schnappst dir die Plastiktüte. Ich zerfetze sie, so schnell ich kann. Steck deine Nase rein und sag mir, ob Kerrys Geruch an der Kordel ist.»

Ohne zu antworten, stürmte Tucker auf Cynthia los, die beim Anblick des kleinen Hundes lächelte.

«Tucker, wie kommst du denn hierher?» Tucker schloß ihre mächtigen Kinnbacken um die durchsichtige Plastiktüte. Cynthia war völlig überrumpelt. «He!»

Tucker riß Cynthia die Tüte aus der Hand und raste damit zu Mrs. Murphy, die weiter hinten auf dem Feld hockte, wo Cynthia sie nicht sehen konnte.

Kaum hatte Tucker die Tüte vor Mrs. Murphys Nase fallen lassen, da fuhr die Katze die Krallen aus und riß, was das Zeug hielt. Cooper näherte sich ihnen, ohne allerdings zu wissen, daß Mrs. Murphy auch da war.

Tucker steckte die Nase in die Tüte. *«Das ist nicht Kerrys Geruch.»*

«Wessen Geruch ist es denn?»

«Gummihandschuhe. Kein Geruch außer Normans Eau de Cologne.»

«Mrs. Murphy, du bist genau so ein Nichtsnutz wie Tukker.» Cooper hob entrüstet die zerfetzte Tüte auf.

«Wenn du ein Hirn in deinem Schädel hättest, würdest du merken, daß wir versuchen zu helfen.» Murphy rückte von Cynthia ab. *«Tucker, nur zur Sicherheit, geh Kerry beschnuppern.»*

Tucker wich Cynthia aus und lief zu Kerry, die neben dem Streifenwagen stand.

«Tucker Haristeen.» Kerry traten Tränen in die Augen. «Wenigstens eine Freundin, die zu mir hält.»

Tucker leckte ihr die Hand. *«Es tut mir leid.»*

Rick kam auf Tucker zu, und der Hund sprintete aus seiner Reichweite. «Tucker, komm wieder her. Komm schon, Mädchen.»

«Denkste.» Bellend begab sich der Hund wieder zu Mrs. Murphy, die flach auf dem Bauch in der Obstwiese lag.

«Komm, wir gehen zurück, bevor sie uns zur Strafe ins Tierheim stecken.»

«Das würden sie nicht tun.» Tucker sah zu den Menschen hinüber.

«Coop schon», meinte Murphy kichernd.

«Kerrys Geruch ist nicht an der Kordel. Nachdem ich sie untersucht habe, bin ich doppelt sicher.»

Während sie gemächlich zu ihrer Farm zurückwanderten, beklagten die beiden Tiere Kerrys Schicksal. Der Mörder hatte die Mordwaffe in ihren Kofferraum gelegt. Angesichts ihrer Drohungen, Norman umzubringen, von denen inzwischen jeder Mensch und jedes Tier in Crozet wußte, hatte sie nicht die Spur einer Chance, für unschuldig befunden zu werden. Auch wenn zu bezweifeln stand, daß sie Hogan Freely erschossen hatte – was Norman betraf, würde es keinen Zweifel geben.

Als sie am Bach anlangten, waren beide niedergeschlagen.

«Meinst du, wir sind weit genug weg von dem Biber?»

«Murphy, ein Stückchen weiter unten ist es nicht so tief. Wenn wir herumtrödeln und eine Stelle zum Durchwaten suchen, wo du mit einem Satz rüber kannst, sind wir noch den ganzen Tag hier. Mach dir einfach die Pfoten naß und fertig.»

«Du hast leicht reden. Du magst Wasser.»

«Augen zu und durch, wenn es so schlimm ist.»

Tucker spritzte durch den Bach. Murphy folgte nach heftigem Jammern. Auf der anderen Seite mußte Tucker auf sie warten, bis sie jede Pfote zuerst ausgiebig geschüttelt und dann abgeleckt hatte.

«Das kannst du machen, wenn wir zu Hause sind.»

Mrs. Murphy saß auf ihrem Hinterteil und hielt die rechte Hinterpfote in die Luft. *«Ich lauf nicht mit diesem modrigen Geruch an mir rum.»*

Tucker setzte sich hin, da sie Mrs. Murphy schon nicht von ihrer Toilette abbringen konnte. *«Glaubst du, Norman war in die Sache verwickelt?»*

«Ist doch sonnenklar.»

«Bloß für uns.» Tucker streckte den Kopf in die Höhe.

«Die Menschen werden annehmen, daß Kerry ihn getötet hat. Einige werden vielleicht denken, daß er dem Mörder in der Bank zu dicht auf der Spur war – oder daß er ihr Komplize war und kalte Füße gekriegt hat.»

«Kerry hätte ihn umbringen und dabei Gummihandschuhe benutzen können. Es ist möglich, daß wir uns irren.»

«Ist es nicht alles eine Charakterfrage?»

«Ja.»

«Tucker, wenn Norman nicht derjenige war, der hinter dem Computervirus steckte, glaubst du, er war der Typ, um dem Mörder auf die Spur zu kommen? An dem Fall dranzubleiben?»

«Er war kein totaler Feigling. Er hätte etwas rauskriegen können. Da er in der Bank arbeitete, hätte er es jemandem erzählt. Es hätte sich herumgesprochen, und –»

Mrs. Murphy, die ihre Toilette beendet hatte, stand auf und schüttelte sich. *«Das ist richtig. Aber wir müssen uns auf unsere Instinkte verlassen. Drei Männer sind ohne Anzeichen eines Kampfes ermordet worden. Ich könnte mich in den Hintern beißen, weil ich nicht in die Gasse gerannt bin, um das Auto zu sehen. Ich hab das Auto des Mörders in der Nacht, als Hogan erschossen wurde, gehört. Pewter und ich, wir haben es beide gehört.»*

«Ich hab dir schon mal gesagt, Murphy, du hast genau das Richtige getan.» Tucker machte sich wieder auf den Weg. *«Ich glaube nicht, daß der Mörder noch einmal zuschlägt, es sei denn, bei noch einem Bankangestellten.»*

«Wer weiß?»

37

Harry, Fair, Mrs. Hogendobber, Susan, Ned, Blair, Big Marilyn und Little Marilyn sahen aus dem Caféfenster Cynthia im Streifenwagen vorbeifahren. Kerry McCray saß hinter dem Absperrgitter auf dem Rücksitz. Kaum war der betrübliche Anblick vorübergezogen, als Aysha Cramer in ihrem dunkelgrünen Wagen mit Volldampf vorbeibrauste. Fair stand auf, und als er die Tür öffnete, war ein Krachen zu hören. Sekunden später kam Rick Shaw mit quietschenden Reifen an, hinter ihm breitete sich eine Staubwolke aus. Er trat voll auf die Bremse und kam schleudernd zum Stehen.

Unterdessen waren die übrigen nach draußen geeilt zu Fair, der wie der Blitz zu dem Wrack rannte. Aysha hatte Cynthia Coopers Streifenwagen absichtlich gerammt und die Polizistin von der Straße gedrängt. Cynthia blieb vorsichtshalber im Auto sitzen und verriegelte die Türen. Sie sprach ins Funktelefon.

«Ich bring sie um! Machen Sie die Tür auf! Verdammt noch mal, Cynthia, wie können Sie sie beschützen? Sie hat meinen Mann umgebracht!»

Rick hatte hinter Cooper gehalten. Er sprang aus dem Wagen und lief zu Aysha.

«Aysha, das reicht.»

«Sie beschützen sie. Lassen Sie mich ran. Auge um Auge, Zahn um Zahn.»

Während Rick und Fair sich mit Aysha abmühten, die den Türgriff nicht loslassen wollte, zitierte Mrs. Hogendobber leise: «‹Die Rache ist mein; ich will vergelten, spricht der Herr.›»

Kerry schrie aus dem Auto heraus: «Ich habe ihn nicht umgebracht. Du hast ihn umgebracht. Du hast ihn in den Tod getrieben!»

Aysha drehte durch. Von blinder Wut beflügelt, entwand sie sich den beiden Männern. Sie nahm einen Stein und zerschlug das Rückfenster des Wagens. Fair packte sie von hinten, indem er seine starken Arme unter ihre schob. Sie trat rückwärts aus und traf ihn am Schienbein, aber er ließ sich nicht abschütteln, und mit Rick, Ned und Blair zog er sie vom Wagen fort. Sie warf sich am Straßenrand auf die Erde, rollte sich zusammen und wiegte sich schluchzend hin und her.

Cynthia nutzte klugerweise diesen Moment, um sich zu entfernen.

Rick winkte den Männern, damit sie ihm halfen, Aysha in seinen Wagen zu bringen. Fair hob sie hoch, trug sie hinüber und verfrachtete sie auf den Rücksitz. Sie sackte nach vorn und weinte weiter.

Big Marilyn ging um den Wagen herum auf die andere Seite. Ned schritt ein. «Mim, ich fahre mit. Wenn sie wieder durchdreht, sind Sie vielleicht nicht imstande, sie in Schach zu halten.»

«Ich setz mich nach vorne zu Sheriff Shaw. Wir bringen sie

am besten zu Larry.» Larry Johnson, der alte Arzt, und sein Partner Hayden McIntire behandelten die meisten Einwohner von Crozet.

«In Ordnung», stimmte der Sheriff zu. «Ich habe schon vielen Leuten schreckliche Nachrichten überbringen müssen, aber so etwas habe ich noch nie erlebt. Sie hat mich glatt umgerannt und ist ins Auto gesprungen.»

«Jeder nimmt es anders auf, denke ich.» Harry fühlte sich entsetzlich. «Ich ruf am besten ihre Mutter an.»

Wie aufs Stichwort kam Ottoline die Straße entlanggerast, trat auf die Bremse und hielt schleudernd hinter dem Wagen ihrer Tochter. Sie stieg aus und ließ die Tür offen.

«Das bringt ihn nicht zurück.» Ottoline rutschte auf den Rücksitz von Ricks Wagen.

«Ich hasse sie!» sagte Aysha schluchzend. «Sie lebt und Norman ist tot.» Sie krabbelte auf der anderen Seite des Rücksitzes heraus. Ottoline wollte sie packen, aber zu spät. Aysha stand schon an Deputy Coopers Wagen und schrie: «Warum haben Sie sie nicht ins Gefängnis gesteckt, nachdem sie Hogan Freely erschossen hatte? Sie haben eine Mörderin unter uns frei herumlaufen lassen, und jetzt ...» Sie brach weinend zusammen.

Ottoline, die inzwischen aus Ricks Streifenwagen ausgestiegen war, half ihr auf die Beine.

Rick senkte den Kopf. «Es gab mildernde Umstände.»

«Zum Beispiel?» fauchte Ottoline.

«Zum Beispiel die Tatsache, daß Kerry McCray mit einer pflaumendicken Beule am Kopf bewußtlos am Boden lag.»

«Aber sie hatte die Waffe in der Hand, mit der Hogan getötet wurde!» Aysha rückte von ihrer Mutter ab. Sie wandte sich Rick zu: «Sie tragen die Verantwortung. Sie sind schuld, daß Norman tot ist.»

«Komm, Liebes, ich bring dich nach Hause.» Ottoline wollte Aysha fortziehen.

«Aysha», sagte Harry kühl, «hatte Norman einen guten Freund in der Bank?»

Aysha sah Harry mit blutunterlaufenen Augen an. «Was?»

«Hatte er einen Kumpel in der Crozet National Bank?»

«Alle. Alle haben ihn geliebt», sagte Aysha schluchzend.

«Komm jetzt. Du wirst ja krank von all der Aufregung. Komm mit.» Ottoline schob sie zu ihrem Wagen, dessen Fahrertür noch offen war. Zu Harry sagte sie bissig: «Ihr Feingefühl läßt sehr zu wünschen übrig.»

«Tut mir leid, Ottoline. Ich wollte nur helfen.»

«Harry, halten Sie sich an Ihre Postkarten.» Ottolines Tonfall war vernichtend. Harry biß sich auf die Lippe.

Als Ottoline mit Aysha davonfuhr, blieben die übrigen ratlos mitten auf der Straße stehen. Market und Pewter kamen mit Reverend Jones zu ihnen gelaufen. Harry ließ ihren Blick die Straße auf und ab schweifen. In allen Fenstern sah sie Gesichter. Es war unheimlich.

Fair verabschiedete sich. «Leute, ich muß in die Klinik. Wenn ihr mich braucht, ruft mich an.» Er ging langsam zu seinem Kombi, der vor dem Café parkte.

«Entschuldigt mich.» Blair zog los, um Fair einzuholen.

«Ach du liebe Zeit, wir haben vergessen zu bezahlen», besann sich Little Marilyn.

«Gehen wir also zurück und zahlen.» Harry strebte dem Café zu und fragte sich dabei, worüber die beiden Männer wohl sprachen.

38

Niedergeschlagen kehrte Cynthia Cooper an ihren Schreibtisch zurück, nachdem sie Kerry, die sich in einer Art Schockzustand befand, im Bezirksgefängnis abgeliefert hatte. Zum Glück waren keine anderen Frauen in Gewahrsam, sie würde also nicht von Drogensüchtigen, Betrunkenen oder auch der einen oder anderen Nutte belästigt werden.

Cynthia wurde häufig gestört. Die Telefone liefen heiß. Reporter von allen Zeitungen Virginias riefen an, und das Team des lokalen Fernsehsenders hatte sich direkt vor dem Reviergebäude aufgebaut.

Das würde Rick die Laune vermiesen. Und wenn Rick nicht gut drauf war, dann war niemand gut drauf.

Cynthia setzte sich, dann stand sie auf, setzte sich hin, stand auf, setzte sich, stand auf. Schließlich ging sie durch die Flure zu den Automaten und zog sich eine Schachtel Lucky Strike ohne Filter. Sie starrte auf den Kreis in der Mitte des Päckchens. Lucky Strike. Glückstreffer. So einen könnte sie jetzt verdammt gut gebrauchen. Sie zog den dünnen Zellophanstreifen ab, schnippte den Deckel hoch, riß ein kleines Viereck in das Papier und drehte die Schachtel auf den Kopf. Der Duft nach frischem Tabak wehte ihr in die Nase. In diesem Moment roch das süße Aroma besser als ihr Lieblingsparfüm. Sie klopfte auf die Unterseite der Schachtel, und drei weiße Zigaretten glitten heraus. Sie nahm sich eine, drehte die Schachtel wieder um und steckte sie in die Brusttasche ihres Hemdes. Streichhölzer waren mit der Schachtel aus dem Automaten gekommen. Sie riß eins an und entzündete die Zigarette. Als sie an die Wand des Flurs gelehnt stand, konnte sie sich nicht erinnern, wann ihr jemals eine Zigarette so gut geschmeckt hatte.

Die Hintertür ging auf, und sie hörte den Trubel der Reporter. Rick schlug die Tür hinter sich zu, ging an Cynthia vorbei, zog ihr dabei die Zigarette aus dem Mund und schob sie in seinen.

«Ohne Filter», rief Cynthia ihm nach.

«Schön. Wieder ein Nagel zu meinem Sarg.» Er drehte sich auf dem Absatz um und kam zu ihr zurück. Sie hatte sich schon eine neue Zigarette angezündet. «Ich hätte Kerry von vornherein verhaften sollen. Ich habe sie als Köder benutzt, und das hat nicht funktioniert.»

«Ich glaube doch. Selbst wenn sie Norman getötet hat. Er war ihr Komplize. Berechnend. Sehr berechnend. Er hat Aysha geheiratet, um uns abzulenken.»

«Sie schlucken es also nicht, daß Kerry McCray Norman den Wind aus den Segeln genommen hat?» Rick warf ihr einen mürrischen Blick zu.

Cynthia fuhr fort: «Es war perfekt.»

«Und Hogan?»

«War zu nahe dran – oder zu gierig.»

Rick tat einen sehr, sehr langen Zug, während er Cynthias Äußerungen bedachte. «Eine richtige Zigarette, nicht dieser Mist mit niedrigem Teer- und Nikotingehalt. Wenn ich schon qualme, kann ich ebensogut wieder zu dem zurückkehren, was mich überhaupt zum Rauchen gebracht hat.»

«Was war das bei Ihnen?»

«Camel.»

«Die hat mein Dad geraucht. Dann ist er auf Pall Mall umgestiegen.»

«Und Sie?»

«Oh, Marlboro. Mit sechzehn konnte ich den Cowboys in der Werbung nicht widerstehen.»

«Ich hätte gedacht, Sie wären auf Marken wie Viceroy oder Virginia Slims abgefahren.»

«Die Mordwaffe lag in Kerrys Toyota», sagte Cynthia. «Und was Virginia Slims betrifft, zu affektiert ... verstehen Sie, was ich meine?»

«Ja, ich verstehe. Was die Kordel angeht ... da werden keine Fingerabdrücke drauf sein. Ich wette mit Ihnen um eine Stange von diesen Dingern.»

«Die Wette nehme ich nicht an, aber, Boß, keine Fingerabdrücke bedeutet noch lange nicht, daß Kerry nicht genug Grips hatte, Handschuhe zu tragen. Sie hat tagelang gedroht, Norman umzubringen.»

«Das ist es ja eben, Coop. Grips. Wenn sie so viel Grips hatte, mit Norman gemeinsame Sache zu machen und den Threadneedle-Virus zu erfinden, würde sie nicht so dämlich sein, sich mit einer .357er in der Hand oder der Kordel in ihrem Kofferraum erwischen zu lassen.» Rick schrie beinahe. «Und dann ist da noch das leidige Problem Mike Huckstep.»

«Tja.» Sie überlegte einen Moment. «Glauben Sie, daß sie gegen Kaution rauskommt?»

«Das will ich nicht hoffen.» Eine blaue, geringelte Rauchfahne quoll aus seinem Mund. «Hier drinnen ist sie sicherer, und ich kann die Reporter mit der Nachricht erfreuen, daß sie wegen Mordes eingelocht ist.»

«Sicherer?»

«Verdammt, wenn nun Aysha auf sie losgeht?»

«Oder wenn sie auf Aysha losgeht?»

«Das ist noch wahrscheinlicher. Auf diese Weise können wir sie uns alle für kurze Zeit vom Leibe halten.»

«Sie haben doch was vor.» Coop war schon zu oft Zeugin von Ricks Gewitztheit gewesen, um nicht zu wissen, daß er im Begriff war, eine Falle zuschnappen zu lassen.

«Sie werden Frank Kenton überreden, von San Francisco hierherzufliegen.»

«Das macht der nie!»

«Wir bezahlen ihm den Flug.» Er hielt seine Hand in die Höhe. «Überlassen Sie das Gerangel ums Geld nur mir. Machen Sie sich darüber keine Gedanken.»

«Meinen Sie, er kann Malibu identifizieren?»

«Er kann sich Kerry genau ansehen. Das ist schon mal ein Anfang.»

«Aber Kerry hat nie in San Francisco gelebt.»

«Woher wissen wir das? Wir werden sie befragen und ins Kreuzverhör nehmen, und es ist möglich, zumindest möglich, daß ihr etwas entschlüpft. Ich glaube, wenn sie ihn sieht, kriegt sie eine Heidenangst.»

«Oder jemand anders.» Cynthia drückte ihre Zigarette in dem sandgefüllten Standaschenbecher aus.

«Auch das. Auch das. Also, Supergirl, nichts wie ran.»

«Was soll dieser Supergirl-Quatsch?»

«Weiß nicht, ist mir bloß so eingefallen.»

39

Boom Boom Craycroft kam ins Postamt gestürmt. Drinnen ging es den ganzen Tag zu wie in einem Irrenhaus, die Leute eilten herein und hinaus, jeder mit einer Theorie. Pewter hatte sich im Postkarren zusammengerollt. Sie vermißte ihre

Freundinnen, aber den Menschenklatsch bekam sie nur zu gerne mit.

«Schätze, ihr habt schon gehört, daß Aysha mich von der Straße abgedrängt hat. Woher sollte ich wissen, daß Norman umgebracht wurde und sie hinter Kerry her war.»

«Hier hat es keiner gehört, und du siehst kein bißchen mitgenommen aus. Der Jaguar scheint auch heil zu sein.» Harrys Tonfall war gleichmütig.

«Mein Schutzengel hat Überstunden gemacht.» Boom Boom öffnete ihr Schließfach. «Diese Rechnungen. Ist euch schon mal aufgefallen, daß sie immer ganz pünktlich kommen, die Schecks aber nie? Aber wie's an der Börse nun mal zugeht, wer weiß da schon von einem Geschäftsquartal zum anderen, wieviel Geld die Aktiengesellschaften haben? Ich hasse das. Ich hasse es, nicht zu wissen, wieviel Geld *reinkommt*. Dabei fällt mir ein, habt ihr gewußt, daß die Bank auf Kerrys Konto 250000 Dollar gefunden hat?»

«Oh?» Mrs. Hogendobber kam an den Schalter.

«Ich komme gerade von dort. In der Bank ist der Teufel los – 250000 Dollar! So viel hat sie bei der Crozet National Bank bestimmt nicht verdient. Und gestern war das Geld noch nicht auf ihrem Konto. Mit ein bißchen Geduld hätte sie alles haben können, es sei denn, sie ist ein kleiner Fisch, und dies ist ein Racheakt.»

«Boom Boom, woher hast du das? Man sollte doch meinen, die Bank oder zumindest das Sheriffbüro würde diese Information zurückhalten wollen.»

«Eine Information zurückhalten? Du bist in Crozet geboren und aufgewachsen. Du müßtest es besser wissen», spottete Boom Boom.

«Wie haben Sie es herausgefunden?» Mrs. Hogendobber blieb freundlich.

«Ich hab mit Dick Williams geflirtet.» Sie sprach von einem gutaussehenden Bankangestellten, der sich stets um die Damen bemühte, ganz besonders aber um Bea, seine Frau. Boom Boom fügte hinzu: «Also eigentlich hat Jim Craig es mir erzählt, und Dick hat ihm gesagt, natürlich ganz höflich, er soll seine Karten eine Zeitlang bedeckt halten. Da hab ich beiden zugezwinkert und versprochen, es nicht weiterzusagen. Was soll's? Heute abend bringen sie's auf Channel 29.»

Und damit rauschte sie zur Tür hinaus.

«Dumme Pute.»

«Sie können sie nicht leiden, weil sie nach Ihrer Scheidung mit Fair angebändelt hat.»

«Sie können sie auch nicht leiden.»

«Stimmt», gab Miranda zu.

Pewter steckte den Kopf über den Rand des Postkarrens. *«Sie ist 'n falscher Fuffziger, aber die Hälfte der Leute, denen man begegnet, sind falsch. Da kommt's auf eine Person mehr doch nicht an, oder?»*

«Magst du heute abend mit mir nach Hause kommen?»

«Harry, ich komm liebend gern mit zu dir.» Pewter sprang aus dem Postkarren und rieb sich heftig an Harrys Beinen.

«Wie überschwenglich sie ihre Zuneigung zeigt», bemerkte Mrs. Hogendobber. Die ältere Dame setzte sich hin. «Ich fühle mich so schlapp. Dafür gibt's eigentlich gar keinen Grund. Ich habe genug geschlafen, aber ich kann den Kopf nicht oben halten.»

«Emotionen. Die sind anstrengend. Wir sind alle groggy. Mir geht's genauso.»

Bevor Harry sich zu Miranda setzen konnte, öffnete Susan die Hintertür und steckte den Kopf herein. «Ich bin's.»

«Kommen Sie herein», forderte Mrs. Hogendobber sie auf. «Das tun Sie doch sonst auch.»

Susan ließ sich Miranda gegenüber auf den Stuhl fallen. «Armer Ned. Dauernd rufen Leute an, die empört sind, weil er Kerry McCray verteidigt. Daß jeder Bürger das Recht auf eine faire Verhandlung hat, kommt ihnen gar nicht in den Sinn.»

«Den Vorsitz führt der Klatsch.» Mrs. Hogendobber schüttelte den Kopf.

«Wenn die Menschen gemein sein wollen, dann kannst du oder Ned nicht viel dagegen tun. Wenn ich in Schwierigkeiten steckte, ich würde Ned als Anwalt wollen, das steht fest.»

Susan lächelte. «Ich sollte lieber daran denken, wieviel Glück ich gehabt habe. Mein Mann ist schließlich nicht umgebracht worden, was sind da schon ein paar gehässige Anrufe?»

«Ich wette, Kerry hat nicht mal eine Zahnbürste», dachte Miranda laut. «Mädels, wir sollten zu ihr nach Hause gehen und ein paar Sachen für sie zusammenpacken. Wir sind hier in den Vereinigten Staaten von Amerika. Unschuldig bis zum Beweis der Schuld. Also dürfen wir sie nicht im Stich lassen.»

Die anderen beiden saßen still da.

Schließlich erklärte Susan: «Miranda, Sie bringen uns immer auf den Boden der Moral zurück. Selbstverständlich gehen wir nach der Arbeit hin.»

40

«Das Haus ist tipptopp in Ordnung.» Mrs. Hogendobber stemmte die Hände in die Hüften. «Ich hatte keine Ahnung, daß Kerry so eine gute Hausfrau ist.»

«Lassen Sie sich bloß nie von mir nach Hause einladen.» Cynthia Cooper packte sorgsam ein paar Toilettensachen zusammen.

Harry, Mrs. Hogendobber und Susan hatten Cynthia angerufen, bevor sie zu Kerry nach Hause gingen. Die Leute des Sheriffs hatten das Haus durchkämmt, und Rick hatte dem Besuch der Damen nur unter der Voraussetzung zugestimmt, daß Cynthia sie begleitete.

Er wußte nicht, daß Mrs. Murphy, Pewter und Tee Tukker sie ebenfalls begleiteten.

Während Susan und Harry Unterwäsche, T-Shirts und Jeans sowie ein gutes Kleid in eine Reisetasche warfen, streiften die Tiere umher.

«Hier sind so viele Leute gewesen, so viele Witterungen.» Tukker schüttelte den Kopf.

Mrs. Murphy entdeckte die Klapptür zum Dachboden. Pewter reckte den Hals zu der Tür hinauf.

«Meint ihr, wir kommen da rauf?» fragte Pewter.

«Ich werde jodeln. Das haßt Mom am allermeisten.» Tucker lachte, warf den Kopf zurück und ließ ihr Hundejodeln los, das Tote auferwecken konnte.

«Mein Gott, Harry, was hat Ihr Hund bloß?» rief Cynthia aus dem Badezimmer.

Harry ging durch die Diele zu den Schlafzimmern und erblickte Tucker, die in den gräßlichsten Tönen jaulte. Mrs.

Murphy umkreiste Harrys Beine. Pewter stand wie erstarrt unter der Dachbodentür.

«Wenn ich noch schneller laufe, wird mir schwindlig.» Die Katze verlangsamte ihr Tempo.

«Ihr Nervensägen. Ich hätte euch zu Hause lassen sollen.»

«Ach ja?» Murphy hakte sich mit den Krallen in Harrys Jeans ein, wackelte mit dem Hinterteil und kletterte so geschwind an Harry hoch, daß der jungen Frau kaum Zeit blieb, sich über die Krallen zu beschweren.

«Autsch» war alles, was sie sagen konnte, als Mrs. Murphy ihre Schulter erreichte, sich dann auf die Hinterbeine stellte und an die Dachbodentür schlug.

«Wenn sie das nicht kapiert, ist sie völlig vernagelt», bemerkte Pewter spitz.

Susan steckte den Kopf in die Diele. «Ein menschlicher Kratzbaum. Tolle Erfindung. Was sieht sie da oben?» Susan bemerkte Murphys Verrenkungen.

«Eine Klapptür, du Dummkopf», kläffte Tucker.

«He, he, Cynthia», riefen Pewter und Susan zugleich.

Daraufhin kamen Cynthia und Mrs. Hogendobber in die Diele. Susan zeigte auf die Klapptür. Harry legte den Kopf schief, um die Tür zu sehen, und Mrs. Murphy sprang herunter.

«Habe ich Ihnen eigentlich erzählt, daß Ihre Tiere hier waren, als wir Kerry festnahmen? Tucker ist mit dem versiegelten Plastikbeutel davongerannt, in dem wir die Kordel hatten, die mutmaßliche Mordwaffe. Sie hat sie aufs Feld geworfen. Mrs. Murphy hat ihre Krallen benutzt wie eine Kettensäge. So ein Schlamassel. Zum Glück habe ich das Beweisstück zurückerobern können, bevor sie es vernichten konnte. Dabei sind wir hier bestimmt acht Kilometer von Ihrem Haus entfernt.»

«In Zukunft werde ich euch beide einschließen, hört ihr?»

«Wir hören, aber wir folgen nicht», antwortete Murphy aufsässig.

Pewter war beeindruckt. *«Hast du das wirklich gemacht?»*

«Kinderspiel», prahlte Mrs. Murphy.

«Ohne mich hättest du es nie geschafft.» Tucker war eifersüchtig.

Susan holte einen Stuhl aus der Küche, stellte sich darauf und öffnete die Klapptür. Ein glühendheißer Lufthauch wehte ihr ins Gesicht.

Nach einigem Suchen fanden sie im Keller eine Leiter. Cynthia stieg als erste hinauf, mit einer Taschenlampe aus ihrem Streifenwagen bewaffnet. «Gut. Hier ist ein Schalter.»

Mrs. Murphy, die liebend gern auf Leitern kletterte, eilte nach oben, sobald Cynthia auf den Dachboden kroch. Tukker wartete mißmutig unten. Harry stieg hinauf. Pewter folgte ihr.

«Sogar der Dachboden ist ordentlich», bemerkte Cynthia. «Wissen Sie was, ich glaube nicht, daß unsere Jungs hier oben gewesen sind. Sagen Sie das nicht weiter. Das läßt unsere Leute schlampig erscheinen, und ehrlich gesagt, sie waren auch schlampig.»

«Man übersieht leicht, was über einem ist.»

«Harry, wir werden dafür bezahlt, Beweisstücke nicht zu übersehen», erklärte Cynthia ihr entschieden.

«Ich komm auch rauf», rief Susan nach oben.

«Wirf bloß die Leiter nicht um, wenn du oben bist, Susan, sonst müssen wir uns von der Klapptür schwingen.»

«Danke für den Vertrauensbeweis.» Susan erschien auf dem Dachboden. «Wie könnt ihr hier atmen?»

«Mit Mühe.» Harry verzog das Gesicht.

«Was ist da oben?» rief Miranda von unten.

«Nicht viel. Zwei Koffer. Ein Paar alte Skier», klärte Harry sie auf.

«Ein großes Wespennest im Dachstuhl.» Mrs. Murphy bekämpfte den Drang, Wespen zu jagen. Das Summen zog sie magisch an. Die Folgen weniger. *«Los, machen wir den Koffer auf.»*

Cynthia zog ein Taschentuch aus ihrer Tasche und öffnete vorsichtig den alten Überseekoffer. «Ein Brautkleid. Alt.»

Auf Knien blickten Harry und Susan in den Koffer, und Mrs. Murphy legte zierlich eine Pfote auf den Satin. Cynthia schlug ihr auf die Pfote. «Laß das.»

«Nimm das Kleid raus.» Die Katze blieb gelassen.

«Wetten, das hat Kerrys Großmutter gehört. Es ist in etwa der Jahrgang.» Susan bewunderte die Spitze.

«Harry, Sie nehmen das andere Ende, und ich nehme dieses», verfügte Cynthia.

Sie hoben das schöne alte Kleid heraus. Darunter waren alte Familienalben und ein paar Briefe aus Übersee.

Harry nahm einen Stapel heraus, der ordentlich mit einem Band verschnürt war. Der obere Brief trug den Poststempel von Roanoke, Virginia, 1952. Der Stapel darunter war aus Übersee, von Mitte der 1980er Jahre. Sie waren an Kerrys Mutter adressiert. «Ich glaube, dies sind die Sachen ihrer Mutter. Sie hat den Koffer vermutlich nach Barbara McCrays Tod hierhergebracht. Müssen Sie das durchsehen, die Briefe lesen und so?»

Cynthia durchwühlte den Rest des Koffers, dann legte sie alles sorgfältig wieder hinein. «Ich weiß nicht. Wenn Rick es wünscht, dann mach ich's, aber ich werde auf alle Fälle vorher fragen. Im Moment haben wir eine Menge gegen Kerry in der Hand.»

«Lediglich Indizien», gab Susan leise zu bedenken.

«Diese 250000 Dollar sind ein starkes Indiz.» Cynthia seufzte und schloß den Kofferdeckel.

Pewter, die auf dem zweiten Koffer saß, gab ihnen Anweisungen. *«Beeilt euch, macht den hier auf. Es ist heiß hier oben.»*

«Dann geh doch nach unten», riet ihr Mrs. Murphy.

«Nein, dann verpaß ich vielleicht was.»

Cynthia hob Pewter sacht von dem Koffer. «Bist du aber schwer, du kleiner Schisser.»

Mrs. Murphy lachte, und Pewter kochte vor Wut.

Cynthia öffnete den Deckel. «Mann o Mann.»

Harry und Susan blickten in den Koffer. Mrs. Murphy und Pewter, auf den Hinterbeinen stehend, die Vorderpfoten auf den Koffer gelegt, sahen es auch.

«Das bricht ihr das Genick!» rief Mrs. Murphy aus.

Eine schwarze Motorradjacke, eine schwarze Lederhose und ein schwarzer Helm waren ordentlich in den Koffer gelegt.

«Wissen Sie, ich hatte gehofft, daß sie es nicht war.» Cynthia schloß leise den Deckel.

«Ich auch», erklärte Susan betrübt.

«Es sieht schlecht aus, aber –» Harry versagte für einen Moment in der Hitze die Stimme. «Aber sie wird einen fairen Prozeß bekommen. Wir können sie nicht wegen eines Motorradhelms verurteilen.»

«Ich kann Ihnen sagen, der Staatsanwalt wird es mit Sicherheit versuchen», sagte Cynthia.

Susan klopfte Harry auf die Schulter. «Es ist schwer, sich damit abzufinden.»

Sie stiegen die Leiter hinunter, Mrs. Murphy voran, und informierten die gespannte Mrs. Hogendobber.

«Nun?» fragte Tucker.

«Motorradkluft im Koffer.» Die Katze leckte niedergeschla-

gen Tuckers Ohr. Wenn sie Tucker oder sogar Harry putzte, fühlte sie sich nützlich, wenn auch nicht besser.

«Oje» war alles, was Mrs. Hogendobber sagen konnte.

Pewter kletterte zu ihnen hinunter. *«Kerry wird demnächst Tüten kleben.»*

41

Norman Cramers Trauerfeier war so gedämpft, wie Hogan Freelys pompös gewesen war. Die untröstliche Aysha mußte von ihrer Mutter, die in makellosem schwarzem Leinen erschien, gestützt werden. Ottoline konnte Ayshas Gram nicht ertragen, aber da aller Augen auf ihr und ihrer Tochter ruhten, gab sie sich so nobel, wie sie nur konnte. Zwar war es zum Teil Schau, aber teils auch nicht; denn Ottoline lebte für und durch ihre Tochter.

Die Einwohner von Crozet, die wie betäubt waren durch diesen letzten Mord, saßen reglos in den Bänken. Laura Freely war nicht da, was angemessen war, befand sie sich doch in tiefer Trauer. Reverend Jones ersparte ihnen den Sermon, daß der Tod einen ins Reich der Herrlichkeit erhebe. Das wollte im Augenblick niemand hören. Sie wollten, daß Kerry McCray vor Gericht gestellt und verurteilt wurde. Wäre Hängen im Strafgesetzbuch noch vorgesehen gewesen, sie hätten verlangt, sie baumeln zu sehen. Auch diejenigen, die ihr zunächst die Gunst des Zweifels gewährt hatten, waren durch das Geld auf ihrem Konto und die Motorradkluft auf ihrem Dachboden ins Schwanken geraten.

Mrs. Hogendobber sagte den Leuten dauernd, daß die Gerichte entscheiden, nicht die öffentliche Meinung. Niemand hörte auf sie. Susan war als Neds Frau besonders vorsichtig. Harry sagte wenig. Sie konnte das Gefühl nicht abschütteln, daß noch nicht alle Karten auf dem Tisch lagen.

Sie saß vorne in der vierten Bankreihe auf der rechten Seite der Kirche; die Bänke waren nach dem Kriterium zugewiesen, wann eine Familie nach Albemarle County gekommen war. Die Minors hatten sich vor mehr als zwei Jahrhunderten hier angesiedelt. Ein Minor hatte sogar die lutherische Kirche von Crozet gegründet und lag auf dem alten Friedhof dahinter begraben. Die Hepworths, die Familie ihrer Mutter, gehörten der anglikanischen Kirche an und hielten in Ostvirginia ihre eigene Bank in der ersten Reihe besetzt.

Harry blieb noch sitzen, als der Gottesdienst zu Ende war und die Versammelten nacheinander hinausgingen. Sie forschte unauffällig in ihren Gesichtern. Harry suchte nach Antworten. Jeder konnte in die Sache verstrickt sein. Sie stellte sich jede einzelne Person vor, wie sie den Motorradfahrer tötete, dann Hogan und schließlich Norman. Was für ein Mensch konnte so etwas tun? Dann stellte sie sich Kerrys Gesicht vor. Konnte sie töten?

Vermutlich könnte jeder töten, um sich oder seine Familie oder Freunde zu verteidigen, aber vorsätzlicher Mord, kaltblütiger Mord? Nein. Sie konnte sich ohne weiteres vorstellen, daß Kerry in Rage Aysha umbrachte oder Norman, aber nicht, daß sie ihn verfolgte oder sich hinten in seinem Wagen versteckte, plötzlich auftauchte und ihn an den Straßenrand fahren ließ, um ihn dann mit einer Kordel zu erdrosseln. Das paßte nicht zu ihr.

Harry ging nach draußen. Der bedeckte Himmel verhieß Regen, aber er mußte sein Versprechen erst noch einlösen. Blair und Fair warteten auf sie.

«Seid ihr beide ein Team oder so was?»

«Wir dachten, wir könnten zusammen zum Friedhof gehen. Das hält uns davon ab, uns in die Wolle zu kriegen, oder nicht?» Fair zuckte die Achseln.

«Ihr beide habt doch was vor.»

«So was Mißtrauisches», erwiderte Blair sanft. «Ja, wir haben vor, uns wie Gentlemen zu benehmen. Ich glaube, wir schämen uns beide dafür, wie wir uns bei Mim aufgeführt haben. Wir haben beschlossen, in der Öffentlichkeit als vereinte Front aufzutreten und dir weitere Peinlichkeiten zu ersparen.»

«Beachtlich.» Harry stieg schwerfällig ins Auto.

42

Der Labor Day am ersten Montag im September läutete das Ende des Sommers ein. Das Wochenende war angefüllt mit der üblichen Folge von Grillfesten, Partys, Schlauchbootfahrten auf dem James River, Golfturnieren und Schuleinkäufen in letzter Minute.

Gut zwei Wochen waren vergangen, seit Norman erdrosselt worden war. Kerry McCray, deren Verteidigung in den Händen von Ned Tucker lag, war gegen eine Kaution von 100000 Dollar, die ihr sehr viel älterer Bruder Kyle aus Colorado Springs aufgebracht hatte, auf freien Fuß gesetzt worden. Kyle war erschüttert, als er über die Vorfälle unterrichtet wurde, aber er hielt zu seiner Schwester. Er fürchtete, man würde Kerry schlecht behandeln. Er schwor einen heiligen Eid, daß die Motorradkluft ihm gehörte. Die Sachen waren aus dem Labor zurückgekommen, wo man keine Blut- oder Pulverspuren darauf gefunden hatte. Die meisten sagten, er würde lügen, um die Haut seiner Schwester zu retten, und ließen die Tatsache außer acht, daß er in den siebziger Jahren ein Motorrad besessen hatte.

Die Sonne ging mit jedem Tag früher unter, und obwohl Harry das milde Licht von Herbst und Winter liebte, fand sie die kürzeren Tage hektisch. Oft wachte sie bei Dunkelheit auf und kam bei Dunkelheit nach Hause. Ihre Farmarbeit mußte getan werden, komme, was da wolle.

Fair und Blair wechselten sich höflich ab, Harry auszuführen. Manchmal wurden ihr die Aufmerksamkeiten zuviel. Mrs. Hogendobber riet ihr, jede Minute auszukosten.

Cynthia Cooper und Rick Shaw ließen es etwas entspannter angehen. Cynthia deutete an, sobald sich die Termine koordinieren ließen, würden sie eine Person kommen lassen, die Kerrys Schiff zum Sinken bringen könnte.

Mrs. Murphy, Tucker und sogar Pewter zerbrachen sich die Köpfe nach einem fehlenden Glied in der Beweiskette, aber keine konnte es finden. Selbst wenn die Menschen die Wahrheit über die Witterung, die nie versagte – Witterung bleibt Witterung –, gekannt hätten und selbst wenn sie gewußt hätten, daß Kerrys Geruch nicht an der Mordwaffe war, sprach alles dafür, daß sie es unberücksichtigt gelassen hätten. Die Menschen neigen dazu, nur die Sinne gelten zu lassen, die sie selbst wahrnehmen. Sie ignorieren die Realität jeder anderen Spezies, und schlimmer noch, sie schließen jegliche widersprüchlichen Beweise aus. Die Menschen müssen sich sicher fühlen. Die beiden Katzen und der Hund waren in diesem Punkt viel klüger. Niemand ist jemals sicher. Warum dann nicht das Leben genießen, wo man nur kann?

Die Postlawine am Dienstag nach dem Feiertag versetzte Harry und Mrs. Hogendobber in Erstaunen.

«Herbstkataloge», stöhnte Harry. «Die werden immer schwerer.»

Little Marilyn kam durch den Vordereingang zum Schalter. «Feiertage müssen euch zuwider sein.»

«Nö.» Harry schüttelte den Kopf. «Es sind die Kataloge.»

«Wißt ihr, was ich gemacht habe?» Sie stellte ihre Handtasche auf den Schalter. «Ich hab die Briefe gelesen, die Kerry, Aysha und ich uns geschrieben haben, als wir im Ausland waren, und die Briefe, die Aysha mir geschickt hat, als ich wieder zu Hause war. Ich kann nichts Unausgeglichenes in Kerrys Briefen finden. Unsere Briefe sind, wie man es von jungen Frauen, frisch vom College, erwarten würde. Wir haben uns geschrieben, wo wir waren, was wir lasen, wen wir kennenlernten und mit wem wir uns trafen. Ich habe nach einer Antwort gesucht, wie jemand, den ich so lange kannte, eine Mörderin sein kann.» Sie stützte den Kopf auf die Hand. «Ich habe keine gefunden. Allerdings habe ich noch einen Schuhkarton voll. Vielleicht findet sich da drin etwas.»

«Hättest du was dagegen, wenn ich die Briefe auch lese?»

Miranda runzelte die Stirn. «Harry, das ist private Korrespondenz.»

«Deshalb frage ich ja. Marilyn kann jederzeit nein sagen.»

«Ich wäre froh, wenn du sie lesen würdest. Vielleicht fällt dir etwas auf, das mir entgangen ist. Bekanntlich liegen die Lösungen, nach denen du suchst, genau vor deiner Nase. Die Briefmarken wolltest du ja sowieso sehen.»

«Wenn das so ist, hast du was dagegen, wenn ich mich beteilige?» erbot sich Mrs. Hogendobber, und natürlich sagte Little Marilyn, sie habe absolut nichts dagegen.

Je zwei Tassen Kaffee und ein Stück von Mrs. Hogendobbers Kirschkuchen später saßen die Damen, von Schuhkartons umgeben, in Little Marilyns Wohnzimmer. Mrs. Murphy quetschte sich in einen Karton und schlief darin ein. Tucker, den Kopf auf den Pfoten, döste auf dem kalten Schieferkamin.

«Da seht ihr, nichts Besonderes.»

«Außer, daß alle sich gewählt ausdrücken.»

Harry fügte hinzu: «Am besten hat mir der Brief gefallen, in dem Aysha schrieb, du sollst ihr tausend Dollar leihen, weil du genug hast, um es zu verleihen.»

Little Marilyn winkte ab. «Das hat sie hinter sich. So, ich bin mit dem letzten fertig. Jetzt kann ich sie wieder ordnen.»

Big Marilyn klopfte an die Tür. Ihre Tochter bewohnte ein Nebengebäude auf dem Grundstück ihrer Mutter. Obwohl Nebengebäude das zutreffende Wort war, wurde damit das reizende Holzhaus, ein schlichter Bau von Anfang des 19. Jahrhunderts, mit dem Blechdach und den grünschwarzen Blendläden nur unzureichend beschrieben. «Hallo, Mädels. Was gefunden?»

«Nein, Mutter. Wir sind gerade dabei, die Briefe wieder wegzuräumen.»

«Ihr habt euch bemüht, das ist die Hauptsache.» Sie atmete tief ein. «Was ist das für ein verlockender Duft?»

«Kirschkuchen. Den mußt du probieren. Ich habe mein Sortiment jetzt um Kuchen erweitert. Market hat meine Doughnuts, Muffins und süßen Brötchen jeden Morgen um halb neun ausverkauft. Er sagt, er braucht etwas für das Feierabendgeschäft, deswegen experimentiere ich jetzt mit Kuchen.»

«Bloß ein winziges Stückchen. Wegen der Kalorien.» Mim hielt die Finger dicht aneinander, während Miranda ihre Bitte ignorierte und ihr eine ordentliche Portion abschnitt. Dabei platschte ein Tropfen Kirschsaft auf einen Brief.

«Wie ungeschickt von mir.»

«Machen Sie sich deswegen keine Gedanken», tröstete Little Marilyn sie.

Mrs. Hogendobber legte das Messer auf die Kuchenplatte, dann beugte sie sich vor und wischte den Brief vorsichtig mit einer Serviette ab. «Hmmm.»

«Mrs. Hogendobber, Sie brauchen sich deswegen wirklich keine Gedanken zu machen.»

«Tu ich auch nicht.» Miranda reichte Harry den Brief. «Komisch.»

Harry betrachtete den Luftpostumschlag aus Frankreich, der 1988 in St-Tropez abgestempelt worden war. «Da wollte ich immer mal hin.»

«Wohin?» fragte Mim.

«Nach St-Tropez.»

«Der ist von Aysha. Ich glaube, sie hat keine Stadt in Frankreich ausgelassen.»

«Gucken Sie genauer hin.» Mrs. Hogendobber zeigte auf den Poststempel.

Harry blinzelte. «Die Stempelfarbe.»

«Genau.» Mrs. Hogendobber faltete die Hände, erfreut über Harrys Leistung, als wäre sie eine Musterschülerin.

Mim war neugierig. «Wovon redet ihr beiden?»

Harry ging zu ihr hinüber und legte der älteren Marilyn den Brief in den Schoß. Mim holte ihre Halbbrille hervor und hielt sich den Brief vor die Nase.

«Sehen Sie sich die Farbe des Stempels an.» Harry suchte in den Stapeln nach einem anderen Brief aus Frankreich. «Ah, hier ist einer. Paris. Sehen Sie, hier die Farbe. Der ist von Kerry.»

«Anders, nur ein bißchen, aber auf jeden Fall anders.» Mim setzte die Brille ab. «Sind Stempelfarben nicht wie Farbpartien? Dieser Brief ist aus Paris. Der andere aus St-Tropez.»

«Ja, aber Poststempelfarben sind bemerkenswert konstant.» Harry war jetzt auf Händen und Knien auf dem Boden. Sie zog Briefe hervor. «Die Briefe von 1986 sind echt. Aber hier, hier ist einer aus Florenz, Dezember 1987.» Harry reichte Little Marilyn diesen Brief und zugleich einen aus Italien aus dem Jahr zuvor.

«Die sind tatsächlich eine Idee verschieden.» Little Marilyn war verwundert.

Sekunden später knieten Harry und Mrs. Hogendobber beide auf dem Boden und warfen die Briefe auf getrennte Stapel, nach Jahrgängen sortiert.

«Ihr beide seid fix. Laßt mich helfen.» Little Marilyn beteiligte sich.

«Willst du im Postamt arbeiten?» witzelte Harry.

Mim blieb im Sessel sitzen. Die Knie taten ihr weh, und sie mochte es nicht zugeben. Schließlich hatten sie alle Stapel sortiert.

«Es besteht kein Zweifel. Kerrys Poststempel sind echt. Ayshas sind echt bis 1987. Dann ändern sich die Stempelfarben.» Harry rieb sich das Kinn. «Das ist eigenartig.»

«Das ist doch sicher ein Irrtum.» Mim war von der Tragweite dieser Entdeckung verwirrt.

«Mim, ich arbeite im Postamt, seit George es 1958 übernommen hat. Dieser Poststempel ist gefälscht. Jeder gute Schreibwarenhändler kann einen runden Stempel machen. Das ist ganz einfach. Aysha hat die Stempelfarben fast hingekriegt, vermutlich hat sie sich an den Poststempeln auf den Briefen orientiert, die sie von Little Marilyn und Kerry aus

Europa bekommen hat, aber verschiedene Länder haben verschiedene Rezepturen. Denk nur an das Briefpapier selbst. Ist dir schon mal aufgefallen, daß das Papier von einem privaten Brief aus England ein bißchen anders ist als unseres?»

Big Marilyn stellte die Schlüsselfrage: «Aber wie sind die Briefe hierhergekommen?»

«Das ist einfach, wenn man eine Freundin in Crozet hat.» Harry kreuzte die Beine wie ein Inder. «Sie brauchte nichts weiter zu tun, als die Briefe in einem großen Umschlag herzuschicken und von ihrer Freundin verteilen zu lassen.»

«So ungern ich es zugebe, aber als George Postvorsteher war, hat er eine Menge Leute hinter den Schalter gelassen. Das tun wir auch, ehrlich gesagt, wie ihr sehr wohl wißt. Es dürfte nicht viel dazu gehört haben, diese Briefe in das entsprechende Schließfach zu stecken, wenn gerade keiner hinsah. Einige Briefe sind an Little Marilyn zu Händen von Ottoline Gill adressiert.»

«Hm, ich glaube, wir wissen also, wer ihre Freundin war», sagte Harry.

«Warum hätte ihre Mutter bei so einem Trick mitmachen sollen?» Mim war verblüfft. Aber Mim war ja auch gesichert in ihrer gesellschaftlichen Stellung.

«Weil sie niemanden wissen lassen wollte, was Aysha wirklich machte. Vielleicht paßte es nicht ins Bild», erwiderte Harry.

Little Marilyns Augen wurden weit. «Wo war sie dann, und was hat sie gemacht?» fragte sie.

43

Little Marilyn übergab Rick Shaw die Briefe noch am selben Abend. Als er kam, verpflichtete er alle zu Stillschweigen. Mim wollte wissen, was er zu unternehmen gedenke, was dabei herauskommen könne, und er antwortete schließlich: «Das weiß ich nicht genau, aber ich werde alles tun, um dahinterzukommen. Ich schiebe das nicht auf die lange Bank, da können Sie sich auf mich verlassen.»

«Mir bleibt nichts anderes übrig.» Sie schürzte die Lippen.

Nachdem er gegangen war, löste sich die Gruppe auf, um nach Hause zu gehen. Little Marilyn zog Harry still beiseite und fragte nervös: «Wärst du mir sehr böse – und glaub mir, ich würde es verstehen –, aber wenn nicht, hättest du was dagegen, wenn ich Blair frage, ob er mit mir nach Richmond zum Konzert fährt?»

«Nein, überhaupt nicht.»

«Weißt du, ich bin nicht sicher, wie es mit euch steht – nein, so wollte ich es nicht ausdrücken, aber –»

«Ist schon in Ordnung. Ich weiß es auch nicht genau.»

«Hast du ihn gern?» Sie merkte nicht, daß sie ihre Hände verkrampfte. Es fehlte nicht viel, und sie hätte sie gerungen.

Harry holte tief Luft. «Er ist einer der bestaussehenden Männer, die mir je vor die Augen gekommen sind, und ich mag ihn. Ich weiß, dir gefällt sein lockiges Haar.» Sie lächelte. «Aber Blair ist zurückhaltend, gelinde gesagt. Er mag mich, aber ich glaube nicht, daß er in mich verliebt ist.»

«Weshalb dann der Streit auf der Party?»

«Zwei Hunde um einen Knochen. Ich frage mich, ob es um mich ging oder nicht vielmehr um Besitzansprüche.»

«O Harry, du bist zynisch. Ich glaube, beide haben dich sehr gern.»

«Sag mir, Marilyn, was bedeutet es für einen Mann, eine Frau gern zu haben?»

«Ich weiß, was sie sagen, wenn sie was von dir wollen –» Little Marilyn hielt inne. «Und sie kaufen dir Geschenke, sie geben sich alle Mühe, sie tun alles, um deine Aufmerksamkeit zu erringen. Aber ich bin keine Expertin in Sachen Liebe.»

«Wer ist das schon?» Harry lächelte. «Miranda vielleicht.»

«Sie hat George jedenfalls um den Finger gewickelt.» Dann hellte sich Little Marilyns Miene auf. «Weil sie wußte, daß der Weg zum Herzen eines Mannes durch den Magen geht.»

Beide lachten, worauf Mim und Mrs. Hogendobber sich nach ihnen umdrehten.

«Wie könnt ihr in so einer Situation lachen?» fuhr Mim sie an.

«Das löst die Spannung, Mutter.»

«Such dir eine andere Methode.»

Little Marilyn flüsterte Harry zu: «Ich könnte sie prügeln. Das würde bestimmt helfen.»

Harry flüsterte zurück: «Unterstützung wäre dir gewiß.»

«Mutter meint es gut, aber sie kann einfach nicht aufhören, allen zu sagen, was sie und wie sie es zu tun haben.»

«Wollt ihr beide wohl nicht so tuscheln!» befahl Mim.

«Wir haben über hohe Absätze als Waffe gesprochen», schwindelte Harry.

«Oh.»

Little Marilyn nahm den Faden auf. «Nach all den Gewalttaten – Schüsse, Erdrosseln – unterhalten wir uns darüber, was wir tun würden, falls uns jemand angreift. Also, einfach die Schuhe ausziehen und ihn mit dem Absatz aufs Auge schlagen. So fest du kannst.»

«Grauenhaft. Oder ihn auf den Hinterkopf schlagen, wenn er rennt», fügte Harry hinzu.

«Harry.» Mim starrte auf Harrys Füße. «Sie tragen doch nur Turnschuhe.»

«Erinnerst du dich an Delphine Falkenroth?» fragte Miranda Mim.

«Ja, das ist doch die, die gleich nach dem Krieg als Mannequin nach New York gegangen ist.»

«Als sie einmal ein Taxi anhielt, ist ihr ein Mann zuvorgekommen und hineingesprungen. Delphine sagte, sie hat sich an der Tür festgehalten und mit ihrem hohen Absatz so oft auf seinen Schädel eingeschlagen, daß er geflucht hat wie ein Besenbinder, aber er hat ihr das Taxi überlassen.» Sie machte eine kurze Pause. «Natürlich hat sie ihn geheiratet.»

«Ach, so hat sie Roddy kennengelernt? Das hat sie mir nie erzählt.» Mim genoß die Geschichte.

Harry flüsterte wieder mit Little Marilyn. «Der Pfad der Erinnerungen. Ich hole jetzt Mrs. Murphy und Tucker und mache, daß ich nach Hause komme.»

Sobald sie zu Hause war, rief sie Cynthia Cooper an, die bereits über die gefälschten Stempelfarben informiert war.

«Coop, mir ist was eingefallen.»

«Ja?»

«Sind Sie bei Hassett gewesen, um festzustellen, ob sich jemand daran erinnert, daß Kerry die Pistole gekauft hat?»

«Das war mit das erste, was ich getan habe, nachdem Hogan ermordet wurde.»

«Und?»

«Die Papiere stimmten überein, die Registriernummer des Führerscheins war identisch.»

«Aber der Verkäufer –»

«War in Urlaub. Einen Monat Camping in Maine. Müßte inzwischen zurück sein.»

«Sie gehen natürlich noch mal hin.»

«Sicher – aber ich hoffe, es wird nicht nötig sein.»

«Was haben Sie vor?»

«Streng geheim.»

44

Cynthia Cooper hatte nicht damit gerechnet, daß Frank Kenton ein gutaussehender Mann war. Sie wartete in der Ankunftshalle des Flughafens und hielt ein Schild mit seinem Namen hoch. Als ein großer, eleganter Mann auf sie zukam, einen Ohrring im linken Ohr, dachte sie, er wolle sie um eine Auskunft bitten.

«Deputy Cooper?»

«Mr. Kenton?»

«Der bin ich.»

«Ah – haben Sie Gepäck?»

«Nein. Nur meine Tasche hier.»

Als sie zum Streifenwagen gingen, entschuldigte er sich dafür, daß er so gereizt war, als sie ihn das erste Mal angerufen hatte. Er sei barsch gewesen, aber sein Zorn habe nicht ihr gegolten. Sie erwiderte, sie habe vollstes Verständnis.

Als erstes fuhr sie mit ihm zu Kerry McCrays Haus. Rick Shaw erwartete sie, und als die drei zur Haustür gingen, kam Kerry, unmittelbar gefolgt von Kyle, herausgeeilt, um sie zu begrüßen.

Frank lächelte sie an. «Ich habe Sie noch nie im Leben gesehen.»

«Danke. Danke.» Tränen traten ihr in die Augen.

«Lady, ich habe doch gar nichts getan.»

Als Frank und Cynthia in den Streifenwagen stiegen, atmete Cynthia aus. «Teils bin ich froh, daß Kerry nicht Malibu ist, und teils bin ich enttäuscht. Man erhofft sich immer einen einfachen Fall – haben Sie Hunger? Vielleicht sollten wir eine Essenspause einlegen, bevor wir weitermachen.»

«Gute Idee.»

Mrs. Hogendobber winkte, als Cynthia am Postamt vorbeifuhr. Die Polizistin wendete und hielt an. Sie rannte ins Postamt.

Miranda lächelte. «Hi, wie geht's Ihnen heute morgen?»

«Gut. Und selbst?»

«Ein bißchen müde.»

«Wo sind Harry und der Zoo?»

«Sie ist mit Little Marilyn, Aysha und Ottoline in Ash Lawn.»

«Herrje, was macht sie da, und was macht Aysha dort? Norman ist kaum unter der Erde.»

Mrs. Hogendobber runzelte die Stirn. «Sicher, aber Aysha sagt, sie wird verrückt, wenn sie bloß zu Hause rumsitzt, deswegen ist sie hingefahren, um ihre Sachen zusammenzupacken und auch die von Laura Freely. Marilyn hat zwei Fremdenführerinnen verloren, sie ist in Verlegenheit. Deswegen bat sie Harry, ihr für einen Tag auszuhelfen, weil sie sich dort so gut auskennt. Harry hat mich gefragt, und ich sagte, das geht in Ordnung. Natürlich ist sie keine William-and-Mary-Absolventin, aber zur Not tut's auch eine vom Smith College. Little Marilyn muß ganz schnell eine Handvoll neuer Fremdenführerinnen anlernen.»

Cynthia stand mitten im Postamt. Sie sah aus dem Fenster zu Frank in dem klimatisierten Wagen, dann wieder zu Mrs. Hogendobber. «Mrs. Hogendobber, ich muß Sie um einen Gefallen bitten.»

«Selbstverständlich.»

«Rufen Sie Little Marilyn an. Sprechen Sie mit niemandem außer ihr. Sie muß Aysha dort festhalten, bis ich komme.»

«Ach du liebe Zeit. Kerry ist gegen Kaution draußen. Daran habe ich gar nicht gedacht.» Ihre Hand, heute mit mattglänzendem mokkafarbenem Nagellack geschmückt, fuhr an ihr Gesicht. «Das erledige ich sofort.»

Dann flitzte Cynthia in Market Shifletts Laden, kaufte zwei hausgemachte Sandwiches, Getränke und Mirandas Pfirsichpastete.

Sie sprang in den Streifenwagen. «Hier, Frank. Wir haben unsere Pläne geändert. Halten Sie sich fest.» Sie schaltete die Sirene ein und raste die 240 entlang, schoß über die Kreuzung und bog rechts ab auf die 250, um nach ein paar Kilometern auf die I-64 zu stoßen.

«Die Pfirsichpastete wird Ihnen schmecken», erklärte sie Frank, dem die Augen aus dem Kopf quollen.

«Bestimmt – aber ich warte lieber.» Er lächelte matt.

Sobald sie auf der I-64 in östlicher Richtung fuhr, sagte sie: «Es geht ungefähr fünfundzwanzig Kilometer geradeaus, dann kommen wir wieder auf kurvige Straßen. Ich weiß nicht, wie stabil Ihr Magen ist. Wenn er aus Eisen ist, dann essen Sie.»

«Ich warte lieber. Wo fahren wir hin?»

«Ash Lawn, Wohnsitz von James Monroe. Wir biegen auf die Route 20 nach Süden ab, dann nach links auf die Straße, die an Monticello vorbeiführt. Ich habe fast hundertfünfzig drauf, aber auf der Bergstraße kann ich nicht viel schneller als fünfundsechzig fahren. In fünfzehn, zwanzig Minuten sind wir da.» Sie griff nach ihrem Piepser und sagte auf dem Revier Bescheid, wohin sie fuhr. Sie bat um Verstärkung – nur für alle Fälle.

«Sie ist eine richtige Giftschlange.»

«Ich weiß.»

Drei Kilometer vor Ash Lawn stellte Cynthia die Sirene ab. Sie fuhr die kurvige, von Bäumen gesäumte Zufahrt hinauf, bog nach links auf den Parkplatz und hielt direkt vor dem Andenkenladen. «Fertig?»

«Ja.» Frank war beglückt, dem Wagen zu entkommen.

Harry fiel auf, daß Little Marilyn außerordentlich angespannt war. Sie hoffte, der Grund war nicht, daß sie von ihr als Fremdenführerin enttäuscht war. Harry führte ihre Gruppe durchs Haus, sagte den Leuten, wo sie auf eine Stufe achten und wo sie den Kopf einziehen mußten. Sie wies auf Möbelstücke hin und gab Anekdoten aus Monroes Amtszeit zum besten.

Mrs. Murphy und Tucker hatten sich unter den großen Buchsbaumsträuchern verkrochen. Die Erde war kühler als die Luft.

Aysha war im Untergeschoß des Hauses und suchte die Reste von Laura Freelys historischen Kostümen sowie ihre eigenen Sachen zusammen. Ottoline half ihr.

Cynthia und Frank gingen so nonchalant wie möglich zum Vordereingang. Harry öffnete im selben Moment den Nebeneingang, um ihre Gruppe herauszulassen, als Cynthia und Frank durch die Vordertür eintraten.

Da es Mittagszeit war, hatten sich die Besucher von Ash Lawn, die für den nächsten, von Marilyn geführten Rundgang vorgesehen waren, unter die herrlichen ausladenden Bäume gesetzt und labten sich an eiskalten Getränken.

Harry war überrascht, Cynthia dort zu sehen.

«Dies ist Frank Kenton aus San Francisco.»

Harry streckte die Hand aus. «Willkommen in Ash Lawn.»

«Schon gut, Harry, Sie brauchen ihn nicht herumzuführen.» Cynthia lächelte verkrampft.

Little Marilyn, von Miranda vorgewarnt, zügelte ihre Nervosität, so gut sie konnte. «Soll ich sie jetzt rufen?»

«Ja», antwortete Cynthia.

Die Kerzenständer zitterten in ihren Halterungen, als Little Marilyn vorbeiging. Nach wenigen Minuten kam sie mit Aysha und Ottoline zurück.

Aysha erstarrte bei Franks Anblick.

«Das ist Malibu», sagte er leise.

«Nein!» kreischte Ottoline.

Aysha drehte sich blitzschnell um, packte Harry und zerrte sie ins Wohnzimmer. Ottoline knallte die Tür zu. Als Cynthia ihr folgen wollte, durchschlug eine Kugel die Tür und verfehlte knapp Cynthias Kopf.

«Raus hier, alle!» befahl Cynthia.

Marilyn und Frank eilten nach draußen. Pflichtbewußt scheuchte Marilyn rasch die Besucher zum Parkplatz. Das Heulen einer Sirene verkündete, daß Verstärkung unterwegs war.

Mrs. Murphy sprang auf. *«Mom, Mom, alles in Ordnung?»*

Tucker flitzte geräuschlos unter dem Buchsbaum hervor und stürmte zum Haus.

Mrs. Murphy quetschte sich durch die Vordertür, die leicht angelehnt war. Tucker tat sich schwerer, aber sie schaffte es.

Cynthia stand geduckt mit dem Rücken zur Wand neben der Tür zum Wohnzimmer. Ihre Pistole hielt sie schußbereit. «Kommen Sie raus, Aysha. Das Spiel ist aus.»

«Ich hab eine Pistole in der Hand.»

«Die wird Ihnen nichts nützen.»

Aysha lachte. «Wenn ich zuerst schieße, schon.»

Ottoline rief heraus: «Cynthia, lassen Sie sie laufen. Nehmen Sie mich an ihrer Stelle fest. Sie hat ihren Mann verloren. Sie ist nicht ganz bei sich.»

Cynthia bemerkte die Katze und den Hund. «Raus mit euch.»

Mrs. Murphy schoß zum Vordereingang hinaus. Tucker wartete einen Moment, warf Cynthia einen schmachtenden Blick zu, dann folgte sie ihrer Katzenfreundin.

«Tucker, hintenrum. Vielleicht kann ich durch ein Fenster rein.»

Sie hörten Harrys Stimme. «Aysha, ergib dich. Vielleicht machst du es dir dadurch leichter.»

«Halt den Mund!»

Harrys geliebte Stimme spornte beide Tiere an. Mrs. Murphy raste zu dem niedrigen Sprossenfenster. Geschlossen. Ash Lawn hatte eine Klimaanlage. Katze und Hund sahen Harry mitten im Zimmer; eine Pistole war auf sie gerichtet.

Ottoline stand abseits neben der Tür.

«Tucker, diese alten Fenster sind ganz niedrig. Meinst du, du kannst da durchkrachen?»

«Ja.»

Sie rannten knapp fünfzig Meter zurück, drehten dann um und sausten auf die alte mundgeblasene Scheibe zu. Tucker hob einen Sekundenbruchteil vor Murphy vom Boden ab, zog den Kopf ein und knallte mit der Schädeldecke gegen das Glas. Mrs. Murphy, die Augen wegen des splitternden Glases fest zugekniffen, segelte ganz knapp hinter Tucker ins Zimmer. Glassplitter flogen überallhin.

Aysha fuhr herum und schoß. Sie war so auf einen menschlichen Gegner eingestellt, daß sie nicht mit den Tieren gerechnet hatte. Tucker sprang noch im Laufen hoch und traf sie mit voller Wucht, und sie taumelte rückwärts.

Ottoline schrie: «Erschieß den Köter!»

Mrs. Murphy sprang hoch und grub ihre Fangzähne in Ayshas rechtes Handgelenk, während sie mit den Krallen der Vorder- und Hinterpfoten ihren Unterarm packte. Dann schlug sie ihr die Zähne mit aller Macht ins Fleisch.

Aysha heulte auf. Harry rammte sie mit der Schulter, und sie stürzten zu Boden. Tucker schloß ihre Kinnbacken um ein Bein. Ottoline rannte herbei, um nach dem Hund zu treten.

Mrs. Murphy lockerte ihren Griff und schrie: *«Die Hand, Tucker, schnapp dir die Hand.»* Tucker setzte über die zappelnden Leiber hinweg. Ottolines Tritt kam einen Sekundenbruchteil zu spät. Aysha war gerade im Begriff, Harry auf den Kopf zu schlagen, da fiel Tucker über ihre Hand her und biß tiefe Löcher in die fleischige Handfläche. Aysha ließ die Pistole fallen. Ottoline griff geschwind danach. Tucker lief lautlos hinter sie und biß auch sie, dann schnappte sie sich die Pistole.

Harry schrie: «Coop! Hilfe!»

Mrs. Murphy krallte sich weiterhin an Aysha fest, während Tucker der entschlossenen Ottoline auswich, die es auf die Pistole abgesehen hatte.

Coop hielt ihre Dienstpistole mit beiden Händen und zerschoß das Türschloß. «Es ist aus, Aysha.» Sie richtete ihre Waffe auf die kämpfenden Frauen.

Harry, die unter dem linken Auge bereits eine Schwellung

hatte, ließ Aysha los und rappelte sich hoch. Sie rang nach Atem. Ottoline lief hinter Coop und umfaßte ihren Hals, doch Coop duckte sich und versetzte ihr mit dem Ellbogen einen Stoß in die Magengrube. Mit einem «hmpf» ließ Ottoline los.

Aysha wollte schnell zur Tür hinaus, aber Harry hinderte sie daran.

Coop schob Ottoline zu Aysha hinüber, die langsam aufstand.

«Du warst so gerissen, Aysha, aber ein Hund und eine Katze haben dich zur Strecke gebracht», triumphierte Harry, als Tucker ihr die Pistole brachte.

«Man wird immer von dem erwischt, mit dem man nicht rechnet.» Cynthia ließ ihre Beute nicht aus den Augen.

Rick Shaw stürmte herein. Er erfaßte die Situation und fesselte Aysha und Ottoline mit Handschellen Rücken an Rükken zusammen, dann informierte er sie über ihre Rechte.

«Au.» Aysha zuckte zusammen, als die Handschellen die Stellen berührten, wo Mrs. Murphy und Tucker ihre Hand aufgerissen hatten.

Harry hockte sich hin und streichelte ihre Freundinnen. Sie untersuchte ihre Pfoten nach Einschnitten vom Glas.

«Warum?» fragte Harry.

«Warum nicht?» gab Aysha schnippisch zurück.

«Na schön, dann wie?» fragte Cynthia.

«Ich habe das Recht zu schweigen.»

«Beantworte mir eine Frage, Aysha.» Harry wischte sich den Staub ab. «War Norman beteiligt?»

Aysha zuckte die Achseln, ohne die Frage zu beantworten.

Ottoline lachte spöttisch. «Dieser Feigling. Der hatte Angst vor seinem eigenen Schatten.» Ottoline wandte sich an Rick Shaw. «Sie machen einen großen Fehler.»

Aysha sagte, immer noch keuchend: «Mutter, das Reden wird mein Anwalt übernehmen.»

Harry nahm die schnurrende Mrs. Murphy auf den Arm. «Aysha, deine Briefe an Marilyn aus St-Tropez und Paris und sonstwoher – du hast die Poststempel gefälscht, und das war gute Arbeit. Aber die Stempelfarben zu fälschen ist viel schwieriger.»

Ottoline murrte: «Das können Sie nicht vor Gericht beweisen. Und bloß weil ich gefälschte Postkarten verteilt habe, ist meine Tochter noch lange keine Verbrecherin.»

Ayshas Augen wurden eng, dann weit. «Mutter, alles, was du sagst, kann gegen mich verwendet werden!»

Ottoline schüttelte den Kopf. «Ich will reinen Tisch machen. Ich brauchte Geld. Eine Bank zu bestehlen ist lächerlich einfach. Die Crozet National Bank war sehr schlampig in puncto Sicherheitsmaßnahmen. Norman war Wachs in meinen Händen. Es war wirklich ganz leicht. Als er schwach wurde, hab ich ihn erdrosselt. Als er an der Konservenfabrik langsamer wurde, kam ich vom Rücksitz hoch und hab ihm gesagt, er soll anhalten. Er war schwerer zu töten, als ich dachte, aber ich hatte das Überraschungsmoment auf meiner Seite. Wenigstens mußte ich mir nicht mehr sein Gejammer anhören, was passieren würde, wenn er erwischt wird.»

Mrs. Murphy streckte die Pfote mit ausgefahrenen Krallen aus. *«Aysha, willst du etwa zusehen, wie deine Mutter die ganze Schuld auf sich nimmt?»*

«Ich hasse Katzen», fauchte Aysha die kleine Tigerkatze an, die ihre Pläne durchkreuzt hatte.

«Tja, die hier war schlau genug, Ihnen das Handwerk zu legen», sagte Cynthia sarkastisch.

«Das genügt.» Rick wollte Mutter und Tochter aufs Revier bringen, um sie einzulochen. Er deutete auf den Streifenwagen. Da sie Rücken an Rücken gefesselt waren, erwies sich das Gehen als schwierig.

«Haben Sie Hogan Freely auch getötet?» fragte Harry Ottoline.

«Ja. Erinnern Sie sich, als wir in Market Shifletts Laden waren? Hogan sagte, er wolle noch spät arbeiten und auf den Computer einhämmern. Mit seinem Verstand hätte er glatt –»

«Mutter, sei still!» stieß Aysha stotternd hervor.

«Aber wenn Hogan nun hinter mein System gekommen wäre?» sagte Ottoline mit der Betonung auf «mein».

«Es gibt kein System, Mutter. Norman hat die Bank bestohlen. Hogan hat ihn bedroht. Er hat Hogan getötet, und seine Komplizin in der Bank hat ihn getötet. Kerry war seine Partnerin. Er hat mich betrogen.»

«Tatsächlich?» Ottolines Augenbrauen schnellten in die Höhe. Sie überlegte einen Moment, dann wechselte ihr Tonfall, da sie Ayshas verzweifeltem Gedankengang folgte. «So ein elender Wurm!»

«Aysha, wir wissen, daß du in der Anvil-Bar gearbeitet hast. Das kannst du nicht leugnen», erklärte Harry, die noch immer innerlich kochte vor Wut, als sie ihnen zum Streifenwagen folgte.

«So?»

Ottoline fuhr geschwind fort und brabbelte, als könne sie damit die Anwesenden von der Fährte ablenken: «Ich mußte etwas tun. Ich meine, wo meine Tochter, eine *Gill*, in so einem Lokal arbeitete. Sie durchlief natürlich nur eine Phase, aber denkt nur, wie das ihre Chancen auf eine gute Partie hätte ruinieren können, wenn sie wieder nach Hause käme, was sie früher oder später natürlich tun würde. Deswegen bat ich sie, Postkarten zu schreiben, als ob sie noch in Europa wäre. Den Rest habe ich besorgt. Sie hatte sich ja von Marilyn und Kerry abgesetzt, sie wußten also nicht genau, wo sie war. Gefälschte Postkarten zu verschicken war nicht weiter schwierig, und Ayshas Ruf blieb unbefleckt. Ich weiß nicht, warum junge Leute diese rebellischen Phasen durchlaufen müssen. Meine Generation hat das nie getan.»

«Sie hatten den Zweiten Weltkrieg. Das war Rebellion genug.»

«So alt bin ich nicht», korrigierte Ottoline Harry eisig.

«Meine Damen, das sind nette Geschichten. Fahren wir aufs Revier, da können Sie Ihre Aussagen machen und Ihren Anwalt anrufen», drängte Rick.

Frank Kenton folgte Cynthia. Als er die Tür ihres Streifenwagens öffnete, bedachte er Aysha mit einem langen, eindringlichen Blick.

Sie starrte trotzig zurück.

«Ich werde dich in der Hölle schmoren sehen.» Er lächelte.

«Das gefällt mir, Frank. Diese Ironie – du als Moralapostel.» Aysha lachte ihm ins Gesicht.

«Erniedrige dich nicht so weit, mit dem zu sprechen», fauchte Ottoline.

«In San Francisco hat sie sich ausgiebig erniedrigt», brüllte Frank Ottoline an. «Lady, wir wären alle besser dran gewesen, wenn Sie *keine* Mutter gewesen wären.»

Ottoline zögerte, ehe sie versuchte, auf den Rücksitz des Streifenwagens zu klettern. Rick hielt den Wagenschlag auf. So, wie den beiden Frauen die Handschellen angelegt waren, konnten sie nicht in den Wagen gelangen.

«Das ist unmöglich.» Aysha äußerte das Naheliegende.

«Sie haben recht.» Rick schloß die Handschellen auf.

Im Nu spurtete Aysha auf die Bäume zu.

«Stehenbleiben, oder ich schieße!» Rick ließ sich auf ein Knie fallen, während er seinen Revolver zog.

Cynthia ließ sich ebenfalls fallen, die Pistole schußbereit.

Tucker stieß sich ab und sprintete hinter Aysha her. Einen Menschen zu überholen war für einen so schnellen kleinen Hund nicht schwer. Sie machte vor Aysha kehrt, gerade als Rick einen Warnschuß abgab. Harry wollte den Hund zurückrufen, hielt es jedoch für unklug, Tuckers Endspurt zu unterbrechen. Aysha blickte eben über die Schulter, als Tukker sich vor sie hinhockte. Sie stolperte über den kleinen Hund und stürzte auf die Erde.

Cynthia, jünger und schneller als Rick, war fast bei Aysha angekommen, als diese sich wankend aufrappelte.

«Der verdammte Köter!»

«Nehmen Sie die Hände hinter den Kopf und gehen Sie langsam, ich sagte langsam, zurück zum Streifenwagen.»

Ottoline ließ sich hemmungslos weinend gegen den weißblauen Wagen sacken. «Ich hab's getan. Wirklich. Ich bin schuldig.»

«Sei still, Mutter! Nie hörst du auf mich.»

Ein Ausdruck von mütterlicher Autorität flackerte in Ottolines Gesicht auf. «Wenn du von vornherein auf mich gehört hättest, säßen wir jetzt nicht in der Tinte! Ich hab dir gesagt, du sollst Mike Huckstep nicht heiraten!»

«Ich kenne niemanden, der so heißt!» Ayshas ganzer Körper verrenkte sich vor Wut.

Ottolines Gesicht fiel in sich zusammen wie ein einstürzendes Gebäude. Ihr wurde klar, daß sie in ihrem verzweifelten Versuch, ihre Tochter zu retten, die Katze aus dem Sack gelassen hatte.

45

Reverend Jones gesellte sich als letzter zu der kleinen Gruppe, die sich zu einem von Susan hastig arrangierten Abendessen auf Harrys Farm eingefunden hatte. Er begrüßte Mrs. Hogendobber, Mim, Little Marilyn, Market, Pewter, Ned, Blair, Cynthia, Kerry McCray und ihren Bruder Kyle.

«Was habe ich verpaßt?»

«Belanglosen Tratsch. Wir haben auf Sie gewartet», teilte ihm Mrs. Hogendobber mit. «Jetzt fehlt nur noch Fair. Er kommt, sobald er kann.»

«Sind Sie eigentlich dahintergekommen, wie Aysha das Geld überwiesen hat?» fragte Susan neugierig.

«Ja, aber wir wissen nicht, was sie damit gemacht hat, ausgenommen den Betrag, den sie auf Kerrys Konto überwiesen hat. Sie beabsichtigt, sich den besten Anwalt zu nehmen, den man für Geld kriegen kann, und ihre Gefängnisstrafe abzusitzen, wenn sie nicht zum Tode verurteilt wird. Sie wird vermutlich wegen guter Führung entlassen, bevor sie fünfzig ist, und dann wird sie dorthin gehen, wo sie das Geld versteckt hat.» Cynthia klang verbittert.

«Wie hat sie es gemacht?» wiederholte Mim die Frage.

«Dem ‹Ungültig›-Befehl im Computer der Crozet National Bank war ein Zusatzbefehl angefügt. Erinnern Sie sich an die vielen Instruktionen zum Umgang mit dem Threadneedle-Virus? Also, das war schon genial. Als die Bank den Befehl des Virus, Dateien zu vernichten, unwirksam machte, wurde ein Zusatzbefehl ausgelöst, der den Computer anwies, am ersten August zwei Millionen Dollar auf ein Nummernkonto zu überweisen. Das Geld hat die Bank nicht verlassen. Später haben Aysha oder Norman es beiseite geräumt. Soweit wir wissen, könnte es noch auf diesem Nummernkonto sein, oder es ist vielleicht auf einem Auslandskonto in einem Land, wo Bankangestellte leicht zu bestechen sind.»

Blair war neugierig. «Was hatte Mike Huckstep mit alledem zu tun?»

«Ah ...» Cynthia lächelte Blair an. Sie lächelte ihn immer an. «Das war das Haar in der Suppe. Sie hatte alles perfekt geplant, den Plan hatte sie zweifellos von Huckstep geklaut, und dann kreuzte er in Ash Lawn auf, gerade als ihre Falle bereit zum Zuschnappen war. Aysha ging kein Risiko ein, und sie war weitsichtig genug, um zu wissen, daß der Tod eines Motorradfahrers in Crozet nicht vielen zu Herzen gehen würde. Sie hat kühl kalkuliert, wie sie mit einem Mord davonkommen würde. Sie erzählte Huckstep, daß sie vorhatte, seinen Plan zu verwirklichen. Er unterzeichnete bereitwillig die Unterschriftskarten, weil er dachte, der unrechtmäßige Gewinn würde seinem Konto gutgeschrieben. Sie würden reich sein. Norman speiste die Kontoinformation in das System ein, ohne zu wissen, wer Mike wirklich war. Unterdessen erzählte Aysha Mike, sie wolle zu ihm zurück. Er wußte natürlich nicht, daß sie mit Norman verheiratet war. Sie sagte ihm, sie fühle sich schrecklich, weil sie ihn im Stich gelassen hätte, aber sie sei vor einer festen Bindung zurückgeschreckt, und als sie ihren Fehler einsah, habe sie ihn nicht finden können – er war von der Glover Street fortgezogen, wo sie gewohnt hatten. Sie schlug ihm vor, sie mit dem Motorrad abzuholen, und sie könnten eine Fahrt ins Blaue machen. Peng! Das war das Aus für Mike Huckstep, ihren rechtmäßigen Ehemann. Sie ist nicht nur eine Mörderin und Diebin, sie ist eine Bigamistin.»

«Wie hat er sie gefunden?» wollte Harry wissen.

«Er kannte ihren richtigen Namen. Aysha hatte Glück, als er in seinem bedröhnten Zustand in Ash Lawn auftauchte. Er hat den Namen genannt, der ihm am geläufigsten war. Ottoline behauptet natürlich, ein Drogendealer oder sonst ein zwielichtiger Typ müsse Huckstep umgebracht haben – irgendwer, nur nicht ihre werte Tochter.»

«Also, Coop, wie hat Huckstep Aysha gefunden?» fragte Susan.

«Oh», sagte sie lächelnd, «ich bin wohl vom Thema abgekommen. Er muß unsere Kfz-Meldestelle angezapft haben, oder er hat die Dateien der staatlichen Einkommensteuer angezapft. Der Mann war ohne Zweifel ein Computergenie.»

«Man stelle sich vor, dieser Geist hätte im Dienste des Herrn gewirkt», grübelte Mrs. Hogendobber.

«Miranda, das ist ein interessanter Gedanke.» Herbie verschränkte die Arme. «Da wir gerade von seinem Geist sprechen: Ich frage mich, was ihn bewogen hat, nach ihr zu suchen.»

«Die Liebe. Er hat sie noch immer geliebt. Trotz allem», behauptete Blair fest. «Das konnte man an dem Tag sehen, als er nach Ash Lawn kam. Manche Männer haben ein masochistisches Verlangen nach dieser Sorte von Bestrafung.»

«Das werden wir nie genau wissen.» Cynthia fand Blairs Interpretation ein bißchen arg romantisch.

«Manche packt es eben auf diese Weise», fügte Kerry wehmütig hinzu.

«Schätze, er wurde immer einsamer, und –» Susan hielt inne. «Spielt wohl keine Rolle. Aber ich kapier immer noch nicht, wie er darauf kam, sie in Ash Lawn zu suchen.»

«Ja, das ist merkwürdig.» Little Marilyn erinnerte sich an seinen Besuch.

«Ich habe den Verdacht, daß Aysha mit ihrer Herkunft geprahlt hat, das alte Virginia-Laster. Vermutlich hat sie erzählt, sie sei oder werde demnächst Fremdenführerin in Monticello oder Ash Lawn oder dergleichen. Ich bezweifle, daß wir es jemals erfahren werden; denn sie schweigt wie ein Grab.» Cynthia schüttelte den Kopf. «Wenn Ottoline sich nicht ständig verplappern würde, hätten wir nicht mal genug Informationen, um einen Fall zu konstruieren.»

«Armer Norman, das perfekte Rädchen in ihrem Getriebe.» Kerrys Augen trübten sich.

«Warum konnte Mike seinen Plan nicht verwirklichen?» fragte Little Marilyn.

«Ein Mann wie er hatte bestimmt keine Freunde in einer Bank. Er brauchte einen Partner, der entweder welche hatte oder gesellschaftlich anerkannt war. Ich nehme an, der ursprüngliche Plan sah vor, daß Aysha in einer Bank arbeitete», bemerkte Mim scharfsinnig.

«Aysha hatte beschlossen, es ohne ihn durchzuziehen», sagte Cynthia. «Als er aufkreuzte, erzählte sie ihm listig, sie hätte in der Bank einen Dummen gefunden. Das Geschäft könne sofort steigen. Obwohl Mike sie vermutlich liebte, wie Blair meint, konnte sie keine Macht über ihn ausüben, wie sie es mit Norman konnte. Und sie hatte es entschieden auf den ganzen Leckerbissen abgesehen.»

«Ich muß dauernd an den armen Hogan denken. Wie er da in Markets Laden stand und uns erzählte – uns und Aysha –, daß er an dem Abend noch spät arbeiten wollte.» Susan schauderte bei der Erinnerung.

«Er hat ihr mit Sicherheit einen Schrecken eingejagt. Der Nebel war reine Glückssache.» Cynthia schaute zu Blair hinüber. Er sah so gut aus, sie konnte den Blick nicht von ihm wenden.

Little Marilyn bemerkte: «Gott sei gedankt für Mrs. Murphy und Tee Tucker, sie sind die eigentlichen Heldinnen.»

«Bildet euch bloß nichts darauf ein», murrte Pewter.

«Du bist ja bloß sauer, weil du die Party verschlafen hast», sagte Mrs. Murphy von oben herab und putzte sich.

«Stimmt.» Pewter schlich auf Zehenspitzen zu den zugedeckten Schüsseln in der Küche.

«Hat sie Reue gezeigt?» fragte Mrs. Hogendobber.

«Kein bißchen.»

«Ottoline sagt, Aysha wurde in eine Falle gelockt. Sie behauptet, Kerry sei die eigentliche Schuldige, wogegen sie, Ottoline, Norman umgebracht habe, um ihrer Tochter eine qualvolle Ehe zu ersparen.» Mim erhob sich und machte ein Zeichen, daß es Zeit zum Essen sei. «Aber Ottoline war ja schon immer eine dumme Gans.»

«Von wem war das Blut auf den Satteltaschen?» fragte Harry.

«Was für Blut?» Mim winkte Little Marilyn zu sich. «Ich weiß nichts von Blut.»

«Ein paar Blutstropfen auf Mike Hucksteps Satteltaschen.» Cynthia musterte ihre Hände und befand, daß sie sie vor dem Essen waschen mußte.

«Von Aysha. Sie muß eine kleine Verletzung gehabt haben.»

Unterdessen hatten die Menschen die Küche in Beschlag genommen. Sie hätten ja gerne auf Fair gewartet, aber ihre Mägen nicht.

Außerdem konnte man bei einem Tierarzt nie wissen, wie lange er zu tun hatte.

Little Marilyn hatte knusprig gebratene Hühnchen mitgebracht.

«Vergeßt uns nicht», tönte es im Chor vom Fußboden.

Aber nein. Jedes Tier erhielt leckeres, in kleine Würfel geschnittenes Hühnerfleisch. Während die Menschen mit ihren Tellern wieder ins Wohnzimmer gingen, fraßen die Tiere selig vor sich hin.

Miranda fragte: «Und was war mit Kerry?»

«Aysha war glatt, aalglatt.» Cynthia legte ihr Hühnerbein hin. «Sie hat das Wort *Threadneedle* in erster Linie verwendet, weil sie wußte, daß Kerry bei einer Londoner Bank nahe der Bank von England in der Threadneedle Street gearbeitet hat. Sie hatte sich ausgerechnet, daß Kerry, sobald wir diesem Umstand auf die Spur kämen, den Hals in der Schlinge hätte. Aysha hatte sich einen falschen Führerschein besorgt mit ihren Daten und ihrem Foto, aber mit Kerrys Namen, Adresse und Sozialversicherungsnummer, die sie aus dem Bankcomputer in Normans Büro abgerufen hatte. Damit hat sie bei Hassett die Waffe gekauft.»

«Falsche Führerscheine?» Miranda war erstaunt.

«High-School-Schüler sind ein großer Markt dafür – damit sie Alkohol kaufen können», sagte Harry.

«Woher wissen Sie das?» erkundigte sich Miranda.

Harry hob die Stimme. «Oh –»

«Wie gut, daß Ihre Mutter das nicht mehr hören kann.»

«Ja», pflichtete Harry Miranda bei.

«Aber warum hat Aysha Norman umgebracht? Er hat sie doch gedeckt», wollte Marilyn wissen.

«Hat sie gar nicht», platzte Harry heraus, nicht aus Kenntnis, sondern aus Intuition und dem, was sie in Ash Lawn beobachtet hatte.

«Norman ist nach Hogans Ermordung ausgestiegen. Wirtschaftskriminalität war ja gut und schön, aber Mord – da bekam er kalte Füße. Aysha fürchtete, er würde durchdrehen und sie verraten. Aus Angst, daß ihre Tochter erwischt würde, hat Ottoline ihn dann wohl erdrosselt. Ich bin sicher, daß das alte Mädchen diesbezüglich die Wahrheit sagt, obwohl wir keinen Beweis haben.»

«Dann hat Ottoline es die ganze Zeit gewußt.» Harry war verblüfft.

«Nicht von Anfang an.» Cynthia zuckte die Achseln. «Als Mike Hucksteps Leiche gefunden wurde, hat's bei Ottoline zum erstenmal geklingelt. Als Hogan ermordet wurde, muß sie es gewußt haben. Vielleicht hat Aysha es ihr sogar erzählt. Wie gesagt, Aysha leugnet alles, und Ottoline gesteht alles.»

«Sie hat getötet, um ihre Tochter zu schützen.» Mim schüttelte den Kopf.

«Zu spät. Und die Mordwaffe in Kerrys Toyota zu deponieren – das war auffällig und ungeschickt.»

«Dann war das Aysha auf dem Motorrad, das aus Sugar Hollow kam?» Harry erinnerte sich an ihre brenzlige Begegnung.

«Ja.» Cynthia verzehrte einen Hühnerflügel, während die anderen tratschten.

«Wißt ihr» – Mim wechselte das Thema –, «Ottoline war immer Ayshas Sicherheitsnetz. Sie ließ sie nie erwachsen werden, so daß sie nie für ihr Handeln verantwortlich war. Die falsche Art Liebe», bemerkte Mim. «Ich hoffe, daß ich dir das nicht angetan habe.»

Ihre Tochter erwiderte: «Na ja, Mutter, du würdest mit Freuden mein Leben für mich leben und das aller anderen in diesem Zimmer obendrein. Du bist nun mal ein Tyrann.»

Stille senkte sich über die Gruppe.

Big Marilyn brach das Schweigen: «Ach ...?»

Alle lachten.

«Hattet ihr vermutet, daß es Aysha war?» fragte Pewter mit vollem Mund.

«Nein. Wir haben nur gewußt, daß es nicht Kerry war. Zumindest waren wir uns ziemlich sicher, daß sie's nicht war», antwortete Tucker.

«Bin ich froh, daß wir noch leben.» Murphy schnippte mit dem Schwanz. *«Ich verstehe nicht, warum die Menschen sich gegenseitig töten. Das werde ich wohl nie begreifen.»*

«Du mußt sie lieben, wie sie sind.» Tucker pirschte sich an Pewters Teller heran, um ihn zu beschnuppern.

Pewter versetzte Tucker einen Nasenstüber. *«Weg da. Wilddiebe muß ich überhaupt nicht lieben!»*

Tucker zuckte zusammen. *«Du brauchst so lange zum Essen.»*

«Wenn du langsamer essen würdest, hättest du mehr davon», riet Pewter ihr.

Sie hörten den Kombi des Tierarztes draußen vorfahren, das Schlagen einer Tür, dann stieß Fair die Fliegentür auf. Die Anwesenden, alle ins Essen vertieft, begrüßten ihn. Dann fiel es einem nach dem anderen auf.

«Was haben Sie denn gemacht?» rief Mrs. Hogendobber aus.

«Mir die Haare ein bißchen gekräuselt», erwiderte er mit ungewohnt energischem Ton. «Ist nicht ganz so geworden, wie ich es mir vorgestellt hatte.»

«Darf ich fragen, warum du das gemacht hast?» Harrys Ton war höflich.

«Bei Blair funktioniert's.» Er zuckte die Achseln. «Dachte, bei mir könnte es auch funktionieren.»

Liebe hochintelligente Katzen!

Habt Ihr die ewigen alten Wollknäuel satt? Ich habe eine eigene Serie Katzenminzespielsachen entwickelt, die alle von Pewter und mir getestet sind. Zwar hab ich es nicht gern, wenn Pewter mit meinen Söckchen spielt, aber wenn ich sie nicht lasse, zerfetzt sie meine Manuskripte. Da könnt Ihr mal sehen, wie das ist!

Und damit die Menschen sich nicht übergangen fühlen, habe ich ein T-Shirt für sie entworfen.

Wenn Ihr sehen möchtet, wie kreativ ich bin, schreibt mir, dann schicke ich Euch einen Prospekt.

Sneaky Pies Flohmarkt
c/o American Artists, Inc.
P. O. Box 4671
Charlottesville, VA 22905
USA

Mit freundlichen Katzengrüßen

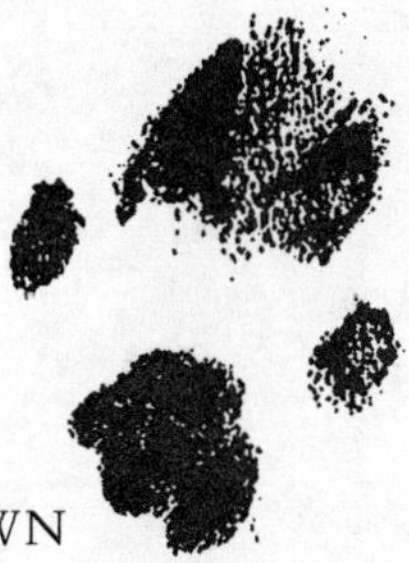

SNEAKY PIE BROWN

P. S. Hunde, besorgt Euch eine Katze, die für Euch schreibt!

Foto: Carsten Minkwitz

Eiskalte Morde:
Die ganze Welt der skandinavischen Kriminalliteratur bei rororo

Liza Marklund
Studio 6
Roman 3-499-22875-0
Auf einem Friedhof hat man eine Frauenleiche gefunden. Das Opfer war eine Tänzerin im Stripteaseclub «Studio 6». Die Journalistin Annika Bengtzon stellt wieder eigenmächtig Nachforschungen an ...
«Schweden hat einen neuen Export-Schlager: Liza Marklund.» Brigitte

Liza Marklund
Olympisches Feuer
Roman 3-499-22733-9

Karin Alvtegen
Die Flüchtige
Roman 3-499-23251-0
Mit ihrem ersten Roman «Schuld» (rororo 22946) rückte die Großnichte Astrid Lindgrens in die Top-Riege schwedischer Krimiautoren.

Willy Josefsson
Denn ihrer ist das Himmelreich
Roman 3-499-23320-7
Josefssons neuer Erfolgsroman mit neuer Heldin: Eva Ström – der erste Fall der Pastorin von Ängelholm.

Leena Lehtolainen
Alle singen im Chor
Roman 3-499-23090-9
Maria Kallio muss sich bewähren. Ein heikler Fall für die finnische Ermittlerin.

Leena Lehtolainen
Zeit zu sterben
Roman

3-499-23100-X